파이

FEEL PREMIUM EDITION

파이 · I

오은정 장편 소설

Contents

파이 1.

이 이야기는 아주아주 오래전, 평범한 마을에서 평범한 어머니의 배 속에서 태어나고 자란 어린아이의 기억에서부터 시작되었어요. 그 래요. 그 어린아이는 다름 아닌 바로 나. 나는 지명조차 평범한 한 시골에서 태어났어요. 제가 살고 있는 마을은 언제나 평온하고 잔잔하며 평화로웠어요. 물론 모든 이들에게 평온한 건 아니었지만, 저만은, 저와 제 엄마만은 그래도 행복하고 평온하고 생각하며 하루하루를 사랑하며 살았어요.

그러던 어느 날.

집 마당에서 엄마와 함께 흙장난을 하고 놀고 있을 때였죠. 그때 갑자기 은색의 반짝반짝하고 두꺼운 갑옷을 입은 아저씨들이 우르르 들이닥쳤어요.

그들은 거칠진 않지만 강압적인 태도로 엄마와 저를 끌고 갔어요. 그들이 태운 화려하고 비싸 보이는 마차는 한눈에 봐도 귀족의 것이었죠.

그 당시 겨우 3살이었던 저는 엄마의 품에 안겨 바들바들 떨었어요. 무서운 사람들이 우리에게 해코지를 하는 것 같아 그들이 괴물같이 느껴졌죠. 벌벌 떠는 제게 엄마는 괜찮다며 등을 토닥여 주었어요. 하지만 제 두려움은 더욱더 커졌죠. 그들은 엄마보다도 크고 매서워 보였거든요. 특히나 번쩍이는 은의 투구를 쓴 그들의 눈은 독수리의 눈처럼 부리부리했죠.

겨우 3살인 제게 어른이라곤 엄마와 빵집 아주머니와 이웃집 토토 할아버지뿐이어서, 그들은 걷잡을 수 없을 정도로 큰 두려움을 느끼게 하는 사람들이었어요.

그들이 태운 마차는 우리가 살아온 평범한 동네를 벗어나, 굉장히 화려하고 우아하고 고고해 보이는 어느 귀족의 저택에 들어갔어요. 그곳에 도착하자마자 은의 기사가 엄마와 저를 마차 밖으로 내보냈고, 그 앞에 전혀 모르는 낯선 사람들이 냉랭한 표정으로 저와 엄마를 쳐다보았어요.

그들이 엄마에게 다가와 뭐라고 뭐라고 말을 하니까 엄마의 얼굴이 안 좋게 창백해졌어요. 그러고는 창백해진 얼굴로 저를 와락 껴안으며 말했어요.

"안 돼요! 이러지 마세요. 이 아이를 제게서 빼앗아 가지 마세요. 제발 부탁이에요!"

"오! 루시 님! 그만두세요. 이분은 당신의 아이가 아니지 않습니까, 이분은……."

"아뇨! 아뇨! 그렇지 않아요! 이 아이는 나의 아이예요! 제 아이라고요!"

엄마는 매우 화를 내며 말했어요. 엄마, 난 엄마 딸이 아니에요? 나는 놀라 엄마의 옷자락을 와락 움켜쥐었어요. 그러자 엄마 고개를 절레절레 흔들며 말했어요. '오! 아가, 넌 내 아가란다. 그 누구의 아이도 아닌 내 아가야!' 하고요. 엄마의 말에 안도한 나는 그 품에 파고들며 찔끔찔끔 눈물을 흘렸어요.

"아무래도 상관없어. 루시도 함께 데려가."

그런 엄마와 나를 보며 누군가 차가운 기색이 넘치는 어조로 말했어요. 맹세코 그런 차가운 목소리는 난생처음 들어봤어요. 소름이 돋을 정도였죠. 너무 놀라 바들바들 떨었어요. 목소리가 나는 쪽으로 고개를 돌릴 수도 없었죠. 왜냐면 너무 무서웠으니까요!

"하지만!"

"상관없다고 했지 않나. 그냥 적당한 별관에 안내해."

차갑고 낮은 남자의 음색엔 이상하게도 서글픔이 가득했어요. 왜일까요? 이다지도 차가운 목소리인데 어째선지 그리운 목소리예요. 그 목소리에 눈물이 날 것 같아서 나는 엄마의 옷자락을 와락 움켜쥐었어요. 엄마는 그런 나를 꼬옥 껴안아 주었죠. 그렇게 저는 어느 한 귀족 저택의 별관에 엄마와 함께 살게 됐어요.

별관에서는 하녀 언니들과 하인 오빠들이 엄마와 나를 보살펴 주었어요. 어린 저는 처음 보는 그들이 무서워 차마 얼굴을 마주 볼 수도 없었어요. 매일같이 엄마 뒤만 쫄래쫄래 쫓아다니고, 그 치맛단이 구명줄인 것처럼 꼭 움켜쥐었죠.

그래도 점차 이 커다란 저택이 좋아지기 시작했어요. 매일같이 맛있는 음식과 생전 처음 보는 알록달록한 장난감들이 너무나 신기하고 좋았어요. 4살 생일 때는 한 번도 본 적 없는 어여쁜 인형도 선물 받았죠. 누가 준 건지는 모르겠지만요! 너무 어여쁘고 어여뻐서 매일 밤마다 품에 안고 잤어요. 그 후로 매 생일 때마다 다른 느낌의 어여쁜 인형을 선물 받았어요. 예쁘고 좋아서 방방 뛰며 자랑하자 엄마의 얼굴이 흐려졌어요.

"아가, 내 사랑스러운 아가. 그게 그렇게 좋으니?"

엄마의 말에 나는 방긋방긋 웃으며 고개를 끄덕였어요. 사실은요. 제가 병이 있어서 말을 못 해요. 빵집 아주머니는 제가 말을 못하는 병에 걸려서 그런 거래요. 토토 할아버지는 그런 제가 가엾댔어요. 하지만 전 괜찮아요. 엄마만 곁에 있어 주면 전 아무래도 좋거든요!

엄마의 곁에 딱 달라붙어 별관에 딸린 작은 정원에서 달콤한 과자와 따끈한 우유를 마셨어요. 그것들은 하녀 언니가 가져다준 것이었죠.

하녀 언니가 과자와 우유를 내오는 것을 봤을 땐 엄마의 곁에 착 달라붙어 얼굴의 반만 살짝 내밀었어요. 아! 저 과자 진짜 맛있는데! 저는 입에 침이 샘솟는 걸 꿀꺽 삼키며 하녀 언니가 얼른 가 버리길 기다렸어요. 그녀는 제 바람처럼 엄마에게 고개를 꾸벅 숙이고는 쌩하니 가 버렸어요. 야호! 살았다. 저는 얼른 손을 들어 눈앞의 과자를 집었어요. 그리고 입안 가득 베어 물었죠!

맛있다!

너무 행복해 헤헤 웃었어요. 그러자 엄마가 어여쁘다며 뺨을 쓰다듬어 주었죠. 저는 엄마의 기분 좋은 손길을 느끼며 맛있는 과자를 계속 집어 먹었어요. 그때였어요!

"야! 너, 왜 자꾸 루시 이모 옆에 계속 붙어 있는 거야!"

저보다 훨씬 큰 소년이 정원 사이에 뛰어나와 버럭 화를 내며 말했어요. 그의 등장에 놀란 저는 딸꾹질을 하고 말았어요. '딸꾹! 엄마야.' 하고 놀라 황급히 엄마의 품에 안겼는데 그 소년은 불같이 화를 냈어요. 차마 무서워 얼굴을 볼 수 없었지만 목소리가 굉장히, 굉장히 크고 무서웠죠!

"넌 내 동생인데! 왜 자꾸 이모 옆에 있어! 이모는 네 엄마가 아냐! 얼른 떨어져!"

저 소년은 뭐라고 하는 걸까요. 왜 자꾸 우리 엄마를 우리 엄마가 아니라고 하는 걸까요. 우리 엄마는 우리 엄마인데요. 저는 찔끔찔끔 울음이 나올 것 같았어요. 하지만 엉엉 울지 않았어요. 울면 저 소년이 더 화를 낼 것 같았거든요. 벌벌 떨며 엄마의 품에 숨자 한숨을 내쉬며 말했어요.

"애쉬, 왜 그러는 거니. 부탁이니 제발 가 주렴. 아이가 겁을 내잖니."

"루시 이모! 자꾸 이럴 거예요! 제 동생 돌려주세요! 왜 자꾸 거짓말을 하세요?"

"오! 제발! 제발! 애쉬! 나와 이 아이를 내버려 두려무나! 부탁이야!"

불같이 화를 내는 소년에 엄마도 덩달아 목소리가 커졌어요. 으앙! 엄마 무서워. 화내지 마. 저는 같이 화를 내는 것 같은 엄마의 모습에 엉엉 울음을 터트렸어요. 그러자 더 화를 낼 것 같던 소년이 주춤하며 당황한 목소리로 말했어요.

"어, 어, 너, 너 왜 울어……! 아이씨! 진짜!"

소년은 그리 말하더니 제게서 멀어지는 것 같았어요. 뛰어가는 소리가 들렸고 점차 멀어지는 것 같았거든요. 저는 그 소리에 안도해 엉엉 울던 울음을 멈추며 훌쩍였어요. 그런 저를 엄마는 따뜻하게 감싸 안아 주었죠.

"미안. 미안하다, 아가……. 엄마가, 엄마가 미안해……."

엄마는 저를 꼬옥 안아 주며 계속, 계속 말했어요. 미안하다고, 정말로 미안하다고, 자신만 살아남아 네게 거짓말을 했다고, 그게 널 괴롭게 한 거라고 말이죠. 저는 그게 무슨 말인지 도무지 알 수 없었어요. 제가 8살이 되어 그 끔찍한 일을 당하게 되기 전까지요.

시간은 빠르게 흐르고, 그 후에도 저는 무럭무럭 자랐어요. 저는 자라면서도 여전히 아무 말도 할 수 없었어요. 왜일까요? 사실은요. 제가 말하고 싶지 않았어요. 말하지 않아도 엄마는 다 알아서 해 주고 알아주는걸요. 그러니까 말하지 않아요. 안 해도 괜찮아요. 하지만 때때로 엄마는 제가 말을 하지 않는 것에 걱정 어린 어조로 묻곤 했어요.

"네가 말하지 않는 건, 그 때문이겠지. 응? 내 사랑스러운 아가야."

엄마가 말하는 게 무엇을 의미하는지는 모르겠지만, 저는 아무 말도 하지 않았어요. 엄마의 눈이 너무 슬퍼 보였기 때문에, 어떠한 말을 내뱉고 싶어도 쉽게 나오지 않았어요. 아무래도 제가 너무 오래도록 입을 다물고 있어서 말하는 법을 잊었나 봐요. 사실 한 번도 말을 해 본 적 없으니 잊은 것이 아니라 모르는 거겠지만요.

이제 저는 8살이 되었어요. 그래요. 아주아주 끔찍한 일을 맞이하는 8살이 되었죠. 지금의 제가요. 저는 그때 막 제 어여쁜 인형을 품에 안고 놀고 있었어요. 그런데 엄마가 갑자기 창백한 얼굴로 제게 달려와 저를 와락 껴안았어요. 그러고는 오 세상에! 오! 신이시여, 하고 울부짖는 게 아니겠어요? 너무 놀라 엄마를 쳐다보았어요. 엄마는 울고 있었어요.

엄마, 왜 울어요?

가만히 축축하게 젖은 엄마의 뺨을 매만지고 있는데 3살 때 저와 엄마를 끌고 왔던 것처럼 은의 기사들이 우르르 달려왔어요. 그들은 그때와 달리 날카롭게 번쩍이는 불길한 무기들을 엄마와 나를 향해 찌를 듯 날카로운 기세로 내밀고 있었죠.

저는 너무 놀라 숨이 막혔어요. 엄마! 엄마, 저 사람들이 또 왔어요! 엄마는 저를 와락 껴안은 상태로 그들에게 슬피 울며 말했어요.

"안 돼요! 이 아이는! 이 아이는 아무것도 몰라요! 제발 이 아이를 살려 주세요."

"말도 안 되는 소리. 반란을 일으킨 2황자와 그를 도운 귀족은 갓난아기를 포함한 혈족 모두를 처형한다. 그게 황명!"

"오! 제발! 그럴 리 없어요! 형부가, 파르네세 공이 그럴 리 없어요!"

엄마는 처절하게 외치며 말했지만 그들은 눈 하나 깜짝 안 하고 그때와 달리 매우 거칠게 엄마와 저를 끌고 갔어요. 그곳은 아주 어두컴컴하고 더러운 감옥이었죠. 엄마와 저는 그곳에서 몇 날 며칠을 지냈어요.

호화로운 저택에서 먹었던 맛있는 음식도 달콤한 과자도 더 이상

먹을 수 없었어요. 어여쁜 인형도 매만질 수 없었죠. 제가 매일같이 입던 어여쁜 하얀 드레스도 이제는 감옥의 먼지들로 더럽혀졌어요. 엄마는 저를 꼬옥 안고 매일같이 눈물을 흘리며 속삭였어요.

"이건 모두 꿈이란다, 아가. 자고 나면 모두 잊혀질 꿈."

매일같이 반복되는 엄마의 애절한 말에 저는 난생처음으로 입을 열었어요.

"……꾸움."

"!!"

제가 입을 열자 엄마가 매우 놀란 표정을 지었어요. 엄마의 표정은 어찌 보면 괴상하기도 하고 우습기도 했어요. 저는 그런 엄마에게 배시시 웃으며 다시 말했어요. 꾸움…… 하고요. 좀 더 말하고 싶지만 어려웠어요. 생각하기는 쉬운데 왜 말하기는 어려울까요?

그런 저를 엄마는 목 놓아 울며 껴안아 주었어요. 오! 아가야! 사랑스러운 내 아가! 너는 이제 진실을 알아야만 해. 엄마는 알 수 없는 말을 쉴 새 없이 내뱉었어요.

엄마는 언니를 너무너무 사랑했대요. 그리고 언니가 사랑하는 그 또한 너무너무 사랑해서 언제나 셋이 함께 있고 싶었대요. 하지만 언니는 그와 결혼했고 그를 닮은 아들을 낳았대요.

엄마는 가슴이 아프도록 서글펐지만 그 둘이 행복해 보여 내색하지 못하고 함께 기뻐하며 그 마음을 숨겼대요. 하지만 언니를 쏙 닮은 제가 태어나자 걷잡을 수 없는 욕심이 일어났대요. 그를 닮은 아들과 언니를 닮은 딸은 엄마가 욕심내고 싶어 했던 언젠가의, 이루어지지 않는 미래의 바람이었거든요. 하지만 그래도 참았대요.

그러던 어느 날, 딸을 낳고서 급격히 몸이 약해진 언니가 요양을 위해 수도를 떠나야 했대요. 엄마는 언니와 그녀의 딸인 조카가 걱정돼서 함께 가기로 했죠. 그렇게 수도를 떠나 휴양지로 향하는 길에 급작스러운 마차 사고가 일어났어요. 그 사고로 인해 언니는 안타깝게도 죽고 엄마와 조카는 가까스로 살아남았대요.

비극적인 마차 사고로 세상을 떠난 언니의 딸, 엄마의 조카. 그건 바로 저였어요.

엄마는 그 사실을 버겁게 말하며 아이처럼 엉엉 울었어요.

울음을 토해 내듯 울던 엄마는 호흡을 가다듬으며 다시 입을 열었어요. 그 끔찍한 마차 사고가 단순한 사고가 아닌, 누군가에 의해 의도된 사고라고 했어요. 그 사고를 낸 사람은 아주 끔찍하고 아주 못된 사람이래요. 엄마는 거기까지 말하고는 숨을 깊게 몰아 내쉬었어요.

그러고는 제 얼굴을 마주 보며 말했어요.

"아가야, 이것 하나만은 믿어 다오. 형부, 네 아빠는 절대 반란에 동참하지 않았단다. 그분은, 파르네세 공은 그러실 분이 아니야."

이것 또한 그의 함정에 걸려든 것이라고 엄마는 울며 말했어요. 엄마의 말에 저는 그저 고개를 끄덕였어요. 왠지 그래야만 할 것 같았어요.

그 후 며칠이 지나고 저희는 밖으로 나올 수 있었어요. 커다란 광장에 수많은 사람들이 모여 있었고 그들은 전부 우리를 보고 있었어요. 저와 엄마는 저희와 함께 감옥에 투옥된 이들이 서 있는 곳으로 끌려갔어요.

그들은 모두 겁에 질려 있었어요. 높은 계단 위에 서 있는 어떤 이가 숫자를 호명하면 그에 맞춰 사람들이 하나둘씩 올라갔어요.

그리고 그 높은 계단 끝에 이상하게 생긴 둥근 구멍이 난 판이 갈라져 있었는데 계단을 올라간 사람들이 그 안에 머리를 집어넣었어요. 사람들은 대개 체념하거나 끝까지 반항했지만 끝끝내 그 괴상한 판에 머리를 집어넣게 되었죠. 그리고 나면 그 위에 높이 매달린 날카롭고 넓적한 칼날이 무서운 소리를 내며 떨어졌어요. 그 목에요! 처음엔 너무너무 놀랐어요. 오줌을 지릴 뻔했죠. 하지만 엄마가 제 몸을 흔들며 눈길을 돌리게 했어요. 그러고는 저를 와락 껴안으며 말했어요.

"아가, 이건 모두 꿈이란다. 한순간에 끝날 꿈."

저를 달래듯 속삭이는 말에 저는 멍청히 꾸움, 하고 중얼거렸어요. 하지만 엄마. 나도 알아요. 우리가 지금 죽으러 간다는 걸요. 나는 엄마의 목을 껴안았어요.

그리고 엄마와 저를 호명하는 숫자가 크게 울려 퍼졌습니다. 엄마는 덜덜 떨리는 손으로 제 손을 마주 잡으며 천천히 그 높은 계단 위로 올라갔어요. 끝이 안 보이는 계단을 오르고 올라 순식간에 도달하자 우람하고 거친 사내가 엄마를 끌고 가 그 나무판에 목을 끼웠어요.

저는 멍하니 비어 버린 손의 허전함을 느끼며 엄마의 뒷모습을 보았어요. 엄마는 끌려가는 중에도 제게 계속해서 말했어요. 모두 꿈이란다, 아가야. 금방 끝나 버릴 꿈. 저는 그런 엄마를 따라 중얼거렸어요. 꾸움, 모두…… 꾸움…….

그리고 제 눈앞에서 엄마의 머리가 댕강하고 잘렸습니다.

아주 순식간에요. 제가 넋을 놓고 그걸 쳐다보고 있는데 엄마를 끌고 갔던 남자가 저를 질질 끌고 갔어요. 커다란 사내에 비해 너무나도 작았던 저는 속절없이 너무나도 쉽게 끌려갔죠. 엄마가 죽었던 그 자리, 피가 줄줄 흐르는 그 괴상한 판이 있는 곳으로요.

제 머리통은 나무판의 구멍보다 작았지만 저는 말없이 그가 하는 대로 몸을 맡겼어요. 그리고 쉴 새 없이 중얼거렸어요. 모두 꿈, 금방 끝나 버릴 꿈.

그러다 문득 바람결에 머리카락이 휘날렸어요. 제 다갈색 머리카락이요. 그 머리카락이 흔들리는 걸 멍하니 쳐다보다 문득 수많은 사람들의 얼굴이 제 시야에 들어왔어요. 대다수가 얼굴을 찡그리고 험악하게 인상을 쓰며 화를 냈고, 그중 몇 명이 안쓰러운 표정으로 저를 쳐다보았어요.

저는 멍청히 그들을 바라보다 깨달았어요. 이곳은 말로만 듣던 콜로세움이라는 곳이었어요. 나는 그 중심에 높이 세워진 건축물 위에 무릎을 꿇고 이 이상한 판의 구멍에 머리를 넣고 있었던 거죠. 귀족들의 자리로 마련된 특별한 테라스에서 귀해 보이는 인물들이 저를 쳐다보고 있었어요. 그들은 굉장히 고급스러운 옷을 입고 묵직한 표정으로 저를 쳐다보았죠.

그때, 저는 보고야 말았습니다.

검붉은 형상의 악마를요. 그를 보는 순간 저는 소름이 돋았습니다. 검붉은 피를 뒤집어쓴 그는 하얀 얼굴에 붉은 입술을 끌어 올리며 싸늘하게 웃고 있었어요. 요사스럽고 괴기스럽게 웃고 있는 그 모습에 저는 소름이 돋는 한편 낯익다는 느낌을 받았어요. 그 순간 본능적으로 알 수 있었어요. 아, 그래요. 알겠어요. 저 사람이에요. 엄마가 말한 사람.

내 진짜 엄마를 죽이고, 지금은 나와 엄마를 죽게 한 나쁜 사람이에요.

저는 그제야 눈물이 났어요. 꾹 참고 있던 눈물이 계속, 계속 흘러 얼굴을 타고 뺨을 가로질러 뚝뚝 저 아래로 떨어졌어요. 엄마의 머리가 떨어진 저곳으로요.

저는 시선을 옮겨 멍하니 정면을 바라봤습니다. 귓가에 맴도는 엄마의 목소리. 저는 그 소리를 들으며 천천히 눈을 감았어요. 그리고 속으로 중얼거렸어요.

신이시여, 제가 지금 죽게 되어 영혼이 된다면 저를, 엄마가 있는 곳으로 인도해 주세요.

제 기도가 끝남과 동시에 위에서 소름 돋을 정도로 날카로운 소리가 들렸어요. 그리고 제 시야는 완전한 어둠 속에 묻혔어요. 어떠한 아우성도, 무서운 소리를 내며 떨어지는 칼날의 소리도 들리지 않았어요. 정말 한순간에 끝날 꿈이었나 봐요.

[그래. 꿈. 아주아주 슬픈 꿈이란다.]

칠흑같이 어둠만 존재하는 공간에서 아주 상냥하고 다정한 어조로 누군가 속삭여요. 그 목소리는 '자, 이제 깨어나야 할 시간이야.' 하고 제게 속삭였어요. 아, 이제 일어나야 하나 봐요. 눈을 뜨면,

엄마랑 진짜 엄마가 있을까요?

❋❋❋

사치스럽기보다는 우아함과 기품이 감돌고, 화려하기보다는 심플한, 그럼에도 누가 보더라도 한눈에 귀족의 저택임이 확실한 곳. 그 저택의 수많은 방들 중 하나인 방 안에 아가용 침대가 놓여 있었다.

그 주변에는 아기자기한 딸랑이며, 갖가지 젖꼭지, 알록달록한 모양이 달린 모빌 등등의 아기용품과 가구들이 넓은 방을 허전하지 않게 채워 줬다. 벽지부터, 문양까지 아기 방에 맞춰 화려하기보다는 파스텔 톤으로 꾸며져 따뜻하고 보드라운 조화를 이루었다.

따뜻하고 평안한 분위기가 감도는 아가의 방에 고급스러운 원목 아기 침대가 놓여 있었다. 그 안에는 아주 작은 아가가 대자로 누워 평화롭게 낮잠을 즐기고 있었다. 그 위로 아기자기한 모빌이 살랑살랑 흔들리며 돌고 있었다. 모빌이 흔들리면서 들리는 차랑차랑, 청량한 소리가 작게 흩어졌다.

침대 안에 안정적인 숨소리를 내고 이따금 배냇짓을 하며 곤히 잠든 아가는 굉장히 사랑스러웠다. 반짝이는 황금빛 머리카락이 몇 가닥 자라난 동그란 정수리와 젖살이 도톰히 오른 뺨에 사랑스러운 복숭앗빛이 감돌았다. 하얀 얼굴에 오밀조밀한 이목구비는 여느 아기와 같이 사랑스러움이 넘쳐 났다.

그런 아가를 한없이 따스한 눈으로 지켜보고 있는 소년. 그는 행여 자신의 숨소리 하나에도 아가가 깰까 조심스럽게 숨을 내쉬며 아가의 침대 지지대 틀에 양팔을 올리고 그 위에 얼굴을 얹고 쳐다보았다.

소년은 소리 없이 중얼거렸다.

'사랑스러운 내 동생.'

소리 없이 중얼거리는 그의 표정에는 애정이 가득했다. 소년의 붉은 눈동자가 따스한 빛을 담아 미소 지었다. 아가가 태어나고 90일 만에 만나는 두 번째 만남. 아가는 기억할지 모를 갓 태어나고 열흘이 지났을 때의 만남은 찰나에 지나가 안타까움을 안겨 주었기에 그 후 80여 일이 지난 오늘의 만남은 소년에게 더없이 뜻깊었다. 무엇보다 다른 형제들에게 치이지 않고 오로지 자신만 이 순간을 만끽할 수 있다는 게 가장 기뻤다.

물론, 아가는 자신을 볼 순 없지만.

그럼에도 소년은 이 순간을 마음껏 즐겼다. 그때였다. 얌전히 단잠에 빠져 달콤하게 배냇짓을 하던 아가의 얼굴이 찡그려진 것은.

"으어응……."

붉고 작은 입술로 옹알이를 하며 얌전히 잠든 어여쁜 아가가 단숨에 인상을 찌푸렸다. 꼬옥 감은 눈가도 잔뜩 찡그리며 온 얼굴이 울상이 된 아가를 가까이에서 지켜보고 있던 소년이 화들짝 놀라 기대고 있던 원목 아기 침대에서 반사적으로 상체를 일으켜 뒤로 물러났다.

"유모!"

소년은 놀란 마음에 소리쳐 누군가를 황급히 불렀다. 그의 목소리에 근처에서 아가의 물품을 정리하고 있던 여인이 황급히 몸을 움직여 소년과 아기가 있는 곳으로 다가왔다.

"무슨 일이세요, 도련님?"

"유모! 파이가 이상해!"

"네?"

소년의 말에 유모는 눈을 동그랗게 뜨고 그 전까지 조막만 한 입술을 옹얼거리며 사랑스럽게 얌전히 자고 있던 아가가 누워 있는 침대 쪽으로 시선을 옮겼다. 유모는 깜짝 놀랐다. 소년의 말처럼 아가가 잔뜩 인상을 찡그리며 칭얼거리고 있었던 것이다. 맙소사, 그새 식은땀까지! 놀란 유모는 다급하면서도 조심스러운 손길로 아가를 안아 들었다.

여전히 눈을 감고 찡그리며 온몸을 힘겹게 뒤척이던 아가는 갑작스럽게 붕 뜨는 것이 느껴졌는지 반사적으로 눈을 떴다. 그러자 눈꺼풀에 의해 가려졌던 아가의 반질반질하고 동그란 눈동자가 모습을 드러냈다.

잔잔한 호수가 빛을 가득 머금은 듯 반짝이는 미묘한 색이 어우러진 푸른 눈동자.

어여쁜 동그란 형태를 갖춘 아기의 눈동자에는 물기가 묻어나 있었다. 뭐에 그리 놀라고, 무엇에 그리 겁을 먹었는지 딱 울음을 터트리기 직전으로 보였다.

원체 몸이 연약하여 종종 힘없이 울음을 터트리는 아가님이지만, 잠결이 이렇게 놀라는 모습은 단 한 번도 없었던지라 그녀는 내심 당혹해하고 있었다. 혹여 몸 어딘가 안 좋아진 건 아닐까 걱정부터 앞섰다.

유모는 걱정스러운 마음을 담아 조심스레 아가의 포동포동한 뺨을 쓰다듬며 품에 안긴 작은 몸을 가볍게 토닥였다. 조심스럽고 상냥한 토닥임에도 아가는 둥그렇게 뜬 눈으로 깜박이지도 않고 유모를 물끄러미 쳐다보았다.

마치 난생처음 그녀를 보는 것처럼!

실상 아가는 제 눈에 보이는 그녀가 몹시도 생소했다. 아가는 눈을 뜨기 전 아주아주 무서운, 죽음이라는 것을 경험했다. 굉장히 무섭고, 두렵고, 너무나도 아픈 죽음을. 그 후 찾아오는 어둠 속에서 희미한 빛을 쫓아가 눈을 뜨자 난생처음 보는 여인이 있었다.

이, 이게 뭐야?! 분명 나 죽었는데?

위에서 큰 칼이 확! 떨어져 사악, 퉁! 하고 떨어졌는데?

상황 파악이 잘 안 되는 아가는 방금 전 경험한 죽음의 기억과 전생의 기억에 정신이 어지럽게 흩어지고 뒤섞여서 토할 것 같은 역겨움과 어지러움, 혼란을 느꼈다.

분명 바로 직전에 경험한 전생임에도 검게 탄 것처럼 제대로 떠오르지 않는 기억이 대다수. 그중 유일하게, 선명하지 않지만 흐릿하게 잔상처럼 남은 기억은 죽음을 맞이하는 부분뿐이었다.

몸서리칠 정도로 두려운 감정이 전신을 휘감았다. 덜컥 겁을 먹은 아가가 동그랗게 뜬 눈을 냉큼 감아 버렸다. 그러고는 양손을 힘껏 꼬옥 말아 쥐며 부들부들 떨었다. 눈을 감자 눈가에 아슬아슬 맺혔던 눈물이 툭 떨어져 뺨을 타고 유려하게 호선을 그리며 하강했다.

바들바들 떨며 눈물을 떨구고 눈을 꼬옥 감은 아가의 모습에 유모는 안쓰러운 표정을 지으며 한 손으로 눈물자국이 선명히 남은 눈가와 뺨을 매만져 닦아 주었다. 그러고는 아가의 작은 등을 가볍게 토닥이며 조곤조곤 상냥한 목소리로 속삭였다.

"괜찮아요. 괜찮아요……."

조금은 안정을 되찾아 가는 아가의 귓가에 생전 처음 듣는 단어가 스며들 듯 들려왔다. 뭐라고 하는지 도무지 알 수는 없지만 그 안에 느껴지는 상냥함과 따스함에 꼬옥 감던 눈을 조심스레 뜨고 반사적으로 깜박였다. 깜박이는 흐릿한 시야에 그녀의 앞섶이 보였다.

나를 안고 있는 이는 누구일까? 궁금함을 담아 그녀의 얼굴을 보기 위해 고개를 들었다. 아니 고개를 들려는 순간, 왠지 모르게 머리통이 무거운 것을 느끼며 순식간에 뒤로 기울어지며 꺾이려 했다. 너무 놀라 아가는 눈을 동그랗게 떴다.

머리, 머리 떨어진다!

방금 전, 죽음을 경험한 것처럼! 하늘에서 떨어진 커다란 칼이 자신의 목을 내려쳐 몸과 분리되어 뚝 하고 아래로, 아래로 떨어지던 것이 순식간에 떠올랐다. 너무 놀란 아가가 제 팔을 뻗어 반사적으로 유모의 앞섶을 잡았지만 힘이 없어 제대로 잡히지 않아 헛손질만 하다 점점 멀어졌다.

떨어진다, 떨어진다!

아가는 다시 되살아나는 죽음의 기억에 좌절을 느끼며 눈을 질끈 감았다. 그러나 잠시 후 제 목이, 제 몸이 뒤로 발라당 넘어지지 않았다는 것을 깨달았다. 시선이 향한 곳은 여전히 자신을 안고 있는 여자의 앞섶 부분, 아니 그보다 조금 위.

"이런. 위험해요, 아가님. 아직 목도 못 가누시면서……."

놀란 아가는 목 언저리에 느껴지는 커다란 손길에 파르르 떨던 눈꺼풀을 들어 올렸다. 목 부분을 단단히 받쳐 주는 힘과 사근사근하고 부드러운 어조의 목소리에 저도 모르게 울상을 지었다.

놀랐다. 너무 놀랐단 말이야. 칭얼거리듯 가볍게 으어아, 하고 울자 눈앞의 커다란 그녀가 아가를 다시 제 품에 안으며 토닥였다. 아가의 작은 머리통이 유모의 어깨 위에 걸쳐질 정도로 꼭 안았다.

아가는 그녀의 어깨와 목선 그 중간쯤에 본능적으로 제 얼굴을 비볐다. 놀라서 나온 눈물이 그녀의 어깨를 가볍게 적셨다. 유모는 아가를 안은 상체를 가볍게 흔들며 그 동그란 정수리를 몇 번이고 쓸어 내며 속삭였다.

놀라셨어요? 우리 아가님, 이제 괜찮아요, 하고 상냥하게 자장가를 부르듯.

아가는 제대로 나오지도 않는 목소리로 칭얼댔다. 유모는 평소보다 더 칭얼대는 아가의 행동에도 부지런히 달래고 토닥였다. 그렇게 한참을 달래자 더 이상 아가가 몸을 파르르 떨지 않게 되었다.

아가는 조금 지쳐 보였다. 유모가 고개를 살짝 내려 아가를 보니 반쯤 내리깐 아가의 새파란 눈동자가 물기로 반짝였다. 빛을 머금어 반짝이는 푸른 호수와도 같은 영롱한 아가의 눈동자는 반쯤 가려졌다 한들 부족함 없이 사랑스러워 보였다. 아가는 반쯤 뜬 눈을 감고 다시 떴다. 몇 번을 느릿느릿 눈을 깜박인 아가가 눈동자를 데굴데굴 굴리다 돌연 그녀를 마주 보았다. 유모는 아가의 새파란 눈동자에 속으로 감탄을 금치 못했다.

어쩜 이리도 아름다운 색일까.

아가의 푸른 눈은 칼레이저 공작 부인을 쏙 빼닮아서, 아련한 향수를 불러일으켰다. 그 눈을 보고 있자니 가슴이 아릿하니 아파 왔으나, 그녀는 모른 척 자신을 빤히 바라보는 아가의 시선에 사르르 미소 지었다. 그녀의 미소에 아가는 눈을 동그랗게 뜨며 빤히 바라봤다. 마치 놀란 다람쥐 같은 모습에 그녀가 가볍게 웃음을 터트렸다. 그에 아가가 영문을 알 수 없는 표정을 지었다.

"유모…… 파이, 괜찮아?"

하염없이 눈앞에 상냥한 미소의 여인만 올려다보던 중 귓가에 또 다른 목소리가 들렸다. 막 변성기의 경계에 선 듯한 소년의 목소리에 의아함을 느낀 아가는 제 푸른 눈동자를 데굴데굴 굴려 소리가 나는 쪽을 찾다 그를 발견했다.

유모의 어깨에 폭 안겨 누운 채로 고개만 옆에서 아래로 살짝 숙였다. 그곳에는 반짝이는 빛을 머금은 황금색 머리카락과 동그란 정수리, 제법 하얀 얼굴을 가진 소년이 있었다. 소년은 아가를 안고 있는 여인의 허리 위치보다 조금 더 큰 키를 가지고 있었다. 그는 유모의 치맛자락을 부여잡고 살짝 까치발을 들어 고개를 치켜 올리며 아가를 쳐다보고 있었다. 붉은 빛을 가득 담은 눈동자에 걱정과 불안, 조심스러움이 담겼다.

순간적으로 아가의 푸른 눈동자와 소년의 붉은 눈동자가 마주쳤다.

그러나 그것은 찰나. 마주치자마자 소년이 놀란 표정으로 황급히 눈을 내리깔았다. 아가는 나른하게 눈을 깜박이며 유모의 목덜미에 제 얼굴을 비볐다. 어쩐지 너무 피곤했다. 당장 눈을 감고 싶은데도 아가는 꿋꿋하게 눈을 깜박였다. 아래에서 소년이 곁눈질로 아가를 흘깃흘깃 쳐다보는 게 노골적으로 느껴졌기 때문이다. 소년에 대한 호기심과 졸음 사이에서 갈등하며 아가가 눈을 나른하게 깜박이며 생각했다.

넌 누구야?

아가는 제 눈에 비친 소년이 궁금했다. 굉장히 괴상한 시선으로 쳐다본다. 아직 아련함이니 애틋함이니 그런 복잡한 감정을 모르는 아가에겐 소년의 눈빛은 굉장히 어려웠다. 소년은 유모의 곁에서 떨어지지 않고 아가를 힐끗힐끗 쳐다 보았다. 그 시선이 그다지 불쾌하진 않았다. 그러나 궁금했다. 어째서 날 그렇게 보는 거야? 그래서 물었다.

"아우어어, 어우어우, 아어엇, 까아!"

"어머나!"

유모가 놀랐는지 가볍게 탄성을 내질렀다. 그녀의 놀란 목소리에 아가는 소년에서 그녀에게로 시선을 돌렸다. 그리고 또 가볍게 어아어어 하고 옹알이를 한다.

누구야?

라는 뜻을 담아서.

당연히 알아들을 리 없는 소년과 유모는 눈을 휘둥그레 뜰 뿐이었다. 유모는 제법 들뜬 어조로 말했다. 그 목소리에는 기쁜 기색이 역력했다.

"어머, 어머! 옹알이예요!"

유모는 기쁜 마음에 멀뚱멀뚱 자신을 올려다보는 아가님에게 사르르 웃어 주며 도톰한 뺨을 매만졌다. 그러자 아가가 나른하게 눈을 깜박였다.

이제 보니 그 푸른 눈동자에 졸음기가 가득하다. 그것을 알아챈 유모가 아기를 안은 팔에 가볍게 반동을 주며 등을 토닥였다. 순간 움찔한 아가지만 상냥한 토닥임에 천천히 눈을 깜박이더니 이내 나른한 듯 사르륵 눈을 감아 버렸다. 눈꺼풀이 내려앉는 순간에도 아가는 뭔가 말하고 싶은 것처럼 가볍게 옹알이를 했지만 그것은 밖으로 내뱉어지기도 전에 흩어졌다.

아이참, 누구냐니까아…….

더 이상은 버틸 수가 없었다. 참을 수 없는 잠의 유혹에 아가는 맥없이 빨려 들어갔다. 기분 좋은 체온과 적당한 흔들림, 토닥여 오는 손길에 아가는 스르륵 다시 잠의 세계에 빠졌다. 이미 칼레이저가의 아이들을 세 명이나 키워 본 그녀의 경력과 연륜에서 우러나오는 몸짓에 소년은 그 옆에 착 달라붙어 멍청히 쳐다볼 뿐이었다.

정확히는 그녀의 품에 안겨 새근새근 아기천사처럼 잠이 든 아가를 말이다.

아가가 온전히 잠이 들고도 한동안 계속 품에 안고 있던 유모는 조심스럽게 품에서 옮겨 침대에 눕혔다. 눕히자마자 살짝 뒤척이긴 했지만 아가는 다행히도 깨지 않고 평온하게, 간간이 배냇짓까지 하며 달게 잤다. 작은 아가의 몸에 가벼우면서 부드럽고 따뜻한 고급 이불을 살짝 덮어 주자 소년은 기다렸다는 듯 침대 지지대에 착 달라붙어 아주 작은 목소리로 말했다.

"파이가 날 쳐다봤어. 본 거지? 그런 거지? 응?"

소년은 아가가 깨지 않길 바라는 마음에 작은 목소리로 속삭이듯 말했다. 유모는 빙그레 웃으며 소년이 기대고 있는 침대 맞은편에 시선을 주었다.

"다음에 아가님이 일어나실 때는 '안녕' 하고 인사해 보세요."

"정말? 그래도 돼?"

"물론이죠."

"헤헤."

유모의 긍정적인 대답에 소년은 입을 막고 있던 손을 스르륵 내리고는 헤실헤실 웃었다. 그 나이 또래의 티 없이 맑고 순수한 미소가 얼굴 가득 번졌다. 해사한 미소에 마주 웃으며 유모가 숙였던 상체를 바로 세우고 말했다.

"자! 도련님. 이제 그만 가 보셔야죠?"

"으에……."

유모는 해사하게 웃다 금세 울상을 짓는 소년의 등을 떠밀었다. 싫은 기색이 역력했다. 80일 만에 보는 누이동생인데! 입을 삐쭉 내밀었지만 그래도 반항하지 않고 얌전히 방에서 쫓겨났다. 유모의 잔소리를 듣기 싫기도 했지만, 달게 자는 여동생의 낮잠을 방해하고 싶지 않았기 때문이다. 무엇보다 기대하지 못했던 선물도 받았다.

아가의 푸른 눈에 자신이 온전히 담긴 것!

소년은 그것 하나만으로도 행복에 겨워 절로 콧노래가 나올 것 같았다. 소년은 복도를 따라 걸으며 방문에서 천천히 멀어지다 슬쩍 고개만 돌려 아가의 방문을 쳐다보았다. 어머니의 아름다운 호수색 눈동자를 닮은 아가의 푸른 눈동자가 떠올랐다. 히쭉, 괜히 입꼬리가 올라가고 웃음이 난 소년은 실실 웃으며 고개를 다시 돌려 앞으로 걸어갔다.

운이 좋았다.

학기 방학이 제 위의 2살 많은 형보다 빨리 시작되어 먼저 영지로 달려오길 잘했다. 이런 생각지도 않은 순간을 맞이하게 될 줄 누가 알았겠는가! 지금쯤 꽁지에 불똥 튄 망아지마냥 엄청난 속도로 달려올 둘째 형이 떠올랐다.

분명 분하고 분해서 이를 갈며 올 테지!

소년은 어깨마저 들썩이며 키득키득 웃음소리를 냈다. 복도의 넓은 창에서 쏟아지는 햇살이 따스하게 그 아래로 떨어져 내렸다. 바깥은 새싹공주의 계절. 그녀의 새초롬함으로 인해 꽃샘추위가 와 칼바람이 쌩쌩 불다 못해 창이 흔들리고, 앙상한 나뭇가지가 볼품없이 흔들리지만 저택 안은 묘하게 따뜻하다고, 소년은 느꼈다.

다음 날 아침. 어김없이 아가의 방에 소년이 찾아왔다. 유모는 반가운 기색으로 그를 곤히 잠들고 있는 아가의 침대 쪽으로 인도했다.

"파이, 자는 거야?"

"네, 아쉽게도."

또다시 그 푸른 눈동자를 볼 수 있을까 기대하고 왔지만 시기를 잘못 잡은 건지 아가는 단잠에 빠져 있었다. 아쉬운 마음이 가득했지만, 소년은 쪼르르 침대 쪽으로 가 전날처럼 침대 지지대에 몸을 기대고 곤히 자고 있는 아가의 얼굴을 빤히 쳐다봤다. 유모는 그를 향해 말갛게 웃으며 방 안의 아가의 물건들을 정리했다.

정오의 햇살이 쏟아지는 방 안은 제법 환했지만, 그 햇살은 강하지 않고 부드러웠다. 햇살 가득한 방 안에 아가의 작은 숨소리가 잔잔하게 흩어졌다.

소년이 가볍게 한숨을 푹 내쉬고 조심스레 침대에 얹고 있는 팔 하나를 빼서 보기만 해도 말랑말랑할 것 같은 도톰한 아가의 뺨 가까이 뻗었다. 손가락 중 검지를 펴고 닿을까 말까 하는 거리에서 멈춘 소년은 고민했다.

아, 만져 보고 싶다.

하지만 혹여 깨기라도 하면 어쩌지? 하는 걱정이 앞섰다. 깨서 울음이라도 터트리면 너무 미안해 죽을 것 같았다. 그러나 그가 짧은 고민을 하고 있는 사이, 민감한 아가는 눈치라도 챘는지 꼬옥 감겨 있던 눈이 움찔거리더니 파르르 눈꺼풀을 떨었다. 그리고 천천히 눈꺼풀을 들어 올리니 드러나는 반짝이는 투명한 푸른 눈동자.

앗! 하고 놀랄 틈도 없이 아가의 잠이 덜 깬 눈동자가 느리게 깜박였다. 초점 없던 아가의 눈동자가 차츰 선명해지자 소년은 가슴이 두근두근거렸다. 아, 여길 본다. 어, 어쩌지! 소년은 콩닥거리는 가슴을 진정시키며 눈동자를 굴려 자신을 쳐다보는 아가에게 말했다.

"아, 안녕?"

떨리는 마음에 목소리가 떨리고 살짝 더듬기까지 했다. 평소의 소년이라면 절대 있을 수 없는 일. 소년은 내심 자신의 첫마디가 부끄러워졌다. 저도 모르게 살짝 얼굴이 벌게져 버렸다. 그러나 그의 부끄러움을 알아봐 주기엔 아가는 아주 어렸다. 그리고 지금 아가는 혼란에 빠져 있었다.

이상하다? 나 분명 죽었는데?

꿈이 아니다. 목에 닿는 찰나의 쇠 특유의 날카롭고 차가운 감촉도 느꼈고 목이 댕강하고 떨어지는 소름 돋는 느낌도 제대로 느꼈었다. 그런데 자신은 지금 제대로 목이 붙어 있는 상태로 살아 있다. 그리고 눈앞에 난생처음 보는, 자신의 시야에서 보면 월등히 커 보이는 사람 둘이 보였다.

마치 거인 같아! 40대 후반의 어여쁘게 나이를 먹어 가고 있는 부드러운 인상의 여인과, 과거의 저보다 적어도 5, 6살은 더 먹은 것 같은 10대 초중반 정도의 화사한 외모를 가진 소년을 보며 아가는 그리 생각했다.

그들을 보는 아가의 마음은 혼란스러움 그 자체였다. 그러나 곧 아가를 향해 따스하게 내려앉는 부드러운 눈빛과 시선에 그만 마음을 놓고 말았다.

아, 모르겠다.

죽었든 살았든 꿈이든 현실이든 알 게 뭐야. 이제 생각하는 것도 머리 아파. 그냥 그만둘래. 다 잊어버릴래. 라고 아가가 생각하자 단순하고 작은 아가의 뇌는 곧 단순하게 과거의, 전생의 기억을 순식간에 덮어 버리기 시작했다.

뇌는 마치, 안 그래도 과부한데 잘됐다! 싹 다 지우자! 하고 호기롭게 외치는 것처럼 어둡고 두려웠던, 잔혹하게 물들었던 새빨간 전생의 기억을 금세 소설 속에나 나오는 찬란한 바다의 위대한 파도처럼 순식간에 덮어 버렸다.

이것은 아가가 커다랗고 동그란 투명한 눈동자를 두세 번 깜박이는 찰나의 순간에 순식간에 이루어진 것. 아가는 금세 머릿속이 새하얗게 변하며 가벼워지는 것을 느꼈다. 자신이 무엇으로 인해 혼란을 느꼈는지조차도 순식간에 잊은 아가는 개운한지 기분 좋게 눈꼬리를 접으며 까르르 웃었다.

타이밍 좋게도 아가가 웃을 때가 소년이 부끄러워 몸 둘 바를 모르고 아가 눈치만 살피는 순간이었다.

소년의 부끄러운 첫 인사에 아가가 말똥말똥 쳐다보기만 해 그는 정말이지 쥐구멍이 있다면 그 속으로 얼굴을 집어넣고 싶은 심정 있었다. 그러나 바로 해사하게 미소 지으며 사랑스럽게 웃음소리를 내는 아가의 모습에 순식간에 넋을 놓고 말았다.

놀라기는 유모도 마찬가지인 듯 어머나! 하고 가볍게 탄성을 내질렀다. 그러나 그녀에 비해 소년은 매우매우 놀라 눈을 휘둥그레 뜨고 아가를 내려다보았다. 그러고는 어버버 하는 표정으로 말했다.

"우, 우, 웃었다!"

"어머나! 그러게요?"

소년은 그렇게 말하더니 금세 신이 난 표정을 지으며 상체를 숙여 해사하게 웃고 있는 아가의 얼굴 가까이 갔다. 아가는 점차 다가오는 그의 얼굴에 눈을 휘둥그레 뜨더니 이내 꺄하 하고 짧고 깜찍한 웃음소리를 터트렸다. 아직은 팔에 힘이 없어 꼼지락거리는 게 전부지만 그마저도 사랑스러웠다. 소년은 발그레한 얼굴로 아가의 코앞에서 배시시 웃으며 속삭이듯 말했다.

"파이⋯⋯."

그의 속삭임에 간지럽다는 듯 아가가 가볍게 고개를 조금 움직이더니 눈꼬리를 가늘게 접고 까르르 웃음을 터트렸다. 실제로 그의 숨소리가 살랑살랑 닿아 아가의 뺨을 간지럽혀 웃음이 나왔다.

아이 차암! 간지러워!

뭐라고 말하는지 알 수는 없었다. 그 목소리는 번지듯 울렸으나 그 속에는 다정함이, 애정이 가득해 아가는 해사하게 웃었다. 아가가 웃을수록 소년은 여러 번 반복해서 아가의 이름을 읊듯이 속삭였다. 그럴 때마다 아가는 반질반질 투명한 푸른 눈동자를 반짝이며 방긋방긋 웃었다.

유모는 웃음꽃이 만발한 남매를 흐뭇하게 바라보고는 이내 양 허리에 손을 얹으며 제법 유쾌한 어조로 입을 열었다.

"자아, 그럼! 한번 안아 볼까요?"

유모의 갑작스러운 말에 소년은 아가를 향했던 시선을 옮기고 숙였던 상체를 살짝 세우며 동그랗게 뜬 눈으로 그녀를 올려다보았다. 놀란 토끼처럼 빨간 루비 같은 눈동자로 쳐다보는 소년의 얼굴에 유모는 가볍게 웃음을 터트렸다.

"왜 그렇게 놀라세요? 도련님."

유모는 웃음기가 남은 목소리로 다정하게 말했다. 그에 소년은 화들짝 놀라 몸을 바로 세우고 허둥지둥 한 걸음 뒤로 물러나며 말했다.

"아, 아니! 있잖아, 내, 내가 파이를……."

"안아 보셔야죠."

"아, 안아? 내가?"

소년이 허둥지둥 제 상체를 털어내듯 손으로 더듬으며 당황해하자 유모는 빙글 웃으며 말했다. 그에 놀란 소년이 검지로 자신을 가리키며 더듬더듬 반문했다. 유모는 여전히 웃는 얼굴로 고개를 크게 끄덕이고는 방싯방싯 웃고 있는 아가에게 양손을 내밀었다. 그에 아가는 눈을 동그랗게 뜨고 그녀를 올려다보았다.

유모는 해사하게 웃으며 아가의 몸의 뒤에 손을 쑥 집어넣어 목과 등을 단단히 받치고 들어 올렸다. 아가는 순식간에 제 몸이 들어 올려지자 놀란 듯 눈을 휘둥그레 떴다. 그러나 곧 익숙하게 유모의 품에 안기자 안정되었는지 느리게 눈을 깜박이며 그녀를 올려다보았다. 유모는 아가의 시선에 방긋 웃으며 우루루 까꿍! 하고 가볍게 소리를 냈다. 그러자 아가는 기다렸다는 듯 꺄하 하고 웃음을 터트렸다.

서너 번 엉덩이와 등을 토닥이며 우루루 까꿍 하고 소리 내 주자 좋아 죽으려는 아가. 아가의 입장에선 그녀가 내뱉는 말이 굉장히 신기하고 재밌는 소리로 들렸다. 멍멍 울려서 괴상한 음색이었다. 말로 표현할 수 없는 신기하고 재밌는 소리! 무슨 마술처럼 그 소리만 들으면 웃음이 터져 나왔다. 아가는 그게 신기하다고 생각했다.

뭐야? 뭐야? 응? 어떻게 내는 거야?

그녀가 내뱉는 말은 묘하게 안정이 되기도 하고 신기하기도 하고 재밌기도 했다. 괜히 기분이 좋아지게 하는 마법의 단어. 아가는 영롱하게 빛나는 푸른 눈으로 그녀를 올려다보았다.

어제부터 부쩍 기분이 좋은지 이 작고 어린 아가님이 평상시에 잘 짓지도 않은 웃음과 미소를 계속해서 날린다. 유모는 수많은 경험과 직감으로 이것이 좋은 징조라는 걸 알았다. 유모는 이 시기를 적극 활용해야겠다 생각했다.

가족의 품에서 사랑받아야 할 아기이지만 거의 태어나자마자 가족들과 떨어졌다. 그들의 존재가 낯설어지기엔 충분한 공백이 있었다. 그것을 너무나도 잘 아는 유모는 기회가 될 때마다 그녀에게 가족들을 인식시킬 필요가 있다고 생각했다.

"자, 도련님. 안아 보실 거죠?"

"윽……! 아, 안아 보고 싶지만……."

"싶지만요?"

그녀의 물음에 소년은 덜컥 대답했지만 금세 우물쭈물했다. 그는 아직 작은 아가가 제 품에 제대로 안길까, 제 품이 좀 더럽지 않나 걱정이 앞섰다.

"나, 좀 더러운 것 같은데…… 안아도 될까?"

"어머? 혹시 안 씻고 오셨나요?"

평소 청결함을 중요시 여기는 소년의 성격을 잘 아는 유모가 의아한 어조로 물었다. 분명 소년은 제 위의 육체파 형들과는 달리 공작을 닮아 뛰어난 두뇌파로, 땀이나 먼지에 조금 민감하게 반응하는 편이었다. 결벽증까지는 아니어도 늘 청결한 그이기에 분명 아가 방에 오기 전에 말끔히 씻고 왔을 것이라고 당연하게 생각하고 있었던 것이다.

"아니! 씻었어! 빡빡! 하지만!"

역시나. 그녀의 시선에 소년이 놀라 조금 높은 톤으로 답했다. 실상 그는 아침부터 때 빼고 광을 내고 왔다. 그럼 뭐가 문제일까? 유모는 여전히 의아한 표정으로 쳐다봤다.

품에 안긴 아가가 유모를 올려다보고 요상하게 짓는 그녀의 표정을 따라 지으려 했다. 그러나 굉장히 어려운 표정이었다. 아가는 결국 포기하고 눈을 깜박이며 소년을 보았다.

두 시선이 느껴지자 소년은 다급히 제 몸에 먼지 하나라도 남을까 탁탁 털어 내기 시작했다. 그러고는 양손을 꼬옥 말아 쥐고 호기롭게 말했다.

"안을게!"

"네! 그럼……."

소년은 조마조마한 듯 마른침을 삼키고 양손을 뻗었다. 그에 맞춰 유모가 천천히 아가를 그의 양팔 위로 내려 주었다. 아가는 그 둘이 하는 행동을 그저 말똥말똥 쳐다볼 뿐이었다.

제 팔 안에 작은 아가의 몸이 닿자 소년은 긴장했다. 어색하게 안아 올리는 폼이 여간 불안한 게 아니었다. 거기다 긴장으로 딱딱해진 소년의 몸이 느껴지는지 아가가 울상을 지었다. 그에 따라 소년의 얼굴도 따라 울상이 되었다. 아가보다 훨씬 울상인 그는 당장이라도 울음을 터트릴 것 같았다.

소년이 애처로운 표정으로 유모를 쳐다봤다. 아가도 따라 그녀를 보았다. 남매가 사이좋게 울상을 지으며 쳐다보자 터져 나올 것 같은 웃음을 삼키며 유모가 웃는 낮으로 소년의 잔뜩 굳은 몸의 어깨를 가볍게 토닥였다. 그리고 어색하게 안은 팔을 잡아서 안는 폼을 수정해 주었다.

"도련님, 힘 푸셔야죠. 얼굴도요. 그렇게 굳은 표정으로 있으면 아가님 겁내요."

"아! 으, 응!"

유모의 말에 소년이 울상을 지우고 어색하게 입꼬리를 올리며 아가를 내려다보았다. 아가는 유모가 매만져 준 소년의 폼이 좀 전보다 편했는지 가볍게 뒤척여 그 품을 파고들었다. 생각보다 굉장히 안락하고 포근해 아가가 작은 손을 꼼지락거렸다.

소년의 품은 유모보다 좁고 불편함이 없지 않았지만 안락하기도 해서 이 또한 마음에 들었다. 무엇보다 소년의 품에 깊이 안기자 빠르게 뛰는 그의 심장 소리가 전해져서 굉장히 신기하고 즐거웠다. 그 심장 소리에 귀 기울이다가 아가가 배시시 웃으며 그를 올려다보았다.

쿵쾅쿵쾅해!

심장 박동 소리가 요란하게 들리는 게 여간 신기한 것이 아닐 수 없었다. 아가는 소년, 제 오빠의 품을 본능적으로 파고들어 볼을 비비며 눈을 스륵 감았다. 신기하게도 요란하게 울리는 그의 심장 소리가 아가에게는 묘한 안정을 주었다. 유모라는 여인의 품이 포근하고, 편안했다면 소년의 품은 본능적으로 그립고 애틋한 느낌이 들었다.

당장 떨어지면 영영 못 볼 것 같은 느낌.

그래, 강렬한 핏줄이 이어 주는 유대감. 그런 느낌이었다. 아가의 작고 하얀 손이 소년의 셔츠 자락을 자연스럽게 움켜쥐었다. 소년은 제 품에 찰싹 달라붙은 작고 여린 제 누이를 오묘한 표정으로 쳐다봤다. 울 것만 같은, 울음을 꾹 참으면서도 한사코 웃으려고 애쓰는 표정. 소년은 제 누이를 더욱 힘 있게 안았다.

제 몸을 안고 있는 팔 힘이 제법 세지자 아가는 스륵 감았던 눈을 뜨고 멀뚱히 그를 올려다보았다. 소년의 표정이 워낙 오묘해 이상하다 생각하며 아가는 눈꼬리를 가늘게 접으며 해사하게 웃었다. 유모는 소년과 아가를 아련한 눈빛으로 바라보며 웃었다.

그 후로 소년은 아가의 방에 찾아와 하루 종일 그 곁을 지켰다. 오늘 역시 어김없이 아가의 방에 찾아온 소년이 본 아가는 막 젖을 먹고 트림을 마쳤는지 혈색이 돌아 보기 좋았다.

배부르게 먹고 깜찍하게 트림까지 마친 아가는 말갛게 웃으며 제 오라버니를 반겼다. 어우어우 하고 옹알이를 하며 제 오빠를 향해 손을 허우적거렸다. 깜찍한 아가의 인사에 소년은 단숨에 걸어가 유모의 품에 안긴 아가를 건네받았다.

소년의 안는 폼은 이틀 만에 그럭저럭 그럴싸해졌다. 처음보다 제법 익숙해져 유모가 달리 자세를 지적해 주지 않을 정도가 되었다. 아가는 제 오빠 품이 그리도 좋은지 그 말똥한 눈을 초승달처럼 어여쁘게 휘며 웃었다.

아가의 눈부신 미소에 소년은 입이 귀에 걸릴 정도로 함박웃음을 지으며 가볍게 몸을 흔들었다. 그러면 아가는 포만감으로 인한 식곤증이 와 금세 노곤해진 눈을 나른하게 깜박이며 금세 잠이 들었다. 코롱코롱 작은 숨소리가 소년에게까지 전해지는 것이 기뻐 빙그레 웃었다.

아가의 생후 93일째. 오늘도 셋째 오라비의 품에 안겨 평화로운 하루를 이어 가고 있었다. 그다음 날, 본가의 둘째 도련님이자, 아가에게 둘째 오라비인 그가 오기 전까진 말이다.

원체 다혈질에 성미가 급한 그는 등장마저도 예사롭지 않았다.

그는 칼레이저 본가의 거대한 문 앞으로 갈색 혈통 좋은 말을 타고 엄청난 소리를 내며 무지막지한 속도로 달려왔다.

본가의 문지기는 익숙한 듯 잽싸게 그의 앞길을 방해하지 않도록 문을 활짝 열었다. 마치 레이스를 하는 것처럼 엄청난 속도를 내며 달려온 그는 저택 내에 들어섰음에도 속도를 줄이지 않고 내달리며 말했다.

"내가 돌아왔다!"

내달리는 속도에 맞춰 나부끼는 황금색 머리카락이 그의 야생미를 여실히 보여 주었다. 고작 16살인 소년임에도 그는 굉장히 늠름했다. 소년과 청년의 경계에 선 그의 불타는 투지의 열기가 가득 담긴 붉은 눈동자가 번들거렸다.

파엔과 닮아 귀족다운 고고한 이목구비를 가지고 있었다. 그리고 대충 묶어서 산발이 된 황금색 머리카락과 활활 타오르는 붉은 눈동자로 인해 그야말로 자유롭고 거칠고 아름다운 야생마의 느낌이 물씬 났다.

남다른 외모를 가진 그는 칼레이저 영지에서 이틀 거리에 있는 수도에서 잠도 안 자고 밤새 달려온 기색이었다. 온몸에 흙이며 먼지가 가득했고, 신고 있는 신발마저 흙투성이였다. 마치 누군가와 한바탕 땅바닥을 구르고 온 듯한 행색에 마중 나온 집사의 눈꼬리가 순식간에 치켜 올라갔다.

"집사! 오랜만입니다."

올해 아카데미 졸업반인 둘째 도련님은 말에서 내리지도 않고 하얀 이를 드러내며 웃었다. 그의 성미에 맞는 혈기왕성하고 털털한 음성에 집사는 노련하게 웃으며 말했다.

"어서 오십시오, 파샤 도련님."

"어! 어…… 그, 아기는?"

집사의 인사를 듣는 둥 마는 둥 대충 끄덕인 파샤는 냉큼 말에서 내려와 현관 앞 대리석 바닥에 발을 디뎠다. 그는 대충 흘려 말하듯 제 누이를 찾았다. 잔뜩 상기된 얼굴에 요리조리 눈동자를 바쁘게 굴리며 정서불안 환자 같은 모습을 하고 말이다.

집사는 그토록 보고 싶어 단숨에 달려온 행색을 하고도 티를 안 내려고 하는 말투가 우스웠다. 별거 아닌 것처럼 넌지시 물어보다니, 새침데기 계집아이와 다를 바 없었다. 좋으면 좋다고 할 것이지, 평소에는 쓸데없는 것까지 솔직하면서 이럴 땐 이 모양이다. 쯔쯧, 속으로 혀를 차던 집사는 흙과 먼지를 가득 몰고 온 더러운 그의 몰골에 인상을 찡그리며 답했다.

"잘 계십니다만."

"그래? 어디 있는데?"

잘 있다는 말에 냉큼 파샤가 되물었다. 티를 안 내려고 여간 노력하는 듯했지만, 그의 얼굴은 잔뜩 상기되어 있었다. 그 모습에 집사는 속에서 터져 나오는 웃음을 참아 내며 인자하게 미소 지었다.

"우선, 이리로."

노련한 집사는 유려하게 몸을 돌리며 그에게 길을 안내했다. 파샤는 성큼성큼 그의 안내를 받으며 자신의 사랑스러운 여동생을 상상했다.

잘 자랐겠지? 그 조그맣고 작은 아이가 이만큼 컸을까? 그보다 더 컸을까? 피부색은 여전히 붉은 핏덩이 같을까? 눈 색은 어머닐 닮았을까? 즐거운 상상을 하며 집사 뒤를 졸졸 따르던 파샤는 코끝에 희미하게 나는 물 냄새에 의아해졌다.

얼레? 아가가 목욕 중인가?

어째서인지 파샤가 집사의 안내를 받아 도착한 곳은 저택 내의 커다란 목욕탕이었다. 파샤는 그 문 앞에 서서 자신을 바라보고 있는 집사를 말똥말똥 마주 보았다.

"……집사?"

의아한 기색을 담아 묻자 집사는 연륜 가득한 여유로운 미소를 지으며 답했다.

"씻으셔야죠. 설마 그 더러운 몸으로 아가님께 가신다는 건 아니겠죠?"

"……어?"

집사의 대답에 파샤는 멍청한 표정을 지으며 반문했으나 그의 대답은 듣지도 않고 집사는 욕실 문을 열었다. 열자마자 목욕 시중을 들 하녀 여러 명이 멍청히 서 있는 파샤를 정중하고 날렵한 솜씨로 붙잡아 끌고 문 너머로, 수증기 가득한 목욕탕으로 사라져 버렸다.

"절대 안 되죠. 아가님께 그런 더러운 몰골로 직행이라니, 이 집사는 절대 용납할 수 없습니다."

집사는 수증기 자욱한 목욕탕으로 사라져 버린 파샤를 배웅하며 웃는 낯으로 중얼거렸다. 그런 세균 덩어리 몸으로 감히 사랑스러운 아가님 앞에 나서시겠다니, 절대 안 됩니다. 문을 닫아 버린 집사는 다른 하인과 하녀들을 불러 파샤가 걸어오느라 얼룩진 복도를 깨끗이 닦게 했다. 단 하나의 세균도, 흙먼지도 용납할 수 없다는 듯.

그 후 2, 3시간이 지나고서야 목욕탕 문이 열리고 파샤가 나왔다. 처음 거지꼴을 하고 나타났던 파샤는 어디 가고 훤칠한 키에 수려한 외모와 청년의 몸을 가진 소년이 말끔해진 제 얼굴을 매만지며 중얼거렸다.

"진짜, 너무한 거 아냐?"

그 앞에는 집사가 앞장서고 있었다. 집사를 불만 가득한 표정으로 노려보던 파샤는 칫 하고 콧방귀를 뀌었다. 그에 집사는 가볍게 웃음을 터트리며 인자한 목소리로 말했다.

"그런 더러운 몰골로 나타나면 아가님이 깜짝 놀라 울음을 터트릴지도 모르는데, 너무하다니요? 오히려 제게 고마워하셔야 합니다만?"

가볍게 농을 내뱉는 집사에 파샤는 뭐라고 한마디 뾰족하게 내뱉으려다 말고 뚱한 표정을 지었다. 생각해 보니 집사의 말이 맞는 것 같기도 했기 때문이다. 집사의 말대로 아가에게 보여 줄 제 모습은 생각도 않고 마냥 달려가 산적 같은 거지꼴을 본 아기가 놀라 울음이라도 터트린다면 정말!

제대로 된 첫 만남인데, 망칠 수 없지.

파샤가 입을 다물고 조용해지자 집사는 빙그레 웃었다. 부디 아가 님에게 좋은 인상을 남기시길. 집사의 안내를 받아 도착한 아가의 방 앞에서 파샤는 가볍게 숨을 내쉬고는 문을 벌컥 열었다.

"오빠 왔다!"

기운차게 들어선 파샤는 순간 멈칫했다. 혹시 자기가 너무 큰 목소 리로 떠든 건 아닌가, 아가가 자신의 목소리에 놀라 혹여 울음을 터트 리진 않을까 뒤늦게 걱정이 물밀 듯 밀려왔다. 그러나 그는 이미 아가 의 방에 들어선 상태였다. 순간적으로 돌처럼 굳은 그의 귓가에 아가 의 경쾌한 웃음소리가 들렸다.

"꺄아!"

진정 이것이 이제까지 들어 보지 못한 막내 여동생의 목소리인가. 아기라고는 바로 아래 동생인 파엔밖에 본 적이 없는 파샤는 자신의 상상에서조차 구현해 보지 못한 소리에 깜짝 놀라고 말았다.

그런 파샤 앞에 펼쳐진 상황은 더욱 그를 혼란에 빠트렸다. 그는 온 몸을 결박당한 사람처럼 휘둥그레 뜬 눈만 겨우 깜박이며 꼬맹이, 파 엔의 품에서 까르르 웃으며 꼼지락거리는 작은 아가를 쳐다봤다.

"어머, 둘째 도련님."

돌처럼 굳어서 아가에게 고정한 눈동자만 데굴데굴 굴리고 있는 파 샤를 발견한 것은 유모였다. 유모는 반가운 기색으로 그에게 다가갔 다.

파샤의 목소리가 크게 방 안에 퍼졌지만, 이제야 그를 발견한 그녀 는 제법 당황스러웠다. 파엔과 그녀 둘 다 아가의 사랑스러움에 너무 집중했던 나머지 그의 우렁찬 목소리를 듣지 못한 모양이다. 민망함 을 감추며 웃은 그녀가 다가가 반갑게 인사했음에도 딱딱하게 굳은 파샤의 몸은 움직일 줄 몰랐다.

"도련님?"

"유모…… 저 꼬맹이 품에 안긴 저 작은 건……."

못 들었나 싶어 의아한 기색으로 다시 한 번 그를 부르자 넋이 나간 목소리로 파샤가 느릿느릿 물었다. 파엔을 늘 꼬맹이, 꼬맹이 하고 부르는 파샤의 말버릇에 유모는 가볍게 웃음을 터트리며 손으로 입가를 가렸다.

"어머, 도련님. 파이 님이시잖아요."

"……저 조그만 게, 파……파이라고?"

저렇게 생기 넘치게 웃는 작은 아기가 내 동생 파이라고?

파샤는 믿을 수가 없었다. 몇 개월 전, 아니 80여 일 전 어깨 너머로 겨우 본 아가는 온몸이 포대기에 싸여져 있었다. 그나마 내민 얼굴은 쭈글쭈글하고 온통 붉은 토마토 같았다.

다시 마주하게 된 누이의 얼굴을 보며 파샤는 불과 몇 달 전의 일을 떠올렸다.

솔직히 말해 그 당시 사랑하는 어머니를 잃고 얻은 동생이라 악감정이 더욱 컸던 파샤로서는 실망과 분노가 컸다. 저 보잘것없는 것 때문에 내 어머니가 목숨을 잃었다 생각하니 억울함과 증오가 물밀 듯 몰려왔다. 그러면 안 된다 자신을 다독이려 했지만 단순한 파샤는 어머니를 잃은 슬픔에 쉽게 휩싸였다.

눈도 채 못 뜬 미숙아의 얼굴이 잊혀지지 않았다. 그 얼굴을 떠올리면 자연스럽게 자신이 사랑했던 어머니가 떠올랐다. 아름답게 웃으며 제 이름을 불러 주던 어머니가, 그 푸른 눈동자가 떠올라 주체할 수 없을 정도로 서글퍼졌다. 그와 동시에 이렇게 나약하게 태어난 아가가 마치 대 공작가의 수치처럼 느껴졌다.

그럼에도 같은 핏줄을 이은 유일한 누이라고, 그 휘몰아치는 악감정 속에 희미하게 걱정과 안쓰러움도 담겨 있었다. 안타까운 마음이 들었으나, 누이는 제 그런 불편하고 혼란스러운 심정을 알 리 없었다. 자꾸만 이러면 안 된다고 하면서도 약하게 태어난 누이를 탓했다.

어머니의 목숨을 담보로 태어났으면 좀 더 어여쁠 것이지……! 좀 더 건강할 것이지……!

그날 내내 파샤는 삶의 끝에서 아슬아슬하게 버티고 있는 아가의 나약함을 탓하며 지냈다. 그러던 중, 어머니를 앗아 간 보잘것없는 아가가 대신관의 대결계 안에서 하루하루를 연명하며 살고 있다는 소식을 전해 들었다.

그 얘기를 듣자 파샤는 충동적으로 이제까지 근처에도 가지 않았던 아가의 방을 찾았다. 머뭇거리며 아가의 방문 손잡이를 만지작거리는데 그의 예민한 청각에 누군가의 흐느낌이 들렸다. 익숙한 아버지의 목소리였다.

파샤는 그 흐느낌에 저도 모르게 가슴이 철렁 내려앉았다. 제국 내에 내로라하는 마법사들 중에 단연 으뜸이며 황제 앞에서도 당당하게 독설을 내뱉는 강철의 심장을 지닌 아버지가 서럽게 울고 있었다. 파샤는 마치 들으면 안 되는 것을 들은 것처럼 저도 모르게 빈손으로 제 입을 막았다.

흐느끼며 우는 아버지의 목소리에서 파샤는 걷잡을 수 없는 불안감을 느꼈다. 혹시라도, 혹시라도 누이가 이대로 숨을 거두게 되면 어쩌지? 파샤는 너무나도 두려워졌다. 그는 더 이상 그 자리에 있을 수 없었다. 걷잡을 수 없는 두려움에 벌벌 떨던 그는 저도 모르게 문손잡이에서 손을 떼고 뒷걸음쳤다. 그러고는 몸을 돌려 뒤도 돌아보지 않고 뛰어갔다.

되도록 멀리, 멀리.

정신없이 뛰어서 도착한 곳은 어머니가 그토록 자랑하고 아꼈던 저택의 정원이었다. 정원에 당도한 파샤는 거칠게 숨을 몰아쉬며 가까이에 있는 커다랗고 높이 솟은 느티나무에 한 팔을 얹어 그 위에 이마를 대고 기댔다.

고개를 숙이고 헉헉 숨을 내쉬는 가운데 무언가 툭 하고 떨어졌다. 처음엔 그것이 무엇인지 알 수 없었으나 뿌옇게 변한 시야를 인식한 순간 떨어진 것이 자신의 눈물임을 깨달았다. 파샤는 남은 손으로 눈가를 가리며 소리 없이 울었다. 그제야 깨달았다. 자신이 말도 안 되는 어리광을 아가에게 부렸다고. 하루하루를 힘겹게 사는 아가를 향해 부정적인 감정을 드러낸 치기 어린 자신이 너무나도 창피하고 미워졌다.

주체할 수 없는 슬픈 감정이 봇물 터지듯 흘러나와 파샤는 주르륵 미끄러지듯 주저앉았다. 흘러내리는 눈물을 가리기 위해 물기 가득한 자신의 얼굴을 감싸며 엉엉 울었다. 사나이 체면 따윈 상관없어졌다. 그는 엉엉 우는 목소리로 아직 이름도 받지 못한 아가를 애타게 불렀다.

'아가야······ 아가야······ 내 불쌍한 누이야.'

파샤는 그날을 기점으로 아가를 증오하지 않았다. 아니, 못했다. 그렇게 힘겹게 살려고 발버둥 치는 가여운 것을 더 이상 원망할 수 없었다. 살길 바랐다. 부디 살아서 감긴 눈꺼풀 속에 숨겨져 있던 눈동자를 보여 주었으면 좋겠다고 생각했다. 어머니를 닮지 않아도 되니까 건강하게 자라나길 바랐다.

파샤는 그렇게 아가를 원망했던 자신을 탓하고 아가가 건강해지기만을 바라며 까마득하게 느껴지는 무거운 80일을 기꺼이 기다렸다.

그 괴로운 기다림 끝에 마주한 누이가 이렇게 몰라보게 건강해진 모습을 보니 어안이 벙벙했다. 볼살이 보기 좋게 오른 얼굴엔 혈색이 돌아 하얀 뺨에 홍조가 들어 깨물어 주고 싶을 정도로 사랑스러웠다.

해사하게 웃는 모습이 어머니를 쏙 빼닮아 가슴 한 곳이 먹먹해졌으나 끝없는 동굴 속을 헤매다 겨우 한줄기 빛을 발견한 느낌이었다. 파샤의 눈에 세상이 환하게 빛나는 것 같았다. 아름다운 빛의 세계다.

"네, 파이 님이에요. 도련님."

넋을 놓고 바보처럼 되묻는 파샤에 유모는 뿌듯함을 담아 빙긋 웃으며 답했다. 그에 파샤는 천천히 움직여 파엔의 품에 안겨 연신 까르르 웃는 아가에게 다가갔다.

건방진 꼬맹이는 제 형님이 오셨는데도 오직 아가에게 시선을 고정한 상태였다. 평소라면 그의 등짝을 후려치며 네 이놈! 하고 그 큰 목소리로 장난스럽게 소리쳤을 파샤지만 지금만큼은 평소의 걸음걸이보다 조심스럽게 소리 없이 다가갈 뿐이었다.

그의 노력에 의해 파엔은 파샤가 코앞에 다가올 때까지도 인기척을 느낄 수 없었다. 아니, 평상시처럼 다가왔더라도 파엔은 몰랐을 것이다. 그의 눈에는 오직 사랑스러운 제 누이만 보일 테니까. 그러나 제 누이는 그렇지 않은지 새로운 등장인물에 어여쁘게 호선을 그리던 눈동자를 동그랗게 뜨고 시선을 옮겨 호기심을 표했다. 아가의 표정과 시선이 달라지자 의아해진 파엔은 그제야 파샤를 발견했다.

"헉, 형?"

"아우!"

파엔이 가볍게 비명처럼 내지르자 아가가 아우, 아우 하고 신기한 기색을 담아 소리를 냈다. 어쩜 그 소리마저 사랑스러운지 파샤는 정신을 차릴 수가 없었다. 아가가 새파랗고 투명한 눈동자로 자신을 올려다보자 심장이 벌렁벌렁 뛰었다.

오! 맙소사.

"……파이."

"아우, 아웅. 아부부……."

손을 들어 조심스레 아가의 작고 동그란 얼굴을 매만졌다. 손끝이 파르르 잔경련을 일으켰다. 힘이 장사라는 파샤는 혹시라도 제 넘쳐

나는 힘에 아가가 다치지 않을까 싶어 평상시 훈련할 때도 보이지 못했던 집중력을 모조리 끌고 와 혼신의 힘을 다해 아가를 만질 수 있었다. 그의 사정을 알 리 없는 아가는 모진 훈련으로 인해 까끌까끌해진 손바닥의 촉감에 움찔했다. 작게 움찔한 아가의 행동에 파샤는 심장이 쿵 하고 떨어졌다.

거, 거절이냐⋯⋯!

순식간에 나락으로 떨어지는 기분이 들었지만 우울해할 틈도 없이 돌연 아가가 그의 손을 덥석 잡았다. 파샤의 검지가 아가의 작고 하얀 손아귀에 겨우 잡혔다. 아가는 한 손으로 그 검지를 잡는 것도 모자라 나머지 한 손으로도 마저 잡아 감쌌다.

"아부부부."

신기한 손. 까끌까끌, 따끔따끔 이상한 느낌이다. 아가는 제 뺨에 닿은 그 촉감이 그리도 신기한지 자꾸만 파샤의 검지를 주물럭거리며 신기하다는 듯 연신 옹알이를 했다.

그에 파샤는 쿵 떨어져 다시는 뛰지 않을 것 같은 제 심장이 미친 듯이 뛰는 것을 느꼈다. 계속해서 제 검지를 가지고 주물럭거리던 아가는 기어코 웃음을 터뜨렸다. 그 감촉이 굉장히 재밌고 신기한 모양이다. 꺄하, 꺄르르 하고 웃는 소리가 어떠한 악기의 소리보다도 매력적이고 아름답게 느껴졌다.

"에, 지지야. 파이, 지지다, 지지."

해사하게 웃는 아가의 미소에 감동하고 있는데 파엔이 찬물을 끼얹는다. 파엔의 말에 아가는 아우우 하고 웅얼거리며 고개를 갸웃 기울였다. 뭐어, 뭐어? 무슨 말이야? 하는 듯 파랗고 순수한 눈동자가 파엔을 향한다. 그에 파샤의 눈매가 순식간에 날카로워졌다. 파샤는 파엔의 뒤통수를 제 커다란 손으로 통통 튀기듯 치며 말했다.

"뭐라고?"

"악! 악! 형!"

"꼬맹아, 뭐가 지지라고?"

"형, 아파! 아프다고!"

약간의 악감정을 담아 뒤통수를 어루만져 주자 파엔이 특유의 뾰족한 목소리를 내며 툴툴거렸다. 파샤는 그러거나 말거나 파엔의 뒤통수를 여전히 어루만졌고, 그에 의해 몸이 반동을 일으켰다. 상체가 머리를 따라 흔들리자 그 품에 안긴 아가도 가볍게 흔들렸다. 일정한 간격으로 이어지는 움직임에 아가가 재밌는지 다시 한 번 꺄하! 하고 웃음을 터트렸다.

이상한 놀이 한다! 거인이 작은 거인 때린다! 표정 이상해! 막 움직인다! 막! 막! 움직인다! 연신 이런 생각을 하며 아가는 제가 쥐고 있는 파샤의 검지를 혼신의 힘을 다해 흔들었다.

미미하게 전해지는 악력에 파샤가 멈칫하더니 아가에게 시선을 옮겼다. 파엔은 얼얼한 제 뒤통수를 쓰다듬고 싶었지만 제 품에 안긴 아가를 위해 인상만 찡그리며 어깨를 한껏 움츠렸다.

두 사람의 행동이 멈추자 반동 역시 멈췄지만 이미 흥에 겨운 아가는 제멋대로 꺄하, 꺄하, 하며 이상한 음정을 만들어 내며 웅얼거리고 웃었다. 신나게 흔들던 그의 검지를 보다 자연스럽게 시선을 옮겨 파샤를 올려다봤다. 웃음기 가득한 아가의 파란 눈동자가 빛의 알갱이에 의해 반짝반짝 빛났다.

거인 사람! 재밌는 얼굴이다.

파샤의 얼굴이 붉게 물들어 마치 홍당무가 된 것 같았다. 파샤는 주체할 수 없는 안면 근육을 움직여 헤벌쭉 웃었다. 흐물흐물 녹을 것만 같았다. 방글방글 웃는 아가는 울상 한 번 안 짓고 자신을 보고 있다.

맙소사, 맙소사.

이 조그맣고 작은 아가가, 내 동생 파이라니. 이렇게 사랑스러움이 넘쳐 나 어쩔 바를 모르게끔 마음을 흔들어 놓는 이 아가가 내 누이라니!

파샤는 연신 헤벌쭉 웃으면서도 속으로 중얼거렸다. 믿을 수가 없는데 눈앞에 현실이 있다. 못생겨도 좋으니까 살아만 있어 주길 바랐다. 자신을 보고 울음을 터트려도 좋으니까 건강하길 바랐다. 부디, 부디 아가가 그러길 바랐다.

그런데 아가는 그의 바람 이상으로 있어 줬다. 사랑스러운 누이로 자라 줬다. 자신을 보고 웃어 줬다. 투박한 제 손을 먼저 잡아 줬다. 그것이 파샤는 걷잡을 수 없을 정도로 기쁘고 행복했다.

밤낮으로 달려오길 잘했어.

파샤는 희망을 버리지 않고 열심히 달려온 자신을 처음으로 칭찬했다. 그는 이제야 안도했다. 너무나도 소중한 제 누이를 이제야 제대로 본 기분이 들었다. 파샤의 헤벌쭉 웃는 얼굴이 기묘하게 일그러졌다. 그의 붉은 눈이 금세 촉촉해졌다.

그의 마음을 알았는지 아가가 꼬옥 쥐고 있는 파샤의 손을 제 뺨에 갖다 대더니 비비기 시작했다. 보드랍고 하얀 뺨이 매만져지자 파샤는 넘쳐흐르는 감격과 기쁨이 복받침을 느끼며 아가의 동그란 이마에 제 이마를 갖다 댔다. 미미한 체온이 그의 이마에 느껴졌다.

바로 코앞에서 마주 보는 그 파란 눈동자는 빛을 머금은 잔잔하고 아름다운 물을 담은 호수와 같았다. 파샤는 눈꼬리를 가늘게 접고 웃었다.

"오빠, 왔다. 파이……!"

"아우!"

흐릿하게 떨리는 목소리로 중얼거리듯 말하자 그에 답하듯 아가가 신기하게도 타이밍 맞게 경쾌한 목소리를 냈다. 그저 별거 없는 옹알이에도 마치 '어서 와! 오빠.' 하고 답해 주는 것 같아 파샤는 기어코 눈을 질끈 감아 버렸다.

이건 꿈이 아닐 거야. 그렇지?

그의 얼굴에 아가가 작고 하얀 고사리 같은 손으로 가볍게 터치하며 아우우 아우우! 하고 소리를 냈다. 거인 사람! 거인 사람? 얼굴이 이상해! 아야야 해? 응? 아가는 제 앞의 파샤의 복받치는 감정을 캐치라도 한 듯 그의 뺨을 몇 번이나 매만지고 톡톡 쳐 주었다.

마치 위로해 주는 듯한 아가의 행동에 뒤에서 지켜보던 유모는 자꾸만 울컥해 기어코 흐르는 눈물을 가볍게 훔쳤다.

그리고 파엔은,

'감동한 건 좋은데, 제발 그 큰 덩치로 내게 기대지 좀 마, 형. 무겁다고……!'

본의 아니게 작은 아가 한 명과, 커다란 곰과 같은 덩치를 자랑하는 성인에 가까운 사람 한 명의 무게를 지탱하고 있었다. 이렇게 파샤는 꿈에도 그리워하던 막내 누이를 드디어 만났다. 그동안 마음고생 하며 허했던 가슴속이 따뜻해짐을 느끼며 아가에 대한 애정이 가득 채워졌다.

작고 사랑스러운 아기 천사를 어찌 사랑하지 않을 수 있을까.

"그래서, 며칠 일찍 와서 그동안 잘도 독점했겠다?"

얼추 안정이 되자 파샤는 질투 가득한 표정으로 파엔을 쳐다봤다. 이제 낮잠 잘 시간이라 아가를 유모에게 건네주고 가벼운 몸이 된 파엔이 입을 삐쭉 내밀며 투덜거렸다.

"난 분명 같이 갈 거냐고 물어봤어. 교양수업을 낙제해 보충수업을 들은 형이 잘못이지."

"……으! 이 꼬맹이가!"

파엔에게 득달같이 달려들어 헤드록을 걸며 분노의 아우성을 내지르는 파샤. 그에게 헤드록을 걸린 파엔이 금세 시뻘게진 얼굴로 그 우람한 팔뚝을 팡팡 치며 버둥거렸다.

"어휴! 도련님들, 이리 시끄럽게 굴 거면 나가서 노세요!"

둘이 호들갑을 떨며 티격태격하는 모습에 유모가 간신히 재운 아가님이 다시 깰까 걱정돼 제법 호된 목소리로 말했다. 그에 두 사람은 금세 서로 떨어져 조용해졌다.

파샤가 큼큼거리며 목기침을 하더니 슬금슬금 아가의 작은 침대에 다가갔다. 그에 뒤질세라 파엔 역시 다가가 둘은 서로를 마주 보는 상태에서 그 아래 곤히 잠든 아가를 쳐다봤다. 아가의 침대 지지대에 살며시 기대어 색색 고른 숨소리를 내며 자는 모습을 감상하자니 절로 흐뭇한 미소가 번졌다.

"이 조그맣고 작은 게, 잘도 버텨 줬어."

파샤는 여전히 감동의 여운이 남은 목소리로 작게 중얼거렸다. 오늘내일하던 누이가 생기를 되찾아 어여쁘고 사랑스러운 아가가 된 모습이 너무나 기특하고 대견했다. 아가의 토실한 뺨을 가볍게 톡 건드린 파엔이 동조하듯 중얼거렸다.

"믿겨지지 않지? 진짜, 파이가 이렇게 건강해질 줄이야……. 형! 나 진짜, 파이가 대견하다!"

파엔은 아가의 작은 행동 하나하나 전부 각인하겠다는 듯 시선을 떼지 못했다. 작게 오르락내리락하는 가슴과 색색거리는 숨소리, 혈색 좋은 하얀 피부와 어여쁘게 물든 뺨, 은은하게 나는 우유 향이 심장을 두근두근 뛰게 만들었다.

칼레이저가의 차디찬 겨울 끝에, 오지 않을 것 같던 따스한 봄이 기어코 찾아왔다. 몸서리칠 정도로 매서운 꽃샘추위도 물러가고 봄바람이 솔솔 불어와 아가의 방에 은은한 꽃향기를 날려 주었다.

※ ※ ※

아가는 은은하게 나는 봄 꽃향기에 배시시 미소를 지었다. 포근한 햇살이 달게 자는 아가의 몸의 체온을 한층 더 따뜻하게 보듬어 줘, 마치 엄마의 품에 안긴 기분이 들어 편안했다.

"우웅……."

색색 자면서도 연신 옹알이를 하는 것이 꿈이 제법 활동적인 것인 듯했다. 고개를 천천히 흔들며 느릿느릿 버둥거렸다. 마치 양수 속에 있던 시절을 떠올리듯.

그런 아가의 둥근 이마에 희미한 형체를 한 여인이 손을 뻗어 살포시 쓰다듬었다. 살이 토실 오른 아가의 보드라운 뺨도 매만졌다. 어찌나 아련하고, 어찌나 애정이 넘치는지 뭉클함이 느껴질 정도였다.

그녀의 푸른 형체, 푸른 호수를 머금은 눈동자가 애정을 가득 담아 아가를 내려다봤다. 봄 향기를 담아 날아온 바람의 아이들이 그녀 주변을 배회하며 살랑살랑 바람 소리를 냈다.

영(靈)의 형태를 가진 여인은 살포시 상체를 숙여 아가의 보드라운 뺨에 자신의 얼굴을 갖다 대고 가볍게 비볐다. 반투명한 그녀의 형체가 아가의 몸을 통과하는 듯했지만 여인은 그에 굴하지 않고 닿지 않는 그 몸을 애정 가득한 몸짓으로 보듬어 주었다.

애잔하기까지 한 그녀의 손길을 느껴진 걸까.

아가가 제법 달게 잔 꿈에서 깨기 시작했다. 미간을 가볍게 찡그리던 아가는 느릿느릿하게 눈을 떴다 감았다 했다.

몽롱한 아가의 눈동자에 희미하게나마 반투명한 여인의 형태가 담겨졌다. 그녀는 머리부터 발끝까지 푸른 색감을 띠고 있어 신비해 보였다. 가장 돋보이는 것은 빛의 알갱이들로 인해 반짝반짝 빛이 나 투명하게까지 느껴지는 아름다운 호수 같은 눈동자였다. 그녀를 멍하니 올려다보자 여인이 살포시 미소 지었다. 여신이 있다면 이런 모습일까? 어찌나 자애롭고 보드라운지, 마치 봄에 태어난 여신 같았다.

누구?

아가는 눈을 동그랗게 뜨고 의문을 담아 쳐다봤다. 여인은 아가의 시선에 눈꼬리를 가늘게 접고 그 작고 보드라운 뺨에 쪽 하고 키스를 했다. 분명 그녀의 입술은 뺨에 닿지 않고 통과되어 버렸지만 마치 진짜 키스를 받은 느낌이었다. 키스를 받은 뺨이 간질간질했다. 기분이 괜스레 좋은 아가는 꺄하, 하고 가볍게 웃음을 터트렸다.

"아부부, 아부……!"

아가는 그녀가 마음에 들었다. 엄마, 엄마 같아. 우리 엄마. 아가는 잊었던 전생에도 이런 키스를 받은 적이 있다는 것을 어렴풋이 느꼈다. 희미하게 남은 잔상이 겹쳐 보였다. 무의식적으로 아가는 눈앞의 여인이 제 어미인 것을 알 수 있었다. 이렇게 따뜻하게 자신을 바라봐 주고 보듬어 주는 저 여인은 분명.

"어버바바."

엄마야, 그렇지?

아가가 눈꼬리를 가늘게 접고 해사하게 웃으며 양손을 뻗어 그녀를 잡으려 했다. 아가의 미소에 마주 웃은 여인은 양손을 뻗어 자신을 잡으려는 아가의 행동에 애달프게 웃었다.

그녀는 금방이라도 눈물을 뚝뚝 흘릴 것 같은 가슴 아픈 미소를 지으며 아가의 작은 몸을 껴안았다. 아가는 다가온 그녀를 놓치지 않겠다는 듯 잡으려 양 손바닥을 폈다 쥐었다 했지만 손은 그녀의 몸을 통과했다.

아가를 껴안은 그녀 역시 아가의 몸이 제 손에 닿지 않고 그대로 통과하자 가슴이 미어질 것 같았다. 그녀의 마음에 동조하듯 아가가 몇 번이고 그녀의 몸을 잡기 위해 손바닥을 폈다 쥐었지만 야속하게도 모두 통과되자 해사하게 웃고 있던 얼굴이 점점 일그러졌다.

"으……에."

아가는 제 엄마를 잡지 못하는 자신에 화가 나고, 자꾸만 닿지 않는 그녀가 야속해 웅얼거리더니 기어코 울음을 터트리고 말았다. 하얗고 보기 좋은 얼굴이 금세 시뻘겋게 물들었다.

"으아앙, 으아앙!"

아가가 화를 내듯 버둥거리며 울자 여인이 눈물을 뚝뚝 흘리는 그 눈가에 키스하며 입술을 우물거렸다. '울지 말렴, 아가.' 하고 소리 없이 말했으나, 아가는 듣지도 이해하지도 못해 그저 울기만 했다. 그 모습이 어찌나 애잔하고 가련한지 여인은 어쩔 줄 몰라 했다.

마음 같아선 작은 아가의 몸을 들어 올려 등을 토닥이며 위로해 주고 싶었으나, 자신은 영혼만 남아 산 자의 몸에 닿을 수 없는 '죽은' 자였다. 그녀는 그저 입술만 지그시 깨물며 아가의 흐르는 눈물을 닦아 주었다. 물론 실제로 닦이진 않았으나, 그녀의 따뜻한 손길에 아가의 울음이 천천히 진정되었다. 그러나 여전히 물기 가득한 아가의 눈동자에 여인은 가슴이 미어질 것 같았다.

소중하고 소중한 내 아가,

그녀는 소리 없이 중얼거렸다. 연신 아가를 보듬어 주는 손길에 넘치는 애정을 느낄 수 있었다. 아가는 조금 안정된 표정으로 그녀를 올려다봤다.

"어…… 으으. 어버바!"

엄마, 엄마 하고 부르려는 것 같았다. 여인은 아가의 작은 얼굴에 키스 세례를 내리며 빙긋 웃었다. 포근하고 아름다운 미소를 지으며 저를 바라보는 시선이 너무나 행복해 아가는 배시시 물기 가득한 얼굴로 웃었다.

살랑살랑, 토닥여 주는 손짓에 아가는 천천히 눈꺼풀을 내렸다 올리더니 기어코 스르륵 눈을 감았다. 꿈결 같은 포근함이 아가에게 달콤한 잠을 선사했다. 그런 아가의 귓가로 이제까지 들리지 않았던 여인의 아름답고 영롱한 목소리가 살랑살랑 봄바람처럼, 꿈결처럼 산들산들 들려왔다.

[너를 사랑한단다. 누구보다도 나의 소중한 아가. 이리도 사랑스러운 널 두고 떠나는 엄마를 이해해 다오.]

두 눈을 꼬옥 감은 아가의 이마에 마지막으로 그녀의 애정 가득한 키스가 내려앉았다. 그것을 끝으로 여인의 반투명한 몸은 점차 흐려지더니 금세 환상처럼 사라져 버렸다. 아가의 방에는 산들산들 봄바람이 가볍게 들어왔다 나갈 뿐이었다.

"어머나?"

조용하고 잔잔한 분위기를 깬 것은 유모의 등장이었다. 유모는 천기저귀를 곱게 접은 것을 품에 안고 방에 들어와 정리를 한 후에, 작은 아기 침대로 걸어갔다.

이 착하고 사랑스러운 아가님이 아무 문제 없이 잘 자고 있나 확인차 침대를 내려다본 그녀는 깜짝 놀랐다. 잠깐 자리를 비우기 전까지만 해도 아가의 얼굴은 평온했는데 지금은 꼬옥 감은 눈가에 물기가 가득했다.

색색 안정적인 숨소리를 내며 자고 있는데도, 뺨도 제법 붉어진 것이 울다 잠든 모습이 역력해 보여 그녀를 당혹스럽게 만들었다. 조심스레 아가의 물기 남은 뺨을 매만지자 가볍게 움찔거렸다. 아가는 유모의 손길에 웅얼웅얼 잠꼬대를 했다.

"어……으……어……."

꿈결에 느껴지는 유모의 손길이 마치 방금 전 제 어미의 손길같이 느껴져 배시시 웃었다. 울고 난 후에 배시시 웃는 모습이 우습기도 하고 어여쁘기도 해서 유모는 '어머나.' 하고 가볍게 탄성을 내뱉었다. 그녀는 가볍게 웃음을 터트리며 인자한 목소리로 아가에게 중얼거렸다.

"이런, 이런. 아가님, 울다 웃으면 드래곤께서 엉덩이에 뿔 달아 주러 오신대요."

"우웅……."

유모가 하는 말의 뜻을 알아듣지 못하겠지만 직감적으로 그게 저에게 좋지 않다고 느꼈는지 싫은 소리를 냈다. 그에 유모는 웃음을 참아 내려 애써야 했다. 자면서 일일이 반응하는 모습이 어찌나 우습던지. 이 아가님 보통이 아니다.

하루빨리 이 사랑스러운 아가님을 공작님과 첫째 도련님이 보셔야 할 텐데. 분명 둘째, 셋째 도련님들처럼 좋아서 물고 빨고 하려 하지 않을까, 혹은 아가 쟁탈전이 일어나지 않을까 조심스레 추측해 보는 유모였다. 그리고 그런 그녀의 추측은 머지않은 미래에 100%로 들어 맞았다고 한다.

※※※

"에, 엣취!"

코끝이 간지러운지 가볍게 재채기를 한 파샤의 모습에 옆에서 나란히 걷던 파엔이 멀찌감치 떨어졌다. 그의 표정이 팍 찡그려져 마치 '바보 감기 옮기 싫어, 저리 꺼져.'라고 말하는 것 같아 코끝을 비비던 파샤가 입을 삐쭉 내밀었다.

"넌 꼭 이럴 때 재빠르더라."

"생존 본능이지."

"……생존 본능? 내가 뭐, 널 해치기라도 하냐?"

몸을 날렵하게 뒤로 빼는 스피드를 선보인 파엔이 파샤는 떨떠름해졌다. 저 녀석은 아버질 닮아 천성이 마도사인데도, 할아버지를 닮아 육체파인 자신과 제 형보다 더 빠르게 움직일 때가 있다. 이를테면 이럴 때.

"바보한테 감기라도 옮아서 파이를 못 보게 되면 그게 날 해치는 거지 뭐야?"

손사래를 치며 한 걸음 더 뒤로 물러나 말하는 파엔에 파샤가 발끈했다.

"가, 감기 아니거든! 그냥 코가 간지러웠던 것뿐이거든?"

"아, 그러셔요?"

결코 감기가 아니라는 걸 필사적으로 어필하는 파샤에게 파엔이 새끼손가락으로 왼쪽 귀를 후벼 파며 시큰둥한 어조로 말했다. 그에 파샤가 안절부절 변명하기 시작했다. 미세한 먼지가 코끝에 들어가 간지러웠다느니, 아니면 꽃가루가 간질간질했다느니 하면서 말이다. 혹시라도 감기로 판명 나서 제 누이를 보지 못할까 봐 조마조마한 모양이다.

그 변명에 코웃음을 치며 무시하던 파엔이 눈물겨운 어조에 대충 수긍해 주고 나서야 파샤는 다소 안심할 수 있었다.

"근데, 형. 추가시험 잘 쳤어?"

'바보 형을 둔 동생은 참 이래저래 피곤해.' 라는 어조로 묻자 순간 울컥한 파샤지만 침착하게 자신을 진정시키며 말했다.

"당연하지!"

"분명 아슬아슬 턱걸이겠지."

"……."

"나, 참! 대 칼레이저가의 공자라는 자가 추가시험이라니, 가문의 수치야! 우리 파이는 이런 오빠를 둬서 아주 창피할 거야!"

파이까지 들먹이며 추궁하듯 말하는 파엔에 더 이상 참지 못한 파샤가 버럭 화를 내며 달려들었다.

"뭐? 야! 내가 교양에 약할 뿐이지 그 외의 수업엔 그래도 수준급이거든!"

"어이구. 자랑이다, 자랑이야! 교양 없는 게 참 자랑이다! 응?"

날쌘 미꾸라지처럼 쏙 빠져나와 안전거리를 유지하며 도망친 파엔은 한심하다는 듯 쳐다보며 다시 한 번 파샤를 농락했다. 그에 파샤가 금방이라도 터질 듯 벌게진 얼굴을 하고 성난 기세로 파엔에게 달려들었다. 그 기세가 사뭇 거칠어 파엔이 위협을 느끼고 금세 달아나 버렸다. 그 뒤로 무시무시한 기세로 쫓아가는 파샤. 저택 내의 복도에서 무시무시한 기세로 쫓기고 쫓는 추격전이 벌어졌다.

저택의 고용인들은 늘 있는 일인 듯 난감하다는 얼굴로 웃으며 그들의 추격전을 슥 보고, 금세 제 할 일을 하기 시작했다. 한동안 둘만의 흥미진진한 추격전이 이어졌고 그 상황을 정리한 것은 다름 아닌 저택의 모든 고용인들을 통솔하는 집사였다.

"동작 그만!"

그리 크지도 작지도 않은 엄한 목소리로 그 둘의 추격전을 멈춘 집사는 큼큼 목소리를 다듬더니 그 둘 앞에 서서 양 허리에 팔을 얹고 몹시도 엄격한 표정을 지었다.

"대, 칼레이저가의 저택에서 이런 품위 없는 소동을 벌이시다니……! 정말 실망입니다. 도련님들."

"에, 그게…… 지, 집사?"

"저기 일부러 그런 건……."

매우 예리하고 엄한 기색에 둘은 기가 팍 죽어 자라목이 되어 더듬더듬 변명하기 시작했다. 현재 그는 칼레이저가의 집사이지만 왕년에는 전 공작이 이끄는 강철의 기사단 단장을 맡았던 대단한 무인이었다.

전 공작이 물러나고 현 공작이 가문을 물려받으면서 단장직도 내려놓고 저택을 관리하는 집사로 들어왔으나, 왕년의 기세며 능력은 여전하기에 종종 사고를 치면 파엔, 파샤는 물론 그의 첫째 형 역시 혼이 나곤 했다. 태어날 때부터 봐 왔던 가까운 이였고, 전 공작인 친할아버지와도 비슷한 사람이라 친근하기도 했지만 혼을 낼 땐 누구보다도 엄하다는 걸, 두 사람은 아주 잘 알고 있었다. 그가 짐짓 엄한 포스를 풍기고 있으니 자연스럽게 설설 길 수밖에 없었다. 서로 눈치로 너 때문이다, 너 때문이다 하고 탓하는 사이에도 슬금슬금 그의 눈치를 봤다.

"아가님이 이제 겨우 완쾌되셨으나 여전히 기관지가 약하고 흙먼지에 약하십니다. 근데 보시다시피 매일같이 고용인들이 쓸고 닦는 이 깔끔해진 복도에 흙먼지 바람을 몰고 다니시다니요! 도련님들은 파이님이 다시 아프셨으면 좋겠습니까?"

"아, 아니 그런 건 아니에요!"

"응, 응! 절대 그런 의도는 아닙니다!"

엄하고 호된 목소리로 꾸짖자 파샤와 파엔이 깨갱 하고 물러섰다. 그의 꾸짖음에는 파이를 향한 걱정도 담겨 있어 더욱 할 말이 없었다. 둘은 고개를 푹 숙이고 반성의 기색을 내비쳤다.

생각이 짧았다. 면역력이 약한 아가가 있는 저택을 이렇게 흙먼지를 일으키며 돌아다니다니! 이제 겨우 건강해진 누이에게 다시 병을 달아 줄 뻔했다. 그 생각 없는 행동으로 인해 미안해진 둘의 어깨가 힘없이 축 내려앉았다. 흡사 비 맞은 강아지처럼 축 처진 꼴이라 엄한 표정을 짓던 집사의 마음이 금세 약해졌다. 한숨을 푹 내쉰 집사가 입을 열었다.

"앞으론 조심, 또 조심하셔야 합니다. 아가님은 아직 면역력이 약하고 어린 아기지 않습니까. 그런 아가님을 도련님들께서 배려해 주시고 지켜 주셔야죠."

"네……."

"네……."

"앞으로 이 저택 내에선 흙먼지를 일으키는 격한 운동은 금지입니다. 이건 아가님을 위한 것이니 도련님들이 잘 지켜 주시리라 믿습니다."

"무, 물론이죠!"

"응! 응! 잘 지킬게요!"

둘은 목이 떨어져 나갈 정도로 빠르게 고개를 끄덕였다. 둘의 대답에 만족한 집사가 빙긋 웃었다.

"그럼, 설교는 여기까지만 하도록 하죠. 그만 가 보십시오. 아가님이 기다리십니다."

"엇, 응!"

"주의할게요, 집사!"

집사는 설교는 여기까지 하는 게 좋겠다 싶어 마무리하듯 말했다. 누이가 그들을 기다린다 말하자 금세 축 늘어진 어깨를 들썩이며 당장이라도 달려갈 기세를 보이는 파샤와 파엔에 집사가 말꼬리를 잡았다.

"그 전에……!"

당장 몸을 돌려 달려갈 듯한 둘에게 집사는 더욱 진한 미소를 지었다. 헌데 그 미소에서 한기가 느껴지는 것은 착각일까. 파샤와 파엔이 크게 몸을 움츠렸다.

"그런 더러운 몸으로 아가님을 뵈러 간다는 건 아니겠죠? 모두 말끔히 씻도록 합시다."

"……."

"집……."

말문이 막힌 파엔과 다급하게 그를 부르려는 파샤는 재빠르게 고용인들을 호출하는 집사에 기가 질린 표정을 지었다. 빠르다! 천성이 검사인 파샤보다도 빠른 고용인들의 집합에 말문이 턱 하고 막혔다.

메이드들은 묘하게 기백이 넘치는 미소를 지으며 파샤와 파엔의 양팔에 팔짱을 끼고 질질 끌고 갔다. 파엔은 그렇다 쳐도 청년에 가까운 체격을 가진 파샤마저 질질 끌고 가는 메이드들의 악력은 놀라울 지경이었다.

'……사실 우리 가문 메이드들 다 검사 출신인 거 아냐?'

파샤는 속으로 중얼거리며 속절없이 끌려가는 자신을 체념해야 했다. 잊고 있었다. 이 저택 내의 모든 고용인들은 이미 사랑스러운 파이의 매력에 사로잡힌 사랑의 노예라는 것을. 파이에게 해가 되는 것은 모든 막아 버리겠다는 사람들, 그리고 그런 이들을 통솔하는 집사에 무서움을 느끼는 순간이었다.

그 시각 봄기운 완연하고 활기차며 생기가 넘치는 칼레이저 영지로

부터 약 4시간 정도 떨어진 숲 속을 지나가는 집단이 있었다. 선두로는 말을 탄 남자 성인 4, 5명이, 그 뒤로 20여 명의 은빛 갑옷을 갖춘 건장한 청년들이 말을 타고 따르고 있었다.

그들의 뒤로는 짐마차 몇 대가 정렬을 반듯하게 유지하며 따랐다. 그러나 그 반듯한 정렬도 선두의 두 사람과 두 명마로 인해 삐거덕거렸다. 그에 불만을 느꼈는지 뒤를 바싹 쫓아 따르던 건장한 청년이 인상을 찌푸리며 말했다.

"거참, 자꾸 앞서 가지 마십시오."

제 말의 고삐를 휘둘러 선두로 나서는 두 사내에게 바싹 붙어 툴툴거렸다. 그에 두 사내가 싸늘한 눈빛으로 그를 노려보며 말했다.

"닥쳐라. 나는 매우 급해."

"아버지 말씀이 옳습니다. 좀 조용히 따라 주시겠습니까, 휴 단장?"

같은 붉은 눈동자에 이목구비까지 비슷한 두 사내는 부자임이 확실했다. 파샤와 파엔과도 닮은 그들의 정체는 다름 아닌 칼레이저가의 공작과 그의 첫째 아들인 파람. 이제 막 막내딸이자 누이인 파이를 보기 위해 하향하는 중이다.

원래의 계획대로였다면 며칠 더 일찍 출발할 수 있었으나 수도 내에서 처리해야 할 일이 한두 가지가 아니었으므로 좀 더 미루게 되었다. 가장 앞에 있어도 더 앞서 가지 못해 안달인 두 사람은 굉장히 초조하고 급해 보였다. 둘의 날이 바싹 선 기백에 움찔하며 밀려난 휴 단장은 미간을 찌푸리며 말했다.

"녜에 녜에. 거, 성질도 급하셔라."

빈정이 상해도 제대로 상한 투로 답하는 휴 단장에 두 사람의 눈매가 더 사나워졌다. 그에 지레 겁을 먹은 개처럼 깨깽 하고 비명을 지르며 뒤로 물러났다. 두 사람이 전혀 속도를 늦추지 않고 빠른 기세로 가 버리는 바람에 선두와 그 뒤 사이에 약간의 거리가 생기고 말았다. 그에 휴 단장은 신경질적으로 뒤통수를 박박 긁었다.

'아오, 저 다혈질 부자!'

저것들이 상관만 아니었으면, 아주 그냥 뒤통수 시원하게 갈길 텐데! 아니, 그 막내 아가씨가 어디 도망이라도 간대? 왜 저리 급해? 이제 겨우 삼 개월 정도 된 아기가 가 봤자 어딜 간다고! 이해할 수 없다는 듯 고개를 절레절레 흔들며 약간의 체념한 표정을 짓는 그에게 절친한 친우이자 부단장인 렘이 다가왔다.

"뭐래?"

"못 봤어? 나한테 불화살이라도 날릴 표정으로 쳐다보고 기각한 거?"

"네가 그 기백에 져서 꼬리 말고 도망친 것까지 봤지."

"꼬……!"

렘의 신랄한 비꼼에 말문이 턱 하고 막힌 휴는 '너마저 그러기냐?' 하는 표정을 지었다. 그에 렘은 가볍게 웃음을 터트리더니 그의 은색 갑옷을 입은 어깨를 두어 번 토닥이며 말했다.

"별수 없지. 우리가 알아서 페이스 조절하는 수밖에. 저분들 귀에는 우리 말 따윈 하나도 들리지 않을 거다."

"……뭔 놈의 아기, 아기! 그 대단한 막내 아가씨 한번 꼭 보고 싶다!"

"어, 그건 나도 동감."

며칠을 더 걸렸을 법한 많은 업무들을 무서운 속도로, 번갯불에 콩 구워 먹듯 해낸 두 부자가 대단하긴 했지만 그에 맞춰서 움직여야 했던 그의 기사단과 가신들은 이미 초죽음 상태다. 거의 빈사 상태에서 무의식적으로 따르고 있다고 볼 정도로 체력이 많이 떨어져 있었다. 그의 기사단뿐만 아니라 그 뒤로 따르는 짐마차의 고용인들 역시 시름시름 앓고 있을 정도니 그 정도면 말 다 한 것이 아닌가?

다행히도 이 길은 오직 칼레이저가의 영지로만 향하는 길이기에 매달 본가의 기사단과 병사단이 말끔히 정리하고 순찰하여 왔다. 그래서 그 흔한 도적단도 없고 마물도 없기에 이런 무방비한 상태로 갈 수 있었다.

거기다 수도와 영지는 꼬박 달리면 하루에서 이틀 사이의 거리. 이 정도 거리면 무슨 일이 나도 강철의 기사단장인 휴와 부단장인 렘이 커버 못 할 것도 없다. 거기다 '강철의 주둥이' 칼레이저가의 공작 카이저와 'Crimson Steel Knight(진홍의 강철기사)' 라 불리는 파람까지 있으니 어떤 도적이 눈이 삐었다고 달려들까. 상태가 조금 심각할 정도지만 수도에서도 이름이 난, 다섯 손가락 안에 들 정도로의 대단한 무력을 가진 집단이니 외부 위협에 대한 걱정은 없었다.

"아무리 우리가 강철의 기사단이라도 3일을 철야한 이후 곧바로 이틀을 내리 달려가는 건 무리지 않을까 싶다."

기운이 쭉쭉 빠지는지 휴가 어깨를 축 늘어트리며 중얼거렸다. 그의 말에 동감한다는 듯 렘이 맞장구를 쳤다.

"도착하자마자 다들 고생 많았다고 포상이라도 내려 줘야 할 판이야."

겨우겨우 아랫것들을 추스르며 지휘하고 뒤따르는 둘과는 다르게 앞서 당장이라도 달려가고 싶은 마음을 꾹 참고 달리기 직전의 속도로 말을 몰고 있는 선두의 부자. 그야말로 체력도 강철이 아닌가 하고 휴는 생각했다. 칼레이저가의 고유 칭호가 강철이긴 하나 그 체력마저 무시무시하다니. 거 대단들 하십니다, 하고 쥐꼬리만 한 존경심을 보낸다.

"아버지, 파이는 건강해진 게 확실합니까?"

"당연하지 않느냐! 이 애비가 그 서신을 10번도 더 보고, 물에 띄워도 보고 불에 태워도 보았다! 이상이 없었으니 안정적인 상태로 호전됐다는 말이 확실할 것이다!"

"……물에 띄워, 불에…… 태……."

그러고도 서신이 멀쩡하답니까? 아들은 그렇게 묻고 싶었으나 결론은 파이가 안정기에 들어섰다는 아주 경사스러운 말이 중요했다. 그에 떨떠름하게 중얼거리던 파람은 금세 고개를 끄덕이며 잡고 있던 고삐를 더욱 꽉 움켜쥐었다.

'동생아, 조금만 기다려 다오!'

'딸아, 아빠가 간다!'

뒤 행렬이 겨우겨우 쫓아오며 두 부자를 욕하고 있다는 것은 꿈에도 모를, 아니 안중에도 없는 카이저와 파람은 의욕 충만하여 서로 앞서거니 뒤서거니 하며 점차 속도를 높여 갔다.

제 아버지와 첫째 오라버니가 무서운 속도로 영지를 향해 돌진해 오고 있다는 걸 알 리 없는 만사가 천하태평인 아가님은 여전히 평안하다. 물론, 영지에 먼저 도착해 있는 아가의 오라버니들인, 두 형제는 빼고 말이다.

두 형제는 아침부터 아가님 곁에서 떠날 줄 모르고 어떻게든 한 번이라도 더 만져 보고자 다투기 일쑤였다. 그럼 아가는 두 형제가 싸우는 것을 멀뚱멀뚱 쳐다보다가 까르르 웃음을 터트리고 손뼉까지 치며 신나 했다. 아가의 시선에선 큰 거인, 작은 거인이 티격태격하는 모습이 퍽이나 우스운 모양이다. 그럼 두 형제는 제 누이가 웃는 모습에 바보같이 헤실거렸다.

아가는 제 오라버니들이 오고서부터 더욱 생기발랄해졌다. 제 핏줄을 본능적으로 느끼는지 그 흔한 낯가림도 하나 없이 처음부터 함께 있었던 것처럼 그들을 반겼다. 몇 개월 못 본 제 형제들을 용케도 낯가리지 않고 자연스럽게 안기고 웃는 모습이 그저 고맙기만 한 유모다.

부디, 공작과 첫째 도련님이 오셔도 그래 주시길.

유모는 가슴 깊숙한 곳까지 따뜻해짐을 느끼며 두 형제의 품에 안겨 방긋방긋 어여쁘게 웃는 아가를 바라봤다. 아가는 그런 유모의 마음을 아는지 모르는지 그저 큰 거인, 파샤의 품에 안겨 침을 줄줄 흘리며 까르르 웃었다. 그 모습마저 마냥 좋아 죽을 것 같은 파샤는 우루루 까꿍! 하며 괴상한 소리를 내며 한껏 아가의 기분을 들뜨게 해 주었다.

평소 같았으면 제 형제의 바보 같은 행동을 한심한 듯 쳐다봤을 파엔은 그 옆에 꼭 달라붙어 아가의 목에 걸린 턱받이로 온통 침으로 범벅된 아가의 입가를 조심스레 닦아 주었다.

"무, 무, 빠아 아따."

아가는 뭐가 그리 신났는지 제 입가를 닦아 주는 오라버니의 손가락 하나를 작은 손 가득 움켜쥐고 흔들었다. 작은 힘에 의해 손가락이 흔들릴 듯 말 듯 하자 아가는 감질나는지 좀 더 힘을 꽉 주어 흔들었다. 자신의 손가락을 어떻게든 흔들겠다는 의지가 확연히 느껴져 파엔이 가볍게 웃음을 터트리며 원하는 대로 살랑살랑 흔들어 주자 만족스러운지 까르르 웃음을 터트렸다.

흐히히, 내가 작은 거인의 손가락을 움직였다!

아가는 속으로 쾌재를 내지르며 의기양양 웃었지만, 두 형제의 눈에는 그저 사랑스러운 미소일 뿐이었다. 오전에는 아가가 밥 먹고, 트림을 했고, 낮잠을 자기 전에 두 형제가 찾아왔다. 낮잠을 자고, 대소변을 보고, 기저귀를 새로 차고 활발해지면 또 형제들이 찾아와 놀아 주었다. 아직 체력이 많이 붙지 못해 고작 20~30분이 한계이지만 아가는 그 누구보다 그 순간을 굉장히 알차고 즐겁게 보냈다.

두 남자 거인과 여자 거인의 품에 안겨 매일매일이 평안한 것이 좋았다. 배고프면 맛있는 우유도 주고, 트림도 시켜 주고, 졸리면 재워 주고, 심심하면 놀아 주고, 대소변도 처리해 준다. 아직 이성이 명확하지 않은 아가는 대소변으로 인해 엉덩이가 불편하면 왈칵 인상을 찡그려 표현했고, 유모는 그것을 귀신같이 캐치해 불편한 요소들을 싹 없애 주고 보송보송한 새 기저귀로 갈아 주었다. 아가는 그게 너무나 좋았다.

어떻게 알았지?

너무나 궁금했다. 어떨 땐 인상을 찡그리기도 전에 알아차려서 화들짝 놀라기도 했다. 대단한 여자 거인……! 아가는 두 남자 거인도 좋지만 여자 거인의 품에 안길 때가 가장 편했다. 토닥토닥 등을 다독여 주는 손짓이 좋았고 그 품이 따듯하고 안락하고 또 그리운 향수를 불러일으켰다. 얼마 전 보았던 아름다운 여자가 떠올랐다. 너무나도 따뜻하고 온화한 미소를 지으며 자신을 애정 가득한 눈빛으로 바라보던 여자…….

분명 내 엄마야.

아가는 직감했고, 확신했다. 엄마는 종종 아무도 없을 때 몰래 찾아와 애정 가득한 손길로 보듬어 주었다. 비록 그 손길이 닿지 않는다 해도 아가는 느낄 수 있었다. 엄마의 따스한 손길과 자신을 향해 쏟아지는 애정의 양과 크기를.

엄마, 엄마!

하고 부르고 싶은데, 자꾸만 이상한 소리가 나와 버린다. 아가는 그게 속상했다. 제대로 불러 보고 싶은데, 그게 안 되는 것이 너무나 속상해 엉엉 운 적도 있다.

그러면 여자 거인이 순식간에 달려와 품에 안아 주고 다독여 줬다. 아가는 이게 아니야, 엄마한테 안기고 싶단 말이야. 하고 떼를 쓰며 버둥거리기도 했다. 그러면 맞은편에서 아름다운 엄마가 울 것 같은 표정으로 쳐다보다 스스스 사라져 버렸다.

그게 제가 떼를 써서 그런가 보다 싶어 아가는 그 후로 울지 않으려 노력했다. 엄마가 있는 동안에는 아주 착하고 어여쁜 아가로 있을 거야. 아가는 엄마가 자신을 보러 오는 때에는 졸려도 꾹 참고, 기다리고, 울지 않고 방싯방싯 웃었다.

울면 여자 거인이 와서 엄마가 사라져 버려!

조금이라도 엄마와 오래도록 있고 싶은 아가의 노력이 통했는지, 그녀는 갈수록 꽤나 오래도록 곁에 있어 주었다. 아가가 제 엄마를 그 눈에 새기고 또 새기고, 새기다 지쳐서 잠들 때까지.

오늘 날도 엄마는 아가를 찾아왔다. 모두가 자리를 비우고 아가가 가짜 잠을 자는 척하는 사이. 아름다운 엄마는 하늘하늘 여신이 강림하듯 내려왔다. 아가가 누워 있는 침대에 양팔을 얹고 생글생글 미소 짓는 모습을 보자 잠을 참은 보람을 느꼈다.

아가가 눈을 게슴츠레 뜨고 엄마를 올려다봤다. 그러자 아름다운 그녀가 그 푸른 눈을 동그랗게 뜨더니 이내 사르르 눈꼬리를 내리고 호선을 그리며 미소 지었다. 자는 줄 알았더니, 천사 같은 내 아가, 엄마를 속였구나? 하고 말하는 것 같았다. 아가는 배시시 웃으며 옹알이를 했다.

"아, 아어, 아."

평온한 분위기가 잔잔히 흐르는 조용한 아가의 방에 봄을 알리는 들꽃 향기를 담은 작은 산들바람이 솔솔 불어와 두 모녀를 감싸 주었다. 오늘도 아가는 평온하고 행복하다.

아가가 평온한 한때를 만끽하는 사이, 열혈 예비 팔불출 부자는 엄청난 속도로 영지에 입성했다. 어찌나 무시무시한 기세로 달려드는지, 10년 문지기를 담당했던, 높으시고 고귀하신 공작과도 제법 안면이 있었던 담당 기사와 병사도 꼬리에 불붙은 생쥐마냥 화들짝 놀라 황급히 문을 열고 뒤로 빠질 정도였다. 그들의 등에는 채 식지도 않은 땀이 주르륵 흘렀다. 부자가 먼지바람을 일으키며 사라지자 한 중년 병사가 이마에 흐르는 땀을 닦으며 중얼거렸다.

"휴…… 이게 몇 개월 만에 보는 풍경이냐."

그의 중얼거림에 며칠 전 들어온 신참 병사가 휘둥그레진 눈을 하고 물었다.

"몇 개월 만이라뇨?"

"아, 자네는 모르겠구면? 일전에, 공작가의 공녀께서 태어나셨을 때도 이런 무시무시한 기세로 영지에 입성하신 적이 있다네."

"공녀님이라고 하시면, 그 오늘내일하시다 기적처럼 살아나신 아기 공녀님 말씀입니까?"

이미 영지 내에서도 소문이 자자한 파이의 존재. 공작부인의 목숨을 담보로 태어났지만 선천적으로 몸이 약했던 가여운 아가님은 가문의 혈족들뿐만 아니라, 식솔들은 물론 그 영지 주민들의 걱정을 한 몸에 받았다.

어찌 그리 가여운고……. 가여운 아기공녀님, 하며 모두 애탄에 빠졌었다. 대대로 칼레이저가가 다스리는 영지에 정착하여 대대손손 자리를 지켜 온 주민들은 모두가 한마음이 되어 안타까워했다.

특별한 날이 아니어도 종종 영지로 내려와 친히 주민들을 살펴 주던 알뜰살뜰한 안주인의 푸른 눈동자가 그들 가슴에 깊이 박혔다. 겉뿐만 아니라 그 속까지 아름답게, 찬란하게 빛나는 사람. 공작 부인이라는 고귀한 지위를 가졌음에도 사람 대 사람으로 평등하게 대해 주던 귀족답지 않은 그녀, 칼레이저가의 귀하고 귀한 귀인인 공작 부인이 목숨을 내걸고 낳은 아가는 가문 내에, 아니 영지 주민 모두의 보물이다.

그런 그녀의 딸이었기 때문에 영지 주민들은 매일같이 아가님의 안녕을 빌었다. 모두가 한마음이 되어 응원하는 것이 통하였을까, 아가는 위험한 고비를 넘기고 잘 자라나 주민 모두를 기쁘게 했다. 대대로 칼레이저가를 섬겼던 고용인들도 매일같이 재잘거렸다.

칼레이저가의 귀한 금지옥엽, 아기공녀는 얼굴 한 번 내비치지도 않고도 영지 주민들을 제 포로로 만들 정도로 대단한 매력을 가진 것이 분명하다. 신참 병사는 상상으로나마 어렴풋이 한 아기천사의 형상을 떠올리며 고개를 주억거렸다.

"소문으로는 정말 천사가 따로 없다던데……. 그렇다면 공작님들의 마음이 이해가 됩니다."

"그렇지? 하물며 자그마치 80일 만의 눈물겨운 재회인데, 그동안을 버텨 낸 공작님과 공자님들이 대단하신 거여……."

"네네, 그렇죠! 우리 공녀님이 오죽 보고 싶으셨을까요? 아마 매일 같이 애가 타셨을 겁니다."

얼굴 한 번 보지 못한 아가님의 외모 찬양을 한 지 한두 시간이 지났을 무렵 두 문지기는 곧 묵직한 소리와 함께 초췌한 모습으로 등장하는 공작님의 후발대를 보고 황급히 각을 잡고 섰다. 터덜터덜 걸어오는 꼴이 패잔병 못지않아 문지기들은 의아한 얼굴로 갸웃거렸다. 그러다 가까이 다가온 일행 중 조용히 분노하는 심상치 않은 포스를 뿜어내는 흉흉한 두 기사의 기세에 잔뜩 굳어 눈동자만 데굴데굴 굴리며 비켜섰다.

"……공작님은 지나가셨나?"

후발대의 지휘자로 보이는 고동색 머리카락에 짙은 회색 눈동자를 가진 와일드한 야수 같은 분위기를 뿜는 기사가 성문을 담당하는 기사에게 물었다. 담당 기사는 각이 제대로 살린 경례를 하며 군기 잡힌 목소리로 답했다.

"넵! 곧장 저택을 향해 가셨습니다!"

"그래? 흐흐흐……. 우릴 버리고…… 뒤도 안 돌아보고…… 흐흐흐, 흐흐흐……!"

기사의 대답에 고동색 머리카락의 기사가 예리한 눈빛을 하고 실성한 사람처럼 웃으며 중얼거렸다. 그의 모습에 담당 기사가 슬그머니 뒤로 물러났다. 그러거나 말거나 휴는 정말로 자신들을 버리고 가 버린 냉정한 공작과 파람에게 배신감을 느꼈다.

그 옆에서 렘은 입을 다물고 눈빛만으로도 사람 하나쯤 죽일 것 같은 시선으로 저택을 쳐다보았다. 그들은 한층 더 무서운 분위기를 조성하며 멈췄던 걸음을 움직여 좀비처럼 저택으로 향했다. 그 행렬에서 느껴지는 강렬하고 흉흉한 포스에 기가 팍 죽은 신참은 벌벌 떨었다.

꿈에 나올까 두려운 그들은 마치 데스나이트(Death Knight)와 같았다. 그들이 온전히 시야에서 사라질 때까지 모두가 얼어붙은 얼음 동상처럼 서 있었다. 그나마 정신을 빨리 차린 담당 기사가 황급히 성문을 닫을 것을 명하고 나서야 모두가 움직일 수 있었다.

두 부자는 텁텁한 먼지바람을 일으키며 저택에 도착했다. 그들이 도착하자마자 기다렸다는 듯 문 앞에서 집사가 반겼다. 집사는 번듯한 자세를 유지하며 90도로 인사하고 정중한 목소리로 말했다.

"어서 오십시오. 각하, 첫째 도련님."

"오! 집사! 오랜만이오. 87일하고 반나절 만인가?"

정확히 아가와 생이별한 날짜를 숙지하고 있는 공작이 반가운 기색을 담아 말했다. 머리부터 발끝까지 먼지를 뒤집어쓴 채. 순간 집사의 한쪽 눈썹이 치켜 올라갔다 내려갔다. 그 뒤로 평소에는 매우 과묵하던 파람이 제법 상기된 기색으로 인사했다.

"오랜만입니다, 집사."

표정 하나 변하지 않았으나 제법 상기된 얼굴은 왠지 모르게 들뜬 느낌을 주었다. 아마도 제 누이를 볼 생각에 보기 드물게 들뜬 감정이 티가 난 모양이다. 그에 비해 아주 입꼬리가 귀에 걸릴 정도로 잔뜩 신이 난 공작은 당장이라도 아가를 보고 싶은 마음에 발을 동동 굴렀다. 한 나라의 대공답지 않게 체통 없는 모습에 집사가 가볍게 쯧 하고 혀를 차자 그가 움찔거렸다.

집사는 왕년에 가문의 기사단을 총괄했던 단장으로서의 기백이 아직도 살아 있었다. 게다가 공작은 어린 시절 그에게 호되게 교육받고 자랐다. 그 기억이 몸에 밴 모양인지 카이저는 그가 종종 불편하고 어려왔다. 마치 제 아버지에게 꾸중이라도 들은 느낌이라 동동 굴리던 발놀림을 멈추고 섰다. 그러자 집사는 표정을 풀고 부드럽게 웃으며 말했다.

"먼 길 오시느라 고생 많으셨습니다. 자, 이쪽으로 오시지요."

"음. 그래, 집사! 우리 파이⋯⋯는 잘 있는 거지?"

"그럼요. 매일매일 무럭무럭 자라나고 계십니다."

"오! 그래, 그렇구먼! 내 아가가 잘 자라고 있다, 이거지! 집사! 파이는 어디 있는가?"

무럭무럭 건강히 자라고 있다는 답에 카이저가 반색하며 물었다. 그에 파람이 보기 드물게 반짝이는 눈빛으로 물었다. '집사, 제 누이는 어디 있습니까?' 하고. 그 둘의 모습에 집사는 더욱 깊게 미소 지었다. 부드럽게 미소 짓는 게 분명한데, 어째 파샤가 느꼈던 싸한 불길함이 감돌았다. 야성의 감이 파샤보다 더 민감한 파람의 얼굴이 굳었다. 뒤늦게 카이저가 이상한 분위기를 눈치채고 주위를 둘러보니 어느새 파샤를 겁에 질리게 했던 강철의 메이드들이 모여 있었다.

"⋯⋯집사?"

묘한 분위기로 자신들을 빙 둘러서 있는 메이드들의 박력에 카이저가 떨떠름한 표정으로 그를 부르자 집사는 여전히 웃는 얼굴로 입을 열었다.

"설마하니, 각하, 큰도련님. 그 더.러.운 몰골로 파이 님을 만나시려는 것은 아니겠죠?"

여기서 그렇다고 답하면 당장에 욕조 안에 처박아 주겠다는 듯 묘하게 강한 박력을 내뿜는 집사의 미소에 카이저가 아하하, 하고 어색하게 웃었다. 파람은 눈동자만 데굴데굴 굴려 틈을 찾으려 했지만 허사였다. 매의 눈을 가진 집사가 예리하게 눈을 빛내며 말했다.

"파이 님이 건강해지셨다고 하나, 그 세균 덩어리 몸으로 다가가면 분명 잔병을 얻으시겠죠? 파이 님은 겨우 생후 3개월 된 면.역.력.이

약한 아.가.님이시니까요."

설마 파이 님이 또 아파하시는 모습을 보고 싶으신 건 아니시겠죠? 하고 덧붙이자 둘의 어깨가 사이좋게 축 처지고 말았다. 그렇게까지 말하면 순순히 욕실까지 따라 줘야 하고 없는 때까지 박박 밀려 줘야 한다. 사랑하는 딸을 위해, 사랑하는 누이를 위해!

둘이 반항의 기세를 수그리자 기다렸다는 듯 집사가 엄지와 중지를 맞부딪혀 딱 하고 경쾌한 소리를 내자 메이드들이 일제히 두 사내를 이끌고 욕실로 향했다. 메이드들 사이에 껴서 힘없이 걸어가는 모습이 처량하기 그지없지만 아가님의 안전과 건강을 위해 집사는 단호해야 했다.

그들이 사라지고 나자 집사는 먼지투성이가 된 혈통 좋은 명마들을 하인들을 시켜 마구간으로 옮기고, 그들이 걸어온 복도를 먼지 없이 말끔히 치우게끔 지시했다. 허나 그의 노력은 약 2시간 이후 거지꼴이 돼서 온 그의 기사단으로 인해 말짱 도루묵이 되고 말았다.

분노한 집사는 조용히 그들을 바깥 기숙사에 딸려 있는 대형 욕실로 모조리 끌고 가서 살결이 붉어질 정도로 때를 친히 벗겨 주었다고 한다. 그뿐만 아니라 지금은 저택의 정원을 담당하고 있지만 대륙 내에서 손에 꼽을 정도로 위대한 대 마법사인 존과 과거 칼레이저가의 기마대의 단장이었던 마구간지기 에드까지 달려들어 고생해서 겨우 돌아온 기사단들을 떼죽음에 이르게 했다. 그들이 이 저택에 먼지바람을 몰고 온 것에 대한 원한이라도 갚겠다는 듯.

힘겹게 고향에 돌아온 이들은 무슨 원한을 산 건지도 모른 채 속수무책으로 당했다. 그나마 반항을 하던 휴 단장은 왕년의 실력이 전혀 녹슬지 않은 집사 휜과 에드의 협공에 꼴사납게 당해 제일 먼저 제압당했고, 그걸 본 렘은 체념한 채 윗옷을 벗어야 했다.

제 직속상관들이 그대로 나가떨어지자 그 휘하의 기사며 병사들은 반항 한 번 못 해 보고 온몸을 능욕당해야 했다. 무려 50명은 족히 될 법한 인원을 상대로 세 사람은 무한한 체력을 몸소 보여 주었다. 그리고 한 놈도 빠트리지 않고 세균박멸에 성공했다.

파이 님, 이 노부가 반드시 지켜드리겠나이다!

세 사람은 이미 뼛속부터 아가님의 노예임이 확실했다. 그로 인해 훤칠한 키와 훈훈한 미모를 되찾은 미남 단장 휴는 생김새에 비해 굉장히 쪼잔한 성격을 드러내며 다시금 아가에 대한 분노의 불길을 조용히 피워 올렸다. 만사가 무신경한 렘 역시 드물게 그에 동조하여 이 둘의 분노는 아무것도 모르는 아가님에게로 향하고 말았다.

공작 카이저는 말끔한 제 모습을 되찾아 저택의 복도를 지나가고 있었다. 그는 두근거리는 심장에 저도 모르게 앞섶을 움켜쥐고 꿈에서도 아른거리는 아가의 방을 향해 걸어가고 있었다.

내 아가…….

꿈에서도 그리워하고 깨고 나서도 그리워하던 내 아가를 드디어 만난다 생각하니 가슴이 벅찼다. 사랑하는 이를 잃어 심장이 타들어 갈 만큼 아프고 아팠으나 그녀가 남긴 보물이 한 줄기 빛이 되어 그를 여기까지 이끌어 주었다.

아가가 없었다면 그는 이미 삶의 의욕을 잃어 시름시름 앓았을 것이다. 그의 속내를 제 아들들이 알면 섭섭할 수도 있겠으나, 그만큼 카이저는 아내를 너무나도 사랑하고, 소중하고 또 소중했다. 그런 그녀를 쏙 빼닮은 푸른 눈동자를 카이저는 지금도 기억한다. 삶의 문턱에서 아슬아슬하게 버티고 있는데도 빛을 잃지 않은 그 푸른 눈동자를 기억한다. 어떻게든 숨을 내쉬고 어떻게든 살려고 작게 움직이는 아가의 그 푸른 눈동자를.

아가, 넌 반드시 살 수 있단다.

카이저는 저려 오는 심장을 부둥켜안고 아가를 살리기 위해 그 어떤 시련도 견뎠다. 유명한 약사며, 의사며, 마법사며, 신관이며 찾아

다녔고, 그 어떠한 귀한 약재도 아낌없이 쓰고, 재산을 지원했다. 이깟 돈, 내 아가를 살릴 수 없다면 아무 소용 없었다. 그는 그렇게 지옥 같은 암흑의 80일을 버텼다. 사랑하는 여인을 잃은 암흑의 세상에서 오로지 작은 빛줄기가 된 아가를 그리워하는 마음으로 버텼다. 그리고 그 그리움을 끝낼, 꿈에도 그리던 순간이 다가왔다.

드디어, 아가를 보는 것이다.

눈앞에 아가의 방문이 보이자 미칠 듯이 심장이 두근거렸다. 누군가 그의 심장에 들어와 방망이질하듯 쿵쾅거렸다. 카이저는 자꾸만 식은땀이 나는 제 손을 입고 있던 옷에 닦으며 심호흡을 길게 내뱉었다. 얼추 진정이 돼서 손잡이를 잡았을 무렵, 문 너머 사랑스러운 목소리가 희미하게 들렸다.

작은 아가의 사랑스러운 웃음소리.

꿈에도 그리운 그 목소리가 들려, 카이저는 믿을 수가 없었다. 이게 꿈은 아니겠지. 그는 환영에 홀린 사람처럼 천천히 문의 손잡이를 잡고 열어 그 안으로 걸어 들어갔다.

잔잔한 바람 소리와 은은한 봄 꽃향기가 살랑살랑 아가의 방에 퍼져 나갔다. 약간의 우유 향이 나는 것이 마치 아가의 체향같이 느껴졌다.

부드러운 분위기가 감도는 가운데 볕 좋은 곳에 자리 잡은 아기 침대가 눈에 들어왔다. 질 좋은 목재로 만들어진 나무 침대에는 보드랍고 폭신한 재질의 이불이 있었다. 하늘하늘 핑크빛 레이스가 바람결에 살랑 흔들렸다. 그 침대 안에서 까르르 하고 아기 웃음소리가 들렸다.

카이저는 멍청히 그 곁으로 걸어갔다. 조심스럽게 다가가 그 속을 들여다본 카이저는 벅차오르는 감동에 파르르 떨리는 입가를 한 손으로 가렸다.

한창 즐거운 시간을 보내며 웃음을 내뱉던 아가는 새로운 등장인물에 저도 모르게 시선을 옮겼다. 사람이 들어왔는데 엄마가 떠나지 않고 있다. 하얗게 웃는 엄마가 좋아서 아가는 배시시 웃었다. 아름다운 아가의 엄마는 소중한 보물을 만지듯 그 통통하고 사랑스러운 뺨을 매만지며 말했다.

[아가, 아빠야……. 아빠가 아가를 만나러 왔구나.]

물기 가득한 아름다운 목소리로 속삭이는데 당최 뭐라고 하는지 알 수 없는 아가는 고개를 갸웃 기울이며 그녀를 올려다보다 다시 눈앞의 남자, 카이저를 쳐다봤다. 그의 붉은 눈동자는 물기가 번져 반질반질 빛이 났다.

아가는 그를 보고 있자니 자신과 매일같이 놀아 주던 그리움과 편안함을 느끼게 해 준 거인 형제가 떠올랐다. 아름다운 황금 머리카락과 그에 어울리는 고귀함이 묻어나는 외모에 불꽃처럼 강렬한 색을 담은 그의 눈동자에 아가는 배시시 웃었다.

이제 알겠다.

왜 그 형제들만 보면 좋은지, 왜 자꾸 보고 싶고, 왜 곁에 있으면 편안한지. 아가는 이제야 알 수 있었다. 눈앞의 이 남자가 내 아빠다, 라고. 그리고 그 두 형제가 제 혈육이라는 걸 이제야 깨달았다. 모든 걸 깨달은 아가는 굉장히 어여쁘게 웃으며 그를 향해 손을 뻗었다.

"아, 어, 아……!"

제대로 발음할 수 없는 옹알이를 내뱉으며 그를 잡으려 버둥거리는 모습에 카이저는 왈칵 눈물이 날 것 같아 눈가에 힘을 주며 말했다.

"안녕, 아가……. 내…… 사랑스러운 딸아."

희미하게 떨리는 목소리로 다정하게 부르는 소리에 아가는 다시 한 번 해사하게 웃었다. 카이저는 아가의 고운 뺨을 조심스럽게 매만졌다. 아가는 그 순간을 놓치지 않고 투박한 그의 손가락을 꼬옥 쥐었다. 다시는 놓치지 않겠다는 듯. 그 행동에 카이저는 참지 못하고 아가를 조심스럽게 안아 들었다. 아가의 목을 단단히 받치고 품에 안자 그렇게 가벼울 수가 없었다. 그 가벼움에 카이저는 눈시울이 벌게졌다.

이렇게나 가볍다니, 내 아가……!

이렇게나 가벼운 몸으로, 이렇게나 작은 몸으로, 버텨 줬구나.

카이저는 아가의 둥근 이마에 제 이마를 조심스럽게 맞대며 중얼거렸다.

"살아 있어 줘서 고맙다. 살아 줘서 고마워. 포기하지 않고 노력해 줘서 고마워……."

중얼거리는 그의 목소리에서 넘쳐 나는 애정을 느낀 아가가 그의 날렵하고 아름다운 얼굴을 고사리 같은 작은 손으로 연신 매만지며 꺄, 꺄, 꺄, 하고 웃음소리를 냈다. 마치 '응! 나 힘냈어요!' 하고 답하듯. 아가의 대답을 들은 것처럼 카이저는 기어코 참았던 눈물을 내비치며 조심스럽게 그 작은 몸을 한껏 껴안았다.

"이제, 아빠랑 같이 있자. 아빠랑, 오빠들이랑……. 다신 떨어지지 말자. 아빠가 널 꼭 지켜 줄게."

그동안 못했던 다짐을 하겠다는 듯 몇 번이고 반복하는 그의 목소리에 아가는 방긋방긋 웃었다. 아가의 엄마는 그런 둘을 지켜보며 뿌듯한 미소를 지었다. 이제야, 드디어 만난 거지, 하고 중얼거렸다.

그녀는 이제 남아 있던 조그마한 미련마저 훌훌 털어 버렸다. 이제 된 거야. 그녀가 해사하게 웃으며 아가에게 마지막 안녕을 전하며 찬란하게 쏟아지는 빛 속으로 아스라이 사라져 갔다.

결국 아가의 방에는 드디어 재회한 아버지와 그의 사랑스러운 딸만 남았다. 그 둘을 축복하듯 작은 바람의 정령들이 봄꽃의 꽃잎을 들고 와 날려 주었다. 카이저는 품에 안긴 아가가 색색 고른 숨소리를 내며 잠들 때까지, 유모가 방으로 들어올 때까지 계속 아이를 놓지 못하고 안고 있었다. 마치 이건 환상이나 꿈이 아닌 현실이라는 것을 각인이라도 할 것처럼.

그 후 뒤늦게 등장한 파람은 안타깝게도 아가의 자는 얼굴만 볼 수 있었다. 내심 아쉬웠던 파람은 장남답게 제 감정을 갈무리하고 천사 같은 아가를 하염없이 바라보는 것으로 만족하기로 했다. 대 칼레이저 공작가의 혈족들이 드디어 온전히 아가의 곁에 돌아왔다.

꿈에도 그리던 가족 상봉이 이루어진 것이다.

이 경사스러운 날, 저택의 하루는 평안하게 지나갔다. 아가의 달콤한 꿈속 세계처럼, 아무 걱정 없이, 아무 문제 없이.

그다음 날, 아가는 제 아비의 품에 폭 안겨 우유를 쪽쪽 빨고 있었다. 4쌍의 눈이, 그 시선이 자신을 향하는데도 아가는 제 입에 물린 우유를 빠는 데 정신이 없었다. 그에 카이저는 부드럽게 웃으며 아가가 좀 더 먹기 좋은 각도로 올려 주었다. 그 모습을 부럽다는 듯 쳐다보는 파샤와 파엔, 그리고 티는 안 내고 있지만 꽤나 불만인 파람의 모습에 유모는 속으로 웃음을 삼켜야 했다.

아가의 우유병이 비워지자 유모는 기다렸다는 듯 병을 받았고, 카이저는 익숙하게 아가의 얼굴과 상체를 제 어깨에 기대게 한 뒤 등을 토닥여 주었다. 익숙하게 트림을 유도하는 모습에 유모는 새삼 그가 세 아들을 둔 경험자라는 것을 상기했다. 그의 토닥임에 아가가 가벼운 트림 소리를 내며 우유를 소화해 냈다.

"내 아가는 우유를 먹는 모습도 어찌 이리 사랑스러울까."

트림을 무사히 마친 아가가 제 아빠의 품에 안겨 꼬물거리고 있자 카이저는 입이 귀에 걸린 것처럼 방긋방긋 웃으며 말했다. 그에 지지 않겠다는 듯 파람이 무거운 입을 열었다.

"제 동생은 트림하는 모습도 어여쁩니다."

"파이가 안 예쁜 데가 어디 있어?"

"맞아, 맞아! 파이는 세상에서 가장 귀엽고 예쁜 아기라고!"

파람을 필두로 파샤와 파엔이 맞장구를 쳤다. 세 사람의 낯간지러운 칭찬에도 뭐가 그리 좋은지 오늘도 아가님은 방실방실, 잘도 웃는다. 제 아빠의 크고 기다란 손가락 하나를 꼬옥 움켜쥐고 아웅아웅 하는 것이 여간 귀여운 것이 아닐 수 없었다.

푸른 눈동자가 제 아빠와 오라버니들, 유모를 가득가득 담는 것이 사랑스러워 몇 번이나 그 작은 눈두덩에 키스를 날렸는지 셀 수도 없었다.

"안아 보겠느냐?"

품 안에서 떼 놓지 않을 것 같았던 카이저가 파람을 쳐다보며 물었다. 제 형제들은 저와 달리 먼저 와서 맘껏 안아 보았으나 전날 겨우 도착한 파람은 아가를 안지 못했다. 그게 못내 아쉬웠던 파람은 기회가 오자마자 바로 고개를 끄덕였다.

파르르 떨리는 눈가와 살짝 상기된 그의 굳은 얼굴에 카이저는 속으로 웃음을 터트렸다. 목석같은 첫째 아들놈의 잔뜩 긴장하고 들뜬 모습을 오랜만에 보는 느낌이었다.

하긴, 80여 일 전 파람은 제 어머니를 잃고도 두 동생을 달래느라 맘껏 슬퍼하지도 못했었다. 장남이란 그런 것이다. 동생들을 보듬어 주느라 제 감정을 드러내지도 못하고 어머니를 떠나보냈으나, 파람은 착하게도, 제 누이를 미워하지 않았다. 형제들이 순간의 분노로 동생을 미워하였을 때도 어르고 달래고, 쓴소리를 하며 마음을 다잡게 도와주었다.

사랑스러운 누이를 미워해서야 쓰겠냐며 오히려 화를 냈고, 어머니가 남긴 가장 귀한 보물을 홀대해선 안 된다며 달래기도 했다. 말주변이 없고, 늘 포커페이스인 그가 유일하게 말을 많이 하고 가장 표현을 많이 했던 그날, 핏덩이 같은 누이를 보며 유일하게 그는 웃었다.

파람은 제 누이의 숨넘어가는 소리에 안타까워하고 괴로워하면서도 아기를 마주했다. 차마 만지지도 못하고 하염없이 쳐다보던 파람은 누이에게 부디 건강하라고 딱 한 마디 내뱉었다.

간절한 소망을 담아.

파람은 그 당시 차마 만져 보지도 못했던 작은 아기 새 같은 아가를 안아 보았다. 카이저에게서 넘겨받은 아가의 작은 뒤통수와 목 부분을 단단히 잡아 지탱하며 품에 안자 사르르 미소가 번지는 작은 얼굴을 들어 파람을 올려다봤다.

콩닥콩닥 뛰는 작은 심장 소리가 민감한 파람의 청각에 와 닿았다. 그 소리마저 어찌나 사랑스러운지 파람은 저도 모르게 빙그레 미소 지었다. 아가는 큰 오라버니의 가슴에 제 얼굴을 비비며 더 깊이 안겼다. 마치 그 당시 부디 건강하라는 그의 당부에 힘을 내서 건강해졌어요, 하고 답하듯. 파이는 그 품에 깊숙이 안겨 그의 심장 소리를 들으며 배시시 웃었다.

아가는 본능적으로 알고 있었다. 자신을 애정하고 사랑하는 만큼 그 깊은 곳 어딘가에 자신을 미워하는 부정적인 감정도 가지고 있을 거라고.

왜냐면 자신도 그런 감정을 가지고 있으니까.

본능적으로 엄마의 목숨을 담보로 태어났다는 것을 알았다. 그것이 때때로 아가를 굉장히 괴롭게 했다. 어째서 나는 평범한 아기와 다를까? 다른 아기들보다 조금 더 주변 감정에 민감하고, 자신의 감정이 섬세하다는 것을 깨달은 아가는 그것 또한 괴로웠다.

그러나 아주 작은 몸에 맞춰 아직은 아주 작은 아가의 뇌는 그 괴로움을 오래도록 남겨 두지 않았다. 금세 과부하 되는 감정의 조각을 잊게 했으니. 그래서일까, 아가는 어느 순간부터 조금은 특별한 자신을 수긍하며 익숙해져 갔다.

다른 아기들보다 조금 더 많이 아는 것 같고, 조금 더 많이 느끼는 것 같다. 그러나 그런 자신을 그대로 사랑해 줄 거라는 믿음을 주는 가족이 있어, 아가는 매일매일의 죄의식과 부정적인 감정을 씻고 웃을 수 있었다.

그러니까, 나를 사랑해 줘.

반질반질한 아가의 푸른 눈동자가 빛 알갱이에 의해 영롱하게 빛났다. 그 눈동자에는 자상하고 믿음직한 제 첫째 오라버니의 부드러운 미소가 비치고 있었다.

오전 내내 아가의 곁에서 떠날 줄 몰랐던 부자들은 유모의 성화에 의해 마지못해 아가의 곁을 떠나야 했다. 유모는 이제야 조용해진 아가의 방에서 금세 잠이 들어 새근새근 숨소리를 내며 자는 사랑스러운 천사를 보고 조용히 미소 지었다.

어찌하여 이 아가님은 이다지도 매력이 철철 넘치는 것일까? 유모는 머나먼 미래에 아가님이 아이가 되고, 소녀가 되고, 여인이 되어 제 짝을 찾아 둥지를 떠나게 될 날이 오는 것이 두려워졌다. 이렇게도 사랑스러운데, 이렇게도 어여쁘신데, 어찌 이분을 놓아줄 수 있을까 걱정이 들었다.

자신이 이 정도인데, 공작 각하와 도련님들이 더욱 걱정이었다. 아침에 봤듯이 그렇게 싸고돌며 예뻐하시는데, 혹여 짝을 찾아 떠난다 하면 얼마나 상심이 클까……? 아마 눈에 핏발이 선 채 길길이 날뛰시겠지, 하고 속으로 중얼거리던 유모는 기어코 웃음을 터트리더니 고개를 절레절레 흔들었다.

아직 머나먼 미래의 일이다. 지금 현재, 매일매일 후회를 남기지 않게 아가님을 있는 힘껏 사랑하자 생각한 유모는 새근새근 자는 그녀를 내려다보며 빙그레 웃었다. 그녀는 가볍게 미소 지으며 조용히 아가의 방문을 닫았다. 달게 자고 있을 터이니 당분간은 깨지 않을 것이다.

[그러니까, 그 아가라는 생물이 굉장히 사랑스럽더라니까?]

봄이 완연한 어딘가의 숲. 바람결에 살랑살랑 소곤소곤 정령의 목소리가 퍼져 나갔다. 그러자 다른 한 곳에서 비슷하지만 다른, 미묘한 음정을 가진 정령이 깔깔 웃으며 답했다.

　[에이, 그래 봤자 인간이잖아. 사랑스러워 봤자 나만 하겠어?]

　[어머, 어머! 너보단 내가 더 사랑스럽지!]

　[얘들 좀 봐! 내가 더 사랑스럽거든?]

　실체가 보이지 않을 만큼 아주 작은 정령들은 웃으며 제가 더 귀엽다느니 사랑스럽다느니 하며 실랑이를 하고 수다를 떨었다. 수다스러운 바람의 영들이 여러 차례 말을 주고받는 사이, 초반에 입을 연 영이 키익, 하고 새소리 같은 소리를 내며 제 몸을 실체화하였다. 푸른 빛과 연둣빛이 감도는 종달새의 모습을 한 작은 바람의 영은 길게 날갯짓을 하며 허공을 날았다.

　[정말이야. 그 아가는 좀 달라, 굉장히 사랑스럽단 말이야.]

　억울하다는 듯 제 얘기 좀 들어 보라며 말하는 바람의 영에 자기들끼리 수군수군 속닥속닥거리던 작은 영들이 하나둘씩 실체를 드러내며 궁금함을 담아 물었다.

　[그 아가가 얼마나 사랑스럽길래 그래?]

　[맞아, 맞아. 달라 봤자 얼마나 다르다고?]

　[에이, 너 혹시 인간에게 무슨 주술이라도 걸렸니?]

　친한 바람의 영들의 물음과 비웃음에 작은 바람의 영이 답답하다는 듯 날개를 파르르 펄럭이며 말했다.

　[정말 답답하네! 너희도 직접 보면 그런 소리 못할걸? 서쪽의 친구들은 이미 봤을 테니 내 말에 동감해 줄 텐데!]

　[어머나, 서쪽의 친구들이랑 갔다 왔단 말이야? 우리랑 안 가고?]

　[너무해! 서쪽 친구들만 친구니? 우리도 친군데.]

　깔깔깔 웃던 바람의 친구들이 작은 바람의 영 주위를 맴돌며 말했다. 그에 어쩔 줄 몰라 하던 작은 바람의 영이 반색을 하며 말했다.

　[그럼 너희도 같이 가 볼래? 응? 그 아가님 보러?]

　[어머? 그래도 될까?]

[나도, 나도 가고 싶은데!]

[괜찮고말고!]

바람의 작은 영들은 작은 종달새 여러 마리가 되어 하늘 높이 날아올랐다. 어딜 가든 그 누구도 구속할 수 없는 자유로운 존재들. 작은 바람의 영들이 산들바람을 일으키며 봄이 한창인 아가의 저택을 방문했다. 따스한 봄이 와서 종종 아가의 방의 커다란 창이 열리면 산들산들 따스한 봄바람이 흘러들어 와 방 안 곳곳에 퍼지곤 했다.

작은 종달새들은 오늘도 열려 있는 창문을 통해 부드럽게 그 속을 파고들어 가 아가의 방에 들어섰다. 달콤한 아가의 우유 향이 방 안에 은은하게 퍼져 있었다. 작은 종달새들은 고대의 약속으로 인해 인간들에게 보이지 않은 자신들의 투명한 몸을 아가의 침대 위에 착지시켰다. 때마침 다디단 잠을 자고 있는 아가의 모습이 보이자 초반에 극찬을 하던 종달새가 날개를 퍼덕이며 말했다.

[이 아가야, 이 아가! 어때? 어때? 너무 사랑스럽지?]

신이 나서 파르르 날개를 떨며 오두방정을 떠는 모습에 나머지 종달새들이 고개를 갸웃 기울였다. 으음? 잘 모르겠는걸? 인간의 아가들은 대부분 이렇지 않아? 하고 묻자 작은 종달새가 버럭 소리를 내질렀다. 바람이 픽, 하고 새는 소리가 났다.

[전혀 그렇지 않아! 보라고! 이 아가는 달라, 다르단 말이야!]

작은 종달새가 답답하다는 듯 큰 소리를 내지르며 말했다. 종달새의 고함에 다른 종달새들이 제 날개로 머리를 가리며 시끄럽다는 제스처를 취했다.

[아이, 시끄러워!]

한 종달새가 신경질적으로 말했다. 그리고,

아이 시끄러워!

곤히 잠들어 있던 아가도 잠투정을 하며 속으로 칭얼댔다. 누구야? 누가 자꾸 시끄럽게 해? 아가는 달게 자고 있던 꿈나라 탐방을 방해받아 몹시도 기분이 나빴다. 온몸을 버둥거리며 칭얼대자 귓가에 작은 바람 소리와 이상한 소리가 섞여 들렸다.

[어머나, 이를 어째! 아가가 깼잖아.]

처음의 종달새가 미안해 죽겠다는 듯 말했다. 아가는 아직도 언어라는 것에 무지하여 그 소리가 그냥 신기한 '소리'로만 느껴졌다. 뭐야? 이게 무슨 소리? 하고 속으로 웅얼거리면서 힘겹게 눈을 떴는데 시야가 흐릿해서 눈을 여러 번 깜박였다. 그러자 어여쁜 푸른 청록색의 작은 새들이 제 침대 위에 걸터앉아 있는 게 보였다.

이건 뭐야?

조류는 물론 동물이라는 것 자체를 처음 보는 아가는 눈을 동그랗게 떴다. 아가의 푸른 눈동자가 드러나자 작은 종달새들이 종알종알 울듯 말했다.

[어머나, 아가 눈이 참 예쁘네.]

[물의 왕의 색을 담은 것같이 어여쁘기도 하지.]

[아유, 참 동그랗고 어여뻐라!]

방금 전까지만 해도 시큰둥했던 종달새들이 여기저기서 칭찬하자 처음의 종달새가 어깨를 으쓱하며 말했다.

[것 봐, 이 아가는 특별하다고 했잖아.]

[어머? 근데 이 아가, 왠지 우리를 보고 있는 것 같지 않니?]

[맞아, 맞아! 어머 아가야! 너 우리가 보이니?]

아가의 시선이 저들에게 향하자 날개를 파르르 떨던 종달새들이 가볍게 몸을 움직여 좀 더 가까이 다가갔다. 그에 처음의 종달새가 기겁을 하며 그들을 말리려 날아갔으나, 본의 아니게 그가 아가의 시선 코앞에 닿고 말았다. 아가는 날갯짓을 하는 작은 종달새들의 존재가 신기하고 또 어여뻐 눈앞에 보이는 것에 손을 댔다.

[어머나!]

꺅!

그러자 놀랍게도 아가의 손에 종달새가 닿았다. 아가는 푸른빛이 감도는 것이 엄마와 닮았다고 생각했기에 통과할 줄 알았는데 손바닥에 느껴지는 신기한 감촉에 화들짝 놀라고 말았다. 살랑하고 보드라운 바람결이 손바닥에 느껴졌다.

뭐야, 뭐야, 뭐야?

너무나도 신기한 감촉에 아가가 깜짝 놀라더니 금세 그 감촉이 재미있는지 꺄, 꺄! 하고 짧은 웃음소리를 내며 양팔을 허우적거렸다. 제 주변에 날아다니는 종달새들이 신기하고 또 재미있었다. 그와 반대로 저를 만지는 아가의 손길에 놀란 종달새들이 깜짝 놀라 이리저리 뛰어오르기 시작했다.

[꺅! 놀래라! 저 아가가 내 꼬리를 만졌어!]

[나도, 나도! 내 날개를 만졌다고!]

[맙소사! 우리를 만질 수 있는 인간이 있다니!]

[세상에! 얘, 네 말이 맞았어! 이 아기는 정말 특별한 아가야!]

모두가 소스라치게 놀라며 아가 주위를 맴돌았다. 그에 처음의 종달새가 매우 당황한 목소리로 웅얼거렸다. 난 인간의 아가들 중에 저 아가가 유별나게 어여뻐서 한 말이었는데…… 하고 중얼거리던 종달새는 아가 주위를 배회하다 배시시 웃는 미소에 사르르 녹아, 아무렴 어떠랴 싶었다.

다른 종달새들도 말은 안 했지만, 아가의 해사한 미소에 빠져 멀리 날아가지 못하고 그 작은 손에 닿을 정도로 주위를 배회하며 날았다. 산들산들한 바람이 아가의 주변을 배회하자 조금 서늘해졌다. 갑자기 온도가 뚝 떨어져 아가가 에취! 하고 재채기를 했다. 그에 놀라 새들이 멀리 달아나 버렸다.

[안 되겠다, 너무 가까이 가지 마! 아가가 감기에 걸리겠어.]

[아이참, 아가는 참 약하구나.]

[우리의 바람도 못 견디다니!]

종달새들은 아쉬운 감이 뚝뚝 떨어지는 어조로 중얼거리며 조금 더 멀리서 그 주변을 배회했다. 아가는 멀어지는 새들이 아쉬워 우우, 하고 칭얼거렸다. 마음이 약해진 종달새들이 다시 한 번 다가갈까 고민하기 시작했다. 그때였다. 조용했던 아가의 방에 문이 꽤나 큰 소리를 내며 덜컹 열렸다.

"아가야! 할애비 왔다!"

목소리만 들어도 범상치 않은 기세에 작고 가냘픈 바람의 영들이 비명을 내지르며 저 멀리 날아가 버렸다. 이제는 종달새들이 보이지도 않자 아가는 많이 아쉬워 아우우 하고 웅얼거렸다. 그러나 곧 등장한 낯선 이에게 호기심을 옮긴 아가는 눈을 동그랗게 뜨고 올려다봤다.

나이가 지긋한 노년의 사내가 서글서글한 미소를 지으며 아가를 내려다보고 있었다. 그의 짙은 남색 눈동자는 맑은 밤하늘의 색처럼 잔잔하고 깊었다. 흰 머리카락이 섞여 백금발로 보이는 그의 머리카락을 가지런히 묶어 정갈했고 강직한 얼굴이며 몸체가 굉장히 기운차보였다. 살짝 접힌 눈가에 세월의 흔적인 주름이 잡혀 있었으나 외관상으론 그다지 노년으로 보이지 않을 정도였다.

"아우우……?"

아가는 처음 보는 남자에 의아한 기색으로 쳐다보자, 그가 못 참겠다는 듯 웃으며 손을 내밀어 작은 그 몸을 들어 올렸다. 아가는 눈만 멀뚱멀뚱 떠서 자신을 들어 올려 품에 안은 그를 쳐다봤다.

"어찌 이리 제 엄마를 쏙 빼닮았을꼬."

어여쁜 푸른 눈동자를 보자니 콧잔등이 시큰했다. 제 하나뿐인 외동딸이 떠올랐다. 노년의 사내가 울 듯 말 듯 얼굴을 일그러트리며 웃자 그 모습이 괴상해 아가가 까하하 웃음을 터트렸다.

이상한 표정 짓는다, 이상해, 이상해, 하고 아가는 영롱한 웃음소리를 내뱉으며 침울해져 가는 노인을 달래듯 웃었다. 그에 노년의 사내가 재빨리 표정을 갈무리하고는 좀 더 괴상한 표정을 지으며 우루루 까꿍! 하고 웃음이 터져 나오게 하는 마법의 주문을 내뱉었다.

아가는 그 소리만 들어도 자지러질 정도로 웃는다. 이번에도 역시나 아가는 자지러지게 웃으며 몸을 버둥거렸다. 까르르 웃는 웃음소리가 노년의 사내의 청각을 즐겁게 했다. 그런 그의 뒤에서 익숙한 목소리가 들렸다.

"제논 님, 오셨습니까?"

아가의 아빠 카이저였다.

카이저의 등장에 아가가 반색하며 방긋방긋 웃으며 손을 휘저었다. 아빠, 아빠다! 하고 신이 난 기색으로 말하지만 들리는 건 옹알이뿐이었다. 그에 아가를 안고 있던 노년의 남자, 제논이 너털웃음을 터트리며 말했다.

"요 조그만 것이, 할애비 섭섭하게 제 아빠만 찾는구나."

즐거운 기색이 역력했지만 언뜻 섭섭한 투로 말했다. 그에 카이저가 당황스러운 표정을 지었지만 내심 좋아 죽으려는 심정이 얼굴에 비쳤다. 아가는 둘 사이에서 멀뚱멀뚱 눈을 깜박이더니 이내 까르르 웃으며 손뼉을 쳤다. 제논은 품에 안긴 작은 아가의 무게감을 느끼며 빙그레 웃었다.

"아주 가볍구나."

조용히 중얼거리는 그의 목소리에 살짝 걱정이 어렸다. 겨우 죽음의 고비를 넘긴 아가는 상상했던 것에 비해 훨씬 혈색이 좋고, 사랑스럽고, 어여뺐다. 그러나 너무 작고, 너무 가볍고, 너무나 약해 보였다. 혹여 바람 불면 날아갈까 걱정까지 든 그는 마치 유리공예품을 만지듯 조심스러운 손길로 보드랍게 살이 오른 아가의 뺨을 살며시 매만 졌다.

애틋함이 담긴 손길로 아가의 얼굴을 쓰다듬는 제논 앞에서 카이저는 그저 죄스러운 마음에 고개를 살짝 숙였다. 아가가 또래에 비해 작은 것이 제 잘못 같고, 그 무게가 가벼운 것이 제 죄인 것 같았다. 그런 생각들에 입을 다물고 있던 둘 사이에 잔잔하고 부드러운, 나이가 지긋한 부인의 목소리가 끼어들었다.

"어머나, 이제 겨우 3개월 된 손녀예요, 여보. 아가는 금세 쑥쑥 클 것이니 너무 걱정하지 말아요."

제논과 카이저는 자연스럽게 목소리가 나는 방향으로 고개를 돌렸다. 활짝 열린 방문 앞에 세월의 흔적을 안고 있음에도 여전히 빛나는 외모를 간직한 노년의 부인이 인자하게 웃고 있었다. 그녀는 마치 한 마리 백조처럼 우아한 자태로 사푼사푼 걸어왔다.

그녀의 물빛 머리카락과 색을 잃어 희게 변한 머리카락이 자연스럽게 섞여 신비로운 느낌을 주었다. 곱게 나이를 먹은 그녀의 얼굴에 자리한 주름은 흉하기보다는 청아한 분위기로 부드럽고 인자해 보였다.

그런 그녀는 마치 엄마와 같은 분위기를 지녀서, 아가는 눈을 동그랗게 뜨고 시선을 고정했다. 짙은 청록색 눈동자는 깊게 가라앉아 연륜이 느껴졌다. 아가는 그녀가 신기했다.

엄마 같아.

아가의 시선을 받은 노년의 부인이 빙그레 웃으며 사푼사푼 다가왔다. 귀부인의 면모를 보이며 다가온 그녀는 어느새 아가 앞에 당도했다. 제논은 제 아내인 그녀가 손을 뻗자 아쉬움이 뚝뚝 묻어나는 얼굴로 아가를 내줬다.

아가는 아련한 분위기가 나는 그녀를 마냥 올려다보았다. 곧 그녀의 따뜻한 시선이 아가에게 떨어졌다. 인자하게 웃는 미소가 자신에게 향하자 괜스레 부끄러워진 아가가 양 손가락을 꼬물꼬물거리며 시선을 내리깔았다. 그러다 다시 슬그머니 눈동자를 굴려 그녀를 올려다보았다. 여전히 인자하고 자애로운 미소에 아가의 볼이 발그레해졌다.

엄마⋯⋯.

"아우우."

낯선 노년의 부인에게서 희미하게 나는 엄마의 향기에 아가가 옹알이를 하며 그녀의 가슴에 폭 안겨 얼굴을 비비며 눈을 감았다. 더 깊이 안기기 위해 바르작거리자 그녀가 더욱 깊게, 꽈악 안아 주며 속삭였다.

"파이, 내 사랑스러운 아가."

마치 엄마가 속삭여 주듯 애정이 듬뿍 담긴 목소리에 아가의 눈꼬리가 파르르 떨렸다. 엄마의 품에 안긴 것 같아 기분이 붕붕 뜨는 느낌이었다. 눈을 감아 사방에 어둠이 깔렸는데도 느껴지는 체온과 지탱해 주는 팔의 느낌이 아가를 평안하게, 안락하게 만들었다. 한껏 그 그리운 느낌이 나는 품에 얼굴을 비비던 아가가 금세 색색 숨소리를 내며 잠들었다.

"이런, 이런. 벌써 잠들었구나."

아가가 잠들자 외할아버지인 제논이 아쉬움을 담아 말했다. 잠든 아가를 품에 꼬옥 안고 있는 노년 여인이 빙그레 웃으며 답했다.

"한창 그럴 때잖아요? 먹고 자고, 먹고 자고……."

그래야 쑥쑥 크죠. 하고 속삭이듯 뒷말을 내뱉었다.

"에잉."

그녀의 말에 제논은 미간을 살짝 찌푸렸지만 순수한 아가가 천사처럼 잠든 모습에 스르륵 입꼬리를 올리고 미소 짓고 말았다. 작은 고사리손으로 외할머니인 아사벨의 옷깃을 꼬옥 쥐고 행복한 미소를 머금고 잠든 아가의 사랑스러운 모습은 세 사람에게 커다란 기쁨을 주었다.

아사벨은 아가가 좀 더 깊은 잠에 들어 행복한 꿈나라 여행을 하도록 가볍게 상체를 흔들며 토닥여 줬다. 잠시 바르작거리던 아가는 아우우 하고 잠꼬대를 하듯 희미한 목소리로 옹알이를 하더니 그녀의 바람처럼 더욱 깊고, 행복한 꿈속에 빠졌다.

"늦어서, 죄송합니다."

잔잔한 분위기 속에서 카이저가 조용하고 낮은 목소리로 말하며 허리를 숙였다. 그에 제논이 쯔쯧 혀 차는 소리를 내뱉으며 그의 어깨를 제 두툼한 손으로 토닥이고 숙여진 상체를 세웠다.

"뭐가 그리 죄송해. 왜 죄인처럼 그러는가. 이제 다 잘된 것 아닌가, 카이저."

"그래요. 카이저, 그대도 아가를 못 본 기간은 우리와 비슷할 터. 사경을 헤매던 아가를 살려내려 애쓴 건 그대인데, 뭐가 그리 죄송한가요?"

"하오나, 제논 님과 아사벨 님께 죄송한 마음뿐입니다. 앨리스를 잃고 상심이 크셨을 텐데, 그 손녀조차 오늘내일하여, 위태롭게 된 것이 마냥 제 잘못 같습니다."

앨리스, 앨리스 A. D. 칼레이저.

북방의 영지를 다스리는 에스트롤 후작가의 제논과 아사벨 사이에서 태어난 귀하고 귀한 외동딸. 그리고 카이저의 너무나도 사랑하는 아내이자, 파람 형제와 아가의 어머니다.

카이저가 괴로운 듯 힘겹게 그녀의 이름을 내뱉자 제논의 얼굴색이 흐려졌다. 아사벨은 말없이 아가에게 시선을 옮겨 그 작은 몸을 토닥이고 꼭 껴안았다.

작고 하얀 얼굴은 앨리스의 어린 시절을 떠올릴 만큼 닮았다. 한눈에 봐도 투명하면서도 푸른 사파이어 같은 눈동자는 마치 앨리스가 되살아난 것처럼 쏙 빼닮아 아사벨은 속으로 울음을 삼켜야 했다.

아가가 있는 데서 눈물을 보여선 안 돼. 할미 된 입장에서 반갑게, 기쁘게, 또한 앨리스가 못다 보여 준 애정을 가득 담아 봐야 해, 하고 마음을 다잡으며 마주했다. 그러나 아가의 동그랗고 푸른 눈동자가 반짝이며 저를 쳐다보는 것에 그만 가슴이 철렁했고, 다리에 힘이 빠질 것 같았다.

오, 아가야……

앨리스를 쏙 빼닮은 아가의 시선이 아사벨의 심정을 뭉클하게 만들었다. 귀족의 체통을 모두 던져 버리고 얼른 달려와 품에 안고 싶은 것을 필사적으로 참았다. 그렇게 참은 끝에 안은 아가는 역시나 또래보다 작고, 가벼웠다. 그러나 혈색 좋고 생기가 넘치는 모습에 안도했다. 이제부터라도 잘 자라면 된다.

빨리 자라지 않아도 돼. 또래보다 작아도 돼. 그저 건강하게만, 건강하게만 자라 다오.

아사벨은 간절한 소망을 담아 색색 아기천사처럼 잠든 아가의 둥근 이마에 제 이마를 마주 대며 속삭였다. 제논은 자꾸만 가슴이 뭉클해지고 콧등이 시큰해졌다. 거칠게 손으로 콧등을 비비고는 시선을 위로 올리며 벌게져 가는 눈가를 식혔다.

"할아버지!"

잔잔한 감동의 잔재가 남아 있을 무렵, 열린 문으로 파엔과 파샤가 황급히 뛰어 들어왔다. 그에 제논과 카이저가 인상을 팍 쓰고 약속이라도 한 것처럼 검지를 들어 올려 입가에 붙이며 말했다.

"쉿!"

"조용해라, 아가 깬다."

두 사람이 순간적으로 야차처럼 변해 말하자 넘치는 혈기를 주체하지 못했던 두 사람이 주춤하며 잔뜩 움츠러들어 자라목이 되었다.

"후후. 미안하구나, 아가가 방금 잠이 들었단다. 누이가 깨지 않게 조금만 조용히 해 주겠니?"

"네, 넷! 당연하죠."

"아, 파이 자는구나. 몰랐어요, 할머니. 조용할게요."

파샤가 금세 큰 소리를 내며 답하려다 도끼눈을 뜨고 쳐다보는 외할아버지와 아버지에 의해 슬그머니 소리를 줄이며 답했다. 파엔은 그런 형이 한심하다는 듯 올려다보고는 외할머니가 있는 곁으로 쪼르르 다가가 단잠에 빠진 아가를 쳐다보며 속삭이듯 말했다.

아가는 제 오라버니의 목소리를 꿈에서라도 들었는지 배시시 웃었다. 파엔도 칼레이저가 특유의 금발 머리카락이 몇 가닥 없는 둥근 정수리를 살포시 어루만져 주며 웃었다.

오후가 돼서 눈을 뜬 아가는 어느새 자기 침대에 대자로 누워 있었다. 아가가 아웅, 아웅 잠꼬대를 하더니 졸음이 제법 가신 눈을 깜박이며 데굴데굴 굴렸다. 그 좁은 시야에 아무도 보이지 않았다. 아부부하고 조금 큰 소리로 옹알이를 하자 가장 익숙한 유모가 다가왔다.

"어머나, 파이 님?"

유모가 안아 들자 아가가 버둥거리며 눈동자를 데굴데굴 굴려 누군가를 열심히 찾았다. 아직 목에 힘이 없어 고개를 돌리지도 못하면서 버둥거리는 것이 여간 귀여운 게 아닐 수 없었다. 유모가 그녀를 귀여워 죽겠다는 듯 쳐다보는 시선에도 아가는 한사코 버둥거리기에 그제야 누굴 그리 찾는 건가 하는 생각이 들었다.

"어머나, 아가. 할미를 찾는 거니?"

다행히도 아가가 그토록 애타게 찾는 사람은 아주 가까이에 있었다. 그녀가 다가오자 아가는 기다렸다는 듯 어부, 어부 하고 옹알이를 하며 제 작은 몸뚱어리를 버둥거리며 그녀에게 손을 뻗었다. 유모는 내심 섭섭했으나, 그녀를 그토록 반기는 것이 역시 피는 못 속인다는 것을 깨달았다.

이 사랑스러운 아가는 제 눈앞에 서 있는 여인이, 자신이 안기려고 하는 여인이 제 엄마와 가장 가까웠던 존재라는 것을 직감적으로 알고 있는 것이다. 그렇게 생각하자 아쉬워하거나 섭섭해하던 감정을 지울 수밖에 없었다. 엄마가 그리워 그 엄마와 같은 향기가 나는 할머니를 찾는 것은 어쩌면 당연한 이치니까.

아사벨은 아가에게 손을 뻗어 품에 안았다. 그러자 자신이 원하는 것을 얻었는지 아가가 금세 까르르 웃으며 그 품에서 바르작거렸다. 그녀의 가슴에 얼굴을 비비며 행복해하는 모습에 아사벨은 인자하게 웃으며 그 작은 몸을 더욱 깊이 안아 주었다.

"그래, 아가. 할미 품이 좋니?"

"아우우! 아웅, 아웅!"

부드러운 어조로 속삭이듯 묻자 아가가 반짝이는 사파이어빛 눈으로 그녀를 올려다보며 방긋 웃었다. 엄마 같아. 엄마랑 있는 것 같아서 좋아, 하고 속으로 중얼거리는 아가는 천사처럼 웃었다. 그 품이 어찌나 달고 안락한지 아가는 한시도 떨어져 있기 싫어졌다.

아사벨은 아가가 자고 있는 동안 유모와 함께 아가의 물품을 정리하고 있었다. 작은 옷이며 기저귀, 젖꼭지, 우유병, 턱받이…… 하나하나 성인 입장에서 보면 너무나도 작고 깜찍한 것들. 아사벨 그녀에겐 그리운 향수를 일으키는 것들이었다.

그녀는 칼레이저가에 오기 전에 딸아이가 어린 시절 입었던 몇 벌의 옷도 챙겨 왔다. 언젠가 손녀가 태어나게 되면 물려주려고, 가문의 마법사에게 특별히 부탁해서 보존 마법까지 걸어 세월이 흘렀는데도 여전히 새것 같았다.

아사벨의 품에 안겨 한껏 애교를 부리는 아가를 뿌듯한 표정으로 지켜보던 유모는 정리하던 옷가지로 시선을 옮겼다. 아직도 고운 여아용 옷을 보며 아가가 입을 것을 상상하니 기분이 들떴다. 그녀는 남은 옷가지들을 정리하며 말했다.

"옷이 참 고와요."

"앨리스가 입던 옷이네, 손녀가 태어나거든 꼭 물려주고 싶어 귀히 보관해 놨지."

"아……."

공작 부인, 칼레이저가의 안주인인 앨리스가 아가였을 때부터 입었던 작고 사랑스러운 옷들. 아사벨의 말에 유모는 안타까운 탄성을 내뱉으며 차마 말을 잇지 못했다. 아사벨은 제 품에서 꼼지락거리는 사랑스러운 아가를 애틋한 표정으로 쳐다보며 말했다.

"잘 어울리겠지?"

"그, 그럼요. 분명 잘 어울릴 것입니다."

아련한 그리움을 담아 중얼거리듯 말하자, 유모가 황급히 고개를 끄덕이며 답했다. 그러자 아사벨이 해사하게 웃으며 그렇겠지 하고 답하고 고개를 끄덕였다. 아가는 그녀의 품에 안겨 꾸물거리며 아웅, 아웅 하고 쉬지 않고 옹알이를 해 마치 이야기를 쉴 새 없이 하는 것 같았다. 아가의 끊임없는 옹알이에 유모와 아사벨은 살짝 어두워졌던 감정을 금세 지워 버리고 가볍게 웃음을 내뱉고 말았다. 두 여인이 동시에 웃음을 터트리자 아가는 고개를 갸웃 기울였다.

응? 왜 웃는 거야? 뭐야, 뭐야?

의아한 기색으로 아사벨과 유모를 번갈아 보던 아가는 이내 그녀들을 따라 까르르 웃음을 터트렸다.

그렇게 칼레이저가에서의 서로를 보듬어 주는 평화로운 하루하루가 아쉬울 정도로 빠르게 지나가고 있었다.

아가는 매일매일이 행복했다. 이제까지 느껴 보지 못했던 강렬한 유대감과 가족의 정이 그 작은 가슴속 깊이 쌓여 갔다.

하지만 한 가지, 제 아빠가 오고부터 아름다운 엄마를 더 이상 볼 수 없었고, 그로 인해 굉장히 슬펐다. 아가는 직감적으로 더 이상 엄마를 볼 수 없을 것임을 깨달았다.

그럼에도 아가는 기뻤다.

엄마가 없지만 아빠가 있고, 오빠들이 있고, 할머니, 할아버지, 유모도 있다. 외롭지 않아. 모두가 이렇게 사랑해 주는걸. 아가는 사랑스럽게 웃었다. 아가는 오늘도 아사벨의 품에 안겨 잔뜩 놀더니 이내 피곤함을 느끼고 스륵 잠이 들었다.

아가는 낮과 밤이 분명치 않아서 하루에 열 번 정도는 자다가 깨기를 반복했다. 제논과 카이저, 파람 형제들은 걱정스러운 마음에 왜 이렇게 많이 못 자는 거냐며 걱정했다. 그에 아사벨이 보통 아가는 짧게 자고 짧게 눈을 뜨는 편이라며 살살 달래 주어야 했다.

'그래도 아가가 얌전한 편이라 다행이야.'

칭얼거림이 유독 심하기도 한 아가들이 있다. 보통의 아가들이 그런 편인데, 아가는 정말로, 정말로 얌전한 편이라 손이 많이 안 가서 대견하기까지 했다. 아사벨은 금세 지쳐 잠이 든 아가의 둥근 이마를 쓰다듬었다.

'잘 자렴.'

아사벨이 아가에게 인사를 마치고 자리를 지키고 있는 유모에게 눈짓으로 인사하며 조용히 방을 나서자 아가의 방에 어둠이 부드럽게 내려앉았다. 아가는 세상모르게 꿈의 세계에 빠져 꼬물꼬물 잠꼬대를 하며 새근새근 잠들었다. 그런 아가의 곁에는 언제나처럼 든든하고 자상한 유모가 앉아 토닥토닥 아가의 작은 가슴을 다독여 주었다. 그렇게 1시간쯤 지났을까, 유모가 저도 모르게 의자에 앉은 채 졸고 있었다.

여느 때와도 같은 평온한 밤이 찾아오는 이때, 아늑함과 고요함 속에서 뜻밖의 손님이 찾아왔다.

[아이 참, 그만 좀 해.]

아가의 고요한 방에 제법 짜증이 묻어난 목소리가 가볍게 퍼져 나갔다. 여러 색깔의 빛 알갱이를 담은 신비한 빛이 나타나 반짝반짝 은은한 빛을 내비치며 방 안을 밝혀 주었다. 잔잔한 빛이 방 안 가득 부드럽게 퍼졌다. 그 작은 빛 속에서 퍼져 나오는 목소리는 짜증이 한껏 묻어 있긴 했지만.

[그깟 인간 아기가 뭐라고, 여왕을 이렇게 닦달하니?]

잔잔한 빛을 발하던 알록달록한 빛의 알갱이가 부드럽게 허공을 배회하다 천천히 하강했다. 그녀의 주변에 그보다 작은, 아주 작은 빛의 무리들이 재잘거렸다.

[여왕님, 여왕님! 이 아기는 달라요.]

[맞아요, 바람의 아이들이 그랬단 말이에요!]

[이 아기는 특별하대요!]

[바람의 아이들이 자꾸 자랑한단 말이에요!]

[아이참, 어찌나 자랑하는지 궁금해 죽겠는데−]

[여왕님이 가셔야 저희가 가죠!]

자연계의 자유로운 아이들과 달리, 아주 작은 빛의 무리들은 인간계에서 제 형태를 이만큼밖에 유지를 못하는 것이 못내 아쉬웠다. 이들은 인간계와 요정계 사이의 제약 때문에 자연계와 달리 온전히 그 모습을 드러낼 수 없는 페어리들이었다. 그나마도 페어리의 여왕의 권한과 능력으로 이 정도 유지하는 게 겨우인 그녀들은 제 작은 빛을 반짝이며 재잘거렸다. 그에 가장 아름답고 가장 부드러우며 가장 큰 빛의 형태를 가진 여왕이 한숨을 포옥 내쉬며 말했다.

[알았다, 알았어. 너희가 자꾸 졸라서 결국엔 와 줬잖니. 자 맘껏 보렴.]

이 아기가 뭐라고. 속으로 중얼거리던 페어리의 여왕은 천천히 아래로 하강해 아가의 곁으로 사푼히 내려왔다. 서서히 부드러운 어둠 속에 잠기듯 흐릿하게 보이던 아가의 윤곽이 드러나자, 여왕은 내심 기대한 자신을 탓했다. 그 재잘거리기 좋아하고, 별 우습지도 않은 소문을 내던 바람의 아이들의 말을 믿는 게 아니었어! 뭐야? 별거 없잖아? 이제까지 봐 왔던 인간의 아기와 다를 바 없는 모습에 무척이나 실망한 여왕이 툴툴거렸다.

[별거 아니잖아? 이게 뭐가 특별하다는 거야? 얼굴이 동그랗고 희고, 머리카락 몇 가닥 없는 일반적인 아가잖아!]

[아이, 아닌데! 분명 특별하다 그랬단 말이에요!]

[정말이에요, 여왕님. 그랬단 말이에요.]

[이것 보세요, 얼굴도 동글동글하고 귀엽잖아요.]

[맞아, 맞아! 귀엽지 않아요? 새근새근 자고 있다고요!]

종종 인간계에 나오는 페어리의 여왕과 달리 나약한 작은 페어리들은 난생처음 보는 인간의 아기에 호들갑을 떨었다. 작은 빛들이 서로 엇갈리며 아가의 주변을 배회하며 말하자 여왕이 코웃음을 쳤다.

[흥! 내 보기엔 그저 그렇구먼, 뭐가 귀여워?]

여왕의 반응에 작은 빛들이 그렇지 않다며 아웅다웅 시끄럽게 재잘거렸다. 그에 여왕이 성이 난 듯 조금 더 밝은 빛을 번쩍번쩍거리며 말했다.

[에에잇! 시끄러워!]

"아우우······."

여왕의 반짝임에 아가가 미간을 잔뜩 찡그리며 가볍게 옹알이를 내뱉고 몸을 버둥거렸다. 바르작거리며 제 몸뚱어리를 어쩔 바 모르고 움직이는 것이 딱 봐도 잠에 취해서 그 단꿈에서 빠져나오기 싫어하는 칭얼거림이었다. 그에 여왕이 화들짝 놀라 제 본연의 모습을 팟! 하고 드러내며 그 몸에서 쏟아지는 빛의 강도를 낮췄다.

본연의 모습을 드러낸 페어리의 여왕의 핑크빛 비단결 같은 머리카락이 사르르 하고 아름다운 소리를 내며 흩어졌다. 오색 빛 가루를 한껏 담은 12장의 날개가 파르르 흔들렸고, 그녀의 순백의 드레스는 금실로 수놓은 고귀한 문양으로 한껏 치장되어 있었다.

진귀한 자만이 가질 수 있다는 찬란한 황금빛 홍채에 동공은 신기하게도 짙은 분홍색을 띠었다. 오똑한 콧날과 붉은 입술, 갸름한 얼굴선이 도도한 여왕의 아름다움을 한껏 돋보이게 해 주었다. 살짝 치켜올라간 눈매에 기다란 속눈썹이 파르르 잔잔하게 흔들렸다.

세상에 더없을 아름다움을 지닌 여왕은 조금 굳은 표정으로 살짝 아가의 얼굴 가까이에 다가갔다. 빛의 강도를 줄였음에도 아가는 기어코 잠에서 깨어나고 말았다. 나름 배려한 여왕의 의도가 무산되었다. 아가는 잔뜩 찡그린 얼굴을 하더니 이내 눈꼬리를 파르르 떨며 천천히 눈꺼풀을 들어 올렸다. 아주 힘겹게.

아우우. 졸려, 졸리단 말이야…… 시끄러워서 잘 수가 없어.

한껏 잠투정이 묻어난 눈을 힘겹게 깜박이던 아가는 흐릿했던 시야가 점점 선명해지자 곧 의아한 표정을 지었다.

작다.

아가보다 작은 아름다운 여인이 신비로운 빛 가루를 담은 12장의 날개를 흔들며 허공에 서 있었다. 바로 아가의 가까이에서.

누구?

"아우우?"

아가는 궁금함을 담아 그녀를 바라봤다. 어둠 속에 반짝이는 아가의 푸른 눈동자는 그녀가 내뿜는 신비한 빛이 반사되어 어여쁘고 신비로운 색을 발하며 반질거렸다. 이상하게도 여왕은 어둠 속에서도 투명하게 빛나는 순수한 눈동자를 마주한 순간 심장이 덜컹하고 내려앉았다 튀어 오르는 느낌을 받았다.

'맙소사, 이 아긴 도대체 뭐지?'

여왕은 지금 본연의 모습을 보이고 있으니 인간의 눈에는 절대 보이지 않는다. 그녀를 볼 수 있는 것은 자연계의 아이들과 그들의 왕뿐이다. 여왕은 인간의 눈에 보일 정도로 현신할 수 있으나, 그걸 원치 않았다.

페어리의 여왕은 사실 인간을 그다지 좋아하지 않는다. 그녀가 보는 진실의 눈에 비치는 그들은 때때로 구역질이 날 정도로 타락해 더럽고 추악했기 때문이다. 어찌하여 그들은 서로를 미워하고, 증오하며, 싸우는지 도저히 이해할 수가 없었다. 매일같이 희생이 따르는 전쟁, 전쟁, 전쟁! 대지의 왕의 영토를 시체로 더럽히고, 물의 왕의 영토를 피로 물들이며, 바람의 왕의 아이들을 오염시키고, 불의 왕의 아이들을 타락하게 만드는 그들을 여왕은 그다지 좋아하지 않았다.

그나마 호의적인 반응을 보이는 것이 인간 아기 정도. 인간의 아기는 태어난 지 얼마 되지 않아 때가 묻지 않고 순수한 영혼 그대로이기 때문에, 여왕은 의구심이 들곤 했다.

이다지도 순수하고 깨끗한 영혼이 어찌 그렇게 처참할 정도로 타락할 수 있지? 인간이란 참으로 이중성을 가진 모순된 존재라고 생각했다.

그런데 이 아가는 지금 그녀를 보고 있다. 아무리 순수한 영혼을 지닌 갓 태어난 존재라도 여왕을 볼 수 없다. 인간이라면 누구도 볼 수 없도록 자신을 감춰 놓은 게 확실한데, 어째서.

[내가 보이는가?]

"……아우우."

뭐야? 뭐야? 너는 뭐야? 아가는 호기심 가득한 표정으로 그녀를 보았다. 방금 전까지 잠에 취해 잠투정을 하던 모습은 온데간데없이 사라지고, 눈을 반짝이며 본다. 그에 여왕이 당황해 어쩔 줄 몰라 하며 제 날개를 빠르게 퍼덕였다. 그에 따라 비단결 같은 반짝이는 핑크색 머리카락이 물결치듯 움직였다.

"꺄하!"

그 모습이 아가의 눈에도 어찌나 신비하고 아름다운지 어여쁘게 눈꼬리를 접으며 해사하게 웃는다. 예뻐, 예뻐! 눈앞의 어여쁜 여왕의 모습이 마음에 쏙 드는지 아가가 손뼉까지 치며 까르르 웃자 여왕의 얼굴이 홍시처럼 벌게졌다.

[뭐, 뭐야! 왜 웃는 거지?]

아가의 마음을 알 리 없는 여왕이 잔뜩 벌게진 얼굴로 양손으로 주먹을 쥐고 흔들며 제법 높은 톤으로 소리치듯 말했다. 그에 따라 그녀의 날개가 좀 더 빨리 파다닥거렸다. 시뻘게진 얼굴로 화를 내는 모습마저 아름다운 페어리의 여왕의 모습에 아가는 눈을 동그랗게 뜨더니 이내 다시 웃었다. 어찌나 어여쁘게 웃는지 이제까지 어떤 아기를 보고도 흔들린 적이 없던 여왕의 강철 같은 심장이 다시 한 번 덜컹 소리를 내며 떨어졌다 튀어 올랐다.

꺄악!

심장은 두 번도 모자라 계속 널을 뛰어 댔다. 두근두근 하고 쉴 새 없이 뛰는 심장 소리에 어쩔 줄 몰라 하며 여왕이 제 얼굴을 양손을 감싸고 고개를 이리저리 저었다.

뭐, 뭐야, 뭐야! 이 아기!

소리 없는 비명을 지르며 여왕이 고개를 붕붕 흔들자 그에 따라 탐스러운 핑크색 머리카락이 흔들려 또다시 물결쳤다. 그 모습에 아가가 누운 채로 의아한 표정을 짓더니 저도 고개를 여왕처럼 흔들려고 안간힘을 쓰는 게 아닌가. 아직은 목에 힘이 없어 제 머리를 채 가누지도 못하는 아가가 끙끙거리며 고개를 흔들려 하자 하얀 얼굴이 금세 시뻘게졌다. 힘겹게 누운 채로 작게 고개를 흔들던 아가가 헥헥 가쁜 숨을 내쉬더니 이내 칭얼거렸다.

으앙……. 나도, 나도 저거!

"으아으, 어, 으!"

울음이 다분한 목소리로 칭얼거리자 여왕이 화들짝 놀라 쪼르르 날아가 동그랗고 도톰하게 살이 오른 아가의 얼굴을 매만졌다.

[왜, 왜 그래?]

잘 웃던 아가가 갑자기 끙끙거리며 고개를 절레절레 작게 흔들더니 이젠 울려고 한다. 도대체 왜 그러는지 그 심리를 모르니 답답한 여왕이 기어코 제 힘을 쓰고 말았다.

진실의 눈을 통해 아가의 속을 살짝 들여다보기로 한 여왕이 도톰하고 보드라운 아가의 뺨에 제 뺨을 비볐다. 간질간질하고 좋은 냄새가 훅 하고 다가옴을 느낀 아가는 그녀에게서 뿜어져 나오는 보드라운 빛과 그 힘을 무의식적으로 느끼며 물기 가득한 눈을 깜박이다 이내 스르륵 감아 버렸다.

아가의 속을 들여다본 여왕은 경악했다. 살짝 훔쳐본다는 것이 그만, 깊이 아주 깊이 잠들어 있던 아가의 전생까지 들여다본 것이다.

그녀는 금세 측은한 마음이 들었다. 그 어린 나이에, 잔인하게 사형을, 아니 살해를 당했다. 강렬하게 남았던 죽음의 기억이 아가를 괴롭게 했으나 다행히도 자기방어가 되어 그 잔인한 기억을 내면 깊숙이 묻어 버렸다는 것을 알게 된 여왕이 안타까운 마음에 아가보다 먼저 감았던 눈을 떠 그 사랑스러운 뺨에 쪽 하고 키스해 주었다.

아가가 간지러운지 가볍게 까르르 웃더니 감았던 눈을 뜨고 투명하게 빛나는 청량한 파란 눈으로 저를 쳐다본다. 그 모습이 어찌나 사랑스러운지 여왕이 드디어 살포시 미소 지었다. 화사하게 웃는 여왕의 미소에 아가가 기분이 좋은지 들뜬 옹알이를 했다. 여왕은 해맑게 웃는 아가 주위를 배회하며 쓰게 웃었다.

어찌 인간은 이다지도 잔인하단 말인가.

그 작고 여린 소녀가 무슨 죄를 지었기에 처참하게 죽임을 당해야 했단 말인가. 인간이란 정말 잔인한 존재로다. 조용히 속으로 분노한 여왕은 신의 안배에 감사하기도 했으나 그와 동시에 잔인하다고 생각했다. 제 어미의 생명을 담보로 태어나 그 품에 제대로 안겨 보지도 못하고 죽음의 문턱에서 버겁게 버틴 가련한 아가의 짧은 생까지 모조리 보고야 만 여왕은 울컥 눈물이 쏟아졌다. 그러나 그 힘겨운 죽음과의 싸움 속에서도 꿋꿋하게 버틴 아가가 한편으로는 대견하게 느껴졌다.

어쩌면 아가를 이제까지 버티게 한 것은 아주 강한 가족의 사랑이 아니었을까. 여왕은 이제서야 방 안 가득 아가를 사랑하는 애정의 기운들을 느끼고는 빙그레 웃었다. 이렇게도 진하게 느껴지는 애정이 아가를 향해 있다.

마치, 너는 사랑받기 위해 태어난 거야, 하고 속삭이듯. 그 속에 아가는 해사하게 웃고 있었다. 여왕은 살랑살랑 날갯짓을 하며 아가의 곁에 내려앉았다. 그리고 다시 그 뺨에 제 얼굴을 비비며 말했다.

[너에 대해 알고 싶어. 너의 마음을 알고 싶어. 아가야. 내게 문을 열어 주렴.]

여왕의 상냥한 어조에 아가는 마치 답하듯 까르르 웃었다. 그 속에서 여왕은 아가의 마음의 소리를 들을 수 있었다. 이어진 것이다. 아가의 영혼과 그녀의 영혼이.

아가가 속삭이는 것 같았다. 반가워, 하고. 여왕은 아가의 감정과 완전히 동화되었다. 아가가 더없이 사랑스러워 견딜 수가 없었다. 이런 감정은 처음 가져 본다. 여왕은 혼란스러운 와중에도 해사하게 웃는 아가의 미소에 따라 웃을 수밖에 없었다. 여왕의 굳어 있던 강철 심장이 흐물흐물 녹아서 붉은 정열의 빛을 머금는 것 같았다.

네가 너무 좋아, 아가야!

야밤의 일은 아무도 모르는 환상 같은 것이다. 아가는 어느새 사라져 버린 여왕에 아쉬움을 표하며 다시 잠들다 깨기를 반복하며 하루를 마무리했다.

파이 2.

"우루루 까꿍!"

낮은 저음으로 깜찍한 단어를 내뱉는 소리가 뭐가 그리 재미있는지 아가가 까르르 웃음을 터트렸다. 제논이 어여쁘고 작은 아가를 품에 안으며 재미있는 소리를 내뱉자 아가는 신이 나 손을 흔들며 호응하듯 방긋방긋 웃었다. 그 조그만 몸이 한참을 바르작거리며 품에 있는 것이 어찌나 신기한지 제논은 시간 가는 줄 모르고 아가를 바라봤다. 그의 아내인 아사벨이 우유병을 들고 다가올 때까지.

"그렇게 좋으세요?"

제논이 한시도 시선을 떼지 않고 있자 아사벨이 웃음기 가득한 목소리로 물었다. 그에 제논이 아가의 둥근 이마를 조심스레 매만지며 말했다.

"이러면 안 되는데, 자꾸만 생각나는구려, 부인. 우리 앨리스도 이렇게 웃음이 많은 아가였는데…….."

쓸쓸함과 애틋함이 담긴 목소리로 중얼거리듯 말하는 제논의 넓은 등을 아사벨이 부드럽게 쓰다듬었다. 그 아이는 아주 사랑스러운 아

97

이였죠. 이 아이처럼. 아사벨은 아려 오는 가슴을 스스로 다독이며 중얼거렸다. 아가는 자신을 향해 한없이 따스하게 내려오는 시선이 조금, 아니 아주 많이 슬프게 느껴졌다. 제 오동통한 엄지손가락을 입에 물고 제논을 올려다보며 우우, 하고 옹알이를 했다. 한 손으로는 제논의 옷자락을 잡고 가볍게 흔들었다.

왜 그래? 어디 아파?

아가는 눈앞에 있는 고운 노부부가 좋았다. 자신을 향한 시선이 너무나 따스하고 부드러워서 제 아빠나 오빠만큼이나 좋았다. 특히 노년의 부인 곁이 가장 좋았던 아가는 서글프게 자신을 보는 그 시선이 너무나 마음 아팠다.

아프지 마. 아가가 잘할게, 하고 속으로 중얼거리는 것을 알 리 없지만 그 작은 손짓과 금방이라도 울음을 터트릴 것 같은 일그러진 얼굴에 아사벨이 슬픈 기색을 지우고 방긋 웃었다.

"이런, 이런. 우리 아가가 배가 고프겠구나."

"어허, 그렇구먼. 우리 아가 배고플 터인데 이 할애비가 것도 모르고 있었어!"

"배고프지, 아가?"

축 가라앉은 분위기를 지우려고 빙그레 웃으며 묻자 아가가 고개를 갸웃거리며 물고 있는 엄지를 쪽쪽 빨았다.

무슨 말인지 모르겠지만 이제 안 슬퍼? 괜찮아?

속으로 묻지만 역시나 그 물음은 밖으로 나오지 못했다. 그저 간결한 옹알이만 터져 나왔을 뿐이다. 아사벨은 옹알이를 하는 아가를 제논에게서 건네받아 젖병을 흔들며 말했다.

"자, 밥 먹을 시간이란다."

아가는 익숙한 젖병이 시야에 보이자 방긋방긋 웃었다. 밥이다. 밥! 아가 배고파! 밥 줘! 하고 열정적으로 양손을 흔들며 반기자 아사벨이 웃음을 터트리며 그 작고 도톰한 입술에 젖병을 물려 주었다. 그러자 기다렸다는 듯 쪽쪽 빨아 먹는 아가.

맛있다. 맛있다!

맛있고 신선한 우유를 먹는 아가를 아사벨이 사랑스러운 눈빛으로 쳐다봤다. 태어날 때부터 어미를 잃고 젖 한 번 물려 보지 못한 아가는 몸이 약해 젖 유모의 젖도 제대로 빨지 못했다. 빠는 힘이 약해 젖을 따로 짜서 입에 넣어줘야 겨우 먹었던 아가는 먹는 양도 굉장히 적었다.

그런 아가가 점차 회복하면서 젖 유모의 젖도 빨 수 있게 된 것이 이 주 전. 이제 아가는 젖 유모의 젖을 하루 두 번 정도, 또래 아가들만큼 배불리 먹고, 건강을 위해 약재와 성수, 아카시아 꿀이 아주 약간 들어간 신선한 우유를 1~2번 정도 먹는다. 이제 겨우 3개월 된 아가가 우유를 먹기엔 빠른 시기이나, 가문의 주치의와 신관의 관리하에 만들어진 우유라 탈 한 번 안 나고 배불리 먹을 수 있었다.

아가는 젖 유모의 젖도 좋지만 이 달콤한 우유도 굉장히 좋아한다. 달콤하고 어딘가 풀 향과 상쾌함이 나는 것이 오묘해 처음에는 먹기 싫다고 떼를 쓰고 엉엉 울며 한사코 거절했던 적이 있다. 그것을 본 유모가 집사와 가문의 주치의와 신관, 그리고 총주방장과 합심해 만들어 낸 것이 이것. 달콤한 아카시아 꿀을 약간, 아주 약간 넣어 아가의 입맛에 맞게 만든 것이다. 꿀이라는 것을 먹기엔 아직 아가의 소화 기관이 크지 못해서 그 약간이라는 용량을 찾기가 여간 까다로운 것이 아닐 수 없었다. 단 향이 나면서 탈이 나지 않도록. 그들은 굉장히 진지하게 약재 : 성수 : 꿀의 비율 찾아야 했다. 그리고 노력 끝에 찾아냈다.

아가의 입맛에 맞춰 만들어 낸 황금비율을.

고생한 보람이 있었다. 유모는 아사벨의 품에 안겨 열심히 우유를 쪽쪽 빨고 있는 모습에 뿌듯함을 느꼈다.

"고것 참, 먹음직스럽게도 먹는구나."

"호호. 그러게요."

어찌나 맛있게 먹는지 아사벨과 제논이 웃음을 터트렸다. 제논이 아가의 통통한 뺨을 매만지며 그리도 맛있느냐 하고 묻자 아가는 눈을 가늘게 접고 해사하게 웃었다. 아가가 기어코 젖병을 모두 비우고 나서야 만족스러운 듯 물었던 젖병을 떼자 유모가 다가와 빈 병을 받았다. 아사벨은 아가의 턱을 제 어깨에 얹히고 그 작은 등을 토닥여 주었다. 토닥토닥 익숙한 손놀림에 아가가 금세 꺼억 하고 트림을 내뱉었다.

"아우우."

만족스럽게 옹알이를 하는 것이 배부른 고양이처럼 나른해 보여 세 사람이 사이좋게 웃음을 터트리고 말았다. 유모는 높으신 분들 앞에서 웃음을 터트려 버려서 얼굴이 금세 빨개져 입을 가렸다. 아사벨은 그녀의 등을 다독이며 뭐 어떠냐는 식으로 웃었다. 그에 머쓱해지니 유모가 부드럽게 미소 지었다.

그 후 제논이 자리를 비우고, 아가의 오빠들이 찾아왔다. 파람은 그 특유의 무뚝뚝한 얼굴에 홍조를 띤 채 아가의 얼굴을 한없이 쳐다보았다. 너는 어찌 이리 어여쁘냐, 하고 묻는 그의 말에 아가는 말갛게 웃었다.

아사벨은 제 큰손주에게 네가 그리 어여뻐하는데 안 예쁠 수 없지 않니 하고 상냥하게 말했다. 그에 파람이 희미하게 웃으며 촉감 좋은 보드라운 아가의 뺨을 매만졌다.

아사벨이 익숙하게 파람의 품에 아가를 넘겨주었다. 그에 엉거주춤하며 받은 파람이 불편해서 바르작거리는 아가의 몸짓에 잔뜩 굳은 몸을 풀며 조금 더 편안하게 목과 등을 받쳐 안았다. 겨우 두세 번 안아 봐서 그런지 허술하기 짝이 없는 폼이었으나, 그 느껴지는 따스함과 애정에 아가는 해사하게 웃으며 제 오라버니를 한없이 쳐다봤다. 길게 시선을 주고받자니 파샤와 파엔이 질투 어린 말로 투정했다.

"형 그만 좀 쳐다봐. 파이 닳겠다."

"그래, 형. 형이 그렇게 매섭게 쳐다보니 파이가 눈도 못 돌리고 형만 보잖아."

매섭기는 뭐가 매서워. 애정 가득 따뜻함이 한가득인데. 툴툴거리는 제 형제들에 말에도 파람은 한사코 시선을 떼지 않고 아가를 쳐다봤다. 아가도 그 시선이 마냥 좋은지 방긋방긋 잘만 웃었다. 그것에 뿔이 난 파엔이 '파이는 파람 형이 그렇게 좋냐?' 하고 물었다. 그의 말을 알아들을 리 없는 아가지만 몇 번이나 들리는 제 셋째 오라버니의 목소리에 고개를 돌려 쳐다봤다.

"아우우?"

자신을 향해 고개를 돌린 누이에 파엔은 뚱해 있던 표정을 스르륵 지우며 웃었다. 저렇게 말갛게 빛나는 눈으로 쳐다보면 아무리 화가 나도 웃을 수밖에 없잖아, 하고 속으로 중얼거리는 파엔은 슬쩍 아가 곁에 다가가 그 고운 뺨을 매만졌다. 거기에 제법 목소리가 큰 파샤까지 달려들어 아가에게 쫑알쫑알 말을 걸었다.

아카데미 내에서 얼음왕자라는 별칭을 가진 파엔이 눈 녹듯 따스하게 웃으며 부드러운 목소리로 말하고, 걸어다니는 피바다라는 별칭을 가진 과격하고 거친 성격을 가진 파샤가 조심스럽게 조곤조곤 말하고 해사하게 웃는 모습을 그의 학우, 친우들이 본다면 경악을 금치 못할 것이다.

무엇보다 가장 놀라운 모습을 보이는 파람. Crimson Steel Knight(진홍의 강철기사)라는 칭호를 가진 만큼 그의 안면은 강철로 깎아 만든 것이라는 소문이 돌 정도로 대단한 포커페이스를 가지고 있었다. 과묵, 무뚝뚝함을 넘어서 감정이 있기는 한 건지 의문을 품게 하는 그가 희미하게나마 미소를 한 번 지으면 수도 내에 그에게 연심을 품고 있던 레이디들의 마음을 단번에 아찔하게 만들 정도였다.

세 형제가 가고 나면 카이저가 슬그머니 아가의 방에 온다. 그때쯤 아가는 달게 꿈나라로 떠난 후이거나, 말갛게 눈을 깜박이고 해사하게 웃으며 반기거나 둘 중 하나였다. 한마디로 복불복인데 오늘은 아가가 잠들어 있었다.

하지만 카이저는 아쉽지 않았다. 어여쁘게 자고 있는 모습마저 사랑스럽기 때문이다. 하늘에서 내려온 아기천사처럼 어찌 그리 어여쁜지 카이저는 잠든 아가를 제 눈에 새길 것처럼 한없이 쳐다보다 떨어지지 않는 발걸음을 옮기곤 했다. 그걸 지켜보는 유모와 아사벨은 소리 없이 웃었다.

정오가 조금 지나 배가 고플 즈음에 아가가 눈을 뜨면 아사벨이 익숙하게 품에 안아 들었다. 그러고는 몸을 돌려 그 곁에 대기하고 있던 젖 유모에게 아가를 넘겨주었다. 그녀는 자연스럽게 아가를 넘겨받아 익숙하게 제 젖을 물려 주었다.

어제부터는 후작 부인이 있는 자리에서 젖을 물리려니 겁도 나고 긴장도 됐으나, 아사벨은 아가의 엄마인 앨리스처럼 마음씨가 상냥하고 부드러웠다. 저는 신경 쓰지 말고 아가에게 신경 써 달라며 방긋이 웃는 아사벨에 젖 유모는 몸 둘 바를 모르고 벌게진 얼굴로 황송하다 답했다. 그에 아사벨은 그녀의 어깨를 두어 번 토닥여 주었다.

아가가 배불리 젖을 빨고 나서 소화를 하자 기분 좋게 방긋방긋 웃었다. 아사벨은 아가를 품에 안고 방 안을 천천히 한 바퀴 돌았다. 아가는 제 방의 벽지며 가구가 천천히 움직이는 것을 보다 아사벨을 보며 방긋이 웃었다.

"오늘은 날씨가 참 좋구나."

"그러게요. 햇살도 따뜻합니다."

아사벨이 활짝 열린 창문 밖으로 보이는 푸른 풍경에 시선을 옮기며 말하자 유모가 고개를 끄덕이며 답했다.

"우리 아가, 이 할미랑 산책 가 볼까요?"

날씨가 너무 좋아서 바깥 풍경을 보여 주고 싶었던 아사벨이 넌지시 아가에게 묻는다. 아가는 그 말을 이해하지 못해 아? 하고 고개를 갸웃 기울였다. 말갛게 내려다보는 청록색 눈동자에 아가는 눈꼬리를 반달로 접고 어여쁘게 웃었다.

"유모, 아가를 데리고 나가도 되겠는가?"

"이제 봄이라 날도 따뜻하고, 아가님도 건강하시니 괜찮지 않을까요?"

앨리스가 가장 좋아했던 아름다운 정원의 꽃들이 만개했을 것을 떠올리며 유모가 응답하자 아사벨이 방긋 웃었다. 아가는 그녀의 품에 꼬물거리며 안겼다. 반짝이는 푸른 눈동자에 유모와 아사벨이 방긋이 웃는 것이 비쳤다.

아사벨은 아가의 작은 몸에 두툼한 포대기를 감쌌다. 앙증맞은 레이스가 달린 포대기에 감싸인 아가가 폭신함에 해사하게 웃었다. 아사벨은 아가를 품에 안고 어깨에 제법 큰 숄을 둘렀다. 유모는 그녀의 곁에 다가가 옷매무새를 다듬어 주었다. 가벼운 외출 준비를 마친 둘은 아가의 방을 나섰다.

아가는 도톰하고 보드라운 포대기에 감싸여 얼굴만 내민 채 눈을 동그랗게 떴다. 익숙한 제 방의 풍경이 아닌 새로운 풍경이 눈앞에 펼쳐졌다. 신기하고 또 신기해 눈동자를 데굴데굴 굴리며 호기심 가득한 표정을 지었다. 바르작거리며 주위를 보는 아가의 시선에 아사벨과 유모가 웃음을 터트렸다.

"무어가 그리 신기하니, 아가?"

호기심 가득한 표정으로 지나치는 복도의 풍경을 보던 아가는 아사벨의 목소리에 눈동자를 굴려 그녀를 올려다보았다. 인자하게 미소 짓는 모습에 방긋이 웃었다. 꺄, 하고 사랑스럽게 웃는 목소리에 아사벨이 방긋 웃었다.

자신이나 유모에게는 익숙한 복도의 풍경이 아가에겐 신기한지 들뜬 모습이 가득한 것이 여간 사랑스럽지 않을 수 없어 아사벨은 작고 어여쁜 뺨에 제 얼굴을 비볐다. 너의 눈에는 이 세상이 어떻게 보이니? 아사벨은 인자하게 웃었다. 아가가 간지럽다는 듯 까르르 웃었다.

지나가는 고용인들이 그녀와 아가를 보며 스르륵 미소 지었다. 보기만 해도 미소가 번지는 흐뭇한 광경이 아닐 수 없었다. 무엇보다 아가의 방에서 나오지 않던 칼레이저가의 귀한 보물을 볼 수 있게 되니 고용인들은 오늘이 운수 좋은 날이라 속으로 생각했다.

"이런, 아사벨 님, 아가님. 바깥엔 무슨 일로."

복도를 지나가는 길에 고용인들의 들뜬 기색을 느낀 집사가 시선을 옮기다 그녀들을 발견해 한걸음에 다가갔다. 의아한 시선으로 아사벨과 유모, 아가를 쳐다보며 물었다. 두툼하고 고상한 무늬가 수놓인 고급 옷감으로 만든 숄을 두른 아사벨의 품에 사랑스러운 아가님이 포대기에 감싸여 안겨 있었다.

"날씨가 너무 좋아, 저택 내 정원에 산책을 나가는 길이네."

"아아……. 그러셨군요."

아사벨이 해사하게 웃으며 말하자 집사가 빙그레 웃으며 답했다. 아가는 제 시야에 익숙한 사람의 얼굴이 보이자 반가워 아우우, 하고 가볍게 옹알이를 하며 손을 흔들었다. 그에 집사가 인자하게 웃으며 고개를 살짝 숙여 아가의 말갛고 푸른 눈과 시선을 마주하며 말했다.

"꽈이 님, 그간 안녕하셨는지요."

"아우우, 아우, 아!"

아가는 집사의 인사에 답이라도 해 주는 것처럼 옹알이를 하며 방긋방긋 웃었다. 반가워하는 모습이 사랑스러워 집사가 눈꼬리를 반달로 접으며 웃었다.

복도에서 마주친 집사와 헤어지고 나서 정원을 향하고 있는데 뒤에서 다다다 하고 제법 묵직한 소리가 들렸다. 의아한 기색에 유모가 고개를 돌려 보니 신성한 신관복을 입으신 나이 지긋한 노년의 남성이 빠른 속도로 달려오고 있었다. 거룩하다, 신성하다 여겨지는 대신관이 제 신관복을 양손으로 슬쩍 들고서 몹시도 다급하게 달려오는 모양새에 유모가 가볍게 비명을 지르듯 그를 불렀다.

"맙소사! 라반 님!"

그녀의 비명과도 같은 부름에 아사벨도 몸을 돌려 달려오는 그를 발견하고는 눈을 동그랗게 떴다. 짙은 고동색 머리카락을 깔끔하게 하나로 묶은 그는 짙은 눈매와 검은색 눈동자를 가졌고, 신관답지 않게 체격이 우람했다. 하얀 신관복은 대지의 대신관임을 뜻하는 문양이 수놓여 고귀함이 느껴져야 마땅한데 무관과도 같은 듬직한 체격에 마치 전투복같이 느껴졌다. 그는 사뭇 비장한 표정으로 달려와 숨소리가 흐트러지지 않은 목소리로 말했다.

"어찌, 저에게 말도 없이 나가십니까."

꾸중이나 비난이 아닌 섭섭함 가득한 목소리에 유모가 난감한 미소를 지었다. 아사벨은 눈을 동그랗게 뜨더니 이내 쿡 웃음을 터트렸다. 노년의 신관이 잔뜩 울상을 짓고 있어 웃지 않을 수 없었다.

"어찌 파이 님의 첫 외출에 이 라반을 대동하지 않으십니까?"

혹여 갑자기 아프시면 어쩌려고, 하고 변명을 하듯 말하자 아사벨이 방긋이 웃었다.

"미안합니다. 즉흥적으로 나선 산책이라 라반 님께 전하는 것을 깜박했습니다."

웃음기 가득한 목소리로 살살 달래듯 말하자 라반이 잔뜩 울상인 얼굴을 풀며 말했다.

"이런 역사적인 날에는 반드시 이 라반을 불러 주셔야죠. 그렇지 않습니까, 파이 님?"

그는 그리 말하며 고개를 숙여 포대기에 감싸여 하얀 얼굴만 쑥 내민 어여쁜 아가를 쳐다봤다. 그에 아가는 말간 눈을 동그랗게 뜨고 저를 쳐다보더니 이내 까르르 웃었다.

아가의 시야에 또 익숙한 사람이 등장한 것이 기분이 좋았다. 가장 많이 봐 왔던 얼굴 중 하나인데 요즘 통 보지 못해 잊혀질까 말까 한 상태였다. 그런 때에 타이밍 좋게 등장해 줘서 아가는 그를 금세 기억할 수 있었던 모양이다.

아가가 포대기 속에 숨겨 놓은 손을 꼬물꼬물 꺼내 손 인사를 하자 라반이 뚱해 있던 인상을 펴며 빙긋 웃었다. 과연 대지의 대신관답게 웃는 모양새가 제법 인자함이 묻어났다. 비록 그의 용모는 몽크나 성기사에 가깝다 하여도 말이다.

요란스러운 라반의 합류와 함께 정원 입구에서 한차례 소란스러움을 연출하며 존과 만났다. 정원사 존은 극진한 태도를 보이며 파이를 반겼고 그는 곧 그녀들을 정원의 가장 아름다운 곳으로 안내해 주었다.

이게 뭘까? 이쁘다. 너무 이쁘다.

아가는 잔뜩 신이 난 표정으로 정원의 아름다움을 감상했다. 코끝에 닿는 청아한 나무 특유의 냄새와 봄꽃 향기는 방 안에 희미하게 향보다 강렬하고 매혹적이었다. 눈앞에 보이는 꽃들은 모두 만개하여 제 어여쁨을 뽐내고 있었다.

"아우! 아우! 아! 우아우!"

아가는 신이 나서 연신 버둥거리고 옹알이를 하며 웃었다. 잔뜩 상기된 아가의 얼굴에 아사벨이 쿡쿡 웃음을 터트렸다. 라반이 인자하게 웃으며 그리도 좋으십니까, 하고 묻는데 아가는 그러하다 답하듯 까르르 웃었다.

"이럴 줄 알았으면 진즉에 올 걸 그랬나 봅니다."

라반이 껄껄 웃으며 말하자 유모와 아사벨이 빙그레 웃었다. 그러게 말이에요, 하고 유모 기쁨 가득한 목소리로 말했다. 아가는 눈동자를 데굴데굴 굴려 아사벨을 올려다봤다.

"아우, 아우!"

"그리도 신이 나니, 아가?"

저택의 정원은 빛나도록 아름다웠다. 부드러운 햇살이 잔잔하게 내려앉아 마치 축복처럼 느껴질 정도였다. 빛의 알갱이가 유려하게 펴져 반짝이며 아스라이 사라졌다.

아가는 이 보드랍고 아름다운 풍경이 너무나도 마음에 들었다. 빛에 의해 반짝반짝 빛나는 푸른 눈동자가 어여쁘게 웃었다. 그런 아가의 곁에 투명하면서도 푸른 종달새들이 살랑 날아와 스쳐 지나갔다. 까르르 웃는 소리가 들려 아가도 따라 웃었다.

"으악!"

평화로이 정원을 거닐던 세 사람과 아가는 갑작스럽게 터져 나오는 비명 소리에 화들짝 놀랐다. 반사적으로 라반이 아사벨 앞을 막아서서 잔뜩 경계한 모습으로 소리가 나는 쪽을 쳐다봤다. 유모도 라반의 옆에 딱 붙어서 아가와 아사벨을 보호했다. 그리고 그때, 비명을 내질렀던 인물이 그들의 앞으로 튀어나왔다.

"……파샤 도련님?"

그 인물은 파샤였다. 파샤는 꼴사납게 데굴데굴 구르며 그들 가까이에 엎어졌다. 그의 갑작스러운 등장에 유모가 떨떠름한 목소리로 불렀다. 그러나 정신없이 구른 그는 지저분하게 헝클어진 제 머리통을 부여잡으며 고개를 절레절레 흔들 뿐이었다. 그사이 새로운 목소리가 끼어들었다.

"어딜 도망가십니까! 파샤 도련님!"

즐거운 기색이 역력한 중저음에 시선을 옮기니 고동색 머리카락을 가진 유쾌한 청년 휴가 날렵하게 제 모습을 드러냈다. 그의 회색 눈동자에 제법 즐거운 기색이 담겨 있었다. 그에 고개를 절레절레 흔들던 파샤가 기겁하고 일어서서 그를 마주하며 말했다.

"너무하잖아요! 기습이라니!"

"너무하다니요? 기습도 하나의 기술입니다?"

"그렇다고 뒤를 난데없이 가격합니까? 난 그만한다고 했는데!"

"전 그만한다고 한 적 없습니다만? 먼저 대련을 요청한 건 도련님이라고요."

"그렇긴 한데, 이미 수련장에서 한판 했잖습니까!"

파샤가 붉으락푸르락한 얼굴로 버럭 소리를 내지르자 휴가 껄렁거리는 자세로 비스듬히 서서 한쪽 손의 새끼손가락으로 귀를 후벼 파며 말했다.

"에이, 말은 바로 하셔야죠? 한창 대련 중에 파엔 도련님의 소리를 듣고 갑자기 정원으로 뛰어가 버리는 것이 그만하자는 뜻이라는 것은 아니겠죠?"

능글거리는 그의 어투에 파샤는 참지 못하고 커다란 목소리로 버럭 화를 내며 말했다.

"파이가 정원 산책 간다는데! 것도 처음으로! 그 영광스러운 자리에 제가 있어야 하잖아요! 그런 절 무참히 공격하다니! 휴 형, 너무하잖아!"

쩌렁쩌렁 울리는 목소리로 말하자 휴는 양손으로 귀를 막고 인상을 찡그렸다. 아무리 생각해도 파샤는 화를 낼 때면 쩌렁쩌렁 울리는 목소리가 가장 큰 무기다.

뒤에서 이 말다툼을 지켜보고 있던 라반이 성큼성큼 다가가 성이 나서 버럭버럭 소리를 지르는 파샤의 뒤통수에 가차 없이 무쇠 주먹을 꽂았다.

"으악!"

서로에게 너무 집중한 나머지 라반의 존재를 눈치채지 못했던 파샤는 묵직한 주먹의 힘을 느끼며 쭈그려 앉아 제 머리통을 부여잡았다.

"아, 라반 님?"

그런 그의 위로 휴의 떨떠름한 목소리가 퍼졌다.

"뭣들 하는 것인가! 휴 단장, 파샤!"

저택 내에서 유일하게 파람 형제를 존칭 없이 대하는 라반이 노기 어린 목소리로 말했다. 그에 휴가 비스듬히 선 자세를 바로 세우며 인상을 굳혔다. 지금은 저택의 신관에 불과한 몸이지만 라반은 사실 왕년에 Fist of God(신의 주먹)이라는 별칭을 가졌던 무시무시한 무력을 가진 전투 신관이었다. 그의 왕년의 활약들을 알고 있는 휴는 속으로 살 떨리네, 하고 중얼거렸다. 신입 시절, 멋모르고 덤볐다가 무자비하게 당했던 것이 자연스럽게 떠올랐다.

"……죄송합니다."

"아! 아프다고요, 라반 할배!"

그는 알아서 기는 것만이 살길이라 여겨 얼른 사죄하고 고개를 꾸벅 숙였으나 파샤는 잔뜩 울상을 지으며 웅얼거렸다. 할배 손이 얼마나 매운지 알고 때리시는 겁니까? 하고 덧붙이자 라반의 이마에 솟은 핏줄이 씰룩거렸다. 그에 휴가 난감한 표정을 지었다.

적당히 하지 않으면 나까지 걸린다.

휴는 그렇게 생각하고 얼른 파샤의 곁에 다가가 그의 뒷덜미를 잡아 들었다. 파샤가 꺽 하고 멱따는 소리를 내뱉었다. 그러거나 말거나 휴는 그의 뒷덜미를 잡아끌며 말했다.

"실례했습니다. 라반 님이 산책 중이실 줄은……."

"흠! 대 공작가의 저택에서 이게 무슨 추태인고! 휴 단장! 아무리 대련이 좋아도 때와 장소를 가려야 하지 않겠소? 어찌 그리 혈기 왕성하오?"

따끔한 라반의 말에 휴는 넙신넙신 허리를 숙이며 영혼 없는 사과를 내뱉었다. 물론 그의 한쪽 손에는 볼품없이 뒷덜미를 잡힌 파샤가 버둥거리고 있었다.

"쯔쯧. 나였으니 이대로 넘어가는 겁니다. 흰이었으면 그대는 죽었소!"

"……."

라반의 말에 휴의 얼굴이 굳었다. 확실히 흰 집사가 지금의 상황을 봤다간 그의 야차와 같은 모습을 보았으리라! 만약의 상황을 떠올리며 휴가 가볍게 몸서리를 쳤다.

신참이었던 시절엔 상관이었던지라 공포가 더욱 강렬히 와 닿았다. 무자비하게 굴림을 당하던 눈물 젖은 그 시절이 떠올라 파르르 떨었다.

"커컥! 그, 그만 좀 놓으라고!"

잔뜩 굳어 있느라 잊고 있었던 파샤가 한참을 버둥거리더니 더 이상 못 참겠다는 듯 거세게 움직이며 버럭 소리를 질렀다. 그의 거센 버둥거림에 휴가 뒷덜미를 잡은 것을 놓치자 자유의 몸이 된 파샤가 재빠르게 그 둘에게서 벗어났다. 열 걸음 이상 멀어진 그는 제 목덜미를 어루만지며 투덜거렸다.

"죽는 줄 알았잖아! 휴 형, 너무한 거 아닙니까? 할배도! 나 죽을 뻔했다고!"

그의 투덜거림에 라반이 인상을 찡그리더니 대뜸 제가 신고 있던 신발 한 짝을 벗어 그의 이마를 향해 던졌다. 파샤는 기겁을 하며 빠른 속도로 달려오는 신발을 피해 몸을 움직였다.

"네 이놈! 내 오늘에야말로 그 버르장머리를 고치리라!"

워낙 친근한 사이이기도 했지만, 애초에 불같은 성격을 가진 라반이 금세 활활 타오르며 버럭 화를 내자 파샤가 헹! 하고 코웃음을 쳤다. 그에 라반의 얼굴이 금세 불타올랐다.

"꺄하하."

그러나 그것도 잠시, 어디선가 경쾌한 아기 웃음소리에 코웃음을 치던 파샤도 불같이 화를 내려 하던 라반도 멈칫하더니 머쓱한 표정을 지었다. 그중 유일하게 휴만이 어리둥절한 표정을 지었다.

'어디서 아기 웃음소리가……. 착각인가? 칼레이저가에 아기 웃음소리라니……. 아!'

너무나도 청아한 소리에 멈칫한 휴는 그제야 칼레이저가의 금지옥

엽, 막내 따님인 아기공녀를 떠올렸다. 한 번도 본 적이 없어 상상조차 할 수 없었지만 귀환하는 도중에 자신들을 힘겹게 한 원인이었다.

제 형님의 첫째 아들의 어린 시절을 떠올리며 분명 못난이에 매일같이 떼를 쓰는 떼쟁이 아가일 것이라고 생각했다. 그런데 생각보다 아가의 웃음소리가 꽤나 좋다. 의아한 기색을 담아 웃음소리가 났던 쪽으로 시선을 옮긴 휴는 헉! 하고 신음을 내뱉었다.

'맙소사!'

저 아긴 도대체 뭐란 말인가! 휴는 아사벨 후작부인이 있는 것도 모르고, 그 품에 안긴 하얀 얼굴의 아가에 넋을 놓고 말았다. 어찌나 곱고 어찌나 작은지 제 조카의 어린 시절보다도 작아서 마치 요정의 아이 같았다.

'여자아이라 그런가······.'

휴는 방긋방긋 웃으며 까르르 웃음까지 터트리는 아가를 넋을 놓고 쳐다봤다. 그의 시선을 느껴서인지 아가가 돌연 그를 마주 봤다. 푸른 사파이어빛 눈동자가 반질거리며 영롱한 빛을 냈다. 아가는 낯선 이의 시선에도 눈꼬리를 가늘게 접고 사랑스럽게 웃었다.

오! 맙소사!

"······허."

멍청히 그 미소를 바라보던 휴의 잔잔한 심장이 쿵쾅쿵쾅 울렸다. 장담하건대, 이제까지 보아 왔던 아가들 중에 이 아가님이 가장 사랑스럽고 가장 어여쁠 것이다. 휴의 얼굴이 시뻘겋게 달아올랐다. 그런 그의 모습에 파샤가 인상을 왈칵 구겼다. 그 못지않게 라반 역시 인상을 찡그렸고 둘은 사이좋게 흐물흐물 녹는 중인 휴의 기다란 장딴지를 가차 없이 차 버렸다.

"악!"

갑작스러운 기습에 휴가 꼴사납게 앞으로 꼬부라졌다. 낙법을 사용하기도 전에 속수무책으로. 앞으로 쏠리면서 바닥에 사정없이 부딪친

통증에 신음을 내뱉는데 머리 위에서 꾀꼬리 같은 아가의 웃음소리가 들렸다. 까르르 웃는 소리가 귓가에 와 닿자 고통도 잊고 슬금슬금 기분이 좋아졌다. 슬쩍 고개를 들면 아가가 말갛게 웃으며 저를 쳐다볼 것 같았다.

"재수 없게 왜 그런 표정으로 우리 파이를 봅니까, 휴 형?"

"표정이 매우 불쾌하군, 휴 단장."

휴를 쓰러트린 라반과 파샤가 굉장히 무시무시한 기세를 내뿜으며 말했다. 그러나 휴의 눈은 이미 아기천사에게 점령당한 상태며 그의 귀에는 아가의 웃음소리밖에 들리지 않았다.

아가로 느낀 배신감과 상처, 아가로 모두 치유되리니.

바야흐로, 뒤에서 아가를 욕하던 강철의 기사단장, 좀생이 휴이엘 E.D.R. 브르타뉴! 그마저도 아가의 마력에 **빠져들었다**.

4개월 하고 2주가 지나갈 무렵 아가는 볕이 잘 드는 제 침대에 누워 아우, 아우 하고 지치지도 않고 옹알이 중이다. 그 아가의 위로 아름다운 빛 가루의 흔적을 남기며 페어리의 여왕이 날아다니더니 다소곳이 침대 옆 지지대에 앉았다.

아가는 여왕의 날아다니는 동선을 눈동자를 굴려 한참을 보더니 고개를 살짝 옆으로 돌려 제 옆에 앉은 여왕을 쳐다봤다. 여왕의 아름답고 탐스러운 분홍색 머리카락이 넘실넘실 물결쳤다.

하얗고 아름다운 얼굴을 한 여왕의 눈이 호선을 그리며 웃는다. 곱게 웃는 여왕의 미소에 아가가 까르르 웃었다. 여왕은 빙긋 웃으며 몸을 일으켜 아가의 곁으로 좀 더 가까이 다가갔다. 폭신한 아가의 베개에 착지한 여왕의 하얗고 작은 손이 도톰하고 보드라운 **뺨**을 쓰다듬었다. 그에 아가가 눈을 반달로 접으며 사랑스럽게 웃었다.

[넌 언제나 기분이 좋아 보이는구나.]

행복해.

아가는 매일매일이 행복했다. 자신을 사랑해 주는 사람들과 함께 있는 것이 좋았다. 그리고 눈앞의 아름다운 페어리의 여왕이 자신의 감정에 동조해 주는 것이 좋았다.

사랑스러운 아가의 마음, 그 순수한 영혼과 연결된 여왕은 빙그레 웃으며 그 탐스러운 뺨에 쪽 하고 키스를 해 주었다. 그리고 제 아름다운 날개를 움직여 허공에 떴다. 아름다운 빛 알갱이들이 반짝반짝 거렸다.

아가는 그게 너무나 예쁘다고 생각했다. 양손을 들어 허우적거리며 날아다니는 여왕에게 손짓했다. 여왕이 후훗 웃으며 이리저리 아가의 손을 피했다. 그녀가 움직이는 동선에 따라 빛 알갱이가 잔상을 남긴다.

짧지 않은 시간 동안 아가와 놀아 준 여왕이 아쉬운 듯 말했다.

[오늘은 그만 가 봐야겠어.]

우에, 가지 마.

아가는 신기하게도 여왕의 말을 알아들었다. 어쩌면 여왕과 이어진 것이 영향을 끼친 것일지도 모른다. 확실히 아가는 여전히 여왕의 말 빼고는 가족들 누구의 말도 알아듣지 못했다. 그나마 제 이름을 부르는 호칭은 어렴풋이 알아듣는 것 같지만.

여왕이 작별 인사를 하자 아가가 칭얼거렸다. 그에 여왕이 난감한 미소를 지으며 파르르 날아와 그 고운 뺨에 작별 키스를 하며 말했다.

[이따 밤에 또 올게.]

꼭이야.

종종 그녀가 늦은 저녁, 야심한 밤에도 방문하는 것을 아가는 굉장히 기뻐했다. 아가는 아직 어려 낮과 밤의 경계가 없다. 그래서 종종 야심한 시각에 깨곤 했다. 멀뚱멀뚱 뜬 눈으로 주변을 보면 가까이에 유모가 앉은 자세로 선잠을 자는 것이 보였다. 심심한 아가가 칭얼거릴 만도 한데, 사랑스러운 아가는 얌전히 제 침대에서 꼼지락거리다 제풀에 지쳐 잔다.

아가는 착한 아가야.

아가는 우는 것보다 웃는 것을 가족들이 좋아한다는 걸 안다. 그래서 되도록 울지 않으려고 했다. 그 작은 뇌로 용케 그것만은 잊지 않고 기억하는지 아가는 크게 울어 유모를 깨운 적이 없다.

그것을 안 여왕은 아가가 너무나도 사랑스럽고 안쓰럽다 생각했다. 울어도 되는데, 아가니까 참지 않아도 되는데…… 아마 그 깊은 곳에 잠든 전생의 기억이 아가에게 영향을 끼친 게 아닐까 생각했다.

너는 분명 울어도 사랑스러울 거야.

여왕은 그리 생각하며 종종 야심한 시각에 방문해 아가의 곁에 있어 주었다. 그것이 반가운 아가는 여왕은 정말 착해! 너무 좋아! 라고 생각했다. 그에 여왕의 하얀 얼굴이 붉어졌었다. 그 당시를 떠올리며 실없이 웃자 아가가 의아한 눈길로 쳐다본다. 그에 여왕이 고개를 가볍게 저으며 말했다.

[밤에 보자. 사랑스러운 파이.]

응.

아가의 뺨에 한 번 더 작별 키스를 하고 아름다운 빛의 형태가 되어 순식간에 잔상을 남기며 사라졌다. 그녀가 사라지자 아쉬운 듯 아가가 제 오동통한 손가락 하나를 입에 물고 눈을 데굴데굴 굴렸다.

평안하고 조용하다.

볕이 잘 드는 제 방에서 동그랗고 어여쁜 눈을 깜박이던 아가가 물고 있던 손가락을 빼고 양손을 조몰락거렸다. 그 무거운 머리를 이리저리 돌리며 주위를 둘러본 아가가 알 수 없는 표정을 짓더니 가볍게 인상을 썼다.

등이 가렵다. 응, 응 하고 웅얼거리던 아가가 힘겹게 한쪽 다리를 들어 반대로 휘둘렀다. 그러자 하체가 반대로 틀어졌다. 그에 따라 아가가 상체도 흔들기 시작했다. 끙끙거리며, 계속 움직이자 들썩들썩하는 상체가 옆으로 기울까 말까 한다.

아가가 제 작은 입술을 우물거리며 끙끙 힘을 준다. 몇 번을 들썩들썩한 상체가 크게 움직여 기어코 옆으로 기울었다. 아가의 몸이 옆으로 눕혀졌다. 그러나 그것도 잠시, 옆으로 누운 자세를 지탱하지 못한 아가의 몸이 빙글 돌아갔다.

아가의 몸이 뒤집혔다.

아가가 드디어 뒤집기에 성공한 것이다. 아가는 순식간에 성공한 것이 얼떨떨한 동시에 제 얼굴에 폭신한 베개가 와 닿자 눈을 동그랗게 떴다.

"……아우."

어푸 하고 숨을 내쉬듯 힘겹게 베개에 파묻힌 제 얼굴을 옆으로 돌렸다. 놀란 기색이 완연한 아가가 푸른 눈동자를 동그랗게 떴다. 아우, 아우, 하고 몇 번 옹알이를 하던 아가가 제 머리만큼 올린 양손을 꼼지락거렸다. 그래서? 이제 어떻게 해야 하지? 아가는 제 몸을 뒤집은 상태에서 어쩔 바를 못하고 눈만 데굴데굴 굴렸다.

몸을 다시 돌려야 하는데, 어떻게 돌려야 할지 모르겠다. 몇 분을 엎어진 자세로 있던 아가의 얼굴이 붉어졌다. 어우, 어우, 하고 옹알이하는 목소리에 물기가 가득이다. 어쩔 바를 모르겠어서 울음이 터지려는 것을 어떻게든 참으려는 것이 역력했다. 그러나 결국 참다못한 아가가 끄응 하고 다 죽어 가는 소리를 내뱉으며 그렁그렁 맺힌 눈물을 기어코 쏟아 냈다. 안 울 건데, 안 울 건데, 하고 속으로 말해도 아가의 몸은 통제를 벗어나 버렸다.

"으아앙."

눈물이 쏟아짐과 동시에 울음을 터트렸다. 창피했지만 몸이 불편했다. 누가 좀 도와줬으면 좋겠다. 아가는 아무도 없는 방에서 서럽게 울음을 터트렸다. 그 소리에 방의 문이 열리더니 제법 다급한 발소리가 들렸다. 새빨개진 얼굴로 엉엉 울음을 터트리는 아가의 뒤집힌 몸이 순식간에 들어 올려졌다. 그것도 모르고 아가는 계속해서 펑펑 울었다.

"으아앙, 으아앙."

마치 새끼 짐승이 우는 듯한 소리를 냈다. 고양이가 우는 소리 같기도 한 아가의 울음소리에 그 작은 몸을 들어 올린 사람이 얼른 제 품에 안았다. 널찍하고 단단한 품에, 그 어깨에 무의식적으로 얼굴을 묻은 아가가 가볍게 떨며 버둥거리며 울었다. 한 번 터져 나온 울음은 좀처럼 멈추지 않았다. 그에 아가를 품에 안은 이가 토닥토닥 투박한 손길로 등을 다독였다. 아가는 그 손길에 으허엉, 하고 마지막 울음을 터트리며 그 익숙한 체향이 나는 어깨에 한껏 얼굴을 비볐다.

아빠, 아빠.

"이런, 내 어여쁜 아가를 누가 울렸을꼬."

아가는 안 울려고 했어. 아가는 흐어엉, 하고 옹알이를 섞으며 울었다. 정말이야, 하고 말하지만 가느다란 울음소리만 나와 흩어졌다. 그에 카이저가 작은 등을 토닥이며 속삭이듯 말했다.

"내 아가, 파이. 괜찮아, 괜찮아."

여러 번 토닥이며 상냥하고 듣기 좋은 저음으로 속삭이듯 말했다. 흐으 하고 가벼운 옹알이를 한 아가가 물기 가득한 눈동자를 깜박이며 고개를 옆으로 살짝 돌려 카이저를 올려다봤다. 파르르 떨리는 눈꼬리가, 붉게 상기된 그 눈언저리가 안쓰러운 동시에 사랑스러웠다. 그에 카이저가 빙그레 웃으며 그 단아한 이마에 쪽 하고 키스해 주었다.

"내 아가, 파이. 이제야 아빠를 보는구나."

하고 말하자 아가가 언제 울었냐는 듯 금세 해사하게 미소 지으며 까르르 웃음을 터트렸다. 물기 가득한 눈동자와 그 언저리에 흘러내린 눈물 자국이 아니었다면, 아가가 운지도 모를 정도로 해사하게 웃기에 카이저는 너털웃음을 터트리며 그 단단하고 투박한 손으로 얼굴을 쓰다듬었다.

"그렇게 울더니, 이젠 이리도 곱게 웃느냐."

카이저의 물음과도 같은 말에도 아가는 방싯방싯 웃으며 저를 쓰다듬는 큰 손에 얼굴을 비볐다.

아빠, 아빠.

"아우, 아우."

아가는 푸른 호수 같은 눈동자에 가득 제 아비를 담는다. 비 갠 호수의 반짝임을 담은 것처럼 눈부시게 화사했다. 카이저는 생각했다. 내 아가는 어쩜 울어도 이리 사랑스러울까. 그는 붉어진 아가의 눈가에 가볍게 버드키스를 내렸다. 아가가 간지럽다는 듯 까르르 웃었다.

"어머나, 무슨 일 있었나요?"

어느 정도 진정이 됐을 때 열린 문으로 아사벨과 유모가 다급히 걸어왔다. 근처에 있었던 모양인지 아가의 울음소리를 듣고 황급히 온 모양이다. 그에 카이저는 제 품에서 꾸물거리는 아가를 토닥이며 말했다.

"얼굴 좀 보려고 들렀는데 파이가 울고 있었습니다. 엎어진 상태에서."

어찌나 서럽게 울던지, 하고 너털웃음을 터트리며 말하는 카이저에 아사벨이 한 손으로 제 얼굴을 가볍게 쓰다듬으며 그랬나요, 하고 당황스럽고 미안한 표정을 지으며 다가왔다. 잠시 자리를 비운다는 것이, 제법 시간이 지체된 모양이다. 홀로 외로이 있어 울었나 싶어 미안한 마음에 인상을 쓰던 아사벨과 유모는 카이저의 말을 곱씹더니 의아한 기색으로 물었다.

"아가가, 엎어져 있었다고요?"

"네. 와 보니 엎어져서 어쩔 줄 몰라 하더군요."

아사벨의 물음에 카이저가 의아한 기색으로 답했다. 그에 아사벨과 유모는 서로를 마주 보더니 어머, 어머, 하고 탄성을 내뱉었다. 그에 카이저가 눈을 동그랗게 뜨고 왜 그러십니까? 하고 물었다.

"아가가 드디어 뒤집기에 성공한 모양입니다."

유모가 잔뜩 들뜬 표정으로 말했다. 아사벨이 호호 웃으며 잔뜩 상기된 아가의 뺨을 매만졌다. 그에 카이저는 눈을 깜박이며 느리게 뒤……집기? 하고 되물었다. 아사벨이 가볍게 웃음을 터트리며 말했다.

"공작은 모르겠습니까? 파람도 파샤도 파엔도 했었던 행동 아닙니까. 이맘때쯤 아가는 뒤집기를 한답니다. 우리 아가도 힘이 넘치나 봅니다. 뒤집기를 다 하고."

아사벨의 말에 카이저는 꽤 오래전에 파엔이 뒤집기를 했던 때를 떠올렸다. 그 당시 앨리스는 제 눈으로 그것을 지켜보고 호들갑을 떨며 아름답게 웃었다. 그녀는 파람이 뒤집기를 할 때도, 파샤가 그러할 때도 아름답게 웃으며 자랑스럽다 칭찬했다. 그에 카이저는 아름다운 아내를 아들에게 빼앗긴 것 같아 심술부리듯 그깟 뒤집기가 무어 그리 대단하냐고 투정을 한 적이 있었다.

"슬슬 걱정되었는데 어쩜 이리 대견한 행동을 하였는지."

"그러게 말이에요. 그런데 그 자세로 우셨다는 것은 다시 뒤집을 줄은 몰랐나 봐요."

"호호호. 아직 그것까지 바라는 것은 무리겠지."

아련한 과거를 떠올리던 카이저의 귓가로 여인들의 목소리가 들렸다. 천천히 회상을 마친 카이저가 애틋한 표정을 지으며 아가를 내려다보았다. 아가는 제 아빠의 어깨에 기대어 몸을 축 늘어트리고 손가락을 꼼지락거렸다. 작은 얼굴을 그 어깨에 양껏 비비며 눈을 나른하게 깜박였다. 푸른 눈동자에 졸음기 가득이다. 그에 카이저가 낮게 웃고는 둥근 이마에 키스를 하며 말했다.

"잘했다. 파이."

제 아빠가 칭찬하는 줄도 모르고 아가는 졸음기 가득한 목소리로 아우, 아우, 옹알이를 하며 눈을 감았다. 한 번 뒤집었을 뿐인데 힘이 쭉 빠지는 것 같았다. 졸리다, 졸려. 아가는 코 잘래, 하고 속으로 생각하며 달콤한 꿈의 세계에 첨벙 빠졌다.

사랑하는 이들의 목소리를 자장가 삼아.

그 후 종종 뒤집기를 선보인 아가는 그 자세가 금세 익숙해졌는지 반쯤 엎어진 상태에서 잠도 잤다. 통통한 뺨이 베개에 닿은 자세로 잠들면 반사적으로 조그만 입술이 살짝 벌려져 그 사이로 침이 뚝뚝 떨어졌으나, 그 모습마저 사랑스러워 이 아가의 미래가 나날이 걱정이 되는 아사벨과 유모였다.

어쩜 어디 흉한 모습 하나 없는지.

하물며 엉엉 우는 모습조차 사랑스럽다 말하는 카이저에 아사벨은 한숨을 포옥 내쉬었다. 제 아비가 제 딸을 어여삐 여기는 것은 당연히 좋은 것인데 자꾸만 그에게서 제논이 비치는 것 같았다. 제논은 앨리스를 너무 어여뻐해 시집을 보내기가 쉽지 않았다. 앨리스가 연인이라며 데려온 카이저를 향해 피눈물을 흘리며 제 자랑인 클레이모어부터 휘둘러 댔었다.

'내 눈에 흙이 들어가도 절대로, 절대로 안 돼!'

처절한 그의 울부짖음에도 앨리스는 꿋꿋하게 카이저와의 혼인을 추진했으나 결혼식 당일 날에도 부동의 자세로 반대 의사를 내비친 제 아비 때문에 곤욕을 치러야 했다.

결혼식 당일, 벌게진 눈을 한 채 아름다운 신부가 된 제 딸을 보며 제논은 지금이라도 생각을 바꿔야 한다고 딸을 설득했다. 그러나 기어코 눈물을 펑펑 흘리며 행복하게 잘 살게요, 하고 말하는 앨리스를 보고는 닭똥 같은 눈물을 흘리며 보내 주었다. 그 시절이 떠올라 후후 웃던 아사벨은 눈을 내리깔고 새근새근 잘 자고 있는 아가의 둥근 정수리를 쓰다듬어 주었다.

먼 미래의 일이지만, 아사벨은 훗날 아가가 겪게 될 해프닝을 떠올리며 가볍게 웃음을 터트렸다. 그녀의 웃음소리를 잠자는 중에도 느꼈는지 아가가 가볍게 뒤척였다. 아사벨은 그 먼 미래가 조금만 더 오래 있다 왔으면 좋겠다고 생각했다. 이 사랑스러운 아이가 조금이라도 더 곁에 있어 주면 좋겠다고 작은 욕심과 소망을 담아 중얼거렸다.

앞으로도 별 탈 없이 건강하게 자라렴.

그녀의 바람이 통한 것일까. 아가는 별 탈 없이 건강하게 자라났다.

그 작은 몸통이 조금씩, 조금씩 자라났다. 5개월하고 2주째가 지나갈 무렵에는 힘겹게나마 제 머리통을 들 정도로 힘이 생겨서 엎어진 상태에서 잘도 고개를 들었다. 그러더니 양팔과 다리를 허우적거리며 어설프게나마 배밀이를 하기 시작했다.

저의 몸집보다 3, 4배는 큰 아기 침대에서 버둥거리며 배밀이를 하던 아가는 그것이 좁게 느껴졌는지 종종 인상을 쓰며 한숨을 내쉬었다. 그에 아사벨과 유모가 웃음을 터트렸다. 이제 그곳이 좁은 거니? 하고 묻는 아사벨에 물음에 아가는 답하지 않았지만 자꾸만 제 앞을 막는 안전대를 고사리 같은 손으로 팡팡 치곤 했다.

그뿐 아니었다. 아가는 제 손에 닿는 무엇이든 입에 넣으려 했다. 그제는 저를 안은 제 첫째 오라비인 파람의 황금색 아름다운 머리카락을 작은 손으로 한 움큼 쥐고 입에 갖다 대며 쭉쭉 빨아 댔다.

아가의 행동에 당황하며 아사벨과 유모가 파람의 머리카락을 구출하려 했으나 아가는 작은 손가락을 펼 줄 몰랐다. 작은 힘으로 낑낑 잡아당기는 것이 그리 아프진 않으나, 행여 머리카락에 묻어 있을 안 좋은 것들이 아가의 입에 들어갈까 걱정한 파람이 당황한 표정으로 물었다.

"오빠가 안아 주는 것이 싫으니?"

아가는 제 오빠의 물음에도 아랑곳없이 이가 하나도 없는 잇몸으로 그 머리카락을 자근자근 물었다. 침이 뚝뚝 떨어질 정도로 물고 있는 아가의 모습에 아사벨과 유모는 난감한 미소를 짓다 보기 드물게 미간을 찌푸리며 어쩔 바를 모르는 파람의 표정에 기어코 웃음을 터트렸다.

"아가가 이가 나려 해 그런 것이니 이해해 다오."

한참을 웃던 아사벨은 눈가에 맺힌 눈물을 닦아 내며 여전히 물려 있는 파람의 머리카락을 그 작은 손에서 빼어 내며 말했다.

"그렇습니까? 누이가 이가 나려고 하는군요."

제법 들뜬 목소리로 답하며 고개를 주억거렸다. 파람은 반짝이는 붉은 눈동자로 아가를 쳐다보며 입가에 흐르는 침을 닦아 주었다. 아가는 반질반질한 눈동자로 제 오라비를 올려다보며 해사하게 웃었다.

배밀이가 본격적으로 시작되자 곧 기어 다닐 날도, 더 나아가 아장아장 걸을 날도 멀지 않았음을 느낀 카이저와 제논, 그리고 집사 휜은 아가를 위해 얼음과 눈의 나라인 북방의 바이스에 나는 보드랍고 결 좋은 은백색 곰의 모피를 구해 와 아가의 방에 깔았다.

뿐만 아니라 아가가 혹여 어설프게 기어 다니다가 벽과 부딪힐지 모를 상황을 대비해 모든 벽에 안전 쿠션을 세워 벽처럼 만들었다. 아가의 방은 온통 푹신한 소재들로 감싸여졌다. 최상급의 곰의 가죽이 바닥에 깔리자 온 가족들이 아가의 방에 들어갈 때는 얇은 천 슬리퍼를 신고 입장해야 했다. 가족들의 배려로 아가의 방바닥에 깔린 곰 가죽은 여전히 하얗고 아름다운 은색을 유지했다.

아가는 제 푹신한 침대도 좋아하지만 바닥에 곰 가죽이 깔리고 나서부턴 바닥을 더욱 좋아했다. 틈만 나면 내려 달라고 칭얼대기에 대부분의 시간을 바닥에서 생활할 정도였다.

아가가 몸을 뒤집은 채 고개를 살짝 돌려 누웠다. 온몸에 닿는 보드랍고 따뜻한 감촉에 기분이 좋아 배시시 웃었다. 아침 분유를 든든하게 먹고 소화까지 말끔히 해 스물스물 나른함이 몰려왔다.

아사벨이 누운 아가 곁에 사푼히 앉아 작은 등을 토닥여 주자 금세 잠이 들었다. 이대로 잠이 들면 대략 1시간 정도는 잔다. 그사이 아사벨과 유모는 아가의 물품을 정리하거나, 기저귀를 챙기는 등의 준비와 정리를 한다.

되도록 멀지 않은 가까운 곳에서 재빠르게 움직여야 하기에 곤히 잠든 아가를 확인하면 조심스럽게 일어서곤 했다. 대체적으로 잘 울지 않는 아가이나, 4개월째에 뒤집기를 하다 숨넘어갈 뻔한 경험이 있어 되도록 떨어져 있지 않으려 한다. 오늘도 그녀들은 아가가 꿈나라를 여행 중일 때 조용히 자리를 떴다.

뭉클뭉클.

기분 좋은 촉감이 아가의 뺨을 간지럽혔다. 잠결에 배시시 웃던 아가가 평상시보다 일찍 눈을 떴다. 나른하게 눈을 깜박거리는데 그 흐릿한 시야에 뭉클뭉클 빛 알갱이가 피어오르는 게 보였다. 여왕이 달고 다니는 빛의 알갱이와 달리 애달프고 가련한 빛의 알갱이는 힘없이 피어올라 허공으로 아스라이 사라졌다. 이게 뭘까 생각한 아가는 빠르게 눈을 깜박이며 천천히 고개를 들었다. 그러자 신기한 광경이 눈앞에 펼쳐졌다.

몽글몽글한 빛의 알갱이들이 방 안을 가득 메웠다. 파르르 떨리는 그 신비한 빛 알갱이들이 허공으로 올라갔다. 어째선지 아가는 그것이 너무나도 서글프다 생각했다.

"아우우."

아가는 왜 이렇게 슬플까 하는 생각을 담아 웅얼거렸다. 가련한 빛의 알갱이들이 허공을 향해 떠오르는 가운데 희미한 윤곽을 드러내는 것이 있었다. 눈앞에 희미하게 모습을 드러내는 것에 아가는 눈을 동그랗게 뜨고 깜박였다.

"어우?"

그것은 커다란 곰이었다. 덩치가 거대한 하얀 곰이 희미한 모습을 드러냈다. 점점 선명해지는 듯했지만 여전히 자세히 보이지는 않았다. 마치 아가의 엄마처럼 투명한 곰의 형태에 아가가 아우우, 하고 웅얼거렸다.

너는 뭐야? 하고 묻는데 그 거대한 곰이 아가를 빤히 보더니 돌연 제 상체와 고개를 들어 올려 쿠오오오 하고 울었다. 잔인한 음성이었다. 절망과 분노와 증오가 섞인 처절한 울음소리에 아가가 깜짝 놀라더니 파르르 떨었다. 아가의 하얀 얼굴이 창백하게 변할 무렵 선명하고 고고한 커다란 빛이 그 앞에 섰다.

[이게 무슨 짓이야!]

노기 가득한 페어리의 여왕의 목소리에 절규하듯 울부짖던 곰이 들어 올렸던 고개를 내리며 제 모습을 드러낸 여왕을 노려보았다. 여왕은 지지 않고 마주 노려보았다. 사나운 곰의 시선과 매서운 여왕의 눈싸움 속에서 아가는 어쩔 줄 몰라 바들바들 떨었다. 덜덜 떠는 아가를 느꼈는지 여왕이 눈싸움을 하는 중에도 천천히 아가의 곁으로 다가가 그 하얀 얼굴 옆에 섰다. 파르르 떠는 아가의 뺨을 매만지며 여왕이 말했다.

[걱정할 것 없다. 저것은 너를 해치치 못해.]

여왕의 말을 이해했는지 정확히 알 수 없었으나 파르르 떨리던 것이 멈췄다. 매섭게 빛나는 금안을 한 여왕은 빙긋 웃었다. 사납게 노려보던 곰이 크르르 하고 으르렁거렸다. 그에 여왕이 잔뜩 노기 어린 목소리로 말했다.

[어리석은 것. 너는 이미 존재하지 않는 것이다. 썩 사라져라.]

내 아가에게 해를 입히는 것은 절대 용서할 수 없어. 여왕이 낮은 목소리로 힘 있게 말했다. 강렬한 여왕의 권위에 곰이 주춤했다. 그는 그것이 매우 억울하다 느끼는지 상체와 고개를 뒤로 젖히며 쿠오오오 하고 울었다.

어찌 그대 같은 고귀한 자가 한낱 인간을 감싸는가.

어찌 그대 같은 공평한 자가 한낱 인간을 위하는가.

어찌 우리의 분노를, 증오를 막는가!

처절한 울음소리에 여왕이 주춤했다. 듣기만 해도 가슴이 아프고 사무치게 괴로웠다. 안다. 알아. 알고 있어. 이것이 모순적인 행동임을. 그러나 나는 지키고 싶어. 이 아가를. 더 이상 상처 주고 싶지 않단 말이야. 잔혹하고 욕심 많은 어리석은 인간들에게 무참히 살해당한 가여운 영혼들의 울부짖음에 여왕이 울상을 지었다. 고고하고 위대한 페어리들의 여왕이 울상을 짓는다.

그때 돌연 아가가 제 상체를 들어 올려, 마치 곰이 울부짖듯 울었다.

"아우우우우."

마치 새끼 늑대처럼 울었다. 그 작은 몸으로, 아가는 온몸으로 울었다. 울부짖는 곰의 괴성을 따라 몇 번이고 울었다. 아우우, 아우우우. 마치 그의 슬픔과 분노와 증오에 동조하듯 몇 번이고. 제풀에 지쳐 쓰러질 때까지 운 아가가 헥헥거렸다.

거대한 곰은 저를 따라 가냘프게 우는 아가를 빤히 쳐다보았다. 반질반질한 곰의 검은 눈동자가 아가에게 닿자 아가가 힘겹게 눈동자를 데굴데굴 굴려 그를 쳐다보았다. 청명하게 발하는 아름다운 푸른색을 담은 눈동자는 그의 고향, 설국의 푸른 하늘처럼 청명하고 선명했다. 반짝이는 눈동자에서 느껴지는 아가의 순수함에 곰이 들어 올린 상체를 숙여 네 발로 걸어 그 가까이 다가갔다.

[뭐, 뭐야!]

돌연 다가오는 그 모습에 여왕이 주춤하며 경계 어린 표정으로 쳐다봤다. 헥헥 숨을 고르는 아가의 곁에서 떨어지지 않고 붙어 있는 여왕은 안중에도 없다는 듯 곰이 그 크고 긴 얼굴을 숙였다.

여왕은 분명 저것이 아가에게 해를 끼치지 못할 것이라는 것을 알면서도 긴장했다. 아가는 특별한 인간이어서, 혹시 저것이 이 아이에게만은 악영향을 끼칠 수 있는 것은 아닐까 그게 걱정되었다.

그러나 여왕의 걱정과 달리 곰은 길고 두툼한 혀를 내밀어 아가의 잔뜩 상기된 뺨을 핥았다. 순간 기겁한 여왕이지만 어여쁜 호선을 그리며 웃는 아가의 얼굴에 멈칫했다. 분명 느껴지지 않을 것인데도 아가는 간지럽다는 듯 까르르 웃었다.

사납게 울던 곰의 얼굴이 온순하게 변해 그 날카롭게 번뜩이던 눈동자가 부드럽게 휘어졌다. 거대한 곰은 아가의 작은 코에 제 코를 가볍게 비비고 뺨과 뺨을 비볐다. 보드랍고 따뜻한 느낌에 아가가 해사하게 웃었다.

그를 기점으로 곰의 형태를 두른 것이 사방으로 아련하게 흩어졌다. 흩어진 곰의 일부분이 작게 몽글몽글 피어오른 빛의 알갱이가 되어 하늘로 높이, 높이 올라갔다. 그것이 어찌나 신비하고 아름답던지 아가는 한없이 그것을 바라보았다.

"아부, 아부."

아가는 인사하듯 옹알이를 하며 양손에 한 움큼씩 털을 움켜쥐었다 폈다. 그리고 뺨에 닿는 부드러운 털가죽에 맘껏 얼굴을 비볐다. 신비로운 그 현상은 얼마 지나지 않아 사라졌다. 방 안은 말끔하게 변해 있었고, 아가는 보드라운 은백색 곰의 털가죽 위에서 헤실헤실 웃고 있었다. 아침 햇살이 부드럽게 내려앉았다. 여왕은 한숨을 포옥 내쉬었다.

[넌, 정말 알 수 없는 아가야.]

잠들어 있던 사나운 그것을 어찌 깨웠으며, 그것을 어찌 해방시켰는지 알 수가 없다. 여왕의 말에 아가는 눈을 동그랗게 뜨고 깜박였다. 아우? 하고 말하는 것이 사랑스럽기 그지없었다. 그러면서 보드라운 털에 제 얼굴을 양껏 비비며 만족스럽게 배시시 웃었다.

작은 고사리손으로 바닥에 깔린 털을 가볍게 토닥이듯 손을 움직이며 하얗고 커다란 거, 예뻐, 예뻐, 하고 속으로 중얼거렸다. 그 행동과 생각에 여왕은 웃음이 터져 나왔다. 체통도 잊고 깔깔 웃은 여왕은 기어코 아가의 얼굴을 와락 감싸 안으며 말했다.

[역시, 내 아가야! 넌 정말 대단한 아가야!]

여왕이 한참을 그리 웃으며 아가의 뺨에 키스 세례를 하는 사이 아사벨과 유모가 황급히 뛰어 들어왔다.

"방금, 아가 울었니?"

아사벨이 다급하게 방 안으로 들어와 아가 옆에 사푼히 앉아 심각한 어조로 물었으나 여전히 여왕의 키스 세례를 받고 있는 중인 아가는 그저 까르르 웃을 뿐이었다.

❄❄❄

최근 칼레이저가의 저택과 그 영지가 떠들썩하다. 그 이유인 즉, 칼레이저가의 아주아주 어리고 사랑스러운 아기공녀 때문이다. 아직 공녀라는 호칭을 받기엔 너무나 어린 아가인 그녀가 내일이면 생후 180일이 된다.

이 제국에서는 생후 90일과 180일, 270일을 챙기는 특별한 풍습이 있다.

생후 90일에는 그 티 없이 맑은 순수함을 오래 간직하라는 뜻에서 그날 아침에 가장 먼저 핀 부지런한 꽃들로 엮은 화관을 씌워 주며 축하의 주(酒)를 나눴다. 물론 축하의 주는 아가의 가족과 친인척, 가까운 지인들 사이에서 나누는 것으로 아카시아 꽃잎과 야생딸기를 담가 만든 것이었다.

칼레이저가의 아가공녀님 같은 경우, 생후 90일이 되던 때에 막 건강을 되찾을 무렵이었기에 제대로 축하주를 나누는 것은 할 수 없으나 약식으로나마 그날 가장 먼저 피어난 가장 아름다운 꽃들을 엮어 화관으로 만들어 가련하고 작은 그 정수리에 씌워 주며 건강과 안녕을 기원했다.

작은 화관은 화관을 전문적으로 만드는 장인에게 특별히 부탁해 한 땀 한 땀 엮어서 만든 것이었다. 그 화관은 어느 아가의 화관보다도 장인의 정성과 열정이 깃들어 어여쁘고 사랑스러웠다.

운 좋게 90일 의식을 치를 수 있게 된 카이저는 아가의 그 모습을 영상구에 담아 보관했다. 그리고 아가가 썼던 화관에 상태를 오래 유지할 수 있는 마법을 걸어 유리로 된 상자에 넣고 자신의 집무실에 놓았다. 그는 그 화관을 볼 때마다 아가의 건강과 안녕을 빌며 사랑하는 아내에 대한 그리움을 달랬다.

나의 사랑하는 아가가, 부디 앞으로도 쭉 건강하게 자라 180일이 돼서도 270일이 돼서도 사랑스럽고 어여쁘게 자라길.

다행히도 그의 간절한 바람은 이루어져 아가는 나날이 건강해졌고, 나날이 사랑스러워졌으며 어여뻐졌다. 그것이 무척이나 기쁜 카이저는 내일이면 생후 180일이 될 아가의 경사스러운 날을 축하하며 영지 내에 넉넉한 곡식과 과일주를 내주기로 했다.

생후 180일이 되는 날에는 고운 색을 물들인 두껍고 질 좋은 무명실을 오색으로 맞춰 쉽게 끊어지지 않는 실팔찌를 만들어 선물한다. 작은 아가의 오른 손목에 그 실팔찌를 묶어 주고 그 후 270일이 되는 날까지 끊어지지 않으면 쭉 잔병 없이 건강히 지낸다는 미신이 있었다.

그날에 생산되는 식재료로 만든 음식과 그 계절에 나는 과일을 빚어 만든 과일주를 친인척은 물론이고 지인들, 영지 주민 모두와 함께 나눈다. 그것이 180일이 되는 날의 의식이다.

그 후 270일까지 안전하게 자라나면 아가의 작고 하얀 발에 고운 비단 신을 신겨 준다. 아가의 사랑스러움을 닮은 꽃무늬와 색감을 곱게 물들인 비단 신을 신겨 주며, 오늘날까지 건강하게 아무 탈 없이 자란 것을 신께 감사히 여기며 신의 축복을 받는다.

이쯤 되면 대체적으로 아가에게서 죽음의 위험이 어느 정도 사라졌다고 여겨 온 가족이 안심할 수 있게 된다고 한다. 그 기원은 오래도록 사람들 속에서 이루어져 큰 힘을 얻었는지 신기하게도 오늘날까지 그 의식을 다 치른 집안의 아이들은 건강히 성인이 되었다.

인간의 믿음의 힘이, 사랑의 힘이 그저 조그만 안심을 갖고자 행했던 풍습에 힘을 보태 주는 것이 아닐까 싶다. 후에 선한 이가 되든, 악한 이가 되든 간에 말이다.

3번의 풍습을 지켜 내고 나면 기다리던 첫돌이 찾아온다. 드디어 한 살을 먹게 되는 것이다. 각 집안의 사정에 맞춰 가장 큰 파티를 열어 축하해 주었다. 칼레이저가는 대대로 도련님들의 첫돌을 영지 주민들과 함께 성대히 맞이했다. 아름다운 공작과 공작 부인의 위대한 애정과 은총을 받으며.

영지 주민들은 그 성대한 축제의 날을 고대하며 공녀님의 두 번째 의식의 날의 안녕을 기원했다.

"하여, 아버지! 부디 파이의 실팔찌는 제게 맡겨 주십시오!"

특별한 내일의 일로 떠들썩한 저택 내에 분주해진 여인들 대신 아가를 돌보고 있던 카이저는 앞에서 사뭇 진지한 표정을 하고 있는 제 둘째 아들을 보았다. 카이저는 품에서 아옹아옹 하며 옹알이를 하는 작은 아가의 등을 토닥이며 내키지 않은 표정을 지었다.

"음……."

"아버지! 평생의 소원입니다!"

카이저가 고민하듯 신음을 내뱉자 파샤가 양손을 박수치듯 마주 잡고 제 얼굴 위로 올리며 간절한 어조로 말했다. 장담하건대, 그가 태어나 이렇게 진지한 모습을 보인 것은 손에 꼽을 정도였다.

평생의 소원씩이나 말하는 파샤에 카이저가 난감한 표정을 지었다. 눈앞에 있는 둘째 파샤 뒤에 흉흉한 기세로 서 있는 첫째와 셋째가 보였다. 딱 봐도 낭패한 표정이 역력했다. 저들이 먼저 하고 싶었던 말을 운 좋게 먼저 도착한 파샤가 내뱉고 있으니 오죽할까.

두 사내놈의 눈빛이 예리하게 빛을 발하며 허락하시면 아니 됩니다, 하고 말하고 있었으나 둘째의 표정과 말투, 그 애걸복걸하는 분위기가 카이저를 고민하게 만들었다.

"음……. 파이, 내 아가. 너는 어찌하는 것이 좋겠니?"

아가는 아빠의 품에 안겨 꼬물꼬물거리다 제 이름을 부르는 소리에 고개를 들었다. 이제는 맨들맨들하던 머리통에 아름다운 황금색 머리카락이이 소복이 자라 있었다. 여아의 머리카락은 함부로 자르는 것이 아니라서 제법 들쑥날쑥 자라난 머리카락을 다듬지도 못하여 조금은 덥수룩했다.

크고 투박한 손으로 이마를 쓸어 올려 주자 단아하게 동그랗고 하얀 얼굴이 말갛게 웃는다. 푸른 눈동자가 반짝이며 저를 올려다보더니 우? 하고 의아함을 내뱉고는 고개를 살짝 기울인다. 마치 나 불렀어? 하고 묻듯. 카이저는 아가의 얼굴을 몇 번 쓰다듬으며 말했다.

"아가, 어찌할까? 응?"

긴장한 기색이 역력한 둘째와 매서운 눈초리로 다음 차례를 기다리고 있는 첫째와 셋째를 보며 말했다. 아가는 그의 물음은 안중에도 없다는 듯 제 이마를 쓰다듬는 투박한 아비의 손을 작은 고사리손으로 잡고 흔든다. 양손으로 겨우 검지 하나 쥔 것이 그리도 행복한지 까르르 웃는다.

그에 카이저가 이런, 이런 하고는 가벼운 웃음소리를 냈다. 해사하게 웃는 아가를 빤히 쳐다본 카이저는 결정을 했는지 검지가 잡혀 있는 상태로 아가의 뺨을 톡톡 건드리고는 파샤에게 시선을 옮기며 말했다.

"그리해라."

"야호!"

"아버지!"

"마, 말도 안 돼요! 저 무식한 형한테, 미적 감각이 한참은 부족한 형한테 맡기겠다니요!"

허락의 뜻이 떨어지자 파샤가 주먹 쥔 한 손을 높이 들어 올리며 펄쩍펄쩍 뛰었다. 그에 낮지만 불쾌한 기색이 가득 담긴 파람의 부름 뒤에 파엔의 말이 잇달았다. 카이저는 몸을 휙 돌려 모른 척했다. 세 형제 중에 파샤만이 승리자의 미소를 지었다.

그는 곧 깨방정을 떨며 매우 재빠른 속도로 방을 나섰다. 그가 바람처럼 사라지자 남은 형제들이 불만 가득한 표정으로 항의했으나 카이저가 손사래를 치며 말했다.

"그만 가 보거라. 파이가 낮잠 잘 시간이구나."

명백한 퇴장 요청에 둘의 표정이 똥 씹은 얼굴이 되었다. 분한지 파엔이 시뻘게진 얼굴로 씩씩거리며 사라졌고, 파람은 그 무정한 표정이 싸늘하게 변해 휙 가 버렸다. 그 둘의 모습에 카이저가 혀를 찼다.

"네 오라비들은 어찌 이리 속이 좁은지 형제에게도 양보할 줄 모르니 큰일구나."

그렇지, 파이? 하며 아무렇지 않게 조곤조곤 말하자 아가는 그저 웃을 뿐이다. 이 양보라는 것이 너를 사이에 두면 절대로 이루어지지 않으니 어쩌면 좋을까. 그는 너털웃음을 웃었다.

"쯔쯧. 뭐가 그리 신이 나는가, 카이저."

한참 아가와 마주 웃고 있는데 제논이 성큼성큼 다가와 물었다. 그에 카이저는 방금 전 있었던 일을 이야기했다. 그의 이야기에 제논 역시 너털웃음을 웃었다. 그러고는 할아버지를 보고 반가워하는 아가의 조그맣고 앙증맞은 코를 살짝 꼬집으며 말했다.

"벌써부터, 제 형제들 사이를 혼잡하게 만들면 어찌하느냐. 요 사랑스러운 아가야."

그에게 살짝 코를 잡힌 아가가 아코! 하고 엄살을 부렸다. 그러고는 아우아우, 하고 항의 가득한 옹알이를 했다. 마치 나는 아무 잘못 없단 말이야, 하고 말하듯. 그것이 어찌나 귀여운지 제논이 익살스럽게 웃는다.

"저, 각하. 실례인 줄 아오나 상의할 것이 있습니다만."

카이저가 뚱한 표정을 짓고 있는 파이를 사랑스럽게 보고 있는데 활짝 열린 방문 바깥에서 집사 휜이 송구한 표정을 지으며 넌지시 말을 건넸다. 그에 카이저의 표정이 아쉬움으로 물들었다. 아무래도 가 봐야 할 것 같다. 그는 아쉬움이 뚝뚝 묻어나는 표정으로 제논을 쳐다보며 말했다.

"제논 님, 실례지만 아가를 대신 봐 주시겠습니까? 아사벨 님과 유모가 내일 있을 의식 준비로 바빠서 제가 파이를 보고 있었는데 아무래도 저도 가 봐야 할 것 같습니다."

목소리에서마저 아쉬움이 뚝뚝 묻어났다. 그에 제논은 껄껄 웃으며 고개를 끄덕였다. 제 아비 품에서 할아버지에게로 옮겨진 아가는 그저 멀뚱멀뚱 눈만 깜박였다. 아가가 저를 쳐다보는 것을 느낀 카이저는 발걸음이 쉽사리 떨어지지 않았지만 문밖에서 부동자세로 대기하고 있는 집사 때문에 마지못해 걸어갔다.

결국 파이는 제논에게 맡겨졌다. 카이저와 떨어지는 것이 못내 아쉬웠으나 제논이 대신해서 그 자리를 채워 주었다.

아가가 할아버지와 즐거운 시간을 보내고 있는 동안 파샤는 저택을 나와 영지를 돌고 있었다. 그는 마치 먹이를 찾아 헤매는 매서운 야수의 눈을 하고 주변 가게며 노점상을 두리번거렸다. 너무나도 진지하게 무언가를 찾는 것이 보여 한 노년 여인이 살갑게 말을 걸었다.

"도련님, 무얼 그리 찾습니까?"

"어? 애리 아줌마. 오랜만이오."

낯익은 푸짐한 인상의 중년 여인의 물음에 고개를 돌린 파샤가 반가운 기색을 비치며 말했다. '애리'라 불린 부인이 깔깔 웃으며 그렇군요, 하고 답했다.

대체로 칼레이저가의 도련님들은 귀족, 평민 상관없이 사람들에게 친근하게 대하는 편이나, 그중 파샤는 다른 형제들보다 더 영지 주민들과 친밀하고 자연스럽게 어울렸다. 영지 주민들은 파람과 파엔 역시 좋은 도련님들이고 자신들을 아껴 주는 것을 알고 있었지만 조금은 성격이 급하고, 욱하는 성질이 있어도 그 이상으로 털털하고 정이 많은 이 둘째 도련님을 굉장히 좋아하는 편이었다.

그녀와의 인사를 시작으로 여기저기서 사람들이 반가운 인사를 건넨다. 금세 소란스러워진 시장 거리에 파샤는 뒤통수를 긁적이며 하나하나 마주 인사하며 답해 주었다.

"그나저나, 도련님. 무얼 그리 찾으십니까?"

서로 인사를 나누던 중 정육점 주인장인 맥이 애리와 같은 질문을 했다. 그에 정신없이 인사를 하던 파샤가 아차 싶은 표정을 지으며 말했다.

"아! 깜박했다! 있지, 맥 영감. 이맘때쯤이면 있지 않소? 응?"

"뭘 말이옵니까?"

금세 다급한 표정으로 묻는 파샤에 맥이 의아한 표정을 지었다. 고게 뭐였더라, 뭐라 불렀더라, 생각이 안 나 답답하다는 듯 웅얼거리던 그는 제가 찾고 있는 것이 기억났는지 잔뜩 들뜬 표정을 지으며 말했다.

"그 왜, 180일 의식에 쓰는 실팔찌 말이오."

"아하, 그거 말씀이시구먼!"

"어머나, 그것이라면 저쪽에 가면 있답니다, 도련님."

다른 중년 여인이 기다렸다는 듯 말하며 한쪽을 가리켰다. 시장의 오른쪽 방향이었다. 그녀의 말을 시작으로 다른 영지 주민들이 앞다투듯 말했다.

"응, 응. 나도 보았소. 사실 며칠 전에 우리 조카도 180일 풍습을 지냈거든. 저도 거서 샀습니다, 도련님."

"정말? 저기 가면 있어?"

파샤가 흥분한 나머지 공자답지 않게 흐트러진 말투로 물었다.

"예, 있어요. 저쪽이 액세서리 거리니까요. 쭉 가다 보면 가장 끝에 거기 실팔찌가 가장 예쁘더라고요! 노점상이니 잘 보고 가셔야 해요."

영지 주민들의 안내에 파샤는 내가 이 거리를 몇 년째 돌아다니는데 노점상 하나 못 찾아? 하고 호기롭게 말하며 그 방향으로 걸어갔다. 그 등 뒤로 영지 주민들의 껄껄 웃는 웃음소리가 났다. 귀족 뒤에서 평민이 웃음소리를 내는 것은 큰 죄이나, 자신들의 도련님은 그것에 크게 개의치 않아 하시니 마음 놓고 웃는다.

파샤는 등을 돌린 채 그들에게 손을 들어 인사했다. 영지 주민들은 자신들의 익살스러운 도련님의 인사에 또 한 번 웃음을 터트리고 고개를 절레절레 흔들었다. 저처럼 자유롭고 틀에 갇히지 않은 분께 체통은 오히려 불편한 옷같이 느껴질 것이다.

그들의 말을 귀담아들은 파샤는 액세서리 거리에 당도했다. 진지한 기색으로 주변을 둘러본 그는 방금 전처럼 영지 주민들의 인사를 하나하나 받으면서도 신경을 세워 가며 세세히 둘러보았다. 이것도 아니고, 저것도 아니야. 미적감각이 코딱지만큼도 없다고 면박을 주는 파엔의 말과 달리 신중에 신중을 기하는 모습이 여간 색다른 것이 아니었다.

제 사랑하는 누이를 향한 사랑의 힘이다.

그는 넘치는 의욕을 가지고 주변을 샅샅이 둘러보던 중 그토록 눈빠지게 찾았던 알록달록한 실팔찌들이 곱게 놓인 자그마한 노점상을 발견했다.

노점상의 주인은 검은색 두터운 망토를 두르고 있어 음침하기 그지없었다. 그 모습에 파샤가 흠칫했다. 어째, 굉장히 수상하다. 후드를 뒤집어쓴 그는 그림자가 얼굴을 반 이상 가려 보이지 않았다. 언뜻 보이는 얼굴선이 날렵하고 하얗다. 꾹 다물고 있는 입술이 과묵했다. 그는 미간을 찌푸리며 그 앞에 털썩 주저앉아 그 주인장을 뚫어져라 쳐다봤다.

누구냐, 넌.

그의 날카로운 송곳과도 같은 시선에도 주인장은 간덩이가 부었는지 옴짝달싹 않는다. 그에 계속 그를 빤히 노려볼 듯 쳐다보자 그의 하얀 얼굴에 적당히 붉은 색소를 담은 입술이 씰룩 움직였다.

"살 것이오?"

투박하고 낮은 음성이었다. 설마 말을 건넬 줄은 몰랐기에 당황한 파샤가 어? 어어, 하고 어설프게 더듬으며 답했다. 그에 팔짱을 끼고 있던 노점상 주인이 그 팔을 풀고 배치되어 있는 알록달록 앙증맞은 팔찌들을 가리키며 말했다.

"여기 오색 팔찌는 동화 8개, 여기 이건 동화 6개, 저건 동화 5개, 그리고 은화 1개요."

그가 가리키는 것을 얼떨떨한 표정으로 보며 고개를 끄덕였다. 확실히 제 눈에도 예쁘긴 하다. 알록달록 예쁘게 꼬인 실팔찌들이 저를 사 달라고 유혹한다. 마음 같아선 누이에게 몽땅 선물하고 싶었으나, 의식대로라면 하나면 족하다. 그는 유심히 그 실팔찌들을 쳐다보았다.

어느 게 좋을까. 내 누이는 무슨 색이든 어울릴 텐데…….

큰 고민에 빠진 그를 이번엔 그 노점상 주인이 쳐다본다. 딱 봐도 귀히 자란 도련님이다. 하는 행동이며 말투나 분위기는 자유롭고 거리낄 것 없이 보였지만 그 안에는 귀족의 향이 배어 있다. 그런 청년이 이 노점상 앞에 쭈그려 앉아 진중한 표정으로 실팔찌를 보고 있다. 허, 하고 마르고 짧은 웃음이 터져 나왔다.

"응? 왜 웃소?"

진중한 표정으로 실팔찌를 보던 파샤가 기운 빠지는 웃음소리에 고개를 슬쩍 들어 그를 봤다. 그에 표정을 알 수 없는 주인장이 넌지시 묻는다.

"귀족이오?"

"그렇소. 그대는 이방인인가 보지? 난 이 영지를 다스리는 칼레이저가의 둘째라오."

오늘 날씨가 좋지 않으냐고 묻는 듯 자연스럽게 말하는 그의 어투에는 한 점의 우쭐함도, 도도함도 없었다. 그는 그저 그러려니 하는 말투였다.

무심하게 자신이 공자라고 말하는 소년을 보며 노점상 주인은 오래된, 빛바랜 기억 속에 흐릿하게 남은 아련한 인연을 떠올렸다.

그녀도 그랬다. 귀한 신분의 그녀는 한 점의 도도함도, 우쭐함도 없이 모두를 평등하게 대하는 자애롭고 온화한 사람이었다. 고귀한 귀족의 신분으로 태어났으나 귀족 같지 않았던 그녀. 일말의 욕심도 없고, 주어진 것에 만족하고 감사하며 아랫것들을 소중히 대했다. 아름다운 마음씨에서 우러나오는 찬란함을 간직한 여인. 그는 눈앞의 소년이 그녀와 비슷하다 느꼈다. 그리고 문득 떠올렸다.

그녀의 가문이.

너희 가문의 후손들은 너를 여전히 진하게 닮았다. 그는 속으로 낮은 웃음을 터트렸다. 어찌 다른 피가 섞였을 텐데도 이토록 그녀의 피가 진하게 남았을까.

"그렇소. 한 달 전부터 여행 경비를 벌고자 잠시 노점을 깔았소."

칼레이저가의 영지는 여행자든, 이주자든 상관없이 야박하게 굴지 않고 정이 많은 흔치 않은 곳이었다. 그것은 그 영지를 통치하는 귀족의 영향을 받은 것이었다.

그는 소년을 다시 한번 살펴보았다. 아칼리템의 귀족은 가문의 특성에 맞춘 고유의 색을 담은 엠블럼을 가지고 있다.

강렬하고 선명한 생명의 불꽃.

그것은 칼레이저가의 엠블럼이다. 자애롭고 따뜻하며 강인한 통치자에 의해 다스려지는 충심과 신뢰 가득한 칼레이저가의 영지. 꿈의 영지며, 삶의 터전임이 이전부터 널리 알려진 곳. 그것을 알고, 그 가문의 자제임을 자랑스럽게 생각하는 파샤가 씩 웃었다. 가슴이 뻥 뚫릴 정도로 시원시원한 미소에 노점의 주인이 피식 웃으며 가볍게 고개를 절레절레 흔든다.

"누구에게 선물할 것이오?"

가볍게 고개를 흔든 그가 묻는다. 그에 파샤가 개구지게 웃는다.

"누이에게 할 것이오! 내 누이는 말이오. 이 세상에서 가장 사랑스럽고 어여쁘다오! 그 누이에게 가장 어여쁜 것을 선물할 거요."

그는 묻지도 않은 제 누이의 칭찬을 잔뜩 하더니 실실 웃었다. 그에 노점 주인이 그렇군, 하고 고개를 끄덕였다. 그러더니 하나를 넌지시 추천했다. 붉은색과 주황색, 황금색, 그리고 파란색과 녹색이 오묘하게 섞인 오색 팔찌였다. 그 끝에는 작은 방울 두 개가 달렸으며 술이 달려 있어 깜찍했다.

"오오!"

파샤가 만족스러운 탄성을 내뱉었다. 그에 남자가 낮게 웃으며 말했다.

"은화 5개요."

"싸!"

"실팔찌는 원래 싸오. 그래도 그중 가장 비싼 것이오."

그대는 귀족이니 잘 모르겠지만. 역시 귀족이라 서민 물가를 모르는군, 하고 속으로 웃었다. 은화 5개 정도면 서민 일주일치 식량 비용이다. 약간은 나무라는 어조에도 파샤는 가볍게 수궁하며 끄덕일 뿐이었다.

"이걸로 주시오."

주인은 고개를 끄덕이더니 제법 좋은 아이보리색 헝겊에 그 실팔찌를 고이 담아 싸서 내밀었다. 긴 검은색 망토 사이에서 얼굴만큼이나 하얀 손이 드러났다. 건장한 사내의 손가락이 의외로 꽤나 세심하게 움직이는 것이 신기했다. 파샤는 그것을 냉큼 받아 품에 소중히 넣고는 그 안에서 금화 하나를 꺼내 그 손에 얹어 주었다.

"……거스름돈이 없소. 은화 없소?"

"그냥 다 가지시오. 여행 경비에 보태요. 이렇게 예쁜 걸 추천해 줬으니까 그 값을 줘야지."

"흠……."

"그럼 수고하시오."

"……."

볼일은 모두 끝났다는 듯 일말의 망설임도 없이 일어서는 그에게 주인장은 아무 말도 못했다. 역시 씀씀이가 헤프군, 하고 속으로 생각한 그는 돌아서 점점 멀어져 가는 파샤의 뒷모습을 힐끗 보고 다시 고개를 숙였다. 그 움직임에 덮여 있던 후드가 살짝 들춰졌다. 그 찰나의 순간, 그의 눈동자가 황금색으로 반짝 빛을 발하다 다시 스륵 얼굴을 덮는 후드의 그림자 속으로 사라졌다.

고귀한 이들만 갖는다는 황금안(眼).

페어리들의 여왕과 같은 눈 색을 가진 그는 마치 잠을 청하듯 눈을 내리감았다.

역시 평화롭고 한적하다. 적당히 지나다니는 사람들의 걸음 소리를 들으며 그는 여유로움을 느꼈다. 그런 그가 돌연 멈칫하더니 쓰고 있던 후드를 들췄다. 그러자 칠흑같이 어두운 검정 머리카락이 바람결에 흩어졌다. 그 검은 머리카락과 대조되어 더욱 하얗게 보이는 얼굴에 눈에 띨 정도로 잘생긴 외모가 드러났다.

그의 얼굴은 강렬한 눈매며 날렵한 코, 굳은 입술이 사내다운 강직함을 가진 동시에 아름다운 느낌이 들었다. 그러나 그것보다도 신기한 것은 그의 눈동자가 황금색이 아닌 밤하늘을 담을 듯한 검은 눈동자라는 것이다. 방금 전 황금빛을 번쩍이던 것이 착각이었던 듯 흑요석처럼 빛났다. 황금안으로는 도저히 보이지 않았다.

새카만 머리카락과 그와 같은 눈동자를 가진 그는 이런 평민들이 다니는 시장 바닥에서 노점상이나 할 법한 외모는 도저히 아니었다. 뛰어난 외모를 가진 그는 드문드문 지나다니는 시장 거리의 행인들의 시선을 모을 정도였다. 그들의 놀라고 넋이 나간 시선에도 아랑곳하지 않고 사내, 모클루모로스는 미간을 찌푸리며 가볍게 주위를 두리번거렸다.

"……뭐지?"

방금 대지가 들썩했는데……!

자신만 느낀 것일까. 모클루모로스는 미심쩍은 표정을 지으며 고개를 숙여 자신이 앉은 바닥을 내려다보았다. 그는 뼈마디가 도드라져 사내다운 단단한 주먹을 쥐고 노크를 하듯 땅을 두들겼다. 몇 차례 가볍게 두들기더니 미심쩍은 눈빛을 지우지 않고 중얼거렸다.

"놈인가……?"

그놈이 여긴 웬일이지.

여행을 하면서 만난 적이 거의 없던 잠적의 귀재인 그가 이렇게 강렬한 기운을 내뿜으며 제 자신을 내보이는 것이 신기했다. 미심쩍음과 의아함이 가득 담긴 표정으로 꽤나 오래도록 땅만 쳐다보자 모클루모로스를 보는 사람들의 시선에도 의아함이 담겼다. 한참 시끌벅적했던 시장의 끄트머리에서 엄청 눈에 띄는 외모의 청년과 주변 사람들 사이에 한동안 무거운 침묵이 맴돌았다.

밝은 날 내내 제논의 보호 아래서 맘껏 놀고 밥도 잘 먹은 아가는 평소보다 이른 저녁에 잠이 들었다. 은백색 결 좋은 곰의 가죽으로 만든 카펫에 엎어져 세상모르게 잠든 아가를 귀여워 죽겠다는 듯 한참을 보던 제논은 그 작은 몸을 조심스레 들어 침대에 눕혀 주었다.

아가는 깊은 잠에 빠지는 순간에도 제 등에 닿는 폭신함에 가볍게 몸을 뒤척였으나 깨진 않았다. 더 깊이 꿈속 여행을 하라며 제논이 두 툼한 제 손으로 그 작은 가슴을 토닥여 주었다. 아가는 배시시 미소 지었다. 발그레하고 통통한 뺨에 제논이 굿나잇 키스를 하고 저녁노 을이 져서 붉은 어둠이 부드럽게 내리는 아가의 방을 나섰다.

아가의 방에 평온한 침묵이 내려앉았다. 붉게 물들었던 방은 금세 어둠이 내려앉았다. 그 어두운 방에는 오직 깃털처럼 가벼우면서도 사랑스러운 아가의 숨소리만 흐릿하게 들릴 뿐이었다.

그 방에 아름다운 빛의 알갱이들을 달고 있는 커다란 빛이 반짝거 리며 나타났다. 짙은 어둠이 내려앉은 방에 화사하면서도 부드러운 빛을 발하는데도 아가는 깨어날 기색이 보이지 않았다.

아름다운 그 빛 속에서 제 자랑인 탐스럽고 아름다운 분홍빛 머리 카락을 늘어트리며 페어리의 여왕이 모습을 드러냈다. 여왕은 허공에 서 천천히 하강하여 곤히 자고 있는 아가의 곁에 내려앉았다.

색색 잠든 아가는 깨어날 기색이 보이지 않았으나 여왕은 아쉬워하 지 않았다. 그녀는 빙그레 웃으며 하얗고 아름다운 손을 들어 복숭앗 빛으로 어여쁘게 물든 뺨을 매만졌다. 그 손길을 느꼈는지 잠결에 까 르르 가볍게 웃음을 터트렸다. 그에 여왕이 후후 웃음을 지었다.

[세상이 멸망하려나. 너답지 않은 행동이군.]

오직 둘만 있는 공간에서 낮고 부드러운 음색이 사방에 울리듯 들 렸다. 그 음색은 놀란 기색이 역력하나 놀리는 것 같기도 했다. 마치 비웃는 것 같은 그 음색에 아가에게서 시선을 떼지 않고 있던 여왕은 놀라지도 않고 고개를 들어 어두운 창가 쪽을 쳐다보았다.

[네가 웬일이야? 네 아이들이 그토록 불러도 땅속 깊은 곳에서 나오 지 않더니만.]

비난 섞인 것이 역력한 여왕의 날카로운 목소리에 어두운 창가 쪽 이 흐릿하게 일그러졌다. 일그러진 그 공간 속에서 거대한 무언가가 꿈틀거렸다.

[하도 귀찮게 해서 말이야. 겨울잠 좀 잤지!]

굉장히 능글거리는 어투에 여왕이 가볍게 혀를 찼다. 그 겨울잠으로 잠적한 기간이 근 500년이다. 제 영역에 활짝 생명이 샘솟는 봄이 와도 모습을 드러내지 않은 이유가 겨울잠이라 말한다. 뻔뻔한 그의 변명에 여왕의 눈초리가 비난으로 가득해졌다.

그러거나 말거나 그 거대한 무언가는 스스스 기묘한 소리를 내며 어떠한 형태를 만들어 냈다. 그것은 아가의 방의 5분의 1 정도 되는 거대한 크기를 자랑했다. 그 큰 것의 외형은 호랑이 상을 하였으나 하체에는 바위가 드문드문 박힌 기묘한 형태를 가졌으며 꼬리는 파충류의 꼬리와 같이 길고 끝이 뾰족했다. 그 꼬리는 전체적으로 촘촘히 박힌 돌로 이루어져 단단해 보였다.

다리는 돌로 만든 호랑이 같은 그 기묘한 모습은 마치 고대 연금술의 산물인 키메라와 비슷했다. 고동색 바탕에 호랑이 무늬 털은 황금빛이 감돌아 괴기스럽기보다는 신기하고 기묘했다. 세상에 존재하지 않은 야수의 모습을 가진 그는 제가 호랑이라도 된 듯 어슬렁어슬렁 걸어 앞으로 나왔다. 포만감에 나른해진 포식자와도 같은 그 행태에 여왕이 기가 찬 표정을 지었다. 그러나 그는 유들거리며 말했다.

[오랜만이다. 여왕.]

뻔뻔하다 못해 얄밉기까지 한 그의 목소리에 여왕이 날이 선 기세로 대꾸했다.

[흥! 500년이 지나도 그 두꺼운 낯짝은 여전하구나. 대지여.]

[아하하. 우리 사이에 너무 까칠하게 굴지 말자고, 친우 아닌가?]

근 500년 동안 깜깜 무소식이었던 놈이다. 제가 그렇게 찾아 불러도, 꼼짝없이 잠적했던 놈이 이제 와서 친구 운운한다. 여왕이 그를 얼마나 걱정했는 줄도 모르고, 아무렇지 않게 슬금슬금 기어 나오는 모습이 참으로 뻔뻔하기 그지없었다.

여왕은 저도 모르게 왈칵 표정을 찡그렸다. 본래 성격이라면 독설이라도 내뱉을 법한데 꾹 참는 것이 보였다. 그에 거대한 호랑이는 신기하게도 말갛게 웃었다.

그가 웃으며 가까이 다가오자 여왕은 잔뜩 인상을 쓴 것을 살며시 지우며 울 듯 말 듯 웃었다. 그녀의 사려 깊은 배려에 그는 속으로 웃었다.

겉은 고고하고 도도하나 그 속은 정 많고 다정한 그녀. 그가 500년 가까이 소식도 없이 잠적한 이유를 이미 알고 있는 여왕은 그저 서글프게 웃을 뿐이었다.

대지의 주인이자 근원인 그는 500년 전 인간의 끊임없는 정복욕과 그 탐욕, 욕망에 의해 자신의 육체인 영토가 더럽혀졌다. 추악한 인간의 불길한 감정이 진득하게 담긴 붉은 피로 잔뜩 물들고 말았다. 대지가 존재 자체인 그는 탁하고 더럽고 추악한 악의 피에 물들어 큰 피해를 입어야 했다.

그의 육체가 추악한 인간의 악의 가득한 부정한 것에 물들어 그의 순수한 정신을 갉아먹었다. 그러나 그 상황에서도 대지의 왕은 인간을 증오하지 않았다. 멍청하다 못해 미련하기까지 한 그에 여왕은 화가 나고 답답했다. 그에 대지는, 그렇게 추악한 피를 뒤집어쓴 상태에서도 처연한 미소를 지으며 말했었다.

'이 땅에 존재하는, 내 영토 위에 선 모든 생명체는 모두 나의 가족이며 친우이며 동반자이자 주민이다. 그것이 설령 악한 것이든, 선한 것이든, 내 영토에 있다면 나는 그것마저 감수해야 하는 것이 이치. 사실, 그들이 밉지 않다고 한다면 거짓말이겠지. 그래도 말이야, 여왕. 나는 인간을 미워하고 싶지 않아.'

씁쓸하기까지 한 그의 음색이 한동안 여왕을 괴롭혔다. 여왕은 이해할 수 없었다. 결국 최악의 결과를 맞이해 불가피하게 기한을 알 수 없는 기나긴 동면에 들어야 했던 그. 그가 500년 가까이나 되는 긴 잠에 빠져 있는 동안 여왕의 인간 혐오증은 더욱 깊어졌다. 그녀는 인간이 미웠고, 그 인간을 미워하지 못한 그가 미웠다. 미련하기까지 한 그가 미워서, 여왕은 처음 몇 십 년은 그를 욕했다.

이 머저리! 천하에 없을 머저리! 물의 이도 하는 원망을, 바람의 이도 욕하는 것을, 불의 이도 하는 보복도 하지 못하는 미련퉁이야! 너는 어찌 그리 멍청할 정도로 착하기만 한 거야.

그렇게 오래도록 욕하던 친우가 오늘 그 옛날처럼 나타나 반가운 인사를 건넸다. 여왕은 그가 사뭇 반가웠으나 티를 내지 못하고 새초롬하게 고개를 휙 돌려 코웃음을 쳤다.

[흥!]

도도하고 까칠한 본래의 성격 탓에 차마 대놓고 반가워하고 기뻐하는 기색을 드러내지 못한 여왕을 알아챈 그가 빙그레 입꼬리를 끌어올려 웃는다. 오랜만에 만난 그녀가 여전해 안심이 되었다. 그녀가 있는 아기 침대 가까이 다가갔다.

[그나저나, 오랜만에 본 친우의 의외의 모습을 보는걸.]

내가 잠든 사이 도대체 무슨 일이 있었던 거야? 거대한 그가 사뭇 개구진 표정을 지으며 고귀한 이를 표하는 금의 눈동자가 보이지 않을 만큼 웃었다.

여왕이 인간을 혐오하는 것을 익히 알던 그다. 그것은 자신이 인간들에 의해 더럽혀졌을 때 더욱 심해졌었다. 그것이 못내 미안하고, 안타까웠던 그다. 그런데 그런 그녀가 혐오하고 증오하는 인간의 아기를 향해 호의를 갖는 것을 넘어 애정 가득한 표정으로 바라보며 쓰다듬고 있었다.

도대체 무슨 일이 있었던 걸까.

[인간이 밉다더니, 지금 네 모습은 전혀 그래 보이지 않는걸?]

그가 눈을 가늘게 뜨고 웃자 여왕이 흐응 하고 가벼운 신음을 내뱉었다. 얄밉게 웃는 그에게서 시선을 거둔 여왕이 아가를 내려다보았다. 어두운 방에서도 보이는 아가의 말간 미소를 보며 저도 모르게 입꼬리를 올려 웃었다.

[몰라. 그냥. 그냥 이상하게 이 아가만은 밉지가 않더라.]

저도 이해할 수 없다는 듯 말하는 여왕에 그가 의아함과 호기심 가득한 표정을 지었다. 그는 제 큰 몸을 움직여, 침대 쪽으로 고개를 숙여 아래를 내려다보았다. 그 아래에는 인간의 아가가 세상모르고 잠이 들어 있었다. 꽤나 오래도록, 끈질기게 내려다보는 시선을 느낀 걸까? 평온하게 자던 아가가 가볍게 인상을 찡그렸다.

흐음, 평범한 아가 같은데…….

아무리 봐도 특별할 것이 없는 아가일 뿐이다. 사랑스럽긴 하나 그뿐인, 평범한 인간의 작은 아가. 그러는 사이 아가가 우웅 하고 잠결에 느릿느릿 옹알이를 했다. 그러고는 가볍게 양팔을 버둥거리더니 무겁게 내려앉았던 눈꺼풀을 천천히 들어 올렸다.

그 속에 감춰졌던 푸른 보석이 모습을 드러냈다. 그 푸른 눈동자는 마치 새벽안개에 뒤덮인 호수처럼 신비하고 몽롱했다. 푸른색이 분명한데도, 그 색이 자신이 알고 있던 색이 아닌 것 같았다. 신비한, 오묘한 빛을 담은 눈동자에 그는 사로잡히듯 시선을 뗄 수 없었다.

그사이 아가는 작은 손으로 눈가 가까이를 비비듯 움직이고 몇 번 눈을 깜박이더니 잠이 완전히 깬 눈빛으로 그를 마주 봤다. 자신을 내려다보는 그 거대한 존재의 얼굴을.

마주 봤다.

졸음이 완전히 사그라진 아가의 푸른 눈동자는 선명한 색을 발했다. 자다 깼을 때의 몽롱한 빛이 사라지고 말갛게 빛나는 눈동자로 말똥말똥 그를 본다. 그는 자신을 보는 것이 분명한 아가의 시선에 믿을 수 없다는 듯 눈을 휘둥그레 떴다.

"꺄하."

아가는 그가 놀라든 말든 상관없이 호기심 가득한 표정을 짓더니 가볍게 웃음을 터트렸다. 그가 흠칫 놀랐다. 여왕은 친우의 반응에 웃음을 터트리며 양손으로 제 입을 가렸다. 늘 능글거리고 여유로운 그가 놀라는 모습을 오랜만에 본다.

[설마 날 본 건 아니겠지?]

믿을 수 없다는 듯 말하는 그에게 왕이 의기양양한 표정을 지으며 웃었다. 그녀가 어깨를 으쓱하며 말했다.

[본 게 맞을걸?]

그치, 아가? 하고 덧붙이며 말하자 아가는 신묘하게 그것을 알아듣는 듯 눈을 가늘게 접고 웃었다. 까하 하고 웃는 그 소리가 청량하기 그지없다.

그가 뒤로 한 걸음 물러서며 고개를 절레절레 흔들었다. 아가가 몸을 움직여 끄응 하고 가벼운 신음을 내뱉으며 몸을 뒤집었다. 그러고는 제 양팔과 다리를 움직여 엉금엉금 기어가서 침대맡 안전대에 짧은 팔을 얹어 가까이 달라붙어 앉았다. 안전대에 제 몸을 기댄 아가는 한 걸음 물러난 그를 눈을 반짝이며 쳐다보았다. 여왕은 아가가 기대는 그 안전대 옆에 날아 올라가 우아하게 앉았다.

[이게 어찌 된 거지?]

인간이 나를 보다니, 믿을 수 없어. 그는 처음 여왕이 받았던 충격을 고스란히 받은 표정으로 말했다. 여왕은 참지 못하고 깔깔 웃었다.

[듣지 못한 거야? 너의 아이들에게?]

[……뭘?]

수다쟁이로 따지자면 바람의 아이들이 으뜸이나, 땅의 아이들도 제법 수다스러웠던 것을 기억하며 말하는 여왕에 그가 눈을 동그랗게 뜬다. 이런, 듣지 못했나 보군, 그녀는 웃는 낯으로 그를 쳐다보았다.

[요즘 한창 아이들이 떠들어 대던 특별한 인간의 아가 이야기, 못들었나 보군.]

[하아, 내가 동면에서 깨어난 것이 오늘 낮이다. 알다시피 내 동면은 너만 알고 있는 비밀이잖아. 내 휘하의 아이들이라고 하나 내가 돌

아온 건 아직 모를 거야.]

그의 동면은 갑작스러운 것이었기에 그의 형제들에게조차 제대로
된 통보도 못하고 동면에 들었었다. 땅의 아이들은 그저 오늘, 자신들
의 몸이 더 가뿐해지고, 힘이 샘솟는 것에 의아함을 느꼈을 뿐일 것이
다.

[이런, 영광스럽게도 내게 먼저 와 준거니?]

[친우잖아. 가장 친한.]

꽤나 그럴싸한 감동의 말을 하는 그에 여왕이 해사하게 웃었다. 제
형제들보다 저에게 먼저 통보해 주고, 먼저 만나러 와 줬다. 그것이
고마워 곱게 웃는 여왕을 보고 그가 웃다 한숨을 폭 내쉬었다. 눈앞의
아가가 위험하리만치 상체를 앞으로 내밀고 양손을 뻗고 있었기 때문
이다. 한눈에 봐도 위험하리만치 아슬아슬한 모습에 그는 난감한 표
정을 지으며 말했다.

[저 아기, 날 보는 것이 확실하군.]

"꺄하, 꺄! 꺄우!"

난생처음 보는 그의 신기한 모습에 사로잡혔는지 호기심 가득한 표
정으로 해사하게 웃었다. 만져 보고 싶어. 너 뭐야? 뭐야? 응? 하고 생
각한 아가는 쉴 새 없이 재잘거리듯 옹알이와 웃음을 터트렸다. 그에
여왕이 깔깔 웃으며 잔뜩 흥분한 아가의 얼굴을 쓰다듬었다.

[위험하잖니, 아가. 조금 진정하렴.]

그치만, 그치만! 신기하잖아! 그렇지? 응? 신기해! 저건 뭐야? 응?

쉴 새 없이 묻는 아가는 흥분을 가라앉힐 생각이 없는 듯했다. 저러
다 떨어지겠다 싶은 그가 한 걸음 물러난 몸을 움직여 제게 손을 뻗는
아가에게 다가갔다. 그러자 정말로, 놀랄 일이 생겼다. 실체화했으나
존재하지 않는, 허상에 불과한 그의 콧등을 아가가 만진 것이다.

통과하지 않고 토옥 얹어지는 손이 느껴졌다. 아가도 그의 말랑말
랑하고 윤기 도는 건강한 코를 만지고 신기한지 까르르 웃었다. 그는

145

너무 놀라 더 없이 동그래진 눈동자로 아가를 쳐다봤다. 그리고 그는 놀란 표정 그대로 말했다.

[마, 만진 거야?]

놀라기는 여왕도 마찬가지였다. 여왕은 어어? 하고 놀란 어투로 반문하듯 답했다. 놀라는 그 둘과 달리 감촉이 굉장히 신기한지 아가가 손뼉까지 치며 좋아라 웃었다. 그러더니 그의 보기 좋게 뻗은 하얀 수염을 힘껏 잡아당겼다. 아가의 코앞에 있던 얼굴이라 쉽게 수염을 잡혀 놀란 그는 아픔을 느껴 아야야 하고 신음을 내뱉었다.

"아우?"

그가 무방비하게 당해 저도 모르게 내뱉는 신음에 아가가 눈을 동그랗게 떴다. 아파한다는 것을 알아차린 아가는 당기는 것을 멈추고 잡고만 있었다. 아가는 그 상태에서 고개를 갸웃 기울였다.

"아부?"

마치 아파? 하고 묻는 어조에 그가 난감한 표정을 지었다. 눈동자를 데굴데굴 굴리더니 그는 구조 요청을 하듯 여왕을 쳐다보았다. 어, 어떻게 좀 해 봐, 하고 눈빛으로 말하는 그에 여왕은 놀란 표정으로 입을 벌리고 어버버 하고 있다 푸핫 하고 웃음을 터트렸다.

[어이, 여왕! 웃지만 말고 어떻게 좀 해 보라고!]

정말 아프단 말이야, 하고 투정 부리듯 말하는 그가 왠지 어린아이처럼 엄살을 부리는 것 같았다. 가장 절친한 친우이나 세계가 만들어지고부터 존재했던 그는 연륜이 굉장히 깊어 늘 어른스러웠고 여왕을 아이 대하듯 했다. 그런 그가 어쩔 줄 몰라 하며 쩔쩔매자 여왕은 웃음을 참을 수가 없었다.

여왕은 평생의 웃음을 지금 다 터트리는 것 같았다. 깔깔 웃던 여왕은 아가의 침대에 떨어져 데굴데굴 구르기까지 했다. 체통도 잊고 시원하게 웃는 바람에 그의 안색이 점점 굳어지더니 붉어졌다.

짙은 고동색 호랑이가 신기하게도 얼굴을 붉힌다. 아가는 그 모습에 저가 잘못했나 싶어 꾹 잡고 있던 그의 수염을 놓아주었다. 그러고는 그의 콧등을 매만지며 말했다.

"아부, 아우어, 아어? 꺄우?"

제 딴엔 수염 잡아 미안해, 라고 말하는 듯했다. 작고 하얀 아가의 고사리손이 콧등을 매만지자 간질간질하고 기분이 좋아진 그가 점차 굳은 표정을 풀었다. 눈까지 가늘게 뜨며 기분 좋은 얼굴을 하자 아가가 까르르 웃었다.

축축하고 말랑말랑하다. 부드러운 감촉에 아가는 그의 콧등을 계속 매만졌다. 몇 번 만지던 아가가 손을 거두자 그는 굉장히 아쉬운 표정을 지으며 제 얼굴을 쑥 내밀어 아가의 둥근 이마에 코를 갖다 대고 비볐다.

축축한 그의 코가 이마에 닿자 아가가 간지럽다는 듯 까르르 웃으며 반사적으로 그 큰 얼굴을 작은 손으로 이리저리 쓰다듬었다. 부드러운 털의 감촉이 굉장히 좋았다. 그리고 그 쓰다듬을 받는 거대한 야수 역시 기분이 좋은지 나른하게 눈을 접으며 웃었다. 가르릉 하고 기분 좋은 듯 목울대를 움직이며 울었다.

마치 커다란 고양이 같아.

여왕은 그리 생각하며 아가의 베개에 얼굴을 묻고 또다시 웃었다. 때아닌 야밤에 야생의 포식자와 같은 모습을 한 커다란 야수를 쓰다듬는 아가의 손길은 꽤나 오래도록 이어졌다. 아가의 발밑의 폭신한 베개에 파묻힌 여왕의 경쾌한 웃음소리가 배경음처럼 깔렸다.

전날 밤의 에피소드를 알 리 없는 칼레이저가의 사람들은 오늘따라 묘하게 졸려 하는 아가를 의아한 표정으로 쳐다보았다.

평소라면 깨어 있을 시간에도 아가는 쿨쿨 잠을 잤고, 어르고 달래 깨워도 잠을 이기지 못해 몇 번이고 나른하게 눈을 깜박이다 졸기도 했다. 그토록 좋아하던 이유식도 잠결에 칭얼대며 몇 수저 먹다 말았다.

걱정이 된 아사벨이 급히 라반을 불러들여 묻자 그는 고개를 갸웃 기울이며 그저 졸려서 그런 것이라고 답할 뿐이었다. 아사벨이 난감한 표정을 지으며 제 품에서 꾸물거리며 조는 아가를 내려다보았다.

평상시와 달리 인간들이 있는 가운데 아가의 작은 가슴에 안기다시피 누운 여왕이 난감한 듯 웃었다. 정신을 못 차리는 아가에 여왕은 새벽까지 활발히 놀다 아사벨과 유모가 오기 1시간 전쯤에야 겨우 잠든 것을 떠올리며 생각했다. 아무래도 밤에 만나는 것은 자제해야 할 것 같다고.

그러자 자연스럽게 심통맞은 듯하면서도 아쉬운 표정을 지으며 사라진 저의 친우를 떠올렸다. 대지의 주인답게 늙은이가 따로 없었던 그가 투정과도 같은 표정을 지은 것이 어찌나 우습던지 여왕은 그토록 웃어 대고 또 웃었다. 태어나 이때까지 웃느라 지쳐 본 건 처음이다. 그는 사라지기 직전에 황금빛 눈동자를 반짝이며 중얼거렸다.

[네가 왜 이 아가에게 남다른 호감을 표하는지 이제 좀 알 것 같아.]

이유는 모르겠지만, 나 역시 그런 느낌이야. 참 이상하지? 하고 내뱉는 그의 목소리에서 언뜻 쑥스러움이 뒤섞였다. 여왕은 그의 말에 화사하게 웃으며 배웅했다.

그는 불쑥 나타났던 것처럼, 사라지는 것도 쑥 하고 순식간에 사라졌다. 아가는 어느새 꿈나라 여행 중이라 달게 자며 코롱코롱 코를 골았다. 여왕은 따끈하고 작은 품에 쏙 들어가 마주 껴안으며 눈을 감았다. 아가의 따끈한 체온에 저도 모르게 설핏 잠든 여왕은 제 세계로 돌아갈 타이밍을 놓치는 바람에 아직도 그 품에 아가를 안고 있었다.

"우우."

아가가 옹알이로 잠꼬대를 했다. 여왕은 여전히 웃음기 가득한 표정으로 아가의 작은 품에 엎드려 졸고 있는 그 얼굴을 사랑스럽게 쳐다보았다.

아가를 안은 아사벨은 한숨을 폭 내쉬며 정신을 못 차리는 아가의 둥근 이마와 얼굴을 쓰다듬어 주었다.

"너는 오늘이 무슨 날인 줄 아느냐."

아사벨은 난감한 표정을 짓더니 이내 가볍게 웃음을 터트렸다. 이 경사스러운 날에 당사자는 꿈에 젖어 들어 정신을 못 차리고 몽롱해한다. 졸던 아가는 기어코 코오, 사랑스러운 숨소리를 내며 잠들어 버렸다. 아무래도 당장 깨우기엔 무리일 것 같다.

무리해서 깨웠다가 울음이라도 터트리면 난감해질 테니까.

결국 잠든 아가를 두고 180일의 의식을 지냈다. 영지 내에 곡식과 정성스레 담근 과일주를 여유롭게 나눠 주었다. 온 영지민들이 한마음이 되어 아가의 180일을 축하하며 아가의 건강과 행복을 기원했다. 아가는 달콤한 꿈에 빠졌으나 그 축하와 기원을 들었는지 너무나도 사랑스럽고 어여쁘게 웃고 있었다.

그 후, 평소보다 길게 잠을 자서 늦은 오후에야 눈을 뜬 아가는 아침에 제대로 먹지 못한 이유식을 말끔히 해치우고 개운한 표정으로 방글방글 웃었다.

늦게나마 아가의 180일을 축하하는 의식을 마무리하기 위해 파샤가 전날 사 온 실팔찌를 오른손에 매어 주었다. 미적 감각이라곤 눈곱만큼도 없는 파샤가 준비한 것치곤 매우 어여쁜 실팔찌는 모두의 만족스러운 시선을 받았다. 제 오른 손목에 매인 실팔찌가 무엇인지 알지는 못했지만 딸랑딸랑 청량하게 울리는 방울 소리에 호감을 가진 아가는 그것을 덥석 물었다.

"어머나, 아가! 그럼 안 돼요."

혹여 실이 풀릴까 놀란 아사벨이 제지했다. 아가는 맘껏 물었던 실팔찌의 방울과 실을 얌전히 퉤 하고 뱉었다. 그러고는 고개를 갸웃 기울였다.

"무어?"

"물면 안 돼요, 아가. 오라버니가 사 온 선물이잖니?"

"아우, 아우?"

180일 정도 되자 아가는 얼추 말을 알아들을 수 있게 되었다. 대충 어투와 행동, 표정, 그리고 익숙하게 들리는 단어들로 이해하는 것 같았다. 아가가 물면 안 돼? 하는 듯한 옹알이를 하며 쳐다보자 아사벨이 웃으며 끄덕였다.

아가가 방그레 웃으며 양손을 앙큼하게 말아 쥐고 가볍게 흔들었다. 그러자 오른손에 매인 실팔찌에 달린 방울이 흔들리며 딸랑딸랑 울린다. 그 소리가 신기하고 재밌는지 아가가 까르르 웃음을 터트리며 박수까지 친다. 그것이 마음에 드는지 해사하게 웃으며 시선을 떼지 못하자 파샤는 가슴이 뭉클하는 감격을 느꼈다.

고맙소, 어딘가의 여행자!

전날 실팔찌를 추천해 준 이름 모를 여행자에게 감사하며 그날 온종일 파샤는 입이 찢어지게 웃고 다녔다. 그와 반대로 파람과 파엔의 표정은 급격하게 굳어져 펴질 줄 몰랐다.

그날 하루 종일 파샤는 파엔에게 제 장딴지를 걷어차여야 했고, 차가운 설국의 매서운 바람처럼 냉랭하고 날카로운 파람의 시선을 받아야 했다. 사소한 형제간의 다툼이 있었으나, 그 외에는 순조로운 아가의 180일째 날이었다.

❄❄❄

"아가야! 할애비 왔다!"

마치 데자뷰처럼 쩌렁쩌렁 울리는 고함과 함께 등장하던 파샤를 연상시키는 상황이 벌어졌다. 낮고 기분 좋은 노년의 사내의 저음이 혈기 왕성하고 쾌활하게 저택 내에 쩌렁쩌렁 울렸다.

그 바람에 저택을 관리 중이던 고용인들이 화들짝 놀라 눈을 휘둥그레 떠야 했고, 카이저는 물론 그의 아들들과 기사들 역시 놀라 소리가 나는 방향으로 반사적으로 고개를 돌리고 말았다. 그 소리가 어찌나 크던지 아가의 방에까지 확연히 들려 한창 맛있게 이유식을 먹이고 있던 아사벨과 유모 역시 놀라 크게 움찔하고 말았다.

"방금, 저 소리는……?"

"아무래도, 그렇죠?"

아사벨이 품에 안긴 아가의 입에 이유식이 담긴 수저를 물려 주다 난감한 표정을 지으며 말했다. 아가는 맛있는 이유식을 한 수저라도 더 먹기 위해 그녀가 내미는 수저를 제 작은 손으로 야무지게 잡고 있었다.

오물오물 몇 번 만에 입에 있던 이유식을 다 먹은 아가가 빨리 줘어, 하고 투정 부리듯 들썩이자 아사벨이 한 수저 또 떠서 입에 물려 주었다. 그제야 방긋방긋 웃는 아가를 보며 유모가 살짝 벌게진 표정으로 고개를 끄덕였다. 이런 큰 목소리를 낼 만한 사람은 이 영지, 아니 이 제국 내에 딱 하나뿐이다.

Gold Lion Red Eyes(붉은 눈의 황금 사자).

왕년에 전장에서 악명 높은 이름을 날리던 칼레이저가의 전 공작, 아벨의 소란스러운 등장이다. 그에 다급히 달려온 제논이 씩씩대며 아가의 방에 들어섰다.

"여보, 놈이요. 놈이 왔소!"

절친이자 사돈 관계인 아벨의 등장에 제논이 사납게 얼굴을 일그러트리며 말했다. 그러나 그의 짙은 남색 눈동자에는 반가움이 가득했다. 서로를 사납게 반기는 것이 익숙한 그는 냉큼 그리 말하고 바람처럼 사라졌다.

그에 아사벨이 가볍게 고개를 절레절레 흔들더니 웃음을 터트렸다. 전 공작이자, 아가의 친할아버지인 아벨의 등장에 모두가 호들갑을 떨고, 놀라 했으나, 그 가운데 아가만이 제 입에 물린 수저를 오물거리릴 뿐이었다.

아이, 가려워.

윗니가 두 개 정도 나고 아래 한두 개가 나려 하는 시기라 그런지 이가 가렵다 느낀 아가가 자글자글 단단한 수저를 물었다. 아가가 수저를 물고 놓지 않자 아사벨이 난감한 미소를 지으며 수저를 가볍게 흔들었다. 아가가 마지못해서 수저를 퉤 하고 뱉었다. 그에 기다렸다는 듯 유모가 입가에 묻은 침과 이유식을 손수건으로 닦아 주었다.

아가는 포만감에 까르르 웃었다. 아사벨과 유모는 천진난만한 아가의 미소에 실없이 미소 짓더니 슬쩍 문 너머를 보았다. 아무래도 저택이 또 한 번 떠들썩해질 것 같다.

저택의 문 앞에 당도한 그의 화사한 금발과 백색 머리카락이 아무렇게나 나부끼는 것이 마치 거친 야생마의 갈기 같았다. 우월한 장신, 짙은 구릿빛 피부와 위협적으로 부푼 근육은 그가 전사임을 확실히 알려 주었다. 전사의 풍모에 어울리는 타오를 듯 붉은 눈동자와 짙은 눈매가 강렬한 인상을 더해 주었다.

그는 거칠 것 없다는 듯 먼지바람을 몰고 와서 성큼성큼 저택 안으로 들어섰다. 어느새 마중을 나온 집사 휜이 상체를 숙이고 가볍게 인사를 건넸다.

물론, 대공작가의 집사답게 한 치 흐트러짐도 없이 우아하기까지 한 그의 인사에 그는 관심도 없었다. 그에게는 오직 칼레이저가의 금지옥엽인 제 손녀딸만이 목적이었다. 그는 집사를 지나쳐 갔다. 그에 집사는 실소를 내뱉으며 가볍게 중지와 엄지를 부딪치며 튕겼다.

딱.

그 소리와 함께 집에 들어오려는 모든 이들이 거쳐야 했던 강철의 메이드들이 앞에 우르르 나타났다. 그는 그녀들의 등장에 눈을 동그랗게 떴지만 이내 눈을 가늘게 뜨고 하나하나 쳐다보더니 입을 열었다.

"이젠 메이드까지 수련시키나?"

그의 목소리에 흐릿하게나마 어이없음이 묻어났다. 그에 집사 휜은 빙그레 웃으며 말했다.

"아무래도 대공작이 아니겠습니까?"

"허……."

어느 귀족가에서 메이드를 수련시킨단 말인가. 그는 짙은 제 눈매 한쪽을 씰룩 움직였다.

"이렇게까지 할 필욘 없는데"

"이렇게까지 해야 합니다."

"……."

"가시지요."

예나 지금이나 한 마디도 지지 않는다. 얄밉기 그지없다. 그는 결국 가자미눈으로 그를 쳐다보더니 졌다는 듯 한숨을 내쉬었다. 누가 상전이고 누가 아랫것인지 모르겠다. 그는 아무렇게나 묶어 더벅머리가 된 제 뒤통수를 긁적이며 그래, 가자, 하며 살짝 토라진 목소리로 말했다. 예나 지금이나 변함없는 제 주인의 모습에 집사는 소리 없이 웃으며 앞장섰다.

그가 집사 휜의 뒤를 따라 모두가 통과해야 할 관례와 같은 곳, 욕실을 향하던 중 반가운 친구를 만났다. 제논이었다. 그는 노년임에도 불구하고 여전이 현역임을 증명하듯 활기 넘치는 기세로 펄쩍펄쩍 뛰어가 그의 등을 팡 하고 쳤다.

"이봐, 아벨! 그간 어디 숨어 있었나? 응?"

청년 시절부터 알게 모르게 라이벌 관계였던 둘은 전장에서 더없이 친해졌고 종국에는 사돈이 되었다. 내심 제논의 딸아이를 탐내던 아벨이었는데 큰아들이 그의 바람을 어찌 알고 그 어여쁜 아가씨를 색시로 데려왔던 것이다. 그는 굉장히 흡족했다.

그 당시, 결혼식에서 제논이 피눈물을 흘리며 제 딸아이를 놓아주는 것을 보고 조금은 미안한 마음이 들었다. 괜히 자신이 세상에 없을 못된 놈의 아비가 된 것 같아 몹시도 불편하고 미안했다. 그 미안함 때문일까 한동안 말도 안 되는 꼬투리를 잡고 늘어져도 순순히 받아 주었다.

칼레이저가의 새로운 안주인이 된 앨리스는 그 가녀리고 연약한 몸으로 듬직한 손자 셋을 낳아 주어 그를 기쁘게 해 주었다.

그러나 그런 행복감도 오래가지 못했다. 그 후에 칼레이저가에 귀한 손인 딸을 낳아 준 고맙고 사랑스러운 그녀는, 이 출산을 마치고 생을 마감해야 했기 때문이다.

소식을 들었을 때 아벨은 한창 방랑 여행에 재미를 들이고 있었다. 뒤늦게 침통한 소식을 접한 아벨은 억장이 무너져 내릴 것 같았다. 제 딸아이는 아니나, 딸아이처럼 대했던 어여쁘고 사랑스러웠던 며느리였다.

당장이라도 영지로 돌아가고자 했던 아벨은 황급히 배편을 알아봤다. 그는 제국과 가장 멀리 떨어진 물의 섬, 아쿠아를 여행 중이었기 때문이다. 배로 50일을 항해해야만 당도한다는 물의 섬. 그는 그곳에서 세상을 떠난 앨리스의 안녕과 그녀의 가여운 딸아이의 건강을 빌며 초조하게 배를 기다려야 했다.

그는 앨리스가 세상을 떠나고 아가가 태어난 지 반년 만에 겨우 저택에 돌아왔다. 그것이 미안해 멋쩍은 마음으로 큰 소리를 내 보았다. 오랜만에 당도한 저택은 그 풍경을 유지하고 있었고 집사 또한 원래의 성격대로 그를 맞이해 주어 다소 안심이 되었다. 그러나 그 안심도 잠시, 설마 있을 줄 몰랐던 제논이 등장하자 아벨은 눈에 띄게 당황했다.

"아, 그게…… 말이네……. 미안하네."

그는 제가 대역죄인인 것처럼 시선을 이리저리 굴리다 이내 내리깔며 침통한 어조로 말했다. 붉은 눈의 황금 사자라는 별칭이 무색할 정도로 나약하고 침통한 목소리었다. 그에 제논이 속으로 낮게 웃음을 지었다.

"하하. 자네답지 않군. 무슨 죄인인 것처럼 그러나?"

오랜만에 만난 제 절친은 평상시처럼 그를 대했다. 그에 아벨은 웃지도 못하는 애매한 표정을 지으며 그를 쳐다봤다. 보자마자 멱살부터 잡힐 줄 알았는데, 의외였다. 네가 내 딸을 죽였다며 비난과 욕설을 내뱉을 줄 알았는데 그저 웃는다. 그에 아벨의 속은 더욱 시커멓게 타들어 가고 더욱 미안한 마음뿐이었다.

"미안하네."

그 당시, 그 자리에 없어서 미안하네. 내 아들의 아내이나, 나에게도 딸같이 어여쁜 아이인데 지켜 주지 못한 것 같아 미안하네. 그 뜻을 모두 함축시켜 사죄한다. 제논은 허허 웃으며 평상시에는 볼 수 없었던 시무룩한 모습을 보이는 제 절친의 어깨를 말없이 두드릴 뿐이었다.

잠시 동안 그 둘은 사죄와 위로를 건넸다. 서로가 서로를 다독이고 얼마 후에 어김없이 피할 수 없는 관례인 세균박멸을 위해 욕실로 가는 아벨을 따라가게 된 제논은 아벨에게 넌지시 말을 건넸다. 은근히, 오묘하게 웃는 표정으로.

"아가를 오늘 처음 보겠군."

"음, 그렇다네. 조금 긴장이 되는군. 손자들을 볼 때 안 그랬는데 말이야."

아벨은 머쓱한 미소를 지었다. 그에 제논이 클클 웃으며 말했다.

"마음의 준비 단단히 하는 게 좋을 것이야."

"왜?"

아이의 어디가 안 좋은 것인가? 편지에 아가가 미숙아로 태어나 오늘내일한다는 충격적인 내용이 담겨 있었기에 내심 걱정이 이만저만이 아니었던 아벨의 표정이 굳어졌다.

서, 설마 어디 하나가 불구가 됐다든가, 그런 건 아니겠지? 내가 너무 늦었나 보다! 아, 아냐, 아가가 죽었다는 소식은 듣지 못했다. 그렇다면 살아 있는 것이다. 그래, 어디 하나 불구가 되었어도 살아만 있어 주면……! 아벨이 하얗게 질리자 제논은 웃는 낯짝으로 그의 어깨를 두세 번 두드리며 말했다.

"아가는 건강하네. 걱정할 것 없어."

"아니, 그럼 왜?"

"아가가 너무나도 사랑스럽거든? 앨리스를 쏙 빼닮아서."

자네 심장 조심해야 할 걸세, 하고 장난기 가득한 경고를 내뱉는 친우에 아벨은 눈을 동그랗게 떴다. 손녀딸이 다행히도 앨리스를 닮았다고 한다. 제 아비를 닮지 않은 것을 매우 다행으로 여기는 한편 그 어여쁘고 고운 앨리스를 쏙 빼닮았다고 하니 기대가 되지 않을 수 없었다.

그는 벌써부터 뛰는 가슴을 부여잡으며 그렇단 말이지, 하고 중얼거렸다. 티 내려 하지 않으려는 듯 중얼거렸으나 이미 30년은 더 된 지인인 제논의 눈에는 잔뜩 들뜬 것이 보였다.

그런 그를 보며 가볍게 웃음을 터트리다 멈칫했다. 이 공작가에서 가장 기가 센 아벨이다. 그 기세는 겉으로도 드러나 잘생기긴 했으나 매섭고 날이 잘 선 것이 아가가 보면 혹여 울음을 터트리지 않을까 싶을 정도로 거친 분위기가 났다. 얼굴 왼쪽 뺨에는 선명한 칼자국도 났으며 오른쪽 눈가에도 약간의 상처 자국이 있어 더욱 살벌해 보였다. 그는 빤히 제 친우의 얼굴을 쳐다보면서 심각한 표정을 지었다.

'설마, 아가가 보고 놀라 울진 않겠지.'

이제까지 낯가림이라곤 없었던 아가이기는 했지만 제논은 슬쩍 걱정이 앞섰다. 그에 아벨은 제 얼굴에 뭐가 묻었냐며 왜 그리 빤히 보냐고 투정 아닌 투정을 내뱉었다. 그에 제논은 절레절레 고개를 저었다.

제 외할아버지의 믿음을 듬뿍 받는 아가는 아사벨의 품에서 이유식을 거뜬히 해치우고 만족스럽게 방긋방긋 웃었다. 에헤헤, 맛있다. 맛있다. 맛있는 것을 배불리 먹으니 신이 절로 났는지 까르르 방긋방긋 웃는다. 누가 봐도 절로 미소가 나올 정도로 해사하게 웃으니 아사벨과 유모의 얼굴에도 웃음꽃이 피었다. 아사벨이 오동통한 아가의 뺨을 콕콕 가볍게 찌르며 말했다.

"좋아? 응? 좋니, 아가?"

"아우우."

"웃었네? 응? 아가 기분이 좋구나?"

"아우우. 꺄하! 아우우!"

곧잘 하는 옹알이 대답에 아사벨이 호호 웃으며 품에 안은 아가의 등을 토닥여 주었다. 이제는 제법 무게가 나간다. 그 깃털같이 가벼운 몸이 제법 묵직해지자 다소 안심이 되었다. 아가가 별 탈 없이 쑥쑥 자라나는 것이 대견하기까지 해서, 그게 너무 사랑스러워 그 도톰한 뺨에 입술을 대고 아우아우 재밌는 소리를 내며 사정없이 비볐다.

품위 있는 고위 귀족가의 안주인답지 않은 과격한 애정 표현은 이곳에서는 늘 있는 일인지 유모는 그저 가벼운 웃음을 터트렸고 아가는 간지럽다며 까르르 웃으며 제 할머니의 얼굴에 손을 들어 탁탁 가볍게 터치했다.

아이, 간지러워, 간지러워.

하면서도 아가는 제 할머니의 애정 표현이 좋은지 연신 그 어여쁜 목소리로 웃음을 터트렸다. 한창 아가와 진득한 애정 표현을 하며 놀아 주던 아사벨은 곧 졸려 하는 것을 보고 빙그레 웃었다.

눈을 느릿느릿 깜박이면서도 제 할미와 놀고 싶은지 까르르 웃다, 폭 눈을 감고 존다. 조느라 제 무거운 머리가 쑥 앞으로 고꾸라지자 화들짝 놀라 깨더니 반사적으로 헤헤 하고 웃었다. 그것을 몇 번 반복하더니 이내 그 잠을 이길 수 없어 가볍게 칭얼거리며 잠투정을 했다. 아사벨의 가슴에 제 얼굴을 비비며 아우우, 하고 졸음기 가득한 목소리로 옹알이를 했다.

그에 아사벨이 못 말린다는 듯 그 작은 몸을 가볍게 흔들며 토닥토닥 등을 두드려 주었다. 그녀의 토닥임을 받으며 아가는 참지 못하고 잠의 세계로 사푼히 당도했다. 색색 달콤하기까지 한 그 숨소리를 들으며 아사벨은 꽤나 오래도록 아가를 품에 안고 있었다.

아가의 방은 여느 때와 마찬가지로 포근한 기운이 감돌아 평화로웠다. 그와 반대로 오래도록 자리를 비웠던 전 공작의 등장에 저택 내는 잔뜩 떠들썩해졌다. 특히 욕실에서는 꽤나 분주함이 느껴졌다.

젊은 처자들이 분명한데도 억센 손놀림으로 아벨의 몸에 먼지 한 톨도 있어선 안 된다는 강렬한 의지를 내비치며 박박 문지르는 바람에 그는 자신이 걸레인가 사람인가 종족적인 혼란이 올 정도였다.

결국 점심때쯤이 돼서야 광이 날 정도로 말끔해진 아벨은 오랜만에 입어 보는 제대로 된 격식 있는 옷을 불편한 듯 매만졌다. 당장이라도 벗고 싶은 마음이 굴뚝같았으나, 손녀딸을 처음 보는데 되도록 멋있는 모습을 보이고 싶어 그 충동을 참아 냈다.

복도를 걸어가자니 제법 날씨가 덥다. 곧 여름이 오려나. 생각보다 쨍한 햇살에 눈살을 찌푸리며 걷던 그는 곧 아가의 방에 도달했다. 아침나절에 도착해 이제야 아가를 보는구나. 많은 기다림에 성질 급한 그는 인내심이 바닥난 지 오래였다. 그는 일말의 망설임도 없이 아가의 방문을 열었다.

그가 문을 열자마자 본 것은 아사벨이었다. 제논의 아내인 그녀가 곱게 웃으며 고개를 살짝 숙여 인사했다. 그에 반사적으로 아벨이 고개를 숙여 마주 인사했다. 둘이 가볍게 눈인사를 하는 사이 아사벨의 품에서 조그마한 것이 꼼지락거리더니 사랑스러운 소리를 냈다.

"오우! 오우아! 거으오!"

잔뜩 들뜬 목소리로 말이라 할 수 없는 소리를 내지른다. 아벨은 그 작은 것에 시선을 집중시켰다.

아주 작은 아가였다. 하얗고 동그란 얼굴에 어울리는 반짝이는 금발이 살랑살랑 흔들렸다. 작고 깜찍한 코와 오물오물거리는 붉고 작은 입술, 오동통한 뺨에 번진 복숭앗빛. 모든 것이 어우러져 사랑스러움이 가득했다.

아기 천사와 같이 사랑스럽고 어여쁜 작은 아가는 앨리스의 아름다운 푸른 눈동자를 고이 물려받았다. 그 푸른 눈동자가 반짝반짝거리며 어여쁘게 미소 지었다. 아가의 시선이 그에게 향해 떨어질 줄 모른다. 아가는 잔뜩 들뜬 표정과 몸짓을 하며 그를 보았다.

아벨은 정말로 제논의 충고를 받아들여 마음의 준비를 했었어야 했다고 생각하며 후회했다. 이건 정말, 엄청난 데미지를 준다. 눈앞의 작고 가냘픈, 작은 몸집을 가진 아가가 제국 내의 전사들 중에 단연 으뜸이라 할 수 있는 천생 전사 체질인 아벨의 심장을 커다랗게 흔들어 놓았다. 그 사랑스러움이 여지없이 그의 강철 같은 심장을 강타했다.

맙소사!

그는 속으로 비명을 내질렀다. 그의 안면이 씰룩 움직이더니 주체할 수 없이 마구 움직였다. 입꼬리가 올라가고 사납게 올라간 눈매가 슬쩍 내려앉았다. 다정한 모습이라곤 쉽사리 보이지 않던 그가 스르륵 자연스럽게 웃으며 탄식처럼 입을 열었다.

"아, 아가…… 하, 할아부지가 왔쩌요."

제국 내의 으뜸, 전사 중에 전사, 선대 황제의 충성스러운 첫 번째 검인 그가 한낱 아가를 위해 혀 짧은 소리를 내뱉었다.

장담컨대 아사벨은 황제의 첫 번째 검이라 불리는 용맹하고 강인한 사내의 표본인 그가 이런 혀 짧은 소리를 낼 줄을 꿈에도 몰랐다. 제 손주들이 태어날 때도 물끄러미 보고 고놈 참 튼실하구나, 하고 뿌듯이 웃었던 그가 아가 앞에서 혀 짧은 소리를 내며 좋아 죽겠다는 듯 쳐다본다.

아사벨은 웃는 얼굴로 안면이 굳은 상태였다. 그녀 못지않게 놀란 유모도 같이 굳어 버렸다. 두 여인의 반응을 아는지 모르는지 아벨은 아가 앞에 다가가 어쩔 줄 몰라 하며 헤벌쭉 웃었다. 그는 제 두툼한 양손을 들어 가볍게 쥐고 아가 앞에 흔들었다. 마치 양손에 보이지 않는 딸랑이를 든 것처럼.

"우쮸쮸쮸."

"까햐! 꺄!"

어울리지 않게 귀여운 소리를 내는 한 마리의 야생 늑대, 아니 야생 사자와 얼어붙은 것처럼 마냥 굳어 있는 두 명의 여인. 패닉에 빠진 가여운 여인들은 보이지 않는지 아벨은 아가에게서 시선을 떼지 못하고 어울리지 않아 굉장히 괴기스러운, 그러니까 그의 입에서는 절대로 나오지 않을 법한 소리를 내며 양손을 흔들며 앙증맞은 포즈를 취했다.

아아, 꿈을 꾸는 건가……?

아사벨은 순간 자신이 헛것을 봤나 싶어 결국 눈을 질끈 감아 버렸다. 그 옆에 굳은 유모 역시 다를 바 없었다. 그녀는 전 가주를 익히 알고 있는 고용인이다. 손자들을 마주했을 때와 사뭇 다른 모습에 무례하게도 놀란 표정에 입을 쩍 벌리고 서 있었다.

그날, 제국을 호령하던 사나운 황금 사자이자, 전대 황제의 오른팔이자 검인 칼레이저가의 전 가주의 추태는 곧 뒤늦게 등장한 카이저와 파람 형제, 그리고 제논에게도 패닉과 혼란을 안겨 주며 막을 내렸다.

그다음 날 아침. 당연한 듯 그 듬직하다 못해 거칠고 사나우며 우람한 그의 양팔에 사랑스럽기 그지없는 작은 아가가 웃음을 참지 못하고 까르르 소리를 내며 안겨 있었다. 그에 못마땅한 듯 카이저가 눈을 흘겼으나 이미 손녀바보가 된 아벨에게는 그다지 와 닿지 않는 모양이었다. 아벨은 잘생기긴 했지만 선명한 칼자국과 매서운 눈매 때문에 험악한 얼굴로 어울리지 않게 괴상한 소음을 내뱉었다.

"쮸쮸쮸, 우쮸쮸쮸. 어이쿠. 아가야, 좋으냐? 응? 할애비가 좋지? 응?"

"꺄햐, 꺄햐햐햐."

그는 시시때때로 아가에게 자신이 좋으냐며 물었다. 그에 아가는 방긋방긋 사랑스럽게 미소 지으며 웃었다. 그게 응답하는 것이라 생각한 아벨은 곱고 보드라운 아가의 뺨에 거친 제 뺨을 비볐다. 그는 사랑에 빠진 순진한 청년처럼 아가에 대한 애정을 숨김없이 드러내며 어쩔 줄 몰라 했다.

아가는 자신을 바라보며 터져 나올 것 같은 애정을 쏟아 내는 노년의 사내가 재미있으면서도 그가 주는 애정이 기쁘다고 느꼈다. 자신의 둘째 오빠와 비슷한 분위기를 풍기는 것이 익숙했고 그 덩치는 커다라니 신기했다.

새로운 인물에 대한 호기심과 묘한 호감을 불러일으키는 그 소리에 좋아선지 아가는 때마침 그가 헤벌쭉 웃는 모습에 저도 모르게 까르르 웃었다. 커다란 그는 아빠보다도 큰 거인이었으나 아가는 아벨이 무섭지 않았다.

본디 태어난 지 1년도 안 된 아가는 주변 사람의 감정을 쉽게 캐치하고, 느끼고, 금세 동화된다. 그래서일까, 아가는 그의 거대한 몸에서 뿜어져 나오는 애정과 기쁨을 금세 눈치챘고 쉽게 동화되었다. 이제까지 본 모든 이들이 그녀를 사랑해 주었으나 이렇게까지 폭발적으로 제 감정을 숨김없이 드러내는 그가 굉장히 좋았다.

아가는 직감적으로 알 수 있었다. 자신을 너무나도 사랑해 주는 그들이지만 그 속에 깊은 슬픔도 공존한다는 것을. 그들은 아가를 통해 그녀의 어머니를 그리워했다. 너무나도 사랑했던 이라서, 쉽게 잊혀지지 않는 찬란한 그녀라서. 아가는 그녀를 너무 많이 닮아서, 도저히 그녀를 떠올리지 않을 수가 없었다.

어른들의 복잡한 심리를 아기가 이해하기엔 너무나 심오했다. 하지만 이것만은 알 수 있었다. 아가를 보면 기쁘고 슬프다는 걸. 어째서야? 하고 의문을 표하기도 하지만 아가의 물음에 아무도 답해 주지 않았다. 아가는 그것이 굉장히 슬펐으나 자신이 우는 걸 원치 않는다는 걸 알기에 본능적으로 울음과 우울함을 참고 그저 웃었다.

환히 웃을수록 그들이 기뻐한다는 것을 알기 때문에.

그렇기 때문일까, 순수한 호의와 애정을 숨김없이 드러내는 그가 아가는 너무나 좋았다. 선명한 붉은 눈동자가 순수한 애정을 남김없이 뿜어내며 아가를 향해 미소 짓는 것이 너무나 좋았다.

아벨은 그저 손녀딸이 사랑스럽고 예쁘다 생각되었다.

어째서일까? 사내 아가와 너무나도 다른 느낌이다. 물론 모든 이들도 비슷한 마음일 테지만 단지 아벨이 다른 이보다 좀 더 많이 단순하고 그 감정이 명확한 것뿐이다.

하얗고 작은 고사리손을 들어 그의 거친 얼굴을 토닥토닥 두드렸다. 그는 장난스럽게 웃으면서 아가의 작은 손을 앙 하고 입술로 물었다. 앙앙 하고 가볍게 두세 번 물자 아가가 눈을 동그랗게 뜨더니 이내 해사하게 웃음을 터트렸다.

너무나 사랑스러운 미소에 그는 참지 못하고 그 작고 하얀 얼굴에 키스 세례를 내렸다. 쪽쪽 하고 소리를 내며 그 작은 얼굴에 남김없이 키스하는 그를 카이저가 뿌루퉁한 표정으로 쳐다보며 말했다.

"거, 그만 좀 쪽쪽대시죠."

남세스러워서 원, 하고 투덜거리는 말투에서 강렬한 질투가 느껴졌다. 그의 면박에도 아벨은 헤죽헤죽 웃으며 아가만 쳐다봤다.

"내가 내 손녀한테 애정 표현도 못 하느냐? 어찌 그리 좀생이가 됐느냐. 쯔쯧."

그는 싱글벙글 웃는 얼굴로 카이저의 속을 긁는 말을 내뱉었다. 그러면서 '아가, 저놈이 네 아빠라니 참 창피하지?' 하고 불난 마음에 기름까지 끼얹었다. 그에 카이저가 더는 못 참겠다는 듯 잔뜩 성이 난 얼굴로 그에게서 아가를 빼앗으려 달려들었다. 화들짝 놀란 표정을 지으며 제 우람한 몸으로 용케 날렵한 스피드를 선보이며 쏙 뒤로 빠졌다. 갑작스럽게 하늘 높이 올려진 아가가 눈을 동그랗게 뜨더니 까르르 웃었다. 허공에 헛손질을 한 카이저는 씩씩거렸다.

"아버지!"

그가 불같이 화를 내며 그에게 달려들려 하자 아가가 화들짝 놀라 빽! 하고 소리를 질렀다. 이제까지 카이저는 아가가 있는 곳에선 늘 나긋나긋하고 조용한 저음의 목소리로 말했다. 소리를 지르거나 화를 내지도 않았다. 그런 그가 불같이 화를 내는 모습에 정말로 깜짝 놀란 아가가 기어코 울음을 터트렸다.

끄앙 하고 울음을 터트리자 카이저와 아벨이 당황하며 다급히 아가를 달랬다. 평상시 울음을 잘 터트리지 않는 얌전한 아가인데, 방금 전만 해도 방긋방긋 미소 지으며 까르르 웃더니 돌연 울음을 터트렸다.

이유를 알 수 없어 허둥대는 두 성인 사내에 조용히 지켜보고 있던 아사벨이 고개를 절레절레 흔들며 다가갔다. 그녀가 다가가 자연스럽게 두 팔을 내밀자 아벨이 마지못해 울음을 터트리는 아가를 건넸다.

"정말이지, 아가 앞에서 큰 소리를 내지르다니……. 아벨 님, 카이 저, 아가는 큰 소리에 굉장히 민감하답니다."

꾸중을 하는 그녀에게 두 사내가 사이좋게 고개를 숙이며 몸을 움 츠렸다. 빽 울음을 터트린 아가는 제 아버지의 큰 소리에 많이 놀랐는 지 울음을 그칠 줄 몰랐다.

아사벨은 한숨을 내쉬며 아가를 품에 안아 그 작은 등을 토닥이며 달랬다. 그래그래 많이 놀랐구나, 우리 아가, 하고 조곤조곤 상냥한 어조로 어르고 달래자 얼굴이 시뻘게질 정도로 울던 아가가 점차 진 정하기 시작했다. 쿵쿵 울음 가득한 목소리로 숨을 내쉰 아가는 아사 벨의 어깨에 제 작은 얼굴을 묻으며 비볐다. 응석 가득한 행동에 아사 벨이 후후 웃으며 그 작은 아가의 등을 토닥토닥거렸다.

"어찌 이 집안 남자들은 널 이렇게 한 번이라도 울려야 속이 시원해 지는지 모르겠구나."

아가를 안고 방으로 들어온 아사벨이 웃음기 머금은 목소리로 중얼 거렸다. 집안 남자들 때문에 얌전한 아가가 울음을 터트리는 일이 번 번이 생기자 아사벨은 난감한 듯 웃었다. 아가를 좋아해 주는 건 좋은 데 때론 그것이 너무 격하곤 해서 섬세한 아가가 종종 놀라고 마니 어 찌하면 좋을지 그녀로선 곤란할 지경이다.

그 이유는 이렇게 한 번 울음을 터트리면 좀처럼 진정을 잘 못하기 때문이다. 오늘만 해도 아가는 아사벨의 품에 안겨 30분가량을 엉엉 울고 나서야 제풀에 지쳐 그쳤다. 새하얀 얼굴이 벌게져서 시근거리 는 것이 안쓰러울 지경이다.

이런 것도 앨리스를 쏙 빼닮았다. 앨리스도 아가였을 때, 제 성미만 큼 울어야 직성이 풀렸으니까.. 고집은 또 얼마나 센지, 하고자 하는 것은 반드시 이루고야 마는 성미였다. 단아하고 청초한 외모와 달리 성격은 제논을 닮아 옹고집이 따로 없었다. 아가도 그랬다. 처음 몇 개월은 얌전히 따르던 아가가 시간이 지나자 고집을 부리는 것이 몇 가지 생겨나기 시작했다.

이유식을 먹을 땐 반드시 수저를 잡아야 하고, 하루의 반나절은 반드시 바닥을 지칠 때까지 기어 다녀야 하며, 이가 가려우면 무엇이든 잡고 물고 자글자글 씹어야 했다.

특히 한창 이가 나고 있는 아가 덕에 저택 내의 남자들의 머리카락은 남아나질 않았다.

아사벨과 유모는 틀어 올린 머리라 아가의 손에 닿지 않지만 사내들은 달랐다. 하나로 단정히 묶으면 그나마 양호하나 풀어 헤친 상태에서 아가를 안으면 머리카락은 금세 침 범벅이 되어 버린다.

아가의 손아귀에 머리카락 몇 가닥이 뽑히는 것은 예사였다. 결국 이 같은 상황이 번번이 발생하여 아가를 안을 시에는 반드시 머리카락을 단정히 묶어야 했으며 여차할 때는 짧은 커트로 자르게 되었다. 그리고 자꾸 이가 가려워 오물거리는 아가의 입에 말랑말랑한 젖꼭지를 물려 주었다.

그러나 한사코 아가는 그들의 머리카락에 집착했다. 어떨 땐 얌전히 젖꼭지를 빨다가도 퉤 하고 뱉더니 머리카락 내놓으라고 떼를 쓰기도 했다. 참 이상한 데서 고집을 부리는 아가였다. 결국 아가의 응석이 심할 때는 별수 없이 머리카락을 쥐여 줘야 했다.

아사벨은 한숨을 내쉬며 어찌 그리 머리카락에 집착하나 추측해 보다 문득 처음 앞니가 나올 때쯤 잡아 물었던 것이 파람의 머리카락임을 깨달았다. 아무래도 아가는 처음의 것이 가장 마음에 들었던 모양이다.

파람은 그녀의 추측에 당장에라도 제 머리를 잘라 아가의 손아귀에 쥐여 주고 싶어 했고, 아사벨은 제 손자를 말리느라 진을 빼야 했다.

❀❀❀

아가가 점차 자라면서 소소하게 발생하는 에피소드들이 일상이 될 무렵, 제국 공립 아카데미 교육생 신분인 파샤와 파엔의 복학일이 다가왔다. 오지 말았으면 했던 끔찍한 날이다. 제 누이와 떨어지기 싫은 파샤와 파엔의 표정은 뚱하다 못해 이제는 죽을상이었다.

내일이다.

내일은 반드시 출발해야 날짜에 맞춰 아카데미에 복귀할 수 있다. 두 사람 다 울적한 표정을 지으며 저녁 식사를 했다. 다 죽어 가는 얼굴을 한 둘의 머리 위로 짙은 암운이 드리워졌다.

그런 둘과 상관없이 가족들은 여전히 아가 찬양에 바빴다. 아벨이 오고부터 하루 종일 그가 끼고 살아, 오늘도 어김없이 그의 듬직한 품에 안긴 아가가 사랑스러운 미소를 지었다. 식당 내에는 달콤한 분위기가 가득했으나 그 안에서 유독 둘만 다른 공간에 있는 것처럼 음침한 분위기를 흘렸다.

그에 방긋방긋 웃고 있던 아가가 둘을 동그래진 눈으로 쳐다봤다. 의아한 기색이 가득한 아가는 버릇처럼 제 오동통한 엄지를 입에 물고 빨며 우중충한 오라버니들을 바라보다 고개를 갸웃 기울이더니 아우, 아우, 하고 옹알이를 한다. 마치 말을 거는 듯 옹알이를 하기에 그제야 가족들이 파샤와 파엔에게 시선을 옮겼다.

"왜 그리 죽을상이냐."

아가가 관심을 갖자 마지못해 카이저가 물었다. 그에 우중충한 분위기를 뿜던 두 형제가 뚱한 표정을 지으며 말했다.

"알면서 그러시는 거죠?"

"칫, 교육생 따위……."

아이다 제국 내에서는 10살이 되면 의무적으로 아카데미 교육생으로 입학을 해야 한다. 거기서 7년간 배움을 쌓아 그에 맞게 장래희망을 정하고 취업을 하는 것이 최종 목표. 배움에는 귀천이 없다 하여 귀족 서민 할 것 없는 의무교육이라 제국의 5대 공작가인 대 칼레이저가의 자제들도 피해 갈 수 없었다.

파람은 올해 18살로, 아카데미를 졸업한 지 벌써 2년이 지나 현재는 훌륭하게 가문의 후계수업을 이어 가는 중이다. 올해 16살인 파샤는 7학년생으로 올해 말에 졸업할 졸업생이고, 삼남 중 막내인 파엔이 14살로 올해 아카데미 5년생이다. 그나마 반년 정도밖에 남지 않은 파샤에 비에 앞으로 1년 반을 더 다닐 생각을 하니 파엔은 끔찍함이 느껴졌다. 1년 반, 무려 545일 동안이나 누이를 보지 못한다.

물론 학기마다 방학이 있고 주말을 이용해 잠깐 올 수는 있지만 그래도 매일같이 볼 수 없다고 생각하니 분통이 터졌다. 그는 속으로 파샤는 그래도 자신보다 나은 편이라고 시샘했으나, 단순하고 제 할아버지를 닮아 참을성 없는 다혈질 성격인 파샤는 남은 반년도 참기 버거웠다. 마음 같아선 조기졸업이라도 하고 싶은데 최하 점수를 받은 예절 과목이 그의 발목을 잡았다.

둘은 나란히 불만 가득한 표정을 지으며 한숨을 내쉬었다. 그에 아가는 제 할아버지 품에 기댄 몸을 움직여 한 손으로는 그의 옷깃을 잡고 남은 손을 제 오빠들에게 뻗었다.

아벨이 몸을 쑥 앞으로 내미는 아가에 신경 쓰며 마지못해 그 둘에게 다가가자 기다렸다는 듯 아가가 그 둘의 머리통을 가볍게 토닥토닥 매만졌다.

뭔지 모르겠지만 힘내.

아가는 제 오라비들이 내일이면 이 저택을 떠날 것이라는 것을 꿈에도 생각 못하고 그저 축 처진 것이 안타까워 위로했다. 그에 두 형제가 감동 가득한 표정으로 아가에게 달려들었다. 정확히는 아가를 안고 있는 거구의 노년, 아벨에게 달려들어 꼬옥 껴안으며 말했다.

"파이! 오빠가 방학 때마다 올게!"

"편지도 쓸게! 나 잊지 마!"

둘은 절절한 목소리로 아가에게 말하며 울먹였다. 그에 졸지에 작은 아가에게 매달린 두 사내놈에게 둘러싸인 아벨의 얼굴이 썩은 표정이 되었다. 누가 보면 다시는 돌아오지 못할 곳으로 떠나는 줄 알겠다. 그는 잔뜩 구겨진으로 제 손주들에게 따끔한 꾸중을 하는 대신 낮게 한숨을 내쉬었다.

아가는 그들의 애정 넘치는 행동에 까르르 웃으며 제 몸 가까이 다가와 비비는 오라버니들의 머리통을 통통 토닥였다. 갑자기 달려드는 것에 처음엔 놀랐으나 그것이 굉장히 우습게 느껴졌던 모양이다. 그렇게 저녁 식사 시간은 평온히 지나갔다.

그러나 다음 날, 아가는 이유식 욕심에 수저를 작은 손으로 움켜쥐고 쪽쪽 빨며 먹다 말고 의아한 표정을 지었다. 이번엔 카이저 품에 안겨 얌전히 이유식을 먹던 아가가 눈을 동그랗게 뜨고 깜박였다.

어째 어제보다 더 울적한 기운을 풍풍 풍기는 것이 예사롭지 않다. 두 형제가 나란히 축 처져서 식사를 하다 말고 자신을 보더니 무거운 한숨을 푹푹 내쉬었다. 아가는 그 오라버니들이 걱정돼서 우물거리는 와중에도 또 토닥여 줘야 하나? 하고 깊은 고민에 빠져야 했다.

이때까지도 아가는 제 오라버니들이 저택을 떠날 줄 몰랐다.

그것이 고작 몇 개월이나, 아가에겐 매우 길게 느껴지는 시간이 될 것이었다. 그것을 눈치챈 것은 평소와 달리 아빠의 품에 안겨 만족스러운 포만감에 가볍게 하품을 하고 있는데 아빠가 방으로 향하지 않고 낯선 방향으로 가고 있다는 걸 알았을 때였다.

알 수 없는 곳으로 향하는데 점차 바깥 풍경이 선명하게 보이길래 종종 가는 산책인 줄 알고 신나서 방긋방긋 웃는데, 돌연 그 입구 앞에 잘 길들여진 갈색 말 두 필이 있고 고급스러운 천장과 문이 달린 사륜마차가 그 말에 연결되어 있어 눈을 휘둥그레 떴다.

저건 뭘까?

호기심 가득한 표정으로 귀족의 고급 마차를 쳐다보는데 두 형제가 굳은 표정으로 아가 앞에 섰다. 둘은 정말이지 내키지 않는 티를 팍팍 내며 말했다.

"그럼, 다녀오겠습니다."

"······다녀올게요."

뚱하다 못해 불만 가득한 목소리에 카이저는 얼른 가 버리라는 듯 시원스레 웃으며 대답했다.

"그래."

"잘 다녀와라."

"사고 치지 말고."

"건강하렴."

"······."

그를 선두로 아벨과 제논, 아사벨이 차례대로 인사말을 내뱉었다. 그 마지막으로 파람은 그저 묵묵히 제 동생들을 바라볼 뿐이었다. 그 것이 왠지 모르게 벌써 2년 전 졸업한 졸업생의 여유같이 느껴져 둘은 울컥했으나 티를 내지 않으려 표정을 일그러트리며 웃었다. 둘이 괴상하게 웃기에 아가가 고개를 갸웃 기울였다.

뭐야?

"우어?"

아가가 생각하던 말을 비슷하게 내뱉었다. 그러나 그 역시 아직은 옹알이 같았다. 두 형제는 아가의 작은 손을 하나씩 마주 잡아 만지작거리며 말했다.

"건강해야 돼. 오빠 방학 때 올 거니까."

"편지 쓸게. 파이····· 오빠 잊으면 안 돼."

제 오라비들의 목소리에서 절절함을 느낀 걸까 아가의 웃는 얼굴이 조금씩 흐려졌다. 뭐야? 뭐야? 왜 그래? 하고 속으로 생각했으나 밖으로 표현하지는 못했다. 그 둘은 절절한 인사를 끝으로 마차에 올라탔다. 처음 보는 생소한 모습에 아가는 어리둥절했다. 저 큰 것이 입을 벌리듯 문을 열더니 제 오빠들이 그 안으로 쏙 들어갔다. 그들이 타자마자 아가가 왈칵 얼굴을 굳혔다.

어, 어?

아가는 이상함을 느꼈다. 여전히 활짝 열린 문 너머로 파샤와 파엔이 앉아 아가에게 손을 흔들었다. 곧 입을 벌린 듯 열려 있던 문이 오므려지듯 닫혔다.

어! 없어졌어! 순식간에 제 오빠들의 모습이 보이지 않았다. 문에 달린 유리창 너머로 형제가 여전히 손을 흔드는 것이 보이자 눈을 깜박이며 안도했으나 곧 그것이 점차 움직이자 아가의 얼굴이 굳어졌다.

그제야 제 오빠들이 어디로 간다는 것을 깨달은 아가가 다급히 양손을 허우적거렸으나 이미 마차는 출발해 움직이고 있었다. 아으 안돼, 가지 마! 아가는 마치 저 커다란 것이 제 오라버니들을 삼킨 것처럼 느껴졌다. 괴물이 마치 사랑하는 사람을 산 채로 잔인하게 삼킨 것 같아 공포감에 왈칵 울음을 터트렸다.

"으아앙!"

울면서도 묘한 기시감을 느낀 아가가 평소보다 더욱 다급하고 크게 울었다. 쩌렁쩌렁한 소리를 내며 울자 당황한 것은 오히려 남은 가족들이었다. 어찌나 서럽게 우는지 다급히 아사벨이 건네받아 안아 달래는데도 도통 그치질 않았다. 아가는 거세게 버둥거리며 빽빽 소리를 지르며 울었다.

가지 마! 가지 마!

아가는 점점 멀어지는 마차를 향해 몸을 쑥 내밀고 팔을 뻗어 버둥거렸다. 제 오라버니들을 삼킨 괴물이 점차 멀어졌다. 안 돼! 우리 오빠들 내놔! 엉엉 서럽게 우는 아가의 하얀 얼굴이 금세 벌게졌다. 아사벨과 유모가 어르고 달랬으나 헛수고였다.

카이저와 아벨, 제논, 그리고 파람이 잔뜩 당황한 표정을 지으며 옆에서 나름의 노력을 해 보았다. 그럼에도 아가의 울음소리는 그치지 않았다. 저 멀리 먼지바람을 일으키며 사라지는 마차를 보며 아가는 굉장히 서럽게 울었다.

아가에게 있어서 오늘은, 의식이 생기고 처음 맞는 가족과의 이별이었다. 설령 그것이 몇 개월간의 이별이기는 하지만, 아가에게는 전생이라는 괴로운 기억이 아직도 밑바닥 깊은 곳에 존재해 은연중에 영향을 미쳤던 것이다. 처음 맞는 이별의 슬픔과 전생의 기억이 어지럽게 뒤섞였다.

헤어지기 싫어!

아가는 엉엉 울다 기어코 실신하고 말았다. 그날 저택은 난리가 났다. 펑펑 울던 아가가 기절하자 배웅하던 그 자리에 있던 라반이 황급히 신력을 사용해 위기는 넘겼으나 퉁퉁 부은 얼굴로 눈을 감은 모습을 보자니 카이저는 심장이 철렁 내려앉는 기분이었다.

카이저는 작고 하얀 아가의 얼굴을 물끄러미 바라봤다. 이제 괜찮을 줄 알았는데, 건강해진 줄 알았는데 아니었나······. 그가 자책 어린 표정으로 제 아가를 품 안에서 놓지 못하고 있자 아사벨이 조심스레 다가와 말했다.

"너무 걱정 말게나, 아프거나 그런 게 아니야. 아가는 아마도······."

이별이 슬펐던 걸 거다. 아이를 키워 본 경험자인 그녀는 추측했다. 제 오라버니들과 헤어지는 것이 처음은 아니지만 그 눈으로 직접 보고, 직접적으로 느끼게 되는 이별이 아가에겐 너무나 버거웠던 것이다. 모두가 함께여야 하고, 모두가 늘 눈에 들어와야 하는 것이 아가에겐 당연한 것이어서, 그중 누군가라도 사라지는 게 너무나 무서웠던 게 아닐까?

어쩌면 태어나자마자 가족과 떨어져 지내게 됨으로써 그것이 더욱 강렬하게 느껴졌을지도 모른다. 그것이 가슴 깊이 남아서, 지워지지 않고 남아서 본능적으로 이별에 거부감을 느끼는 게 아닐까? 아사벨은 조심스레 추측해 본다.

그래서 그녀는 뒷말을 잇지 못했다. 아마 카이저도 알 것이다. 아가가 무엇을 두려워해 이다지도 슬퍼하는지. 그는 그것이 못내 제 죄인 것 같아 가슴이 아팠다. 그는 겨우 고른 숨을 내쉬는 아가의 작은 몸을 소중히 껴안았다.

시간이 흘러 아가가 눈을 떴을 때는 익숙한 방 안이었다. 아가는 눈을 뜨자마자 가볍게 뒤집기를 시도해 몸을 돌렸다. 그러고는 익숙하게 배밀이를 하며 제가 누워 있는 침대의 안전대의 갈빗살을 잡았다.

여전히 어영부영 기어가는 것이 사랑스럽기 그지없으나 아가의 얼굴은 평소와 달리 미소가 담기지 않았다. 안전 바에 손이 닿자 팔에 힘을 주고 끙끙거리며 무거운 머리와 상체를 들어 올렸다. 일어서려는 걸까? 아가가 부단히도 노력해서 기어코 짧은 다리를 후들거리며 일어섰다. 그러나 그것은 찰나여서 금세 주저앉고 말았다.

폭신한 이불에 엉덩이가 착지했다. 서기에 실패했으나 아가는 침울해하진 않았다. 어쨌든 자신이 원하는 자세는 취해졌으니까.

아가는 앉은 자세에서 안전 바를 양손으로 잡고 고개를 절레절레 흔들었다. 주변을 두리번거리는데 익숙한 방에는 아무도 없었다. 아무도. 아가는 이내 울상을 짓더니 그 푸른 눈동자 끝에 그렁그렁 눈물을 매달았다.

"으힝……."

아가가 울먹이는 옹알이를 했다. 그때였다. 반짝반짝 아름다운 빛덩이가 그 앞에 모습을 드러내더니 파앗 하는 소리와 함께 아름다운 페어리의 여왕이 실체를 드러냈다. 여왕은 여전히 아름다운 얼굴로 아가의 곁에 팔랑 날아가 그 작고 하얀 얼굴을 쓰다듬었다.

[왜 그러니, 파이?]

평상시와 달리 울먹이는 아가의 얼굴에 여왕이 근심 어린 목소리로 물었다. 그에 아가가 울먹거리면서 아으어어, 하고 옹알이를 한참을 했다. 여왕은 어차피 알아듣지도 못하는 옹알이기 때문에 그 속의 생각을 읽어야 했다.

오빠들이 없어졌어. 이상하고 커다란 괴물한테 먹었어. 오빠들 없어. 오빠들이 없어.

아가의 머릿속에는 온통 '오빠들이 없어졌다' 하는 말만 떠올랐다. 그 커다랗고 이상한 것이 오빠들을 막 이케 이케 삼켰다며 아가는 기어코 엉엉 울었다. 으아앙 하고 울더니 빽빽 소리를 질렀다. 그에 여왕이 당황하며 아가의 주변을 맴돌았다. 아름다운 빛 가루를 뿌리는 그 모습이 신비하기 그지없으나 아가에게는 온통 오빠들이 없다는 절망감만이 가득했다. 여왕은 이렇게까지 우는 아가를 보니 마음이 아팠다.

그 이상하고 커다란 것은 마차, 그녀의 오빠들을 삼켰다 하지만 그 마차에 올라탄 것이고, 사라졌다는 것은 그것을 타고 저택을 떠났다는 뜻이다. 그것을 이해한 여왕이 화를 내듯 말했다.

[아니, 네 오라비들은 이렇게 사랑스러운 널 두고 어딜 간 거라니! 못된 인간들!]

으아앙, 오빠들 안 나빠, 괴물이 나빠. 오빠 안 나빠. 나 두고 간 거 아니란 말이야!

아가의 오라비들을 욕하자 아가가 더 서럽게 울며 그들을 탓하지 말라 한다. 전부 그 무서운 괴물 때문이라 말하는데 여왕은 어쩔 줄 몰라 하며 펑펑 떨어져 내리는 아가의 눈물을 닦아 주느라 바빴다. 그렇게 울기 시작한 지 얼마 안 있어 다급한 걸음걸이로 누군가 들어왔다. 아가는 우느라 정신이 없었다. 그렇게 우는데도 안전 바를 잡은 손은 놓지 않았다.

"맙소사, 파이야!"

낮고 조곤조곤한 목소리. 언제나 잠잘 때쯤에 자장가처럼 들려주던 그 목소리. 이 세상에서 엄마 다음으로 제일로 좋아하는 아빠, 카이저였다. 그는 어두운 낯빛으로 안전 바에 양손을 대고서 고개를 푹 숙이고 울고 있는 아가에게 다가갔다. 애처롭기까지 한 아가의 뒷모습에 손을 뻗어 그 작은 몸을 들어 올렸다.

계속 그 괴상하고 커다란 괴물을 탓하던 아가는 몸이 붕 뜨자 눈을 동그랗게 떴다. 그 눈가에 맺힌 눈물이 또륵 떨어져 아래로 하강했다. 누군가 뒤에서 자신을 들어 올렸다. 아가가 고개를 돌리기도 전에 카이저가 그 몸을 돌려 제 품에 안았다. 그러자 아가는 익숙한 체향과 체온에 버릇처럼 얼굴을 비볐다. 그의 커다랗고 투박한 손이 아가의 물기 가득한 뺨을 매만졌다. 아가는 그렁그렁한 눈물을 매단 눈동자로 카이저를 올려다보았다.

"파이야……."

그의 목소리에 안쓰러움이 가득이었다. 아가는 그에게 우는 모습을 보이기 싫어 끙끙거리며 울음을 삼키고 헤 웃었다.

아빠다, 아빠! 아가, 안 울어. 봐봐. 아가, 안 울잖아. 그치? 아가는 속으로 그렇게 생각하며 물기 가득한 얼굴로 배시시 웃었다. 그 미소는 사랑스럽긴 하나 애처롭고 안타까울 지경이었다.

작은 고사리손으로 카이저의 옷을 꼬옥 말아 쥐었다. 눈물범벅으로 해사하게 웃는 것을 보자니 그의 속이 까맣게 타들어 가는 듯 아팠다.

그는 낮은 한숨을 내쉬며 아가의 둥근 이마에 제 이마를 갖다 대며 비볐다. 그가 쓰게 인상을 쓰며 힘겹게 웃었다. 아가는 그 미소에 푸른 눈동자를 깜박였다. 몇 번을 깜박이니 그 눈가에 맺힌 눈물이 또르르 볼을 타고 내려갔다. 아가는 그 작고 하얀 손으로 카이저의 뺨을 토닥이며 입을 오물거렸다.

"빠, 빠."

"?!"

오물거리는 그 작은 입에서 정확하진 않으나 빠빠라는 소리가 내뱉어졌다. 그에 카이저가 눈을 동그랗게 뜨고 아가를 마주 봤다. 여전히 물기가 담겼으나 비 갠 후 밝은 햇살을 받아 반짝이는 호수처럼 투명하고 아름다운 눈동자가 그를 마주 보고 있었다. 이내 가늘게 호선을 그리며 어여쁘게 접혔다.

"빠-빠."

아가가 그를 부른다. 그는 놀라서 입을 가볍게 벌리고 아가를 쳐다봤다. 마치 한 번만 더, 한 번만 더 불러 달라는 듯. 그러나 아가는 방긋방긋 웃을 뿐이었다. 마치 환청처럼 느껴졌다. 꿈을 꿨나 싶을 정도로 찰나였지만 두 번이나 불러줬다. 아가가, 그를.

"아가, 아빠를 부른 거지? 응?"

그의 놀란 표정이 지워지고 이내 미소를 지었다. 감격한 듯 함박웃음을 지으며 아가에게 물었다. 그에 아가는 고개를 갸웃 기울이며 눈을 깜박였다. 카이저는 아가의 통통한 뺨에 제 얼굴을 비비며 말했다.

"그래, 아빠야. 아빠."

"아우어. 꺄하!"

아가가 간지럽다는 듯 웃었다. 카이저는 그에 그치지 않고 아가의 작은 얼굴에 쪽쪽 키스 세례를 뿌렸다. 자신이 너무나도 좋아하는 아빠의 키스를 받으며 아가는 그전에 울었던 것은 까맣게 잊고 방긋방긋 웃었다. 그 모습에 뒤에서 멀뚱히 지켜보던 여왕이 힘없이 한숨을 푹 내쉬며 아가의 침대 바에 사뿟이 내려앉았다.

[그래, 파이 넌 나보다 그 인간이 좋다 이거지?]

그녀의 중얼거림에는 질투가 한가득이었으나, 다소 안심이 된 표정을 지었다. 엉엉 울어서 어쩔 줄 몰랐는데, 눈물만 그친다면 누구든 상관없다. 아가가 웃을 수만 있다면 그 웃음을 짓게 해 준 이가 누구든. 여왕은 그렇게 생각하며 팔랑 날개를 움직여 부녀의 주변을 맴돌더니 빛이 되어 아른아른 사라졌다.

인간의 눈엔 보이지 않으나 아가의 눈에는 보이는 여왕이 사라질 때쯤 손을 흔드는 모습에 배시시 웃었다. 이따가 또 봐, 하고 생각했다.

✖✖✖

한 번의 이별을 겪고 나서 아가는 하루 종일 제 눈에 누구 하나라도 보이지 않으면 울상을 지었다. 칭얼거리거나 떽떽거리며 떼를 쓰기도 했다. 방긋방긋 잘 웃던 아가는 이제 토라지는 표정도 지었다. 부 하고 제 볼을 부풀리며 곰 털가죽이 있는 바닥에 엎어져 제 얼굴을 숨겼다. 나 삐쳤어, 하는 오로라까지 풍기는 것이 그 저택의 가족들은 아가의 색다른 귀여움에 빠져 버렸다.

종국에는 그것에 맛들인 제논과 아벨이 차례로 모습을 감췄다가 드러내서 아가를 울상 짓게 하더니 기어코 삐치게 만들었다. 그 둘은 나잇값도 못하고 주책없이 가구 옆이나 침대 밑, 문틈으로 용케 제 몸을 숨겼다. 그러면 아가는 방금 전까지만 해도 떡하니 있던 할아버지들이 시야에 보이지 않게 되자 불안에 가득 찬 눈동자를 굴려 두리번거리며 아웅아웅 하고 칭얼거리는 옹알이를 했다.

딱 울음을 터트릴 만큼 얼굴을 일그러트리면 그제야 그 둘은 모습을 드러냈고 그때서야 아가가 아우우 하고 울상을 지으며 그 곁으로 기어가 바짓단을 잡아당겼다.

마치 어디 가지 말고 여기 있으라는 듯.

그것이 하도 귀여워서 몇 번 그렇게 놀려 먹었더니 기어코 아가가 뿔이 나서 그 둘이 다가만 와도 몸을 돌려서 외면해 버렸다. 그것마저 깜찍하기 그지없어 두 노년의 사내는 체통도 잊고 아가가 몸을 굴린 쪽으로 파다닥 움직였다.

그럼 아가는 화들짝 놀라더니 부 하고 볼을 부풀리더니 다시 몸을 굴려 반대로 누워 버렸다. 그것이 몇 번 이어지면 아가가 짜증을 내며

칭얼거렸고 그에 기다렸다는 듯 둘은 웃음을 터트리며 아가를 안아
올려 달래기 시작했다.

몇 번 손녀 놀리는 맛에 즐거워하던 그들은 아사벨과 유모의 날카
로운 시선에 의해 꽁지에 불붙은 조랑말처럼 촐랑거리며 도망가 버렸
다.

하루가 멀다 하고 놀려 대는 통에 아가는 잔뜩 심술이 나서 아사벨
품에 안겨서 맘껏 칭얼거렸다. 할아부지 나쁘다. 아가, 자꾸 놀린다.
나빠. 할무니, 할아부지 때찌해져, 하고 말하고 싶었으나 제대로 나오
지 않아 아웅아웅 옹알이만 나올 뿐이지만. 그것을 알아들었는지 알
수 없으나 아사벨은 쓴웃음을 내뱉으며 아가의 작은 등을 토닥여 주
었다.

"나쁜 할아버지들이지? 응 아가?"

"아우, 아우."

아가는 긍정한다는 듯 그녀의 어깨에 제 얼굴을 비비며 옹알이를
했다. 그에 아사벨이 웃음을 참지 못하고 말았다. 그렇게 점차 두 오
빠의 빈자리와 이별의 슬픔이 잊혀 갈 무렵, 또 다른 이별이 다가오고
있었다.

카이저가 본래 자신의 직책을 잠시 내려놓은 것이 3개월이 넘어가
고 있는 어느 날이었다. 그날 저녁, 자신의 친우로부터 연락이 왔다.
수정구 속에서 그는 길길이 날뛰며 당장 돌아오지 않으면 그 영지를
불태워 버리겠다는 둥, 헐값에 팔아 버리겠다는 둥 말도 안 되는 협박
을 해 왔다. 그의 그런 협박은 사실 카이저에게 통하지 않았으나 그의
뒤에 있는 황제가 싱글벙글 웃으면서 말한 것이 못내 걸렸다.

– 그 아기, 납치한다.

그가 영지에 콕 박혀 있는 이유를 잘 알고 있는 황제가 아름다운 얼
굴로 화사하게 웃으면서 말했다. 그에 저도 모르게 카이저의 얼굴이

굳어졌다. 말만 들어도 분노가 터져 나오는 기세에 황제는 아름다운 황금빛 눈동자를 동그랗게 뜨더니 이내 체통도 잊고 배를 부여잡고 깔깔 웃었다. 그러더니 너무 웃어서 잔뜩 상기된 얼굴로 눈가에 맺힌 눈물을 닦아 내며 말했다.

– 아기랑 헤어지기 싫으면 같이 오면 되잖아.

"싫습니다."

제가 내뱉은 말을 명답이라 자화자찬하는 이 제국의 고귀한 태양인 황제의 말에 카이저가 코웃음을 치며 대꾸했다. 그러자 그가 금색 눈동자를 동그랗게 뜨고 물었다.

– 왜?

"너한테 보여 주기 싫으니까요."

– 아, 너라니? 나, 이래 봬도 황젠데?

이거 너무하네, 하고 유들거리자 카이저가 혀를 찼다. 웃고 있으나 그 금색 눈동자 속에 비치는 섬뜩하면서도 냉정한 빛을 눈치챈 카이저가 한숨을 푹 내쉬었다. 그 눈빛은 정말로 아가를 납치할 수도 있다는 뜻을 내비쳤다. 오래도록 그 밑에서 일했던 카이저는 그것을 금세 알아차렸다.

"갑니다. 간다고요."

졌다는 듯 말하자 그가 그 섬뜩한 빛을 지우며 손을 팔랑팔랑 흔들었다. 현명한 선택이야, 하고 말하는 것이 어찌나 얄미운지 그는 기어코 그가 비치는 수정구에 방대한 자신의 마력을 갑작스럽게 몰아넣었다. 그로 인해 과부하를 일으킨 수정구는 파지직 소리와 함께 힘없이 박살 나 버렸다. 그것을 보면서도 분이 안 풀리는지 그는 제법 거친 숨을 몰아 내쉬며 제 앞머리를 쓸어 올렸다.

그놈의 재상 따위 때려칠까…….

전날 일을 떠올리던 카이저는 제 바짓단을 잡아당기는 느낌에 문득 고개를 내려 보았다. 이제는 배밀이를 그럴싸하게 하는 아가가 어느새 어영부영 움직여서 발밑에 다가왔다.

아가는 고사리 같은 작은 손으로 바짓단을 잡아당기고 있었다. 여아답게 핑크빛 프릴이 달린 하얀색 원피스가 배밀이를 하면서 위로 제법 쏠려 올라가 천기저귀를 끼고 있는 오리 궁둥이 같은 엉덩이가 보였다. 그에 살이 제법 오른 오동통하고 하얀 다리와 작은 발에 꼬물거리는 발가락까지.

앞머리가 제법 자라 눈을 가리자 아기용 핀으로 고정시키니 둥근 이마가 보였다. 그의 핏줄임을 증명하는 눈이 부실 정도로 반짝이는 황금 머리카락을 가진 아가가 고개를 갸웃 기울이자 스륵스륵 머리카락이 흔들렸다.

민머리 같던 그 머리통에 제법 수북이 자랐다.

한 손으로 제 아버지의 바짓단을 꼬옥 쥐고 흔들고 남은 손을 입에 물고 쪽쪽거리며 올려다보는 푸른 눈동자는 순진무구했다. 그래서 사랑스러운 거다. 티끌 없이 깨끗해서.

그는 너털웃음을 내뱉으며 자신의 바짓단을 잡은 아가의 작은 몸을 들어 올렸다. 부유하는 느낌에 아가가 까르르 웃었다. 에헤헤헤 하고 웃는 게 여간 사랑스러운 게 아니어서 쪽쪽 양 볼에 키스하자 아가가 눈을 가늘게 접고 어여쁘게 웃으며 손을 들어 제 아비의 뺨을 톡톡 쳤다.

그는 아가의 올라간 원피스를 내리며 품에 안았다. 아가는 익숙하게 그 넓은 가슴에 얼굴을 비비며 바싹 안겼다. 그가 자신의 투박한 손으로 아가의 뺨을 매만지자 거친 아버지의 손길에 재미있다는 듯 까르르 웃었다.

"아가야, 아빠 잠깐 어디 갔다 와도 되니?"

마음 같아선 함께 데려가고 싶지만 그랬다간 황제에게 사랑스러운 아가를 보여야 할지도 모른다. 그것이 죽어도 싫은 그는 꾹 참고 말했다.

아가가 눈을 동그랗게 뜨고 깜박였다. 무슨 말인지 모르겠어. 아가는 이해를 못해 고개를 갸웃 기울였다. 그 모습에 카이저는 빙긋 웃으며 그 둥근 이마에 키스를 하며 말했다.

"금방 갔다 올게."

잠깐 얼굴만 비치고, 급한 서류들만 챙겨서 돌아와야겠다. 며칠만 있다 올 것이다. 그러나 잠시라도 떨어져야 한다는 것이 못내 마음에 걸렸다.

그의 속을 알아차린 걸까, 아가가 대뜸 얼굴을 일그러트리더니 크게 엉엉 울면서 격렬히 도리질을 한다. 아앙, 아으아엉, 하고 울더니 새끼 짐승처럼 까앙까앙, **빽빽** 울었다. 뜻은 모르나 사라졌던 제 오빠들도 이 비슷한 말을 했다. 아가는 본능적으로 깨닫고 울었다. **빽빽** 울면서 카이저의 옷깃을 꼬옥 쥐며 고개를 절레절레 흔들었다.

안 돼, 안 돼, 하듯.

그에 당황한 카이저가 다급히 그 작은 등을 토닥이며 달래기 시작했다. 이렇게 울다 또 기절할까 봐 걱정이 앞선 그가 아가를 살살 달랬는데도 아가는 붕붕 고개를 흔들더니 그 가슴에 찰싹 붙어서 얼굴을 비비며 울었다. 아가가 크게 울자 저택 내의 가족들이 놀라 헐레벌떡 달려왔다.

그들의 눈에 비친 것은 난감한 표정을 짓는 카이저와 그 품에 바싹 안겨 엉엉 우는 아가.

급히 아가를 달래고자 아사벨이 건네받으려 손을 뻗었는데 경기를 일으키듯 더 크게 울었다. 꼬옥 쥐고 있는 옷깃을 놓지 않는다. 당황한 아사벨이 카이저를 보자 그가 울 듯 웃었다.

결국 긴 시간 동안 이어진 울음은 아가가 지치고 나서야 천천히 잦아들기 시작했다. 아가는 한바탕 울음을 터트리고 나자 체력이 다 떨어졌는지 통통 부은 눈을 감고 꼬르륵 잠이 들었다. 잠이 들면서도 축축해진 카이저의 옷깃을 놓지 않았다.

"이게 어찌 된 것이냐."

"왜 내 손주를 울리고 그래!"

"자네 너무하구먼!"

"아버지 실망입니다."

"각하, 못됐습니다!"

아가가 잠들자마자 기다렸다는 제논, 아벨, 라반, 파람, 휴가 순서대로 다다다 말을 했다. 하나같이 도끼눈을 뜨고 카이저를 노려봤다. 집사 휜까지 나무라는 눈빛을 주자 그가 낮은 한숨을 내쉬었다. 그나마 아사벨이 중재하지 않았다면 카이저는 그 찌를 듯한 눈빛들에 의해 벌집이 됐을지도 모른다.

"그만, 그만! 그만들 하세요. 아가가 깨겠어요."

그녀는 단호하나 조곤조곤 타이르듯 말했다. 그녀의 말에 모두가 꿀 먹은 벙어리가 돼서 시선만 또르르 굴려 제 아빠에게 매달린 새끼 코알라 같은 아가를 쳐다봤다. 약간 코 막힌 맹맹한 숨소리가 규칙적이고 안정적이다. 다행히 깨지 않은 모양이다. 그에 모두가 하나가 된 것처럼 소리 없이 한숨을 내쉬었다.

"이게 어찌 된 건가요, 카이저."

아사벨이 모두가 궁금해하는 것을 대신 물었다. 그에 카이저가 방금 전 있었던 일을 떠올리며 말했다. 그저 다녀오겠다는 한마디를 했을 뿐이라고. 그에 아사벨과 유모가 난색을 표했다.

"카이저, 아가가 못 알아듣는다 하여 이별의 말을 쉽게 하는 건 아니랍니다."

"네, 각하. 아가님이 말을 하지는 못해도 알아들어요. 거기다 얼마 전 둘째 도련님과 셋째 도련님도 그와 같은 말을 하셨으니 짐작하셨을 거예요."

그녀들의 말에 카이저의 얼굴이 굳어졌다. 깊이 반성하듯 고개를 숙였다. 그의 눈에 들어오는 아가의 벌겋게 상기된 얼굴과 퉁퉁 부은 눈. 그가 울상을 지었다.

"제 잘못이군요."

"……카이저."

아사벨이 안쓰러운 기색으로 말했다. 카이저는 아가의 하얗고 작은 얼굴을 몇 번이고 쓰다듬었다. 아가야, 너는 이별이 그리도 두렵니? 나도 그렇단다. 그는 대답 없는 아가의 뺨에 가볍게 키스하며 중얼거렸다.

"아무래도, 데려가야겠습니다."

정말로, 진짜로, 황제에게 제 딸아이를 보이고 싶진 않았으나, 이별에 질색하는 아가를 두고 발걸음이 쉽사리 떨어지지 않을 것이다. 그는 굳은 얼굴로 그리 말하며 집사에게 당장 지시를 내렸다.

"수도로 가야 하네. 집사, 준비를 해 주게."

"네, 각하."

그의 지시에 집사가 가볍게 허리를 접으며 답했다.

파이 생후 200일쯤, 그녀는 사랑하는 가족들과 수도로 향하게 되었다. 그것을 알 리 없는 아가는 그저 제 아버지와 떨어지기 싫어 잠결에도 웅얼거리며 그 옷깃을 잡은 손을 놓지 못했다.

덜컹거리는 마차의 창문에 바싹 달라붙은 아가는 바깥이 그리도 신기한지 그 푸른 눈을 데굴데굴 열심히도 굴렸다. 아가는 한 손은 창가의 테두리를 잡고 남은 한 손은 자신을 안고 있는 카이저의 옷깃을 야무지게 말아 쥐었다. 둘 다 포기할 수 없다는 듯이.

덕분에 아가의 시선에 맞춰 몸을 숙여야 했던 카이저만 조금 불편한 자세가 되었다. 그러나 그는 아무런 불만도 없어 보였다. 방긋방긋 웃음꽃이 핀 파이가 너무나도 사랑스럽기에. 마주 보는 자리에 앉은 아사벨이 방긋 웃으며 말을 건넸다.

"아가, 그리도 신기하니?"

아가가 방긋이 웃었다. 배시시 웃는 것이 너무나도 어여뻐 손을 뻗어 둥근 이마를 가볍게 쓸어 주었다. 아가는 그 손길에도 천사처럼 미소 지으며 웃음을 터트렸다. 까르르 웃는 목소리가 청명하고 맑아 마차 안 가득 훈훈한 분위기가 흘러넘쳤다.

카이저의 품에 안겨서 한참 바깥을 구경하던 아가가 슬슬 졸음이 쏟아지는지 창틀을 잡던 손을 들어 눈가를 비볐다. 그에 카이저가 아가를 제 가슴에 안으며 작은 등을 토닥였다. 몇 번 두드리지도 않았는데 아가가 스르륵 눈을 감았다. 금세 깊은 수면에 빠졌는지 코롱코롱 앙큼하게 코까지 곤다.

색색 잠이 든 아가를 빤히 쳐다본 아사벨이 가볍게 웃음을 터트렸다. 그 이유는 자면서도 여전히 제 아비의 옷깃을 놓지 않는 아가의 작은 손 때문일 것이다.

그 훈훈한 분위기 속에서 유독 저기압인 인물이 있었다. 바로 파람. 카이저의 첫째 아들이자 칼레이저의 후계자. 그는 언제나처럼 무표정을 짓고 있었으나 평상시와 달리 슬쩍 내려간 눈꼬리나 입꼬리로 인해 묘하게 처량한 분위기가 흘렀다. 요즘 들어 누이가 제 아빠만 찾는다. 그것에 못내 마음 상한 그는 비 맞은 강아지처럼 처량하기 그지없었다.

카이저에게서 다녀오겠단 말을 듣고 펑펑 울었던 날 이후 묘하게 아빠에게 어리광을 부리고 한사코 떨어지지 않아 사실 파람뿐 아니라 제논과 아벨 역시 불만이 많았다. 그나마 아사벨과 유모만 난감한 미소를 지을 뿐이었다.

그래도 어쩌겠는가. 아가가 제 아빠를 찾는 것은 당연지사인 것을.

"너무나 분합니다."

파람이 처연하기까지 한 음색으로 나지막이 내뱉었다. 그에 카이저는 아가가 깨지 않게 낮은 웃음소리를 내뱉었다.

"분하면 네가 아빠 되든가."

"싫습니다. 파이가 아니면 싫습니다."

제 자식이 파이처럼 사랑스럽게 태어난다는 보장이 없잖습니까, 하고 덧붙였다. 그에 카이저는 하하 하고 가볍게 웃음을 터트렸다. 자신 못지않은 팔불출이다. 그는 미래에 파람의 아내가 될 여인을 진심으로 동정했다. 미래가 벌써부터 걱정이 되는 그는 여유 있는 동작으로 손을 들어 그 무뚝뚝한 아들의 이마에 호되게 딱밤을 주며 말했다.

"그럼 못쓴다. 제 자식을 사랑해 주는 것이 부모의 도리다."

"……칫."

어릴 적엔 제법 귀여운 녀석이었다. 원체 어른스럽고 똑 부러지는 아이였으나 장남답게 손이 그다지 가지 않는 대견한 아이였다. 그리 잘 웃진 않는 편이었으나 종종 웃어 아내를 기쁘게 했었다.

그런 아이가 성큼 자라 소년과 청년의 경계선에 들어설 무렵 아카데미를 졸업하고 본 영지에 돌아왔을 때 아내는 몹시도 안타까워했다. 무슨 심경 변화가 있었는지 몰라도 아들은 몰라보게 과묵하고 무뚝뚝해져 있었다. 카이저와 아벨은 그가 그리 변한 이유를 누구보다도 잘 알고 있었지만 아내에게는 말할 수 없었다.

그것은 가문이 지고 가야 할 업보니까.

아들은 잘 만든 강철 인형처럼 언제나 무표정했다. 아내는 그것이 못내 안쓰러워했으나 제 동생들을 챙길 때면 희미하게 웃기도 했다. 그것이 다행이라 여긴 그녀가 여동생이 생기면 더 많이 웃어 줄 것 같다며 그 당시 남산만 한 제 배를 쓰다듬었던 적이 있다.

그녀의 바람처럼 파람은 누이가 태어나고서 많이 웃었다. 비록 일반인에 비해 희미한 미소였지만, 이미 굳어 버린 안면으로도 그 정도 미소를 지은 것은 장족의 발전이었다. 거기다 종종 질투까지 하는 것이 사람답게 느껴졌다. 지금도 평상시 그답지 않게 툴툴거리기도 했다. 그 표정은 금세 지워졌지만.

꼬물꼬물거리며 뒤척이는 아가를 파람이 기이한 눈으로 쳐다봤다. 애틋함과 그리움이 담긴 눈빛으로 빤히 보더니 손을 뻗어 아가의 빈 손 하나를 조심스레 만졌다.

아가는 잠결에 제 오빠의 검지를 더듬더듬 말아 쥐었다. 얼떨결에 아가에게 손가락이 잡힌 파람이 난감해하며 어쩔 바를 몰라 하자 아사벨과 유모가 입가를 가리며 소리 없이 웃었다. 여인들의 웃음에 숫기 없는 파람의 얼굴에 옅은 홍조가 생겼다 사라졌다.

그는 꼬물꼬물 제 손을 쥐고 무슨 대단한 꿈을 꾸는지 헤실헤실 웃는 아가를 쳐다봤다. 하얗고 동그란 얼굴에 젖살이 가득해 깨물어 주고 싶을 만큼 사랑스러운 누이. 그 불길한 핏빛을 머금은 피부가 아니라 하얗고 혈색 돋는 티 없이 맑은 피부다. 손가락에 닿은 아가의 작은 손바닥을 타고 오는 맥박에 파람이 희미하게 웃었다.

누이는 살아 있다.

다신 널 아프게 하지 않을 거야. 그는 굳게 다짐하면서 어여쁘기만 한 자신의 소중한 누이의 모습을 제 붉은 눈 안에 가득 담았다. 그의 붉은 눈동자가 영롱하게 빛을 발했다.

아가와 공작 각하와 그의 아들, 그리고 장모인 아사벨과 유모를 태운 마차는 빠르지도 느리지도 않은 속도로 산속, 길이 잘 든 숲길을 달렸다. 마차 앞에서 호위하듯 강철의 기사단의 단장인 휴와 라반이 선두에 섰다. 그들의 뒤로 기사 6명이 두 줄로 서서 정렬을 맞추며 따르고 있었다.

마차 뒤로는 생필품과 그 외의 것들을 담은 짐마차 두 대와 현역 못지않은 아벨과 제논이 아웅다웅하며 따르고 있었다. 그리고 그 뒤에 기사 4명이 눈치를 보며 따르고 있었다.

급작스러운 수도행인 데다, 영지와 수도의 거리가 그리 멀지 않기에 기사단 중 실력이 출중한 자들만 뽑아 만든 명단이다. 안타깝게도 부단장인 렘은 이 일정에 빠졌다. 그는 티를 내지 않으려 애썼지만 배

아파 죽겠다는 듯 인상을 팍 쓰며 그의 정강이를 인정사정없이 차 버렸다. 무방비하게 서 있던 휴는 그대로 그 아픔을 느껴야 했다.

떠날 때까지 자신에게 질투의 눈빛을 보내던 렘이 생각난 그는 저택 내에서 한참 저기압으로 있을 자신을 친우를 떠올리며 킬킬 웃었다.

그리고 그 저택 내에, 또 다른 인물들이 냉기를 풀풀 흘리고 있었다. 그것은 인간이 아니기에 아무도 눈치채지 못하는 것이었으나 당사자들은 분노 어린 일갈을 내뱉었다.

[파이!!]

왜 아무 말 없이 사라진 거니! 페어리의 여왕과 대지의 주인이 서로 서운한 기색을 내뿜으며 비어 버린 아가의 방에서 그 이름을 외쳤다.

파이 3.

여왕과 대지의 어버이라 불리는 이가 애타게 찾는 아가는 가장 사랑하는 이의 품에 안겨 다디단 잠을 자고 있었다. 가장 사랑하는 이의 체온과 체향을 직접적으로 느낌에도 아가는 뭐가 그리 불안한지 그 옷깃을 놓지 못했다.

꾸물꾸물 꼼지락거리며 잠꼬대를 하던 아가가 느릿느릿 눈꺼풀을 들어 올렸다. 아가는 남은 잠을 떨쳐 내듯 바르작거리며 그 넓은 가슴에 얼굴을 비볐다. 그러자 낮은 웃음소리가 들렸다. 고개를 들어 보니 가장 사랑하는 이의 얼굴에 미소가 가득했다. 아가는 눈을 가늘게 접고 웃었다.

떨어지는 건 싫다.

잡았던 손에서 떨어져 가는 체온이, 멀어져 가는 체향이 싫다. 그것은 마치 나락으로 떨어질 것 같은 지극히 절망적인 감정이었다. 이 세상에서 가장 잔혹하게 느껴지는 것. 아가는 그 두려움을 떨쳐 내려는 듯 평상시보다 더 칭얼거리며 그의 가슴에 얼굴을 비비며 웅얼거렸다.

"왜 그러니? 아가."

배가 고픈 것이냐? 하고 언제나처럼 다정한 어조로 조곤조곤 물었다. 아가는 생각했다. 그가 말하는 걸 많이 이해할 수 있다면 좋을 텐데. 띄엄띄엄 어떤 말은 이해되고 어떤 말은 알아듣지 못해서 속상했다. 아가는 왜 자신이 사랑하는 아빠에게 말을 해도 그와 통하지 않을까? 늘 열심히 말을 거는데……. 아가는 웅얼거렸다.

"아우우어……."

아가가 잔뜩 어리광을 피우며 옹알이를 하자 카이저는 낮게 웃으며 그 작은 등을 토닥여 주었다. 요즘 들어 아가의 어리광이 유독 많이 늘었다. 그는 아가가 무엇을 그리 불안해하는지 알기에 그것이 안쓰러운 동시에 기쁘기도 했다. 모순되게도.

아가는 가만히 있어도 너무나도 사랑스럽지만 종종 무언가를 참으며 웃을 때가 있다. 한낱 생후 반년밖에 안 된 아가인데, 어째서일까? 착각일까? 그는 아가가 울음이나 칭얼거림 같은 당연한 것을 종종 참으려는 것을 보며 왜 그런지 알 수 없어 속상하고 답답하고 안쓰러웠다.

그러다 아가가 한 번의 이별을 맞이하면서 그동안 참아 왔던 것이 폭발하듯 터졌다. 아가는 보통 아가들처럼 울고 떼를 쓰기 시작했다. 그는 그것이 안되어 보였으나 사실은 굉장히 안도했다. 아가라면 당연히 나올 울음을 참지 않는 것이 기뻤다. 당연한 듯 어리광을 부리고 보채는 것이, 자신을 의지하는 것이, 그는 기뻤다.

나는 너의 아빠란다.

나를 좀 더 의지해 다오. 너의 모습 어떠한 것도 내겐 모두 사랑스럽단다. 그는 그 뜻을 담아 아가의 둥근 이마에 키스했다. 아가는 눈을 가늘게 접고 웃었다.

"파이, 내 누이야, 오빠는 서운하구나."

부녀간에 다정한 애정 표현을 하고 있는데, 옆에서 그와 비슷하나 아직은 젊은 목소리가 심술을 가득 담고 나왔다. 아가가 눈동자를 데 굴데굴 굴려 보니 역시나 사랑하는 첫째 오빠가 미간을 찌푸리며 보고 있었다.

아가는 눈동자를 이리저리 굴리며 고민하더니 꼬옥 잡고 있던 아빠의 옷깃을 놓고 파람에게 손을 뻗었다. 그러자 파람의 찌푸려진 미간이 스륵 풀리면서 그가 양손을 내밀었다. 그에 카이저가 쯔쭛 혀를 차며 아가를 그에게 넘겨주었다.

아가는 카이저에게서 파람으로 품을 옮기자 익숙한 그 가슴에 얼굴을 비비며 까르르 웃었다. 그러자 파람의 얼굴에 살짝 미소가 감돌았다. 그는 도톰한 아가의 뺨에 가볍게 키스하며 말했다.

"누이야, 오빠도 외롭단다."

과묵하고 무뚝뚝한 얼굴로 투정 어린 말을 한다. 아가는 그 굳은 얼굴에서 희미하게 입꼬리가 올라가고 눈매가 스륵 내려간 것을 눈치채지 못했으나 그에게서 풍겨 오는 따스한 애정에 방긋 웃었다. 아가는 손을 뻗어 그의 얼굴을 톡톡 쳤다. 마치 위로하듯. 그에 파람은 물론 카이저와 아사벨 유모가 가벼운 웃음을 내뱉었다.

수도로 향하는 마차는 빠르지도 느리지도 않은 속도로 꾸준히 가면서 2시간에 30분씩 휴식을 취했다. 장시간 이동이 처음인 아가를 배려해서였다. 그 잠시 쉬는 30분 동안 아가는 마차에서 나와 할아버지인 제논이나 아벨의 품에 안겨서 생소한 풍경인 숲 주변을 가볍게 산책했다. 때때로는 아사벨이나 파람의 품에 안겨서, 사랑하는 아빠의 품에 안겨서.

울창한 숲은 청량한 공기를 내뿜었다. 아가는 숲이, 나무가 내뿜는 청량한 기운이 신기했다. 넘실넘실 하늘하늘 춤추듯 아우라가 흘러나와 퍼지는 것이 아름다웠다. 빛에 의해 반사되어 반짝반짝하는 것이 마치 여왕의 날개에서 흘러나오는 빛 가루 같았다.

여왕의 날개, 날개 같은…… 여왕, 여왕?

아가는 한참을 그 주변을 보던 중 뭔가 이상한 점을 깨달았다. 여왕이 없다. 여왕은 언제 오지? 아가는 고개를 갸웃 기울였다. 이 아름다운 풍경을 여왕에게도 보여 주고 싶은데 정작 그 당사자가 워낙 신출귀몰하여 부른다고 나오는 것이 아니니 아가는 아쉬움을 담아 그 풍경을 눈에 담았다. 그때 아가의 고운 뺨에 산들산들 작은 바람이 지나갔다. 청록색 종달새였다. 종달새가 재잘거리듯 말했다.

[안녕, 아가야.]

안녕?

아가는 제 눈앞에 보이는 종달새를 보며 눈을 깜박였다. 뒤 풍경을 대부분 투영하는 반투명한 종달새의 모습이 푸른 눈동자에 선명하게 보였다. 아가가 여왕과 대화하듯 속으로 말했지만 아직 그와 직접적으로 이어지지 않았기 때문에 종달새는 그 마음의 소리를 듣지 못하고 날갯짓을 하며 기웃거렸다. 그것은 안타깝게도 아가 역시 마찬가지였다. 서로 통하지 않자 마냥 쳐다만 보는데 종달새가 다시 재잘거렸다.

[으음, 날 보는 것 같은데, 네가 그 유명한 '특별한' 아가니?]

종달새가 다시 한 번 말을 걸었지만 들리지 않는 아가는 멀뚱히 쳐다만 보고 있을 뿐이었다.

[혹시 보이기만 하는 거니? 내 말은 안 들려?]

종달새가 재잘거리는 소리는 너무나도 잘 들린다. 그러나 아직 인간의 언어도 채 이해하지 못하는 아가의 작은 뇌는 이 세상의 인간이 모르는 진귀한 자들의 언어를 이해할 정도로 원활히 움직이진 못했다. 재잘재잘 소리만 들리고 그 뜻을 알지 못하는 아가가 고개를 갸웃거렸다.

[어휴, 답답하네. 너 혹시 벙어리니?]

종달새가 답답하다는 듯 말했다. 그러나 아가는 여전히 아무 말이 없다. 그저 멀뚱멀뚱 쳐다만 보자 종달새가 날갯짓을 하며 이리저리 움직였다. 바람의 영인 종달새는 한시도 가만히 있지 못했다. 종달새는 이리저리 날아다니며 멀리 갔다 가까이 오는 것을 반복했다. 그것이 신기하고 재밌어 아가는 한참을 쳐다보더니 까르르 웃음을 터트렸다. 그에 종달새가 깜짝 놀라 파닥 날아 뒤로 물러나다 가까이 다가갔다.

[뭐야, 웃을 줄 아네? 깜짝 놀랐잖아!]

종달새가 놀라서 툴툴거리며 말했다. 말 못 하는 벙어리 아가인가 싶었는데 웃기는 잘 웃는다. 헌데 그 모습이 너무나 깜찍하고 그 웃음소리가 너무나 사랑스러워 놀랐다. 종달새는 새침하게 새 울음소리를 내더니 파다닥 날아 아가의 가슴 가까이에 조심스레 내려앉았다. 종달새의 눈이 황금빛으로 반짝거렸다. 종달새는 새의 머리로 고개를 갸웃 기울였다. 아가는 눈을 동그랗게 뜨고 그것을 따라 갸웃 기울였다.

여왕과 같은 황금빛 눈동자, 그리고 그 커다랗고 신기한 짐승과 같은 색이다.

종종 야심한 시각에 놀러오는 커다란 짐승을 떠올리며 배시시 웃었다. 그러자 그 작은 종달새가 눈을 가늘게 접고 퐁퐁 튀어 올라와 아가의 얼굴 가까이에 다가갔다.

[왠지 모르지만, 방금 기분 나빴어.]

너 지금 날 투영해서 누굴 본 거니? 종달새가 기분 나쁘다는 듯 툴툴거리며 재잘거렸다. 아가는 꼼지락거리면서 눈을 깜박였다.

선명한 푸른색을 담은 아가의 눈동자는 신기했다. 푸른색이란 푸른색은 모두 담긴 듯 만화경 같은 느낌을 주는 눈동자. 빛에 의해 연한 빛이 되기도 하고, 짙은 호수색이 되기도 했다. 언뜻 보면 청록색으로 보이기도 하는 아가의 눈동자색은 다색이었다.

거기다가 그 속에 빛의 알갱이가 담긴 것처럼 반짝거렸다. 페어리의 빛 가루가 묻은 게 아닐까 싶을 정도로 반짝거려 종달새는 호기심을 가지고 좀 더 가까이 다가갔다. 아가는 자신의 코앞에 다가온 작은 종달새를 보며 본능적으로 양손을 움직여 움켜쥐었다. 그러자 종달새가 비명을 지르며 말했다.

[꺅! 뭐하는 짓이니! 갑자기 그렇게 잡으면! 엇! 잡으면?]

자신은 자연 태초의 영이다. 인간의 손에 절대 잡히지 않는 것이 바람이다. 설령 신이라도 자신을 붙잡을 순 없다. 그런데 한낱 인간의 아가가 자신을 잡았다. 만졌다. 종달새는 놀라 퍼덕거렸다. 그러자 아가는 갑작스런 움직임에 깜짝 놀라 손을 놔 버렸다.

종달새는 파닥거리다 아가의 작은 가슴에 뚝 떨어졌다. 무게가 전혀 느껴지지 않았으나 그 촉감은 선명히 느껴졌다. 종달새는 새 주제에 어안이 벙벙한 표정으로 엎어져 아가를 올려다보았다. 아가가 배시시 웃었다. 파닥거리는 그 느낌이 생소해 재밌었나 보다.

"꺄하."

[……이, 뭣, 헛!]

종달새는 너무나 놀라서 말을 차마 잇지 못했다. 도대체 이 아가는 뭐지? 종달새는 패닉에 빠져 아가를 빤히 쳐다봤다. 아가는 그 시선에도 눈을 깜박이며 마주 봤다. 그러고는 갸웃 기울였다. 종달새도 고개를 갸웃 기울였다.

"아가?"

마침 아가를 품에 안고 산책 중이었던 아사벨이 의아한 어조로 말했다. 평온하게 안겨 있던 아가는 어느 순간 한곳을 집중해 보더니 이내 까르르 웃음을 터트렸다. 박수까지 치며 까르르 웃던 아가는 이리저리 그 주변을 보며 눈동자를 굴리더니 이내 고개를 숙이며 양손을 꼼지락거렸다. 그러더니 무엇을 쥐는 시늉을 했다. 가끔 하는 쥠쥠 같은 행동과는 미묘하게 달랐다. 그렇게 무언가를 쥐는 시늉을 하더니 놀라서 크게 움찔하며 쥐고 있던 작은 손을 펼쳤다. 그러고는 또 꼼지락거렸다.

"아가, 왜 그러니?"

혹시 숲의 벌레라도 떨어졌나, 아사벨이 품에 안은 아가의 작은 겨드랑이에 손을 끼고 들어 올렸다. 그녀가 양팔을 살짝 들어 올리자 아가의 몸이 허공에 떴다. 아사벨의 머리보다 좀 더 위로 올라간 아가의 몸으로 인해 패닉에 빠져 그 작은 품에 엎어져 있던 종달새가 속절없이 아래로 하강했다. 놀란 종달새가 어어 하면서 다급히 날갯짓하며 날아올랐다.

"꺄하!"

아가는 제 몸이 붕 뜨자 기분이 좋아 까르르 웃음을 터트리며 방긋방긋 함박웃음을 지었다. 아사벨은 아가를 들어 올린 상태에서 이리저리 보더니 이내 웃었다. 좋아, 벌레는 없구나. 그녀는 아가를 들어 올린 상태에서 몇 번 몸을 퉁겨 올려 주었다. 아가는 그에 맞춰 까르르 웃음을 터트리고 짧고 통통한 제 다리를 버둥거리며 흔들었다. 그 주변을 종달새가 날아다니며 심술궂은 목소리로 말했다.

[뭐야, 뭐야! 갑자기! 놀랐잖니!]

갑자기 아래로 뚝 떨어진 것에 놀란 종달새의 상황을 알 리 없는 아가는 그저 눈앞에 아사벨을 보며 방긋방긋 웃다 제 주변을 날아다니는 종달새를 따라 시선을 이리저리 옮겼다. 종달새는 아가 주변을 배회하더니 이내 그 작고 하얀 얼굴, 단아한 이마 가까이에 다가갔다.

[에잇.]

종달새는 제 작은 부리로 아가의 단아하고 하얀 이마를 콕 하고 쪼았다. 아픔은 느껴지지 않았다. 그저 무언가 생소한 느낌이었다. 말로 표현할 수 없는 그런 느낌. 아가는 신기한 그 느낌에 눈을 동그랗게 뜨더니 까르르 웃었다. 해사하게 웃는 아가에 종달새가 새침하게 핏 고개를 돌리며 날아올랐다.

종달새가 날아서 아가에게서 멀어지는 것과 동시에 아사벨이 다시 그 작은 몸을 품었다. 아가는 포근한 아사벨의 가슴에 반사적으로 얼굴을 비볐다.

"자, 이제 그만 갈까?"

산책을 마무리할 시간이다. 아사벨이 아가를 안은 채로 몸을 돌리던 찰나, 아가는 보았다. 저 멀리 날아가는 작은 종달새가 아름다운 청색과 녹색으로 반짝이며 커다랗고 고고한 새로 변하는 모습을. 마치 팔색조처럼 아름답고 경건한 모습이었다. 팔색조와 같은 8색은 아니었지만 청색과 녹색으로도 충분히 다색을 내뿜는 그것이 선명하게 빛나는 황금빛 눈동자를 반짝이며 웃었다.

[다음에 또 보자, 아가야.]

조금은 심술궂고, 조금은 상냥하고, 굉장히 서늘하고 자유로운 음색이었다. 의미심장한 그 소리를 아가는 처음으로 이해했다. 아가는 해사하게 웃으며 속으로 말했다.

안녕.

아가의 말에 그 커다랗고 아름다운 새가 언뜻 놀라워하더니 이내 깔깔 웃으며 그 거대한 날개를 펄럭이며 저 위 높은 하늘로 날아올랐다. 그것은 굉장히 찰나의 시간이었으나, 아가와 그 거대한 새가 서로 인사를 나누기엔 충분한 시간이었다. 그것을 끝으로 아가는 하암 하품을 하더니 아사벨 품에 잠투정을 했다. 아사벨이 빙긋 웃으며 아가의 작은 등을 토닥였다.

이제 곧 수도다.

이틀 정도의 여유로운 속도로 아가는 큰 스트레스 없이 수도에 입성했다. 일행 모두의 배려에 의한 결과였다.

그 이틀 동안의 시간으로 아가는 휴의 기사단의 속한 기사들까지 사로잡고 말았다. 너무나도 사랑스럽고 어여쁜 이 아가를 어찌 사랑하지 않을 수가 있을까? 그 기사들은 생각했다. 과연 저 아가가 칼레이저가의 귀한 보물이라는 것을.

2시간의 이동 끝에 30분의 휴식 시간. 그사이에 마차에서 나오는 아가는 그야말로 천사와 같았다. 소설 속 등장하는 요정처럼 사랑스럽고, 벽화 속 신화에나 나오는 앙증맞은 아기천사보다도 어여뻤다. 까르르 웃는 웃음소리마저 청량하기 그지없어 듣기만 해도 귀가 즐거웠다. 그들이 익히 알고 있던 아기들과 달리 아가는 굉장히 얌전하고 웃음도 많다. 어쩜 저리 잘 웃을까. 그들은 왜 칼레이저가의 사람들이 전부 이 아가앓이를 하는지 알 것 같았다.

어찌 안 하겠는가? 이렇게 사랑스러운데?

그들은 그 30분이라는 휴식 시간이 언제부턴가 기다려졌다. 그 푸른 눈의 아기천사를 보는 그 시간을 매우 고대했다. 그러나 그것도 이제 끝이다. 그들은 섭섭하기까지 했다. 이왕이면 한 일주일, 아니 한 달 정도 이동했으면 좋겠다 싶을 정도였다. 아쉬움을 담은 그들의 표정이 제법 쓸쓸해서 함께 이동 중인 제논과 아벨, 라반의 표정이 미묘해졌다.

수도에 입성하자마자 그들은 황성에서 멀고 번화가에서도 제법 먼 나름 한적한 곳으로 향했다. 서민과 귀족들의 주거지 경계 즈음에 있는 적당히 큰 저택에 당도한 그들을 번듯한 검은색 연미복을 입은 젊은 집사가 맞이했다. 집사 휜의 막내아들이자 수도의 칼레이저가의 저택을 담당하는 집사 아톰이었다. 저택의 입구에 들어서 멈춘 마차에서 내려오는 카이저를 보며 아톰이 유려하게 몸을 움직여 허리를 숙여 인사했다.

"오셨습니까, 각하."

"그동안 잘 있었는가?"

예의를 갖춘 인사를 나누는 사이 곤히 잠든 아가를 품에 안은 파람이 내렸다. 그 뒤로 내릴 귀부인을 에스코트하기 위해 아톰이 다가가다 깜짝 놀랐다. 그래 봤자 살짝 미간이 움찔하는 정도지만.

매사에 청결함과 완벽할 정도로 깔끔한 일 처리로 귀족들 사이에서도 유명한 집사 휜의 아들답게, 아톰은 원래 성격이 과묵해서 그런지, 표정이 냉랭하기 그지없었다. 알게 모르게 귀족의 레이디들의 입에도 오르내릴 만큼 차가우면서도 과묵한 매력을 가진 미남이기도 했다. 그런 그가 미간을 움찔할 정도로 놀랄 만한 것이 있을까?

있다.

그것은 바로 파람의 품에 안겨서 꼬물거리는 작고 사랑스러운 아가였다. 그 작고 도톰한 입술을 우물거리면서 파람의 품에 얼굴을 비비는 것을 보며 아톰은 매우 놀라고 말았다.

저 사랑스런 생물은 대체 뭐란 말인가? 귀여운 것에는 관심이 거의 없는 그도 아가는 정말 사랑스러워 보였다. 종종 고용인들 사이에서 태어나는 아가를 보긴 했지만 그것과는 차원이 다를 정도의 사랑스러움이었다.

그러나 놀람은 거기서 멈추지 않았다. 그것은 미미하게 웃고 있는 파람 때문이었으리라. 강철같이 굳은 포커페이스를 자랑하는 파람이 미미하게 미소를 달고 있는 것을 보며 아톰은 이게 꿈인가 싶을 지경이었다. 그가 매우 놀라서 멈칫해 있자 말에서 내린 라반이 허허 웃으며 말했다.

"놀랐나 보구면."

"아! 오셨습니까, 라반 님."

그의 음성에 화들짝 놀라서 다시 본연의 모습으로 돌아간 아톰이 막 마차에서 내리는 귀하고 아리따운 귀부인을 에스코트했다. 그러면서도 본의 아니게 시선이 슬쩍 뒤로 갔다. 그에 귀부인이 입가를 살짝 가리며 웃음기 가득한 목소리로 말했다.

"집사, 무엇을 그리 보는가?"

아톰이 어릴 적에 영지의 본 저택에서 몇 번 뵈었던 아름다운 귀부인 아사벨이 짓궂은 질문을 던지자 아톰이 송구하다는 듯 고개를 숙였다. 본연의 업무를 소홀히 한 것 같아 그의 얼굴에 살짝 붉은 기운이 감돌았다. 집사라 하나 이제 겨우 20대 초반인 그였다. 아사벨은 여전히 어린 티가 나는 아톰을 보며 빙긋 웃었다.

저택에 도착한 그날은 늦은 오후였다. 미리 당부를 해 놓은 상태여서 아가의 방은 말끔히 정리되어 있었다. 품에 잠든 아가를 안고 그 방에 당도한 파람은 약간 난감해졌다. 폭신한 침대에 아가를 내려 주려 하자 그것을 금세 눈치채고 잠결에 칭얼거리며 깨려고 했기 때문이다.

으음…… 어쩌지.

그는 본의 아니게 그 자리에 서서 아가의 작은 등을 토닥이며 어둠이 막 내려앉은 방 안을 서성였다. 그러나 그의 표정은 미묘하게 즐거워 보였다. 색색 작은 숨소리를 내는, 심장이 콩닥콩닥 뛰는 작은 몸을 조금 더 안을 수 있다는 것이 사실은 굉장히 기뻤다.

파람이 아쉬운 자유의 몸이 된 것은 아가가 늦은 저녁을 먹을 때쯤이었다.

아가는 아사벨의 품에 안겨 수도의 저택의 주방장이 만든 새로운 이유식을 양껏 비워 그를 기쁘게 했다. 이미 수도 내의 저택에서도 자자했던 아가의 소문은 그 실물이 드러나자 배가 되어 커졌다.

저택의 총책임자인 집사만큼이나 냉량한 인상에 과묵하던 고용인들도 그 대단한 아가님을 보기 위해 아닌 척하면서도 들쑥날쑥거렸다. 그중에서 가장 자주 드나들었던 것은 수도의 저택의 모든 식사를 담당하는 총주방장 에드워드였다.

에드워드는 영지의 저택의 식사를 담당하는 총주방장인 에이빈의 쌍둥이 형으로 귀여운 것에는 사족을 못 쓰는 인물이었다. 이 세상의 모든 아가는 평등하게 귀엽다는 것이 그의 논리이니, 아가에 대한 기대가 하늘을 찌르는 것은 당연했다.

결국 그는 제 일터를 잠시 이탈해서 막 도착한 각하의 가족들을 몰래 구경하는 만행을 저지르고 말았다. 그리고 그는 한눈에 반하고 말

앉다. 그 작고 하얗고 어여쁜 아가가 꼬물거리는 것을 보고 전율을 느꼈다. 과연 기대 이상이었다. 아니! 이것은 신의 은총이었다. 그는 언젠가 저 사랑스러운 아가님이 잠든 모습이 아닌 눈 뜬 모습을 보고 싶은 욕심도 생겼다.

그 사심을 담아 정성껏 이유식을 만들었으니 맛이 없을 리가.

아가가 그 이유식을 싹싹 비웠다 하니 그는 제 일터에서 탭댄스를 추며 싱글벙글 웃음을 터트리지 않을 수 없었다. 그를 시작으로 늘 차분하게 가라앉아 있었던 저택의 분위기가 묘하게 들뜨기 시작했다. 그 이유인 아가는 든든하게 저녁밥을 먹고 한창 재롱을 부리며 놀다가 잠이 들었다.

다음 날 아침이 되어 평상시와 다른 저택 내부에 불안함을 느낄까 걱정한 그들과 달리 아가는 온순하고 얌전한 성격에 맞게 별 탈 없이 잘 적응했다. 낯설 것이 분명한데도 아가는 자신이 있는 방을 좋아했다.

이 방은 아가가 태어나기 전부터 카이저가 직접 꾸민 방이다. 가구 하나하나마다 아가가 훗날 건강해져 수도에서 지내게 될 때를 대비해서 만든, 그 희망을 담아 만든 방. 아가는 그것을 알 리 없으나, 왠지 제 아빠의 품에 안긴 것처럼 안락함만은 느낄 수 있었다.

금세 적응한 아가 덕분에 한시름 놓은 카이저는 그날 오후부터 그토록 가기 싫었던 황궁에 입궁할 수 있었다. 그는 곧 죽을 것 같은 표정으로 아가에게 키스하며 저녁에 보자 인사했다. 아가가 그토록 싫어하는 단어인 '다녀올게'를 빼고.

아빠가 없는 잠시 동안 아가는 아사벨과 유모, 그리고 제논과 아벨, 파람의 관심을 받으며 즐겁게 지냈다. 한창 즐겁게 놀고 나서 누가 오는지도 모르게 까무룩 잠이 드는 그때였다.

아사벨과 유모가 잠시 자리를 비운 그 시간, 아가의 방은 고요하니 작은 숨소리만 흐릿하게 흘러나와 흩어졌다. 그런 평온이 감도는 방에 침입자가 난입했다. 초여름인지라 바람이 솔솔 불어 통풍되라고 활짝 열어 놓은 창으로 훌쩍 뛰어오른 재빠른 난입자는 빛에 반사되어 바스라질 정도로 반짝이는 은발을 휘날리며 아가의 방에 들어섰다.

그 반짝이는 은발은 마치 빛의 왕관을 쓴 것처럼 아름다워 세상의 것이 아닌 것처럼 보였다. 그 외모 역시 범상치 않았다. 벽화 속 신화에 등장하는 소년 신처럼 아름다운 하얀 얼굴에 선명하고 매력적인 이목구비는 빛나는 은발과도 굉장히 잘 어울렸다.

그 아름다움에 정점을 찍어 주는 것은 은빛과 대비되는 빛나는 황금안이었다. 그 속에 있는 기묘하게도 붉은 동공이 선명히 부각되어 아름답고 여린 느낌이 아니라 강렬한 인상을 심어 주었다. 그는 고고하고 경건하기까지 한 외모로 나른한 야생 짐승처럼 어슬렁어슬렁 걸어왔다.

"흐음……."

그 아름다운 이는 목소리마저 소름 돋을 정도로 매력적이었다. 목소리만으로도 충분히 반하게 할 정도로 묘한 매력이 담겨 있었다. 그의 목소리는 벗어날 수 없을 정도로 강렬한 매력이 무의식중에도 진하게 묻어났다.

매혹적인 목소리를 가진 범상치 않은 그는 10대 중반의 소년이었다. 그가 한창 달게 잠을 자고 있는 아가에게로 다가갔다. 그 금빛 눈을 가진 얼굴에 기묘한 미소가 번졌다.

살랑살랑 불어오는 바람결에 흔들리는 은색 머리카락은 마치 은을 가느다란 실로 뽑은 듯 보석처럼 반짝거렸다. 그림 같은 외모를 지닌 소년이 아가의 침대에 도달했을 때, 듣기만 해도 거역할 수 없을 정도로 강력한 마력을 가진 목소리가 그에게서 내뱉어졌다.

"이 아가가, '그' 아가인가?"

아름다운 황금색 눈동자가 기묘한 빛을 발했다. 호기심이 가득한 것이 마치 고양이가 새로운 장난감을 발견한 것 같은 모양새였다. 그는 상체를 숙여서 색색 사랑스러운 숨소리를 내뱉는 아가의 얼굴을 뚫어져라 쳐다봤다.

'흐음, 보통 아기인데?'

그는 꽤나 실망 어린 표정을 지었다. 강철의 주둥이라 불리는, 황궁 내에서 강력한 말발을 자랑하는 칼레이저 현 공작의 보물이라는 아가가 겨우 이것인가? 그는 내심 기대했던 것이 와르르 무너진 느낌이었다. 일부러 여기까지 올 필요도 없었던 것 같다. 한낱 평범한 아기의 모습에 그가 혀를 찼다. 뭔가 특별하길 기대한 자신이 바보같이 느껴졌다.

잔뜩 실망한 그는 대제국 아이다의 태양의 첫 번째 아들이자 그의 후계자. 모든 이들이 일컫길 황태자 전하라 칭하는 이다. 제국 아이다의 다음 태양이라 불리는 고귀한 혈통을 지니신 모든 이들을 포용하는 드넓은 영토의 위대한 주인의 아들. 귀한 손인 황족이 친히 아가의 방에 침입했다. 호위 기사 하나 달지 않고, 혈혈단신으로.

그는 숙였던 상체를 세우며 나른하게 기지개를 켜며 중얼거렸다. 마치 유려한 곡선을 자랑하는 고양이과 야생 짐승처럼 우아한 호선을 그리는 것과 반대로 내뱉어진 단어는 평범한 투정이었다.

"재미없어."

그는 그리 말하더니 빙글 몸을 돌렸다. 에이, 괜히 시간만 버렸다. 그가 빙글 몸을 돌리고 방을 나서려고 한 발을 떼는 그 순간 아가가 잠결 옹알이를 내뱉었다.

"아우우……."

잔뜩 잠에 취한 목소리로 사랑스럽게 옹알이를 내뱉는다. 그 소리에 황태자가 슬쩍 상체를 돌려 쳐다봤다. 아가는 꽤나 활발한 꿈을 꾸는지 몸을 가볍게 뒤척이더니 헤헤 웃었다. 입까지 살짝 벌리자 이제 몇 개 난 유치와 핑크빛 잇몸이 보였다. 보조개까지 살짝 들어간 것이 어찌나 사랑스럽게 웃는지 순간 황태자의 아름다운 눈꼬리가 움찔 움직였다.

'이것 봐라?'

황태자는 잠결에도 방긋방긋 웃는 아가의 해사한 미소에 다시 몸을 돌려 침대 가까이에 다가갔다. 아가가 바스락거리면서 몸을 뒤척였다. 부드러운 이불의 촉감이 기분 좋은지 배시시 미소가 번졌다.

그 모습에 황태자가 호오! 하고 가벼운 감탄을 내뱉었다. 생소한 모습이다. 제 밑으로 동생이 이미 셋이나 있는 황태자이거늘 이렇게 해사하게 웃는 아기를 보는 것은 처음이었다.

남아와 여아가 이렇게 차이가 나는 것일까? 황태자의 아래 동생들은 모두 시커먼 남자아이들로 그는 제 아우들이 아가였던 시절이 그다지 떠오르지 않았다. 떠오르는 건 귀를 찢을 듯 빽빽 떼를 쓰는 울음소리와 잔뜩 일그러진 얼굴이었다. 자신의 소중한 귀가 혹사당하는 것이 싫고, 자신의 아름다운 얼굴을 보고도 빽빽 울어 대는 것에 자존심이 상해 그 후로는 직접 찾아간 적이 없다. 그 후 얼추 제 앞가림 할 정도, 대략 3, 4살쯤 돼서야 본 동생들은 하나같이 저와 비슷한 성격이 아니면 정반대의 성격을 가져서 재미가 하나도 없었다.

장난기가 많거나 아니면 너무 과묵하거나.

장난기가 유독 심한 쌍둥이 황자들은 황궁에서도 골칫거리라 이번 해 초에 일찌감치 저 먼 사막의 나라로 강제 유학을 시켜 버렸다. 그나마 얌전한 축에 속하는 올해 8살인 막내 남동생은 검술에 푹 빠져서 황궁의 기사단을 괴롭히느라 바쁘다. 황실엔 황녀가 귀하여 황족의 아이들은 애교가 야박했다. 개구지고 장난기는 많으나 살갑게 구는 것에 유독 어색한 황태자는 방긋방긋 웃으며 자는 아가를 보자 기분이 묘했다.

그는 결국 참지 못하고 제 아름다운 손가락을 움직여 아가의 도톰하게 살이 오른 뺨을 톡톡 건드리고 말았다. 그에 아가가 간지럽다는 듯 고개를 살짝 흔들더니 비비적거렸다. 그 붉은 입술이 벌려져서 헤 하고 웃더니 이내 쩝쩝거리면서 우물거렸다.

꿈에서 뭐라도 먹는 걸까.

그 모습이 우스워 황태자가 낮게 웃음을 터트렸다. 한창 달게 자던 아가는 그 낮은 웃음소리에도 깨지 않고 여전히 꿈나라 여행 중이었다. 그것에 황태자는 심술궂은 마음이 솟았다. 대제국의 태양의 아들 인 제가 있는데도 잠만 자는 아가가 조금은 얄미워졌다.

'내, 널 보기 위해 친히 여기까지 와 줬는데 너는 잠만 자는구나. 맹 랑한 아가야.'

그는 아가의 작은 겨드랑이에 손을 끼워 넣어 그 작은 몸을 슥 들어 올렸다. 한창 달게 자던 아가는 갑자기 몸이 허공에 뜨자 가볍게 몸을 버둥거리더니 힘겹게 잠이 잔뜩 묻은 무거운 눈꺼풀을 들어 올렸다.

"아우……."

황태자는 아가를 들어 올리면서 굉장히 놀라고 말았다. 이렇게 가 볍다니. 제 동생들을 제대로 안아 본 적이 없었던 황태자는 거짓말 좀 보태서 깃털처럼 가벼운 무게에 놀랐다. 이게 아가의 무게인가. 그는 오묘한 표정을 지으며 막 눈을 뜨려는 아가를 쳐다봤다.

아가는 붕 떠 버린 몸에 기어코 깨 버리고 말았다. 평상시라면 달게 자야 할 시간인데 방해를 받아 기분이 몹시도 좋지 못했다. 가볍게 칭 얼거리며 눈을 반사적으로 깜박이며 흐릿한 시야를 바로잡았다.

"아으어……."

아가가 잠투정을 하자 황태자는 당황했다. 이러다 울면 안 되는데. 황태자는 세상 무서울 것이 없었으나 칼레이저 공작의 잔소리가 조금 은 귀찮을 것 같다는 생각이 들었다. 그러나 아가는 황태자의 걱정과 달리 울지 않았다. 얼굴을 찌푸린 아가가 푸른 눈을 깜박이며 그를 마 주 봤다.

황태자는 그 푸른 눈에 담긴 자신을 보며 신비한 느낌이 들었다. 고대 용족의 피를 이어 받은 진귀한 자들만 물려받는다는 신비의 황금안을 가진 자신의 눈에 비하면 흔할 수 있는 아가의 푸른 눈동자가 왜이다지도 신비할까.

사파이어보다도 선명한 푸른 눈동자는 빛의 굴곡에 따라 하늘빛이 감돌기도 하고 청록빛이 돌기도 했다. 푸른 계열의 눈동자는 마치 다색을 담은 것처럼 신비했다. 동그란 아가의 눈동자에 그는 이내 피식 웃고 말았다. 그 눈동자에 비친 자신의 얼굴이 희미하게 웃는 것이 비쳤다. 그 미소에 아가는 따라 웃었다.

천사처럼 아름다운 사람이다. 아가는 눈앞에 자신을 들어 올린 소년에 호기심이 동한 표정으로 보았다. 엄마처럼 아름다운 사람, 여왕과 같은, 커다란 짐승과 그 커다란 새와 같은 신비한 색을 가진 황금안이 아가의 시선을 끌었다. 살짝 웃는 미소에 아가는 그가 빛이 난다고 느꼈다. 반짝거리는 은색 머리카락과 대비되는 황금색 눈동자는 지독하리만치 어울렸다. 아가가 배시시 눈꼬리를 접고 웃자 그가 흠칫하더니 빙글 웃었다.

"이거, 이거, 물건인데?"

황태자가 약간은 즐거운 기색으로 중얼거렸다. 아가는 방긋 웃다 가볍게 몸을 버둥거렸다. 눈앞의 소년은 아름다우나 이 자세는 너무 불편했다. 아가가 가볍게 버둥거리는 바람에 황태자가 당황해서 얼떨결에 제 품에 안고 말았다.

어영부영 어설프게 안아 버리는 바람에 아가는 여전히 불편해서 인상을 찡그리며 그가 입고 있는 옷깃을 양손으로 잡았다. 마치 그의 상체가 산이고 자신이 그 산을 타는 등산객인 것처럼 기어 올라가려는 듯 잡아당기자 황태자가 어어 하면서 얼떨결에 한 손으로 아가의 등을 잡고 한 손으로 통통한 엉덩이를 받쳐 올렸다. 아가는 끙끙거리면서 위로 올라가 기어코 황태자의 어깨에 제 팔을 얹을 수 있었다.

아가의 작은 상체가 황태자의 어깨에 걸쳐지자 만족스러운 듯 그의 어깨와 목에 얼굴을 비볐다. 그에 황태자는 어안이 벙벙한 표정으로 아가를 쳐다봤다. 뭐지, 이 아가는? 지금 자신을 타고 올라간 건가? 그는 아가의 행동에 기가 막혀하더니 이내 웃음을 터트렸다.

얕잡아 볼 수 없는 상대다.

아가의 심리를 알 수 없으니, 어디로 통통 튈지 모르는 생물이다. 그는 그리 생각하며 고개를 절레절레 가볍게 흔들었다. 이런 순진무구한 것을 상대로 뭘 한단 말인가. 그는 제법 경쾌하게 웃음을 터트렸다. 어깨를 들썩이자 아가의 작은 몸이 그 반동에 흔들렸다. 몸이 흔들려서 불편한지 아가가 제 입을 크게 벌려 '하무' 하는 소리를 내며 그의 어깨를 물고 빨았다. 입힘이라곤 전혀 없으나 물리는 느낌은 나는지 황태자가 피식 웃었다.

"너 지금 누굴 문 것인지는 아느냐?"

그가 웃음기 가득한 어조로 물었다. 그에 아가는 그저 쭉쭉 그의 옷깃을 빨면서 눈동자만 데굴데굴 굴리더니 눈을 가늘게 접고 웃었다. 아가의 침이 그의 어깨를 적시기 시작하자 황태자가 난감한 표정을 지었다. 결국 그는 제 어깨에 찰싹 붙은 아가를 힘으로 떼어 냈다. 성인에 가까운 그에 비해 한낱 작은 아가는 쉽게 떨어졌다. 아가가 우우하고 심술 묻어난 옹알이를 하며 버둥거렸다. 부 하고 볼을 부풀리는 게, 먹음직스럽게 보이기까지 한 황태자는 눈을 빛내며 말했다.

"네가 날 물었으니, 나도 널 물어야겠다."

그는 장난기 가득한 어조로 그리 말하더니 잘 부푼 아가의 한쪽 뺨을 가볍게 깨물었다. 그에 아가가 깜짝 놀라 눈을 동그랗게 떴다. 황태자의 아름다운 얼굴이 가까이에서 보였다. 제 뺨에 물컹한 것과 딱딱한 것이 동시에 닿는 것이 느껴졌다. 앙앙 하고 두 번이나 물어 버린 그에 아가는 아픔을 느꼈다.

아가에 대해 무지한 황태자는 연약한 아가의 뺨에 기어코 잇자국을 남기고 말았다. 먹음직스러운 모양새에 충동적으로 물었으나 물컹하고 보드라운 살결이 이에 닿자 황태자는 굉장히 악동이 된 느낌이었다. 황태자에게 물린 그 뺨이 금세 불그스름해졌다. 동그랗게 눈을 뜬 아가의 얼굴이 점점 울상이 되더니 으엥 하고 울음을 왈칵 터트렸다. 그와 동시에 황태자가 당황했다.

"자, 잠깐 너 왜 우는 거야? 먼저 문 건 너잖아!"

똑같이 물어 준 것뿐인데 왈칵 울음을 터트리자 난감해졌다. 으헤엥, 하고 울음을 터트린 아가의 푸른 눈동자에 그렁그렁 눈물이 맺혔다. 울상을 지으며 뚝뚝 눈물을 흘리는 아가가 몸이 들린 채로 버둥거리면서 울었다.

아파! 아파! 예쁜 사람이 나를 아야야 하게 했어. 으엉, 무서운 거다!

아가의 작은 뇌는 놀람과 패닉으로 뒤섞였다. 난생처음 물리는 느낌은 놀라울 정도로 아팠고 무서웠다. 그에 황태자의 표정이 난감함과 당황으로 물들었다.

그와 동시에 그의 위로 어디서 나타났는지 모를 잎사귀가 우수수 떨어졌다. 황태자는 그 기묘한 느낌을 예리한 감각으로 눈치채고, 반사적으로 양팔을 앞으로 뻗어 아가를 최대한 자신에게서 떨어지게 했다. 그 거대한 잎사귀 비는 마치 황태자가 목표인 듯 시원한 소리를 내며 콸콸콸 떨어져 내렸다.

이 무슨 마른하늘에 날벼락이란 말인가.

그 갑작스러운 환경에 아가가 울다 말고 눈을 동그랗게 떴다. 눈가 끝에 눈물이 아슬아슬 달려 있었다. 어느새 나타난 아름다운 페어리 여왕이 그 눈물을 하얗고 작은 손으로 쓸어 주며 말했다.

[이 괘씸한 인간! 네놈이 내 아가를 울리다니!]

화가 잔뜩 담긴 어조로 일갈하는데 귀한 용족의 피를 이었으나 인간임이 확실한 황태자는 여왕의 목소리를 듣지 못하고 황당한 표정을 지으며 아가를 마주 봤다. 아가 역시 눈을 동그랗게 뜨고 그를 마주 봤다. 아름다운 은발에 덕지덕지 잎사귀가 달라붙었다. 제법 날카로운 잎사귀도 섞였는지 그의 하얀 얼굴에 자잘한 생채기까지 생겼다.

"허⋯⋯."

황태자가 어이없다는 듯 마른 웃음을 터트렸다. 그 모습에 아가는 까르르 웃음을 터트렸다. 방금 전까지 울더니 이제 웃는 아가에 황태자는 똥 씹은 표정을 지었다. 자신이 이런 봉변을 당한 것이 그렇게 재밌느냐? 황태자가 기어코 참지 못하고 심술궂은 표정을 짓더니 이내 아가의 작은 코를 앙 하고 물어 버렸다.

그에 여왕이 화들짝 놀라 다시 잎사귀 비를 소환했고, 황태자는 또다시 반사적으로 아가를 최대한 범위 내에서 떨어트리고 잎사귀 장대비를 맞고 말았다. 고개가 푹 숙여질 정도로 엄청난 압력에 그는 눈을 살짝 감았다. 그 비가 다 떨어지자 황태자와 아가가 사이좋게 웃음을 터트리고 말았다.

여왕은 아가의 발그레해진 뺨을 감싸 안으며 황태자를 노려보았다.

[내 지금은 네놈에게 크게 보복을 못하는 것이 분하나, 나중에 필히 이 무례한 행동에 대해 대가를 치르게 할 것이다!]

여왕의 분노 가득한 말을 들을 수 있을 리 없는 황태자는 하하하 웃음을 터트리더니 괴상한 표정을 지으며 말했다.

"뭔가 이상한 것이 있는 것 같은데, 그게 너랑 연관이 있는 것 같다, 맹랑한 아가야."

어딘지 모르지만 기묘한 힘이 느껴졌다. 강렬하고 기묘한 것이 제 예민한 감각을 콕콕 찔렀다. 그는 눈꼬리를 가늘게 접고 서늘하게 웃었다. 그 모습에 여왕이 흠칫하며 몸을 움츠렸다. 보통 인간이 아니다. 그제야 그의 황금안을 눈치 챈 여왕이 황태자의 몸에서 강렬히 느껴지는 불편한 존재의 힘에 인상을 썼다.

하필이면 용족의 후예라니.

여왕은 굉장히 불편하고 귀찮으며, 까다로운 것을 보는 눈으로 그를 노려보았다. 가까이에서, 아가 주변에서 자신을 향해 날아오는 악의에 황태자가 시니컬하게 웃었다. 뭔지 모르겠지만 더 이상 건드려 봐야 자신이 손해다. 보이지 않는 것을 어찌 상대하겠는가.

"아부, 아부. 꺄하!"

안 보이는 상대에 대한 경계와 불편한 존재의 후예에 대한 경계가 서로 얽혀 있는 그 중심에서 아가가 짧은 다리를 버둥거리며 까르르 웃었다. 눈앞에 신기한 것이 우수수 떨어졌다. 자신을 문 아름다우나 성격이 매우 고약해 보이고 몹시도 무서운 남자에게로.

그것이 쌤통인 동시에 신기하여 아가는 방싯방싯 웃었다. 그에 황태자가 허탈한 표정을 지었다. 너 지금 나 쌤통이라고 생각하는 거지? 그는 심술궂은 목소리로 중얼거렸다.

"맙소사! 아가."

소년 한 명과 그 손에 들린 아가 하나, 그리고 고귀한 페어리 여왕의 기묘한 삼각관계 사이에 놀란 음성이 끼어들었다. 아사벨이었다. 아사벨 곁에 유모도 놀란 기색으로 서 있었다. 아사벨이 사랑하는 손녀딸을 들고 있는 침입자에 놀라 눈을 동그랗게 뜨더니 비명을 삼켰다. 대제국 아이다의 태양의 아들, 황태자가 왜 이곳에 있단 말인가. 그 놀람은 거기서 끝나지 않고 황태자 주변에 쌓인 많은 잎사귀 더미를 보고 놀라 할 말을 잃었다.

제국의 5대 공작가에 비견할 바는 아니지만 제국의 북방에 위치해 경계를 지키고 있는 에스트롤 후작가는 대대로 훌륭한 지휘관을 배출해 왔다. 이 가문에 지대한 관심을 가지고 있는 황태자가 그 가문의 안주인을 보며 살짝 웃었다. 그림 같은 미소에 아사벨이 재빨리 정신을 차리고 다급히 예의를 차렸다.

"대제국 아이다의 태양의 아들, 황태자 전하를 뵙나이다."

아사벨 뒤에 있던 유모는 허리를 고이 접었다. 미천한 평민이 뵐 수 없는 고귀한 혈통이다. 아사벨은 살짝 드레스 양 끝을 잡으며 우아하게 상체를 살짝 숙여 인사했다. 그에 황태자가 '반갑소, 후작 부인.' 하고 그 특유 마성이 깃든 부드러운 음색으로 답했다.

황홀하기 그지없는 목소리였으나 정신력이 원체 강인한 아사벨은 이 자리가 불편할 것이 분명한 유모를 재빨리 손짓으로 물리고 그에게 조심스레 다가갔다. 그녀의 얼굴이 잔뜩 굳어 아가에게로 향했다. 그녀의 시선에 황태자가 으쓱했다. 자신이 혹여 한낱 아가를 해칠까 조마조마하게 보는 시선에 피식 웃었다.

'내가 그렇게 못되게 보이나.'

자신이 장난기는 많으나 잔인한 심성은 없는 것을 알 터인데, 눈에 띄게 조마조마하는 모습에 삐쭉 심술이 났으나 그는 냉큼 아가를 그녀에게 내밀었다. 그러자 아사벨이 기다렸다는 듯 아가를 제 품에 품었다. 아가는 익숙한 할머니의 품에 배시시 웃으며 그 가슴에 얼굴을 비볐다. 그에 황태자의 얼굴이 뚱해졌다.

"칫!"

황태자가 혀를 차더니 몸을 빙글 돌려 버렸다. 아사벨이 무어라 말하기도 전에 황태자가 잔뜩 뿔이 난 목소리로 말했다.

"칼레이저가의 보물이라 하여 내심 기대했더니 천하의 못난이가 따로 없군!"

퉁퉁 심술이 튀었다. 그의 말에 아사벨이 눈을 동그랗게 떴다. 그는 슬쩍 고개만 돌려 심술궂은 표정으로 힐끗 아가를 보더니 흥 하고 고개를 돌리고 재빠른 몸놀림으로 자신이 들어왔던 창으로 휙 나가 버렸다. 스쳐 지나간 그의 황금안은 심술과 약간의 아쉬움이 묻어났다 사라졌다.

그가 나가 버리자 방 안에는 수북이 쌓인 잎사귀들과 아무것도 모른 채 해사하게 웃는 아가와 잔뜩 인상을 구긴 아사벨과 조용히 분노하고 있는 여왕만 있을 뿐이었다.

[아가가, 파이가 못난이면 이 세상 모든 아가들은 오크의 아가냐!!]

감히 그런 막말을 하다니! 아무것도 모르는 듯 방긋방긋 웃는 아가를 대신에 여왕이 화를 내고 아사벨 역시 조용히 중얼거렸다.

"천하의 못난이가, 이렇게 사랑스럽습니까? 전하……."

그녀의 목소리에 묘한 노기가 깃들다 사라졌다. 제 손녀딸을 욕보이려 하시다니, 너무하십니다. 그녀는 그리 말하면서 고개를 숙여 아가의 작고 하얀 얼굴을 쓰다듬다 화들짝 놀라 신음을 내뱉었다.

"세상에! 아가!"

아가의 뺨 한쪽이 잇자국이 선명히 나서 슬쩍 불그스름해졌다. 멍들 것 같은 그 모양새에 아사벨이 인상을 썼다. 코끝에도 희미하게 남은 물린 자국에 아사벨은 현기증이 날 것 같았다.

아가의 얼굴에 생채기를 만든 범인이 누구인지 짐작할 것도 없이 딱 한 명뿐이어서 아사벨은 기가 막혀 헛웃음을 내뱉었다.

그날 저녁 기어코 한쪽 뺨이 멍이 들어 분노한 라반이 길길이 날뛰며 신성력을 이용해 치료해야 했으며, 파람을 비롯한 그녀의 할아버지들, 휴와 아툼이 조용히 마음속으로 칼을 갈았다. 당연히 그들이 강렬한 의지를 내비치며 칼을 갈고 있는 상대는 대제국의 태양의 아들인 황태자였다.

그중 유독 조용히, 또한 매우 지독히 분노를 드러내는 이는 단연 그녀의 아빠인 카이저였다. 카이저는 이를 갈며 으르렁거렸다.

"그놈의 은발이는 쌍으로 개지랄이야."

자신의 체통을 살짝 버려 두고 낮게 욕설을 내뱉은 그를 아무도 제지하지 않았다. 모두가 똑같은 마음이기 때문이었다. 은발이, 은발이가 문제다. 카이저는 반역의 기미로도 보일 수 있는 발언을 아무렇지 않게 내뱉으며 그 붉은 눈에 섬뜩한 빛을 내비쳤다.

그다음 날, 그는 냉랭한 얼굴로 황궁에 입성했다. 그는 성큼성큼 걸어서 황궁 내에 있는 자신의 집무실로 향하지 않고 곧바로 고귀하신 제국의 태양이 계신 집무실로 걸어갔다.

가던 도중에 곰처럼 거대한 체구를 가진 사내를 만났다. 짙은 녹색 머리카락에 살짝 처진 눈매, 고동색 눈동자를 지닌 그의 덩치는 아벨에 버금갈 정도였고, 키는 그보다 머리 하나 정도 더 컸다. 높은 황궁의 천장에 닿을 것 같은 착각이 들 정도로 커다란 사내가 그에게 다가와 반갑게 인사했다. 그는 다름 아닌 카이저의 몇 없는 절친 중 한 명인 소올이었다. 황궁 제1기사단을 맡고 있는 그는 온몸에서 투기가 뿜어져 나왔다. 과연 제국 내에 알아주는 돌격대 대장다웠다.

"여어, 카이저."

반갑다는 듯 손을 척 들어 인사하는데 카이저는 그를 휙 지나쳐 가 버렸다. 냉랭한 기운을 내뿜으며 자신의 인사를 무시하는데도 소올은 포기하지 않고 그 뒤를 따라가며 말했다.

"이보게 카이저? 무슨 일 있는가? 얼굴이……."

야차처럼 무섭구먼, 하는 뒷말을 삼키며 말끝을 흐리는데 카이저가 돌연 몸을 멈췄다. 그에 맞춰서 멈춰 버린 거대한 곰 사내, 소올이 제 덩치가 아까울 정도로 몸을 슬쩍 움츠렸다.

'난 쟤가 저렇게 갑자기 냉랭한 표정 지을 때가 무섭더라.'

저런 표정을 지을 때는 백 퍼센트 제 월급이 감봉된다. 주로 외무적인 업무를 도맡지만 종종 서로를 단련하기 위해 부딪히는 유리안과 자신이 신명나게 싸워 황궁의 건물 하나를 완전히 박살 냈을 때나 짓는 싸늘한 표정이기에 그는 제 머리를 재빠르게 굴리며 그간 자신과 유리안이 치고받고 싸우면서 당분간 사용하기 어려울 정도로 파헤쳐 놔서 숨겨 놓은 연무장 몇 군데를 기어코 들킨 것인가 생각하며 그 눈치를 살폈다. 하지만 황궁의 건물이 아닌 연무장 몇 군데 정도 망가트려 놓는 것은 늘 있는 일이라 종종 눈감아 준 적이 있다. 대체 무엇이 그를 화나게 만들었는지 아무리 생각해도 알 수가 없었다.

"소올."

친우가 음정 없는 목소리로, 소름 돋을 만큼 표정 하나 없는 얼굴로 그를 부른다. 소올의 산만 한 어깨가 크게 움찔하고 떨렸다. 놀라 비명을 지르듯 답했다.

"어엇?"

"너 감봉."

"……."

이런 제길, 역시 들켰나 보다. 그는 경악 어린 표정으로 그를 쳐다보았다. 그러거나 말거나 카이저는 멈췄던 길을 마저 걸어갔다. 그는 걸어가면서도 그 얼음이 뚝뚝 떨어질 것 같은 목소리로 말했다.

"유리안도 감봉."

"……."

연무장 정도는 얼추 눈감아 주던 그가, 아무리 그래도 하루에 한 번 꼴로 망가트려 근 50번을 망가트린 횟수를 눈감아 주기엔 무리였나 보다. 점점 멀어져 가는 친우의 뒷모습에 소올은 울상을 짓더니 크윽하고 신음을 내뱉으며 그 거대한 몸을 신속하게 움직여 그와 반대 방향으로 뛰어갔다. 이 슬픈 통보를 전해 줘야 한다. 그가 가는 방향에는 유리안이 있을 것이다. 그는 자신의 커다란 덩치가 아까울 정도로 온순한 얼굴에 잔뜩 상처받은, 제 꿀단지를 빼앗긴 곰 같은 표정을 짓고 뛰어가고 있었다.

그가 울며불며 제 친우에게 달려가는 사이, 카이저는 거침없이 걸어가 황제의 집무실에 도착했다. 황제의 호위기사가 문 앞에서 제지했다. 그에 카이저가 냉랭하고 서늘한 눈빛으로 노려보자 스륵 옆으로 빠졌다.

대제국의 강철의 주둥이. 그는 황궁 마탑의 전직 수장이었다. 한낱 호위기사 따위가 그를 막을 수 있을 정도로 나약하지 않다. 그는 대대로 무관을 배출해 온 공작가에서 유일하게 마법적 재능을 보여 대마도사가 된, 희대의 천재이기 때문이다. 그런 그가 마음만 먹는다면 기사 하나 정도는 눈 깜짝할 새에 구워 버릴 수 있다. 황제의 충실한 호위기사이나 제 생명이 아까운 줄 아는 현실주의자인 그 기사는 아무 말 없이 고개를 옆으로 돌려 카이저를 슬그머니 외면했다.

본래 카이저는 재상이 아닌 그저 마탑의 수장일 뿐이었다. 한가로이 마법을 연구하고, 재정을 빨아먹는 '돈 먹는 탑'의 주인일 뿐이었다. 그런 그가 재상이 된 과정에는 현 황제와 기마병단의 총지휘자인 락샤, 재무대신이자 학자들의 수장인 메시의 끈질긴 회유와 설득, 약간의 협박이 있었다. 그들에 의해 억지로, 울며 이구아나의 눈알 먹는 심정으로 그 자리에 앉았던 것이다.

그들의 선택은 옳았다. 억지로 재상이 된 그는 희대의 천재라는 대단한 머리와 강철 같은 주둥이의 말발, 마법에 필수적으로 필요한 계산력과 선견지명을 거침없이 이용했다. 거기에 차가운 강철 심장인 그는 황궁의 금고를 수리비로 털어 버려 골머리는 썩게 하는 대제국의 무장들의 수장인 소올과 유리안을 꼼짝 못하게 제압해 버렸다고 한다.

황제와 락샤, 메시는 역시 카이저라며 치켜세워 주었지만 당사자는 그 자리가 몹시도 불만이고 불쾌했다. 그래서 종종 그는 스트레스가 머리끝까지 쌓이면 황제의 집무실에 가서 괜히 분풀이 비슷한 것을 하곤 했다.

아무래도, 오늘이 그날인 것 같다. 그가 싸늘한 표정으로 황제의 집무실에 들어서자마자 호위기사는 자신이 가지고 있는 수정구에 마력을 불어넣어 가동시켰다. 그러자 그 수정구에 진보라색 머리카락을 곱게 땋은 진녹색 눈의 아름다운 미남이 스륵 비쳤다. 재무대신 메시였다. 메시는 수정구에 그가 비치자마자 묵직한 얼굴로 고개를 끄덕였다.

황제는 갑작스레 들이닥친 카이저에 집무를 보다 말고 쓰게 웃었다. 막 사인을 하고 있던 깃펜을 슬그머니 내려놓았다. 이 기회에 손가락 좀 쉬어 보겠다는 얄팍한 게으름도 담겨 있었으나 카이저가 평소보다 더욱 서늘한 무표정을 짓고 있기에 꼼수가 아니더라도 손을 멈출 수밖에 없었다.

때가 된 것인가. 주기가 너무 빠르다. 아니 애초에 주기라는 것이 없지. 들쑥날쑥하니까.

그는 속으로 중얼거리며 이번엔 어떻게 살살 구슬려야 하나 고민에 빠졌다. 카이저는 항상 불만거리가 생기면 사임부터 요청해 왔기 때문이다. 우수한 인재이며 이제는 없어서는 안 될 중요한 인물인 카이저의 사임은 황궁의 크나큰 마이너스 요소다.

1년 전이던가, 카이저의 아내인 앨리스가 임신을 했을 때도, 그는 사표를 준비해 그에게 내밀었었다. 그에 황제는 사람 좋게 웃으며 그를 살살 달래느라 진땀을 빼야 했다. 종국엔 그의 아내인 앨리스의 도움까지 받아 겨우 물려 놓았다. 그런데 그녀가 죽고 말았다. 유일하게 카이저를 제지할 수 있는 여인이.

사실 그것에 황제는 나름의 죄책감이 있었다.

차라리 그때 사표를 받아 줄 것을. 그녀의 마지막인 줄도 모르고, 카이저를 붙잡았다. 다행히 카이저 품에서 조용히 잠들 듯 고통스럽지 않는 죽음을 맞이했다고는 하나 황제는 마음이 좋지 못했다. 자신의 신의를 받는 최고의 신하이자, 친우의 슬픔을 곁에서 지켜보는 것은 꽤나 괴로운 일이었다.

마음 같아선 이번에 사표를 낸다면 받아 주고 싶었으나, 그러기엔 황궁이, 제국이 절실히도 그를 원한다. 그가 없는 황궁은 금세 중구난방이 되어 순식간에 사면초가가 될 것이 뻔하다. 그의 강철의 주둥이가 황궁에는 절실히 필요했다.

개성이 심히 뚜렷한 황제의 수하들은 그 성격이 주인을 닮아 거세고 쉽지 않아 다루기가 여간 까다로운 게 아니었다. 그런 이들을 유일하게 입 한 번 나불거리지도 못하게 막아 버리고 통제하는 것이 바로 강철의 주둥이 카이저다.

그런 대단한 인재를 놓아주기엔 황제가 갖게 될 위협 요소가 너무 많다. 황제가 제 수하들을 제대로 통제하지 못한다는 것은 아니다. 그러나 스스로 그들을 일일이 통제하기엔 황제는 너무나도 게으르고 만사가 태평한 이였다. 그런 이가 곁에 있는 훌륭하고 편리한 카이저를 놓아줄 수 있을까?

카이저는 황제의 너무나도 소중한 방패막이다. 황제가 속으로 씁쓸하게 웃으며 카이저를 쳐다봤다.

"제가 왜 여기 왔는지, 짐작은 하시리라 믿습니다."

"아아……."

서슬 퍼런 시선으로 마주 보는 카이저에 황제가 난감한 표정을 지었다. 음, 너무나 잘 알고 있다네. 그는 쓰게 웃었다.

"오늘이야말로……. 저는 사임을 하고 말 것입니다."

탕!

그는 거침없이 황제가 앉아 있는, 서류가 잔뜩 쌓인 책상으로 다가가 품에서 꺼낸 하얀 봉투 하나를 큰 소리를 내며 내려치듯 올려놓았다. 그 하얀 봉투에는 여지없이, 일말의 희망도 없이 선명하게 사직서라고 쓰여 있었다. 그에 황제의 표정이 울 듯 변했다.

"음……. 이보게, 자네."

"이번엔 절대로입니다."

그의 눈은 강렬하게 사임을 외치고 있었다. 서늘하게 빛나는 붉은 눈동자에 소름이 돋았다. 무서운 놈. 그는 속으로 중얼거리며 그가 내민 봉투를 손끝으로 집으며 말했다.

"다시……."

"다시 생각할 것도 없이 사임입니다."

"그래도……."

"그래도입니다."

"옛정을……."

"옛정이 다 죽었습니다."

아시지 않습니까? 절 이 자리에 앉힌 순간 그 옛정 옛날 옛날에 다 증발되어 날아갔다는 것을요, 하고 길게 덧붙였다. 황제는 아무 말도 내뱉을 수가 없었다.

"……."

무슨 말을 해도 싹둑싹둑 잘라 버렸다. 그에 황제가 끙끙거리며 한 손으로 주름진 제 미간을 매만졌다. 거침없는 자식. 무례하게 대제국 의 태양의 말을 싹둑싹둑 잘라 버리고 제 할 말을 꼬박꼬박 한다. 한 번 돌아 버리면 무대포가 된다는 그 성격을 떠올리며 그가 난감해하 며 말했다. 그 선명한 적안에 불같은 성격이 과감하게 표출된다.

"이제까지 잘하지 않았는가? 왜 갑자기 다시 사표를…… 내미는 가?"

내가 오라고 해서 그래? 근데 그건 네놈 직책이 워낙 중요하니 그런 것이 아닌가? 하고 조금은 서운한 어조로 말했다. 그에 그가 고개를 절레절레 흔들었다. 그, 그럼 내가 자네 딸을 납치한다고 해서 그런 가? 그거 농담이라네, 알지 않은가, 그의 말에 눈빛이 예리하게 변했 지만 그마저도 절레절레 흔들었다.

"그럼 뭣 때문인가!"

답답하다는 듯 묻자 기다렸다는 듯 카이저가 말했다.

"태양의 아들 때문입니다."

네 아들 때문이다. 이를 바득바득 갈며 으르렁거리듯 말했다. 그에 황제가 눈을 동그랗게 떴다. 아니 제 아들이 무슨 짓을 했길래? 그가 의아한 표정을 지으며 보자 카이저는 대제국의 태양의 앞에서 무례하 게 주먹을 쥐고 그 책상을 탕 치며 말했다.

"제 귀한 딸아이의 얼굴에 생채기를 냈습니다! 겨우 생후 반년 된 아가의 고운 얼굴에!"

"……?"

지금, 황태자가 공작의 딸에게 상처 좀 냈다고 사임을 하겠다는 건가? 저렇게 사나운 얼굴을 하고? 미간을 찌푸린 황제는 그의 말을 이해하려고 머리를 굴렸다. 태양의 아들이라고 해 봐야 막내는 칼 놀이에 빠져 궁을 나가지 않으니 아닐 터이고 황족 최고의 말썽꾼 둘은 올해 초에 진즉에 사막으로 강제 유학시켰다. 그럼 남는 것은.

"……시드니가?"

자신을 쏙 빼닮은 첫째 아들을 떠올리며 되묻자 그 서늘한 눈동자가 그 색에 맞춰 이글이글 타올랐다. 거센 불꽃을 일으키는 듯 착각을 할 정도로 이글이글.

"예! 시드니 님이요! 황태자님이 제 아가한테, 제 파이의 뺨에 커다란 잇자국을 남겼습니다."

카이저는 자신이 물린 것마냥 수치심에 바들바들 떨며 화를 냈다.

음…… 잇……자국 말인가. 그는 잠시 떨떠름한 표정을 지었다. 장난기는 많으나 쌍둥이 황자들에 비해 얌전한 축에 속한 황태자가 그런 취미가 있을 줄 몰랐다. 겨우 반년 된 아가의 뺨을 물다니……. 음, 농담이겠지? 하고 묻자 카이저가 불같이 화를 내며 말했다.

"제가 지금 농담하는 걸로 보이십니까?"

그는 당장이라도 그 책상을 뒤엎을 정도로 화를 냈다. 그에 황제가 끙 하고 신음을 내뱉었다. 그 입장에선 솔직히 제 아들이지만 무슨 생각을 하는지 도무지 알 수 없는 것이 황태자였다. 자신을 쏙 빼닮은 주제에 여우같이 계략을 치는 것이 여간 영악한 것이 아니다.

뭐, 마음만 먹는다면 그 녀석의 '속'을 전부 꿰뚫어 볼 수는 있으나 그러기엔 뒤따르는 리스크가 큰 황제는 과감히 그 방법을 무시했다. 그런 영악한 녀석을 믿으니 눈앞에 일 잘하고, 가끔 이렇게 난동을 부리긴 하지만 대체적으로 말 잘 듣는 카이저를 믿는 것이 백배 낫다.

"아무리 그래도 사임만은 안 되네."

그가 살살 구슬리듯 조곤조곤 말했다. 그에 카이저가 콧방귀를 뀌었다.

"아뇨! 폐하! 저는 더 이상 참을 수가 없습니다!"

"이보게!"

길길이 날뛰듯 말하기에 황제도 나도 못 참겠거든! 하고 받아치듯 그를 불렀다. 그에 카이저가 그 붉은 눈을 번뜩이며 말했다.

"저는! 제 딸아이와 매일 함께 있고 싶습니다! 폐하! 아시지 않으십니까! 제게 그 아이가 어떤 의미인지! 저는 더 이상 사랑하는 이를 잃고 싶지 않습니다!"

"아기가 건강해졌다고 하던데 아니었나?"

카이저가 강렬히 제 의사와 간절한 소망을 담아 말하자 황제의 마음이 약해졌다. 그의 그녀가 남기고 간 소중한 보물. 카이저에게 아가는 더할 나위 없이 소중했다.

"건강합니다! 하지만, 하지만 저는 그 아가가 자라나는 모습을 이 눈으로 지켜보고 싶습니다. 그 아가가 두 발로 서서 걷는, 제게 아빠라고 불러 주는 그 순간에 저는 함께 있고 싶습니다."

그런데, 재상의 자리는 너무 야근이 많습니다! 그는 뒷말을 이었다. 그 말에 다소 누그러진 황제의 눈이 번뜩 빛을 발했다. 이 녀석, 이 얍삽한 녀석. 바라는 게 있군. 불같이 화를 내며 사표를 내던지더니 사실 뭔가 바라는 것이 있어 이렇게 강하게 나간 것이다. 그를 눈치챈 황제가 눈을 가늘게 접으며 물었다.

"무엇을 바라는가."

"휴가 5년만 주십시오. 아주 딱 깔끔하게."

"……"

너무 길지 않은가, 하고 쳐다보자 카이저는 철판 깐 얼굴로 맞받아쳤다. 이제까지 연중무일로 일했다. 앨리스가 '열심히 일하는 당신이 좋아요.' 라는 말을 해서 열심히, 뼈 빠지게, 허리가 휠 정도로 일했다. 하지만 그녀는 없고 그녀가 남긴 보물만 있다. 카이저는 그 보물 곁에 있고 싶다.

"2년."

황제가 나지막이 말했다. 그에 카이저가 코웃음을 쳤다.

"6년."

"……."

1년이 늘었다.

"……3년. 제발 그 이상은 안 되네."

그럼 나 죽네, 스트레스로. 그가 우는소리를 하며 말하자 카이저가 가자미눈으로 황제를 보았다. 황제는 제 직책도, 체통도 사뭇이 내려 놓고 끙끙 앓는 소리를 내며 불쌍한 척했다. 이미 당해 본 수법이나 원하는 기간은 얻었으니 이쯤에서 물러나자 싶은 카이저가 허공에 손을 들었다. 그러자 신기하게 그 허공에서 쑥 하고 결재서류 판이 나왔다.

황제는 그것을 보고, 준비성 철저한 놈, 하고 속으로 욕했다. 카이저는 모른 척 그 서류 판을 내밀며 말했다.

"사인해 주십시오."

황제는 그가 내민 서류 판을 펼쳤다. 거기에는 간결하게 딱 몇 줄 적혀 있었다. 그것을 본 황제의 낯빛이 어두웠다. 치졸한 자식. 이렇게까지 해야겠나.

카이데렌저스 I.N. 칼레이저

오늘부터 3년간 장기 휴가를 신청하는 바이다.

휴가 기간 동안 무슨 일이 있어도, 전쟁이 일어나고, 제국이 무너져도 절대 연락하지 말 것.

카이데렌저스 I.N. 칼레이저(서명함)

위대한 제국의 태양이자 망할 황제 폐하는 보는 즉시 서명하시오.

( )

그는 마지못해 빈 곳에 제 이름을 서명했다. 그것을 확인한 카이저가 독수리가 먹이를 낚아채듯 재빠른 손놀림으로 결재 판을 수거해 갔다. 그의 표정에는 좋은 거래였다, 라는 뜻이 내비쳤다. 그와 반대로 황제의 얼굴은 똥 씹은 표정이 되었다. 원하는 것을 얻은 카이저와, 소중한 인재를 지켜 낸 황제. 둘은 말없이 서로를 마주 봤다. 잠시 침묵이 오가는데 황제가 돌연 입을 열었다.

"네 딸아이가 그렇게 귀엽든?"

"이 대륙에서, 아니 이 세상에서 가장 귀엽고 어여쁩니다."

당연한 것을 묻느냐는 듯 답하는 카이저에 황제가 이채 띤 눈으로 그를 보며 말했다.

"네 딸, 황태자비로 맞을까?"

"닥쳐."

야차 같은 얼굴로 단칼에 거절한다. 황제에게 닥쳐라니 너무 거칠다. 아무리 20년 가까이 알고 지낸 친우라도 자신은 황제인데 너무하는 거 아냐? 게다가 애초에 별 뜻 없이 농담 삼아 한 말인데 격하게 반응하는 카이저에 뿌루퉁해진 황제가 억지로라도 시켜 버릴까 보다 하고 생각하다 접었다. 아무리 생각해도 심각한 나이 차이 때문에 무리일 것 같다. 무엇보다 당장이라도 달려들 것 같은 서슬 퍼런 제 친우의 눈빛에 황제는 제 목숨을 위해 포기하기로 했다.

단칼에 거절하는 카이저에, 황제는 버림받은 어린 양 같은 가련한 표정을 지었다. 그의 은색 머리카락과 고귀한 혈통을 상징하는 황금 안, 그에 걸맞은 사내치고 지나치게 아름다운 외모가 그 분위기를 한층 고귀하게 만들어 주었으나, 카이저의 얼굴은 여전히 야차처럼 거칠게 일그러져 있었다. 펼 생각을 안 하고 눈빛만으로도 사람을 죽일 것처럼 쏘아보았다. 그에 황제가 끙 하고 가냘픈 척 신음을 내뱉었다.

"농담이야, 농담."

"행여 농담이라도 꺼내지 마십시오. 부정 탑니다."

"허!"

황제가 먼저 저자세로 나가는데도 카이저는 콧방귀를 뀌며 말했다. 그는 결재 판을 허공 속으로 쑤셔 넣더니 팔짱을 끼며 삐딱하게 섰다. 그에 황제가 의아한 표정을 지으며 눈빛으로 물었다.

'안 나가냐?'

이제 자신에게 볼일이 없는 것이 분명한데도 카이저는 그 시선을 무시하고 팔짱을 끼고 삐딱하게 서서 한쪽 발을 탁탁 굴렸다. 황제의 집무실답게 보드라운 카펫이 깔린 바닥에 그의 고급 부츠가 부딪히는데도 시끄러운 소음 없이 조용했다.

황제가 한 손을 들어 그 위에 아름다운 얼굴을 얹으며 뚱한 표정으로 쳐다봤다. 감히 대제국의 태양인 황제 앞에서 팔짱을 끼고 있는 것도 모자라 삐딱하게 선 카이저는 가히 반역의 기가 물씬 나는 안하무인으로 보였다. 그러나 황제는 그의 무례한 모습에도 뚱한 표정만 지을 뿐이었다. 그의 아름다운 얼굴에 '나 삐쳤다.'라고 크게 쓰여 있었지만 카이저는 전혀 관심이 없어 보였다. 카이저가 가볍게 중얼거렸다.

"올 때가 됐군요."

중얼거림이 끝나기도 전에 문 너머에서 서너 명의 묵직하고 소란스러운 사내들의 걸음 소리가 제법 크게 들려왔다. 매우 조급한 걸음 소리였다. 카이저는 그 소리를 들으며 천천히 문 앞으로 다가갔다. 문이 열리는 범위를 보고 거리를 두고 섰다. 그에 황제가 이 녀석이 뭐하나 싶어 멀뚱멀뚱 쳐다봤다.

황제의 집무실 문이 벌컥 열렸다.

"폐…… 악!"

쾅!

문이 열림과 동시에 카이저가 그 문을 다시 사정없이 닫아 버렸다. 그러자 막 들어서던 인물이 그 문에 맞아 뒤로 나가떨어졌다. 언뜻 진보라색 머리카락이 스쳐 지나가듯 나타났다 사라졌다. 짧은 단말마의 비명과 함께 철목으로 만든 단단한 문과 인간의 머리가 부딪히는 소리가 방 너머로 크게 울렸다.

황제의 얼굴에 기가 찬 표정이 담겼다. 정말 인정사정없구나. 그는 쓰게 웃으며 중얼거렸다. 카이저는 그저 북방의 에스트롤 지역에서나 느낄 수 있을 법한 싸늘한 바람이 쌩쌩 불어오는 냉랭한 얼굴로 닫힌 문을 쳐다봤다. 잡고 있는 손잡이에서 손도 떼지 않았다. 그가 가볍게 뭐라 중얼거리는 것 같았다. 적지만 확연히 느껴지는 마나의 파동에 황제가 결국 터져 나오는 웃음을 참지 못하고 얼굴을 가렸다.

카이저가 마법을 썼다. 그 마법이 무엇인지 그는 쉽게 짐작할 수 있었다.

카이저가 잡고 있는 손잡이가 붉게 달아올랐다. 마치 불에 달궈진 쇠처럼. 그 손잡이가 살짝 돌려지듯 움찔하더니 그와 동시에 문 너머에서 한 차례 비명이 쏟아졌다. 그 비명의 대부분은 아이러니하게도 귀족이라면 차마 내뱉지 못할 저속한 욕설로 이루어져 처절하게 바깥 복도에 울렸다.

그 처절한 비명 속에 먹힌 자잘한 소음과도 같은 여러 사내의 목소리에 카이저는 차게 웃었다. 황제는 벌게진 얼굴로 책상에 얼굴을 비비며 실신할 것 같은 목소리로 깔깔 웃었다. 황제는 체통을 그다지 중요시 여기지 않는 모양이다.

한차례 미미한 마나 파동이 일고, 카이저가 잡은 손잡이에서 푸른 번개가 파지직, 소리와 함께 번쩍거렸다. 그와 동시에 이번엔 다른 목소리로, 꽤나 굵직한 비명이 큰 소리로 울렸다.

끄아아악!!

멱따는 소리만큼이나 처절한 비명에도 황제는 숨넘어가는 소리로 웃으며 책상에 얼굴을 묻고 한 손을 주먹 쥐고 팡팡 쳤다. 그가 책상을 두드리자 무섭게 쌓인 서류들이 우르르 쏟아져 아래로 떨어져 내렸다.

대제국 아이다의 태양인 황제의 고귀한 집무실에 체통 따윈 안중에도 없는 황제의 경박한 웃음소리가 가득 울려 퍼졌다. 그의 집무실 너머에서는 비명과 난잡한 욕설과 함께 쿵쿵 무언가 부딪히는 소리가 들렸다.

카이저는 자신이 잡고 있던 문에서 느껴지는 묵직한 울림에도 서늘한 표정으로 가만히 쳐다보더니 손잡이에서 손을 뗐다. 손을 떼는데도 여전히 그 여파가 남은 손잡이에 푸른 번개가 몇 번이나 번쩍이며 머물렀다.

문 너머로 자잘한 비명이 계속 쏟아졌다. 바깥의 비명 소리를 듣던 카이저는 돌연 몸을 돌려 미친 듯이 웃고 있는 황제에게 성큼성큼 걸어갔다. 황제는 깔깔 웃으면서 자신에게 다가오는 카이저에 눈가에 맺힌 귀한 옥루를 떨궈 내며 말했다.

"가나?"

"네. 제가 없는 동안 부디 강녕하시고 무탈하시길 바라겠사옵니다."

"으음. 큭, 킥킥! 자네도. 크큭."

방금 전 그 삐뚤어진 자세며 반역의 기미가 보이던 무례한 언행과 달리 카이저는 번듯하게 예의를 지키는 충신처럼 허리를 90도로 접어 인사하며 말했다.

황제는 여전히 진정이 되지 않는 얼굴로 웃음소리를 내뱉으며 끄덕였다. 황제의 대답에 카이저는 지체할 것 없이 그의 등 뒤에 있는 집무실의 넓은 창가로 성큼성큼 걸어갔다. 그는 일말의 망설임도 없이 창문 밖으로 몸을 던졌다. 그와 동시에 문이 쾅 하고 커다란 굉음을 내며 열렸다.

그 문 너머에서 온몸에 푸른 정전기가 도는 듯 파지직거리는 짙은 녹색 머리카락의 거구가 과격하게 들어섰다. 사납게 일그러진 그의 고동색 눈동자에 고통이 선명히 담겨 있었다. 그런 그를 누군가 발로 차 밀었다. 거구의 사내는 옆으로 굴러 넘겨졌는데도 제 등을 발로 뻥 차 버린 이에도 불평불만이 없었다.

거구의 사내가 옆으로 구르듯 빠지자 그 자리에는 짙은 보라색 머리카락을 하나로 곱게 딴 아름다운 미남자가 씩씩거리며 서 있었다. 그는 백지장처럼 하얀 얼굴을 불에 달궈진 쇠처럼 잔뜩 붉히며 불꽃이라도 뿜을 것 같은 기세로 소리를 질렀다.

"카이저, 이 개새꺄!!"

황제는 제 앞에서 불경을 저지르는 미남자의 행동에 겨우 참았던 웃음을 다시 터트리며 책상을 두들겼다. 언뜻 보이는 그 미남자의 붉게 부어오른 한쪽 손과 선명하게 보이는 이마의 붉으락푸르락한, 살짝 오른 혹을 보니 더 이상 웃음을 참을 수가 없었기 때문이다. 통제가 안 될 정도로 미친 듯 웃음을 내뱉으며 황제는 귀한 옥루를 뚝뚝 흘렸다.

짙은 보라색 머리카락을 지닌 아름다운 미남자는 그 싱그러운 진녹색 눈동자에 표독한 빛을 내뿜고 있었다. 불을 뿜는 한 마리 용처럼 소리를 지르며 그 자리에서 방방 떴다.

미친놈처럼 길길이 날뛰는 메시 덕에 이미 등장 때부터 옆으로 구르듯 빠져 버린 거구의 사내 소올은 두렵다는 듯 벽에 달라붙어 눈동자만 데굴데굴 굴렸다.

"야, 이 미친 새꺄!! 너 잡히면 죽는다!!"

욱신거리는 왼손의 원수인 그는 이미 사라져 버리고 없음에도 쉬지도 않고 욕을 하는 미남자, 재무대신 메시는 그 후로도 1시간 내내 난잡한 욕설을 내뱉으며 길길이 날뛰더니 기어코 황제의 집무실의 책상을 엎어 놓고 말았다. 황제는 메시가 엎어 놓은 책상에서 멀찍이 떨어져서 벽 쪽에 붙은 서재 책장을 붙잡고 울면서 웃었다.

집무실 바깥쪽에서 그 상황을 지켜보던 푸른 장발의 사내와 하얀 눈 같은 백발의 사내는 서로를 마주 보며 난감한 듯 웃었다.

이것이, 대제국 아이다의 위엄한 태양과 그 휘하의 신의로 똘똘 뭉친 5대 가문의 실체라는 것을, 적대국도, 옆 나라도, 뒤 나라도, 저 건너편 나라도 안다면 어떤 표정을 지을까. 오늘도 황제의 집무실을 지키는 일개 호위기사인 와르르 남작은 질끈 눈을 감아 현실을 외면해 버렸다.

❋❋❋

황궁에서의 사소한 사고와 도발, 작은 거래가 있었으나 결과적으로 좋게 일을 마무리한 카이저는 안심하는 동시에 뿌듯해졌다. 당분간, 3년 동안 자신은 자유다. 그리 생각하자 몸이 날 듯 가벼웠다. 그는 지체하지 않고 곧장 저택으로 향했다. 사랑하는 딸아이의 고운 뺨에 키스라도 날려 주지 않으면 안 될 것 같은 부푼 핑크빛 사명을 안고.

그러나 그가 도착한 무렵은 아가가 한창 달게 자고 있는 초저녁이었다. 배불리 이유식을 먹고 파람의 품에 안겨 우물거리면서 자고 있는 모습에 카이저는 왠지 모를 배신감을 느꼈다. 아빠랑 떨어져 있기 싫다고 엉엉 울던 적이 바로 엊그제인데, 이 잔망스러운 아가는 세상 돌아가는 것 따위 관심 없다는 듯 너무나도 어여쁘게 제 오빠 품에 착 달라붙어 자고 있었다.

왠지 모르게, 무표정한 파람 얼굴에 미미한 미소가 담긴 듯한 느낌이 들었다. 그 미소에는 승리한 자의 도취감이 언뜻 비치는 것 같았다. 분명 착각이겠지, 하고 스스로를 다독이며 카이저는 아쉬운 마음을 담아 파람의 품에 안긴 아가의 둥근 이마에 키스를 하고 자리를 떠야 했다.

그 후 파람 품에 안겨 한창 달게 자는 아가가 바르작거렸다. 작은 손은 앙큼하게 주먹 쥐고 꾸물거리고 본능적으로 그의 가슴에 얼굴을 비비며 배시시 웃었다. 파람은 아가의 어떠한 작은 움직임도 눈에 각 인시키듯 담았다.

파람이 미묘한 표정으로 아가의 하얀 얼굴을 한참을 내려다보니 그 고운 뺨에 가볍게 키스하고 조심스레 아가 침대에 작은 몸을 내려 주었다. 폭신한 침대의 감촉이 등에 닿자 본능적으로 가볍게 뒤척였다. 파람이 제 큰 손을 들어 아가의 둥근 배를 몇 번 토닥여 주자 금세 뒤척임을 멈추고 코롱코롱 사랑스러운 소리를 내었다.

잘 자는 아가는 아기 천사처럼 사랑스러워서 때때론 불안하기도 했다. 그 작은 등에 날개가 돋아나 하늘로 올라가 버릴까 봐. 파람은 알 수 없는 감정의 소용돌이를 내비치는 그 붉은 눈동자로 아가를 한참을 내려다보더니 조심스레 그 방을 빠져나갔다.

그가 몸을 돌려 아가에게서 멀어지자 아가의 곁을 배회하던 여왕이 사뿐히 침대 안전대에 앉아 아가를 내려다보다 무심코 문 쪽을 보았다. 막 방을 나서는 파람의 등 뒤로 언뜻 다갈색 결 좋은 머리카락을 가진 사내의 형체가 스륵 빠져나오는 것을 보았다.

그 사내의 형체가 굉장히 흐릿했지만 여왕은 놓치지 않고 보고야 말았다. 처음 보는 사내의 모습에 여왕의 안색이 굳어졌다. 그러나 그것도 잠시. 흐릿한 형체의 사내는 그녀의 시선을 느꼈는지 살짝 고개를 돌려 여왕을 마주 봤다. 그에 여왕의 한쪽 눈썹이 움찔 움직였다.

그 다갈색 머리카락의 사내는 그녀의 표정을 눈치챘는지 유독 선명하게 보이는 붉은 눈을 가늘게 접었다. 흐릿하게 보이는 손의 검지를 들어 입술에 대며 미소 지었다. 입을 다물어 달라는 제스처였다.

순간 여왕의 몸이 움찔하더니 얼굴색이 흐려졌다. 여왕이 서글프게 미소 지었다. 아아 하고 탄식을 내뱉었다. 알고 있어. 여왕이 소리 없이 웅얼거렸다. 사내는 여왕의 탄식을 들었는지 말았는지 고개를 돌려 버렸다. 그 사내의 형체는 파람이 몸을 돌려 문을 닫기 시작하자 거짓말처럼 사라졌다.

남은 건 점점 닫히는 문틈으로 보이는 기묘한 빛을 내비치는 붉은 눈을 가늘게 접고 살짝 웃고 있는 파람의 얼굴이었다.

그가 완전히 문을 닫아 버리자 여왕은 점차 어두워지는 방 안에 페어리의 빛을 띠며 아가의 하얀 얼굴 가까이에 폭 누워 버렸다. 여왕은 손을 뻗어 사랑스러운 색을 담은 아가의 뺨을 매만지며 중얼거렸다.

[너는 사랑받기 위해 태어난, 이 세상에서 가장 소중한 아이란다.]

상냥하게 중얼거리는 그녀의 목소리는 자장가가 되어 잠든 아가의 몸에 스며드는 것 같았다. 아가는 기쁘다는 듯 해사하게 웃었다.

전날 아침부터 봉변을 당해 매우 놀랐지만 그날 저녁에는 너무나도 그립고 행복했던 꿈을 꿔서 아가는 기분이 몹시도 좋았다. 그 꿈이 무엇이었는지 잘은 기억 안 나지만.

솔직히 말하자면 아가는 매일매일이 행복했지만 유독 기분이 좋아 아사벨의 품에 안겨서 엉덩이를 들썩거렸다. 고대하고 고대하던 밥 먹는 시간이기 때문이다.

얼굴이 잔뜩 상기돼서 들뜬 아가를 보며 아사벨은 웃음을 터트렸다. 원체 식탐이 제법 있는 아가는 요즘 들어 그 식탐이 늘었는지 밥 먹을 때 유독 신나한다. 그 푸른 눈동자를 반짝이며 조그만 입을 벌려 넣어 주는 수저를 야금야금 씹어 먹었다.

가족들은 식탐을 내는 아가의 식사 모습을 보며 하나같이 훈훈하게 웃었다. 기어코 제 그릇에 있는 이유식을 싹싹 비운 아가가 쩝쩝거리며 아쉬운 표정을 지었다. 입가에 묻은 이유식을 닦아 내며 아사벨이 웃었다.

"이따가 우유 먹을까?"

아가의 식사는 대체적으로 이유식이지만 유동적으로 하루에 한 번에서 두 번 정도 우유를 먹이기도 했다. 아카시아 꿀 약간과 특제 약재와 성수가 황금비율로 들어간 우유는 아가가 굉장히 좋아하는 음료이자 부족함을 채워 줄 간식이다. 이제 아가는 우유라는 말을 곧잘 알아듣는지 방긋방긋 웃으며 좋아했다.

든든히 밥을 먹고 트림도 제대로 한 아가는 카이저의 품에 안겨 방으로 돌아왔다. 아사벨과 유모가 곧 영지로 돌아갈 것에 대한 준비로 바빴기 때문이다. 그에 아톰과 그 고용인들의 냉랭한 얼굴에 아쉬움이 가득 묻어났다. 수도에 온 지 겨우 삼 일이거늘 벌써 떠난다니……. 어여쁜 아가를 앞으로 얼마 후에나 볼 수 있을까 기약 없는 기다림을 해야 한다는 것이 매우 서글퍼졌다.

그것을 알 리 없는 아가는 카이저 품에서 잘 놀다가 본가의 저택처럼 폭신한 곰 털가죽이 깔린 제 방의 바닥에 엎어져 배밀이를 하며 기어 다녔다. 밥을 먹어서 그런가, 배밀이가 힘차다. 그것을 흐뭇이 보는 카이저는 역시 휴가를 받아 내길 잘했다 자신을 칭찬했다.

영지로 돌아가면 하루 종일 아가하고만 있을 것이다.

어여쁜 딸이 하루 빨리 아빠라고 불러 줬으면 좋겠다. 작은 소망을 담아 기어 다니는 아가를 보는데 시끄러운 소리가 들렸다.

"파이!"

"파이야!"

수도의 아카데미를 다니고 있는 둘째 아들 파샤와 셋째 아들 파엔의 목소리였다. 그의 인자한 얼굴이 왈칵 구겨졌다. 하필 오늘이 주말인 것을 이제야 깨달았던 것이다. 요즘 들어 묘하게 단둘이 있을 타이밍이 없다. 꼭 누군가 끼어들어서 부녀간의 알콩달콩한 시간을 방해받아 카이저는 조금은 불편한 기색으로 두 아들을 반겼다.

"어서 오거라."

"아부지! 파이가 많이 컸네요."

"헤헤. 파이야."

카이저의 형식적인 인사에 아들들도 똑같이 형식적으로 답하거나 무시하며 기어 다니는 아가에게 쌩하니 가 버렸다. 그에 카이저의 얼굴이 일그러졌다. 그는 속으로 '강철의 주둥이, 성격 많이 죽였네.' 하고 중얼거렸다. 평소라면 꿀밤을 먹이고도 남았을 법한 버르장머리 없는 모습들인데도 아가 앞이니 참는다며 부글거리는 속을 진정시켰다.

카이저가 불편한 표정을 짓는 사이 파샤와 파엔이 배밀이를 하며 기어 다니는 사랑스러운 누이에게 다가갔다. 아가는 자신을 쳐다보는 시선에 눈을 돌려 보았다. 눈을 몇 번 깜박이던 아가는 금세 함박웃음을 지었다. 오빠들이다. 그 커다랗고 이상한 괴물에 삼켜져 영영 못 볼까 봐 엉엉 운 것이 떠오른 아가는 활짝 핀 미소를 지으며 어영부영 기어가 제 시선에 맞추기 위해 바닥에 쪼그려 앉은 파샤와 파엔에게 다가갔다.

아가는 둘을 번갈아 올려다보더니 더 듬직한 파샤의 바짓단을 잡았다. 제 고사리 같은 양손에 힘을 주며 기어 올라가려는 듯 끙끙거리며 잡아당겼다. 파샤는 함박웃음을 지으면서도 어쩔 줄 모르는 손으로 관절 운동만 했다. 이걸 안아 줘야 하나 말아야 하나 행복한 고민에 빠졌다. 그와 반대로 파엔의 얼굴이 뿌루퉁해졌다 슬그머니 풀렸다.

그만큼 바짓단을 붙잡고 기어오르려고 애쓰는 모습이 너무나도 사랑스러웠기에!

아가는 어떻게든 그의 다리통을 붙잡고 상체를 올리려고 끙끙거렸다. 그 모습을 유심히 보던 형제의 입에서 비명 같은 소리가 터져 나왔다.

"아버지!"

"헉!"

놀라 부르는 파엔의 목소리에 뚱해 있던 카이저가 반사적으로 고개를 돌렸다. 그의 붉은 눈동자가 휘둥그레졌다. 파샤와 파엔은 돌이 된 것처럼 굳어 버렸다. 카이저는 제 눈으로 보고도 믿을 수 없다는 듯 어버버거렸다.

아가가, 일어선 것이다.

그러나 그것은 찰나였다. 아가는 바들바들 떠는 두 다리로 서자마 자 힘이 빠져 파샤의 종아리 쪽을 잡고 있던 손아귀의 힘이 떨어지자 주르륵 밀려나 바닥에 털썩 앉아 버렸다. 다행히도 도톰하고 보드라 운 곰 털가죽 카펫이 깔려 있어 아가의 엉덩이에는 충격이 전해지지 않았다.

아가는 앉은 자세에서 눈을 동그랗게 뜬 파샤와 파엔 그리고 그 못 지않게 놀라 보는 카이저를 보며 배시시 웃었다. 세 남자가 똑같이 그 붉은 눈을 크게 뜨고 저만 보자 우스워 아가가 까르르 웃으며 뒤로 발 라당 넘어지려 했다. 그제야 놀란 정신을 바로 잡은 파샤가 놀라운 반 사 신경을 이용해 아가의 작은 몸을 잡았다.

작은 몸의 그 겨드랑이에 양손을 끼워 들어 올리자 아가는 양발을 서로 부딪치며 까르르 웃었다. 아무것도 모르는 양 말갛게 웃는 아가 에 파샤는 요상하게 얼굴을 일그러트리며 웃었다.

"하, 하하……. 아부지."

"맙소사!"

파엔이 놀라 탄성을 내지르며 들려진 아가를 쳐다봤다. 아가는 자 신을 쳐다보는 막내 오빠의 눈빛과 표정에 의아했지만 이내 까르르 웃었다. 파샤가 슬쩍 카이저를 올려다봤다. 카이저는 마른침을 삼키 며 그 옆으로 다가가 쭈그려 앉아 그에게서 아가를 빼앗았다. 아가를 빼앗긴 파샤가 못내 뿌루퉁한 표정을 지었지만 금세 지워졌다.

"아, 아가야. 하, 한 번만, 다시 한 번 서 볼까? 응?"

카이저는 놀란 심정을 진정시키며 살살 웃고는 말했다. 그에 아가 는 그저 말간 눈을 깜빡이며 고개를 갸웃 기울였다. 잘못 본 게 아닐 까 싶어 한 번만 시도해 보자 생각한 그는 아가의 다리를 바닥에 내려

놓았다. 아가의 몸이 카이저에 의해 두 다리로 섰다. 그는 제 손아귀에 기대어 일자로 선 아가의 작은 몸을 보며 마른침을 삼켰다. 그러고는 아가의 겨드랑이에 끼고 있던 손을 슬그머니 뺐다.

아가는 처음에는 카이저의 손에 제 몸을 지탱하더니 그 손이 쓱 빠지려 하자 반사적으로 손을 뻗었다. 카이저의 양 검지를 꽈악 말아 쥔 아가는 그에 의지해 굳건히 섰다.

카이저의 얼굴에 함박웃음이 번졌다. 그는 입꼬리가 귀에 걸릴 정도로 시원하게 미소 지으며 아가를 쳐다봤다. 아가는 제 아비의 함박웃음을 보지도 못하고 자신이 잡고 있는 검지만 쳐다보며 서 있었다. 저도 모르게 힘을 주는지 입술을 오물거리다 가볍게 혀를 날름거렸다.

그러나 그것도 잠시, 아가는 제법 큰 소리를 내며 엉덩이부터 털썩 주저앉아 버렸다. 겨우 몇 초 서 있다 쿵 하고 주저앉은 아가는 자신이 엉덩방아를 찧은 것에 놀라 눈을 동그랗게 떴다. 그러더니 고개를 들어 배시시 웃었다. 마치 쑥스러워하는 미소 같았다.

카이저는 잔뜩 상기된 얼굴로 주저앉은 아가를 단숨에 품에 가두고 그 도톰한 뺨에 제 얼굴을 사정없이 비비며 행복한 목소리로 소리쳤다. 아가는 오늘따라 격하게 비비는 그의 얼굴을 툭툭 치며 밀어냈다. 아이, 아프단 말이야! 투정 어린 얼굴로 툴툴거리다 이내 까르르 웃었다.

"우리 파이가 일어섰어!"

장하다, 내 딸! 하고 덧붙이는 카이저에 두 형제도 잔뜩 상기된 얼굴로 아가와 서로를 마주 보더니 하하하 웃었다. 그 작고 나약하게 태어난 누이가 일어선 모습을 보니 감개무량한 느낌이었다. 제 새끼도 아니고 누이인데, 왈칵 감동이 몰려왔다.

수도 내에 소문이란 소문은 다 퍼트릴 기세로 카이저는 아가를 안은 채 복도로 뛰쳐나갔다. 두 형제가 냉큼 그 뒤를 따라갔다.

"아버지, 제논 님! 제 말 좀 들어 보십시오!"

그는 방을 나서자마자 복도에서 마주친 아벨과 제논에게 잔뜩 신이 난 얼굴과 목소리로 말했다. 잔뜩 들뜬 카이저에 두 사내가 고개를 갸웃 기울였다. 그러나 그것도 잠시 그의 입에서 나온 이야기는 두 노년의 사내를 흥분하게 만들기에 충분했다.

그날 하루 종일, 카이저는 얼굴에 미소를 달고 저택 내를 누비며 자랑하느라 바빴다. 아가는 그런 아빠의 품에 얌전히 안겨 말똥말똥 눈을 깜박이더니 하암 하고 하품을 내뱉다 기어코 그 품에서 까무룩 잠이 들고 말았다. 잠드는 그 순간에도 카이저의 함박웃음과 들뜬 목소리는 마치 자장가처럼 아가를 깊은 수면의 세계로 인도해 주었다.

"우리 파이는 천재인 게 분명합니다!"

모든 자식 있는 부모들이 한다는 그 흔한 착각은 카이저도 다를 바 없었다. 그의 발언에 세 아들의 표정이 씰룩거렸다.

'나 때는 그런 말 없었잖아.'

특히 아카데미 내에서 내로라하는 천재들 중 단연 으뜸이라 할 수 있는 파엔의 눈이 가자미눈이 돼서 아버지인 카이저를 쳐다봤다.

그는 어린 시절, 3살이 되기 전에 글자를 뗐던 천재 중 천재였다. 2살 무렵에는 웬만한 아이 못지않게 말을 잘해 장차 기대되는 강철의 주둥이 유망주였고, 그 장족의 발전은 지금도 진행 중이다.

그런 그에게 카이저는 그 흔한 칭찬 없이 그저 '과연 내 아들이군!' 하고 덤덤히 수긍했을 뿐이었다. 오히려 아내인 앨리스가 함박웃음을 지으며 설레발을 치며 파엔을 칭찬하고 위했다. 파엔은 착잡한 얼굴로 하늘나라에서 지켜보고 계실 아름다운 어머니를 떠올렸다. 안구에 습기 찬다는 말은 이럴 때 하는 건가 보다.

그에 이해한다는 듯 파람이 말없이 파엔의 어깨를 토닥여 주었다. 그러고는 카이저에게 눈을 빛내며 말했다.

"지당하신 말씀."

"......"

순간 말을 잃을 뻔했다. 아무렇지도 않게 수긍하는 파람이 새삼 무서워 파엔이 살짝 눈을 내리깔았다. 어휴, 하고 낮게 한숨을 내쉬다 웃었다. 이런 말도 안 되는 농담, 아니 진담이겠지, 진담을 아무렇지 않게 내뱉게 만드는 파이 효과는 정말 대단하다 할 수 있었다. 파엔이 바람 빠진 소리를 내며 푸흐흐 웃자 한창 꿀잠 중인 아가가 배시시 잠결에 웃었다.

다음 날 아침에는 평상시와 다른 풍경이 펼쳐졌다. 한 번 일어선 아가는 그 후로 왕성한 호기심과 그것을 뒷받침할 만한 요령이 생겼는지 기댈 곳이나 잡을 만한 곳이 있으면 그것을 붙잡고 일어서기를 계속 시도했다.

일어선 자세를 버티는 시간도 점차 길어졌다. 그래 봤자 1초에서 2초 수준이지만, 그것만으로도 카이저는 감개무량한 표정으로 감동했다.

어찌 된 것이 전날보다 조금 더 수월해 보이고 익숙해 보였다. 카이저는 아가의 일어서는 모습에 감격하며 '역시 파이는 천재가 분명해.' 하고 생각했다.

하루가 다르게 성장하는 모습에 가족들 모두에게 뿌듯함과 동시에 감동과 기쁨이 넘쳐 났다.

아사벨은 호호호 웃으며 아가의 작은 몸의 허리 부분이라 할 수 있는 곳을 지탱해 주었다. 아가는 까르르 웃으며 무릎을 구부렸다 세웠다, 들쑥날쑥 움직였다. 세상을 보는 시야가 달라진다. 엎어져 기어 다닐 때의 시야와 서 있을 때의 시야는 아가에게 있어서 천지 차이였다. 그것이 신기한 아가의 얼굴은 발그레해졌다.

사실 그들이 모르는 지난밤 스토리가 있었다. 태어난 지 반년이 겨우 넘은 아기가 하루아침에 벌떡벌떡 일어설 순 없었다. 그들이 야심한 시각 단잠에 **빠질** 때, 어김없이 눈을 뜬 아가는 끙끙거리며 몸을 돌리고 이리저리 뒤척여서 기어코 상체를 들어 앉았다.

처음과 달리 앉은 자세를 취하는 시간이 많이 단축되었다. 이루고 자 하는 자세를 취하는 것이 점차 편해지자 아가의 얼굴에 만족감이 어렸다. 아가는 그 작은 손을 가볍게 움켜쥐며 헤헤헤 웃었다. 마치 나 정말 잘하는 것 같아 하고 웃는 것 같은 모습에 막 방에 들어선 여왕이 터져 나오는 웃음을 참지 못하고 내뱉고 말았다.

[풋.]

[푸흐흐!]

여왕이 웃음을 터트림과 동시에 낯익은 저음의 소리가 울렸다. 짙은 어둠이 내려앉은 방 한구석에 슬그머니 모습을 드러낸 거대한 호랑이가 어슬렁어슬렁 걸어왔다. 아가는 오랜만에 보는 반가운 모습에 옆의 안전대를 팡팡 쳤다.

안녕!

"아옹!"

[안녕, 아가.]

아가가 반가운 기색을 띠며 인사하자 호랑이는 아가의 몸만큼 큰 얼굴을 쑥 내밀며 인사했다. 반짝이는 금가루를 담은 금안이 가늘게 접혀 미소 지었다. 아가가 작은 제 손을 들어 그의 콧등을 가볍게 토닥토닥 두드렸다. 그러자 대지의 왕이자 어버이인 그가 기분 좋다는 듯 가르릉 울었다. 아가는 가르릉 굴러가는 듯한 소리가 우스운지 손뼉을 마주치며 까르르 웃었다.

그 모습이 어찌나 사랑스러운지 대지의 주인이 그 커다란 입을 쩍 벌려 혀를 내밀어 작고 하얀 얼굴을 핥았다. 고스란히 느껴지는 까끌까끌하고 축축한 느낌에 아가가 눈을 동그랗게 떴다. 오잉? 하는 표정으로 보자 여왕이 까르르 웃으며 그의 커다란 머리 위에 털썩 누워 뒹굴었다.

대지의 주인이 웃음을 참듯 크르릉 하고 웃는 소리에 아가는 눈만 데굴데굴 굴려서 그를 보더니 냉큼 그의 자랑인 수염을 말아 쥐고 잡아당겼다.

대지의 주인이 체통도 잊고 앓는 소리를 내며 아가의 코앞까지 얼굴을 대자 아가가 기다렸다는 듯 어푸 하고 힘찬 기합과 함께 달려들어 그 얼굴에 찰싹 달라붙었다. 그러고는 엉금엉금 기어 그의 동그랗고 파닥이는 귀를 양껏 앙 하고 물었다. 제법 난 유치로 아그작아그작 씹자 그가 간지럽다는 듯 부르르 떨었다. 그의 얼굴에 찰떡같이 매달린 아가는 그의 조금 짧으나 부드러운 털을 양손 가득 움켜쥐고 아웅아웅 하고 옹알이를 하며 그의 귀를 계속 물었다.

이가 가려워서 그런가, 입에 닿는 건 모든 물려고 하니 지금 난감한 것은 대지의 주인뿐이었다. 아프진 않으나 간지러워 귀를 빠르게 파닥이는데 그것이 재밌는지 까르르 웃으면서 앙앙 문다. 다행히 실체화되지 않은 그이기에 문다 하여 아가의 입에 짐승의 털이 들어가진 않을 것이었다. 하지만 감각은 그대로 느낄 수 있어 참을 수 없는 간지러움에 그 큰 덩치를 배배 꼬았다.

그가 나 죽네 하는 표정으로 여왕을 올려다보았다. 그의 커다란 몸에 비례해 커다란 얼굴에 인간의 아가 하나와 페어리의 여왕이 달라붙어 내려올 줄을 모른다. 여왕은 모른 척 외면하더니 이내 그의 정수리에 제 얼굴을 가리며 깔깔 웃었다.

결국 대지의 주인은 체념 어린 표정으로 한숨을 푹 내쉬었다.

한동안 물고 빨고 깨무는 아가로 인해 이도 저도 못한 그가 찰떡처럼 달라붙은 아가와 여왕을 달고 바닥에 조심스레 엎드렸다. 아가는 크게 오른 시야에 놀라 꺄르르 웃다가 점차 내려가는 시야에 또다시 웃으며 그의 자랑인 털을 뭉개 놓고 말았다. 그럼에도 그는 화를 내긴 커녕 가늘게 눈을 접고 바람 빠지는 웃음을 터트렸다.

아가는 한참을 그에게서 떨어지지 않더니 돌연 잘 잡고 있던 그의 털을 확 놓아 버렸다. 그러자 발라당, 데굴데굴 굴러 폭신한 털 위에 누웠다. 순식간에 일어난 일이라 여왕과 그가 눈을 휘둥그레 뜨고 코 앞까지 얼굴을 쑥 내밀며 물었다.

[오! 맙소사. 아가야, 괜찮니?]

[어디 봐! 혹 난 거 아냐?]

설레발을 치며 황급히 다가오는 그 둘에 비해 아가는 눈동자를 굴리더니 데굴데굴 구른 자신이 웃긴지 이내 까르르 청아한 웃음을 터트렸다. 그 작은 몸의 어깨를 들썩이며 잔뜩 상기된 얼굴로 한참을 웃더니 바르작거리면서 몸을 굴려 상체를 일으켜 앉았다. 굴러가면서도 용케 피한 바로 옆의 아가의 침대 기둥에 손을 얹었다.

까르르 해사하게 웃는데도 두 사람은 연신 아가의 작은 몸에 멍 하나 안 들었나, 둘러보기 바빴다. 그러거나 말거나 아가는 제 손에 닿는 침대 기둥에 나머지 손을 댔다. 그러고는 움켜쥐고 꼬옥 잡아당겼다. 마치 그 기둥에 기대 일어서려는 듯. 그러나 그게 쉽사리 되지 않는지 그 상기된 얼굴이 잘 익은 사과처럼 붉게 달아올랐다. 끙끙거리면서 미간을 잔뜩 찌푸린 아가에 여왕과 그가 눈을 동그랗게 뜨고 깜박였다.

대체 뭘 하는 걸까?

궁금한 여왕이 쪼르륵 날아와 아가의 곁에서 속삭이듯 물었다.

[아가야, 뭐하니?]

끙, 끙.

아가는 생각조차 힘쓰는 소리만 가득했다. 잔뜩 붉어진 얼굴이 터질 정도가 돼서야 아가가 원하는 바를 비슷하게 이루었다. 거의 껴안다시피 기둥을 제 짧은 팔로 안은 아가가 일어선 것이다. 바들바들 떠는 짤리몽땅한 다리가, 서기 위해 안달복달하는 것이 애처롭기 그지없었다.

뭐야, 고작 일어서는 걸 하려고 그렇게 애를 쓴 거니? 여왕이 깔깔 웃음을 터트리며 말하자 아가는 금세 주저앉아 버린 상태에서 씩씩거렸다.

에이, 힘들어. 이거 힘들어!

아가는 씩씩거렸다. 너무 힘들어. 이렇게, 이렇게 하면 재밌는데 너무 힘들단 말이야. 툴툴거리며 뿌루퉁한 표정이 되더니 아직도 껴안고 있는 기둥을 팡팡 쳤다. 심술을 부리는 아가의 모습에 그가 얼굴을 쓱 내밀며 말했다.

[서고 싶은가 본데? 그치 아가야?]

[에? 방금 섰잖아? 서는 게 뭐가 그리 어렵다고.]

서는 게 뭐야?

그의 말에 여왕이 시큰둥한 어조로 말했다. 아가는 눈을 동그랗게 뜨고 처음 듣는 단어에 의문을 표했다. 그는 호랑이의 얼굴로 빙그레 웃으며 말했다.

[방금 네가 한 행동을 선다고 한단다, 아가야. 인간은 사실 두 발로 서서 다니거든. 여왕 네가 잘 모르나 본데, 아가가 방금 선 것은 정말 대단한 행동이라고.]

배밀이를 하고 앉은 자세를 유지할 즈음이 되면 하체에 힘이 생겨 일어설 수 있게 되는데 이 아가는 제법 시기가 빠른 것 같았다. 가족들이 금지옥엽으로 기르며 귀한 약재들을 잘 달여 먹이더니 그 덕인가. 그는 맑갛게 빛나는 황금안으로 아가를 보며 말했다.

[대단하구나, 아가야.]

처음 듣는 칭찬에 아가가 발그레해진 얼굴로 배시시 웃었다. 그러나 아가가 모르고 있는 사실이 있었다. 그 칭찬은 처음 일어서기를 시도한 그날 오후 내내 사랑하는 아빠에게서 계속, 끊임없이 나왔다는 것을. 아직 언어를 제대로 습득 못 한 아가 입장에선 이 칭찬이 생애 최초의 칭찬이었다. 사랑스럽게, 수줍어하며 웃는 아가에 그가 혀를 내밀어 뺨을 핥았다. 아가가 간지럽다는 듯 까르르 웃었다.

서는 거, 또 하고 싶어. 이케, 이케 하고 싶어.

아가는 제 팔을 버둥거리면서 잔뜩 들뜬 얼굴로 옹알이를 했다. 그에 여왕과 그가 서로 눈을 마주치더니 말갛게 웃으며 끄덕였다.

[연습하자.]

그의 부드러우면서도 잔잔한 목소리에 아가의 푸른 눈동자가 호선을 그리며 접히는 눈에 가려졌다. 칭찬은 드래곤도 콧노래를 부르게 한다더니, 아가에게 홀로서기의 의지를 불태워 주었다.

이케, 이케 많이 서면 아빠도 칭찬해 주겠지.

아가는 해사하게 웃으며 팡팡 치던 침대 기둥을 마주 껴안았다. 그날 야심한 시각 아가의 방에서 진귀한 자들의 응원과 격려를 받으며 아가는 무려 한 시간 동안 침대의 기둥과 씨름을 해야 했다. 덕분에 아침에 일어나는 것이 평소보다 매우 힘들었으나 서는 게 제법 익숙해진 아가는 기댈 곳이나 잡히는 곳만 있으면 처음과 달리 제법 익숙하게 일어설 수 있었다.

노력의 결과에 아가는 속으로 뿌듯해하며 자신을 칭찬했다.

나 잘해. 참 잘해.

밤에 내내 잘한다, 잘한다 해 줬던 그를 떠올리며 배시시 웃은 아가에 아사벨은 어머나 하고 마주 웃었다. 얼굴 가득 번지는 미소에 뿌듯함과 우쭐함이 느껴졌다. 겨우 반년 넘은 쪼끄만 아가가 우쭐함이라니, 아사벨은 고개를 절레절레 흔들더니 아가를 품에 안고 뺨을 비볐다. 아가가 경쾌하게 웃었다.

❈❈❈

그 무렵 막 영지로 돌아갈 준비로 무엇보다 바쁜 저택에 초대받지 않은 손님이 5명이나 찾아왔다. 비공식적으로, 막무가내로 찾아온 그들은 집무실에서 한창 돌아갈 채비를 최종적으로 점검 중인 카이저에게 다가갔다.

"카이저!"

가장 먼저 입을 연 사람은 짙은 보라색 머리카락의 아름다운 사내였다. 그는 성큼성큼 걸어와 그 앞에 얼굴을 쭉 내밀며 으르렁거리듯 말했다. 당장이라도 물어뜯을 것 같은 거친 기세임에도 카이저는 시큰둥하며 어 왔냐? 하고 툭 내뱉었다. 그에 메시의 녹색 눈동자에 불꽃이 튀었다. 그는 제 왼손을 가볍게 주먹 쥐고 그 앞에 내밀고는 흔들었다.

"이거 보이냐, 이거?"

왼손에 붕대가 칭칭 감겨 있었다. 사납게 으르렁거리는 그 모습에도 카이저는 그저 말간 눈으로 그를 쳐다볼 뿐이었다. 그가 눈을 깜박이면서 말했다.

"쯔쯧, 칠칠맞기는."

멍청하게 어디 찔기라도 했냐? 하고 툭 던지는 말에 메시는 불같이 화를 내며 그의 멱살을 잡았다. 화상으로 얼얼한데도 붕대를 맨 왼손에 힘이 꽈악 들어갔다. 위세 높은 공작 체면에 화상쯤이야 신성력이나 성수로 금방 치료할 수 있지만 그는 부러 그렇게까지 하지 않았다. 그저 화상에 좋은 약재를 바르고 붕대로 칭칭 감았을 뿐. 그는 제국 내에 알아주는 수전노였기 때문이다.

메시는 절약 정신이 투철하여 돈이 상대적으로 적게 드는 약재로 치료하는 것을 택했으나 여전히 따갑고 그럼에도 들어간 돈이 아까워 인정머리 없는 눈앞의 친우를 향해 버럭 소리쳤다.

"너 때문이잖아!!"

그 유려한 얼굴이 사납게 일그러지니 악랄한 얼굴이 따로 없다며 독설을 아무렇지 않게 내뱉어 버린 카이저에 메시가 사납게 그의 멱살을 흔들었다.

"네가 어떻게 내게 이럴 수 있어 엉!!"

진정할 기색 없이 길길이 날뛰니 얌전히 지켜보고 있던 락샤가 멀뚱히 서 있는 소올의 어깨를 톡톡 건드리며 말했다.

"말려."

"내가?"

"그럼 누가 해?"

"……."

락샤의 말에 떨떠름한 얼굴로 눈을 깜박이던 소올이 울상을 지으며 반문하자 옆에서 듣고 있던 유리안이 어이없다는 듯 말했다. 하여튼 이놈의 친구 녀석들한테 가장 만만한 게 저다. 그는 곰처럼 듬직한 체구에 어울리지 않게 퉁퉁 부은 얼굴로 성큼성큼 걸어가 메시의 양 겨드랑이에 양손을 끼워 그를 살짝 들어 올리고 압박했다. 졸지에 대롱대롱 매달리며 멱살을 놓아 버린 메시가 이를 갈며 으르렁거리며 말했다.

"놔라."

그의 사나운 음색에 소올이 눈동자를 데굴데굴 굴리더니 슬쩍 뒤를 돌아 제 친우들을 보았다. 놓으라는데? 하고 눈빛으로 묻자 락샤와 유리안이, 그리고 후드 달린 망토를 뒤집어쓴 사내가 나란히 고개를 절레절레 흔들었다. 소올의 얼굴이 왈칵 일그러졌다. 그는 메시를 압박하는 양팔에 더욱 힘을 주었다.

"안 된대."

"크윽!"

메시가 이 더럽게 힘만 센 무뇌충 자식아! 하고 낮은 저음으로 욕설을 내뱉었다. 그에 소올은 왜 나만 가지고 그러냐며 울상을 지었다. 자유의 몸이 된 카이저는 제 목덜미를 쓰다듬으며 말했다.

"웬일이십니까, 폐하. 너희들은 또 무슨 일이고."

카이저는 말도 없이 갑자기 들이닥친 친우와 황제에게 툭하니 말을 내던졌다. 그의 말투에는 대단히 귀찮아 죽겠으니 썩 꺼져 주려무나

하는 뜻이 한가득 담겨 있었다.

"아기 보려고."

후드 달린 망토를 뒤집어쓴 사내가 능글맞은 어조로 말했다. 사람 복장 터지게 하는 굉장히 얄미운 목소리에 카이저의 미간이 찌푸려졌다. 그는 굉장히 불쾌하다는 듯 말했다.

"안 돼. 가십시오."

차마 반말은 다 못하겠고, 그렇다고 존댓말은 다 못하겠으니 섞어 말하는 카이저에 그는 쓰고 있던 후드 때문에 입술과 턱 선만 보이는 얼굴로 씩 입꼬리를 말아 올리며 웃었다. 그 입꼬리가 몹시도 얄미웠다.

"싫어. 자꾸 꽁꽁 숨겨 놓으니까 더 궁금하잖아."

왜 그렇게 안절부절 못 숨겨서 안달이야? 내가 무슨 못된 악당이라도 되느냐고 묻는 어조라 카이저는 미간을 찌푸린 상태에서 데굴데굴 눈동자만 굴리다 중얼거렸다.

"그 아버지에 그 아들이라, 믿을 수가 있어야지."

"호오……."

그의 중얼거림에 후드 속에 감춰진 황금안이 번뜩 반짝였다. 카이저의 중얼거림을 듣고 있자니 전날 저녁 제 첫째 아들이자 황태자의 지위를 가진 아들이 말도 없이 찾아와 밑도 끝도 없이 동생 하나 낳아 달라 하던 것이 떠올랐다. 그때, 황태자의 생뚱맞은 말에 기가 막혀 황제가 얼굴을 왈칵 구기며 말했다.

'많잖아. 동생.'

사막에 유학 중인 말썽쟁이 쌍둥이 황자 둘과 그 아래 막내 황자까지 총 3명이나 된다. 더 이상 뭘 바라냐는 눈치로 묻자 그의 아들 시드니가 뿌루퉁한 표정으로 말했다.

'남동생 말고 여동생 가지고 싶어.'

그의 말에 황제가 깜짝 놀라 눈을 동그랗게 떴다. 갑자기 밑도 끝도 없이 웬 여동생 타령이란 말인가. 그는 가볍게 미간을 찌푸리며 몇 번 눈을 깜박이더니 큼 하고 목기침을 하며 말했다.

'그게 뜻대로 됐으면 네 밑에 여동생 하나는 진즉에 있었다.'

그에 시드니가 왈칵 인상을 쓰며 중얼거렸다. 차라리 납치해 오는 게 빠르겠어. 그의 중얼거림에 황제가 기가 차자는 듯 쳐다보았다. 뭐를? 뭐를 납치하고 싶다는 말이냐? 하고 묻고 싶었으나 차마 묻지 못했다. 그의 아들이 왔을 때와 마찬가지로 대답도 없이 쏙 집무실을 빠져나가 버렸기 때문이다.

시드니가 사라지고 정적이 감도는 집무실에 홀로 남은 황제는 한 손으로 제 이마를 쓸며 부디 부탁이니 황태자 체면에 범죄는 저지르지 말거라 하고 근심 가득한 어조로 중얼거렸다. 돌연 황제는 인상을 팍 쓰며 억울하다는 듯 중얼거렸다.

'나도 너희 같은 무뚝뚝이 말고 애교 많은 딸 같고 싶다.'

딸 복이 박복하기로는 둘째가라면 서러울 황제는 울적한 표정으로 제 손으로 얼굴을 가볍게 쓸어내리며 골똘히 생각했다. 저 치가 갑자기 생뚱맞게 웬 여동생 타령이란 말인가? 그는 머리를 데굴데굴 굴리다, 어제 씩씩거리며 찾아왔던 카이저를 떠올리며 그제야 이해했다는 듯 고개를 가볍게 끄덕였다.

저놈이 칼레이저가의 아기공녀를 보고 왔구나! 그는 그렇게 추측하자 저 말고는 관심이 없는 무한 이기주의자에 굉장한 나르시스트인 황태자가 저렇게 관심을 가질 정도라니 돌연 궁금해졌다. 도저히 안 볼 수가 없었다. 참을 수 없는 궁금함과 미칠 것 같은 부러움에 휩싸여 그날 내내 집무실을 어지럽게 돌아다니던 황제는 기어코 결심을 했는지 금안을 번뜩였다.

'그래! 어디 한번 보자! 나중에 배 아파도 일단은 한 번 보자!'

결심이 선 황제는 아침부터 제 휘하의 부하들을 우르르 달고 무대 포로 그의 저택에 들이닥친 것이다. 그는 빙글거리는 미소를 지으며

'친히 황제인 내가 와 줬으니 어서 네 딸을 보여 주는 것이 신상에 좋을 것이다.' 라는 눈빛을 내비쳤다. 그에 카이저는 코웃음을 쳤다.

차라리 사임을 하는 게 나았다.

황제 폐하에 대한 충성심과 그에 따른 존경심은 있으나, 그와 상반되는 감정도 고스란히 가지고 있는 모순적인 감정을 유감없이 드러내는 카이저에 황제는 유쾌한 듯 웃었다.

그러니까 재밌는 거다. 할 땐 하고 안 할 땐 안 하는 게 카이저의 특징이다. 반항적인 감정을 가지고 있으면서도 신의를 버리지 않고 배신을 하지 않는, 그가 믿고 있는 충신 중의 충신! 요즘 그 경계가 기묘하게 없어지고 있긴 하지만 그는 누가 뭐래도 황제의 든든한 신뢰 깊은 충신이다.

"그러지 말고 한 번 보여 줘. 안 훔친다니까?"

"그렇게 말씀하시니 더 불안하군요."

둘 사이에 기묘한 전류가 흐르고 그 중심에 선 메시는 이건 또 뭐하는 짓이냐며 눈을 가늘게 떴다. 메시를 붙잡고 있는 소올만 한숨을 푹푹 내쉬었고 멀찍이 서서 일찌감치 관람모드로 돌아선 락샤와 유리안만 피식피식 웃을 뿐이었다.

그때였다.

"아버지, 파이가……."

파람이 아가를 품에 안고 그가 있는 집무실에 방문한 것은. 그가 등장하자 6명의 사내가 일제히 눈을 돌려 파람을 쳐다봤다. 정확히는 그의 품에 안겨 꼬물거리는 작은 아가를 말이다. 아가는 자신에게 쏟아지는 시선에 그 아름답고 투명한 푸른 눈을 동그랗게 뜨고 입에 넣고 오물거리던 손을 빼며 말했다.

"아웅."

아가는 침이 잔뜩 묻은 제 손을 꼼지락거리며 자신을 향해 쏟아지는 시선에 눈을 깜박였다.

모르는 사람들이 잔뜩 있다. 큰 사람, 작은 사람, 보통 사람, 머리색도 알록달록했다. 그중 후드를 뒤집어쓴 사내가 눈에 들어와 호기심 가득한 눈으로 쳐다보았으나 그것은 잠시였다. 아가는 금세 시선을 돌려 제 오빠의 가슴에 얼굴을 비볐다.

파람은 아가에게 쏟아지는 시선에 서릿발 같은 서늘한 표정으로 서 있다가 그 작은 등을 토닥이며 희미하게 웃었다. 아가는 아우아우 하면서 옹얼거리며 양손을 꼬물거렸다.

침이 잔뜩 묻은 한쪽 손이 불편했다. 그것을 눈치챈 파람이 상비하고 있는 손수건을 바지 주머니에서 꺼내 아가의 작은 고사리손에 잔뜩 묻어난 침을 닦아 주었다. 보들보들한 손수건이 손에 닿자 아가가 까르르 웃었다.

아가가 웃음을 터트리자 5명의 낯선 사내 중 반절 이상이 어깨를 움찔하고 들썩였다. 그들의 미미한 변화를 눈치챈 것은 아가를 뺀 모든 이들이었다. 그중 유독 카이저와 파람의 눈초리가 예리하게 변했다. 그는 불쾌하다는 듯 미간을 가볍게 찌푸리다 폈다.

"아버지……."

황제와 4대 공작을 앞에 두고도 파람은 떨떠름한 목소리로 아버지를 불렀다. 카이저는 쯧 소리를 내더니 성큼성큼 걸어가 앙앙 하고 입에 문 손수건을 떼지 않는 아가에게 손을 뻗었다. 아가는 가장 사랑하는 아빠가 다가오자 가늘게 눈을 접고 어여쁘게 웃었다. 그럼에도 입에는 여전히 손수건이 물려 있었다. 그에 카이저가 웃음을 터트리며 말했다.

"이런. 아가, 그 손수건이 마음에 드니?"

"꺄아!"

아가는 제 아빠의 물음에 반응하듯 가벼운 탄성을 내뱉으며 양손을 허우적거렸다.

"파이가 원한다면 줄게."

파람은 제 손수건에 침을 잔뜩 묻히고 물고 있는 아가의 뺨을 쓸며 말했다. 카이저는 아가가 입에 물고 있던 손수건을 잡았다. 마음에 드는 손수건을 빼앗기는 입장이 되었으나 아가는 군말 없이 퉤 하고 내뱉었다.

그는 한쪽 부분이 축축해진 손수건을 가볍게 접어 아가의 손에 쥐여 줬다. 파람이 준다 하니 이제 아가의 것이다. 아가는 마치 눈치를 보듯 눈을 데굴데굴 굴리며 손에 쥐인 커다란 손수건을 꼬물꼬물 만지다 아 하고 입을 벌렸다 닫았다. 그에 따라 파람과 카이저가 가볍게 미간을 찌푸렸다 폈다. 손수건을 무는 것은 좋으나 아무래도 주머니 속에 있던 것이라 먼지가 남아 있지 않을까 하는 걱정 때문이었다.

그에 맞춰서 슬쩍슬쩍 눈치를 보며 벌렸다 닫았다 하는 아가는 그 야말로 깨물어 주고 싶을 정도로 사랑스러웠다. 결국 카이저가 웃음을 터트리며 아가의 뺨을 매만지고는 그 작은 얼굴에 키스 세례를 뿌렸다. 두 남자와 그 사이에 낀 아가가 훈훈한 분위기를 내뿜는 가운데 누군가 기가 막히다 는 듯 툭 말을 내뱉었다.

"무시냐?"

푸른 청발이 돋보이는 유리안이었다. 유리안이 미간을 가볍게 찌푸렸다. 그의 투덜거림에도 카이저는 눈 하나 깜짝 안 하고 파람에게 안겨 있는 아가의 작은 몸을 쉽게 옮겨 안으며 말했다.

"그만 가 봐라."

"……예."

순식간에 아가를 빼앗겨 버린 파람이 가볍게 인상을 쓰며 마지못해 답하고 미련이 뚝뚝 넘치는 걸음걸이로 집무실을 나섰다. 그가 나가 버리자 기다렸다는 듯 유리안이 쓰게 웃으며 말했다.

"나 참, 나 저 녀석이 저렇게까지 풍부한 감정을 내비치는 거 되게 오랜만이다?"

파람은 아카데미에 입학하기 전에는 제법 웃음이 많은, 나름 감수성과 표현이 풍성한 아이였으나 그 6년의 기간 동안 무슨 일을 겪었는지 감정을 잃은 것처럼 굉장히 과묵해지고 무뚝뚝해졌다. 절친의 첫째 아들이긴 하나 그와 달리 뛰어난 무골을 타고 난 파람에게 유독 호감과 애정이 깊던 유리안은 그게 안쓰러웠다.

카이저는 그 이유를 알고 있는 듯했으나 굳이 그에게 알려 주지 않았다. 유리안이 물을 때마다 그저 씁쓸하게 웃을 뿐이었다. 그렇다고 아예 감정이 메말라 버린 것은 아닌 듯 제 동생을 알뜰살뜰 챙길 때 희미하게 웃어 안심하던 그인데, 오늘 저렇게까지 눈에 띄게 감정을 표출하는 것을 보니 놀랄 따름이다.

유리안은 슬쩍 눈을 돌려 제 아빠 품에 안겨 꼬물거리는 작은 아가를 보았다. 청명할 정도로 푸르고 투명한 눈은 카이저의 아내인 앨리스를 쏙 빼닮았다. 보는 순간 그는 탄성을 내뱉지 않을 수 없었다. 제국 내에서도 흔하고 흔한 파란 눈인데도 달랐다.

앨리스 역시 그랬다. 카이저의 피앙세라며 소개받은 그녀는 하얀 얼굴에 물빛 머리카락과 푸른 눈동자가 지독히도 아름다운 청초한 여인이었다. 경국지색은 아니었으나 그보다 오래도록 깊이 새겨질 정도로 해사한 미소가 돋보이는 청초하고 단아한 아가씨였다.

그토록 얌전해 보이던 천생 아가씨 같던 그녀는 외모와 대비되게 굉장히 열정적으로 카이저와 사랑했고 그녀의 부친의 반대에도 꿋꿋하게 버텨 끝끝내 결혼에 골인했다. 그 모습에 감동해 유리안은 그동안 흐지부지, 질질 끌던 현 부인과의 인연을 바로잡아 결혼했다. 유리안이 저도 모르게 아가의 푸른 눈동자를 빤히 보고 있자니 어쩐지 귓가로 환청처럼 그녀의 목소리가 아련히 들리는 듯했다.

'각하, 사랑은 기다려 주지 않아요. 특히 아름다운 여인의 사랑은! 사랑한다면 당장에 사로잡으셔야 합니다. 용감한 자가 미인을 얻는다잖아요?'

그녀의 유쾌한 웃음소리가 들리는 것 같았다. 추억이 되어 버린 그녀의 조각이 떠올라 유리안의 눈이 가볍게 접히며 호선을 그렸다. 앨리스, 당신은 사랑하는 이들을 위해 이런 보물을 남기고 갔군요. 역시, 당신은 대단해요. 기억 속, 열정적으로 사랑하던 단아한 여인이 양 허리에 손을 얹으며 에헴 하고 웃는 것 같았다.

아련한 추억에서 벗어난 유리안이 아가의 시선과 마주쳤다. 하얀 얼굴, 제법 자란 금발과 어울리는 푸른 눈동자가 오롯이 바라보는 것에 그는 심장이 제법 빠르게 뛰었다. 마치 앨리스가 자신을 보는 것 같은 느낌과 비슷했지만 또 미묘하게 달랐다.

순수하게 낯선 이를 향한 호기심이 가득 담긴 눈동자에 유리안은 어색하게 얼굴을 일그러트리며 웃었다. 그의 어색하기 짝이 없는 미소에도 아가는 해사하게 마주 웃었다. 순간 그의 심장이 가볍게 요동쳤다.

설레는 마음으로 슬쩍 돌리던 그의 시선에 닿은 것은 멍하니 정신을 놓은 거대한 자이언트 곰의 체형을 가진 소올이었다. 그는 입까지 떡하니 벌리고 아가를 쳐다보고 있었다. 그에 유리안이 낮게 웃었다.

시커먼 사내 둘만 있는 집안이었던지라 소올은 해맑게 웃는 여아에게서 시선을 떼지 못하고 있었다. 그 옆에 같은 동지인 메시 역시 다를 바 없었다. 오히려 메시는 반사적으로 양손을 들어 올려 까닥까닥 접으며 어쩔 줄 몰라 하고 있었다. 그 눈에는 희미한 열광이, 그 하얀 얼굴에는 홍조가 가득했다.

저 녀석도 아들만 둘이었던가.

황궁의 골칫거리인 쌍둥이 황자에 비할 바 아니나 그와 비슷한 기묘한 성격을 가진 그의 쌍둥이 아들 둘을 떠올렸다 피식 웃었다. 그는 슬쩍 눈동자를 굴려 반대쪽을 쳐다보았다. 백발의 사내 락샤가 기묘한 표정을 지으며 웃고 있었다. 락샤 역시 딸 하나가 있는데, 그도 자신과 같은 느낌을 받았을까 살짝 궁금해졌다. 슬그머니 락샤에게 다가가 살그머니 소곤거렸다.

"어때?"

"흐음? 뭘 묻는 거야?"

락샤가 회색 눈을 가늘게 접고 오묘하게 웃었다. 카이저 못지않은 능구렁이 같은 락샤는 뜻 모를 미소만 지어 유리안이 낮게 혀를 찼다.

정말이지 20년 가까이 알고 지낸 절친이지만 무슨 생각을 하는지 도저히 알 수 없는 사내다. 아군이면 더없이 든든하나 적이면 골치 꽤나 아프게 할 타입. 소올이 온순하지만 덩치에 맞게 무식하게 힘이 센 곰 타입이라면 메시는 매사가 날카롭게 날이 선 살쾡이 타입. 카이저는 지고지순하나 한 번 포착한 사냥감은 절대 놓지 않는 늑대 타입임이 분명하고, 락샤는 나른한 맹수이나 그 새카만 속을 알 수 없는 표범 같은 타입이다. 그는 쉽게 말해 소올이 가장 싫어하는 지능적이면서 육체적으로도 뛰어난 이중적 장점을 가진 멀티플레이가 가능한 인물이다.

거기까지 생각하고 있는데 락샤가 옆에서 훗 하고 가벼운 웃음을 터트리며 말했다.

"그녀를 아주 많이 닮았는걸. 특히 저 푸른 눈 말이야."

사랑스러움이 넘쳐 나잖아? 하고 덧붙이는 락샤에 유리안이 수긍하듯 고개를 끄덕였다.

락샤는 결혼 초, 정략결혼으로 묶인 자신의 아내를 굉장히 불편하게 생각했었다. 그런 그에게 앨리스는 따끔하게 훈계를 했다. 그 이후로 불쾌하지 않은 오지랖을 보이며 아내를 받아들이도록 해 주었다. 그리고 그것을 계기로, 락샤와 아내의 관계는 많은 것이 달라졌다.

그는 때때로 생각하곤 했다. 혹여 자신이 앨리스의 충고를 귀담아 듣지 못했더라면, 자신은 이 사랑스러운 아내를 끝끝내 잘 알지도 못하고 차가운 부부관계를 이어가다 그렇게 죽었을지도 모른다고. 그렇게 생각하자 가슴 언저리가 서늘해지고 한편으로는 두려워졌다. 사랑을 하게 되면 그만큼 강해지고 그만큼 겁쟁이가 된다더니 딱 그 꼴이었다. 그럼에도 락샤는 후회하지 않았다. 오히려 그는 감사했다.

더 늦지 않아서. 그녀를 놓치지 않아서.

그에 락샤는 어느 누구보다도 앨리스에게 고마움을 나타내고 표현했다. 태어나 처음으로 타인을 사랑할 수 있게 해 준 그녀에게 락샤는 어쩌면 다른 이들보다 앨리스를 깊이 신뢰하고 있을지 모른다. 그녀에 대한 남다른 호감과 신뢰를 가진 그가 앨리스를 쏙 빼닮은 아가를 보았다.

아가의 작은 얼굴에서 앨리스가 투영되는 것 같았다. 해사하게 웃는 미소가 엄마를 꼭 닮은 아가는 꼬물꼬물거리면서 제 아빠에게 어리광을 부렸다. 락샤는 만개한 꽃처럼 웃으며 말하던 앨리스가 떠올랐다.

'각하, 여자는 말이죠. 꽃과 같답니다. 사랑과 관심을 받으면 잊지 않고 아름답게 만개하죠. 보이지 않으세요? 각하 곁에 애처로이, 간신히 봉오리 진 꽃이…….'

사근사근하게 노래하듯 충고하는 그녀의 목소리가 그의 귓가에 환청처럼 아스라이 흩어져 사라졌다. 앨리스, 당신이 남기고 간 어린 꽃은 그의 품에서 쑥쑥 자라나고 있군요. 당신의 어린 꽃이 만개할 날이 기대가 됩니다. 락샤는 그리 생각하며 빙그레 웃었다. 락샤의 흔치 않은 미소를 보며 유리안이 따라 웃음을 터트렸다.

과연 카이저와 앨리스의 딸이야.

눈뿐만 아니라 마음도 들뜨게 하는 묘한 매력을 가진 아가를 보며 유리안이 중얼거렸다.

리리 때도 이런 적 없는데…….

제 딸이자 가문의 자랑인 리리를 떠올리며 쓰게 웃었다. 왠지 바람을 피우는 느낌이라 기묘했다. 마음을 홀리게 하는 대단한 재능을 가진 아가를 보며 그는 난감한 미소를 지었다. 락샤는 그 미소에 가볍게

248

마주 웃었다. 마치 그 마음 이해하지, 하고 동조하듯.

"그 아기인가?"

후드를 뒤집어써서 얼굴의 반절 정도밖에 보이지 않는 황제가 성큼성큼 걸어가 물었다. 그에 카이저가 왈칵 얼굴을 일그러트리며 아가를 품은 몸을 살짝 비스듬히 비틀었다. 눈에 띄게 경계하는 모습에 그가 어깨를 으쓱했다.

"왜 그렇게 곤두서고 그러나? 내가 잡아먹기라도 해?"

황제는 입꼬리를 선하게 말아 올리며 조금은 스산하게 미소 지었다. 으르렁거리듯 곤두선 카이저의 모습에 그는 입맛을 다시는 굶주린 야수의 왕처럼 웃으며 자신이 쓰고 있던 후드를 벗었다. 어차피 이 집무실에는 그의 측근들뿐이니 감출 필요 없다.

그가 쓰고 있던 후드를 벗자 빛나는 빛의 왕관이라도 쓴 듯 반짝이는 은발이 살랑 가볍게 흔들렸다. 가지런히 하나로 묶은 머리카락이 하늘하늘 춤을 추는 것 같았다.

제국의 황제는 그의 아름다운 나라를 뜻하듯 강인한 아름다움을 가졌다. 그의 아들 시드니보다도 선명하게 빛나는 외모에 감탄할 만하나 이 자리에는 그 얼굴을 시도 때도 없이 보는 이들이 5명이고, 나머지 하나 있는 것은 겨우 반년 된 아가뿐이니 탄성 같은 격렬한 반응은 없었다.

그는 가볍게 제 앞머리를 쓸어 올리며 아가에게 가까이 다가가 상체를 내밀었다. 그에 따라 카이저가 당장이라도 으르렁거리다 물 것 같은 표정을 지었다.

그때였다.

"크응!"

청명한 목소리가 으르렁거리듯 터져 나왔다. 이게 어디서 나온 것일까 궁금한 6명의 남자가 일제히 시선을 옮기니 그 끝에 아가가 있었다. 아가는 보기 드물게 잔뜩 미간을 찌푸리며 크릉크릉 아기 짐승이 울듯 으르렁거렸다.

나쁜, 나쁜, 나쁜…… 나쁜 거!!!!

겨우 이틀쯤 됐을까? 처음으로 아픔을 겪게 했던 사람과 매우 흡사하게 생긴 사람이 눈에 들어오자 아가는 눈에 띄게 경계심과 불편함을 표현했다. 일전에 여왕이 그를 보고 나쁜, 나쁜…… 뭐라고 했는데 기억이 잘 안 나는 아가는 '나쁜 거'라고 단정 짓고 그를 보며 왈칵 얼굴을 찌푸렸다.

어느새 양손은 든든한 아빠의 앞섶을 잡고 있었다. 자신을 아프게 했는데 자신의 아빠에게도 아프게 할까 봐 걱정이 앞섰다. 아가는 본능적으로 아빠를 보호하려는 듯 크룽크룽 새끼 짐승 울음소리를 냈다. 그 모습은 마치 우리 아빠 건드리면 물 거야, 울 거야, 하는 듯 시위하는 것 같아 황제는 기가 차다는 듯 웃었다.

'아니, 내가 무슨 천하의 나쁜 놈이야?'

묘하게 울컥한 그는 삐쭉 입을 내밀며 말했다.

"못생겼어."

"어딜 봐서요?! 폐하, 시력 퇴화했습니까?"

나 삐쳤소, 라는 기운을 온몸에 표출하는 황제에 카이저보다 먼저 메시가 툭하니 딴죽을 걸었다. 아니, 폐하, 저 사랑스러운 아가의 어딜 보고 그런 막말을? 하고 삐쭉 노려보기까지 한다.

"아닌데요? 폐하. 완전 귀여운데요?"

"폐하, 실례되지만 노빌리티아 공의 말대로 시력에 문제가 있으신 건 아니신지?"

그에 뒤이어 소올이 눈을 휘둥그레 뜨고 여상하게 쳐다보며 말했고 유리안이 동조하듯 걱정 가득한 어조로 말했다. 메시는 그것 보십시오! 하고 한마디 더 내뱉어 황제를 몰았다. 황제는 그럼에도 고개를 절레절레 흔들며 말했다.

"아냐, 못생겼어."

완전 못생겼어, 하고 쐐기를 박듯 다시 한 번 덧붙였다. 그에 메시가 아니 저 인간이 미쳤나 싶은 표정으로 쳐다봤다. 그 뒤에 소올이 맹렬히 고개를 끄덕이며 미친 것 같소! 폐하가 미쳤소! 하고 동조했다. 유리안은 쓰게 웃으며 황제를 보았다. 설마 삐치신 거냐고 묻고 싶었으나 그의 자존심을 위해 부러 내뱉지 않았다. 그에 카이저가 왈칵 얼굴을 일그러트리며 아가의 양 겨드랑이에 손을 끼워 그 앞에 내세우며 말했다.

"어딜 봐서 못생겼다는 겁니까? 이렇게 사랑스러운데!!"

"……."

눈앞에 떡하니 보이는 아가는 그야말로 사랑스럽기 그지없었다. 갑자기 들어 올려지자 눈을 동그랗게 뜨고 자신을 보는 조막만 한 아가의 얼굴에 황제의 아름다운 얼굴이 미묘하게 굳었다.

자신이 그토록 꿈에도 그리던 여아, 딸이라는 존재다. 그토록 밤일에 노력했으나 얻은 것은 시커먼 아들 4명과 독수공방뿐. 아가는 들려진 상태에서도 자신이 마음에 들어 하는 손수건을 꼬옥 쥐며 눈을 깜박였다.

잔뜩 굳은 그의 표정에 카이저는 의기양양하다는 듯 자! 자! 보시란 말입니다. 이 사랑스러운 아가를!! 제 딸을!! 하고 눈빛으로 강렬하게 내비쳤다. 황제는 카이저의 사나운 시선에도 오롯이 보이는 그 선명한 푸른 눈에 홀리듯 아가의 작은 몸의 겨드랑이에 손을 껴서 안았다. 황제의 갑작스러운 갈취에 카이저의 얼굴이 굳었다. 자기도 모르게 하게 된 행동에 본인도 놀라고 말았다.

'아, 이러면 안 되는데! 이러면 내가 이 아기의…….'

그는 몹시도 놀라 눈을 동그랗게 뜨고 마른침을 삼켰다. 곧 거대한 파도처럼 밀려올 후폭풍에 질겁해 몸을 잔뜩 굳히자 그 못지않게 순식간에 다른 이의 품에 안겨 놀란 아가는 나쁜 거라 단정한 이의 품에 안기게 되자 금세 표정을 바꾸어 부 하고 볼을 부풀리더니 버둥거렸다. 놀란 황제가 반사적으로 품에 안으니 아가가 양손으로 그의 앞섶을 잡더니 당기고 당겨서 기어 올라갔다.

그에 황제가 놀라 몸을 크게 움찔거렸으나 그의 아들이 한 것처럼 양손을 아가의 몸 가까이에 허우적거리며 매만졌다. 그러면서 그는 생각했다. 어째서 아무렇지 않은 걸까? 그는 속으로 끊임없이 패닉에 빠졌으나 아가가 거침없이, 멈추지 않고 그의 몸을 타고 올라가자 반사적으로 마른침을 한 번 더 삼키고 아가의 통통한 엉덩이를 지탱해 주듯 밀어 주었다. 아가는 끝끝내 고귀한 황제의 어깨에 제 상체를 얹고 나서야 멈췄다.

여전히 얼떨떨한 황제는 통통한 엉덩이에 손을 얹어 지탱해 주고 있는 상황이었고, 아가가 제 엉덩이에 닿는 그의 팔을 느끼며 잔뜩 들썩이더니 그의 빛나는 은발을 한 움큼 손에 말아 쥐었다. 그러고는 누가 말릴 새도 없이 입에 쑤셔 넣고 아그작아그작 씹었다.

갑자기 머리카락을 잡힌 황제가 미미한 통증에 마침내 패닉에서 빠져나와 뒤늦게 얼굴을 찌푸렸다. 아야야, 이 조그만 게 손힘이 세구나 하고 생각하는데 점점 침이 걸쭉하게 묻어나는 머리카락에 그는 묘한 불쾌감을 느꼈다. 어떻게든 손을 떼게 하고 싶은데 끈질기게 놓지 않는다.

'제 아빠 닮아 고집도 옹고집이구나!'

황제가 난감한 표정을 지으며 얼굴을 일그러트렸다. 아가는 그에게 난감함을 주는 것에 그치지 않고 이내 물고 있던 머리카락을 퉤 뱉고 고운 피부색을 가진 그의 뺨을 앙 하고 물어 버렸다.

황제는 제 뺨에 닿는 갑작스러운 입술의 감촉과 닿을 듯 말 듯 한 유치의 촉감을 느끼며 눈을 동그랗게 떴다. 그의 반짝이는 금안이 동그랗게 떠 놀람을 표시하자 아가는 그것이 아파서 그런 것이라 생각했는지 그제야 만족감에 눈을 가늘게 접고 방긋이 웃었다.

어여쁜 호선을 그리며 웃는 아가의 모습에 그는 허 하고 기운 빠지는 숨소리를 내뱉었다. 졸지에 **뺨**을 물린 황제가 뭐라 말을 내뱉기도 전에 카이저가 냉큼 아가를 회수해 갔다. 아가는 제 아빠의 손길에 군 말 없이 황제의 은발을 놓아주고 그 품에 안겼다. 아가가 어깨에서 떨어져 나가자 황제는 묘한 느낌이 들었다. 아직도 남은 촉각에 한 손으로 물린 **뺨**을 매만졌다. 평상시 그답지 않은 뭔가 멍한 모습에 카이저는 실소를 금치 못했다.

그와 반대로 황제는 이런 느낌 처음이야! 하고 순수하게 놀라고 있었다. 황족이라, 손이 귀한 황가라도 제 자식과 이렇게 찐하게 스킨십을 나눠 본 적이 없다. 이 정도로 가깝게 접촉한 적은 제 부인인 현 황후뿐. 그에게는 초대부터 대대로 물려받은 어떠한 저주가 걸려 있었다. 그래서 그는 함부로 타인과 접촉을 할 수 없는 몸이었다. 그것은 작은 아기도 예외가 없었다.

이 세상 어떠한 저주보다도 잔혹한 저주.

초대부터 내려온 잔혹한 죄의 저주는 진정 사랑하는 정인만이 피해 갈 수 있었다. 그런데 어째서일까. 황제는 제 팔에 닿았던 아가의 무게와 체향을 더듬듯 주먹을 쥐었다 피었다.

어째서 저 아기에겐 아무것도 어떠한 것도 볼 수도 들을 수도 없는 걸까.

무언가 알 수 없는 것이 아가를 보호하고 있는 것 같았다. 그것은 마법 같은 어떠한 인위적인 것이 아닌 지극히 자연스러운 무언가의 기운이었다.

그는 조금은 혼란스러운 빛을 담아 아가를 빤히 쳐다봤다. 아가는 제 아빠의 품에 안겨 까르르 웃다 제가 나쁜 것을 무찌른 것마냥 굉장히도 우쭐한 표정으로 황제를 마주 보며 익살스럽게 웃었다. 그에 황제가 헛웃음을 터트리며 아가의 **뺨**을 톡톡 건드렸다.

하늘을 우러러볼 수는 있으나, 닿을 수는 없듯이 가까이에 닿는 것조차 두려워하는 위대한 대제국의 황제의 **뺨**을 거리낌 없이 물다니,

대단한 패기다. 크게 자랄 녀석이다.

여아지만 그 패기가 마음에 든 그가 슬그머니 웃었다. 뭔가 아가는 그가 알 수 없는 어떠한 기묘한 능력을 가진 것이 분명하다. 어쩌면 그 능력이, 가까운 미래에 어떠한 영향을 주지 않을까? 황제는 그 영향이 부디 긍정적인 방향으로 가 주길 바라며 아가를 따라 익살스럽게 웃었다. 그에 카이저가 본능적으로 아가를 품에 깊이 안으며 경계했다. 아가는 제 아빠의 앞섶을 앙큼하게 말아 쥐며 크릉크릉 울었다.

"……나도 안아 보면 안 돼?"

그 사이에 메시가 끼어들었다. 메시가 말하자마자 소올이 번쩍 한 손을 들어 올리며 나도, 나도! 하고 동조했다. 그에 카이저가 왈칵 얼굴을 일그러트리며 말했다.

"내 아가는 장난감이 아냐!"

"누가 장난감이래! 나는 그저, 네 사랑스러운 아가를 한 번 안아 보고 싶다는 거지!"

방방 뜨며 무슨 그런 막말을 내뱉느냐는 듯 화를 내며 말하는 메시에 카이저가 눈을 가늘게 뜨고 그를 노려봤다. 눈앞의 황제보단 차라리 살쾡이 메시가 낫지 싶은 그가 전혀 내키지 않는다는 듯 아가를 넘겨주자 그가 함박웃음을 지으며 덜덜 떨리는 손으로 작은 몸을 안았다.

품 안에 쏙 안기는 아가의 작은 몸에 그는 실실 웃으며 아가를 내려다봤다. 짙은 보라색 머리카락에 짙은 녹색 눈동자를 지닌 도도한 분위기와 그에 걸맞은 냉랭한 외모를 지닌 메시는 사실 귀여운 것에 사족을 못 쓰는 인물이다. 귀여운 것, 작고 사랑스러운 것을 좋아하는 그였지만 외모나 그의 지위와는 맞지 않는 것이라며 집안에서 쉬쉬거리는 바람에 숨겨 놓아야만 했던 것. 20년 동안 친우들에게도 꽁꽁 숨겨 왔던 자신의 비밀을 무장해제 시킬 정도로 아가는 너무나 사랑스러웠다.

웃는 얼굴에 침 못 뱉는다고, 처음 보는 사람이 헤실헤실 선하게 웃자 아가가 마주 웃었다. 배시시 웃는 아가의 미소에 그가 부르르 떨었다. 으으, 귀여워! 귀여워! 너무 귀여워! 흥분한 그가 본능적으로 아가의 뺨에 제 뺨을 비비며 행복한 비명을 질렀다.

"너무 귀여워!!"

"으윽! 나도! 나도!"

그 주변을 배회하는 자이언트 곰의 초조한 목소리가 들려왔다. 그 모습에 카이저가 낮은 한숨을 내쉬었다. 메시 저 살쾡이가 아가를 좋아해 주는 것은 매우 의외이고 몹시도 고마운데 도가 지나치다. 왈칵 얼굴을 일그러트리며 아가를 빼앗아 올까 하다가 너무나 좋아하는 메시와 그가 나름 마음에 드는 듯 얌전히 안겨 방긋방긋 웃는 아가와 그 주변을 배회하는 곰 때문에 잠시 보류하기로 했다.

"굉장히 어여쁜걸."

락샤가 카이저에게 말했다. 그에 카이저가 어깨를 으쓱하며 뿌듯한 표정을 지었다. 아무렴? 내 딸인걸! 나와 앨리스의 딸인데 당연한 거 아냐? 하고 말하자 락샤가 낮은 웃음소리를 내뱉었다.

"건강해져서 다행이다."

유리안이 진심을 가득 담아 말했다. 그에 카이저가 고개를 끄덕였다. 그 끔직한 과거를 떠올리며 그가 가볍게 몸을 부르르 떨었다. 하루하루가 무겁고 악몽 같았다. 가시밭길 같았던 그 길을 인내심 깊게 걸어와 여기까지 왔다. 포기하지 않길 잘했다.

그는 행복한 미소를 지었다. 그에 락샤와 유리안이 마주 웃었다. 그녀가 세상을 뜨고 다 죽어 가는 얼굴로 하루하루를 버티던 친우가 이제는 환하게 웃는다. 그거면 됐다. 둘은 그렇게 생각했다.

"역시, 황태자비가 안 되면, 황자비는 안 돼?"

"닥쳐."

황제는 훈훈한 분위기를 단숨에 냉랭하게 만드는 대단한 능력을 지녔다. 그는 이번에도 단칼에 거절하며 욕설을 내뱉는 카이저에 상처 받았다는 듯 얼굴을 가볍게 찌푸리며 웃었다. 정말이지 끝까지 경계를 놓지 않는다니까, 하고 중얼거렸다.

제국의 실세들의 떠들썩한 방문으로 아가는 새로운 감정을 터득했다. 그것은 불쾌감이었다. 황태자를 닮은, 아니 황태자가 닮은 황제를 보자마자 느낀 감정이었다. 자신에게 처음으로 아픔이라는 것을 선사한 나쁜 거! 아가의 기억 속에 오래도록 기억될 것 같았다. 선명히 남은 황태자 시드니의 시니컬한 미소를 떠올리며 아가가 기분 나쁘다는 듯 미간을 찌푸리며 카웅 하고 날 선 옹알이를 내뱉었다.

한참을 물고 빨던 메시가 의아한 표정을 짓더니 금세 히죽 웃으며 말했다. 넌 뭘 해도 왜 이렇게 귀엽니?! 그 주변을 끈질기게 배회하는 소올이 우는소리를 냈다. 나도! 나도 안아 볼래!

겉모습만 성인이지 속은 애가 따로 없다고 유리안이 쓰게 웃으며 중얼거렸다. 락샤는 그 어깨를 토닥였고 카이저는 고개를 절레절레 흔들더니 메시에게 다가가 아가를 빼앗았다. 그러고는 끙끙거리는 소올의 품에 척하니 안겨 주었다.

아가는 제 할아버지보다 더 큰 소올에 놀라더니 이내 까르르 웃으며 넓은 들판 같은 가슴을 지닌 그의 품에 얼굴을 비비고 바르작거렸다. 소올의 온몸이 잔뜩 굳더니 이내 행복에 겨운 비명을 내질렀다.

소올에게 아가는 굉장히 작고 나약한 생물처럼 보였다. 그는 두툼한 검지로 유리를 섬세하게 세공하는 장인처럼 아가의 볼을 살살 쓰다듬었다.

아가는 제 얼굴이 다 잡히는 커다란 손을 보고 까르르 웃더니 하얗고 작은 고사리손으로 큼지막한 소올의 손가락 하나를 왈칵 움켜쥐었다. 아빠인 카이저의 손보다 크고 두툼한 손이 아가에겐 너무나 컸다.

신기한 마음에 계속 만지작거리자 소올이 흐흐 웃었다. 아가는 고개를 들어 그의 얼굴과 손가락을 번갈아 보더니 이내 방긋 웃었다. 커다란 거! 희미한 기억 속 새하얀 백곰이 떠올랐다.

메시가 허전한 양손을 까닥까닥 움직이며 뚱한 표정을 지은 채 소올의 품에 안긴 아가를 보았다. 짙은 녹색 눈동자는 끈질기게 아가를 향해 고정되었다. 자연스럽게 유리안과 락샤의 시선도 그쪽으로 향했다. 요주의 인물인 황제는 꿍꿍이가 느껴지는 끈적끈적하고 괴상한 시선으로 아가를 보았다. 그 모습에 카이저가 무거운 한숨을 내쉬었다. 인기 만점인 아가는 그들의 심장에 여지없이 하트의 화살을 날려 주었으나 그만큼 근심이 한가득인 그는 속으로 중얼거렸다.

'날파리가 날로 늘어나는구나.'

신경 써야 할 왕 날파리로 인해 카이저의 눈빛이 날카로워졌다.

다음 날, 기어이 아침이 밝았다. 집사 아톰은 이날이 오지 않길 바랐다. 오늘은 아가님이 영지로 돌아가는 날이다. 그는 평소보다 냉랭한 표정으로 몸을 움직였다. 하늘에서 비라도 쏟아져, 폭우가 된다면 일정이 조금이라도 미루어질 텐데, 하는 바람도 있었다. 그러나 꿈같은 바람이었다. 오늘은 정말 잔인하리만치 화창했다. 떠나기 좋은 날이다.

"그럼, 앞으로도 저택을 부탁하네."

아가를 품에 안고 말하는 카이저가 야속하게 느껴졌다. 그 느낌은 아톰뿐 아니라 모든 고용인들이 공통으로 느끼고 있었다. 이왕 있을 거면 최소 일주일은 있을 것이지 너무한다 싶었다. 누가 쫓아올까 다급히 떠나는 모습이라 아톰이 희미하게 인상을 쓰다 폈다. 아가가 손을 들어 아웅아웅 인사했기 때문이다. 그는 살짝 미소 지으며 말했다.

"파이 님, 부디 건강하시고, 다시 한 번 꼭 수도로 올라오시길 고대하겠습니다."

다시 한 번에 악센트를 주며 말하는 아톰에 카이저의 얼굴이 미미하게 움찔거렸다. 파람의 표정에는 대놓고 불쾌감이 표출되었다. 그것을 당연히 눈치챈 유능한 집사 아톰은 모른 척 시치미를 뗐다. 아사벨이 쓰게 웃으며 중간에 끼어들어 중재를 했다.

"집사, 어린 나이에도 훌륭히 저택을 관리하더군, 과연 휜의 아들다워요. 앞으로도 분발하길 바라요. 언젠가 우리 파이가 다시 이 저택을 찾을 때도 변함없길."

"네! 앞으로도 노력하겠습니다."

파이 님을 위해서. 그는 속으로 덧붙이며 상체를 가지런히 접어 고위귀족의 집사답게 품위 있게 인사했다. 그의 인사를 받으며 칼레이저가의 직계들과 가족들이 길을 떠났다. 점차 멀어지는 저택으로부터 고용인들이 안타까운 마음을 담아 하얀 손수건을 하나둘씩 들어 흔들며 인사를 보냈다.

그들의 절절한 배웅을 받으며 떠난 일행은 영지에서 수도로 왔듯 수도에서 영지로 돌아갈 때도 2시간 정도 움직이고 30분가량을 쉬었다. 아가는 그때마다 사랑하는 사람들의 품에 안겨 숲 속으로 짧은 야외 나들이를 떠났다.

수도로 갈 때와 돌아갈 때의 다른 점이 있다면 이번에는 여왕이 당당하게 아가의 곁에 있다는 것이다. 여왕은 저번처럼 허무하게 아가의 빈자리를 뒤늦게 알게 된 후로 시시때때로 등장해 아가의 곁에 있었다.

아가는 그것이 내심 반가운 기색이었다. 아직까진 자유로이 대화를 나눌 수 있는 이가 여왕과 대지의 주인뿐이기 때문이다. 그리고 보니 그 새는 여왕처럼 자신의 말을 알아듣지 못했었는데. 아가는 흐릿하게 남은 며칠 전의 그 종달새를 떠올렸다. 선명한 황금안을 가진 새. 아가의 생각을 읽은 여왕이 묘하게 찌푸렸다.

[언제 왔다 갔대?]

여왕이 홀리듯 중얼거렸다. 아가는 다행히도 그 중얼거림을 듣지 못했다. 그러다 문득 의아함이 들었다. 반짝거리는 신기한 노란색 눈. 그 나쁜 것도 노란색 눈이었고 여왕도 커다란 눈도 노란색이다. 왜 같아? 아가가 순수하게 속으로 물었다. 그에 여왕이 어색하게 웃었다. 아직 설명하기엔 아가가 너무 어려서, 어떻게 설명해 줘야 할지 몰랐기 때문이다. 뭐라고 말해 줘야 할까 고민한 여왕이 말했다.

[아직은 몰라도 되는 거야. 아가가 열 밤만 자고 나면 알려줄게.]

열 밤? 열 밤이 뭔데?

[코 자는 거. 자는 거 열 번 하면 열 밤이야.]

열 번이 뭔데?

[열 번은 열 번인데…….]

으음, 점차 설명하기 어려워진 여왕의 얼굴이 일그러졌다. 어떻게 설명하지, 하고 고민하는 그 찰나에 아가는 금세 흥미를 잃고 청록색이 완연한 숲을 쳐다봤다. 초여름인 숲은 청명한 색 만발이다. 아가가 자연스럽게 신경을 돌리자 여왕이 조용히 한숨을 내쉬었다.

아가가 모르는 게 많다 보니 대다수의 대화가 묻는 것이다. 묻고 답하고 나면 끝이면 좋겠지만 그것을 알고 나면 길게는 이틀, 짧게는 몇 시간이면 금세 잊혀져서 다음 날 똑같은 걸 또 묻기도 했다.

발달 단계상 당연한 것이지만 그걸 모르는 여왕은 이럴 때마다 난감해졌다. 너 이거 전에 물어봤거든, 하고 퉁한 어조로 말하면 아가는 고개를 갸웃 기울였다. 그러고는 꼬물꼬물거리며 눈치를 보니 여왕이 이 사랑스러운 아가에게 다시 설명을 시작해야 했다. 나중에서야 대지의 주인으로부터 인간의 아가의 기억력과 습득 속도에 대해 듣고 나서야 여왕은 울듯 웃었다.

[그럼, 더 열심히 설명해 줄 수밖에 없잖아!]

아가가 원해서 잊은 게 아니라, 그맘때는 그 정도 이해력과 기억력밖에 없으니 어쩔 수 없는 거니까. 그 후로 여왕은 귀찮거나 난감한 티를 내지 않고 궁금해하는 것은 바로바로 설명해 주었다. 다행인 것은 아가가 그것에 흥미를 갖는 시간이 다소 짧기 때문에 어느 정도 되면 굳이 설명해 주지 않고 넘어갈 수 있다는 거다.

바로 지금처럼.

여왕과 대지의 주인의 조기학습 덕분에 아가는 점차 알아가는 단어가 또래 아가들보다 많아졌다. 아빠와 오빠, 할머니, 할아버지, 휴가 하는 말, 그 단어를 이해하는 것이 많아진 것이 기뻤다. 아가는 이젠 예쁘다, 귀엽다를 알아들었다. 자신을 향한 칭찬이다. 사랑이다. 아가는 그 단어를 알아서 기뻤다. 그래서 그 단어를 들으면 평소보다 더 기쁘게 웃었다.

영지로 돌아가자 언제나처럼 한결같은 집사 휜이 마중 왔다. 그는 눈시울까지 붉히며 인자하게 미소 지었다. 그는 카이저에겐 간단한 인사만 건네고 바로 아가부터 보고 있었다. 그에 카이저가 인상을 찡그렸다.

점차 아가를 추중하는 이들이 많아지고 있다. 기쁘긴 하나, 묘하게 걱정이 앞섰다. 아가는 자신이 보기에도 사랑스러웠으나 모든 이들의 시선에도 사랑스러웠다. 그는 이제는 누가 아가를 채 갈까 걱정하고 두려워해야 하나 고민에 휩싸였다. 고민 끝에 그는 아가의 팔에 여전히 잘 매달려 있는 실팔찌에 위치추적마법을 걸었다. 이제는 그가 원하기만 하면 아가가 어디 있는지 알 수 있다.

이 실이 끊어지지 않는다면.

그는 실팔찌가 끊어지지 않게 강화마법까지 걸었다. 풍습도 그러하니 되도록 끊어지지 않는 게 좋다. 카이저는 그제야 안심한 듯 웃었다.

영지의 저택에 안전하게 귀환한 후 일주일이 흘렀다. 아가는 이제는 알아서 척척 잘도 일어섰다 앉는다. 이즈음부터는 일어나 발을 떼려고 시도하기 시작했는데 아직은 몸을 지탱하기 어려워, 한 발만 떼도 앞으로 고꾸라졌지만 그래도 카이저와 가족들은 그것만으로도 좋았다.

카이저는 상체를 최대한 숙이고 아가의 작은 양손을 살며시 잡아 걸음마를 떼는 연습을 했다. 아가는 아빠의 손이 구명줄이라도 되는 양 꼬옥 마주 잡고 어렵사리 한 걸음을 떼다 앞으로 고꾸라지기 일쑤였다. 그럼에도 포기하지 않고 매일같이 그의 손을 잡았다.

때때로는 아사벨이, 제논이, 아벨이, 그리고 파람이 아가의 손을 잡아 주었다. 아가는 점차 두 발 서기에 익숙해져 갔다. 키도 그새 제법 자라고 머리카락도 풍성하게 자랐다. 하루하루가 다르게 성장해 가는 아가를 보며 온 가족의 얼굴에 웃음꽃이 피었다.

단지 아쉬운 것이 있다면 아가가 쉽사리 말문을 트지 못한다는 것. 카이저는 환청처럼 들었던 빠빠라는 말이 절실히 듣고 싶었다. 오늘도 아가의 방에 들어선 그는 아가의 양 겨드랑이에 손을 끼고 일어서기 편하게 도우면서 말했다.

"아가야, 아빠, 아빠 해 봐."

"우!"

서는 재미에 푹 빠진 아가에게 아빠의 말이 닿지 않았다. 아사벨은 쓰게 웃으며 말했다.

"카이저, 너무 조급해하지 말아요, 이제 조만간 말문을 틀 거예요."

"아사벨 님! 제가 들었습니다. 분명히요. 파이가 절 아빠라고 불렀습니다. 그러니 또 부를 수 있습니다."

아사벨의 위로에 그는 고개를 가볍게 절레절레 흔들며 말했다. 환청이 아닙니다. 분명히 들었습니다. 두 번이나 들었는데 환청일 리 없습니다, 하고 진지하게 말하는 모습에 아사벨이 난감한 듯 웃었다. 본인이 들었다 하니 진실이겠지만 아가는 좀처럼 입을 떼지 않으니 그녀는 어째야 할까 고민했다. 그때였다. 돌연 아가가 입을 벌려 툭하니 소리를 내뱉었다.

"빠빠."

"그렇습니다! 이렇게 불렀…… 어?"

아사벨을 쳐다보며 진지하게 말을 하던 카이저가 놀라 고개를 돌렸다. 아가가 어느새 시선을 올려 카이저를 바라보며 해사하게 웃었다.

"빠빠."

"어머!"

아사벨과 유모가 놀라 탄성을 내뱉었다. 카이저가 눈을 동그랗게 뜨고 깜박였다. 두 번째 부르자 그의 얼굴이 일그러지더니 왈칵 함박웃음을 지으며 말했다.

"보십시오! 말하지 않았습니까!"

잔뜩 기쁨을 표출하며 포효하듯 말했다. 그에 아사벨과 유모가 유쾌한 듯 웃음을 터트렸다. 아사벨이 아가의 곁에 다가가 말했다.

"할머니는 언제쯤 말해 주겠니? 응."

"하, 하으어."

아가는 할머니라는 단어가 어려운지 아우아우 하며 몇 번이나 입을 오물거렸다. 아사벨은 그럼에도 방긋이 웃었다. 머지않아 불러 줄 것이라는 것을 믿기 때문이다.

그 후로 한 번 터진 말은 계속 이어졌다. 아가는 카이저만 보면 빠빠라고 부르기 시작했다. 파람의 눈에 질투가 어렸다. 그뿐만 아니라 제논과 아벨의 눈에서도 서슬 퍼런 빛이 감돌았다. 그 소식은 놀랍게도 금세 수도의 파이의 오빠들에게도 전해졌다. 덕분에 카이저는 두 아들들에게 질투 어린 장문의 편지를 받아야 했다. 그럼에도 카이저는 입이 찢어지게 웃었다.

"부러우면 아빠 하든가."

하고 말버릇처럼 말하더니 편지에도 그 말을 적어 보냈다. 수도의 두 형제가 분노의 포효를 내뱉었다. 방학, 여름 방학을 기다려야 한다. 그러나 까마득하다. 그들의 속이 시커멓게 타들어 갔다.

아가는 겨우 할 줄 아는 단어인 빠빠를 종국엔 저택에 있는 모든 남자들을 향해 말했다. 내뱉을 줄 아는 단어가 고작 그것 하나뿐이어서, 뭐만 해도 빠빠 하며 병아리가 삐악삐악거리듯 재잘거렸다. 덕분에 카이저만의 호칭이 만인의 호칭이 되어 버려 그는 꽤나 난감한 감정을 느껴야 했다. 하물며 렘에게조자 빠빠라고 하니 어쩌면 좋을지! 아가가 하루 빨리 다른 단어도 내뱉을 수 있길 기원했다.

그 후로 한 달이 지나갈 무렵 어렵사리 아가가 '빠나' 라는 말을 했다. 파람을 의미하는 단어였다. 그에 파람의 얼굴에 하루 종일 미소가 번졌다. 그 후 또 이 주일이 흘렀을 때는 아가가 힘겹게 하므니, 하브디 라는 말을 내뱉어 아사벨과 제논, 아벨을 기쁘게 했다.

그러던 어느 날이었다. 아직까지 현역이라며 혈기왕성한 아벨과 제논이 서로 어깨동무를 하고 영지 주변의 커다란 숲에 사냥을 나섰다. 일주일가량을 저택을 비웠다 돌아오자마자 당연한 듯 집사 휜의 메이드 부대에 이끌려 피부가 벌게질 정도로 씻겨졌다.

말끔히 소독과 단장을 한 둘은 서로 앞다투며 아가의 방으로 향했다. 250일쯤 되자 아가는 벽을 짚고 어영부영 걷기 위해 발을 떼기 시작했다. 겨우 한 발자국 내딛고 주저앉지만 모두가 기뻐한 걸음마였다. 오늘도 아가는 일어서기와 걸음마를 떼다 폭 주저앉아 네 발로 기어 다니기를 반복하는 모습에 제논과 아벨이 성큼성큼 다가가 말했다.

"아가야! 이걸 보렴!"

이번에도 자리에서 일어나다 풀썩 주저앉은 아가의 작은 몸을 아벨이 들어 올려 제 무릎에 앉혔다. 아벨의 무릎에 앉은 아가가 제논이 내미는 무언가를 보았다. 빤히 그것을 보는 아가의 파란 눈동자가 순식간에 휘둥그레졌다. 눈앞에 새끼 호랑이 같은 것이 뒷덜미를 잡힌 채 카웅카웅 울고 있었다.

상체는 호랑이와 비슷했지만 덮인 털은 고동색이고 호랑이 특유 무늬가 황금색으로 나 있었다. 하체에는 촘촘한 돌이 박혀 있었는데 마치 흑요석처럼 빛에 반사되어 반짝였다. 그 꼬리는 도마뱀 꼬리처럼 길쭉했고 눈동자 색이 선명한 호박색이었다. 아가가 눈을 깜박였다.

커다란 거?

[안녕, 아가야.]

작은 새끼 호랑이가 눈을 가늘게 접고 웃으며 말했다. 인간에게 절대 들리지 않는, 그러나 아가에게 들리는 신비한 목소리는 새끼답게 어렸다. 작은 새끼 호랑이가 카웅 하고 울었다. 아가는 눈을 깜박이더니 제 할아버지들을 올려다보았다.

"하부디!"

아가는 제 작은 손을 들어 새끼 짐승을 가리키며 물었다. 할부지, 이거 커다란 거, 할부지랑 친해? 아가는 그리 묻고 싶은 것을 함축시켜 물었다. 그에 두 노년 사내가 서로를 마주 보며 웃더니 말했다.

"사냥 갔다가 발견한 것이다. 이건 굉장히 귀한 동물이거든."

새끼 짐승을 얻는 경우는 극히 드물다. 특히 이런 야수 계열은. 잘만 기르면 아가의 가디언펫이 돼 줄 것이다. 새끼라 인간에 대한 경계가 없는지 순순히 잡혀 오는 것에 둘은 흐뭇하게 웃었다. 그의 대답에 아가는 그저 눈만 깜박였다. 혹시 마음에 안 드는가 싶어 조마조마한 마음이 되어 버린 두 할아버지에 아가는 팔을 뻗어 그 새끼 짐승의 겨드랑이에 손을 끼웠다. 손에 닿는 보드라운 털의 감촉에 아가가 방긋 웃었다.

저의 몸만 한 덩치의 새끼 짐승의 무게에 못 이겨 뒤로 발라당 넘어지려 하자 아벨이 다급히 잡았다. 아벨의 배에 등을 기댄 아가는 품에 가득 안겨 오는 보드라운 새끼 짐승의 촉감에 까르르 웃음을 터트렸다.

색색 들리는 새끼 짐승의 숨소리와 바로 코앞에 보이는 작고 동글동글한 새끼의 모습을 한 그가 눈을 가늘게 접고 웃었다. 가르릉 우는 소리가 웃음소리 같았다. 가늘어진 눈 사이로 보이는 호박색 눈동자가 순간 찬란한 금색으로 변하다 사라졌다.

[이렇게 하면 밤마다 몰래 만나지 않아도 되겠지?]

당당히 옆에 있고 싶어 대지의 주인이라는 자가 꼼수를 부렸다. 졸지에 애완동물로 전락하게 되었지만 자신이 바라던 바다. 원하는 상황이다. 요즘은 아가가 잠자는 시간의 경계를 잡기 시작해서 야심한 시각에는 꼭 잠에 들어 그와의 만남이 소홀해졌다.

여왕이야 보이지 않고 그 크기가 작으니 언제든 만날 수 있으나 대지의 주인은 존재감만으로도 민감한 인간들에게 묘한 위화감을 준다. 칼레이저가는 대대로 무골이나 종종 카이저 같은 마법사의 기질을 가진 자가 태어난다. 그렇게 태어난 자는 하나같이 마나에 민감하고 주변 환경의 위화감을 금방 눈치챈다.

실제로 카이저는 3개월 전부터 아가의 방에 진하게 남는 대지의 기운에 고개를 몇 번이나 갸웃 기울였다. 종국에는 대지의 대신관인 라반에게 결계를 씌웠냐고 물어보기까지 했다. 그것을 전해 들은 그가 점차 아가와의 야밤의 밀회를 할 상황이 줄어들자 초조한 마음에 이런 수를 쓴 것이다.

그의 얕은 수를 알 리 없는 사냥에 신이 난 노년들은 아주 타이밍 좋게 나타난 야수의 새끼에 신이 나서 덥석 물어 왔다.

인간의 손에 목덜미를 잡히고 오자마자 그토록 질색하는 목욕까지 해서 때 빼고 광을 내야 했으나 그는 후회하지 않는다. 자신이 덮치다시피 한 상대가 너무나도 보고 싶었으니까. 그는 만족스럽게 웃으며 가르릉 울었다. 아가는 그 소리에 맞춰 까르르 웃음을 터트렸다.

공식적으로 대지의 주인이 칼레이저가의 애완동물로 전락하는 순간이었다. 그는 순간, 돌아올 후폭풍을 떠올리며 흠칫 몸을 떨었으나 자신을 꼬옥 안고 웃는 아가에 금세 떨쳐 내며 혓바닥을 내밀어 그 볼을 핥았다. 까끌까끌한 혓바닥의 감촉이 제 얼굴을 핥고 지나가자 아가는 간지러워 어깨를 잔뜩 움츠리며 배시시 웃었다. 곧 아가의 입에서 청아한 웃음소리가 터져 나와 하나의 짐승과 두 명의 노년의 얼굴에 흐뭇함이 가득 묻어났다.

✽✽✽

계절은 빠르게 지나갔다. 카이저 입장에선 유독 그렇게 느껴졌다. 그 이유는 그의 막내딸인 파이 때문이었다. 하루가 다르게 자라나는 아가로 인해 매일매일이 쏜살같이 지나가는 것 같았다.

그만큼 아가는 쑥쑥 자랐다. 이제는 벽을 짚고서라면 뒤뚱뒤뚱 잘도 걸어 다녔다. 조만간 300일이 되는 아가는 제법 풍성해진 머리카락을 흔들며 아장아장 걸었다.

아가의 작은 발에는 만개한 노란색 개나리가 수놓여진 비단 꽃신이 신겨 있었다. 270일의 의식에 맞춰 제작한 신발이었다. 핑크색 바탕에 노란색 개나리가 수놓인 비단 신은 파람이 야심차게 준비한 것이다. 그는 이번에는 절대 새치기를 당하지 않겠다는 굳은 의지로 무려 10일 전에 비단 신을 준비해 와 아가를 기쁘게 했다.

아가는 난생처음 보는 아기자기한 신발을 보고 방긋방긋 웃었다. 아직은 걸음마를 제대로 떼지 못해서 바깥에 나가 걷지 못하는 아가를 위한 실내용 신발이었다. 처음 신었을 때만 해도 불편해서 이리저리 통통 던지더니 금세 익숙해져서 곧잘 신었다. 많이 는 걸음마만큼 말도 제법 늘었다.

시간은 빠르게 흘러가 어느덧 금빛 황제의 계절, 가을의 끄트머리를 지나가고 있었다.

점점 날씨가 서늘해지자 아가의 방에 단단히 봉해져 있던 벽난로를 개방했다. 어린 아가의 안전을 위해 막아 놓았으나 날씨가 서서히 추워지니 매서운 겨울여왕의 계절에 대비해야 했다. 그러기 위해선 벽난로가 필수라 어쩔 수가 없었다.

대신에 아가의 방에 커다란 침대가 놓였다. 아기자기한 핑크빛 침대는 아가가 자기엔 매우 커다랬으나 성인과 함께 자기엔 적당했다. 아가는 요즘 매일 밤 아사벨의 품에 안겨 잔다.

덕분에 아가의 방의 벽난로가 안전히 개방될 수 있었다. 성인과 함께 잔다면 벽난로의 위협도 그다지 크지 못할 것이다. 그래도 안전을 대비해 아가가 가까이 다가갈 수 없도록 카이저는 그 주변에 바리케이드를 치듯 방어막을 걸었다.

늦가을의, 금빛 황제의 심통에 서늘해진 날씨로 인해 처음으로 개봉한 벽난로 안에서 불이 타닥 불꽃이 부딪히는 소리를 냈다. 아가는 생소하고 신기한 그 소리와 이글이글 타오르는 벽난로의 불의 모양새를 유심히 쳐다봤다. 점점 가까이 다가가려는 모습에 칼레이저가의 애완동물이 된 대지의 주인이 작아진 몸으로 어슬렁어슬렁 걸어가 그 앞을 가로막으며 말했다.

[안 돼. 파이.]

"아우, 아어!"

아가는 눈을 동그랗게 뜨더니 깜박이며 한 손을 입에 물고 우물거렸다. 대지의 주인이 아가의 앞을 가리고 어슬렁거리며 시선을 분산시키자 아가가 힐끔 불을 보더니 몸을 돌려 아장아장 기어갔다. 불에서 멀어졌다. 타닥 불꽃이 터지는 소리를 내며 불이 하늘하늘 춤을 추었다. 흐릿하게 그 불이 여우의 형성을 띄다 사라졌다.

저녁이 되자 아가는 아사벨의 품에 안겨 달게 잠을 잤다. 아가의 발 밑에는 대지의 주인이 몸을 둥글게 말고 엎드려 자는 듯 눈을 감고 있었다.

한참을 달게 잠을 자던 아가가 돌연 눈을 찌푸리더니 천천히 눈꺼풀을 들어 올렸다. 느릿느릿 눈을 깜박이던 아가가 제 작은 손으로 눈가를 비볐다. 가까이에 있는 아사벨의 체향을 느끼던 아가는 꿈틀꿈틀 몸을 움직여 그 품에서 빠져나왔다. 그러고는 아우아우 웅얼거리며 어렵사리 침대 위를 기어 다녔다.

그때 돌연 아가의 귓가로 불꽃이 타닥 하고 부딪히는 소리가 났다. 아가는 그 소리에 양팔과 다리에 힘을 주어 몸을 일으켰다. 제법 익숙하게 상체를 들어 올린 아가는 주저앉은 상태에서 멀리 보이는 벽난로에 시선을 보냈다.

타닥타닥 불꽃이 터지는 소리가 연달아 났다.

한참을 시선을 빼앗기듯 그 불꽃을 보던 아가가 앞으로 폭 엎어져 몸을 데굴데굴 굴렸다. 아가의 작은 몸이 순식간에 넓은 침대의 끄트머리에서 도달했다. 아가는 침대 아래를 내려다보았다. 까마득한 높이였다.

저도 모르게 오물오물거리며 꼼지락거리던 아가는 결심이 섰는지 몸을 돌려 엉덩이를 내보였다. 버둥거리면서 조심스레 뒷발을 아래로 내디뎠다. 까마득한 절벽에 있는 느낌이었으나 침대 시트를 꼬옥 쥐며 힘겹게 기어 내려왔다.

느릿느릿 침대 시트를 잡고 바닥에 내려온 아가는 착지를 제대로 하지 못해서 기어코 엉덩방아를 찧었다. 그러나 다행스럽게도 바닥은 폭신한 곰 털가죽 카펫이 깔려 있어 커다란 충격이 느껴지지 않을뿐더러 쿵 소리조차 나지 않았다. 홀로 침대에서 내려온 아가는 배시시 웃었다. 한 손을 들어 제 작은 머리통을 쓰다듬었다. 잘했어, 잘했어 스스로를 칭찬했다. 만족스럽게 저를 칭찬한 아가는 아장아장 기어가 벽난로가 있는 곳으로 향했다.

붉은 빛과 주황색, 노란색이 뒤섞인 불꽃이 춤추듯 일렁였다. 타닥타닥 불똥이 피어올라 팍! 터졌다. 아가는 그 기묘한 색감에 시선을 빼앗겼다. 좀 더, 좀 더 가까이 가서 볼래, 하고 속으로 중얼거리는 아가는 점차 벽난로 가까이 다가갔다.

벽난로와의 거리는 여전히 멀었으나 점차 강렬한 열기가 느껴졌다.

얼굴이 발그레할 정도로 뿜어내는 열기에도 아가는 걸음을 멈추지 않았다. 기어코 카이저가 쳐 놓은 바리케이드 앞까지 당도하고 말았다.

그때, 잠을 자고 있을 것이 분명했던 대지의 주인의 눈이 번쩍 뜨이더니 바람처럼 달려가 아가의 뒷덜미를 입으로 잡아 물고 뒤로 물러났다.

[안 된다고 했지?]

따끔한 어조에 아가가 눈을 데굴데굴 굴리면 눈치를 보더니 헤헤헤 웃었다. 그가 낮은 한숨을 푹 내쉬었다. 어둠이 가득 내려앉은 방에 또롱, 빛의 구가 나타나더니 파앗 하고 빛이 흩어졌다. 그 너머로 아름다운 여왕이 모습을 드러냈다. 여왕은 모습을 드러내자마자 제 아름다운 날개를 펄럭이며 아가의 코앞에 섰다.

[위험하잖니!]

"아우⋯⋯."

호기심이 왕성한 아가라는 건 알지만 위험한지도 모르고 마냥 가는 것이 불안해 죽겠다. 여왕과 대지의 주인의 보호에 타닥타닥 불꽃을 터트리던 불이 크게 일렁거렸다.

[너무 과보호 아냐?]

얄미우면서도 능글거리는 목소리에 여왕이 왈칵 얼굴을 구겼다. 왜 저 녀석이 여기 있어? 하는 눈초리로 불을 쳐다보고 있자니 크게 일렁이는 불에서 커다란 무언가가 쑤욱 나왔다. 그에 여왕이 쯧 하고 혀를 차더니 양손을 휘저었다. 그러자 아가의 방의 풍경이 크게 일렁였다. 불꽃에서 뛰쳐나온 그것이 눈을 가늘게 접으며 말했다.

[결계인가?]

선명한 붉은색을 몸에 휘감은 그것은 거대한 여우의 꼴을 하고 있었다. 그러나 일반 여우보다 귀가 커다랗고 귀의 털이 유독 길어 날개의 깃털 같았다. 붉은 여우는 총 6개의 다리를 가졌다. 거기다 꼬리는 무려 10개씩이나 됐다. 살랑살랑 흔들리는 꼬리가 도톰하고 묵직하게 보였다. 가늘게 접힌 눈 안에서 빛나는 눈동자가 선명한 금색이다.

[오랜만이다?]

재치 있는 장난꾸러기 같은 목소리로 인사한다. 그에 여왕과 대지의 주인이 사이좋게 얼굴을 일그러트리고 아가는 눈동자만 데굴데굴 굴리며 손가락을 꼬물꼬물거렸다. 커다란 여우의 탈을 쓴 그를 보며 아가가 물고 있던 손이 아닌 다른 손을 들어 가리키며 말했다.

"빠-빠!"

아빠 색깔이다! 아가는 눈을 깜박이며 말했다. 늘 보던 아름다운 붉은색을 온몸에 휘감은 그가 눈을 가늘게 접고 요사스럽게 웃었다. 그는 제 긴 주둥이를 쑥 내밀어 아가 앞에 다가가 이를 드러내며 말했다.

[이것 참 맛있겠구나!]

살짝 벌린 입 새로 새하얗고 날카로운 송곳니가 위협하듯 예리함을 내비쳤다. 그에 대지의 주인이 으르렁거렸다. 당장이라도 그 주둥이와 콧등을 물 것 같은 기세였다. 여왕이 혹여 놀랐을 아가에게 쪼르르 날아가 그 도톰한 볼을 껴안았다.

그러나 둘의 걱정이나 우려와 달리 아가는 눈을 깜박이더니 이내 어여쁘게 호선을 접으며 까르르 웃었다. 입에 물고 있던 손과 다른 손을 마주치며 박수까지 쳤다. 괴기스럽게 웃는 커다란 여우의 모습이 아가에겐 무섭기보단 신기하고 재밌었다.

그것에 불의 주인이 콧등을 찡그렸다. 겁 없는 아기로군. 아가는 손뼉을 치던 손을 앞으로 뻗었다. 콧등을 찡그리자 크게 움직이는 은색 수염이 눈에 들어왔다. 붉은 불꽃을 몸에 두른 그의 은색 수염이 붉은 빛에 반사되어 신기한 색을 띠었다.

아가가 손을 뻗어 그 수염을 잡으려 하자 커다란 여우의 콧구멍에서 쿵 하고 거센 바람이 불어왔다. 아가의 머리카락을 다 날려 버릴 기세였다. 아가는 손을 뻗은 상태에서 눈을 동그랗게 떴다. 깜박일 때마다 보이는 푸른 눈동자는 붉은 왕의 색에 반사되어 단풍잎이 비친 호수의 색처럼 물들었다.

붉은 왕은 아가의 눈동자를 마주 보더니 씩 웃고는 더 거세게 콧바람을 내뱉었다. 대지의 주인이 처음 나타났을 때처럼 커다란 형체를 보인 붉은 왕의 콧바람에 아가가 기어코 뒤로 발라당 넘어졌다.

"아코!"

아가가 놀라 옹알이를 뱉으며 넘어진 상태에서 양팔과 다리를 버둥거렸다. 놀란 여왕이 아가의 뺨에 찰싹 달라붙어 말했다.

[오! 맙소사! 아가야 괜찮니?]

대지의 주인이 크르릉 하고 날이 바짝 선 소리로 울었다. 그에 붉은 왕이 짐승의 모습으로 어깨를 으쓱였다.

[내가 뭘 잘못했다고 그러는지 모르겠네?]

시침 뚝 떼는 모습에 여왕이 그를 흘겨보았다. 아가는 넘어진 제 몸을 버둥거리더니 한쪽으로 기울여 뒤집었다. 익숙하게 뒤집기를 한 아가가 어영부영 네 발로 기어 불의 주인에게 다가갔다.

불꽃이 요동치는 거대한 앞발을 신기한 듯 보더니 눈동자를 굴려 그의 발에 제 작은 손을 얹었다. 손바닥에 폭신폭신한 것이 닿았다. 한 움큼 쥐자 불의 왕이 엄살을 부리며 아가 앞에 고개를 쑥 내리며 말했다.

[아파! 살살 잡으라고!]

[피! 아프긴 뭐가 아파?]

그의 엄살에 여왕이 뿌루퉁한 목소리로 말한다. 한 대 때려 주고 싶을 만큼 얄미운 목소리다. 여왕은 얄밉게 툴툴거리며 그를 비난했다.

대지의 주인이 아가의 곁에 다가가자 그를 향해 배시시 웃었다. 대지의 주인이 아가의 도톰한 뺨에 제 혀를 내밀어 핥았다. 아가가 잔뜩 어깨를 움츠리며 간지럽다는 듯 까르르 웃었다. 그의 입이 호선을 그리며 미소 지었다. 그 모습에 불의 왕의 호기심 가득한 표정으로 내려다 보더니 아가에게 말을 걸었다.

[너, 쟤가 좋아?]

"아우!"

아가는 대답이라도 하듯 힘차게 옹알거렸다. 이제는 곧잘 단어를 비슷하게 발음하는 정도가 되었지만 아직 대화는 어려운 수준이었다.

불의 주인은 아가의 대답에 굉장히 불쾌하다는 콧등을 찡그리더니 입을 쩍 벌려 그 작은 머리통을 물었다. 순식간에 일어난 일이었다. 아가의 뺨에 달라붙은 여왕도 놀라고 그 곁에 있던 대지의 주인도 놀랐다. 커다란 짐승의 입 속에 머리통이 들어가게 된 아가는 새까만 어둠이 몰려오자 눈을 동그랗게 떴다.

입속에 자리한 두툼한 혀가 아가의 작은 얼굴과 그 뺨에 매달린 여왕을 한꺼번에 핥았다. 얼굴이 순식간에 침 범벅이 되었다. 여왕이 기겁하며 손을 휘졌었다. 그녀의 손짓에 새까만 어둠 속에 반짝반짝 빛이 터졌다. 불의 주인은 제 입속에 팡팡 터지는 빛의 감촉에 놀라 깨갱거리며 아가의 머리를 퉤 하고 뱉었다.

대지의 주인이 놀라 본래의 큰 모습으로 현신해 그의 주둥이를 콱 물었다. 놀란 여우가 눈을 휘둥그레 뜨며 깨갱 울었다.

[아파! 아프다고 형제!]

우는소리를 내뱉는데도 그는 그의 주둥이를 놓아주지 않았다.

[어딜 가나 그대 주둥이가 문제야!]

훈계하듯 내뱉는 대지의 주인의 말에 불의 주인이 앓는 소리를 내뱉으며 깨갱깨갱 울었다. 장난이야, 장난 하고 말하지만 들은 체도 안 했다. 콱 물어 버리는 그 힘이 어찌나 센지 과연 대지의 주인다웠다. 불의 주인이 제 열 개의 꼬리를 정신없이 흔들며 버둥거렸다. 애처로운 모습이었으나 자업자득이었다. 여왕은 쌤통이라는 듯 깔깔 웃었다.

아가는 제 얼굴에서 떨어지는 침을 보더니 눈앞에서 거칠게 요동치는 파충류의 것의 형태를 가진 대지의 주인의 꼬리를 빤히 쳐다봤다. 위아래로 사납게 흔들리는 그의 꼬리를 유심히 지켜보다 아래로 하강해 오는 것을 확인하고 작은 몸을 들썩이며 양팔 가득 껴안았다.

사납게 요동치던 꼬리의 반동에 아가의 작은 몸이 흔들렸다. 아가가 신이 나서 까르르 웃었다. 그의 꼬리를 꽈악 껴안자 대지의 주인이 불의 주인의 주둥이를 문 상태에서 아가를 바라봤다.

[……파이?]

사납게 요동치던 꼬리가 잠잠해졌다. 아가는 방긋방긋 웃으며 그의 꼬리를 팡팡 쳤다. 또 해! 또 해! 아가의 선명한 푸른 눈동자가 잔뜩 들뜬 기색을 내비쳤다. 그러고는 이내 그가 불의 주인의 주둥이를 물듯 아가가 그의 꼬리를 앙 하고 물었다. 아가가 보기엔 거대한 두 존재가 서로 엎치락뒤치락하면서 놀고 있는 것 같았나 보다.

나도 같이 놀래! 하는 마음으로 앙앙 하고 물자 대지의 주인이 불의 주인의 주둥이를 내뱉고 살며시 꼬리를 흔들었다. 그가 꼬리를 흔들자 아가의 작은 몸이 그에 맞춰 흔들렸다. 아가는 쉴 새 없이 웃었다. 붕붕 뜨는 것이 여간 기분 좋은 게 아닐 수 없었다.

그사이 어렵게 대지의 주인에게서 빠져나간 불의 주인이 벽난로가 있는 곳으로 잽싸게 피신했다. 넘실넘실 춤추는 불꽃이 처량하기 그지없어 보였다.

그는 몸을 숙여 양 앞발로 제 주둥이를 감싸며 끙끙거렸다. 대지의 주인이 화를 내면 무섭다. 그는 모든 이들을 통틀어 가장 연륜이 깊은 연장자이기 때문이다. 가장 마지막에 태어난 불의 주인이 낑낑거렸다.

한참 대지의 주인의 꼬리에 머물러 있던 아가가 끙끙거리는 불의 주인의 소리를 듣고 고개를 돌렸다. 벽난로 안에 엉덩이를 밀어 넣으며 앞발로 얼굴을 감싸는 모습은 굉장히 처량하기 그지없었다. 아가는 그의 꼬리를 잡고 있던 팔을 풀었다. 작은 몸이 뒹굴며 털가죽 카펫을 굴렀다. 대지의 주인이 커다란 얼굴을 들이밀면서 눈을 가늘게 접으며 말했다.

[이런. 파이, 조심해야지?]

상냥한 어조로 아가를 부르자 아가가 발라당 누운 상태로 헤헤 웃었다. 하얀 얼굴에 불의 주인의 침이 잔뜩 묻어 있었다. 그럼에도 대지의 주인은 계속 혀를 날름 내밀어 그 볼을 핥았다. 아가가 간지럽다며 그의 말캉한 혀를 밀어냈다. 대지의 주인이 아쉽다는 듯 혀를 찼다.

아가는 그를 뒤로하고 엉금엉금 기어가 벽난로에 제 커다란 몸을 밀어 넣고 있는 이에게 다가갔다. 불의 주인이 저도 모르게 털을 바짝 세우면서 말했다. 그 모습은 마치 잔뜩 겁을 먹고 독이 오른 들짐승과도 비슷했다.

[뭐, 뭐야!]

잔뜩 경계 어린 목소리에 아가가 움찔 멈췄다. 대지의 주인이 사납게 이를 드러내며 으르렁거리자 가여운 불의 주인이 금세 꼬리를 말고 낑낑 울며 그의 눈치를 살폈다. 여왕이 꼴좋다는 듯 그 주변을 배회하며 깔깔 웃었다.

그사이 아가는 겁도 없이 비굴한 약자의 모습을 하고 있는 불의 주인의 커다란 얼굴 가까이로 다가갔다. 그는 물린 제 주둥이를 감싸며 끙끙거렸다.

[아파, 아프다고! 너무하잖아. 형제보다 한낱 아가가 더 중요해?]

잔뜩 투정이 내뱉어졌으나 대지의 주인은 콧방귀만 뀔 뿐이다. 아가가 하얗고 작은 손을 들어 물기를 머금은 건강한 그의 코를 톡톡 건드렸다. 불의 주인이 놀라 카아악, 비명을 지르며 나풀나풀 춤추는 불꽃같은 제 털을 곤두세웠다. 그 바람에 아가가 뒤로 발라당 넘어졌다.

[앗, 앗! 미안, 일부러 그런 건 아냐!]

불의 주인이 놀라 비명처럼 소리쳤다. 혹여 제 형제가 또다시 자신을 물까 무서웠던 것이다. 바닥을 기듯 걸어가 발라당 누운 아가의 작은 머리통을 콧등으로 살며시 툭툭 건드렸다. 그의 보기 좋은 은빛 수염이 흔들렸다. 아가는 발라당 누운 상체를 어렵사리 일으켜 눈앞에 아른거리는 그의 수염을 냉큼 잡았다.

[꺅!]

불의 주인이 여성스러운 비명을 짧게 토했다. 불의 주인의 비명에 아가가 놀라 그만 손을 놓아 버렸다. 그러고는 눈을 동그랗게 뜨고 그를 보았다. 그의 금안이 애처롭게 흔들렸다.

[흑흑, 아프단 말이야.]

불의 주인은 엄청난 엄살쟁이가 분명하다. 정말 아파하는 그 표정을 보고 아가가 배시시 웃었다. 그러고는 처음 톡톡 건드렸을 때와 달리 제법 부드럽게 그의 코를 쓰다듬었다.

불똥 같은 눈물을 흘리던 불의 주인이 가르릉 울며 눈을 느리게 깜박였다. 그의 붉고 기다란 속눈썹이 나비의 날갯짓처럼 우아하게 팔랑거렸다. 아가는 그의 커다란 얼굴에 얼굴을 비비며 까르르 웃었다.

마구잡이로 그의 콧등이며 주둥이며 비비고 쓰다듬는데, 저도 모르게 대지의 주인이 문 부분을 건드렸는지 불꽃 털이 다시 용솟음쳤다. 아가의 푸른 눈동자도 따라서 동그랗게 변했다. 휘둥그레 그의 금안을 쳐다보니 낑낑 우는 소리를 내며 아가의 작은 몸에 제 얼굴을 비볐다.

[물려서 아프단 말이야!]

자연스럽게 그의 말을 들은 아가가 눈을 느릿느릿 깜박이더니 톡톡 상처 주변을 쓰다듬었다. 불의 주인은 엄살을 왕창 부리더니 이내 눈을 가늘게 접고 가르릉거렸다.

"아우, 아웅거 따!"

아픈 거, 아픈 거 나았다!

아가가 제 손은 약손이라는 듯 몇 번을 톡톡 쓰다듬자 거짓말처럼 나은 느낌이다. 붉은 불의 주인의 털이 하늘하늘 춤췄다. 원래 붉게 타오르는 털을 가진 그였지만 마치 부끄러워 새빨갛게 물든 것처럼 보였다. 수줍은 듯 눈꼬리를 접으며 불의 주인이 말했다.

[고마워.]

새빨간 사과 같은 모습에 아가가 까르르 웃으며 그 커다란 얼굴에 제 몸을 맘껏 비볐다. 그 뒤로 어느새 작아진 대지의 주인이 배를 깔고 엎드려 누워 눈을 가늘게 뜨고 지켜보고 있었다. 여왕은 그의 작은 머리통에 제 몸을 누이며 뿌루퉁한 표정을 짓더니 이내 깔깔 웃었다.

냉랭하고 매서운 겨울여왕의 계절이 오기 전, 늦가을의 야심한 시각, 아가는 장난기 많고 엄살도 많은 커다란 여우의 품에 안겨 코롱코롱 잠이 들었다. 물론 다음 날 아침에 깨어났을 때는 그의 품이 아닌 사랑하는 할머니 아사벨의 품에 안겨 있을 테지만 말이다.

추운 겨울여왕의 두 번째 달. 완연한 겨울이 찾아왔다. 칼레이저 영지 내에는 북방처럼 기온이 뚝 떨어지고 매서운 겨울바람이 불어왔다.

그러나 칼레이저가의 저택만은 훈훈한 기운이 감돌았다. 그중 단연 으뜸으로 따뜻한 장소는 아가의 방이었다. 이제 곧잘 벽을 짚고도 아장아장 걷는 아가가 제 커다란 방을 돌아다녔다. 아가는 고작 서너 걸음 걷다 하우, 하고 숨을 몰아쉬곤 벽 쪽에 달라붙어 폭 주저앉았다.

잠시 거칠어진 숨소리를 가다듬으며 아가는 보들보들한 털가죽 카펫에 양손을 얹고 엉덩이부터 들쑥날쑥 들어 올렸다. 그러고는 벽에 가까운 손을 뻗어 그곳을 손바닥으로 짚고 어렵사리 일어나 마저 걸었다. 그 주변을 작은 호랑이의 모습을 한 대지의 주인이 서성이고 있었다.

아가는 마땅히 지탱할 것이 없으면 작은 대지의 주인의 몸을 와락 껴안고 제 체중으로 그를 짓눌렀다. 그러면 모른 척 아가를 달고 몇 걸음 전진하기도 했다.

"니빠~!"

파이는 언제나처럼 자신의 옆에 졸졸 따라다니는 그의 등을 와락 껴안았다. 다음 달이면 첫돌을 맞이하는 파이는 몇 개월 새 몰라보게 자라나 보는 사람을 절로 흐뭇하게 만들었다. 아기 호랑이가 황금빛 눈을 반짝이며 웃었다.

[그래, 파이.]

말문이 어느 정도 트인 파이가 옹알이와 쉬운 단어 한두 개를 섞어 말하기 시작했다. 니빠는 대지의 주인을 부르는 말이다.

정확히는 '리파'.

몇 개월 전, 제논과 아벨이 사냥 중에 포획해 온 새끼 야생 짐승. 그 호랑이와 비슷한 새끼 야수에게 리파라는 이름이 생겼던 것이다.

그 동물은 새끼인 주제에 굉장히 과묵하고 무뚝뚝했다. 어찌 된 것이 목석을 깎아 만든 것마냥 애교 하나 없었다. 그런 그를 보고 고용이들 사이에서 귀여운 외모와 달리 귀염성이 없는 성격에 아가공녀만 졸졸 쫓아다니는 새끼 호랑이라는 말이 떠돌았다. 종국에는 공공연히 '작은 파람 도련님'이라 수군거리기 시작했다.

그는 정말로 무뚝뚝한 파람과 비슷한 분위기가 풍겼다. 그 작은 몸체에 어울리지 않게 파람의 성격을 고스란히 가졌다 뜻으로 불리던 게 부르기 쉽게 '리틀 파람'이 되더니 이내는 줄임말이 되어 '리파'라 불리게 된 것이다.

고용인들 사이에서 퍼지던 그 호칭은 유모를 통해 아사벨의 귀에도 들어갔다. 아사벨은 새끼 호랑이를 무척이나 좋아하는 파이에게 호랑이의 이름이라며 '리파'라는 이름을 알려 주었다. 파이는 물론 발음이 제대로 되지 않아 '니빠' 하고 불렀지만.

그때를 기점으로 대지의 주인의 호칭은 명실상부 리파가 되었다. 이름 없는 진귀한 자가 얼떨결에 이름을 얻었다. 그 소문은 금세, 이 세상 널리널리 퍼졌다.

진귀한 자들에게 이름이란 '계약'을 행할 강제적 자격이 생기게 되는 것이며 그 이름을 부여한 이에게 귀속된다. 그러나 대지의 주인인 경우에는, 정확히 누군가가 명명한 것이 아니라 여러 사람의 입을 타다 만들어진 것이라 그 주인이 모호한 상황이 되었다.

그는 우연과 필연이 겹쳐 '계약이 연결된 이름'이 아닌 '순수한 이름'을 얻은 것이다. 덕분에 그는 이름에 달린 족쇄와 저주의 영역에서 유유히 빠져나와 자유로울 수 있다.

여왕은 그런 그를 몹시도 시샘했다. 어쩜 운이 그다지도 좋은지! 그녀에게는 없는 '순수한 이름'을 얻은 그를 보며 투덜거렸다. 얼떨결에 받은 이름으로 얼떨떨한 리파는 곁에 앉은 파이가 니빠, 니빠, 하고 노래를 부르듯 부르자 아무렴 어떤가 싶어졌다.

저에게 이미 특별한 존재가 된 파이가 불러 준다면 어떠한 호칭도 상관없다. '제약을 받는 이름'을 주어도 그는 기쁘게 받아들일 것 같았다. 그만큼 그에게 파이는 굉장히 소중한 존재가 되었다. 곁에 있는 것만으로도 가슴이 벅찰 정도로 기쁘다. 그는 눈을 가늘게 접고 웃었다.

그 후 모두가 한마음이 되어 그를 리파라 불렀다. 그의 모티브가 된 파람조차도. 파이가 신이 나서 니빠, 니빠, 노래를 부르니 어찌할 수가 없었다.

한참 늘어지게 잔 파이가 나른하게 눈을 깜박이며 정신을 차릴 때쯤에는 카이저가 그 곁에 있었다. 파이는 엉금엉금 기어가 주저앉은 카이저의 무릎을 붙잡고 잡아당겼다. 양팔에 힘을 주며 그의 무릎에 제 몸의 반 정도가 올려지면 그제야 만족스럽게 웃으며 그를 본다.

"빠빠!"

"그래, 파이, 내 아가."

파이가 아빠를 부르자 카이저가 함박웃음을 지으며 작은 몸을 들어 올려 품에 안았다. 파이는 기다렸다는 듯 그의 목에 팔을 두르고 늘어졌다. 하아, 하고 하품을 하는 파이의 작은 코를 가볍게 꼬집자 아코! 하고 엄살을 부렸다.

"준비는 잘 돼 가나요?"

근처에 있던 아사벨이 다가와 넌지시 묻는다. 그에 카이저가 웃으며 고개를 끄덕였다.

"워낙에 준비할 것이 많긴 하지만 순탄하게 진행 중입니다."

"다행이긴 한데 그대가 이렇게 바빠서 어쩌나요?"

"하하. 어쩔 수 없죠. 그래도 짬을 내서 파이를 보러 올 수 있을 정도의 여유는 아직 있습니다."

카이저가 능청스레 말하자 아사벨이 후후 웃음을 터트렸다.

카이저는 요즘 바쁘다. 겨울여왕의 세 번째 달의 열두 번째 밤이 얼마 남지 않았기 때문이다. 그날은 파이가 태어난 지 딱 1년이 되는 날이다. 쉽게 말해 파이의 첫돌인 것이다. 카이저는 앞으로 20일도 남지 않은 기간 동안 파이의 돌을 맞을 준비를 해야 했다.

세 아들을 키워 온 그였지만 그 당시에는 앨리스가 모든 걸 통솔했기 때문에 카이저는 크게 바쁠 일이 없었다. 그러나 지금은 다르다. 아내가 없으니 아비인 그가 파이의 돌을 책임지고 준비해야 했기 때문이다.

아가의 돌 의식이란 게 이런저런 준비할 것이 많아서 바쁘기 그지없었다. 간간이 아사벨과 유모가 도와주고 있긴 하나 온전히 자신의 힘으로 해내고 싶은 마음에 대부분을 그가 지휘하고 있다.

곡식은 미리 쌓아 둔 것이 있어 꽤 여유가 있었다. 과일주나 곡주는 한참 모자라 방대한 양을 만들어 냈으나 숙성시키는 시간이 빠듯해 곤란한 상태였다. 결국 카이저는 제 전공이 아닌 보조마법을 뒤늦게 터득해 이리저리 사용 중이다.

설마 이 나이에 마도서를 뒤적이게 될 줄 누가 알았겠는가!

그가 기가 차다는 듯 웃다가 품에 안겨 늘어진 파이를 고쳐 안았다. 이제 보니 카이저의 얼굴빛이 조금은 초췌한 것 같기도 하다. 파이는 아빠와 할머니가 나누는 대화에 고개를 갸웃 기울였다. 서로 몇 마디 주고받는 사이 파이는 흥미를 잃고 카이저의 어깨에 나른하게 머리를 기댔다.

파이의 첫돌은 칼레이저가의 영지만 들썩이게 하지 않았다. 이틀 거리에 있는 수도, 황궁도 제법 떠들썩했다. 특히 사랑스러운 여아에 목마른 유부남들, 메시와 소올은 유독 심했다. 둘은 당장에라도 그의 영지로 찾아가 파이에게 축하 인사와 선물을 안겨 주고 싶었지만 그들의 황제가 앞을 막았다.

"어째서입니까! 폐하!"

"카이저는 휴가를 승낙해 주셨으면서 왜 저희는 안 됩니까?!"

둘이 나란히 인상을 왈칵 구기며 불만을 토했다. 그에 대제국 아이다의 아름다운 태양이 가볍게 미간을 찌푸리며 웃었다.

"네 애야?"

"……."

"공의 아이도 아닌데 너무 나대는 것이 아닌가 싶군."

신랄한 독설이다. 황제의 말에 둘이 꿀 먹은 벙어리가 되었다. 하다 못해 친척이라도 되었으면 그 핑계라도 대서 휴가를 받아 갔을 터인데 단지 친구의 아이인지라 황제는 코웃음만 쳤다. 그러나 그 속에는, 내가 못 가면 너희도 못 간다는 물귀신 정신이 섞여 있었다. 황제 역시 아들만 줄줄이 있어 고달픈 딸 없는 유부남이기 때문이다.

"괜히 시간 낭비하지 말고 다음 안건으로 넘어가지."

황제가 미간을 찌푸린 채 한 손을 들어 그 위에 턱을 얹으며 말했다. 황제의 말에 외무대신도 겸하고 있는 유리안이 척 하니 손을 들어 말했다.

"폐하, 아칼리템 제국이 조금 수상한 낌새를 보이고 있습니다."

과거 대제국 아이다와 어깨를 나란히 했던 나라인 아칼리템 제국.

서로 라이벌이자 지독한 악연으로 얽매인 아이다와 아칼리템은 수백 년 동안 서로를 경계해 왔다.

그들의 나라 사이에는 하나의 공국이 있는데, 그는 어느 나라에도 속하지 않은 자유공국이었다. 공국은 뛰어난 생산업을 바탕으로 하고 있었으며 특히 무기제작에 탁월한 재능이 있는 인재들이 많아 쉽사리 건드릴 수 없는 곳이었다.

그런 공국이 중심에 있어 서로가 경계만 하고 있는 상태인 아칼리템에서 이상한 낌새를 보인다니. 혹여 공국을 이용해 제 나라를 위협할까 하는 걱정보다는 귀찮음이 몰려온 황제가 흐응 하고 가벼운 비음을 내뱉었다.

"그래? 유리안이 좀 더 자세히 알아봐."

나중에 괜히 일 귀찮아지기 전에 싹을 뽑아 버리게.

그의 황금 눈동자가 섬뜩한 빛을 내비쳤다. 아칼리템이 아이다와 쌍벽을 이루었던 강국은 맞다. 하지만 그것은 과거의 영광이었다. 아칼리템은 500년 전 아이다와 크게 전쟁을 벌이다 처절하게 패한 전적이 있었고 그 패배로 인해 큰 손실을 입었다. 그로 인해 그들은 오래도록 제국의 위세를 떨치지 못했던 것이다.

그러나 그것도 선대까지. 현 황제가 황위를 잇자마자 그들은 조금씩 꿈틀거리기 시작했다. 처음에는 몹시도 작은 움직임이었으나 그들은 점차 주기적으로 움직였고 그 낌새가 영 시원치 않고 불길하였다.

"그냥 계속 얌전히 있을 것이지, 제국이라고 같은 제국인 줄 아나."

황제가 신경질적으로 제 체통도 잊고 중얼거렸다. 그에 재무대신인 메시가 수긍하며 끄덕였다. 전쟁이라도 나면 황궁 재정에 손실이 간다. 제국 내 유명한 수전노가 그걸 가만히 보고 있을 리 없었다.

"제발 얌전히 있어라."

황제가 귀찮은 기색이 가득한 어조로 중얼거렸다. 그에 소올이 '에에?! 그럼 너무 지루하지 않습니까?!' 하고 투덜거렸다. 천생이 무사에 싸움꾼인 그가 눈에 띄게 울상을 지었다. 그에 메시가 불같이 화를 내며 독설을 내뱉었다.

"이 돈 먹는 무뇌충아! 그만 부셔!!"

황제의 집무실에서 커다란 곰의 비명과 날 선 히스테리가 제대로 담긴 사내의 목소리가 뒤섞였다. 소란스럽게 무언가가 흔들리고 떨어지는 소리도 들렸다. 문 밖을 지키던 호위기사 와르르 남작은 낮게 한숨을 내쉬었다. 어찌 된 것이 자신이 이 자리를 지킬 때마다 이런 상황이다. 계속되는 고성에 그는 울고 싶어졌다.

파이 4.

　아이다의 수도, 황궁의 황제 집무실에서 소올이 메시에게 된통 당하고 있을 무렵, 파이는 기분이 몹시 좋지 않았다. 아침부터 뿌루퉁한 표정을 한껏 내비추고 있었다. 아사벨은 아가의 표정에 고개를 갸웃 기울이며 상냥하게 물었다.

　"왜 그러니, 파이?"

　오늘은 좋은 날이다. 뜻 깊은 날이다. 파이에게도 가족 모두에게도. 그런데 파이가 유독 신경이 날카롭게 서 있었다. 뚱한 표정으로 미소한 번 짓질 않는다. 아사벨의 물음에도 아가는 고개를 팽 하고 새치름하게 돌렸다. 뿐만 아니라 제가 깔고 앉은 털가죽 카펫에 엎드려 몸을 휙 돌리기까지 했다. 아사벨과 유모가 난감한 미소를 지었다. 입히고 싶은 옷이 산더미인데 정작 입어야 하는 파이가 비협조적이다.

　흥이다! 흥! 파이는 정말로 단단히 뿔이 나 있었다. 아사벨이 파이의 작은 몸을 들어 올리자 가볍게 칭얼거렸다.

　"으힝……."

　파이가 얼굴을 왈칵 구겼다. 단단히 삐쳐 있음에도 아사벨이 저를 안아 올리자 반사적으로 그녀에 목에 팔을 두르고 늘어졌다. 파이가 칭얼거리며 말했다.

"빠빠……."

파이는 요 근래 아빠를 보지 못했다. 그녀는 그것이 몹시도, 몹시도 불만이었다. 매일같이 와 주던 아빠가 요즘 통 소식이 없다. 파이는 불안해졌다. 아빠는 파이를 잊어버린 거야? 파이가 우는 소리를 내며 아사벨의 어깨에 얼굴을 비볐다. 잔뜩 떼를 쓰는 모양새에 아사벨이 웃음을 터트리며 작은 등을 토닥여 주었다. 파이의 기분이 조금은 나아졌다. 파이는 고개를 들어 아사벨의 진녹색 눈동자를 마주 보며 말했다.

"빠빠! 하무이, 빠빠!"

파이가 아빠를 찾는다. 아사벨의 웃는 얼굴에 난감함이 깃들었다. 똑같이 난감한 얼굴의 유모와 마주 보았다.

"음, 파이? 파이가 예쁜 옷 입고 기다리면 오늘은 아빠가 올 거란다."

파이는 그녀의 말에서 아빠가 올 거라는 걸 알아듣고 눈을 빛냈다. 빠빠! 소리쳤다. 청아한 아가의 목소리가 높은 톤으로 올라갔다. 파이가 안긴 상태에서 몸을 들썩였다. 이제는 부쩍 자라서 꽤나 무게가 나가는 몸을 안은 아사벨이 화사하게 웃었다.

"자, 그러니까 오늘 어떤 옷을 입는 게 좋을까?"

그녀와 유모의 머릿속에는 파이에게 어떤 옷을 입힐까 하는 생각만 가득 찼다. 파이는 그녀들의 희열로 반짝이는 눈동자에 눈을 동그랗게 뜨고 깜박일 뿐이었다. 그녀들 아래에, 조금 떨어진 곳에 자리를 잡은 리파가 제 앞발로 눈가를 가리며 한숨을 내쉬었다.

[가여운 파이.]

옷 갈아입히는 인형이라도 된 것마냥 파이는 많은 옷을 입어 봐야 했다. 그것은 꽤 고된 일이었다. 움직이고 싶은데 아사벨과 유모에게 붙잡혀 몇 번이나 옷이 갈아입혀지자 기어코 울음을 터트렸다. 빽빽 울면서 버둥거리는 파이에게 아사벨이 단호한 얼굴로 '울면 아빠 안 온다.' 하고 겁을 줘서 뚝 그치긴 했지만 벌게진 얼굴로 시근거리니 우습기도 하고 안타깝기도 했다.

그러나 첫 생일을 맞이하는 날인 이상 어느 때보다 그녀들은 신중해야 했고, 노력해야 했다. 뜻깊은 이날 파이가 세상 어떤 아가보다 예쁘길 바랐다.

그녀들의 마음을 당연히 모르는 파이는 자꾸만 입혔다 벗겼다 하고 자신을 불편하게 만드니 심통이 제대로 날 뿐이었다. 물기 가득한 얼굴로 씩씩거리면서도 용케 울지 않으려고 애쓰는 것은 아사벨의 협박이 통했다는 것. 파이는 우물우물거리면서 괴로운 옷 갈아입기 시간을 버티고 있었다.

아침부터 부지런히 달래고, 혼내면서 겨우 고른 옷은 아이보리색 원단에 방울방울 작은 꽃봉오리가 수놓인 원피스였다. 배 부분에 진홍색 고급 비단천으로 띠를 둘러 등 뒤로 커다란 리본을 매어 주었다. 치맛단에는 연 노란색 레이스가 팔랑거렸다. 그 속에 하얀 레이스 호박바지를 입고 하얗고 두꺼운 스타킹도 신었다. 마지막으로 반짝이는 에나멜 구두를 신겨 주었다. 작은 발이 더욱 앙증맞아 보였다.

파이의 금발은 제법 자라 어깨에 닿을까 말까 했다. 단발 정도의 머리카락은 진홍색 레이스 리본으로 양 갈래로 묶었다. 그 위에 병아리색 아기 보닛을 씌우고 리본을 큼지막하게 묶어 주었다. 도톰한 흰 양털로 만든 폭신폭신한 순백의 케이프까지 두르자 마치 한 마리의 병아리 같았다.

"어머나, 너무 사랑스럽구나! 파이!"

아사벨은 만족스러운 듯 웃으며 칭찬했다. 유모도 '파이 님 너무 너무 잘 어울리셔요!' 하고 말을 이었다. 그러나 정작 본인은 저기

압이었다. 잔뜩 토라진 아가의 표정에도 여인들은 웃음꽃 만발이었다.

파이는 침통한 표정으로 엉금엉금 기어가 한쪽에 엎어져 있는 리파의 목을 왈칵 껴안았다. 아사벨과 유모가 소스라치게 놀라며 파이의 작은 몸을 들었으나 아가는 리파의 목을 놓아주지 않았다. 리파가 괴롭다는 듯 끙끙거렸다.

그때였다. 굳게 닫힌 파이의 방문을 누군가 두드렸다. 똑똑 두드리는 소리에 파이가 냉큼 고개를 돌리니 그토록 애타게 찾았던 사람이 들어왔다. 파이의 뚱한 얼굴이 금세 펴졌다.

"빠-빠!"

평생 놓아주지 않을 것처럼 껴안던 리파의 목을 단숨에 놔주었다. 리파가 유려한 곡선을 그리며 낙법을 이용해 바닥에 착지했다. 리파가 떨어지자 손쉽게 파이를 안은 아사벨이 막 들어온 카이저를 보며 반겼다. 파이가 아사벨의 품에 얌전히 안겨서 눈을 반짝이며 제 아빠를 본다.

"어서 와요, 카이저! 어때요, 우리 파이?"

카이저는 놀란 얼굴로 얌전히 아사벨의 품에 안긴 파이를 보았다. '세상에, 우리 아기 맞니?' 하고 놀란 탄성을 내뱉었다. 파이는 눈을 깜박이며 고개를 갸웃거렸다. 파이는 아빠 딸인데? 아사벨의 어깨에 팔을 두른 파이가 뚱한 표정을 짓더니 핑 하고 고개를 돌렸다. 아빠는 정말로 파이를 잊었나 보다.

새치름하게 고개를 돌려 버리는 파이에 카이저가 난감한 듯 웃으며 손을 뻗었다. 파이는 뚱한 표정을 지음에도 제 아빠의 품에 안겨 그 목에 팔을 둘렀다. 싫은 척하지만 아빠를 기다렸다는 걸 숨기지 못하는 모습에 아사벨과 유모가 소리 없이 웃었다. 카이저는 그런 파이를 내려다보며 가볍게 그 이마에 키스를 해 주었다.

"너무나 사랑스럽구나!"

작은 병아리 같다.

삐악삐악 울 것 같은 아가의 사랑스러운 모습에 카이저는 감회가 새롭다는 듯 웃었다. 파이는 카이저의 미소에 눈을 깜박였다. 그러더니 배시시 웃었다. 카이저는 이 날이 꿈만 같았다. 그 작고 약했던 아가가 드디어 1살이 되었다. 초겨울에 고뿔에 심하게 걸린 것 외에는 잔병치레 없이 건강한 모습으로.

'눈꽃이 떨어지는 순백의 대지'의 기간에 태어난 아기답게 날카로운 추위를 이겨 내며, 드디어 파이의 첫돌이 돌아왔다. 카이저는 파이의 작은 몸을, 통통한 엉덩이를 톡톡 토닥이며 말했다.

"자, 가자꾸나! 파이."

"빠빠!"

파이는 아빠의 말에 응답하듯 그를 불렀다. 사랑스러운 목소리로. 행복한 기분을 만끽하는 부녀의 뒤로 아사벨과 유모가 흐뭇하게 웃고 있었다.

카이저가 파이를 안은 상태로 방문을 나서자 리파가 냉큼 어슬렁어슬렁 쫓아 나갔다. 카이저가 살짝 시선을 내려 그를 보았다.

아버지와 제논 님이 생포해 온 종족을 알 수 없는 새끼 야수.

저택에 온 지 족히 4, 5개월은 지났을 법한데, 마치 파이의 작은 몸에 맞추려는 듯 처음 그 모습 그대로 성장하지 않았다. 카이저로서는 그것이 안심이 되는 한편 그 존재가 무엇인지 알 수 없어 조금은 불편했다.

그러나 딸아이가 낮이나 밤이나 매일같이 끼고 사는 새끼 야수라서 섣불리 손을 댈 수 없었다. 그런 그의 마음을 아는지 모르는지 이 앙큼한 새끼 야수는 자신에게 향하는 시선에 아랑곳하지 않고 어슬렁어슬렁 옆을 따랐다. 카이저는 가볍게 한숨을 내쉬었다.

요즘 들어 무언가 신경을 건드리는 이상한 느낌들이 저택 내를 훑고 지나간다.

마나나 신성력, 오로라와 같은 무력적인 선명한 기 같은 것이 아닌 말로 표현할 수 없는 굉장히 애매모호한 것이라 카이저는 혼란스러울 지경이다.

그 이상한 느낌은 날카롭게 날이 선 그의 감각에 해를 끼치지 않는 순수한, 자연적인 기와 같은 것인데. 어째서 그것이 자신의 저택에, 유독 파이의 방에 짙게 나타났다 사라지는 걸까? 그가 가볍게 미간을 찌푸렸다. 그러자 파이가 제 짧은 팔을 뻗어 카이저의 미간을 치면서 말했다.

"빠빠! 때찌!"

파이가 냉큼 미간을 치자 카이저가 언제 그랬냐는 듯 방글방글 웃었다.

"그래 아빠가 미간을 찡그렸니? 응?"

속삭이듯 말하자 파이가 까르르 웃으며 그 어깨에 얼굴을 기댔다. 카이저가 가는 길은 익숙한 길이었다. 파이가 곧잘 노래를 부르던 정원으로 향하는 길. 파이가 눈을 동그랗게 떴다.

산책! 산책 가는 거야?!

"빠빠!"

파이가 잔뜩 들뜬 목소리로 말했다. 그에 카이저가 모른 척 응? 하고 반문했다. 파이가 제 아빠의 옷깃을 잡아당겼다. 산책! 산책! 파이의 파란 눈동자에 선명한 기대가 가득 담겼다. 쭉 가면 정원이야. 그렇지? 파이는 알아! 잔뜩 상기된 얼굴로 그를 보는데도 모른 척 걸어간다. 작은 아기의 바람처럼 카이저는 정원으로 향했다. 20여 일 파이도 못 보고 고생한 그 결과물이 있는 곳으로.

"아!"

파이가 눈을 휘둥그레 떴다. 탄성을 내뱉는 파이의 작은 입에서 입김이 뭉게뭉게 뿜어졌다. 첫눈이 오던 날 보았던 아름다운 백색의 세계가 그대로 펼쳐졌다. 분명히 지난번 정원에 산책 나왔던 때에 발자국을 남겼던 눈밭인데 눈이 더 내렸는지 어떠한 자국도 없이 깨끗했다.

사실은 카이저와 정원사 존이 힘을 합쳐 눈의 세상을 아름답게 유지하도록 마법을 걸어 놓은 것이었다. 눈이 부시도록 아름다운 백색의 세계는 점차 붉어져 가는 하늘의 붉은색에 물들었다.

그러나 파이는 그 풍경에 놀란 것이 아니었다. 지난번 산책 때는 없었던 야외 정원의 한가운데 있는 커다란 유리로 된 건물 때문이었다. 돔 형태로 만들어진 하얀 건축물을 이루고 있는 건 투명한 유리였다. 안과 바깥이 선명히 보이는 투명한 건축물. 파이는 난생처음 보는 그 건물 안에서 익숙한 사람들을 보았다.

"빠빠! 므야?"

파이가 손을 들어 건축물을 가리키며 물었다.

"네게 주는 선물이란다."

카이저는 뿌듯한 표정을 지으며 말했다. 그가 새하얀 눈밭에 발자국을 남기며 유리로 된 건축물, 유리 온실로 걸어갔다. 리파가 그 옆을 어슬렁어슬렁 따라 걸었다. 그의 눈에도 이채가 돌았다.

저 유리 온실 안에 느껴지는 강렬한 마법의 향기에 그가 코끝을 찡그리며 피식 웃었다. 카이저가 유리로 만들어진 문의 손잡이를 잡고 밀었다. 파이는 투명하게 비치는 온실에 신기함을 느끼며 눈을 동그랗게 뜨고 깜박였다.

신기해!

파이의 하얀 얼굴이 잔뜩 상기되었다. 안으로 들어서자 냉랭한 눈의 세계인 바깥과 달리 훈훈한 기운이 감돌았다. 전혀 춥지 않았다.

파이와 카이저의 곁으로 가족들이 다가왔다. 파람과 파샤, 파엔이 얼른 다가와 파이의 사랑스러운 모습에 너 나 할 것 없이 칭찬했고, 손녀바보인 아벨과 제논이 헤벌쭉 웃으며 아가의 뺨을 쓰다듬었다.

잔뜩 붉어진 렘이 보기 드물게 수줍어하며 파이를 반겼고 휴가 촐 랑거리는 조랑말처럼 잔뜩 들떠서 파이를 칭찬했다. 라반은 감격에 겨워 제 하얀 손수건을 두툼한 손에 쥐고 눈가를 찍으며 울먹였다.

뜻깊은 날.

파이가 태어난 지 1년이 되는 날이다. 첫돌은 최대한 성대히 열고 이웃과 함께 기쁨과 안녕을 나누는 것이 가장 큰 목적이다.

첫돌을 맞이하는 아가가 있는 집안은 짧게는 하루, 길게는 3일간 파티를 벌인다. 평민 같은 경우에는 대체적으로 하루로 끝을 내지만 영지를 다스리는 귀족일 경우 3일간의 성대한 잔치를 벌여 영지 주민 들에게 아낌없이 곡식과 술을 베풀고, 친지들을 초대해 밤낮으로 축 제를 열어 즐겼다.

가문의 핏줄이 온전히, 건강하게 한 해를 마무리하여 고대하고 고 대한 1살이 되었음을 감사하는 마음에 모두가 한마음 한뜻이 되어 기 뻐하고 안녕을 빌어 주었다.

귀족의 신분인 카이저는 주변 귀족들, 자신의 파벌인 이들을 초대 해 성대히 파티를 열어야 했지만 그는 그러지 않았다. 분명 오늘은 뜻 깊고 행복한 날이지만 이 행복을 온전히 가족들과 나누고 싶었기 때 문이다.

절대 파이를 다른 이들에게 선보이고 싶지 않아서가 아니다. 물론 너무나도 사랑스런 파이 때문에 걱정이 앞서서 그런 생각을 아니한 것은 아니나, 그는 순수하게 가족들과 이 뜻깊은 의식을 치르고 싶을 뿐이었다.

이 유리 온실은 파이가 정원을 너무나도 좋아하기 때문에 만든 것 이다. 날씨가 너무나도 냉랭하고 날카롭기 그지없어 파이가 고뿔에 걸리지 않고 정원에서 뛰어놀 방법이 없을까 해서 만든 것이었다. 실 제로 촉박한 시간에 쫓기며 열심히 만든 유리 온실은 기대 이상으로 아름다웠다.

파이는 바깥의 눈의 세계와 달리 선명한 녹음의 세계인 유리 온실에 저도 모르게 눈을 깜박이더니 까르르 웃었다. 너무나도 아름다운 광경이다. 선명하게 느껴지는 자연의 기와 특유의 특성을 가진 이질적인 마나가 뒤섞여 아름다운 오로라를 만들었다. 파이의 눈에는 선명히 그것이 보였다. 서로가 뒤섞이고 이내 분리되며 하늘하늘 춤추는 광경이.

파이가 카이저의 품에서 버둥거렸다. 카이저는 아쉬운 마음을 담아 파이를 바닥에 내려놓았다. 파이는 제 아빠의 종아리를 껴안으며 이리저리 둘러보았다. 파이의 곁에 어슬렁거리는 리파가 눈을 가늘게 뜨고 웃었다.

파이는 그 유려한 등에 와락 몸을 던졌다. 리파는 익숙한 듯 부딪쳐 오는 파이의 작은 몸을 받아 냈다. 리파의 보드라운 털에 얼굴을 비비며 까르르 웃었다. 리파의 작은 몸에 기대어 몇 번 아장아장 걷던 파이는 녹색 잔디밭에 털썩 주저앉았다.

아가의 작은 팔은 여전히 리파의 작은 몸을 껴안고 있었다. 리파가 불편하게 파이에게 안긴 건지 파이가 리파에게 안긴 건지 애매모호한 포즈를 취하고 있는데 돌연 파람이 둘을 한꺼번에 들어 올렸다. 붕 뜨는 기분에 파이가 까르르 웃었다. 리파는 불편한지 끼잉끼잉 울었다.

[으으……. 파이, 날 좀 놔줘.]

실제로 리파는 우는 소리를 내뱉었다. 파이는 그의 약한 소리에 까르르 웃었다. 싫어! 싫어! 하고 앙큼하게 거절한다. 리파가 괴상하게 한숨을 내쉬었다. 새끼 야수 주제에 한숨을 포옥 내쉬는 모양새가 꽤나 우스운지 온 가족이 모두 웃음을 터트렸다.

대가족이 단란한 한때를 보내는 중 뒤늦게 등장한 아사벨과 유모, 흰 집사와 몇 명의 메이드들이 먹음직스러운 음식들을 담은 3단 트레이를 끌고 왔다. 눈이 쌓인 정원을 용케 가로 질렀다 싶을 정도였다.

유리 온실의 한복판에 길게 놓인, 하얀 테이블보가 덮인 식탁에 산해진미가 올려졌다. 파이의 첫돌을 기념하는 핑크색 크림이 포인트로 들어간 하얀 3단 케이크가 정중앙에 올려졌다.

파이와 리파를 한꺼번에 안은 파람이 완벽하게 세팅된 테이블로 갔다. 먹음직스러운 음식들 사이에 생소한 것들이 몇 개 놓였다. 책이나 연필, 장신구, 작은 조각칼과 반짝이는 금화였다. 파이는 리파를 끌어 안은 상태에서 고개를 갸웃거렸다.

바야흐로 동양과 서양의 풍습을 함께 간직한 칼레이저가만의 독특한 동양의 풍습 중 하나인 '돌잡이'의 시작이었다.

파이는 처음 보는 것들을 호기심 가득한 표정으로 쳐다봤다. 카이저는 그런 아가에게서 리파를 살그머니 빼앗았다. 리파는 숨통이 트인 듯 크르릉 울더니 냉큼 바닥으로 유려한 선을 그리며 뛰어내렸다. 금세 빈손이 된 카이저가 가볍게 손을 흔들며 말했다.

"자! 파이, 무엇이 마음에 드니?"

돌잡이는 아가의 무의식적 장래를 점쳐 주는 동양적 풍습이다. 사실 칼레이저가는 본래 대제국 아이다의 직계 귀족이 아닌 타계 귀족이다. 칼레이저가의 초대 가주는 동쪽의 작은 나라, 동양국 백하에서 흑천홍월(黑天紅月)가의 후계자로 뛰어난 무인이었다.

그래서 칼레이저가의 초대 가주의 초상화에는 검은 머리카락에 붉은 눈과 황색 피부를 가진 건장한 무인이 그려져 있었다. 그는 아이다의 황제의 간곡한 부탁으로 귀화하면서 새 이름과 그에 맞는 새 성을 받았다.

그것이 칼레이저였다.

아이다의 황제는 그를 무척이나 아껴서, 황녀와 이어 주기까지 했다. 그 덕에 그의 검은 머리카락은 대를 이어 가며 점차 선명한 금발이 되었으나 붉은 눈만은 그대로 전해졌다. 그와 함께 동양적 풍습도 잊혀지지 않고 이어졌다.

그 풍습 중 하나가 바로 돌잡이다.

카이저는 파이만 할 때 돌잡이로 진홍색 마석을 잡았다. 돌잡이는 점괘에 가깝게 여겨졌지만 신통하게도 카이저는 대륙 제일의 마법사가 되었다.

파람과 파샤는 유소를 잡았다. 검의 손잡이 끝에 매다는 갖가지 색사를 꼬아 매듭을 맺고 그 끝에 술을 장식한 장식품이다. 검사의 장신구를 잡은 둘은 무관의 길을 걷고 있었고, 마도서를 잡은 파엔은 카이저를 이를 차세대 유망주가 되어 가고 있었다.

칼레이저가의 돌잡이는 신통하게도 아가의 미래의 직업을 점쳐 주니 이쯤 되면 그 결과에 이목이 집중될 수밖에 없었다. 카이저는 파이의 장래가 궁금해져 재촉하듯 아가를 바라보았다.

파이는 파람에게 안긴 채 여러 물건을 빤히 쳐다보았다. 딱히 눈에 들어오는 것은 없으나 반짝이는 금화가 눈에 들어 오길래 그것을 향해 냉큼 손을 뻗었다. 그럴 찰나.

차차차창!

거세고 날카로운 바람과 견고한 유리창이 맞부딪히는 소리가 선명하고 강렬하게 들렸다. 찰나의 순간이었다. 견고한 유리가 거센 바람에 부딪혀 비명 같은 소음을 내뱉더니 기어코 와장창 소리를 내며 날카로운 파편을 뿌리며 부서졌다.

아치 형태의 단단한 틀은 견고히 자리를 지키고 있었으나 투명한 유리벽은 여지없이 부서졌다. 반사적으로 거대한 실드를 친 존과 카이저는 하늘에서 선명히 들리는 날갯짓 소리에 고개를 들었다.

카이저의 얼굴이 왈칵 구겨졌다. 광범위한 마법을 사용하여 카이저의 황금색 금발의 끝이 검게 물들었다. 서양의 피가 섞이며 완벽한 금발이 되었지만 그 속에 남은 흑천홍월가의 피가 강력한 무력을 사용할 때 이런 식으로 드러났다.

무력을 갈무리하면 다시 찬란한 황금색 머리카락으로 돌아오지만 사용하는 동안에는 서서히 까만 밤과도 같은 색을 머금게 되는 카이저의 머리카락이 차디찬 겨울바람에 어지럽게 흔들렸다.

파이를 깊이 품은 파람의 얼굴에 불쾌감이 묻어났다. 그의 발밑에 경계하듯 털을 곤두세운 리파가 사납게 으르렁거렸다.

"너무하네, 손님맞이가 형편없어."

깨져 버린 유리 조각들이 빛을 받아 반짝이며 떨어지는데 그 위로 새하얀 익룡이 캬아아 소리를 내뱉었다. 거대한 날갯짓에 깨진 유리 온실에 냉랭한 바람이 여지없이 쏟아졌다. 익룡은 서서히 하강하며 익숙하게 아치형의 틀에 제 갈고리 발을 얹으며 앉았다.

그 거대한 백색의 익룡 위에서 고고한 은의 황태자가 유려한 미소를 지으며 내려다보고 있었다. 그의 황금빛 눈동자는 정확히 파람과 파이를 내려다보고 있었다. 파이는 유리의 파편과 눈이 반짝이며 휘날리는 가운데 선 소년을 보았다.

아름다운 은색 왕관을 쓴 고고한 제왕의 아들을.

"안녕, 못난아."

그의 마성의 목소리가 마법의 주문처럼 노래하듯 내뱉어졌다. 파이의 얼굴이 왈칵 구겨졌다. 나쁜 거! 나쁜 거다! 은발이! 파이의 하얀 얼굴에 금세 시뻘게졌다.

또 나 물려고 왔어?!

파이는 왈칵 울상을 지으며 제 오빠의 목을 꼬옥 끌어안으며 그르렁거렸다. 딱 보기에도 잔뜩 곤두서서 새끼 짐승처럼 으르렁대는 꼴이 전혀 귀엽지 않다고 황태자는 생각했다.

황태자 시드니가 눈을 가늘게 뜨고 그 모습을 빤히 보더니 깨져 버린 온실의 빈틈으로 쑥 내려와 사뿐히 하강했다. 그의 주변에 아름다운 황금빛 마나가 넘실넘실 춤을 추었다. 파이는 그것을 보고 눈을 동그랗게 뜨고 깜박이다 고개를 절레절레 흔들었다.

예쁜데, 나쁜 거! 진짜, 진짜 나쁜 거! 막 파이 아야 하게 한 거!

라고 속으로 맹렬히 외쳤다. 아름다운 황금색 마나를 왕의 망토처럼 뒤집어쓴 그는 세상 어디에도 없을 아름다운 이였지만 파이는 그가 굉장히 싫었다.

그에게 물렸던 기억이 선명히 남아 가볍게 몸서리를 치자 파람이 다정히 그 등을 토닥여 주었다. 파이는 당장이라도 울 것 같은 표정으로 그의 목에 제 얼굴을 비볐다. 시드니는 애잔하기까지 한 남매의 모습에 코웃음을 치며 말했다.

"누가 보면 내가 그 사이를 갈라놓을 악마인 줄 알겠다!"

조금은 높은 톤으로 굉장히 불쾌하다는 듯 말했다. 그에 머리카락 끝이 검게 물든 카이저가 광장한 광풍을 일으키며 떨어지는 눈과 유리 조각들을 날려 버리며 말했다.

"하나같이, 은발이가 문젭니다. 은발이가."

그의 목소리가 으르렁거리고 그의 붉은 눈동자가 타오를 듯 이글거렸다. 사납게 거친 기세를 내뿜자 그의 주변의 붉은 마나가 넘실넘실 격렬한 춤을 추었다. 시드니가 본능적으로 뒤로 물러났다. 아, 이런! 저도 모르게 흥분해서 그만 선을 넘고 말았다! 딱 봐도 제대로 화가 난 카이저의 모습에 시드니는 난감한 듯 하하 웃었다.

파이는 제 아빠의 몸에서 뿜어져 나오는 선명한 붉은 마나를 보며 눈을 깜박였다. 그의 머리카락이 온전히 검정으로 뒤덮였을 때 파이는 저도 모르게 아빠를 불렀다.

"빠빠!"

파이의 부름에 카이저가 거짓말처럼 사나운 기색을 지우고 그 붉은 마나를 갈무리했다. 그러자 새까만 밤하늘같이 변한 흑발이 순식간에 화사한 금발로 변했다. 그는 얼른 몸을 돌려 파이에게 다가가 걱정이 가득 담긴 어조로 말했다.

"그래, 아가! 어디 다치진 않았어?"

"빠빠!"

파이는 냉큼 그에게 팔을 뻗었다. 카이저가 그 작은 몸을 와락 껴안았다. 아이 특유 체향을 맡으며 카이저가 낮게 한숨을 내쉬었다. 파이는 그의 어깨에 제 얼굴을 맘껏 비볐다.

황태자 시드니는 제가 정도를 넘었다는 것을 그제야 깨닫고 혀를 날름 내밀며 찡긋 웃었다. 얄밉게 웃는 모습에 그만 울컥한 아벨이 크게 꿀밤을 주고 말았다. 선대 황제와 죽마고우며 현 황제와 그의 아들들과도 친근하게 지내 왔던 그이기에 할 수 있는 행동이었다.

차마 위대한 제국의 태양의 아들에게 화를 낼 수 없어 이를 갈던 모든 이들이 후련한 표정을 지었다. 시드니는 오랜만에 보는 아벨의 주먹맛에 잔뜩 볼을 부풀리며 입을 삐쭉 내밀었다. 맞은 정수리가 아파 꼬옥 감싸 쥐었다.

"여전히 손은 매섭네요."

시드니가 잔뜩 뿌루퉁한 어조로 말했다. 그에 지지 않고 아벨이 말했다.

"황태자께선 여전히 말썽이 심하시군요."

"그래도, 레티나 레오보단 나아요!"

"그래서 이 뜻깊은 날, 아가의 돌 선물로 준비한 유리 온실을 이 꼴로 만듭니까?!"

"윽! 그, 그런 줄 몰랐죠!"

깨갱 하고 꼬리를 말듯 기어가는 목소리로 말했다. 그에 아벨이 나지막이 한숨을 내쉬며 그의 아름다운 은발이 반짝이는 정수리를 거칠게 쓰다듬었다. 정말이지 어찌 된 것이 아이다의 황족들은 대대손손, 사고를 치지 않고 넘어가는 날이 없다. 아벨의 거친 쓰다듬을 받은 시드니가 뚱한 표정으로 그 손을 쳐 내며 말했다.

"나도, 선물은 챙겨 왔다고요!"

"호오, 그거 정말 감사드립니다."

파이를 안고 있던 카이저가 이죽이며 말했다. 그에 시드니가 신음을 내뱉으며 슬쩍 시선을 내리깔았다. 그러고는 허공 속에 손을 쑥 내밀었다. 파이는 그 생소한 모습에 눈을 동그랗게 뜨고 쳐다봤다.

"므야!"

파이가 놀라 손가락으로 허공 속으로 사라진 시드니의 손을 가리키며 비명처럼 내뱉었다. 그의 주변에 금색의 마나가 둥글게 똬리를 틀고 뭉실뭉실거렸다. 시드니는 유려한 손짓으로 허공 속에서 무언가를 꺼냈다.

핑크색 바탕에 노란색 땡땡이가 수놓인 꽤나 큼지막한 고급 천 주머니였다. 그 주머니 안에 둥근 것이 들어 있는지 그 형태를 유지하고 있었다. 시드니는 한 손으로 겨우 감싸 쥘 정도로 꽤나 둘레가 넓은 그것을 흔들었다.

차랑 하고 청명한 소리가 들렸다. 소리로 보아 안의 둥근 것은 유리병인 것 같았다. 파이가 귀를 쫑긋거리듯 움찔했다. 그 발밑에 잔뜩 경계하고 서 있던 리파도 귀를 파닥거렸다.

파이가 호기심 가득한 표정으로 그가 들고 있는 병을 쳐다보자 시드니가 씨익 웃었다. 시드니는 그것을 들고 성큼성큼 걸어와 파이 가까이에 흔들어 보였다. 차랑차랑 하고 무언가 부딪히는 소리가 들렸다.

파이는 그가 흔드는 모양새를 따라 보며 눈을 깜박였다. 파이가 그 소리에 홀린 듯 저도 모르게 한 손을 들어 유리병을 향해 뻗었다. 그러자 시드니가 싱글벙글 웃으며 말했다.

"갖고 싶어?"

"아웅!"

파이가 저도 모르게 고개를 끄덕이며 힘차게 답했다. 그에 시드니가 기분 좋은 음색으로 웃음을 터트렸다. 하하하 웃자 그제야 파이가 정신을 차렸는지 이내 화들짝 놀라 새침하게 고개를 휙 돌려 버렸다. 핑 하고 고개를 돌려 버리다가도 시드니가 그것을 흔들면 저도 모르게 시선이 그리로 향했다.

몇 번을 반복하자 파이가 크르릉 하고 새끼 짐승처럼 앙칼지게 으르렁거렸다. 그와 동시에 카이저도 으르렁거리듯 말했다.

"왜 애를 약 올립니까?!"

카이저의 말에 시드니가 입을 삐쭉 내밀며 '원래 주려고 했어!' 하고 투덜대며 병을 파이의 품에 쏙 넘겨주었다. 파이는 반사적으로 커다란 유리병이 확실한 그것을 양팔로 껴안고 몸을 비틀어 카이저의 어깨에 제 얼굴을 기댔다. 시드니에게 제 작은 등을 내보이며 완벽하게 외면하려는 의도를 보이는 모습에 시드니가 삐쭉 말했다.

"귀염성 없기는."

그의 말에 파이가 흥 하고 코웃음을 치듯 웅얼거렸다. 머리를 쓰다듬어 주고 싶은데 손이라도 뻗으면 앙 하고 물어 버릴 것 같은 새침한 모습에 시드니는 절레절레 고개를 흔들었다.

아무래도 단단히 미움을 받은 모양이다. 시드니는 저도 모르게 어깨를 축 늘어트렸다. 한숨 같은 입김이 후 하고 그의 매력적인 입술 사이로 뿜어져 나왔다.

카이저는 엉망진창이 된 파티에 기분이 저조해져 그를 따라 낮게 한숨을 내쉬었다. 초대받지 않은 손님이나 귀한 신분이니 추운 겨울의 한가운데에 오래도록 서 있게 할 수 없었다. 그는 내키지 않은 어조로 말했다.

"손님도 오셨고, 온실도 이 모양 이 꼴이 되었으니 실내로 들어가도록 하죠."

묘하게 악감정이 담긴 그의 어조에 시드니가 어색하게 웃었다.

"아! 그거 좋은 생각입니다, 공. 그런데 말이죠……."

시드니는 답지 않게 양 손가락을 꼼지락거리며 말끝을 흐렸다. 그에 카이저가 눈을 치켜뜨며 노려보았다. 또 무슨 말을 하려고 저러나, 파괴된 온실 안의 사람들의 시선이 그에게 꽂혔다. 헤헤 하고 또래 소년처럼 해사하게 웃은 시드니가 뒤통수를 긁적이며 말했다.

"사실 저 혼자 온 게 아니라서, 곧 일행이 도착……."

"파이야!"

"아기야!"

그의 말이 끝나기도 전에 허공에 또다시 거센 바람과 눈가루가 휘날렸다. 파란색과 붉은색, 보라색이 물들어 가는 하늘에서 몸집 좋은 고동색 익룡 두 마리가 힘차게 날갯짓을 하며 그의 정원에 서서히 하강했다.

그 익룡을 타고 있는 이들은 익숙한 이들이었다. 거센 바람결에 하나로 땋은 보라색 머리카락을 어지럽게 날리며 팔을 붕붕 흔들고 있는 메시와, 위협적인 덩치를 자랑하나 그와 어울리지 않게 해맑은 미소를 잔뜩 짓고 있는 소올이었다.

그 광경을 목격한 카이저는 치밀어 오르는 욕설과 분노를 조용히 다스리며 제 얼굴을 가볍게 쓸었다. 파이는 제 아빠가 어쩐지 지친 기색이어서 그 어깨에 얼굴을 비비며 말똥말똥 쳐다보다 에췌! 하고 가볍게 재채기를 내뱉었다.

차갑다 못해 날카롭게까지 느껴지는 매서운 겨울바람이 슝슝 통과해 버릴 정도로 박살이 난 온실을 등지고 떠나는 카이저와 존의 어깨가 몹시도 처연해 보였다. 파이는 제 아빠를 위로하듯 그 어깨를 톡톡 다독였다. 칼레이저가의 가족들은 모두 서릿발 같은 차가운 겨울을 피해 따뜻하고 아늑한 실내로 피신하였다. 초대받지 않은 손님들 역시.

하나같이 매서운 눈초리로 쳐다보는데도 메시와 소올은 의기소침해지지 않고 싱글벙글 미소 지었다. 잘 보니 소올은 제 등 뒤로 저만한 커다란 곰 인형을 메고 있었다. 대륙을 호령하는 제국의 대장군 체면이 끝없는 밑으로 추락하는 것 같았다. 보다 못한 제논이 그의 등 뒤에 매달린 곰의 머리통을 가볍게 치며 말했다.

"······이게 뭔가."

"파이 선물입니다!"

"이 거대한 것이?"

아일 압사시킬 생각인가? 아벨과 제논이 기가 막힌 듯 쳐다보았으나 소올은 그 특유의 해맑은 표정을 지으며 고개를 힘차게 끄덕였다. 그렇습니다! 하고 군기 바짝 든 신병처럼 답하기에 기가 차서 말했다.

"거, 꼭 저 같은 걸······!"

"엇! 어떻게 알았습니까?! 파이가 이 삼촌 꼭 기억하길 바라는 마음에 저 닮은 곰 인형으로 제작하느라 힘들었습니다!"

"······."

"기가 막히지 않습니까?!"

소올은 굉장히 뿌듯해하며 제 등에 매단 곰 인형을 풀어 들고 파이에게 달려갔다. 파이는 저를 향해 달려오는 두 마리의 거대한 곰을 보고 소스라치게 놀라더니 이내 까르르 웃었다.

저거 뭐야! 하고 신나서 눈을 반짝이는 파이를 보며 소올은 입이 찢어질 것 같은 함박웃음을 지으며 커다란 곰의 팔을 들어 흔들었다. 방긋방긋 웃으며 곰의 커다란 손을 만지작거리자 메시가 그 사이에 끼어들어 에헴, 기침을 내뱉었다.

"파이야, 삼촌 게 더 좋아. 삼촌 거 봐라?"

저런 쓸데없이 커다란 곰 인형보단 이게 참 좋아, 하고 말하며 그는 품에서 작은 오르골 상자를 꺼내 내밀었다. 파이는 생소한 물건에 눈을 동그랗게 떴다. 호기심을 가지고 쳐다보자 신이 난 메시가 오르골 상자 뒤의 태엽을 감았다.

끼익끼익 소리를 내며 몇 바퀴를 돌리고 나서 손을 떼자 작은 톱니바퀴들이 맞물려 움직이는 소리가 들렸다. 메시는 오르골의 뚜껑을 열었다. 열자마자 아련한 음색의 자장가가 흘러나왔다. 파이는 입을 쩍 벌리고 그 오르골을 보았다.

"므야!"

파이가 카이저의 품에 안겨 펄쩍 뛰듯 들썩이며 놀라 비명을 지르듯 말했다. 노래가 나온다. 잠잘 때 들려주던 할머니의 자장가 같은 노래가. 어디서 누가 부르는 거지? 붕붕 고개를 돌려 여기저기 둘러봐도 노래하는 이는 없었다. 파이는 파란 눈동자에 호기심과 신기함을 가득 담아 메시가 들고 있는 오르골을 뚫어져라 보았다.

메시가 방글방글 웃으며 그 품에 오르골을 안겨 주었다. 이미 품에 안긴 커다란 유리병과 오르골이 가볍게 부딪쳤다. 챙! 하고 부딪히는 소리와 함께 유리병이 가볍게 부르르 떨렸다. 마치 두 개의 물건이 서로 공명하듯 잔잔한 울림을 토해 냈다.

파이는 눈을 휘둥그렇게 뜨고 그 두 개를 뚫어져라 내려다보더니 이내 함박웃음을 지으며 까르르 웃었다.

메시와 시드니가 슬쩍 미소를 짓고 소올의 표정이 반대로 침울해졌다. 그러나 착한 파이는 그 커다란 곰 인형도 마음에 드는지 곰의 머리통을 통통 다독였다. 그에 아사벨이 가볍게 웃음을 터트리며 말했다.

"이런, 이런, 우리 아가는 욕심쟁이구나!"

아사벨의 말에 아가가 날름 혀를 내밀며 앙큼하게 웃었다. 뭔지 모르지만 다 내 거, 다 파이 거! 파이는 잔뜩 신이 난 기색으로 방긋방긋 웃었다. 처참할 정도로 파괴된 온실은 황실에서 물어 주기로 했다. 값비싼 유리와 가련하게도 하루살이가 되어 버린 푸른 식물들까지 모조리.

재무대신 메시가 당분간 황태자 전하의 품위 유지비의 반을 깎아 그걸로 갚는다 하여 황태자 시드니는 울상을 지었다. 자업자득이라며 리파가 새끼 호랑이의 얼굴로 용케 비웃었다. 처음 보는 야수 새끼가 기분 나쁘게 비웃는 것 같아 시드니는 몹시도 기분이 저조해졌다. 날이 바짝 선 매서운 눈매로 리파를 내려다보자 파이가 냉큼 카이저 품에 내려와 어렵사리 아장아장 걸어가 그를 껴안으며 말했다.

"앙대!"

리파는 내가 지킬 거야! 은발이악마! 하고 호기롭게 속으로 외치자 대지의 주인이 뭉클해진 마음으로 '파이' 하고 불렀다. 겉으론 카르릉 울었지만. 덕분에 시드니는 또다시 악당 역할을 하는 못된 황태자가 되고 말았다. 시드니는 신경 써서 가져온 선물이 무색할 정도로 여전히 자신을 경계하는 파이에 못내 섭섭함을 느꼈다.

"너 정말 한결같다."

섭섭함과 아쉬움을 담아 말하자 파이가 헹 하고 코웃음을 치며 새초롬하게 고개를 돌려 리파의 등에 얼굴을 비볐다. 약이 바짝 오른 시드니가 냉큼 파이와 리파를 한꺼번에 껴안았다.

갑자기 싫어하는 이에게 안기게 되자 파이와 리파는 한마음이 되어 거칠게 버둥거렸다. 그럼에도 검술과 체술을 연마해 근력이 대단한 시드니는 그들을 단단히 안으며 파이를 내려다보았다. 파이가 씩씩거리며 그를 마주 봤다.

"인상 쓰지 마. 안 그래도 못난데 더 못나진다."

"으으…… 으…….."

파이가 가르릉가르릉 울듯 신음을 내뱉었다. 눈앞에 또렷이 보이는 황태자는 제가 보기에도 아름다웠다. 파이의 푸른 눈에 가득 담긴 시드니는 요정의 왕자님처럼 아름답게 빛났다. 그를 둘러싼 금의 망토가 더욱 시드니를 빛나게 해 주었다. 그럼에도 파이는 인상을 풀지 못했다. 그래도 아팠단 말이야!

파이가 인상을 풀지 못하고 뚱한 표정으로 쳐다보자 시드니가 낮게 한숨을 푹 내쉬며 그 작은 이마에 제 이마를 부딪쳤다. 파이가 울상을 지었다. 힝! 또! 막 얼굴을 일그러트리는데 돌연 시드니가 해사하게 웃으며 말했다.

"자꾸 나 싫어하지 마. 그냥 귀여워해 주는 건데, 왜 자꾸 그래?"

"우……."

그치만, 그치만 아팠단 말이야! 파이는 그에게 물렸던 트라우마가 깊이 새겨져 그가 못내 불편했고 싫었다. 하지만 시드니는 너무나도 아름다워서 아가는 점차 마음이 약해졌다. 그의 외모보다 그가 걸치고 있는 금의 마나가 너무나도 부드럽고 아름답게, 태양처럼 빛나고 있었기에.

파이는 눈을 가볍게 깜박이더니 돌연 그의 코를 앙 하고 물어 버렸다. 지금보다 한참 작았던 파이에게 물려 본 적이 있는 시드니는 깜짝 놀랐다. 그때와 달리 파이의 유치는 제법 단단해졌던 것이다. 콱 무는 힘이 장난이 아니다.

아얏 하고 비명을 지르자 그제야 파이가 까르르 웃으며 놓아주었다. 속이 후련해진 파이는 그를 마주 보며 마음껏 웃었다. 무방비하게 코를 물린 시드니가 코끝을 찡그렸으나 이내 피식 웃었다. 어째, 살며시 용서해 주는 것 같은 느낌이었기 때문이다. 물론, 오늘의 사고는 카이저와 그 아들들이 절대로 용서해 주지 않을 것 같지만.

"큼!"

부리부리한 매의 눈으로 이글이글 노려보던 카이저가 돌연 헛기침을 했다. 그에 시드니가 혀를 차며 파이를 냉큼 바닥에 내려 주었다. 자유의 몸이 된 파이가 리파를 껴안으며 차가운 바닥에 폭 주저앉자 파람이 기다렸다는 듯 달려가 파이와 리파를 안았다. 그러나 리파는 잽싸게 몸을 틀어 그 품을 빠져나와 온전히 그 품에 안긴 것은 파이뿐이었다.

"일단, 손님도 오셨고 하니, 내키지 않지만 파티를 다시 열어야 할 것 같군요. 돌잡이가 끝나지 않았으니."

칼레이저가 첫돌 파티에서 가장 중요한 돌잡이를 위해 집사 휜과 메이드들이 분주히 움직였다. 노련한 집사와 메이드 덕에 저택에 파티 홀에 빠르게 생일상이 다시 차려졌다.

유리 온실에서처럼 넓은 테이블 위로 여러 가지 소품들이 놓여졌다. 오히려 몇 개 더 늘어났다. 바로 황태자 시드니의 선물과 메시의 오르골, 그리고 커다란 곰 인형. 곰 인형은 너무 커서 결국 탁자 아래로 내려와야만 했다.

돌잡이 상이 차려지자 카이저는 파람에게서 파이를 넘겨받아 테이블 앞에 놓인 아기 의자에 앉혀 주었다. 파이의 짧은 팔이 뻗기만 해도 닿을 정도로 가깝게 의자를 밀어 주자 작은 다리를 가볍게 흔들며 어깨를 들썩였다. 제가 지금 뭘 하는지도 모르면서 뭐가 그리 신나는지 얼굴에 함박웃음을 가득이다.

"자, 파이. 여기서 네가 마음에 드는 걸 잡는 거란다."

부디 여아답게 액세서리를 잡았으면 좋겠는데, 하고 카이저가 걱정을 담아 딸의 작고 동그란 정수리를 내려다보았다.

파이는 제 아빠가 하는 말을 얼추 알아듣고 어깨를 들썩이며 눈앞에 놓인 물건들을 쳐다보았다. 그때였다. 반짝반짝 들뜬 빛을 내비치는 것이 파이의 시선을 끌었다.

파이가 순간 가자미눈을 뜨고 보았다. 그 물건 주변에 알록달록한 빛이 그것을 감싸듯 빛나고 있었다. 그것은 마치 파이에게 날 선택해 줘! 날 받아 줘! 하고 크게 어필하는 것 같았다.

파이의 시선이 그리로 향하자 카이저와 삼 형제의 얼굴이 눈에 띄게 굳어졌다. 그와 반대로 시드니의 얼굴에 묘한 미소가 번졌다. 파이는 상체를 앞으로 숙여 그 커다란 것을 양손으로 잡아 굴려서 제 앞에 끌어 놓고 카이저를 올려다보며 방긋 웃었다.

"으음. 파이, 이걸…… 고른 거니?"

카이저가 설마설마하는 마음으로 물었다. 파이는 말간 표정으로 고개를 끄덕였다. 카이저가 낮게 한숨을 내쉬며 한 손으로 얼굴을 훔쳤다. 파이가 고른 것은 시드니가 선물로 준 정체를 알 수 없는 커다란 주머니에 담긴 유리병이었다. 파이와 시드니를 뺀 모두가 눈에

304

띄게 실망했다. 파이는 그 가운데에서도 방긋방긋 만족스럽게 웃었다.

파이 주변을 배회하던 리파가 냉큼 높은 점프력을 과시하며 테이블 위에 튀어 올라 착지했다. 그는 파이가 고른 유리병 주변을 가볍게 어슬렁어슬렁거리더니 킁킁 냄새를 맡기 시작했다.

[아무리 봐도 이건…….]

리파의 금안이 기묘한 빛을 발했다. 그는 파이 뒤에 서 있는 시드니를 슬쩍 흘겨보더니 가르릉 울며 파이의 작은 손등에 제 얼굴을 비볐다. 그러고는 냉큼 테이블 아래로 유려하게 뛰어내렸다. 카이저는 체념한 듯 파이를 보며 말했다.

"그게 마음에 드니?"

파이가 냉큼 고개를 끄덕이며 방긋방긋 웃었다. 이거 빛나. 반짝반짝! 파이는 제 손으로 들기도 무거울 유리병의 주머니에 달린 끈을 만지작거리며 배시시 웃었다. 카이저가 파이의 품에 그 유리병을 안겨주며 말했다.

"황태자 전하, 이 안에 뭐가 들었습니까?"

"음……. 글쎄, 한번 열어 봐."

시드니의 애매모호한 대답에 카이저가 인상을 쓰며 유리병을 감싸는 주머니 끈을 풀었다. 파이가 제 아빠의 손을 잡으며 그 모양새를 따라했다. 카이저가 가볍게 웃으며 파이의 작은 손 위로 제 손을 덮으며 같이 유리병 입구를 막은 코르크 마개를 뽑았다. 뽕 하는 소리와 함께 유리병의 입구가 뚫렸다.

파이는 제 양손이 한꺼번에 들어갈 정도로 커다란 유리병의 입구를 들여다볼 듯 고개를 숙였다. 그 안에 든 것이 뭘까, 궁금한 파이는 제 눈에 알록달록한 색이 가득 담기는 걸 보고 까르르 웃었다. 카이저도 따라 고개를 숙여 보았다.

"이건……."

카이저가 유리병 안에 담긴 내용물을 보자 말끝을 흐렸다. 시드니가 어깨를 으쓱하며 말했다.

"별사탕이야."

파이가 제 작은 손을 그 안에 쏙 집어넣어 별사탕이라 하는 것을 한 움큼 집었다. 아가의 작은 손바닥에 둥글면서 뾰족뾰족한 것이 4개 정도 들려져 있었다. 그의 말대로 별사탕이었다.

별사탕은 알록달록한 색을 담고 있었다. 먹기 아까울 정도로 깜찍해서, 귀여운 소품을 좋아하는 메시가 군침을 삼켰다. 시드니는 낮게 웃으며 파이에게 말했다.

"네가 보는 눈이 있구나!"

넌 정말 신기하구나. 시드니가 유려하게 웃었다. 파이는 그를 말간 눈빛으로 올려다보더니 이내 고개를 숙여 유리병을 감싸고 있는 주머니 천으로 인해 음영 진 어두운 그 안에서 반짝반짝거리는 수많은 별을 들여다보았다.

마치 하늘 위에 떠 있는 빛나는 별처럼, 작은 유리병 안에는 까만 밤하늘이 존재했다. 파이가 유리병을 가볍게 흔들자 소복이 쌓인 별들이 서로를 부딪치며 차랑차랑 청명한 소리를 냈다. 파이는 그 소리를 들으며 만족스럽게 웃었다.

초대받지 않은 손님이 무려 세 명이나 갑작스럽게 하늘에서 뚝 떨어지는 바람에 칼레이저가에 작은 소동이 일어났지만 무사히 파이의 돌 파티를 진행하고 마칠 수 있었다.

그토록 기대했던 돌잡이에서 굉장히 안타깝게도 대륙 최초의 여상인이 될 수도 있을지 모르는 미래를 걷어차고 선택한 별사탕은 모두의 가슴에 아쉬움을 안겨 주었지만 정작 본인은 매우 흡족해 보였다.

시드니는 킥킥 웃으며 주변인들을 비웃었다. 카이저는 쓰린 속을 부여잡으며 인원수에 맞춰 준비한 샴페인 잔 하나를 마지못해 집어

들었다. 파이는 가족 모두가 침울한 분위기를 흘리고 있음에도 제 품에 안긴 커다란 유리병을 만지작거릴 뿐이었다.

파이가 온 힘을 다해 흔들자 커다란 유리병이 살짝 흔들리며 차랑차랑 청명한 소리를 냈다. 파이는 그 소리가 신기하기도 하고 재미있어 몇 번이고 흔들었다. 카이저는 한숨을 푹 내쉬며 마지못해 입술을 뗐다.

"파이의 첫돌을 기념하여!"

그는 가볍게 말을 내뱉으며 샴페인 잔을 높이 들었다. 파티 홀에 모인 사람들도 마지못해 샴페인 잔을 하나둘씩 집어 그를 따라 높이 들었다. 파이는 제 아빠의 목소리에 숙였던 고개를 들어 눈을 동그랗게 뜨고 그를 바라봤다. 아가의 시선이 제게 꽂히자 카이저가 반사적으로 빙그레 웃으며 말했다.

"파이의 건강과 안녕, 그 찬란한 미래를 위해 건배!"

그의 말을 따라 모두가 큰 소리로 건배를 외쳤다. 가까이에 있는 이들과 가볍게 잔을 부딪쳤다. 파이는 그 소리에 눈을 휘둥그레 뜨고 주위를 두리번거리더니 이내 제가 들고 있는 유리병을 힘차게 흔들었다.

잔이 부딪치는 청아한 소리와 함께 유리병 속 별사탕이 부딪치는 소리가 함께 섞여 홀에 퍼졌다. 파이가 까르르 웃음을 터트렸다. 아가의 청아한 웃음소리에 아쉬움이 가득 담긴 이들의 얼굴에 하나둘씩 미소가 번졌다.

뭐, 됐다. 아가가 좋다면 된 거다.

카이저는 씁쓸한 표정을 지우며 빙긋 웃었다. 부디 앞으로도 별 탈 없이 건강하게만 자라다오. 그는 속으로 중얼거리며 파이의 보닛을 쓴 정수리를 내려다보더니 손을 뻗어 톡톡 다독였다. 파이가 제 아빠의 손길에 고개를 들어 방긋방긋 웃었다. 파이의 푸른 눈동자가 말갛게 미소 지었다.

파티는 밤새도록 이어졌다. 다만 아쉬운 것이 있다면 파티의 주인 공인 파이가 잠을 이기지 못하고 이른 저녁부터 그 자리에 빠져나와 야 했다는 것이다. 결국 주인공 없는 파티에 남은 어른들끼리 잔을 부 딪치고 술을 건네 마시며 즐겁게 대화를 나눴다.

대부분 대화의 주제는 파이의 앞날과, 아가가 선택한 별사탕에 의 해 점지어진 미래에 대한 논의였다. 그들 사이에 낀 미성년자인 파람 형제들과 황태자 시드니는 가벼운 탄산수나 음료를 마시며 대화에 동 참했다.

오래도록 왁자지껄한 파티 홀을 환하게 밝히던 불빛은 이른 새벽이 돼서야 꺼졌다. 그에 따라 떠들썩한 소음도 함께 사라져 칼레이저가 에 잔잔한 평온이 찾아왔다. 바깥에는 여전히 매서운 바람이 몰아쳐 창이 흔들렸지만 저택 내에는 조용한 정적이 흘렀다.

파이의 방에는 잠에 칭얼대는 아가를 데리고 파티 홀을 떠난 아사 벨이 침대에 누워 있었다. 그녀의 품에 파이가 두툼한 핑크색 잠옷을 입고 색색 숨을 내쉬며 자고 있었다.

파이는 본능적으로 꾸물꾸물거리며 아사벨의 옷깃을 잡고 깊게 파 고들었다. 그녀의 품은 언제나 따스하고 그리워 파이를 다디단 꿈의 세계로 인도해 주었다. 그녀들이 누워 있는 침대 끄트머리에 리파가 둥글게 몸을 말고 자고 있었다. 벽난로에는 불이 타닥타닥 불꽃을 부 딪치며 하늘하늘 춤을 추었다. 파이의 방은 언제나처럼 평화로웠다.

달칵.

언제나처럼 평화로운 방에, 때아닌 손님이 찾아왔다. 이른 새벽, 아 직 새까만 어둠이 짙게 내려앉은 야심한 시각에 파이의 방문이 열렸 다. 달게 자고 있던, 아니 자는 척하고 있던 리파의 귀가 파닥 하고 가 볍게 움직였다.

리파가 감았던 눈을 가늘게 뜨고 어둠이 내려앉은 방에 침입한 인물을 쳐다봤다. 어둠 속에서 어렴풋이 보이는 인영의 윤곽에 리파가 드물게 인상을 쓰며 속으로 쯧 하고 혀를 찼다.

그 침입자는 시드니였다.

그는 밤손님처럼 기척을 죽이며 파이와 아사벨이 자고 있는 침대로 살금살금 걸어왔다. 도대체 이 시간에 저치가 여길 왜 찾아 왔는가, 궁금함보다는 의심부터 품은 리파가 엎드렸던 몸을 일으켰다.

상체를 일으키며 제 눈을, 진귀한 자의 증표인 황금색이 어둠에 가려져 호박색으로 보이는 눈을 깜박였다. 까만 어둠 속에 호박색이 기이하게 빛을 내뿜었다. 그에 살금살금 다가오던 시드니가 눈에 띄게 몸을 움찔하고 떨더니 멈춰 섰다. 리파가 그를 뚫어져라 쳐다봤다.

시드니는 자신을 향한 호박색 눈동자에 놀란 듯했지만, 금세 그 눈동자가 리파의 것이라는 것을 깨닫고 가볍게 숨을 내쉬었다. 그리고 고개를 갸웃 기울였다. 분명 최대한 기척을 죽이고 왔는데 용케 들켰구나 싶었다. 그는 겉보기엔 평범한 새끼 야수인 리파의 시선을 무시하며 달게 자는 파이에게로 다가갔다.

"……."

파이는 아사벨을 향해 몸을 완전히 돌린 상태였다. 시드니에겐 파이의 작은 등과 뒤통수밖에 보이지 않았다. 그가 그 작은 등을 뚫어져라 쳐다보더니 가볍게 한숨을 내쉬었다.

"너는 어찌 된 게 볼 때마다 나한테 뒷모습을 먼저 보여 준다?"

조금은 섭섭한 투였다. 그에 리파가 속으로 웃음을 터트렸다. 시드니는 그녀들이 잠든 침대의 영역으로 조용히 침입했다. 무릎을 꿇고 조심스럽게 기어가 파이의 작은 등을 톡톡 건드렸다. 파이는 한창 꿈나라 여행 중이어서, 그의 손짓에 어떠한 반응도 내비치지 않았다. 그에 시드니가 이 잠꾸러기야, 하고 가볍게 속삭이듯 말했다.

그럼에도 파이는 묵묵부답이었다.

이쯤 되니 야속하게만 느껴져 그가 톡톡 건드리는 손으로 파이의 작은 어깨를 가볍게 흔들었다. 굉장히 대범한 행동에 리파는 기가 차서 그르릉 하고 가볍게 울며 그에게 어슬렁어슬렁 다가갔다. 대체 대제국의 황태자라는 작자가 이 야심한 시각 여인들이 잠든 방에 몰래 난입한 것도 모자라 곤히 자는 아가를 깨우느냔 말이다.

그의 울음소리에 시드니가 화들짝 놀라 흠칫 떨었다. 그러나 그것도 잠시, 그는 리파를 향해 검지를 입술에 대 보이며 쉿 하고 말했다. 리파가 기가 찬 표정을 지었다.

이게 황태자라니, 아이다의 미래가 새삼 걱정이 되었다. 리파가 그를 대단히 한심하다는 표정으로 쳐다보는데도 시드니는 파이를 깨우는 데 온 정신을 집중했다. 결국 그의 끈질긴 행동에 파이가 반응을 보였다.

"아으……."

파이가 짙게 묻어난 잠투정을 하며 단호히 돌린 몸을 뒤척였다. 작은 몸이 그제야 빙글 돌아 제게로 향하자 시드니가 어둠 속에서 빙글 웃었다.

파이는 손을 들어 눈가와 얼굴 주변을 비비며 옹알이를 했다. 아우, 아우- 하고 옹알이를 하는 파이의 탐스러운 뺨을 시드니가 콕콕 찍었다. 파이가 아름다운 그의 손을 저도 모르게 반사적으로 치고는 으아, 하고 가벼운 울음을 터트리며 힘겹게 눈을 떴다.

어둠 속에서 서서히 드러난 파이의 파란 눈동자는 어둠이 물들어 남색 하늘처럼 짙었고, 그 속에 아쉬움 가득한 잠에 대한 열망이 묻어났다. 느릿느릿 눈을 깜박이며 파이는 어두운 시야 속에서 자신을 내려다보는 이의 얼굴을 쳐다봤다. 멍하니 그를 쳐다보다 왈칵 울상을 지었다.

나쁜 거, 은발이! 왜 귀찮게 해!

파이가 돌연 울음을 터트릴 듯 울상을 짓자 놀란 시드니가 냉큼 파이의 작은 몸을 들어 올려 품 안에 안았다. 그러고는 빠른 무릎걸음으로 침대에서 빠져나왔다. 그에 따라 놀란 리파도 황급히 침대에서 걸어 나와 가볍게 점프를 해 바닥에 내려왔다. 리파가 황태자의 긴 다리에 달려들어 앞발로 박박 긁었다.

"이크!"

놀란 시드니가 가볍게 비명을 지르며 자신의 한쪽 다리를 박박 긁는 리파를 내려다보았다. 그는 냉큼 공격당하고 있는 자신의 다리를 들어 올렸다. 미처 피하지 못한 리파가 그의 다리에서 떨어져 바닥을 굴렀다.

[이런!]

대지의 주인씩이나 되는 위대한 존재인 그가 꼴사납게 곰 털 카펫 위를 나뒹굴자 타닥타닥 불꽃을 부딪치던 벽난로 속 불이 깔깔 웃음을 터트렸다. 발라당 누워 버린 리파의 미간이 잔뜩 찌푸려졌다.

누운 상태에서 거꾸로 보이는 벽난로 속 불이 괴기스럽게 웃듯 크게 일렁이며 솟았다. 그 모습에 리파가 작작 웃어, 하고 말하자 불에서 갑자기 조그마한 불덩이가 떨궈지듯 나왔다. 자그마한 불덩이는 곧 형체를 이루더니 순식간에 새끼 여우가 되어 팔랑팔랑 걸어왔다.

"……저건 뭐야?"

시드니 눈에도 그 새끼 여우가 보였다. 불이 타닥, 소리를 내며 일순간 크게 일렁이는 것을 보았을 뿐인데 하늘에서 떨어졌는지 땅에서 솟았는지 갑작스럽게 등장한 새끼 여우는 도톰한 제 꼬리를 살랑살랑 흔들며 펄쩍펄쩍 뛰어왔다. 시드니는 그 여우가 리파의 친구인가 싶어 그를 내려다보았다.

어느새 발라당 누운 몸을 빙글 돌려 몸을 일으킨 새끼 호랑이가 펄쩍펄쩍 뛰어오는 새끼 여우를 향해 달려들었다. 새끼 여우가 깨갱 하고 꼴사나운 비명을 지르며 리파에게 덮쳐졌다.

갑작스러운 새끼 여우의 비명에 곤히 자고 있던 아사벨이 으음 하고 가볍게 신음을 내뱉었다. 놀란 시드니가 카펫 위에 나뒹구는 새끼 야수들을 빵 차 버리고 황급히 방을 나섰다.

파이는 그의 품에 안겨 비몽사몽해 시드니의 어깨에 제 얼굴을 비볐다. 아우, 하고 잠이 잔뜩 묻어난 옹알이를 내뱉으며 아쉬운 잠의 자락을 붙잡고 있었다. 그에 시드니가 가볍게 웃음을 터트리고는 아가의 작은 등을 토닥이며 복도를 걸어갔다.

시드니가 바람같이 파이의 방을 나가고 나서 그에 의해 또다시 카펫 위를 뒹굴게 된 리파가 카악 하고 울음을 토해 내며 털을 곤두세웠다.

[망할, 인간! 감히 이 대지의 어버이를 두 번이나 바닥에 나뒹굴게 하다니!]

리파가 굴욕적이라는 듯 버럭 소리쳤다. 그에 같이 뒹굴게 된 불의 주인이 깔깔 웃음을 터트리며 이리저리 카펫 위를 굴렀다. 화가 난 리파가 날렵하게 그에게 달려들어 도톰한 제 앞발로 그의 배를 팡 쳤다. 한참 웃던 불의 주인이 꺅 하고 비명을 내뱉었다. 새끼 여우의 입에서 깨갱 하고 비명이 터져 나왔다.

[적당히 웃어!]

[악, 알았어, 알았어! 안 웃을게!]

갑작스럽게 맞은 배가 아픈지 불의 주인이 왈칵 울상을 지으며 낑낑거렸다. 이런 천하의 엄살쟁이 같으니라고! 리파가 그의 배에 올린 앞발을 회수하며 으르렁거렸다. 불의 주인이 황급히 몸을 굴려 그에게서 멀어져 포복을 낮추며 살살 그의 눈치를 보았다. 단단히 화가 났는지 그의 금색 눈동자가 불꽃이 타오르듯 이글거렸다. 불의 속성을 가진 이가 아님에도 활활 타오르는 모습에 불의 주인이 슬금슬금 눈치를 보며 뒤로 기어갔다.

[어딜 도망가!]

[아, 아니 난!]

슬그머니 꽁무니를 빼려 했던 불의 주인이 금세 리파에게 덜미를 잡혔다. 바람같이 달려들어 그의 뒷덜미를 물자 낑낑 가련하게 울었다. 불쌍한 울음소리에도 리파는 가차 없이 그의 뒷덜미를 물고 질질 끌고 갔다.

[어, 어디 가?]

불안하게 눈동자를 굴리며 소심하게 묻자 그를 문 채 리파가 대답했다. 이글이글 타오르는 눈빛과 어울리게 목소리도 굉장히 사납고 위협적이었다.

[납치범 잡으러.]

감히 내가 눈 시퍼렇게 뜨고 있는데 파이를 납치해 가? 자신을 바닥에 두 번이나 나뒹굴게 하고 파이까지 날름 데려간 세상에 둘도 없을 몰상식한 황태자를 떠올리며 이를 갈았다. 저도 모르게 자글자글 이를 갈자 그에게 물려 있던 불의 주인이 깽깽 울었다.

용케 작은 새끼 야수의 몸으로 파이의 방문을 연 리파는 불의 주인을 달고서 서둘러 어둠이 짙게 깔린 복도를 달렸다. 먹이를 향해 달려드는 사나운 짐승처럼 달려가는 리파에게 뒷덜미를 잡힌 불의 주인이 엉엉 울음을 터트렸다.

[아파, 아파! 아프다고! 따라갈 테니까 제발 놔줘!]

어둠이 내려앉은 이른 시각의 복도에 처량한 새끼 여우의 울음소리가 아련히 울려 퍼졌다.

"아우."

파이와 파이를 납치한 납치범을 쫓고 있는 리파와 불의 주인을 뒤로하고, 시드니는 어디론가 향하고 있었다. 그의 품에 얼추 잠에서 깬 파이가 나른하게 그의 어깨에 얼굴을 기대며 옹얼거렸다. 느릿느릿 눈을 깜박이는 파이는 눈동자를 굴려 시드니를 올려다보았다.

"므야……."

파이가 뚱한 어조로 물었다. 은발이 뭐야, 어디 가? 파이는 그리 묻고 싶었다. 시드니는 대답 없이 파이를 달래듯 그 작은 등을 토닥였다. 어색하기 그지없는 토닥임에 파이는 뚱한 표정을 지으며 그의 어깨에 얼굴을 묻었다. 도대체 어딜 가는 거야. 파이는 궁금함과 귀찮음, 불편함을 한꺼번에 느끼며 그 뜻을 담아 옹알이를 했다.

시드니는 마치 투덜대는 것 같은 파이의 옹알이에 가볍게 웃음을 터트리며 바삐 발을 움직였다. 시드니는 기억을 더듬으며 칼레이저가의 저택 내에서 우연히 한 번 보았던 방을 찾고 있었다.

귀족가라면 응당 가지고 있을 선대들의 초상화가 걸려 있는 '선조의 방'.

시드니는 그곳에서 어떠한 것을 확인하고자 했다. 그의 금색 눈동자가 무겁게 내려앉았다. 파이는 꽤나 오랜만에 만나는 그에게서 난생처음으로 어두운 느낌을 받았다. 언제나 황금빛으로 찬란하던 이였는데 어쩐지 지금은 몹시도 위태로워 보였다.

아가의 파란 눈동자에서 졸음이 조금은 사그라졌다. 졸음이 사라진 파란 눈동자에 희미한 걱정이 어렸다. 파이는 그에게 기대 있는 상태에서 그 유려한 얼굴을 올려다보았다. 아가의 시선을 느꼈는지 시드니가 그녀를 내려다보며 빙긋이 웃었다. 여전히 찬란하리만치 아름다운 미소임에도 파이는 그게 몹시도 낯설다고 느껴졌다.

파이가 뭔가 말하고 싶어서 입술을 오물거리는 순간 그는 목표한 바를 이룰 수 있었다. 그가 기어코 '선대의 방'을 찾아낸 것이다. 시드니는 자기를 올려다보는 파이의 작은 몸을 고쳐 안았다. 그러고는 굳게 잠긴 문의 손잡이를 잡았다. 손잡이를 돌리자 잔뜩 긴장했던 것이 무색할 정도로 매끄럽게 문이 열렸다.

열린 문틈으로 새까만 어둠이 내려앉은 암흑의 방이 보였다. 기이하게도 그 새까만 어둠 속은 마치 그와 파이를 단숨에 집어삼킬 정체불명의 괴물의 아가리 같다는 느낌이 들었다. 마치 이 안으로 들어가면 돌이킬 수 없는 무언가가 그들을 기다리고 있을 것 같았다.

그래서인지 시드니는 차마 발걸음을 떼지 못했다. 혹여 자신의 짧은 생각과 행동으로 인해 품에 안긴 작은 파이에게 해를 끼치지 않을까 걱정이 들었기 때문이다.

애초에 이렇게 후회할 것이라면 아예 그 방에 들어가지 말았어야 했다고, 이제야 그런 생각을 했다.

그는 사실 몇 번이나 그 방문 앞에서 서성였다. 예의를 지켜라, 너는 대제국의 황태자다. 그리 애써 달래고 이성적으로 붙잡고 제지했다. 그럼에도 시드니는 이기적인 자신의 잔혹한 본성에 지고 말았다. 자신의 안에 깊숙이 뒤섞이고 융화된, 저주스럽게만 느껴지는 그 '일족'의 피가 시드니를 집요할 정도로 강렬하고 매혹적으로 속삭였다.

'넌 이곳에 '확인'을 하기 위해 온 거잖아? 아가는 그 '확인'을 위해 필요한 것이다. 망설이지 마라. 너는 위대한 존재의 후예며 대제국의 황태자다. 네가 원하는 것은 모든 할 수 있어.'

그의 속에 흐르는 피는 잔혹하고, 몰상식하고, 이기적이다. 그들은 그리고 우리들은 그렇게 이어져 온 것이다. 아무리 도망치려 해도, 아무리 외면하려 해도 시드니 안에 들끓고 있는 붉은 피는 제 존재감을 내뿜고 위세를 떨치고 있었다. 오랜 세월 수많은 인간들의 피와 섞여 제법 희석되었을 법도 한데, 잔혹하게도 끈질기게 남은 저주의 피가 그를 조롱한다.

너는 피할 수도, 도망칠 수도 없다. 너는 네 선조와 마찬가지로 반복되는 잘못을 행하고 반복되는 절망을 맛볼 것이야. 잔혹하고 비열한 웃음소리가 그의 귀 끝에 맴돌아 시드니를 괴롭혔다. 과연 인간의 것이 맞는지 의심이 될 정도로 너무나도 추악했다.

어쩌면 자신은 인간도, 그렇다고 그 두려운 '일족'도 아닌 어설프게 뒤섞여 태어난 모순 덩어리 괴물일지도 모른다. 시드니가 아름다운 제 얼굴을 왈칵 일그러트렸다.

모두가 우러러보는 대제국의 태양의 아들들이 사실 그토록 대단한 존재는 아니다. 그들은 그저 추악하고 비열한 겁쟁이일 뿐이다. 황가의 진실을 알면 알수록 시드니는 걷잡을 수 없는 자기혐오에 빠지지 않을 수 없었다.

시드니가 살짝 열린 문 너머를 바로 앞에 두고 망설였다. 그가 입술을 깨물며 문밖을 서성이자 파이가 서서히 고개를 들었다. 아가의 파란 눈에 비친 그는 몹시도 괴로워 보였다. 당장이라도 울 것 같은 가련한 은의 황태자의 표정을 빤히 보던 파이가 하얗다 못해 창백하게까지 보이는 그의 부드러운 뺨을 매만졌다.

"……파이?"

그의 발목을 끝없이 물고 늘어지는 자기혐오에 빠졌던 시드니는 작은 아가의 손길과 그 따뜻한 체온에 놀라 눈을 동그랗게 뜨고 파이를 내려 봤다.

역시 이상해. 이상해. 은발이! 어디 아픈 거지? 그런 거지?

파이가 평소와 너무도 달라 보이는 그를 걱정했다.

"아따따, 아따따."

아픈 거, 아픈 거, 없어진다.

파이가 아플 때 할머니도 아빠도 마법의 주문을 외워 줬다. 그럼 신기하게도 전혀 아프지 않았다. 파이는 그것을 상기하며 그에게도 마법의 주문을 걸었다. 분명 아프니까 그런 거야. 아프니까 그런 표정 짓는 거잖아. 파이가 마법의 주문을 걸어 줄 테니까 얼른 나아. 나쁜 은발이. 다시 예쁘게 웃으란 말이야.

그녀의 바람을 담은 주문이 그에게 부디 통하길, 파이는 진심을 담았다. 시드니는 마치 제 아빠가 언젠가 지었던, 울지 못해 억지로 쥐어짜듯 웃었던 괴상한 표정으로 웃었다. 아무것도 모르는 파이에게조차 너무 버거운데도, 부서질 정도로 억지로 쥐어짜며 웃는다.

그런 얼굴 보고 싶지 않아. 파이가 양손으로 야무지게 그의 입가를 매만지고 끌어 올렸다. 얼떨결에 괴상하게 입꼬리가 올라가 버렸다. 파이는 만족했는지 히 하고 잇몸이 드러날 정도로 경쾌하게 웃는다.

시드니는 말갛게 웃는 아이의 미소에 마지못해 웃음을 터트렸다. 그는 아이의 작은 품에 얼굴을 비볐다. 작은 짐승의 것처럼 생기 넘치게 뛰는 파이의 심장 소리가 그를 진정시켰다. 성인의 체온보다 더 높은 아가의 체온이 그를 따뜻하게 감싸 준다.

날 그렇게 싫어하면서, 너는 그럼에도 날 내버려 두지 못하는구나.

정 많고, 다정한 아가는 가슴 아픈 슬픔과 부정적인 감정이 극도로 싫었다. 이미 파이는 그 수많은 슬픈 감정들을 보고 느껴 왔다. 더 이상 누군가 슬퍼하는 모습은 보고 싶지 않았다. 파이가 웃으면 모두 웃어 줬어. 그러니까 은발이도 웃는 거야. 알았지? 파이는 해사하게 웃으며 그의 머리를 끌어안았다.

시드니는 한동안 아가의 품에 눈을 감고 안겨 있다 천천히 고개를 들었다. 고개를 들자 보이는 말간 아가의 얼굴. 그는 찬란하리만치 아름다운 미소를 지으며 탐스러운 아가의 뺨에 가볍게 쪽 하고 키스를 했다. 그에 파이가 눈을 동그랗게 뜨더니 이내 눈동자를 데굴데굴 굴려서 키스를 받은 뺨을 제 손등으로 조심스럽게 매만졌다.

또 문 거 아니지?

지레 겁먹은 아가의 표정에 시드니는 유쾌하게 웃음을 터트렸다.

"이번엔 안 물었거든. 안 아팠잖아? 이제 안 물 거야."

"……우."

파이가 마지못해 미간을 잔뜩 찌푸린 채 고개를 주억거렸다. 신뢰는 안 되지만 믿어는 주겠어! 라는 모양새라 시드니가 돌연 퉁한 목소리로 말했다.

"정말이지 귀엽지 않다니까."

그의 퉁한 말투와 달리 그의 금색 눈동자는 화사하고 말간 빛을 담아 반짝였다. 파이는 모른 척 핑 하고 고개를 돌려 새침하게 그의 어깨에 얼굴을 묻었다. 시드니는 요망한 것이라 중얼거리더니 이내 가볍게 한숨을 내쉬며 그 안으로 들어갔다.

그와 함께 방에 들어서자 새까만 어둠이 밀려왔다. 한 치 앞도 보이지 않는 새까만 어둠에 왈칵 두려움을 느낀 파이가 가볍게 칭얼거렸다. 시드니는 금방이라도 울음을 터트릴 것 같은 파이를 보고 황급히 마법을 걸었다.

그가 가볍게 '라이트' 라고 내뱉자 그 앞에 동그란 빛의 구가 모습을 드러냈다. 그의 체내에서 금의 마나가 빠져나와 주변에 흩어져 일렁거렸다. 파이는 눈앞에 빛의 구가 나타나자 여왕을 떠올리며 한 손을 들어 그것을 가리키며 말했다.

"떠아!"

여왕! 여왕이지! 분명 여왕일 거야! 여왕이 나타나면 저렇게 반짝이다 막 거기서 여왕이 나온단 말이야! 파이가 잔뜩 흥분한 기색으로 빛의 구를 뚫어져라 보았지만 그녀가 바라던 이는 안타깝게도 나오지 않았다. 빛의 구는 여전히, 은은한 빛을 내뿜으며 두둥실 떠 있었다. 파이는 빛의 구를 뚫어져라 쳐다보더니 고개를 갸웃 기울였다.

······아냐?

난생처음 보는 빛의 마법에 놀라는 모습에 시드니는 우쭐해졌다. 어깨를 잔뜩 으쓱하자 그가 즐거워하는 게 기분 나쁘게 느껴진 파이가 손을 들어 그 어깨를 팡팡 쳤다.

그는 빛의 구를 조율하면서 앞으로 나아갔다. 빛의 구는 그의 머리 위로 떠서 점차 보드랍고 진한 빛을 내뿜었다. 어둠으로 둘러싸인 사방이 서서히 밝아졌다.

시드니는 파이를 안은 상태에서 왼쪽 벽을 향해 걸어갔다. 빛의 구는 두둥실 그 위로 떠서 시드니를 따라갔다. 파이는 그것이 신기하고 생소해 눈을 동그랗게 뜨며 열심히 좇는다.

신기해. 저건 뭐지?

파이가 빛의 구를 향해 시선을 고정한 채 '므야?' 하고 묻자 시드니가 다시 우쭐한 표정을 지으며 '빛의 마법이다.' 하고 말했다. 신기하지? 하고 되묻는 말에 파이는 왈칵 표정을 구기면서도 선선히 고개를 끄덕였다.

시드니는 잔뜩 관심을 갖는 파이를 보고 빛의 구의 밝기를 조절하면서 주변을 빙글빙글 돌게 했다. 그에 파이가 눈을 휘둥그레 뜨며 제 주변을 배회하는 빛의 구를 따라 보았다. 빛의 구를 몇 번 아가의 주위를 빙글빙글 돌게 한 시드니는 다시금 그것을 허공으로 떠올렸다. 파이가 아쉬운 듯 아우 하고 옹알이를 했다.

거참 호기심도 많은 아가다.

시드니는 웃음을 삼키며 왼쪽 벽 가까이로 걸어가 그 벽에 걸려 있는 커다란 액자를 보았다. 빛의 구에 의해 밝아진 방 안에 보이는 그 커다란 액자에는 낯익은 인물의 초상화가 담겨 있었다.

시드니가 그것을 보기 위해 고개를 들자 파이도 따라서 고개를 들어 올렸다. 파란 눈동자에 가득 담긴 초상화의 인물은 파이도 잘 아는 이였다.

"하부디!"

그 초상화의 인물은 아벨이었다. 지금보다 한참은 젊어 보이는 모습에 파이는 고개를 갸웃 기울였다. 할부지 같은데, 할부지 아냐? 파이는 긴가민가한 표정으로 그것을 유심히 쳐다보았다. 깜박거리는 눈꺼풀 안에 드러났다 사라지는 푸른 눈동자에 혼란이 내비쳤다. 그에 시드니가 가볍게 웃음을 터트리며 말했다.

"네 할아버지 맞아. 저 초상화는 아주, 아주 젊었을 적 모습이거든."

시드니는 그렇게 말하고 아벨의 초상화를 지나쳤다. 파이는 아쉬운 듯 그 초상화를 계속 보다 점점 멀어지자 고개를 돌렸다. 시드니는 몇 개의 초상화를 거침없이 지나쳤다. 파이는 빠르게 지나치는 초상화들을 제 시야에 스쳐 보냈다.

전부 다 처음 보는 인물들이었다. 신기한 마음에 시선을 떼지 않고 빠르게 지나쳐 가는 초상화들을 몇 장, 몇 십 장을 보았을까, 그런 파이의 시야에 굉장히 기묘한 초상화가 들어왔다.

어둠 속에 최저의 빛만 내뿜는 빛의 구로 어렴풋이 보이는 그 초상화의 주인은 이제까지 보았던 화사한 금발이 아니었다. 초상화의 주인은 다갈색의 머리카락에 제법 건강한 피부색과 그와 동시에 반짝이는 홍안을 가진 유려한 미소를 짓는 젊은 청년이었다.

청년은 희미한 미소를 지으며 모든 초상화가 그러했듯 고풍스러운 의자에 앉아 등을 올바르게 바로 세우고 있었다. 보기만 해도 기품이 넘치는 모양새였다.

칼레이저가의 선조들은 모두가 대다수 아름답고 우아하고 멋있어 파이의 눈길을 끌었지만 다갈색의 머리카락을 가진 젊은 청년의 초상화는 그와 다른 의미로 파이의 시선을 사로잡았다.

어째서일까.

파이는 그를 보자마자 물밀 듯 몰려오는 그리움과 슬픔에 휩싸였다. 당장이라도 눈물을 흘리고 싶을 지경이었다. 너무나도 그립고, 그립고, 그리운 느낌이어서 파이는 이유 없이 슬픔이 밀려와, 주체할 수 없어 시드니에 얼굴을 묻었다.

푸른 눈동자에 가득 고인 눈물이 툭툭 쏟아졌다. 덕분에 잘 걸어가던 시드니는 울음도 터트리지 않고 눈물을 뚝뚝 쏟아 내는 파이에 놀라 그 자리에 멈춰 서야 했다.

"엇! 왜, 왜 그래?"

시드니가 놀라 파이의 등을 가볍게 토닥이며 물었다. 파이는 그의 어깨에 얼굴을 묻으며 고개를 절레절레 흔들었다. 엉엉 울고 싶은 마음인데, 차마 그러지 못했다. 가슴 깊은 곳에서 자꾸 무언가가 솟구치는데 막히는 느낌이라 답답하기까지 했다. 파이는 결국 울음소리 하나 내뱉지 않고 눈물만 뚝뚝 흘리며 시드니의 어깨를 적셨다.

시드니는 당황하며 아가를 달래야 했다. 파이는 소리 없이 오래도록 그의 어깨를 적시며 눈물을 흘렸다. 얼추 진정이 되었는지 파이가 그의 목덜미에 열이 살짝 오른 제 얼굴을 비볐다. 시드니는 그제야 안심한 듯 한숨을 푹 내쉬었다.

'당최 이 아가 마음을 읽을 수 없으니 알 수가 없네.'

그가 속으로 투덜대며 다시 멈췄던 걸음을 옮겼다. 선조의 방이 어떻게 만들어졌는지 알 수 없으나 방은 굉장히 길고 좁았다. 마치 하나의 복도처럼 끝없이 이어졌다. 시드니는 참 멀기도 하다며 속으로 투덜거렸다.

그가 이제까지 걸어온 만큼 더 걸었을까? 끝이 없을 것 같던 방의 끝에 기어코 도달했다. 선조의 방의 끝에 가장 오래된 액자가 보였다. 시드니는 고개를 들어 그 안에 담긴, 기나긴 세월에 의해 빛바랜 초상화를 보았다.

새카만 어둠의 색을 머금은 흑발과 황색 피부, 그 얼굴에 강직하고 매서운 이목구비와 선명히 빛나는 붉은 눈동자를 가진 동양적인 외모의 젊은 청년이 앉아 있었다. 시드니는 강직하게 입을 굳게 다물고 무표정하게 앉아 있는 청년의 초상화를 유심히 쳐다봤다.

시드니가 오래도록 그 자리에 서서 초상화를 올려다보자 밀려오는 뜻 모를 감정에 울다 지친 파이가 마지못해 그를 따라 고개를 들어 그 초상화를 보았다. 그리고 파이는 초상화 속 그를 보자 난생처음으로 커다란 무서움을 느꼈다.

선대가 하나같이 모두 붉은 눈을 가졌음에도 파이는 유독 그의 붉은 눈동자가 선명하고 짙은 피 같아 무서운 느낌이 들었다. 파이는 감당하기 힘들 정도로 커다란 무서움에 시드니의 목을 왈칵 껴안았다.

싫어. 안 볼래. 무서워.

파이는 그렇게 생각하며 눈마저 질끈 감았다. 파이는 시드니가 어서 빨리 이 자리를 벗어났으면 좋겠다고 생각했다. 어쩐지 이 초상화 앞에 있자니 가슴 한구석이 서늘해지고 불길함이 들기 시작했기 때문이다. 하지만 파이의 간절한 바람을 시드니는 이루어 주지 않았다. 그는 한참을 그 초상화를 쳐다봤다. 아니 노려보았다.

당신이구나.

알 수 있어. 한눈에 알아봤는걸. 당신이 내 꿈에 나왔던 망령이었어.

시드니는 생각보다 멀쩡한 외모의 그를 보며 반신반의하더니 그림에서까지 느껴지는 날카로운 눈빛에 확신했다. 당신이 망령이었어. 가엽게도 희생당해 여전히 그대의 후손을 괴롭히고 있는 가련하고 추악한 망령이.

그날 밤 꿨던 악몽에서 난생처음으로 그에게 절망과 공포를 선사했던 존재가 그임을 한눈에 알 수 있었다. 그와 동시에 주체할 수 없을 정도로 깊은 후회와 슬픔을 느꼈다. 시드니의 금색 눈동자에 우울함이 가득 묻어났다.

어째서 초대 황제는 그대에게 그런 '거짓'을 말한 걸까. 금방 탄로 날 것을 알면서도.

시드니는 자신의 선조를 이해할 수 없었다. 그의 거짓말과, 행동이 눈앞에 있는 그를 칼레이저가의 망령으로 만들어 '저주'가 생기게 만들었다. 시드니는 액자 바로 아래에 적힌 그의 이름을 천천히 읊었다.

"……아리스타. SA. 칼레이저."

시드니가 그의 이름을 읊자, 놀랍게도 굉장히 강렬한 불꽃의 마나의 홍수가 뒤에서 파도처럼 일어났다. 시드니는 짐작이라도 한 듯 금의 마나를 단숨에 체내에서 뿜어냈다. 강렬한 금의 마나와 적의 마나가 서로 커다란 소리를 내며 부딪쳤다. 순식간에 선조의 방의 어둠이 달아날 정도로 강렬한 마나의 충돌이었다.

파이는 놀라 그의 목을 더욱 바싹 껴안았다. 시드니는 아가의 작은 몸을 더욱 깊이 안으며 실드를 쳤다. 그가 생성한 빛의 구는 커다란 마나의 충돌로 순식간에 소멸되었다. 다시 새까매진 어둠 속에 먼지가 반짝 희미한 빛을 내며 우수수 떨어졌다. 시드니는 최대한 파이를 제 몸으로 감싸며 말했다.

"너무하네. 갑자기 기습이라."

"내 동생을 내놔."

조금은 탁하고, 조금은 거친 목소리였다. 시드니는 마치 그 목소리가 짐승의 으르렁거리는 울음소리와 같다는 느낌이 들었다. 새까만 어둠 속에서 붉은 눈동자가 기이한 빛을 내뿜으며 반짝였다. 시드니가 마른침을 삼켰다.

'아리스타, 그대인가?'

새까만 어둠 속, 야수의 왕처럼 잔혹한 빛을 내뿜는 붉은 눈동자의 날카로운 시선이 당장이라도 시드니의 몸을 갈기갈기 찢을 것 같았다. 시드니는 온몸에 소름이 돋았다. 각성해 온전히 용족의 힘을 자유자재로 사용할 수 있는 자신인데도 눈앞에 서 있는 이에게서 끊임없이 뿜어져 나오는 새빨간 마나의 기운에 숨이 턱턱 막히는 것 같았다.

그러나 시드니는 제 품에 안겨 바르르 떠는 작은 생명체의 체온을 온몸으로 느끼며 이를 악물고 버텨야 했다. 여기서 물러나면 파이가 위험해진다. 그는 직감적으로 그리 생각하며 자신 안에 샘솟는 거대한 마나의 기운을 순식간에 개방했다.

파이는 제가 안겨 있는 이의 몸에서 눈이 멀 정도로 강렬한 금색 빛이 뿜어지자 놀라 고개를 들었다. 하늘하늘 춤추는 금의 마나는 강렬한 존재감으로 우아하게 춤을 추며 방 안 가득 퍼졌다. 그러나 그를 공격하는 적색의 마나 역시 지지 않고 제 영역을 넓혔다.

금색과 적색의 강렬한 충돌로 인해 방 안이 선명한 색으로 물들었다. 파이의 푸른 눈동자에 그 아름답고 위험해 보이기까지 하는 색이 가득 채워졌다.

일렁거리는 마나들은 충돌하며 아스라이 사라졌다. 장렬하게 부딪치는 마나들의 비명 소리가 파이의 귓가에 들리는 것 같았다. 파이는 그 고통에 겨운 소리에 왈칵 울음을 터트렸다.

"으아앙!"

파이가 커다란 울음소리를 내뱉었으나 서로 최대의 힘을 순식간에 내뱉어 버린 이들은 도중에 멈출 수가 없었다. 시드니가 난감한 표정을 지으며 이를 악물었다. 안 돼, 울지 마! 시드니는 저도 모르게 엉엉 우는 파이의 작은 몸을 꽈악 껴안았다. 찰나였으나 시드니의 집중력이 흐트러지자 자연적으로 적의 마나가 크게 영역을 넓히며 금의 마나를 잡아먹듯 뒤덮었다. 순식간에 공격적으로 파고드는 적의 마나가 시드니와 파이를 공격했다.

"안 돼!"

실전이 부족한 시드니의 실책이었다. 그를 공격하던 적의 마나를 내뿜은 이가 돌연 비명 같은 말을 내뱉었다. 마치 꿰뚫을 것같이 날카로운 이를 드러내며 쏟아지는 제 마나를 뒤늦게 붙잡으려는 듯 보였다. 그러나 저지하기엔 이미 늦어 버렸다. 적색의 마나는 강렬한 공격성을 띠며 시드니와 파이를 덮쳤다.

쾅!

거대한 폭발음이 방 안 가득 울려 퍼졌다. 적의 마나를 내뿜은 이가 아악 하고 큰 비명을 내뱉으며 무릎을 꿇고 주저앉았다. 양손으로 제 얼굴을 감싸며 오열했다. 안 돼! 안 돼! 하고 비명 같은 말을 내뱉었다.

그때였다.

[하마터면 큰일 날 뻔했잖니, 파이.]

파이는 제 작은 몸을 감싸 안은 시드니의 품에서 익숙한 이의 목소리를 들었다. 저도 모르게 꼬옥 감은 눈을 슬그머니 뜨며 고개를 들어 보았다. 눈가에 아슬아슬 맺힌 눈물이 볼을 타고 떨어졌다.

물기 가득 담겨 일렁이는 시야에 익숙한 짙은 고동색의 털과 금색으로 반짝이는 호랑이 무늬를 한 거대한 야수의 뒷모습이 들어왔다. 파이가 눈을 반사적으로 빠르게 깜박였다. 점차 시야가 선명해지면서 익숙한 그의 모습도 선명해졌다. 파이가 울음 가득한 얼굴로 헤 하고 웃었다.

리파다!

리파가 새까만 방에 텁텁한 먼지가 허공에서 끊임없이 떨어지는 것을 보며 인상을 찡그리다 고개를 돌려 파이와 시드니를 보았다. 파이가 눈물범벅인 얼굴로 함박웃음을 지었다. 그와 달리 시드니는 어안이 벙벙한 표정을 짓다 제 눈에 비치는 거대한 짐승의 모습에 놀란 비명을 내뱉고 싶었다.

'저게 뭐야!'

제 눈이 잘못되지 않았다면 눈앞에 보이는 짐승은 거대한 호랑이의 모습이었다. 그런데 하체에 흑요석 같은 검은 돌이 박혀 있거나 꼬리가 파충류의 것과 닮은 것이, 어디서 본 것 같았다.

파이는 리파를 바라보다 시드니를 보았다. 떡하니 입을 벌린 시드니의 모습이 조금 보기 좋지 않았다. 파이는 제 작은 손으로 그의 턱을 톡톡 건드렸다. 놀란 시드니가 파이의 손길에 다급히 입을 다물었다.

리파는 호랑이의 얼굴로 용케 미간을 찌푸리며 쯧 하고 혀를 찼다. 하여튼 마음에 안 드는 인간이다. 겨우 찾은 아가의 말간 얼굴이 눈물 자국으로 얼룩져 있다. 당장이라도 인간의 품에서 파이를 빼앗아 그 물기 가득한 얼굴을 핥아 주고 싶었으나 자신을 다독이며 고개를 휙 돌려 버렸다.

[이런 걸 구사일생이라고 하는 거야. 아가야.]

빼질거리는 느낌도 있지만 굉장히 유쾌한 목소리가 들렸다. 파이는 이 목소리의 주인도 아주 잘 알고 있다. 슬쩍 고개를 돌리니 거대한 체구의 리파의 앞발 사이에서 작은 새끼 여우가 고개를 슬쩍 내밀었다. 커다란 세모꼴 귀를 가볍게 파닥이며 마치 찡긋 웃듯 금빛 눈동자가 미소 지었다.

처음 보는 작은 새끼 여우지만 파이는 그가 말하지 않아도 불의 주인임을 본능적으로 알았다. 불의 주인은 영악한 미소를 지으며 깡충깡충 뛰어 그의 앞발에서 멀어졌다. 붉은 형광색 빛을 밝히며 새끼 여우가 검은 방에서 토끼처럼 껑충껑충 뛰었다.

얼추 그에게서 멀어지자 엄청나게 커다란 불꽃을 제 작은 몸에 휘두르더니 금세 거대한 야수의 모습을 드러냈다. 그러자 그에게서 내뿜어지는 특유의 강렬한 불빛이 단숨에 어둠의 방을 밝혔다. 시드니는 다시금 놀라지 않을 수 없었다.

'저, 저건 또 뭐야?'

그는 평생 놀랄 것을 오늘 모조리 다 경험하는 느낌이었다. 안타깝게도 그런 속을 달래 줄 만한 이는 이 공간에 아무도 없었다. 거기다 현 상황으로써는 그럴 만한 인물이 있다 하여도 한가로이 어깨를 토닥여 줄 정도로 여유롭지 않았다.

콰광!

[쭛!]

리파가 가볍게 혀를 찼다. 거대한 적색 마나의 검이 그가 있는 왼쪽 벽 쪽으로 커다란 사선을 그었다. 다행히도 리파가 펼친 거대한 장막에 부딪쳐 거대한 굉음이 들릴 뿐이었다. 그러나 난생처음 듣는 커다란 굉음에 놀란 파이가 왈칵 울상을 지으며 울먹였다. 으앙 하고 울음을 터트린 파이가 냉큼 시드니의 목을 껴안았다.

시드니는 저도 모르게 몸을 바싹 움츠리며 파이를 감싸 안고 금색의 마나를 내뿜었다. 아니 그러려고 하는데 거대하고 괴상한 여우가 그에게 다가가 길쭉한 입을 쩍 벌려 그 안에 두툼한 혀를 날름 내밀어 시드니의 머리통을 핥았다. 시드니는 너무 놀라 저도 모르게 그 상태에서 쩍 굳어 버렸다.

그사이 리파가 거대한 제 몸을 전광석화처럼 움직여 앞으로 쏘아 나갔다. 그는 날렵한 비호처럼 거대한 불의 검을 휘두르는 이에게 달려들었다. 크앙 하고 백수의 왕처럼 용맹한 울음소리를 내뱉었다. 거대한 호랑이가 그보다 한참은 작은 인간을 반대쪽 벽으로 날려 버리는 것은 순식간이었다. 인간이 가벼운 비명을 내뱉으며 벽과 크게 부딪쳤다.

"컥!"

그는 꽤나 큰 충격을 받았는지 그 자리에서 앞으로 고꾸라졌다. 방 안에 쌓인 먼지가 내려앉기도 전에 다시 한 번 솟구쳐 휘몰아쳤다. 불의 주인이 환히 밝힌 방 안에서 쓰러진 이의 머리카락이 언뜻 금빛으로 반짝거렸다 사라졌다.

시드니는 마른침을 삼키며 조심스럽게 몸을 일으켰다. 당최 어떻게 되어 가는지 알 수 없었으나 일단은 이 거대한 야수들이 자신을 도와준 것 같았다. 거대한 고동색 털을 가진 변형 호랑이가 돌연 고개를 돌려 시드니를 보았다. 시드니는 자신을 바라보는 리파의 시선에 아리송한 표정을 지었다. 어디서 나타났는지 알 수 없으나 도움을 준 이가 자신을 바라보는 시선이 굉장히 날카로웠다.

시드니는 아무 말도 없이 자신을 쳐다보는 리파의 시선을 마주 보았다. 리파가 거칠게 으르렁거렸다. 그에 시드니의 얼굴이 움찔 굳었다. 어쩐지 눈에 띄게 적의를 내뿜는 리파에 시드니가 저도 모르게 뒷걸음쳤다.

"니빠!"

그런데 파이가 갑자기 입을 열었다. 너무 놀라 엉엉 울던 아가가 울음 가득한 목소리로 크게 외쳤다. 그러자 커다란 호랑이가 크게 몸을 떨더니 성큼성큼 걸어왔다.

시드니가 어디로 도망치기 전에 그는 이미 코앞에 도달해 있었다. 그가 커다란 얼굴을 들이밀자 시드니는 잔뜩 질린 표정을 지으며 눈동자만 데굴데굴 굴렸다. 당장이라도 물 듯 커다란 아가리를 벌렸다. 시드니가 저도 모르게 반사적으로 파이의 작은 몸을 껴안았다. 그러거나 말거나 리파는 혀를 날름 내밀어 파이의 작은 얼굴을 핥았다.

"니~빠."

파이가 잔뜩 부은 눈을 가늘게 접으며 웃었다. 헤헤 리파다! 리파! 파이가 금세 붉은 얼굴로 함박웃음을 지었다. 리파가 눈을 가늘게 접고 인자하게 웃었다.

시드니는 다시 어안이 벙벙해졌다. 제 눈치로 볼 때, 눈앞의 거대한 호랑이는 아무래도 이 작은 아가와 관련이 있는 듯했다. 놀라서 하얗게 질린 표정으로 자신을 보는 시드니에 리파가 유쾌한 듯 웃음을 터트렸다. 마치 비웃듯 미소 짓는 모습에 시드니는 저도 모르게 미간을 찌푸렸다.

'……도대체 정체가 뭐야?'

시드니가 리파의 정체에 큰 궁금증을 가질 때, 죽은 듯 쓰러졌던 이의 손이 가볍게 움찔거렸다. 그가 힘겹게 몸을 일으켰다. 질끈 하나로 묶은 어둠에 물든 금발이 가볍게 호선을 그리며 어깨 아래로 떨어졌다.

그는 한 손을 들어 제 이마를 쓰다듬었다. 가볍게 고개를 절레절레 흔들며 충격을 받은 뇌를 진정시키는 듯했다. 얼마 안 있어 그가 비틀비틀 몸을 일으켰다. 그는 남은 빈손으로 더듬더듬 제가 등지고 있는 벽을 잡아 기댔다.

"큭! 파이야……."

그가 멍청하게 힘 빠지는 목소리로 힘겹게 신음 같은 말을 내뱉었다. 그에게 시선이 모두 쏟아졌다. 고개를 숙인 그가 천천히 얼굴을 들었다.

"역시, 그대인가."

고개를 든 이는 파람이었다.

파람은 충격에 못 이겨 얼굴을 왈칵 찡그리고 있었다. 그의 금색 머리카락은 이미 검게 물든 상태였다. 흑천홍월가의 특징이 여지없이 드러났다. 강인한 무력을 사용할수록 카이저처럼 검게 머리카락이 물들었다. 그의 적색 눈동자가 혼란스러운 듯 잘게 떨렸으나 잠시 후 그 눈빛에 기묘한 빛이 일렁거렸다.

"내 동생을, 파이를 돌려줘."

"네 동생은 죽었어!"

시드니가 낮게 가라앉은 파람의 말에 발작하듯 크게 소리쳤다. 그의 품에 안긴 파이가 반사적으로 작은 어깨를 움찔거리며 떨었다. 아니야. 그렇지 않아. 파이는 속으로 반발했다. 그게 아니야. 파이는 시드니의 말에 부정했다. 그리고 파람 역시도. 파람은 시드니의 말에 불같이 화를 내며 끊임없이 나오는 적색의 마나를 제 몸에서 솟구치듯 뿜어냈다.

"안 죽었어! 내 누이를, 내 누이를 내놔! 아이다의 황태자!"

그는 성난 야수처럼 날렵하게 제 몸을 튕기듯 앞으로 달려들었다. 비호처럼 시드니를 향해 달려드는 그의 몸은 새빨간 마나를 두르고 있었다. 파이가 불같이 화를 내는 제 오빠의 모습에 생소함과 두려움, 그와 동시에 아련한 그리움을 느꼈다. 아가는 어쩐지 평소와 다른 그와 그리고 자신의 감정에 두려움과 혼란을 느꼈다.

"빠~따~!"

억울한 울음이 가득 배어든 목소리로 제 오빠를 불렀다. 그러자 놀랍도록 빠른 속도를 보인 파람의 몸이 일순간이지만 흐트러졌다. 그 순간을 놓치지 않고 어떤 이가 중간에 끼어들어 그의 복부를 크게 쳤다.

인정사정없이 매서운 손속을 내보인 새로운 침입자에 파람이 읍 하고 비명을 토해 내며 속절없이 고꾸라졌다. 중간에 끼어든 침입자는 앞으로 쓰러지는 파람의 몸을 쉽게 지탱해 안아 들었다.

"……아벨……공?"

시드니가 힘없이 작은 목소리로 속삭이듯 말했다. 그에 듬직한 체형의 사내가 파람을 어깨 위에 두르며 몸을 돌려 시드니를 보았다.

"여전히, 말썽이시군요."

황태자 전하, 하고 덧붙이는 이는 분명 아벨이 맞았다. 그는 굳은 표정으로 시드니를 보았다. 마치 혼을 내려는 듯 단호한 모습이었다. 시드니가 어깨를 잔뜩 움츠렸다. 제 잘못은 알고 있는 모양이다. 리파가 가볍게 혀를 차며 슬그머니 제 큰 몸을 스륵 어둠 속에 녹였다. 이미 새로운 이가 등장하기도 전에 몰래 꼬리 말고 도망쳐 버린 불의 주인을 욕하면서.

아벨은 거대한 자연의 기를 가진 야수가 슬쩍 모습을 감추는 것을 아무 말 없이 힐끗 보더니 눈길을 다시 돌려 시드니를 보았다.

"파이를 데려오지 말았어야 했습니다."

선조의 방에 갑작스럽게 모습을 드러낸 것은 아벨뿐이 아니었다. 카이저가 어둠 속에서 서서히 모습을 드러내며 말했다. 파이는 익숙한 아빠의 목소리에 빠빠 하고 큰 소리로 불렀다. 카이저는 망설이지 않고 파이에게 다가갔다. 시드니는 잔뜩 긴장한 표정으로 그를 보았다.

카이저는 의외로 별다른 표정이 없었다. 살짝 미소를 짓기까지 했다. 그러나 그의 붉은 눈은 냉랭할 정도로 차갑게 가라앉아 있었다. 그로 인해 시드니는 카이저가 머리끝까지 화가 나 있음을 알 수 있었다. 그는 화가 나면 날수록 화사하게 웃는 이였으니까.

시드니는 힘없이 어깨를 축 내리며 파이를 그에게 넘겼다. 파이는 엉엉 울어 엉망이 된 얼굴로 사랑하는 이의 품에 안겨 마음껏 그 어깨에 제 얼굴을 비볐다. 카이저는 안타까운 마음에 파이의 작은 몸을 따뜻하게 감싸 안으며 그 작은 등을 토닥였다.

"그래그래. 무서웠지."

카이저가 파이를 상냥하게 다독였다. 아벨이 파람을 가볍게 어깨에 둘러메고 성큼성큼 걸어왔다.

"각성한 지 얼마나 되셨습니까?"

아벨이 돌연 시드니에게 물었다. 시드니는 잔뜩 긴장한 표정으로 말했다.

"한, 4일 정도 되었습니다."

"그래서 형편없으셨군요."

"……."

"실전도 부족했고요. 그렇게 무지한 상태에서 '그'가 씐 파람과 맞서다니 영특한 황태자 전하치곤 굉장히 미련한 짓이었습니다."

"난 그저……!"

"그저 확인하고 싶으셨습니까? 그 '망령'이 '아리스타. SA. 칼레이저'인지요?"

"……."

"그럼 혼자 가셨어야죠. 왜 가여운 제 손녀를 날름 빼앗아 온 것입니까?"

"……알고 싶었을 뿐이야."

"'비아'인지요?"

"……."

시드니가 더 이상 말을 잇지 못했다. 아벨과 카이저가 매서운 눈빛으로 그를 책망했다. 시드니는 입술을 깨물었다. 알고 있다. 제가 잘 못했다는 것을. 그래도, 확신을 받고 싶었다. 시드니는 파이가 '비아'라는 이와 연관이 있는 존재이길 바라지 않았다. 그래서 확인하고 싶었다. 단지 그뿐이었다.

"당신들은 예나 지금이나 이기적이군요."

송곳 같은 카이저의 비난의 말에 시드니가 왈칵 얼굴을 일그러트렸다. 어쩐지 카이저의 음성이 굉장히 서글프면서도 비통했다. 그는 시드니에게 몹시도 실망한 듯했다. 그에 시드니는 돌연 발작을 부리듯 큰 소리를 질렀다.

"알아! 안다고! '우리'가 너희 일가에게 어떤 짓을 했는지! 다 안단 말이야! 알아서! 너무 미안하고, 미안하고 미안해서, 괴롭다고!"

시드니는 제 가슴을 쥐어짜듯 한 손으로 쥐며 고개를 숙였다. 눈가가 뜨거워지는 게 저도 모르게 눈물이 왈칵 쏟아질 것 같았다. 카이저가 가볍게 낮은 한숨을 내쉬었다. 처연하기까지 한 시드니의 어깨가 크게 움찔하고 떨렸다.

카이저가 저에게 가까이 다가오자 시드니는 입술을 깨물었다. 그가 어떠한 비난을 해도, 어떠한 욕설을 해도, 설령 주먹을 휘둘러도 시드니는 모두 받아들일 마음이었다.

그는 황가의 욕심에 희생당한 가련한 희생양일 뿐이고, 현재도 그러하니까.

그러나 카이저는 시드니의 예상과 달리 파이를 안고 있던 팔을 빼 빈손으로 시드니의 은색 머리카락을 톡톡 두드리더니 가볍게 쓰다듬었다.

"알고 있습니다. 당신들이 이토록 이기적이라는 것을. 그러나 그만큼, 아니 그 이상으로 다정한 것도 알고 있습니다. 그는 단지 다정한 거짓말을 하고 싶었을 뿐입니다. 시드니, 당신도 그의 후손답게 상냥한 사람입니다."

카이저가 그를 이름으로 불렀다. 제국의 황태자가 아닌 말썽꾸러기 친우의 아들을 대하듯 친근하고 상냥하게. 부드러운 어조로 조곤조곤 말하는 카이저에 시드니는 기어코 울음을 터트렸다. 그는 황태자의 체통을 멀리 던져 버리고 아이처럼 엉엉 울었다.

그는 몇 번이고 미안해, 미안해, 하고 사과의 말을 쏟아 내며 눈물을 떨궜다. 카이저와 아벨은 시드니의 가련히 떨고 있는 어깨를 부드럽게 토닥여 주었다. 한참을 아이처럼 운 시드니가 잔뜩 충혈된 눈으로 그들을 힐끗 보았다.

"제가 생각이 짧았습니다."

"선대도 그러셨습니다. 이해합니다."

아벨이 빙글 웃으며 말했다. 그에 시드니가 놀라 고개를 들어 그를 보았다. 아버지도 그랬다고요? 그에 아벨이 껄껄 웃으며 일종의 연례행사 같은 거죠, 하고 조금은 장난스럽게 말했다.

"일단 자리를 옮기는 것이 좋을 것 같군요."

파이가 계속 이 자리에 있기엔 너무 환경이 좋지 못합니다. 텁텁한 먼지가 허공에 떠도는 것을 느끼며 카이저가 어느새 만들어 낸 빛의 구를 몇 개 허공에 띄우며 말했다. 카이저의 말대로 선조의 방에 있는 이들이 모두 그를 따라 방을 나섰다.

"전부 다 들으셨겠군요."

카이저는 아벨의 품에 파이를 넘겨주며 말했다. 아벨은 카이저의 집무실에 들어서자 방에 있는 긴 소파에 파람을 눕히고 빈손으로 파이를 안았다. 할아버지 품에 안겨 꾸벅꾸벅 졸기에 카이저는 아벨에게 파이를 방에 데려다 줄 것을 부탁했고 그는 수긍하며 집무실을 나섰다. 닫히는 문을 보던 시드니가 느리게 고개를 끄덕이며 카이저의 말에 답했다.

"아버지께 모두 들었습니다."

"모두요?"

난감한 듯 미소 짓는 카이저의 표정에 시드니가 씁쓸하게 웃었다. 그래, 모두 들었다. 초대 아이다의 황제가 칼레이저가의 초대 가주이자 세상에 둘도 없는 절친인 그에게 어떠한 짓을 저질렀는지. 시드니는 짙은 자기혐오를 느끼며 말했다.

"초대가 그대의 선조에게 해서는 안 될 짓을 저질렀습니다. 그런데,

어찌 우리 곁에 여전히 남아 있습니까?"

시드니는 가장 묻고 싶은 말을 내뱉었다. 카이저가 낮은 한숨을 내쉬며 말했다.

"초대 아이다의 황제는 그저 배려가 깊은 분일 뿐이었습니다."

"배려라고요! 그건 단지 욕심일 뿐이었습니다! 좋게 포장할 필요 없습니다. 저는 압니다. 그는, 그는 칼레이저 공 말처럼 배려가 깊으니, 상냥하느니 그런 사람이 아닙니다! 그는 그저 욕심쟁이일 뿐입니다!"

시드니는 울듯 말했다. 그는 한 번 터진 말을 끊임없이 내뱉었다.

"초대는 아리스타를 잃고 싶지 않았습니다. 그는 욕심이 날 정도로 대단한 무력을 지닌 이여서, 나라를 세울 때 큰 전력이 되는 이였죠. 초대가 아칼리템에 의해 제 나라를 점령당하고 패배자가 되어 도망자처럼 동양국 백하로 도망쳤을 때 그 당시 흑천홍월가의 후계자였던 그가 구해 주었습니다. 그는 굉장히 정의롭고 용맹한 이였으니까요. 그래서 초대는 아칼리템의 마수에서 벗어날 수 있었습니다. 그의 대단한 무력이 아칼리템의 기사들을 단숨에 무찔렀을 때, 고대 용족의 후예임에도 제 힘을 온전히, 제대로 다루지 못하던 초대는 그가 탐이 났습니다. 그래서 정 많고 정의감 넘치는 그를 뱀의 혀로 꾀어낸 것입니다."

그로 인해 그의 가문이 멸문했습니다. 그뿐만 아니라 그의 어린 누이는 아칼리템의 황제에게 심장을 먹히기까지 했고요.

시드니는 울분을 토해 내듯 황설수설 말했다. 그에 카이저가 진정하라는 듯 그를 다독였다. 시드니의 잔뜩 흥분한 모습을 보자니 그때가 떠올랐다.

카이저는 사실 그 당시를 기억하지 못했다. 자신도 그 당시 파람처럼, 오래도록 '그'에게 씌어 몇 번이고 정신을 잃었었다. 그것은 제 피 깊숙이 남아 있는 진한 선조의 특성 때문이었다.

당시 정신을 잃을 때면 늘 친우이자 제가 모셔야 할 자신의 황제는 늘 울듯 자신을 쳐다보았다. 다 제 잘못이라며, 그는 자신을 자책하고 자조했다. 지금의 시드니에게서 자신의 가장 소중한 절친이자 영원한 자신의 황제의 모습이 투영되었다.

당신들은 예나 지금이나, 이토록 상냥하고 다정하고 정이 많다. 잘못은 초대 황제가 했지만 선택을 한 것은 자신의 선조임이 분명한데도, 아이다의 황족들은 오래도록 죄책감을 대물리듯 이어 왔다. 가엽게도. 카이저는 어찌 이렇게 아이다의 황족과 자신의 가문이 어지럽게 엮이게 되었는지 아주 먼 과거의 가문의 역사를 떠올렸다.

아주 오래된 이야기다. 카이저는 천 년 역사를 자랑하는 아이다의 번영과 그 영광의 시초였던 시절의 이야기를 떠올렸다.

파이 5.

흑천홍월가.

저 동쪽의 작은 섬나라, 동양국 백하의 왕의 신의를 받는 가문. 그 가문은 특이하게도 조상 중 위대한 장수나, 주술사를 제 몸에 받아들여 그들의 능력을 사용하는 능력을 지녔다. 일종의 '빙의'나 '신 내림' 같은 것인데, 그것은 백하국에서도 흔치 않은 흑천홍월가만의 능력이었다.

그들은 위대한 조상의 힘을 사용하여 일가를 이어 갔다. 흑천홍월가는 오래도록 번영한 가문이었다. 멸망해 버린 누비아 공국의 공자이자 아이다의 초대 황제가 될 그가 나타나기 전까진 말이다.

멸망한 누비아 공국의 공자는 만신창이가 되어 그와 함께했던 가신 4명과 함께 백하국으로 도망쳐 왔다. 당시 그의 나라는 영토를 넓히는 것에 정신이 팔렸던 탐욕 어린 아칼리템의 황제에 의해 무자비하게 밟히고 능욕당했다. 잔인한 아칼리템의 황제는 누비아의 생존자를 단한 명이라도 살려 두는 것을 용납하지 않았다. 그는 당연하게도 겨우 구사일생한 누비아 공국의 공자를 쫓았다. 다른 이도 아닌 고대 용족의 피를 이은 후예를 모조리 죽이려 했다.

비록 광폭한 그 피를 제대로 조율하지 못해 때때로 발작을 일으키는 온전치 못한 공자라 하여도 말이다. 고대 용족의 피는 무시할 것이 못 된다. 반드시 죽여야 했다. 치밀하고 집요하게 그를 쫓은 황제의 군사들은 결국 백하국에서 공자를 잡을 수 있었다.

그러나 그 주변을 우연히 지나치던 흑천홍월가의 정의심 넘치는 후계자가 공자와 그 일행을 구해 주었다. 그것이 인연이 되어 공자는 흑천홍월가에 머무르게 되었다. 공자는 강렬한 무술 실력과 괴상한 주술을 사용하여 아칼리템 제국의 군사들을 무찌른 그에게 쉽게 매료되었다. 또한 흑천홍월가의 후계자 역시, 솔직하고 유쾌한 그에게 호감이 일었다. 그 둘은 짧은 시간이 무색할 정도로 세상에 둘도 없을 친우가 되었다.

그러나 동양국 백하는 굉장히 작은 섬나라일 뿐이고 그는 그 나라에 속한 일개 가문일 뿐이었다. 당시 대제국으로 대륙을 호령하던 아칼리템의 황제가 불같이 화를 내어 백하의 왕에게 서신을 보내 자신의 군사들의 앞을 가로막은 이의 처벌을 원한다 말하였다.

백하의 왕과 흑천홍월가의 일족들은 난감해졌다. 그러나 정의감이 넘치는 후계자는 후회하지 않았다. 그는 제 행동으로 가문에 누가 된다면 저를 파문하라 고개를 조아렸고, 그의 가문은 눈물을 머금고 그를 파문해야 했다. 그들은 강력한 무력을 가진 이들이긴 하였으나 백하의 왕의 충신이며 나라를 끔찍이도 위하는 이들이었기 때문이다. 결국 파문당한 후계자는 나라를 떠나야 했다.

이 모든 게 제 잘못 같았던 누비아의 공자는 그와 함께 떠나는 길에 뜨거운 눈물을 흘리며 그에게 무릎을 꿇고 진심을 담아 사죄했다. 파문당한 후계자는 그의 진심 어린 사죄에 털털하게 웃으며 어깨를 토닥여 주었다. 강직하고 정의감 넘치며 정이 많은 그는 눈매를 접으며 말갛게 웃었다.

"친우를 위해 이 정도 희생은 할 수 있네."

그의 진심 어린 말에 공자는 고개를 떨궜다. 그는 진정한 친우였다. 공자는 그가 더욱 탐이 나기 시작했다. 공자는 결국 그와의 우정을 이용하여 함께할 것을 부탁했다.

친우의 부탁에 파문당한 후계자는 난감한 듯 웃었다. 저는 파문당한 비루한 무사일 뿐인데 어찌 도움이 되겠는가, 하고 묻는 그에게 누비아의 공자는 그대의 존재만으로도 내게 크나큰 도움이 된다네 하고 답했다. 부디 나라를 온전히 되찾아 번영하게 된다면 그대의 가문을, 그대가 놓고 온 어린 동생을 데리고 와 다오, 하고 청하기까지 했다.

안 그래도 어린 누이가 걱정이 되었던 그는 그의 제의를 흔쾌히 받아들였다. 그렇게 공자와 4명의 가신, 그리고 파문당한 후계자 6명이 현재 위대한 제국의 시초가 되었다.

그가 공자의 손을 맞잡았던 그 당시, 백하국은 난리가 났다. 아칼리템 황제의 군대가 그의 나라를 급습한 것이다. 아칼리템의 황제는 백하에 여전히 누비아의 공자가 있을 거라고 생각해 군대를 이끌고 와서 작은 나라를 들쑤셨다.

백하는 아주 작은 나라이나 사실은 굉장한 전투민족이 모인 나라였다. 쓸모없는 다툼을 피하고 평화를 사랑하는 이들이었지만 그의 군대에 의해 피해를 입자 뒤늦게 맞섰다.

다행스럽게도 아칼리템의 군대는 그들의 크나큰 무력 앞에 꼬랑지를 말고 도망쳤다. 그들은 마치 잠자던 사자가 깨어난 것처럼 야수의 제왕과도 같은 강렬한 무력을 지녀서 더 이상 그의 나라를 들쑤실 수 없었다. 정복욕에 잔뜩 들떴던 아칼리템의 황제는 처음으로 맛보는 크나큰 패배에 이를 갈며 백하를 떠났다.

그사이 공자와 4명의 가신과 한 명의 무사는 그의 나라를 되찾기 위해 고군분투했다. 수많은 위기와 역경을 딛고 그들은 질긴 생명력을 보이며 점차 나라를 되찾고 그 영토를 넓혀 갔다.

공자는 이제 번듯한 한 나라의 왕이 되었다. 이 모든 것이 무사의 덕인 것 같았던 신생국 아이다의 왕은 무사를 더욱 놓아주기 어려워졌다. 그는 세상에 둘도 없는 친우였다. 그 친우는 파문당하기는 했지만 여전히 고향 백하를 그리워했다.

결국 왕은 그를 좀 더 얽매기 위해 누이를 그에게 내주었다. 그는 한사코 거절하였으나 빛나는 황금 머리카락이 아름다운 외모와 지성, 고운 마음씨까지 갖춘 그녀에게 천천히 빠져들어 연인이 되고 말았다.

왕은 그제야 안심했다. 그는 이제 이 아이다에 뿌리를 내릴 것이다. 아이다는 점차 영토를 넓히고, 왕국을 넘어서 제국이 될 것이다. 그 시초에는 번듯이 '칼레이저'란 이름을 받아 공작이 된 그가 함께할 것이다. 나라는 영원히 번영할 것이며, 그와 자신은 영원히 친우로, 성군과 그의 충신으로 남을 것이다.

아이다의 왕은 그렇게 믿었다.

그러나 안타깝게도 왕의 바람과는 다르게, 둘의 인연은 엇갈리기 시작했다.

당시 아칼리템의 황제는 점차 늙어 가는 제 자신이 추악하게 변하는 것이 두려워졌다. 그는 몹시도 욕심이 많은 왕이었다. 결국 붙잡을 수 없는 시간의 흐름에 두려움을 느낀 그는 제 휘하의 마법사와 연금술사들을 불러들여 불사의 약을 만들라 명했다.

사실 아칼리템의 황제가 누비아의 공자에 큰 집착을 보였던 것 또한 그 안에 깃든 고대 용족의 피가 필요했기 때문이다. 그를 죽여 그 피를 마시면 위대한 힘을 손에 넣을 것만 같았다. 허나 멸망한 누비아의 공자는 이제 쉽사리 건들기 어려울 정도로 커져 버렸다. 그는 이제 번듯한 한 나라의 왕이 되어 시시때때로 자신의 영토를 노렸다.

화가 난 황제는 그 모든 것이 그 흑발에 붉은 눈을 가진 사내 때문이라고 여겼다. 그리 생각하자 황제는 백하국이 저절로 떠올랐다. 그래, 그 나라에 그런 형상의 인간들이 있었다. 그것들을 죽였어야 했다. 황제가 추악한 분노를 드러내며 으르렁거렸다. 그때 불사의 약을 조사하던 이가 돌연 이런 말을 했다.

"저 동쪽 백하의 명문, 흑천홍월가의 어린 무녀의 심장을 삼키면 불사가 된다는 속설이 있나이다."

아칼리템 황제의 검은 욕망이 진득하게 일렁거렸다. 그는 추악함으로 물든 얼굴을 일그러트리며 웃었다. 오호라, 그렇단 말이지. 황제가 잔인하게 미소 지었다.

"당장 백하국 흑천홍월가의 어린 무녀를 훔쳐 와라."

내 꼭 그년의 심장을 삼켜 불사의 힘을 얻을 것이다. 그리고 아이다의 흑발의 붉은 눈을 가진 무사에게 절망을 안겨 줄 것이다. 황제가 커다란 광소를 내뱉었다. 괴기한 속설을 전한 연금술사가 눈을 내리깔며 비릿하게 웃었다.

아칼리템의 황제의 명을 받아 그의 군사들이 백하에 몰래 숨어들어 흑천홍월가의 어린 무녀를 훔친 것도 모자라 그의 일족을 몰살시키고 저택을 불태워 버렸다. 조상의 위대한 무력을 물려받은 이들이나, 갑작스러운 기습에 속수무책으로 당하고 말았다.

뒤늦게 이를 안 백하의 왕이 크게 분노하여 아칼리템에 항의하였으나 그는 코웃음을 치며 보란 듯이 잔혹하게 어린 무녀의 가슴 속에 두근거리는 작은 심장을 파내어 제 탐욕 어린 아가리에 넣어 꿀꺽 삼켜 버렸다. 심장을 잃은 가련한 어린 무녀의 몸은 그의 발아래 나뒹굴게 되었다. 어린 무녀의 초점 잃은 붉은 두 눈에서 피 같은 눈물이 주르륵 흘러내렸다.

그 사실을 모르고 있었던 어린 무녀의 하나뿐인 오라비인 아리스타는 사랑하는 여인과 혼인하여 그 배 속에 자라나는 아이가 태어나기

기만을 고대하며 행복에 겨운 하루하루를 보내고 있었다.

아이다의 왕은 행복해 보이는 칼레이저 부부의 모습을 지켜보며 초조한 듯 입술을 깨물었다. 그는 알고 있었다. 백하의 그의 일족들이 몰살당한 것을. 그리고 그의 사랑하는 어린 누이가 아칼리템의 황제에 의해 무참히 살해당했다는 것을. 그럼에도 아이다의 왕은 미련스럽게 그 사실을 그에게 알려 주지 않았다. 아니 못했다.

혹여 아리스타가 그로 인해 크게 분노하여 누이의 복수를 위해 이 나라를 떠날까 봐 두려웠기 때문이다.

아이다의 왕은 고대 용족의 후예임에도 세상 어디에도 없을 천하의 겁쟁이였다. 그는 난생처음으로 진심으로 '우정'이라는 것을 나눈 친우를 잃고 싶지 않았다. 더 나아가 나라의 큰 전력이 되고 그 기둥이 된 그를 결코 잃고 싶지 않기도 했다. 그래서 요즘 통 괴기스러운 악몽을 꾸어 고국과 누이가 걱정된다는 그에게 제가 알고 있는 사실을 쉽사리 내뱉지 못했다.

그 처참한 사실을 어찌 말하겠는가.

아이다의 왕은 사랑하는 이의 죽음을 겪어 본 자로서 그 슬픔과 증오가 얼마나 깊은지, 그것이 정신을 얼마나 피폐하게 만드는지를 누구보다도 잘 알았다. 그래서 아이다의 왕은 그 끔찍한 감정을 그가 모르길 바랐다.

이기적이고 모순적인 감정이 뒤섞여 아이다의 왕을 괴롭혔다. 그는 여전히 용족의 잔혹한 본성이 담긴 피의 저주에 휘둘렸다. 인간보다 더 이기적이고 더 잔인한 용족의 피가 그를 농락했다.

'위대한 용족의 후예여, 친우를 위해 상냥한 거짓말 정도는 괜찮지 않은가.'

용족의 피가 독사의 혀를 날름거리듯 속삭였다. 그래, 묻자. 친우에게 이 끔찍한 사실을 어찌 전하겠는가. 묻자. 묻어 버리자. 나는 아무 것도 듣지 못하고 아무것도 보지 못하였느니라. 그는 제 눈을 감아 버렸다. 고국에 두고 온 누이가 걱정된다며 백하국의 사정을 알아봐 달라던 친우의 부탁에 그는 결국 '상냥하나 사실은 제 욕심과 두려움이 깃든 거짓말'을 내뱉고 말았다.

"아무 문제 없네. 그대의 가문은 여전히 평화롭고 누이 역시 별 탈 없네."

그게 잘못이었다. 그의 거짓말을 철석같이 믿은 아리스타는 다소 안심하며 웃었다. 그렇지? 요즘 너무 행복해서 별 시답지 않은 꿈을 꾸나 보오. 그는 멋쩍은 듯 웃으며 제 뒤통수를 긁적였다. 아이다의 왕은 친우의 의심 없이 곧이곧대로 믿는 표정에 안도하는 동시에 양심이 시커멓게 타 버림을 느꼈다.

미안하다. 미안해.

그는 그 끔찍한 광경을 지켜본 사람처럼 눈을 질끈 감고 중얼거렸다. 백하국을 떠날 당시 갓난아기였던 친우의 누이가 어느새 어린 소녀가 되어 제 오라비를 닮은 그 붉은 눈으로 사납게 노려보고 있는 것 같았다. 그 눈에서 쏟아지는 핏빛 눈물이 주루룩 떨어져 바닥을 적셨다. 소녀의 작은 가슴이 뻥 뚫렸다. 창백한 소녀의 입술이 우물거리며 말했다.

[원통하다 원통해……. 오라버니, 누이는 원통하나이다.]

어린 무녀의 원령이 아이다의 왕을 괴롭혔다. 처음에는 그것이 환각인 줄 알았다. 제 죄책감이 만들어 낸 무서운 환각. 그러나 그는 돌연 아리스타가 제 가문에 대해 설명했던 것이 떠올랐다.

아리스타는 말했다. 자신이 파문당한 흑천홍월가는 선조를 섬기는 무녀와 무사의 가문이라고. 그들은 조상을 섬겨 제 몸에 그의 영혼을 받아들이고 그들의 무력을 사용함으로써 강인해진다고 했다.

왕은 그의 일족이 영혼술사라는 것을 깨달았다. 사후세계나 영혼의 존재를 믿지 않았던 왕은 아리스타의 굉장한 무력과 그가 행하는 생소한 주술을 제 눈으로 직접 보고 나서야 허탈한 표정으로 수긍하였다. 영혼이라는 것은 실제로 존재하는 구나. 그는 새로운 세계를 엿본 기분이었다.

아이다의 왕은 제 꿈에 나타나 저를 괴롭히는 존재가 아리스타의 누이의 혼령이라는 것을 그제야 알았다. 그녀가, 원통하게 죽은 어린 소녀가 자신을 찾아왔다. 왕은 점차 잠을 이룰 수 없게 되었다. 자꾸만 그의 누이가 나타나 원통하다 하며 엉엉 울었다. 잠을 이루지 못하는 왕은 점차 초췌해지고 신경질적으로 변했다.

아리스타는 점점 이상하게 변해 가는 친우의 모습에 걱정이 앞섰다. 그가 걱정되는 마음에 무슨 일이냐 물어 오자 왕은 평소처럼, 아무렇지 않게 빙긋 웃으며 별일 아니라고 말끝을 흐렸다. 빙긋 웃는 입꼬리가 파르르 떨리는 것이 억지로 쥐어짜는 듯했다.

아리스타는 근심 어린 표정으로 말없이 지켜볼 뿐이었다. 어째 친우가 무언가를 숨기는 듯했다. 아리스타는 나날이 수척해져 가는 왕의 몰골에 그만 참지 못하고 버럭 화를 내며 그를 닦달했다.

"친우여! 말해 다오. 어찌 그리 근심을 가슴속에만 쌓아 두는가. 내게 말해 다오, 부디."

불같이 화를 내는 그의 홍안에 아이다의 왕은 몹시도 놀라고 두려운 표정을 지으며 그에게서 멀어졌다. 그는 불꽃이 일렁거리는 아리스타의 홍안을 통해 자신을 괴롭히는 어린 무녀의 핏빛 눈동자가 떠올랐다.

두렵고 두려워 저도 모르게 뒷걸음치다 덜컥 엉덩방아를 찧는 모습이 꼴사납기 그지없었다. 더 이상 버틸 수가 없다. 왕은 점차 무력해지고 나약해지는 자신에 기어코 제 두려움을 토해 냈다. 그때였다! 용족의 피가 잔혹하게, 그를 비웃고 비난했다.

고작 인간에게 두려움을 느끼다니 수치스럽다!

제 의지와 상관없이 멋대로 몸 안에 원활히 흐르던 피가 들끓었다. 아이다의 왕은 미칠 것 같았다. 아니 이미 미친 것 같았다. 그는 주저앉은 몸을 천천히 일으키며 광소를 내뱉었다. 왕은 으하하하 웃으며 고통으로 잔뜩 일그러진, 수척한 얼굴로 말했다.

"친우여! 친우여! 누이는 죽었다. 네 누이는 죽고 네 일족은 몰살당했다."

"그게 무슨……? 친우여, 말이 다르지 않은가 그대는 분명……!"

미친 듯이 웃으며 정신 나간 사람처럼 말하는 왕에 아리스타가 돌연 어리둥절한 표정을 짓더니 이내 얼굴을 굳혔다. 왕은 굉장히 유쾌한 듯 웃었다. 그는 드디어 미쳐 버렸다. 용족의 피가 그를 미치게 했다. 그의 금색 눈동자가 평상시보다 더 찬란히 빛나는데도 그의 몰골은 괴기스럽기까지 했다.

"거짓이었다. 거짓이었어! 그대를 놓치고 싶지 않았다. 내가 진실을 말하면 그대는 혈혈단신으로 아칼리템의 황제를 찾아갔겠지! 친우여! 친우여! 그대를 잃고 싶지 않았다. 으흐흐……."

나는 그대가 비통에 빠지길 원치 않았다! 왕이 서글프게 뒷말을 덧붙였다.

"말도 안 돼!! 그, 그럴 리 없어. 거짓이지? 친우여, 자, 장난이 지나치구나!"

아리스타는 믿을 수 없다는 듯 고개를 절레절레 흔들었다. 아이다의 왕의 금색 눈에서 눈물이 뚝뚝 떨어졌다. 마치 금색으로 보이던 찬란한 눈물이 그의 볼을 타고 내려오면서 점차 핏빛으로 물들어 바닥을 적셨다.

아리스타는 그제야 그의 곁에 붙어 있는 원령을 보았다. 보이지 않던 것이, 용족의 후예의 격렬하고 혼잡스러운 감정에 폭풍우 치듯 마나가 들끓자 자연스럽게 보였다. 왕이 받은 은빛가지의 요정족의 축복까지 더해져 그 주변에 기이한 것들이 모조리 보였다.

"아, 안 돼……!"

실성한 황금의 왕 곁에 가슴이 뻥 뚫린 어린 소녀가 피눈물을 줄줄 흘리며 서 있었다. 새까만 머리카락에 붉은 눈, 피부색만 그가 알던 황색이 아닌 창백하게 변질되어 있었다.

오, 맙소사! 그는 한눈에 알아보았다. 헤어질 때 갓난아기였던 누이는 어느새 어린 소녀가 되어 가문의 무녀가 되었던 것이다. 지금쯤 사랑을 듬뿍 받아 살고 있어야 하는데 어찌 이곳에 저리 처참한 몰골로서 있느냐! 아리스타가 덜덜 떨리는 손으로 실성한 왕의 어깨를 거칠게 흔들었다.

"왜 누이가 네게 붙어 있는가. 누이가 왜 저리 되었어! 말해 다오! 왕이여, 아이다의 왕이여, 나의 친우여! 진실을 알려 다오!"

왕은 혼란스러워하는 그에게 잔혹한 진실을 알려 주었다.

"아칼리템의 황제가 그대의 일족을 몰살시킨 것도 모자라 네 누이의 심장을 파먹었다. 네 누이는 타국의 차디찬 땅에 뒹굴게 되었어."

그리 말하던 왕은 바싹 마른 입술을 제 혀로 핥으며 덜덜 떨리는 목소리로 말했다.

"나는 두려웠다. 친우여. 그대가 나와 같은 전철을 밟을까 봐 두려웠다."

그것은 변명이었으나 진심에서 우러나온 말이었다. 왕의 절절한 진심에 아리스타는 고통스럽게 얼굴을 일그러트리며 그에게서 떨어졌다. 찬란한 금의 마나를 두른 아이다의 왕은 그 위대한 무력이 무색하도록 처연하게 그 자리에 무릎을 꿇고 앙상해진 제 양손으로 얼굴을 감싸며 마른 울음소리를 내뱉었다.

아리스타는 저도 모르게 힘없이 뒷걸음질 치더니 이내 메마른 웃음소리를 내뱉었다. 그가 한 손을 들어 제 앞머리를 쓸어 올렸다. 손아귀에 잡히는 검은 머리카락에 그는 낮은 욕지거리를 내뱉었다.

망연자실한 모습으로 그 손으로 눈가를 가렸다. 그의 귓가로 스스스 무언가 스치는 소리가 들렸다. 멍한 눈빛으로 소리가 나는 쪽을 보니 왕의 곁에 붙어 있던 누이가 피눈물을 흘리며 다가왔다. 달달 떨리는 양손을 뻗어 창백하게 변한 입술을 오물오물거렸다.

[오라버니, 원통합니다. 원통해…….]

누이가 가련한 목소리로 속삭이듯 말했다. 꽃처럼 사랑스러워야 할 누이는 창백한 원령이 되어 그에게 나타났다. 아리스타는 두 눈을 부릅떴다. 어린 누이의 주변에 회색 연기가 몽글몽글 피어나더니 이내 형체를 이루었다. 아리스타가 탄식 어린 어조로 낮은 숨을 내쉬었다. 제 일족들의 모습이었다. 처참한 몰골을 한 그들이 형태를 이루기 무섭게 아리스타에게 달려들었다. 누이가 다가와 그의 덜덜 떨리는 손을 잡았다. 소름 돋을 정도로 서늘했다. 저도 모르게 바르르 떨며 손을 빼냈다. 그러자 누이가 창백한 얼굴로 피눈물을 흘리며 울었다.

[오라버니, 어찌 그를 도왔습니까. 어찌 우리를, 내 곁을 떠났습니까. 누이는 슬퍼요.]

원령은 지독한 망령이 되어 그에게 들러붙었다. 이제 나약한 황금의 왕 곁을 벗어나 새로운 숙주를 찾았다. 일족 특유의 체질을 고스란히 가진 아리스타에게로. 왕의 광기가 아리스타에게 전염되었다.

아리스타는 빠른 속도로 미치기 시작했다.

그는 정신을 잡지 못하고 미치광이처럼 날뛰었다. 일족의 원령이 그에게 달라붙어 그의 몸을 점령했다. 아이다의 왕은 그것을 두려운 눈으로 지켜봐야 했다. 그는 어디로 도망칠 수도 없었다. 무언가 그를 얽매어 그 자리에 묶어 놓은 느낌이었다. 반듯한 아리스타의 얼굴이 괴기스럽게 일그러지더니 기어코 광소를 내뱉었다.

그의 곁에 달라붙은 어린 무녀가 피눈물을 흘리며 요사스럽게 웃었다. 그제야 왕은 깨달았다. 그의 두려움이, 그의 이기적인 마음이 제 안에 저주스러운 용족의 피의 힘을 받아 가련하게 희생당한 영혼을 강력한 망령으로 만들어 버렸다.

그의 일족이라면, 그의 누이라면 아리스타를 저토록 괴롭히지 않을 것이다. 원통하고 원통하여도 제 사랑하는 이를 괴롭히지 않을 것이다. 그들을 끌어들인 것은 자신이었다. 무의식적으로 내뿜는 죄책감과 두려움, 미안함, 괴로운 마음이 뒤섞여 죽은 누이를 불러들인 것이다.

가만히 내버려 두었으면 사후세계로 갔었을 것을…….

가련한 영혼들을 불러들여 제 부정적인 감정과 자신의 안에 잠든 용족의 광기를 먹였다. 그가 저들을 새까맣게 물들여 아리스타의 몸을 점령하게 했다. 그의 정신을 갉아먹고, 광기로 물들여 미치게 했다.

왕은 미칠 것 같았다. 그가 저도 모르게 양손으로 제 머리통을 부여잡고 으어어 하고 비명을 내질렀다. 광소를 내뱉던 아리스타가 왕의 비명에 돌연 고개를 돌려 그를 보았다. 영롱하게 빛나던 홍안은 괴기스러운 핏빛이 되어 요사스럽게 웃었다.

"누이를…… 살려내라."

아리스타가 괴기스럽게 웃으며 말했다. 그가 삐뚤어진 고개를 한 채 왕에게 비틀비틀 다가갔다. 왕이 두려움에 달달 떨며 말했다.

"누……누이를 죽인 것은 아칼리템의 황제야."

내가 죽인 것이 아니다. 왕은 끝내 제 목숨을 구하기 위해 비겁한 말을 내뱉었다. 그러자 아리스타가 킬킬 웃으며 말했다.

"그렇지, 그가 죽였어. 내 누이를…….."

그는 실성한 웃음을 터트리며 몸을 돌렸다. 킬킬 웃는 어깨가 괴기스럽기 짝이 없었다. 그의 핏빛 눈동자가 사나운 기를 뿜어내며 바람같이 그 자리에서 사라졌다. 왕이 비명 섞인 울음을 토해 냈다. 왕의 집무실에 이기적이고 한 없이 나약한 인간의 비통한 울음소리가 가득 울려 퍼졌다.

그렇게 사라진 아리스타는 한 달이 지나서야 만신창이가 되어 돌아왔다. 그의 품에는 뼈마디가 앙상하고 모습이 온전치 않은 작은 체구의 소녀의 시체가 들려 있었다. 그 소녀는 비아. 아리스타의, 아니 '흑천홍월 사하'의 하나뿐인 누이이자 가문의 어린 무녀 '흑천홍월 비아'였다. 아리스타는 차갑게 식다 못해 부패된 비아의 작은 몸을 품에 안으며 중얼거렸다.

"심장…… 심장을 찾아야 해. 제물이 필요하다. 누이를 소생시킬 제물이."

그는 그렇게 망령이 되었다. 왕이 만들어 낸 망령과 광기, 그리고 그의 특이한 체질이 뒤섞여 아리스타는 죽어서 스스로 거대한 망령이 되었다. 망령이 되어 버린 그는 여전히 제물을 찾아 제 후예들의 몸을 제멋대로 갈취하고 점령하여 누이의 것을 대신할 '심장'을 찾았다.

칼레이저가는 대를 이으며 타인과 피가 섞였지만 흑천홍월가 특유의 체질과 그를 증명하는 붉은 눈을 오래도록 이어 갔다. 그리고 칼레이저가의 후손들은 특정 기간 동안 '아리스타'에게 홀려 지내는 굴레를 지게 되었다.

✽✽✽

이번 대에서 굴레를 진 것은 바로 파람이었다.

카이저가 머나먼 과거를 회상하듯 눈을 내리깔았다.

"파람은 언제까지 이렇게 삽니까?"

시드니가 마주 보는 자리에 곧게 누워 있는 파람에게 다가가 말했다. 그는 몹시도 지쳐 보였다. 카이저는 그의 물음에 낮게 숨을 내쉬며 말했다.

"글쎄요……. 파람은 올해로 6년째 이렇게 살고 있습니다만, 그 끝이 언제쯤일지는……."

그에 시드니가 놀라 눈을 동그랗게 뜨고 다급하게 물었다.

"6년? 6년이라고? 그럼 파람은 12살 때부터 아리스타에게 휘둘렸단 말이야?"

"전 8살 때부터였습니다. 제 아버지는 10살 때부터였고요. 시작되는 시기는 매번 달라졌습니다. 파람은 좀 늦은 편입니다."

"맙소사!"

아리스타의 망령은 집요하고 집요했다. 그는 제 후손들을 오래도록 괴롭혔다. 그 시작은 언제인지 모르나 대체적으로 어린 나이에 시작되고 그 끝은 매번 달랐다. 어떨 땐 짧게 3, 4년을 열병을 앓다 정신을 잃으면 아리스타가 그 작은 몸을 점령했다. 그는 제 후손들의 몸에 들러붙을 때마다 지치지도 않고 누이를 찾았다. 때때론 누이를 찾아 울부짖고 어떨 때는 저보다 커다란 검을 들고 설쳐 가족을 해치거나 고용인들을 다치게 했다. 그러나 이것은 형제 중에 여아가 없을 때나 있는 양호한 경우였다.

혹여 그 대에 남매가 형성되면 그중에 첫 번째 남아의 몸에 아리스타가 점령해 여아의 심장을 노렸다. 그것이 비아를 소생시킬 제물이라며. 덕분에 저택 내에는 여아가 온전히 자라나기 힘들었고, 또한 바라던 바는 아니나 쉽사리 태어나지도 않았다.

파이는 칼레이저가의 긴 역사를 통틀어 고작 4번째 공녀였다. 길고 긴 공백 기간 동안 아리스타의 망령은 가문을 휘저었으나 오늘처럼 광폭하진 않았다. 그래서 망각했다. 가문에 여아가 태어났을 때의 크나큰 위험을.

여아가 태어난 대의 아리스타는 그 어떤 때보다도 광폭했고 강력했다. 처음 느껴 보는 강력한 파람의 무력에 그들은 놀라고 말았다. 정확히는 그의 몸에 깃든 아리스타의 힘에. 일족의 망령과 광기를 집어삼키고 태어난 망령다웠다.

"미안해……. 미안합니다."

시드니는 걷잡을 수 없는 슬픔과 괴로움에 다시금 눈물을 흘리며 누워 있는 파람 앞에 무릎을 꿇었다. 대제국의 황태자답지 않게 그는 처연하다 못해 불쌍해 보였다. 그는 저도 모르게 덜덜 떨리는 손으로 파람의 손을 잡았다. 그러자 은빛가지의 능력에 의해 그의 깊숙한 내면을 들여다보았다. 그 속에 자리한 아리스타를…… 아니, 그가 아니었다.

다갈색 머리카락의 청년이었다.

그가 파람의 안에 있었다. 그에 시드니가 놀라 반사적으로 그 손을 떼었고 뒤로 넘어졌다. 엉덩방아를 찧은 그는 매우 놀란 표정을 짓더니 이내 한 손을 들어 입을 가렸다. 우욱 하고 토기를 참아 내려는 듯 입을 막자 카이저가 황급히 휴지통을 그에게 가져다줬다. 시드니는 카이저의 휴지통을 받자마자 토하기 시작했다. 그러나 그의 입에서 쏟아지는 것은 안타깝게도 위액이 전부였다.

카이저는 가여운 그의 등을 토닥여 주려다 멈추고 그의 곁에서 떨어졌다. 자신의 손이 닿으면 시드니는 그의 내면을 보게 될 것이다. 차라리 그에게서 멀어지는 것이 시드니를 돕는 것이다. 카이저의 배려로 한참을 휴지통을 부여잡고 토하던 시드니는 힘겹게 통을 바닥에 내려놓으며 숨을 헐떡였다.

"조심하시지 그러셨습니까? 아직 익숙지 않으신 모양입니다."

카이저가 안쓰럽다는 듯 혹은 꾸짖듯 말했다. 그에 시드니가 왈칵 인상을 찡그렸다. 고작 각성한 지 4일밖에 안 됐으니 익숙하지 않은 게 당연하잖아, 하는 얼굴로 쳐다보자 카이저가 실소를 내뱉었다. 시드니는 씩씩거리며 손등으로 제 입술을 닦았다. 그는 힘겹게 몸을 일으키며 죽은 듯 누워 있는 파람을 내려다보았다.

어린 다갈색 머리카락의 소녀가 처형대에서 목을 잘린 장면이 스쳐 지나갔다. 제 눈이 잘못되지 않았다면 소녀의 머리색은 검정이 아닌 다갈색이었고, 마지막으로 보았던 청년의 머리색 역시 다갈색이었다. 그 청년의 눈 색은 선명한 붉은색이었지만.

"아리스타가…… 아니야?"

시드니가 혼란스러운 눈빛으로 그를 내려다보았다. 파람 안에 아리스타는 없었다. 그 안에는 다른 이가 있었다.

"칼레이저 공, 선조 중에 다갈색 머리카락을 가진 분이 있습니까?"

"있습니다."

돌연 묻는 시드니의 질문에 카이저가 의아한 기색으로 고개를 갸웃기울이더니 수많은 선조 중에 유독 인상 깊었던 이를 떠올리며 말했다.

"그는, 누구, 입니까?"

시드니가 마른침을 삼키며 물었다.

"애쉬, 애쉬 RK. 칼레이저입니다."

그는 500년 전 아이다의 황제를 도와 아칼리템의 군대를 쓸어 버리고 영토의 일부분을 점령하는 데 크나큰 공을 세운 제국의 영웅이었다. 카이저가 그의 이름을 내뱉자 그제야 시드니는 떠올렸다.

'아칼리템의 귀족이었으나 불의의 사고로 아이다에 귀화한 타계 귀족.'

용맹하고 강력한 무력을 지닌 그는 훌륭한 무사이자 지휘관이었다. 그는 본래 아칼리템의 공작가의 후계자였으나 모종의 음모에 휘둘려 반역이라는 죄를 뒤집어써야 했다. 그의 일족들은 처참하게 처형당했으나 가문의 후계자인 그는 고용인들과 가신들의 도움으로 어렵사리 도주하였다고 했다.

그런 그가 무명 무사로 세상을 떠돌다 아이다의 황제의 눈에 들어 그의 휘하에 들어가게 되었다. 그는 뛰어난 무력과 신의를 가진 용맹한 이여서 황제의 총애를 받아 당시 칼레이저가의 무남독녀인 공녀와 혼인하게 되었다. 그는 그렇게 칼레이저가의 데릴사위가 되어 공작이 된 것이다.

하지만 그 이야기는 표면상에 드러난, '만들어진' 영웅의 일화였다. 그것은 진실이 아니었다. 그것을 떠올리자 시드니는 신음을 내뱉었다.

파람의 안에 깃든 것은 애쉬가 분명하다. 짙은 갈색 머리카락과 새빨간 붉은 눈동자를 가진 칼레이저가의 가주는 오직 그뿐이라고 카이저가 덧붙였기 때문이다.

그런데 어째서 아리스타가 아니라 애쉬가 파람의 안을 점령하고 있는 거지?

의문이었다. 시드니가 아무 말 없이 파람을 내려다보자 카이저가 의아한 표정을 지었다. 시드니는 문득 아리스타의 행방이 걱정되었다.

그렇다면 아리스타는 어디 있지?

"흠, 흠흠."

새까만 선조의 방에 누군가가 또다시 소리 없이 침입하였다. 그는 꽤나 경쾌한 걸음으로 펄쩍펄쩍 뛰며 방의 끝으로 향했다. 팔랑팔랑 뛰는 모양새가 제법 경쾌하기 그지없으나 워낙 어두워 그의 형체를 구별하는 것조차 쉽지 않았다.

그는 콧노래를 부르며 방의 끝에 도달했다. 그는 새까만 방에서도 용케 방향을 잃지 않고 자유자재로 움직이며 제 앞에 걸린 액자 밑에 유려한 글씨로 쓰여진 명패를 매만졌다. 희미하게 보이는 그의 입술이 보기 좋게 호선을 그리며 웃고 있었다. 새까만 어둠을 머금었으나 희미하게 보이는 짙은 핏빛 눈동자가 서늘한 빛을 내뿜었다.

"조금만 기다려라. 누이야. 오라버니가 반드시 네 심장을 찾아 주마."

그에게서 내뱉어진 목소리는 어린 소년의 목소리였다. 낯익은 그 목소리의 주인공은.

파엔.

아리스타는 파엔의 몸을 점령하고 있었다. 새까만 선조의 방에 괴기스러운 붉은 마나가 제 빛을 내뿜으며 넘실넘실 춤을 췄다. 파엔의 금색 머리카락은 어둠에 물들어 새까맣게 변해 하늘하늘 춤추는 마나에 맞춰 유려한 곡선을 그리며 요동쳤다.

이번엔 반드시 성공해.

그의 붉은 입술에서 소년의 괴기스러운 웃음이 터져 나왔다. 그가 두르고 있는 핏빛 마나는 악마의 형상을 가지고 있었다. 음울하고 괴기스러운 기운이 순식간에 선조의 방을 가득 채웠다.

그 시각 파이는 아벨의 품에 안겨 안전히 제 방에 돌아올 수 있었다. 아벨은 조심스럽게 파이의 방문 앞에 서서 아사벨의 기척을 감지했다. 다행스럽게도 아사벨은 여전히 곤히 잠들어 있었다. 그간 돌 파티를 준비하느라 피곤했던지 그녀는 작은 소동에도 깨지 않았다.

그는 속으로 사죄의 말을 읊으며 파이의 방문을 열었다. 조용히 발걸음을 옮겨 막 잠이 든 파이를 그녀의 품에 살며시 내려 주자 익숙하게 아사벨 품으로 쏙 안겼다. 마치 처음부터 아무 일 없었던 것처럼 파이는 그녀의 가슴에 착 달라붙어 그 옷깃을 꼬옥 쥐고 색색 사랑스러운 숨소리를 내뱉었다. 아벨은 아쉬운 한숨을 조용히 내뱉으며 조심스럽게 뒷걸음쳤다.

그가 파이의 방문을 다시 열어 빠져나가려는 순간 리파가 그 틈을 통해 어슬렁어슬렁 걸어 들어왔다. 아벨은 그의 갑작스러운 등장에 흠칫했으나 이내 피식 웃음을 터트렸다.

당최 정체를 알 수 없는 짐승이다.

그에게서 희미하게 나는 흙냄새에 아벨은 곤란한 듯 웃었다. 처음 발견했을 때는 그저 새끼 야수라 운이 좋다 여겼을 뿐인데, 요즘 들어 저 녀석의 행동과 슬금슬금 빠져나오는 오묘한 기운에 아벨은 그의 정체가 단순한 짐승이 아니라는 것을 깨달았다. 어쩌면 그는 자신이 모르는 그 어떠한 세계의 무언가가 아닐까.

아벨은 여유롭게 파이가 잠든 침대로 걸어가는 새끼 야수의 뒷모습을 보며 쓰게 웃었다. 그의 정체는 알 수 없으나 이것만은 확신할 수 있었다.

리파는 반드시 파이에게 해를 끼치지 않을 것이라고.

유독 파이에게만 부드러운 기색을 만면에 드러내며 그 주변을 지키듯 배회하는 꼴이 언뜻 봐도 잘 길들여진 가디언 같았다. 그의 호박색 눈동자는 호감과 애정이 넘쳐나 파이에게서 떨어질 줄 모르니 이 정도면 안심이라 생각한 아벨이 조심스럽게 방을 빠져나와 문을 닫았다. 곧 파이의 방에는 아사벨의 숨소리와 파이의 작은 숨소리, 그리고 낮은 탄식을 내뱉는 새끼 호랑이의 숨소리만 남아 흩어질 뿐이었다.

파이 6.

파이는 꿈을 꿨다.

평상시랑은 전혀 다른, 괴상한 꿈이었다. 파이는 너무너무 졸렸는데 제 머리맡에 누군가 흑흑흑 울음소리를 내며 눈물을 뚝뚝 흘리고 있었다.

어째서인지 파이는 꿈속에서도 잠을 자고 있었다. 앞으로 엎어져자는 파이의 머리맡으로 새까만 머리카락을 가진 소녀가 앉아 있었다.

그녀는 굉장히 신기한 옷을 입고 있었다. 새하얀 색의 짧은 윗도리는 두꺼운 테두리가 둘러진 옷깃이 길게 뻗어 교차되어 있었고, 반달 같은 호선을 그리는 소매는 살짝 손등을 덮는 정도의 길이였다. 짧은 윗도리 안에 새하얗고 풍성한 원피스를 입고 있는 소녀는 다소곳이 앉아 제 손에 얼굴을 묻고 있었다. 이상한 옷을 입은 흑발의 소녀는 앙상하고 메마른 두 손으로 얼굴을 가리고 울고 있었다.

파이는 눈을 감고 있는데도 그녀와 꿈속 배경이 보였다. 참 신기했다.

새카만 세상에 가련히 울음을 터트리는 소녀의 가슴은 뻥 뚫려 있었다. 소녀는 비통에 찬 목소리로 흑흑흑 하고 가여운 울음을 토해 냈다. 고개를 숙인 소녀의 얼굴을 감싼 양 손가락 틈새로 방울방울 투명한 눈물이 뚝뚝 떨어졌다.

파이는 그녀의 울음소리가 굉장히 슬프다 생각했다. 파이도 따라 울고 싶을 정도로 슬펐다. 한참을 가슴 아프게 울음을 토해 내던 소녀가 물기 가득한 목소리로 말했다.

[오라버니⋯⋯ 비아를 놓아주세요.]

소녀, 비아가 가련하고 애처로운 목소리로 말했다. 비아는 금의 왕에 의해 혼령이 타락했을 때, 자신의 혼을 둘로 갈라 버렸다.

그중 사악함이 물든 쪽이 오라버니인 아리스타에게 속수무책으로 끌려가 순식간에 집어삼켜졌다. 광기에 휩싸인 그는 반드시 자신을 소생시켜 주겠다 하였다. 온전한 정신을 가진 비아의 혼령은 울부짖었다.

[오라버니, 오라버니 안 돼요, 안 돼! 제발요! 누이는 사후세계에 가야 합니다.]

죽은 혼령은 현세에 있어선 안 된다. 그것은 세상의 이치였다. 그녀의 일족이 조상을 저 너머 사후세계에서 불러와 몸에 두르는 것은 형식과 주술을 이용해 일시적으로 행하는 것이다. 그러나 지금의 비아는, 가련한 그녀의 일족들은 광기에 미쳐 버린 아리스타에 의해 먹혀 하나의 거대한 망령이 되어 현세를 떠돌게 되었다.

모두가 벗어날 수 없어 고통에 울부짖었다. 겨우 먹히지 않은 비아는 반쪽짜리 영혼이어서, 사후세계로 갈 수 없었다. 칼레이저가의 저택 어딘가에 남아 두려움과 비통함에 빠져 매일같이 울었다. 매일매일, 10년이 되고 100년이 되고 1000년이 지난 오늘날까지 비아는 울음을 토해 냈다.

부디 오라버니가 제 울음소리를 듣고 목소리에 귀 기울여 주길 바랐다.

그러나 아리스타는 나날이 광폭해지고, 또한 야비해졌다. 그는 긴 세월, 천 년에 걸쳐 제 후손을 괴롭히면서 영악하게 변모해 마치 그들인 것처럼 연기를 하기도 했다. 그는 오래도록 비아를 되살릴 일족의 피를 이은 여아를 찾아 헤맸다.

비아는 그것이 끔찍이도 싫었다. 비아는 죽었다. 죽은 이를 되살리는 것은 세상의 이치에 어긋나는 것. 이 세상 가장 최악의 죄였다. 아리스타는 가문에서 금기시 여기는 주술을 이용해 비아를 소생시키고자 했다. 그는 크나큰 죄를 짓고 있었다.

[흑흑흑흑…… 오라버니…… 비아는 다시 살 수 없어요. 비아는 사후세계에 가야 해요. 모두를 놓아주세요. 오라버니…… 왜 제 말을 듣지 않는 거죠. 저는 여기 있어요…….]

비아는 애처롭게 말했다. 제 목소리가 들리지 않나요. 죽은 오라비는 거대한 망령이 되어서도 죽은 비아의 목소리를 듣지 못했다. 그에게는 타락하고 추악하게 검게 물든 반쪽짜리 비아가 삼켜졌기 때문이다. 아리스타는 원령이 되었다 확신하는 반쪽짜리 검은 비아를 보며 비통히 외쳤다. 반드시 비아를 되살릴 것이라고.

그의 눈에 보이지 않는 비아는…….

비아는…….

점차 나약해져 갔다. 더 이상 그녀는 현세에 남을 힘도, 또한 사후로 넘어갈 힘도 없었다. 영혼이 두 갈래로 찢어진 그때부터 비아는 온전한 영혼이 아니었다. 비아가 다시 울음을 토해 냈다. 비아의 무릎 아래 작은 아기가 엎어져 꾸물꾸물거리며 잠들어 있었다. 비아의 말간 눈물이 파이에게로 뚝뚝 떨어졌다.

[누가…… 누가 좀 도와줘요. 오라버니를 말려 줘요. 그를 구해 줘요. 제발, 제발…….]

비아는 제 얼굴을 감싸던 손을 내려 앞으로 뻗었다. 덜덜 떨리는 손으로 눈앞에 흡사 구명줄이라도 있는 것마냥. 눈물 자국 가득한 비아의 창백한 얼굴과 붉은색 눈동자가 괴롭게 일그러졌다. 비아의 루비 같이 투명한 홍안 가득 투명한 눈물이 맺혀 볼을 타고 아래로, 아래로 떨어졌다.

그녀의 눈물이 도톰한 파이의 뺨을 타고 내려 굳게 감긴 아가의 눈가에 또록 호선을 그리며 떨어졌다. 마치 파이가 눈물을 흘리는 것 같았다. 파이는 제 눈가에 닿는 따뜻하고 슬픈 눈물에 힘겹게 눈꺼풀을 들어 올리기 시작했다.

[누가 말 좀 전해 줘요……. 비아는 여기 있다고. 오라버니의 누이는 여기 있다고…….]

가련한 소녀의 바람을 담은 목소리가 새까만 세상에 아련히 울려 흩어졌다. 반사적으로 깜박이는 눈꺼풀 속에 가려졌다 나타나는 파이의 푸른 눈동자에 기묘한 빛이 일렁였다. 파이의 귓가로 선명히 들리는 비아의 목소리가 뇌리에 박혀 메아리쳤다.

비아는 여기 있어.

비아는,

비아는,

파이의 꿈속에 있어.

그 순간 새까맣던 세상이 환한 빛의 세계로 돌변했다. 어린 소녀의 몸이 점차 흩어져 찬란한 빛 속에 녹아들었다. 파이의 꿈에 녹아들었다. 찬란한 빛을 담은, 미래에 대한 무한한 가능성을 지닌 순수한 영혼의 꿈에 나약한 어린 무녀의 작은 영혼의 조각이 스며들었다.

비아는 점차 녹아드는 제 몸에 눈을 동그랗게 뜨더니 무릎 앞에 잠든 작은 아가를 천천히 내려다보았다. 비통에 빠진 어린 소녀의 얼굴에 희미한 미소가 번졌다.

[네가…… 말해 주겠니?]

비아는 말갛게 웃으며 온전히 파이의 꿈에 녹아들어 형체가 사라졌다. 비아의 소망을 담은 말이 파이의 귓가에 닿았다. 파이는 나른하게 눈을 깜박였다.

응. 파이가 말할게.

비아는 파이의 꿈속에 있다고. 파이의 가슴에 있다고. 파이가 말할게. 파이는 다시금 쏟아지는 잠에 중얼거렸다. 꿈속에서 또다시 잠에 빠지다니 괴상하기 짝이 없는 꿈이다.

그런데 어째선지 파이는 소녀가 나오는 꿈이 싫거나 무섭지 않았다. 파이는 소녀가 찾는 오라버니라는 사람에게 그녀의 말을 꼭 전해 주고 싶어졌다.

파이는 꿈속에서 다시금 까무룩 잠이 들었다.

파이가 꿈속에서 꿈을 꾸고 그 꿈에서 다시 잠들었다 일어났을 때는 이미 해가 하늘 높이 떠 있었다. 파이는 평상시보다 조금 더 많이, 깊게 잠이 든 것이다. 아사벨은 아가가 좀처럼 깨지 않자 걱정이 앞섰다. 이제 보니 눈도 퉁퉁 부은 것이 밤새 울음이라도 터트린 몰골이었다.

늦은 아침에야 깬 파이를 안아 들자 아가가 잠결에 배시시 웃으며 그녀의 어깨에 나른하게 고개를 묻었다.

꿈을 꾼 것 같은데 당최 기억이 나질 않는다. 굉장히 슬프고 굉장히 중요한 꿈인 것 같은데…….

파이는 그렇게 생각하며 아사벨의 체향이 나는 어깨에 얼굴을 비볐다. 어렴풋이 남은 꿈의 조각이 파이의 뇌리에 깊숙이 박혔으나 당장은 떠올리기 어려울 것이다. 하지만 반드시 기억할 것이다.

말갛게 웃으며 제 말을 전해 달라는 밤하늘처럼 새까만 머리카락을 지닌 홍안의 소녀를.

파이는 아사벨의 품에 안겨 늦은 아침을 배불리 먹고 털 카펫 위를 종횡무진하며 돌아다녔다. 평상시와 같이 파이는 활발했다. 파이의 주변에는 늘 리파가 어슬렁거리면서 주변을 배회했다.

"파이!"

파엔이 여느 때처럼 방문했다. 그는 함박웃음을 지으며 파이에게 다가갔다. 파이는 반가운 제 막내 오빠를 보며 배시시 웃었다. 엉금엉금 기어가다 멈춰 동그란 무릎을 꿇고 상체를 세워 그를 보자 파엔이 헤벌쭉 웃으면서 파이의 작은 몸을 안았다.

파이는 익숙하게 제 오빠의 어깨에 팔을 두르고 그를 마주 보았다. 파엔의 붉은 눈동자가 말갛게 웃었다. 그는 못 참겠다는 듯 파이의 뺨에 제 뺨을 비볐다. 파이가 그의 볼을 밀치다 이내 까르르 웃었다.

"아주 좋아 죽는다, 죽어."

"흥! 형은 뭐 다른 줄 알아?"

파샤가 파엔과 짝짜꿍하고 있는 파이를 보며 삐쭉 입술을 내밀며 말했다. 제가 왔는데도 보지도 않고 파엔하고만 노는 파이가 야속해 삐친 파샤에 아가가 그를 향해 손을 뻗어 살랑살랑 흔들었다. 파샤는 아가의 손짓에 금세 헤벌쭉해져서 다가갔다.

아벨을 닮아 두툼하고 투박한 손으로 파이의 풍성하게 자란 금발을 쓸어 주었다. 파이가 양손을 그에게 뻗었다. 파샤는 좋아 죽겠다는 표정으로 파이를 품에 안았다. 졸지에 파이를 빼앗긴 파엔의 표정이 죽상이 되었다.

"그나저나, 파이가 고른 거 말이야."

파샤는 제 어깨에 얼굴을 기대는 파이의 머리통을 몇 번이고 쓰다듬다 문득 어떤 사실이 떠올라 말했다.

"뭐? 어떤 거?"

제 품을 떠나간 파이의 말간 얼굴을 아쉬운 듯 질리지도 않는지 몇 번이고 바라보던 파엔이 그에게 시선도 주지 않고 귀찮은 듯 물었다. 파샤가 꼬맹이 놈 주제에 제 형님이 말하는데 대답하는 꼬락서니하고는 하고 투덜대며 말했다.

"황태자 전하가 준 것 말이야. 그 유리병!"

"아!"

파엔은 그제야 생각이 났다는 듯 탄성을 내뱉었다. 남매의 훈훈한 사이를 뒤에서 지켜보던 아사벨이 다가와 말했다.

"그거라면 저기 있단다."

그녀가 손을 뻗어 가리킨 곳을 보니 침대 근처의 작은 서랍장 위에 깜찍한 천 주머니에 싸여진 유리병이 얌전히 올려져 있었다. 파엔과 파샤가 냉큼 그리로 다가갔다.

"황태자 전하는 무슨 생각으로 이걸 준 거람."

파엔이 투덜대며 유리병을 향해 손을 뻗었다. 그때였다. 파엔이 유리병을 잡는 순간 돌연 잘 웃던 파이가 뭔가 불편한지 미간을 찌푸리며 오물거렸다. 마치 다 나지도 않은 유치에 무언가 이물질이 껴서 심히 불편한 표정이었다.

파이는 뭔가 굉장히 불쾌한 기분이 들었다. 갑작스럽게 든 그 감정이 제 몸을 귀찮게 콕콕 찌르는 기분이라 여간 요상한 것이 아닐 수 없었다. 아이 참! 이게 뭐야! 하고 속으로 신경질을 냈다. 그와 동시에 파엔이 가벼운 비명을 내뱉었다.

"악!"

별사탕이 가득 든 유리병을 잡던 파엔이 갑자기 팔짝 뛰며 제 손을 부여잡았다. 마치 꼬랑지에 불붙은 망아지처럼 펄쩍펄쩍 뛰었다. 갑자기 파엔이 오두방정을 떨자 파샤가 냉큼 그와 간격을 벌리면서 말했다.

"뭐야!"

"으악! 형 저거 이상해!"

파엔은 유리병을 만지는 순간 전류가 흐르는 느낌을 받았다. 몸 깊숙이 파고드는 날카로운 전류에 그는 눈에서 별이 튀어나올 정도로 강렬한 아픔을 느꼈다. 뭐야 저거! 아직도 저릿저릿한 왼손을 부여잡으며 끙끙거리자 파샤가 슬그머니 그 유리병을 쳐다봤다.

"분명 황태자 전하가 어떤 마법을 걸어놓은 걸 거야!"

파엔이 얼굴을 일그러트리며 씩씩거렸다. 그에 파샤가 그분이라면 그럴 법도 하지, 하며 어깨를 들썩이며 수긍했다. 파이는 파샤의 어깨에 얼굴을 기대며 몸을 축 늘어트렸다. 어쩐지 피곤해졌다.

파샤는 자꾸만 축 늘어지는 아가의 작은 몸을 가볍게 들썩이며 고쳐 안았다. 토닥토닥 통통한 오리 궁둥이 같은 파이의 엉덩이를 토닥이자 파이가 하암 하고 크게 하품을 내뱉었다.

"건드리지 않는 게 좋겠어."

파샤가 사뭇 진지한 어조로 말했다. 파엔이 크게 동조하듯 고개를 끄덕였다. 그에 아사벨이 한 손으로 제 뺨을 매만지며 중얼거렸다.

"이상하구나, 어제 저녁에 내가 만졌을 땐 아무렇지도 않았는데?"

아사벨이 유리병이 있는 곳으로 다가갔다. 그녀가 손을 뻗자 파엔이 기겁하며 그녀의 팔을 붙잡았다.

"할머니! 다쳐요!"

파엔이 놀라 큰 소리로 말하는데도 아사벨은 긴가민가한 표정을 지으며 기어코 유리병을 잡아 들었다. 파엔이 눈을 질끈 감았다. 곧 아사벨의 높은 비명이 쏟아질 거라 생각했기 때문이다. 파샤 역시 다를 바 없었다. 그는 파이의 작은 귀를 막으며 저도 모르게 뒤로 한 걸음 물러났다.

그러나 그 둘이 예상한 바는 이루어지지 않았다. 아사벨은 아무렇지 않은 표정으로 유리병을 들어 이리저리 가볍게 흔들며 둘러보았다. 차랑차랑 청아한 소리가 유리병 안에서 잔잔히 울려 퍼졌다.

파이는 유리병 안에서 별사탕끼리 부딪히는 소리를 용케 들었는지 제 귀를 막고 있는 파샤의 두툼한 손을 팡팡 쳤다. 파샤가 반사적으로 손을 떼자 파이가 입을 열었다.

"하무니, 하무니."

파이가 양손을 뻗어 그녀에게 흔들었다. 아사벨은 빙그레 웃으며 유리병을 들고 아가에게 다가갔다. 파이의 품에 유리병을 안겨 주자 제 작은 가슴에 가득 찼다.

"파엔."

파샤가 언뜻 가라앉은 목소리로 으르렁거리듯 말했다. 네 이놈 하늘 같은 형님한테 장난을 쳐! 파엔이 가짜로 아픈 척했다고 생각한 파샤가 파이를 아사벨에게 넘겨주고 성난 야수처럼 달려들었다. 그에 파엔이 놀라 방방 뛰며 말했다.

"아냐! 정말 아팠단 말이야!"

강렬한 스파크가 분명히 제 몸을 타고 흘렀다. 뇌가 비명을 지른다고 느낄 정도로 강렬한 아픔이었다. 그것은 분명 거짓이 아니었다. 그런데 아사벨이 그 유리병을 만졌을 때는 아무런 이상이 없어 보였다.

이게 어찌 된 일이지?

파엔은 식은땀을 흘리며 성난 야수처럼 달려드는 파샤를 피해 요리조리 뛰었다. 아가의 방에 먼지바람을 일으킬 찰나에 새로운 인물이 소란스러운 가운데 끼어들었다.

"왜 이렇게 시끄러워?"

황태자 시드니였다. 시드니의 등장에 골목대장처럼 우르르 진격하던 파샤가 딱 멈췄다. 파엔 역시 다를 바 없었다. 둘은 멈춘 상태에서 굳더니 이내 그를 노려보았다. 특히 파엔의 붉은 눈은 이글이글 타오를 것 같았다.

시드니는 하극상을 당장이라도 일으킬 불순한 시선을 보이는 둘을 덤덤하게 무시하며 졸린 듯 하품을 하면서 나른한 걸음걸이로 걸어왔다. 그의 모습에 파샤와 파엔이 화를 달래며 가자미눈으로 그를 흘겨보았다. 그러거나 말거나 낯짝 두꺼운 시드니는 빙글빙글 유려한 미소를 지으며 파이에게 다가갔다.

"잘 잤느냐, 못난아."

"뿌우."

파이는 시드니가 얼굴을 내밀며 화사하게 웃는데도 그 면상에 대고 볼을 부풀리며 뚱한 소리를 내뱉었다. 볼을 잔뜩 부풀리고 미간까지 찌푸려 성난 표정으로 그를 보더니 휙 고개를 돌려 버렸다.

파이는 시드니가 싫지만 좋기도 했다. 그는 하는 행동이나 말 모두가 세상에서 제일 싫은 것 천지지만 시드니 주변을 감싸는 아름다운 황금의 마나는 찬란할 정도로 아름다워서 도저히 싫어하기만 할 수 없었다.

그래도 뭐어, 이건 좋다.

파이는 제 손아귀에 다 잡히지도 않는 커다란 유리병을 만지며 배시시 웃었다. 시드니는 저를 보면 맨날 뚱한 표정을 짓는 파이를 보며 넌 참 한결같다며 씁쓸한 표정을 짓더니 돌연 그 품에 안긴 유리병을 빼앗아 들어 올렸다. 그가 유리병을 올려 파이의 눈앞에서 흔들었다. 차랑차랑 소리가 청아하게 들렸다.

파이는 불시에 빼앗긴 유리병을 향해 손을 뻗어 허우적거렸다.

시드니는 매우 앙큼한 표정을 지으며 얄밉게 웃었다. 줄까? 줄까? 아 주기 싫다, 하며 매우 얄밉게 굴어 파이를 안고 있던 아사벨이 저도 모르게 전하! 하고 소리쳤다. 그녀의 성난 목소리에 시드니가 삐죽 입을 내밀었다. 애처럼 뚱한 표정을 짓던 시드니는 파이의 눈앞에 다시 유리병을 흔들며 말했다.

“파이, 너 이게 뭔지는 알고 좋아하는 거야?”

그는 굉장히 우쭐한 표정으로 말했다. 파이는 그의 말 따윈 안중에도 없었다. 됐고, 내 거 내놔 내 거! 은발이 바부야! 파이가 씩씩거리며 잔뜩 인상을 쓰는데도 시드니는 재잘거렸다.

“이건 말이야, 아주아주 고급 간식이란 말이야. 뭐 너 같은 아가는 어차피 먹지도 못하겠지만.”

얄밉게 웃으며 감싸고 있는 천 주머니를 뺐다. 그러자 투명한 유리병이 모습을 드러냈다. 그리고 그 안에 가득 담긴 알록달록한 별사탕도.

"자 봐봐, 이 알록달록한…… 어, 엇? 아, 알록달록?"

시드니는 잔뜩 우쭐한 표정으로 재잘거리더니 이내 굉장히 놀란 표정을 지으며 말을 더듬었다. 파이는 별사탕의 알록달록 선명한 색을 보며 방긋이 웃었다.

이쁘다, 이쁘다.

반짝반짝 빛이 나는 별사탕은 여러 색에 물들어 있었다. 빨간색, 주황색, 노란색, 초록색, 하늘색, 파란색, 보라색…… 일곱 가지의 색은 거뜬히 넘을 정도로 다양한 색을 몸에 두른 별사탕이 수줍은 듯 반짝거렸다.

파이는 방긋방긋 웃으며 손을 뻗었지만 넋을 놓은 시드니는 그것을 눈치채지 못했다. 보다 못한 아사벨이 감히 황태자의 손아귀에 있는 유리병을 빼앗아 파이에게 안겨 주었다. 파이가 만족스럽다는 듯 까르르 웃었다.

"아니, 이게 무슨?"

빈손만 남은 시드니가 놀라 기가 차다는 듯 말했다. 원래 별사탕은 순백색이었다. 애초에 별사탕이라는 것은 설탕과자를 깎아서 만들어 손이 많이 가는 간식이다. 장인의 손길이 들어간 수공예 디저트라 가격이 매우 높아 웬만한 귀족들도 쉽사리 사지 못하는 것이었다. 그런 설탕과자에 색소를 넣는 것은 매우 어려운 일이라 아이다 제국에서는 색이 들어간 별사탕을 구할 수가 없었다.

그런데 오늘 보니 그가 가져왔던 백색의 별사탕은 알록달록한 색이 물들어 있었다.

맙소사! 이게 어찌 된 거지? 혹시 과자가 그사이에 상했나 싶어 시드니가 냉큼 손을 뻗으려 하는데 파이가 아가답지 않게 재빠른 손놀림으로 그의 손등을 팡팡 쳤다. 두 번이나 쳤다. 꽤 매서운 손길이었다.

시드니가 어안이 벙벙한 표정으로 쳐다봤다. 그뿐만 아니라 모든 이가 똑같은 표정이 되어 파이를 쳐다봤다. 파이는 제 품에 안긴 유리 병을 세상 어디에도 없을 보물처럼 대하듯 꼬옥 껴안으며 말했다.

"내 끄야!"

"……."

파이가 드물게 집착 어린 표정으로 자신을 내려다보는 네 쌍의 시선들을 경계했다. 파이가 드물게 진한 소유욕을 표했다. 맙소사! 아사벨이 여유 있는 한 손을 들어 이마를 감싸 쥐었다.

❋❋❋

시간은 순식간에 흘러가 벌써 매서운 겨울여왕의 마지막 달의 끝을 향해 달리고 있었다. 지난해의 끝과 새로운 한 해의 시작의 경계에서 새싹공주의 첫 달을 맞이하는 칼레이저가는 굉장히 들떠 있었다.

여왕의 마지막 달이 온전히 지나 자정을 넘었을 무렵 칼레이저가의 가족들은 커다란 파티 홀에 모여 샴페인 잔을 높이 들고 건배를 외쳤다. 가슴 저리게 맞이했던 작년과는 사뭇 다른 느낌이었다. 모두의 얼굴에 미소가 만발했다.

"이런, 이런."

카이저는 제 품에 안겨 곤히 잠든 파이가 자꾸만 나른하게 늘어져서 그 작은 몸을 추스르며 고쳐 안았다. 파이는 지난해 죽음의 경계에서 무사히 돌아와 그 해 마지막 달에 온전히 1살이 되었다. 작은 핏덩이는 이제 얼추 무게가 나는 어여쁜 여아로 변모해 카이저의 품에 고스란히 안겼다.

카이저는 매일매일이 너무나 행복해서 꿈같이 느껴졌다. 그는 색색 고운 숨소리를 내뱉는 파이의 둥근 이마에 가볍게 키스를 내리며 웃었다. 파이는 제 아빠의 키스를 받은 것이 기쁜지 잠결에 배시시 웃으며 그의 품에 꼭 안겼다. 그러자 파이의 품에 꽉 차게 안겨 있던 커다란 유리병이 또르르 굴러 옆으로 삐져나왔다.

카이저는 파이가 잠결에도 꼬옥 안고 있던 유리병을 근처 탁자 위에 올려놓았다. 파이는 한결 넉넉해진 품이 마음에 드는지 방긋방긋 입꼬리를 올렸다. 그와 달리 파엔은 몹시도 기분이 나빴다. 그는 카이저가 내려놓은 별사탕을 지그시 노려보았다.

'황태자가 무슨 술수를 부린 게 틀림없어!'

그가 잔뜩 독이 오른 살쾡이처럼 유리병이 황태자라도 되는 양 노려보자 옆에 있던 파샤가 소년의 등을 팡팡 치며 말했다.

"눈깔 빠지겠다!"

"큭! 형!"

한참 유리병을 노려보고 있는데 난데없이 제 등을 치는 파샤에 놀라 파엔이 인상을 왈칵 구기며 비명처럼 내뱉었다. 잔뜩 신경질이 난 막내 남동생의 앙칼진 목소리에 파샤가 킬킬 웃었다. 그가 커다란 손을 들어 파엔의 정수리를 톡톡 두들겼다. 파엔이 볼을 잔뜩 부풀리며 그의 손을 쳐 냈다.

"저거 정말 이상하단 말이야!"

파엔은 굉장히 신경질적으로 팔을 들어 손가락으로 유리병을 가리키며 말했다. 파엔의 말에 파샤가 고개를 갸웃 기울이며 말했다.

"어디가?"

"만지면 전류가 흐른다고! 것도 엄청나게 강렬한 전류가! 형, 내가 볼 땐 저거 분명 황태자 전하가 어떤 술수를 부린 걸 거야! 진짜 위험한 것 같아. 저거 버리면 안 될까?"

파엔은 초조한 얼굴로 유리병을 마치 건드리면 팡 터질 것 같은 위험한 물건인 것처럼 말했다. 그에 파샤가 고개를 절레절레 흔들었다.

"내가 만질 땐 아무 이상 없었는데?"

파샤는 파엔의 말을 이해할 수 없었다. 그가 말하는 전류라는 것을 파샤는 전혀 느끼지 못했다. 그가 냉큼 걸어가 탁자 위의 유리병을 망설임 없이 잡아 들었다.

"봐. 아무렇지 않잖아."

거참 이상한 녀석이야, 하고 투덜거렸다. 형제들 중 제일 똑똑한 녀석이 요즘 들어 이상하게 시도 때도 없이 말도 안 되는 똑같은 거짓말을 하는지 모르겠다. 파샤의 말에 파엔이 답답해 죽겠다는 듯 왈칵 말을 내뱉었다.

"으! 그럼……."

왜 나만 전류가 흐르는 것처럼 아픔을 느끼는 건데! 하고 덧붙이려다 파엔이 입술을 잘근잘근 씹었다. 요즘 저것만 보면 속이 뒤집힐 정도로 기분이 나빠졌다. 왠지 모르겠지만 마음속 깊은 곳에서 저걸 없애야 한다고 누군가 파엔에게 끊임없이 속삭이는 것 같았다.

그 때문인지 최근엔 악몽까지 꿨다. 새빨간 피를 온몸에 두른 검은 형상이 핏빛의 악랄한 눈을 번뜩이며 파엔을 덮치는 꿈이었다. 파엔은 그 꿈이 사무치도록 두렵고 무서웠다.

파엔이 입술을 잘근잘근 씹으며 파샤가 멀쩡히 들고 있던 유리병을 노려보았다. 저것 때문이다. 저걸 손댄 이후로 뭔가 굉장히 초조하고 기분이 불쾌하고 몸이 무거워졌다. 파엔은 확신할 수 있었다. 저것만 없으면 괜찮아질 거라고. 그러나 안타깝게도 유리병의 주인이 파이라서 함부로 버릴 수가 없었다.

파이가 저 유리병을 너무나도 좋아하기 때문이다. 난생처음으로 소유욕을 여지없이 드러내며 경계하는 그때 그 모습을 선명하게 기억한다. 그것이 우연은 아닌지 파엔이 살살 달래며 슬쩍 유리병을 가져가려고 하면 귀신같이 알아차려서 왈칵 울음부터 터트렸다. 덕분에 파엔은 웃어른들에게 된통 혼만 났다.

아니 애초에 파엔이 그것을 빼앗는 것 자체가 불가능했다. 만지기만 하면 몸을 꿰뚫을 정도로 강렬한 스파크가 그의 몸을 휘감았기 때문이다. 파엔은 처음 느꼈던 그 끔찍한 고통에 몸서리를 쳤다. 어쩌다 한 번 만지려고 살짝 손끝만 닿아도 저릿저릿한 느낌이라 덜컥 겁부터 나 버렸다. 대체 어떤 이유인지 알 수 없으나 유리병은 아마도 파엔에게 어떠한 영향을 끼치는 것 같았다.

"그다지 위험한 건 아닌 것 같다. 너무 신경 쓰지 말거라, 파엔."

파엔이 신경질적으로 손을 들어 앞머리를 쓸어 올리는데 뒤에서 익숙한 저음의 목소리가 들렸다. 고개를 돌려 보니 첫째 형인 파람이 서 있었다.

"형, 나 정말 거짓말하는 거 아냐!"

파람의 말에 파엔이 인상을 찡그리며 말했다. 어쩐지 자신이 거짓말쟁이가 된 느낌이었다. 그의 투덜거림에 파람이 가볍게 웃으며 한 손을 들어 그의 머리통을 톡톡 쓰다듬어 주었다.

"그래, 안다."

파엔은 그의 다독임에 천천히 구겼던 표정을 지웠다. 파샤는 믿어 주지 않지만 듬직한 제 첫째 형은 자신의 말을 믿어 주는 듯했다. 그것이 설령 믿는 척하는 것이라 해도 파엔은 어쩐지 안심했다. 그는 제 형을 향해 씩 웃고는 파이를 쳐다보며 빙긋 웃었다. 그런 파엔을 내려다보는 그의 붉은 눈에 어쩐지 근심이 가득했다.

'네 말은 진실일 테지.'

그는 속으로 중얼거렸다. 파람은 살짝 내리깐 눈으로 파엔의 발밑에 생겨난 어두운 그림자를 보았다. 그 그림자가 괴기스럽게 일그러지면서 그를 비웃는 것 같았다. 새까만 그림자 속에 숨어든 흉흉한 기운에 파람은 반사적으로 미간을 찌푸렸다 폈다.

파람은 다시 시선을 들어 저보다 머리통 하나 정도 작은 파엔의 둥근 정수리를 보았다. 파티 홀을 환하게 밝혀 주는 샹들리에의 빛이 금색 머리카락에 부서지듯 찬란히 반사되었다. 그는 결 좋은 파엔의 머리카락을 가볍게 쓰다듬으며 지나치듯, 아주 작은 목소리로 속삭이듯 말했다.

"파엔, 부디 누이를 슬프게 하지 말아 다오."

"형, 방금 뭐라고 했어?"

방금 전까지만 해도 잔뜩 풀 죽어 있었으나 누이가 재롱을 떠니 그 새 기분이 풀린 파엔이 너무나도 작게 속삭이는 첫째 형의 말을 알아 듣지 못해 고개를 들어 의문 어린 표정으로 파람을 올려다보았다. 파람은 말간 빛을 내는 홍안을 마주 보며 희미하게 웃으며 고개를 절레 절레 흔들었다.

'아직은 괜찮아.'

그는 속으로 자신을 다독였다. 아직은. 아직은 괜찮다. 파람은 막내 남동생에게서 시선을 떼며 카이저 품에 안긴 작은 아가를 바라보았다.

'누이도 괜찮을 거야.'

파이는 이 세상에서 가장 좋아하는 것이 생겼다.

물론 이 세상에서 가장 좋아하는 사람은 아빠인 카이저랑, 파람, 파 샤, 파엔, 또 제논과 아벨, 아사벨, 그리고 리파, 여왕, 불의 주인 등등 많지만 파이가 요즘 가장 좋아하는 것은 다름 아닌 제 품에 있는 별사 탕이 가득 든 유리병이었다. 파이는 눈 뜨자마자 별사탕이 든 유리병 을 달라고 아사벨을 재촉했다.

"하무니!"

눈을 반짝거리며 아사벨의 치맛단을 잡아당기는 파이 때문에 아사 벨은 웃음을 참지 못하고 함박웃음을 지으며 테이블 위에 놓은 유리 병을 들어 올렸다. 작은 양손으로 아사벨의 치맛단을 꼬옥 쥐며 반짝 반짝거리는 눈빛을 내며 그녀를 올려다보았다.

아사벨이 파이에게 유리병을 쥐여 주었다. 파이는 기다렸다는 듯 양손을 뻗어 유리병을 잡았다. 커다란 유리병은 한참 아가인 파이가 들기엔 몹시도 무겁고 컸으나 파이는 고집스럽게 그것을 질질 끌어 제 품에 안았다.

파이는 그만큼 별사탕이 좋았다.

별사탕은 파이의 '마음' 같은 것이다. 파이는 시드니가 유리병을 꺼낼 때 굉장히 신기한 것을 보았다. 유리병을 담은 천 주머니 주위에 하얀 아지랑이가 피어오르고 있었다. 하얀 아지랑이는 곧 허공에서 아스라이 사라졌다. 저것이 뭘까? 궁금한 파이의 귓가로 청아한 소리가 들렸다. 소리가 귓가에 닿는 순간 파이는 저것이 가지고 싶어졌다.

파이가 처음 그 유리병을 안은 순간 굉장히 따뜻하다고 생각했다. 유리병 안에 생명 있는 무언가가 작게 두근거리는 느낌이었다. 파이는 안이 가려진 유리병 속의 내용물에 대한 상상의 나래를 펼쳤다.

어쩌면, 어쩌면 여왕의 아름다운 빛의 날개처럼 반짝이는 무언가가 들어 있지 않을까?

파이의 상상은 꼬리에 꼬리를 물었다. 자신이 좋아하는 아름다운 야외 정원의 선명하게 반짝이는 녹음의 색과 그 당시 보았던 새파란 하늘, 반짝반짝 은색이 섞인 새하얀 눈과, 따스한 붉은 눈빛, 파이가 이제까지 보았던 세상의 색과 그 풍경, 물건, 사랑하는 사람들을 모조리 떠올렸다. 유리병은 마치 살아 있는 생물처럼 크게 두근! 하고 일렁거린 것 같았다. 마치 그것은 '응, 나 네가 원하는 대로 변할게.' 라고 말하는 것 같았다.

그래서 선택했다.

파이가 카이저의 도움을 받아 코르크 마개를 뺐을 때 그 안에는 반짝반짝 빛나는 무언가가 가득이었다. 넘쳐 나는 반짝거림이 너무나 예쁘다고 생각했다. 반짝이는 것들은 여왕의 아름다운 날개가 파닥일 때마다 떨어지는 빛 가루와 같았다.

알록달록, 여왕의 날개 같아!

파이의 마음의 색을 먹은 별사탕은 그 무엇보다도 찬란했다.

리파는 놀라 할 말을 잃었다. 그는 본능적으로 깨달았다. 파이가 처음 그것을 안고, 후에 다시 그것을 선택한 순간. 유리병은 잘게 몸을 떨었다. 마치 파이의 손길을 기다렸다는 듯. 그 기묘한 모습에 냉큼 위로 올라가 유리병 주변을 둘러보았다.

[맙소사!]

유리병 안에 무엇이 들어 있는지 알 수 없으나, 그 안에서 느껴지는 기운은 너무나도 익숙한 것이었다. 그것은 파이의 마음이었다. 세상에! 파이 너 도대체 어떻게 한 거니? 평범한 별사탕은 파이의 마음의 색을 먹고, 더 이상 평범한 것이 아니게 되었다. 저것은 마음의 결정체가 되었다. 순수한 아가의 바람을 먹은 별사탕은 세상 어느 것보다도 진귀한 것이 되었다.

세상 어디에도 없을 순수한 이의 마음의 결정을 담은 별사탕은 본능적으로 검고 어두운 것을 거부했다. 리파는 파엔이 별사탕을 건드린 순간 파이의 얼굴이 불편하게 찡그려짐과 동시에 별사탕이 유리병 안에서 크게 일렁거림을 느꼈다. 마치 강렬하게 그를 부정하고 밀어내는 느낌이었다.

아가는 본능적으로 파엔 안에 깃든 무언가를 부정했다. 그것은 새까맣고 때로는 너무나도 짙은 핏빛으로 물드는 슬픔과 분노, 증오, 애증과 집착이 뒤섞인 말로 표현 할 수 없는 악랄한 것이었다.

리파가 파이를 찾아 헤맬 때 마주했던 파람 안에 있는 그와는 전혀, 근본적으로 다른 것이었다. 파람 안에 깃든 그는 순수한 기억의 파편이자 추억. 그것은 자연스럽게 스며들어 이미 파람이 되어 있었다.

그러나 파엔의 몸에 깃든 그것은 달랐다. 그것은 몹시도 사악하고 불길한 것이었다. 그는 억지로 파엔 안을 파고들어 그 깊숙한 내면에 똬리를 틀었다. 파이는 본능적으로 제 오빠 안에 깃든 그를 밀어냈다. 그가 처절한 비명을 내뱉으며 파엔의 내면을 빠져나와 그의 그림자에 스며들었다.

아쉽게도 그를 내쫓지 못했다. 그는 너무나도 오래도록 검은 상태로 있었기 때문이다. 아직 작은 파이로서는 그에게 그 정도밖에 영향을 주지 못했다.

리파는 제 눈에 보이는 그 상황을 보고도 믿을 수가 없었다. 리파가 보이기에 파엔은 너무나도 위험한 상태였다. 그는 파람보다도 불완전했다. 그는 당장이라도 검고 진득한 그것에 단숨에 삼켜질 정도로 위태로웠다.

"꺄하! 하무니, 하무니."

리파가 그 당시 있었던 일을 떠올리다 경쾌하게 웃음을 터트리는 파이의 목소리에 화들짝 정신을 차리고 털 카펫에서 유리병을 열심히 굴리고 있는 아가에게 다가갔다. 파이의 곁에 아사벨이 사뿐히 앉아 제법 자라난 파이의 앞머리를 쓸어 올려 주며 화사하게 웃었다. 파이는 곧잘 재잘거리며 연신 그녀를 불렀다.

리파는 아침 햇살처럼 해사하게 웃는 파이의 말간 얼굴을 보며 쓰게 웃었다.

나는 네가 슬퍼하는 일이 없었으면 좋겠어. 그는 속으로 중얼거리며 파이의 작은 몸에 제 머리통을 비볐다. 파이가 간지럽다는 듯 까르르 웃었다.

그렇게 새해가 밝고 드디어 새싹공주의 첫 달의 첫날이 평탄하게 지나갔다. 빛의 시간이 지나고 어둠의 시간이 돌아온 지금, 저택은 고요했다. 그러나 아직 다 물러가지 않은 냉랭한 겨울여왕의 영향 때문인지 단단한 저택의 바깥쪽에서 불어오는 바람이 유리창을 잘게 흔들었다.

유리창에 부딪치는 종달새도 아직 은색이었으며 꼬리만 새싹공주의 영향으로 초록빛이 되었다. 저택은 바람의 아이들이 부딪치는 소리를 제외하고는 조용하고 평온했다.

새까만 어둠이 내려앉은 긴 복도에는 중간중간 마법 등이 잔잔한 빛을 뿜어내며 길을 비추었다. 그 복도를 누군가 뚜벅뚜벅 걸어왔다. 성인의 걸음 소리보다 조금은 가벼운 소리였다. 복도를 건너고 있는 이는 파엔이었다.

파엔의 금색 머리카락이 살랑살랑 흔들리며 잔잔한 빛을 받아 반짝였으나 평상시보다 더 짙고 무거운 느낌이었다. 그는 어딘가 멍한 느낌이었으나 만면에 미소를 가득 지은 채 걷고 있었다. 그가 복도를 건너 어딘가로 도달했다.

파이의 방이었다.

파엔은 평상시 파이가 잠자는 시간대를 알고 있기 때문에 되도록 이 시간대를 피해, 이른 저녁 이후에는 파이를 보러 굳이 찾아가지 않는다. 어차피 가 봤자 파이는 꿈나라에 갔을 테니까.

그러나 오늘의 파엔은 어딘가 좀 달라 보였다. 파엔의 얼굴에 유려한 미소가 가득했으나 왠지 모르게 섬뜩한 기운이 감돌았다.

그가 어떠한 망설임도 없이 파이의 방문을 열었다. 우연치 않게 오늘 파이의 방에는 아사벨이 없었다. 커다란 침대 중간에 파이는 고이 잠들어 있었다.

아사벨은 오후부터 급한 용무가 있어 하루 정도 칼레이저가를 떠나 있어야 했다. 그녀의 빈자리는 다행스럽게도 유모가 채워 주었다. 대신 파이를 돌보던 유모가 잠깐 자리를 비운 틈이었다.

그 시간을 용케 맞춰 온 파엔의 미소가 더욱 짙어졌다. 겨울여왕의 영향은 저택 내에도 남아 있어서 아직까지는 벽난로를 사용하지 않을 수 없었다. 파이의 방은 타닥타닥 불꽃 부딪치는 소리가 잔잔하게 울려 퍼졌다.

파이의 바로 곁에 리파가 마주 보며 옆으로 누워 있었다. 파이는 보드라운 리파의 털의 촉감을 느끼며 새끼 야수의 품을 파고들어 껴안았다. 입을 헤 하고 벌리고 잠들어서 그런가, 벌린 입술 사이로 침이 뚝뚝 털어져 껴안은 리파의 가슴털이 축축하게 젖어 가기 시작했다. 리파는 그럼에도 불편한 기색 없이 파이의 동그란 머리통 위에 턱을 가볍게 얹고 그르렁그르렁거렸다.

파엔은 파이의 곁에 조심스럽게 다가갔다. 그는 마치 한 달하고 며칠 전에 시드니가 침입했던 것처럼 조심스럽게 무릎걸음으로 침대의 중간까지 걸어갔다. 그의 무게가 고스란히 담긴 무릎걸음으로 폭신한 침대가 폭폭 꺼졌다 제자리를 찾았다.

파엔이 파이의 곁에 도달했다.

그가 손을 뻗었다. 그의 손끝이 파이의 작은 머리통에 닿는 순간 그르렁그르렁 코를 골면서까지 잠들어 있던 리파가 눈을 부릅떴다. 그의 호박색 눈이 선명한 금색으로 돌변했다.

파엔이 사뭇 놀란 표정을 지었으나 금세 싱글벙글 웃었다. 마치 제 깟 새끼 야수가 저를 어떻게 하겠는가 싶은 표정이었다.

리파가 몹시도 기분 나쁘다는 듯 얼굴을 일그러트리며 그르릉 울었다. 그러자 파이가 잠결에 몸을 뒤척였다. 혹시라도 저 때문에 깰까 리파가 황급히 울음소리를 줄이며 긴 혀로 제 코를 핥았다.

파이는 다행히도 깨지 않고 그의 작은 가슴에 얼굴을 비비며 코롱코롱거렸다. 파엔은 그 순간을 놓치지 않고 파이의 결 좋고 부드러운 금발 머리카락을 조심스레 빗질하듯 쓰다듬었다. 리파가 눈동자를 데굴데굴 굴리며 그를 경계하듯 노려보았다.

파엔은 그의 사나운 눈빛에도 파이의 뒤통수를 쓰다듬는 데 여념이 없었다. 살짝 내리깐 붉은 눈동자에 일렁거리는 핏빛이 너무나도 애잔하고 서글펐다.

"내 누이도 이런 때가 있었다."

소년의 목소리엔 처연함과 깊은 슬픔이 가득했다.

아리스타는 파엔의 몸을 점령해 파이에게로 다가갔다. 작고 여린 아가의 뒷모습을 보자니 죽은 누이와 마지막으로 헤어질 때가 떠올랐다. 광기에 점령당한 아리스타지만 가끔 어쩌다가 제정신일 때가 있다. 제 누이만 한 여아를 보면 일순간이지만 제정신으로 돌아오기도 했다. 비록 그것이 아주 찰나였지만.

그는 파이의 등에 바싹 다가가 옆으로 누워 작은 머리통 가까이에 얼굴을 비볐다. 아가 특유의 향내가 났다. 코롱코롱 숨소리를 내면서 자연스럽게 들썩이는 작은 몸에, 찬란한 금발에 얼굴을 묻으며 아리스타는 눈을 감았다. 이대로 잠들면 제 누이가 저에게 달려와 폭 안길 것만 같았다.

새까만 망령 아리스타에게 점령당한 파엔의 얼굴이 평온해졌다. 졸지에 파엔의 품에 안기게 된 리파는 미간을 찡그렸으나 어떠한 소리도 내지 않았다.

애잔한 마음이 들었다. 어찌 저리 타락해 오래도록 세상을 떠돌았나, 불쌍하고 가여운 마음이 들었다. 그러나 그가 천하에 없을 불쌍하고 가여운 이라 하여도 파이에게 해를 입힌다면 리파는 그가 뒤집어쓴 몸이 아가의 오라버니라도 지체 없이 그 목덜미를 물 것이다.

설령, 그로 인해 파이가 자신을 미워하게 되더라도.

[아, 그래도 역시 미움받는 건 싫은데.]

리파가 속으로 투덜거리며 세상 편안하게 잠든 파이의 말간 얼굴을 가볍게 혀로 핥았다. 파이가 간지럽다는 듯 가볍게 웃음을 내뱉었다.

침대 가까이에 있는 서랍 위의 알록달록한 별사탕 중에 몇 개가 밤하늘처럼 짙은 남색이 되었다. 마치 오늘은 평온할 것이라고 속삭여 주듯. 잔잔한 빛을 내뿜는 별사탕과, 타닥타닥 겨울의 끝을 미련스럽게 잡고 있는 벽난로의 불만이 한 소년과 한 아가와 한 짐승의 잠을 지켜봐 주었다.

그리고 가련한 영혼이 찰나라도 평안하길 기원했다.

싸늘한 겨울이 완전히 지나가고 봄기운이 완연한 계절, 새싹공주의 세 번째 달이 되었다. 따뜻한 봄바람이 살랑 불어오는 야외 정원의 앙상했던 나뭇가지에 점차 푸르게 잎사귀가 돋아났다.

작은 봄의 종달새들은 서로 떼를 지어 다니거나, 때로는 홀로 하늘 위를 높이 날다 그 파란 하늘에 녹아들었다. 파이는 제 머리통을 들어 청명함이 가득한 파란 하늘을 올려다보았다.

"햐."

기가 막힌 절경에 절로 탄성이 내뱉어진 모양이다. 파이는 파란 하늘이 펼쳐진 야외 정원의 잘 다듬어진 잔디에 엉덩이를 대고 앉았다.

파이의 뒤에 결 좋은 고동색 털을 가진 리파가 엎드려 누워 아가의 등을 지지해 주고 있었다. 나른하게 캬아 하고 하품을 내뱉으며 제 도톰한 양 앞발 위로 턱을 얹은 그가 가늘게 눈을 뜨며 제게 온전히 몸을 기댄 파이를 힐끗 보았다. 파이는 리파가 훔쳐보는 시선에도 여전히 파란하늘에서 시선을 떼지 못하고 있었다.

[뭐가 그렇게 신기해?]

옹, 있잖아, 있잖아. 막 움직여.

[옹?]

바람의 아이들이 정신 사납게 노는 거야 하루 이틀 일이 아닌데, 파이가 평소와 다르게 눈을 반짝이며 그를 내려다보며 웃었다. 파이는 짧고 작은 손을 하늘 높이 들어 올리고 조막만 한 검지로 가리키며 말했다.

저거.

[……옹?]

파이가 가리킨 방향을 따라 고개를 들어 보니 푸르딩딩하고 살이 도톰히 오른 열대어 몇 마리가 제 꼬리를 팔랑팔랑 흔들며 파란 하늘 위를 배회하고 있었다. 마치 알이라도 밴 것처럼 배가 두툼하게 올랐다. 퉁퉁하면서 납작한 열대어가 아니라 열대어의 탈을 쓴 변종 물고기 같았다. 리파가 미간을 찌푸리며 빤히 그것들을 쳐다봤다. 파이도 따라서 열심히 뚱뚱한 변종 열대어들을 쳐다봤다.

그때였다.

돌연 열대어들이 크게 몸을 움츠리다 펴더니 순식간에 작은 범고래로 변해 버렸다. 눈 깜짝할 새에 일어난 일이었다. 파이가 놀라 눈을 휘둥그레 뜨고 깜박였다. 작은 범고래들의 등은 짙은 파란색, 아랫배 부분은 하얀색이었다. 마치 파란 하늘을 옷처럼 걸쳐 입은 듯한 그 모습이 몹시도 신기하고 생소해 파이는 입을 헤 하고 벌리며 쳐다봤다.

작은 범고래들이 활기차게 꼬리와 지느러미를 움직이며 파이의 곁으로 헤엄쳐 왔다. 허공에 물도 없는데도 신기하게도 범고래들은 깊은 수면 속에 있는 것마냥 자유자재로 헤엄쳤다. 빙그르 온몸을 비틀어 돌며 파이 곁에 다가온 작은 범고래가 꺄아, 꺄아, 하고 작은 울음소리를 냈다.

"꺄아 꺄아."

파이가 따라서 울었다. 새끼 범고래들이 까르르 웃는 시늉을 하며 눈을 가늘게 접었다.

[봄비가 올 때가 됐다 싶긴 했지만.]

하늘은 이렇게 파란데 말이야. 하고 뒷말을 중얼거리듯 말했다. 리파가 말을 내뱉기 무섭게 저 먼 하늘에서부터 묵직한 구름이 스멀스멀 몰려왔다. 까마득히 먼 곳 같았으나 내일이면 이 푸른 하늘을 점령할 것 같았다. 제법 공기가 건조하다 느꼈는데 아무래도 내일 중으로 영지 내에 첫 봄비가 내릴 모양이다.

리파는 저 묵직한 구름 위에 커다랗고 묵직한 몸을 누이고 뒹굴거리고 있을 천하의 게으름뱅이 같은 형제를 떠올리며 낮은 웃음을 내뱉었다. 그는 일전에 아이들이 자꾸만 공기 중의 수분을 먹고 저에게 떨군다며 매일같이 투덜댄 적이 있다. 그러나 그것은 어쩔 수 없는 그의 아이들의 본능이었다.

유독 사계절 중 비가 내려야 할 시기에는 그의 아이들이 본능적으로 과하게 공기 중의 수분을 머금고 와서 어버이인 저에게 짐짝 맡기듯 떨군다며 버르장머리가 없다 새침하게 말하던 그이지만 날름날름 잘도 받아먹었을 것이다.

그래야만 많은 비를 내릴 수 있기 때문에.

아이들이 저를 생각해서 수분을 모아온 것이 그래도 기특한 그는 과하게 과식한 배불뚝이 아저씨처럼 숨도 제대로 못 쉬어도 눈을 가늘게 접고 반달 눈웃음을 지었다. 자연계의 주인들 중 유독 아이들에 대한 애착이 강한 그는 말로는 툭툭 거친 말을 내뱉지만 늘 온화하게 제 커다란 지느러미 가득 아이들을 품어 주었다.

물의 아이들은 그의 품에서 그렇게 태어났다. 그의 아이들은 평상시에는 작은 열대어로 떼를 지어 다니거나, 두세 마리씩 짝지어 다니며 허공을 배회하다 수분을 과하게 머금으면 작은 범고래의 형상을 갖는다.

그들은 범고래로 변이하자마자 허공으로 높이 헤엄쳐 가 제 어버이의 품에 안겨 수분을 넘긴다. 그들의 어버이며 물의 주인인 그는 아이들이 내미는 수분을 가득 머금고 몸을 가누지 못할 정도가 되어 묵직한 구름 위에 몸을 누이고 비를 내릴 지역으로 이동한다.

내일은 칼레이저 영지 부근에 비를 내릴 작정인지 저 멀리 그를 태운 묵직한 회색 구름이 스멀스멀 다가오고 있었다. 가볍게 그의 위치를 확인한 리파가 나른한 하품을 하며 다시 고개를 제 앞발 위에 얹었다. 느릿느릿 눈을 깜박이더니 이내 고요히 감아 버렸다.

파이는 가까이 다가와 제법 자라 어깨까지 내려오는 제 금발을 꼬리로 살랑살랑 훑고 지나가는 범고래들을 향해 손을 뻗었다. 범고래들은 영악하게도 까악, 울면서 파이의 손에서, 그 영역에서 벗어나 유유히 헤엄쳐 저만치 높이 뛰어올라 가 버렸다. 파이가 아쉽다는 듯 새끼 범고래들이 울던 소리를 따라 내뱉었다.

"꺄아 꺄아."

달콤한 낮잠 중임에도 파이의 소리는 곧잘 듣는 그가 동그란 제 귀를 가볍게 파닥였다. 파이는 제 등 뒤로 파닥이는 리파의 귀의 움직임에 몸을 돌려 나른하게 누운 새끼 야수의 등을 양손 가득 움켜쥐며 흔들었다.

"니빠아. 쩌거, 쩌거!"

양손으로 흔들어 리파를 깨운 파이는 저 높이 허공으로 헤엄쳐 가는 새끼 범고래들을 한 손으로 가리키며 말했다. 저거 간다. 간다. 파이가 아쉬운 기색으로 말했다.

[응, 파이. 내일 또 올 거야.]

정말?

[응. 내일 질리게 볼걸.]

질리게?

[그래.]

질리게?

질리게 가 뭔데? 파이가 고개를 갸웃 기울이며 리파에게 물었다. 리파는 모른 척 시치미를 뚝 떼며 감은 눈을 뜨지 않았다. 파이가 그의 보드라운 털로 뒤덮인 등에 상체를 온전히 얹고는 그대로 잠이 들고 말았다.

아직까지는 청명한 하늘 아래, 따뜻한 봄 햇살이 부드럽게 떨어지는 여느 때와 다를 바 없는 완연한 봄의 한때이다. 파이는 따뜻한 햇살을 온몸에 가득 받으며 나른한 고양이처럼 배시시 웃으며 보드라운 리파의 털에 얼굴을 비볐다. 자는 척하던 리파의 도마뱀 꼬리 같은 것이 살랑살랑 흔들렸다.

다음 날 아침.

리파의 예상대로 묵직한 회색 어둠이 하늘을 완전히 덮었다. 이제는 곧잘 아장아장 걷기 시작하는 파이는 매일같이 야외 정원이며 황태자의 품위 유지비로 새로 지어진 유리 온실을 출근 도장 찍듯 찾아가 자연 속에서 노닐었다.

덕분에 파이와 함께 산책을 하는 이는 물론, 정원 자체가 직장인 존은 입꼬리가 귀에 걸릴 정도로 즐거워졌다. 하지만 유독 하나에 빠지면 끝을 보는 그 옹고집 같은 성미 때문에, 이런 비가 올 것 같은 날에도 정원에 가야 한다는 건 조금은, 아주 조금은 난감한 점이라 할 수 있다.

"빠빠."

파이는 제 아빠의 새끼손가락을 꼬옥 쥐며 그를 올려다보고 배시시 웃었다. 그에 카이저가 따라 웃다 난감한 기색을 표했다.

"파이, 오늘은 비가 올 것 같은데 산책 가지 말까?"

"시져."

"비 올 것 같은데……."

"앙대."

"비가……."

"시져."

파이는 방긋방긋 웃으며 말했다. 싫어. 안 돼. 잔뜩 새는 발음으로 단호히 거절하는 자신의 딸을 내려다보며 카이저가 웃는 얼굴로 난감한 기색을 표했다. 그럼에도 파이는 방긋방긋 웃으며 그의 새끼손가락을 흔들었다. 파이의 곁에 리파가 어슬렁어슬렁 걸으며 따랐다. 그가 눈을 가늘게 뜨며 요상하게 웃었다.

카이저는 저도 모르게 그를 보다 순간 기분이 침울해졌다. 왠지 새끼 야수에게조차 놀림을 당한 기분이다. 그는 가벼운 한숨을 내쉬며 아장아장 걷는 파이를 잘 지탱해 주면서 복도를 거닐었다.

정원에 도달했을 때는 해님이 반짝반짝해야 할 시간임에도 하늘이 우중중하게 어두운 것을 보고 파이는 새로운 것을 발견한 것처럼 눈을 반짝였다. 파이는 샛노란 장화를 신은 발로 앙금앙금 정원으로 걸어갔다. 그녀의 작은 손에는 여전히 카이저의 새끼손가락이 꼬옥 잡혀 있었다.

샛노란 우비코트에 샛노란 금색 머리카락, 하얀 얼굴에 유독 돋보이는 푸른 눈동자.

아마 파이가 칼레이저가의 홍안을 그대로 물려받았으면 정말로 토끼 같았을지도 모른다고 카이저는 생각했다. 그의 머릿속에 토끼의 탈을 쓴 파이가 깡충깡충 뛰어 제 장딴지에 철썩 달라붙는 상상을 하며 가볍게 웃고는 몸을 숙여 파이의 우비에 달린 작은 토끼 귀가 달린 모자를 그 작은 머리통에 씌어 주었다. 그러고는 파이의 작은 몸을 한 손으로 들어 올려 품에 안았다.

토옥-

넓고 든든한 아빠의 품에 안겨 정원을 활보하던 중 파이의 작은 콧등에 차가운 물이 뚝 떨어졌다. 일전에 할아버지들과 눈의 세상을 돌았을 때 떨어진 작은 눈송이를 맞은 것과는 비슷한 듯 다른 느낌이었다. 파이가 눈을 동그랗게 뜨고 제 콧등을 바라봤다. 파란 파이의 눈이 중앙으로 몰리자 카이저가 가볍게 웃으며 크고 긴 손으로 아가의 콧등을 가볍게 스치듯 비볐다.

"이것 보아라. 비가 오잖니."

그가 빙긋 웃으며 한 손에 들고 있던 우산을 펼쳐 들었다. 파이는 커다랗고 어두운 색의 우산을 처음 보는지 팍 펴지는 소리에 놀라 화들짝 작은 몸을 떨더니 휘둥그런 눈으로 그것을 올려다보았다. 반사적으로 카이저의 어깨를 양손으로 꼬옥 쥐고 눈을 데굴데굴 굴리며 저와 카이저 위에 씌워진 우산을 올려다보았다.

"므야!"

파이가 늘 그렇듯 궁금한 것을 가리키며 물었다. 작은 아가의 검지가 하늘 높이 솟아 반질반질한 재질로 만들어진 검은색 우산을 톡톡 건드렸다. 카이저가 파이의 도톰한 뺨에 쪽 키스를 하며 말했다.

"이건 비가 올 때 쓰는 거란다."

"비이?"

비가 뭐야? 파이가 눈을 동그랗게 뜨고 깜박이며 고개를 갸웃 기울였다.

"방금 파이의 코에 떨어진 걸 비라고 한단다."

"무야."

그건 물이야. 파이는 매일 아침 유모가 씻겨 주는 세숫물을 떠올리며 고개를 절레절레 흔들며 말했다. 때때론 커다란 그릇 같은 것에 담겨 온몸을 씻겨 주는 투명한 물. 파이는 그것이랑 이것이랑 같다고 생각했다. 그에 카이저가 웃음을 터트리며 말했다.

"파이, 하늘에서 떨어지는 물을 비, 라고 한단다. 물이지만 조금 다른 거야."

그의 말에 파이가 고개를 갸웃 기울였다. 의문을 표하는 파이의 말간 얼굴에 그는 가볍게 콧등에 쪽 키스했다. 파이는 제 아빠의 키스에 가볍게 웃음을 터트리며 양손으로 카이저의 뺨을 꼬옥 잡고 쪽 하고 따라 키스했다. 카이저의 눈이 가늘게 호선을 그리며 접혔다.

아무래도 파이가 비와 자신이 씻는 물의 차이점을 이해할 수 없는 모양이다. 카이저가 낮게 웃으며 말했다.

"좀 더 자라면 자연스럽게 알게 될 거란다."

파이는 그의 말에 그저 고개만 주억거렸다. 아빠가 그렇다니까 그런 거지, 하고 수긍하는 모양새였다.

한 방울, 한 방울 점차 떨어지는 빗방울의 수가 많아졌다. 파이와 카이저가 쓰고 있는 우산에 톡톡 비가 떨어지는 소리가 연달아 나기 시작했다. 장난을 치듯 톡톡톡 경쾌한 리듬으로 떨어지는 빗방울에 파이가 방긋방긋 웃으며 토토토 하고 따라 말했다. 파이는 카이저의 품에 안겨 막 떨어지기 시작한 빗속에서 정원을 거닐었다. 잠깐 동안 그의 품에 안겨 있던 파이는 가볍게 몸을 버둥거렸다.

"빠빠."

파이 걸을래, 하고 눈빛으로 반짝반짝 빛을 내며 쳐다보자 카이저가 쉽게 잔디밭에 아가를 내려 주었다. 파이는 그에게서 내려져 잔디밭에 발을 내딛자 자연스럽게 카이저의 장딴지를 양팔로 껴안으며 기댔다. 카이저는 파이를 달고서 조심스럽게, 작은 보폭으로 걸었다. 파이는 제 아빠의 바짓단을 잡으며 아장아장 옆을 따라 걸었다.

대지의 주인이라 천성적으로 비 맞는 것을 좋아하는 리파도 비를 맞으며 그 주변을 배회하며 걸었다.

빗방울은 톡톡 위에서 떨어져 잔디를 적시고 나무를 적시고 이름 모를 꽃들을 적셨다. 톡톡 떨어지는 빗물을 맞는 식물들이 뭉게뭉게 생명의 기운을 내뿜었다. 파이는 그것을 빤히 보더니 갑자기 주저앉았다. 카이저가 의아한 기색으로 상체를 숙여 파이를 내려다보았다. 파이는 한 손으로 카이저의 바짓단을 잡고 잔디밭에 쭈그려 앉아 빗물을 맞은 잔디를 톡톡 건드렸다.

"빠빠! 바바."

톡톡 건드리자 잔디에 맺힌 빗물이 또록 하고 호선을 그리며 바닥으로 떨어졌다. 그와 함께 잔디에서 자연적으로 내뿜어지는 작은 생명의 근원이 따라 흩어졌다.

"이뻐."

예쁘다. 파이는 잔잔하게 내뿜어지는 자연의 기운을 확연히 목격하며 배시시 웃었다. 그것을 볼 수 없는 카이저는 아마도 잔디에 맺힌 빗방울이 떨어지는 것이 파이의 눈엔 신기하고 예뻐 보여서 그런가 보다 생각하고 수긍해 버렸다.

몇 번을 더 잔디를 토닥이던 파이가 문득 하늘을 올려다보았다. 늘

보던 새파란 하늘이 아닌 회색 구름이 가득 담긴 하늘은 우중충하기 그지없었다. 파이는 그럼에도 시선을 놓지 않고 빤히 그 하늘을 올려다보았다.

파이의 파란 눈에 선명히 커다란 것 두 개가 엎치락뒤치락하는 것이 보였다.

"므야!"

파이가 소스라치게 놀라며 손을 높이 뻗으며 소리쳤다. 카이저가 아가의 놀란 소리에 따라 하늘을 올려다보았다. 그는 자신이 쓰고 있는 우산에 가려져 반쯤 보이는 회색 하늘을 바라보며 고개를 갸웃 기울였다. 그와 달리 리파가 파이를 따라 고개를 들어 올리더니 이내 그 호박색 눈을 반짝이며 눈을 가늘게 접으며 웃었다.

[보이니?]

그가 웃음기 다분한 어투로 물었다. 파이가 냉큼 고개를 끄덕이며 마음속으로 속삭였다.

커다란 거, 막 커다란 거랑, 봤던 거, 큰 거 있어. 막 이케 이케 해.

파이가 흥분했는지 양손을 높이 들어 크게 휘둘렀다. 카이저는 갑자기 파이가 제 양팔을 휘두르며 아우, 아우 하고 알 수 없는 소리를 내뱉자 기어코 웃음이 터져 나왔다. 얘야, 너 지금 뭐하는 거니? 하고 묻자 파이가 카이저의 바짓단을 양손으로 잡아당기며 말했다.

"커다라 거, 커다라!"

"응?"

그가 되물었으나 파이는 이미 하늘을 향해 높이 고개를 든 상태였다. 회색 하늘에 푸른빛을 머금은 매우 커다란 흰꼬리수리가 제 커다란 날개를 펄럭이며 허공에 떠 있었다. 그의 날카로운 갈고리 모양의 양발에는 파이가 전날 보았던 새끼 범고래의 몇 배나 큰 범고래가 쥐어져 있었다.

푸른 몸체에 하얀 꼬리털이 돋보이는 흰꼬리수리가 뾰족한 제 주둥이를 캬악 벌리고 야성적인 울음을 토해 내며 제 갈고리 양발로 저보다 큰 범고래의 등짝을 쥐어짜고 있었다.

[아유! 못 살아! 꼭 내가 이렇게 쥐어짜 줘야 하지! 응?!]

흰꼬리수리의 모습을 가진 바람의 주인이자 하늘의 제왕인 그가 캬악캬악 소리를 내며 힘차게 그의 등을 쥐어짰다. 그러자 등을 무자비하게 쥐어짜여지는 범고래가 기묘하게도 굉장히 시원하다는 표정으로 눈을 가늘게 접으며 까아까아 고래 울음소리를 내뱉었다.

[아이 시원하다! 좀 더 짜 봐. 좀 더! 이래 가지고 시원하게 내리겠어?]

범고래의 형상을 한 물의 주인이 켈켈 웃으며 두툼한 제 꼬리와 지느러미를 팔딱팔딱 움직였다. 바람의 주인이 미간을 찌푸리더니 쩍 벌리던 주둥이를 다물고 볼을 부풀렸다. 그러자 순식간에 그의 몸이 크게 불어났다. 커다랗게 변한 그는 하늘을 덮어 버릴 정도로 커져서 그의 갈고리 발에 들려진 범고래가 작아 보일 정도였다.

[그래, 아주 시원하게 짜 주마!]

바람의 주인이 크게 일갈하며 무자비하게 범고래의 몸을 꽈악 쥐어짰다. 범고래가 까아- 하고 높은 초음파 울음을 토해 냈다. 그와 동시에 하늘에서 내리는 비의 양이 급격히 많아졌다.

쏴아아아!

비가 순식간에 쏟아졌다. 카이저가 놀라 파이에게로 상체를 숙이고 우산을 씌워 주었다. 파이는 반사적으로 리파의 목덜미를 와락 껴안고 카이저의 장딴지에 몸을 기댔다. 동그랗게 뜬 파이의 푸른 눈동자는 어느 때보다 반짝거렸다.

리파! 리파! 파이 봤어! 커다란 거, 더 커졌어! 막, 막 커졌어. 그리고 막 그거, 막 이렇게 했잖아. 그치, 그치?

파이가 폭포수를 쏟아 내듯 속으로 말했다. 리파가 목덜미를 덜렁 안긴 채 눈을 가늘게 접으며 가르릉 울었다.

[그래, 방금 그 둘이 하늘에서 비를 내리게 했단다.]

내리게 해써?

막 지금 이거? 하고 묻자 리파가 그래 하고 답했다. 비는 굉장히 세차게 내렸다. 카이저는 혹여 파이가 비에 홀딱 젖을까 황급히 작은 아이의 몸과 그 몸에 덜렁 달려 있는 리파까지 단숨에 한 팔로 껴안아 정원으로 들어서는 입구이자 출구로 빠르게 걸어갔다.

그들이 비를 피할 수 있는 저택 처마에 도달했다. 리파는 비를 피하자 바로 카이저의 품에서 벗어나 축축한 물기를 털기 위해 몸을 크게 떨었다.

카이저는 파이를 조심스레 처마 밑에 내려놓으며 제가 쓰고 있던 우산을 접고 그 곁으로 다가갔다.

"보렴, 비가 많이 오지?"

"웅."

카이저가 이래서 산책을 못 한다는 거란다, 하고 말하자 파이가 눈을 깜박이며 고개를 끄덕였다. 이제 들어가자고 말하려던 카이저였지만 파이는 배시시 웃으면서 그 자리에서 움직이려고 하지 않았다.

세차게 내리는 비는 점차 빗방울이 약해져 보슬보슬 이슬비로 변했다. 카이저는 이만 들어갔으면 했지만 파이가 제 바짓단을 꼬옥 잡고 비 내리는 정원을 하염없이 쳐다보니 단호하게 그 작은 몸을 달랑 들고 저택 안으로 들어갈 수가 없었다. 뭔가를 열심히 보는지 하늘과 정원을 번갈아 보던 파이가 돌연 보슬보슬 내리는 정원으로 아장아장 걸어갔다.

이제는 곧잘 걷긴 했지만 이렇게 눈 깜짝할 새에 세 걸음, 네 걸음이나 멀어진 파이를 보며 카이저가 눈을 동그랗게 뜨고 깜박였다. 파이는 제 아빠를 두고 부지런히 걸어가 축축한 땅을 토옥토옥 걸었다. 빗물을 가득 머금은 대지는 질펀하기 그지없으나 파이는 생소한 것을 경험하는 기분이라 썩 나쁘지 않았다. 토옥토옥 무거운 대지를 밟고 걸어가던 파이가 돌연 그 앞에 쭈그려 앉았다. 파이의 곁으로 펄쩍 펄쩍 뛰어간 리파가 자세를 낮추고 쭈그려 앉은 파이에게 얼굴을 내밀며 말했다.

[왜? 파이.]

이거.

파이는 리파의 물음에 제 작은 검지로 바닥을 가리켰다.

"자가저떠."

작아졌다. 하늘에서 막 커다란 거랑 이케이케 하던 거, 작아졌어. 파이가 중얼거리자 리파가 가르릉 울었다. 그는 웃으며 파이가 가리킨 바닥을 내려다보았다. 그 진흙탕 바닥에는 어제 보았던 새끼 범고래보다 좀 더 큰 푸른색 옷을 입은 범고래가 팔딱팔딱 제 꼬리를 흔들고 있었다. 동그란 단추 같은 눈동자는 선명한 황금색을 담고 있었다. 팔딱팔딱 꼬리를 대지에 튀기며 흔든 작은 범고래가 눈을 가늘게 접고 웃으며 말했다.

[안녕. 아가야.]

안녕. 너도 아가야. 작아.

파이는 자신을 보고 아가야라고 부르는 걸 따라 말하며 웃었다. 파이가 들 정도로 작은 것 같은 범고래는 눈을 동그랗게 뜨더니 멍청히 깜박였다.

[너 지금 나보고 아가라고 했니? 내가 살아온 세월이 몇…… 끄앗!]

작은 범고래가 뒤늦게 발끈하며 제 꼬리를 앙칼지게 흔들며 소리쳤으나 그 말이 끝나기도 전에 파이가 야무지게 작은 범고래의 꼬리를 양손으로 꼬옥 잡아 들었다. 순식간에 잡힌 범고래가 거꾸로 매달려 버둥거렸다. 그러나 파이는 범고래를 잡은 양손을 앞으로 뻗으며 벌떡 일어나서 한 발 한 발 들어 어렵사리 몸을 돌려 제 아빠에게 아장아장 걸어갔다. 카이저는 파이가 저에게 다가오자 의아한 기색으로 접었던 우산을 펴고 아가에게 마주 다가갔다.

"왜 그러니, 파이?"

그가 상냥한 어조로 파이에게 상체를 숙여 묻자 파이가 무언가를 꼬옥 쥔 모양을 한 손을 그에게 뻗어 내밀고 해사하게 웃으며 말했다.

"주께!"

아가니까, 이거 아가야. 파이랑 같은 아가. 작아진 범고래를 아가라고 판단한 파이가 제 아빠에게 그를 선물했다.

카이저의 얼굴 가득 의문이 담겼다. 파이가 마치 몽둥이 같은 것을 쥔 모양을 한 양손을 그에게 내밀자 카이저는 도통 아무것도 보이지 않은 그 손을 빤히 쳐다보다 양 손바닥을 내밀었다.

그게 파이가 원하던 것이었는지 카이저가 손바닥을 내밀자 배시시 웃으며 꼬옥 쥐었던 손을 쫙 폈다. 파이의 손에 잡혀 온몸을 비틀던 작은 범고래의 몸이 갑작스럽게 허공에서 아래로 떨어져 카이저의 손바닥을 통과했다.

그 순간, 카이저의 손바닥에 뭔가 축축한 것이 통과하듯 스쳐 지나가는 것을 느꼈다. 그가 가볍게 몸을 떨더니 고개를 갸웃 기울였다. 빗물이 떨어졌나. 손바닥을 내려다보는데 물 한 방울 떨어지지 않은 건조하고 투박한 제 손바닥이다. 착각인가 하고 손바닥을 쳐다보다 파이를 쳐다보니 아가는 어느새 다시 쭈그려 앉아 있었다.

"파이?"

"떠러져떠."

파이가 선물한 작은 아가가 떨어졌다. 아빠 손을 막 빠져나갔어! 파이가 우물거리며 입술을 삐끔거렸다. 그러고는 작은 손을 들어 축축한 대지를 향해 콕콕 찔렀다. 정확히는 카이저의 손에서 통과되어 바닥에 떨어진 새끼 범고래를.

[아얏! 너 정말! 감히 이 물의 주인을 허락도 없이 인간 따위에게 선물해?]

새끼 범고래가 꼬리를 신경질적으로 흔들었다. 그가 거칠게 꼬리를 흔들어도 신기하게도 질퍽한 땅의 흙탕물이 튀지 않았다. 그는 가볍게 온몸을 버둥거리더니 금세 허공을 헤엄쳐 올랐다. 파이가 그가 헤엄치는 모양새를 시선으로 좇았다.

카이저는 파이가 무언가를 좇는 것 같은데 도통 그것이 무엇인지 알 수가 없었다. 설마 보슬보슬 그칠 듯 말 듯 떨어지는 이 빗방울을 보는 것은 아닐 테고. 그가 의아한 기색으로 다시 일어서서 고개를 젓다가 어설픈 몸짓으로 빙글빙글 돌고 있는 파이를 쳐다봤다. 파이는 허공을 헤엄치는 범고래의 새침한 몸짓을 방긋방긋 웃으며 쳐다보더니 제 아빠의 시선을 느끼고 얼른 고개를 돌렸다.

"빠빠! 아기!"

파이가 막 제 옆을 지나쳐 가는 범고래를 손가락으로 가리키며 유쾌한 어조로 말했다. 카이저는 파이를 빤히 쳐다보다 피식 웃었다. 지금 파이는 어른들에게는 보이지 않는 친구를 만들어 낸 모양이다. 자신도 어렸을 때 그런 적이 있었다.

아련한 추억은 씁쓸한 기억도 같이 떠올리게 했다. 가문의 저주로 나타난 검은 악령 아리스타. 보이지 않는 친구인 줄 알았던 그 악령에게 시달렸던 기억들. 이제는 아련한 추억들에 카이저는 입꼬리를 올려 웃었다. 그러고는 파이의 작은 몸 가까이 시선을 맞추기 위해 쭈그려 앉으며 말했다.

"파이, 네 친구인가 보구나! 네 친구를 아빠에게 선물하다니, 기특한걸."

하지만, 파이 친구니까 아빠는 받을 수가 없어, 하고 덧붙이는 그가 제 투박한 손을 들어 파이의 우비 모자를 쓴 머리를 가볍게 톡톡 두들겼다. 파이가 어깨를 들썩이며 배시시 웃었다. 근데 아빠, 이거 친구 아냐. 아가야. 파이가 속으로 중얼거렸다. 파이의 마음속 말을 들은 리파가 가르릉거리며 눈을 가늘게 접고 웃고, 범고래가 다시금 씩씩거리며 그 주변을 쌩 하니 돌더니 높이 허공을 향해 헤엄쳐 갔다.

[나 아기 아냐!!]

그의 발악과도 같은 높은 목소리에 리파는 배가 아플 정도로 웃었다. 그가 허공을 향해 녹아들듯 헤엄쳐 사라져 버리자 파이는 눈을 동그랗게 뜬 상태로 깜박이다 제 아빠에게 다가가 그 큰 몸을 와락 껴안았다. 제 짧은 팔로 전부 안기지 못하는 아빠의 커다란 몸을 꼬옥 안으며 그의 넓은 가슴에 얼굴을 비볐다. 카이저가 낮은 웃음소리를 내뱉으며 파이의 작은 몸을 들어 올렸다.

아무래도 파이가 졸린 모양이다.

그가 나른하게 제 어깨에 얼굴을 기대는 파이의 등을 토닥거려 주었다. 파이가 꾸물거리며 그의 어깨에 더욱 깊이 얼굴을 묻었다.

봄을 깨우는 비가 점차 멎어 가기 시작했다. 따뜻한 봄비를 맞은 정원의 식물들이 반짝반짝 빛을 발하며 생기 넘치는 자태를 뽐내기 시작했다.

❋❋❋

완연한 봄. 칼레이저가는 여전히 평화롭다.

두 번째로 맞이하는 새싹공주의 계절. 파이는 어느새 한 살을 더 먹어 1년 전보다 훌쩍 자랐다. 여전히 또래보다는 왜소했지만 그 크기만 작을 뿐 파이는 어느 아가들보다 건강하고 생기 넘치고 활발했다. 여전히 그 작고 하얀 얼굴에 미소가 가득하여 칼레이저 영지에서 소문이 자자한 미소쟁이 공녀로 불리고 있다.

그런 파이도 가끔은 저택이 들썩일 정도로 울음을 터트리는 경우가 있다.

"으아아아아앙!"

파이가 곡소리를 내듯 커다란 울음소리를 토해 내며 저택 식당 바닥에 철퍼덕 앉아 울고 있었다. 보기 좋게 입혀진 공녀의 원피스 자락이 발랑 뒤집어져 천 기저귀를 입어 더욱 풍만해 보이는 하얀색 호박 바지가 여지없이 드러났다.

어찌나 애처롭고, 서럽게 우는지 그 곁에 같이 쭈그려 앉은 카이저와 파람의 낯빛이 피리해질 정도였다. 그러나 정신없이 우는 파이는 누군가를 향해 고개를 들고 엉엉 소리 내며 울고 있었다.

"소용없어요. 파이."

딱 부러지게 말을 내뱉는 이는 아사벨. 파이가 말귀를 알아듣기 시작하면서부터 조곤조곤 존댓말을 섞어서 천천히 말하는 아사벨이, 아가에게 단호하나 부드러운 어조로 말했다. 안 돼요. 단호한 한 마디를 마저 내뱉은 아사벨은 파이의 앞에 꼿꼿이 서서 아가를 내려다보고 있었다.

그녀의 단호한 어조에 파이가 울음을 뚝 멈추더니 이내 다시 대성통곡을 했다. 아예 바닥에 엎드리며 엉엉 우는 모습에 카이저가 옴짝달싹하며 아사벨을 올려다보았다.

"아사벨 님……."

애처로운 눈빛으로, 목소리로 말끝을 흐리며 카이저가 그녀를 불렀다. 그러나 아사벨은 여전히 단호한 표정으로 고개를 저었다.

"안 돼요. 카이저."

"하지만……."

그가 엉엉 우는 아가의 등을 토닥이는 파람과 눈을 잠시 마주치고 다시 입을 열었으나, 아사벨은 다시 한 번 고개를 저으며 여전히 단호한 어조로 말했다.

"안 돼요. 버릇 나빠져요. 파이, 간식은 밥을 먹고 나서예요."

"할무니이이이."

아사벨이 파이를 부르며 말하자 파이가 대성통곡을 하던 엎어진 자세에서 얼굴을 들어 올려 물기 가득한 얼굴로 그녀를 불렀다. 닭똥 같은 눈물이 뚝뚝 떨어지는 애처로운 하얀 얼굴에 그녀 역시 흔들리지 않는다면 거짓이겠지만, 나쁜 버릇이 생길 파이를 생각해 아사벨의 흔들렸던 눈빛이 다시 단호해졌다.

"할무니이이."

파이가 울음 가득한 목소리로 그녀를 애타게 불렀다. 아사벨이 고개를 저으며 안 돼요. 하고 다시 거절하자 파이가 눈을 질끈 감고 왈칵 울음을 터트렸다.

으아앙, 으아앙 하고 우는 아가의 목소리에 저택 내의 모든 가족들과 고용인들이 조마조마한 시선으로 흘깃흘깃 쳐다봤다. 카이저는 쉬지 않고 우는 파이 때문에 걱정이 가득한 눈빛으로 그 작은 몸을 쳐다봤다. 그는 파이의 울음소리를 들으며 이를 갈았다.

이게 다 은발이, 그 황제 때문이다.

얼마 전, 정확히 이 주 전. 그는 당장 시급한 서류 결재를 위해 잠시 수도에 오른 적이 있다. 너무나도 급한 사안이라서, 당장 해결해야 했다.

그가 아이다의 수도로 향하면서, 파이를 데려가는 것은 피치 못할 사정이 있어서였다. 그 당시, 어찌나 타이밍이 좋지 못한지, 세 아들들 중 파엔은 아카데미에 있었고 파람과 파샤는 아벨과 제논과 함께 영지 끝에 자리한 숲에 사냥을 나간 상태로 며칠간 자리를 비웠다.

엎친 데 덮친 격이라고, 파이의 할머니인 아사벨 역시 잠시 미루었던 귀부인들의 티타임과 에스트롤 후작가 저택의 관리를 위해 며칠 자리를 비웠던 것이다.

파이와 함께 단둘이 있을 절호의 찬스, 대망의 날이거늘!

그는 더 이상 미룰 수 없는 일 때문에 파이를 안고 수도의 황궁으로 출근을 해야만 했다.

사실 카이저는 파이를 제 집무실에서 돌볼 생각이었으나, 막상 들어가기도 전에 우르르 달려드는 수하들 때문에 잔뜩 겁을 먹은 파이가 한껏 몸을 움츠리는 바람에, 그 생각을 접어야 했다.

하필이면 제 아래 수하들이 얼굴이 전부 무서울 정도로 험상궂을 게 뭐란 말인가.

유능한 인재들로 구성된 수하들의 우락부락한 얼굴을 둘러보다 한숨을 내쉰 카이저는 지그시 그들을 노려봐 준 후 집무실을 나섰다.

파이를 잠시 맡길 친구들을 찾아갔지만 어떻게 이렇게 타이밍이 나쁠 수가 있는지! 모두 짠 것처럼 자리에 없거나 봐 줄 수 있는 형편이 아니었다. 결국 카이저는 울며 겨자 먹기로 정말, 진짜 만나고 싶지 않았던 황제에게로 향해야만 했다.

선택지가 그밖에 없었다. 이미 선택지라고 할 것도 없었지만. 그는 정말로 가고 싶지 않았던 은발이에게 갔다. 카이저는 결국 황제의 집무실 앞에 서 있었다.

보초를 서고 있던 와르르 남작이 궁에서 처음 보는 조그만 병아리 같은 아기 공녀를 흘깃 훔쳐보다 슬쩍 눈동자를 돌려 회피했다. 순간적으로 쏟아지는 날카로운 카이저의 눈빛 때문에. 카이저는 와르르 남작에게 따끔한 눈빛 경고를 쏜 후에 무거운 한숨을 내쉬며 황제의 집무실을 문을 열었다.

"그래서, 지금 나보고……."

이 아기를 보라고? 황제는 오랜만에 제 집무실에 들른 카이저를 보며 어이없다는 듯 쳐다봤다. 그에 카이저는 뻔뻔한 얼굴로 고개를 끄덕였다. 그는 제 다리에 찰떡같이 달라붙어 있는 이제 막 2살 된 제 딸아이를 내려다보더니 이내 몸을 수그려 파이와 눈을 마주하며 말했다.

"파이, 내 사랑스러운 딸아. 아빠가 잠깐만 어디 갔다 올 테니까, 저 아저씨랑 여기 잠깐만 있어 줄래?"

그의 장딴지를 양팔 가득 껴안은 파이가 그를 빤히 보더니 고개를 절레절레 흔들면서 시러, 하고 말했다. 볼을 크게 부풀리며 뚱한 표정을 지었다. 푸른 눈동자가 일렁이는 게, 금방이라도 눈물이 뚝뚝 떨어질 것 같았다. 파이는 울상을 지으며 아빠를 올려다보다 힐끗 황제를 보더니 더욱 왈칵 얼굴을 구겼다.

은발이 싫단 말이야.

파이가 칭얼대며 그의 다리에 얼굴을 비볐다. 카이저는 난감한 표정을 지으며 파이의 작은 몸을 들어 올려 품에 안았다. 그도 잔뜩 울상을 한 파이를 품에서 떼 놓기 싫었다. 그러나 자신이 급히 처리해야 할 서류가 잔뜩 쌓여 있음을 상기시켰다. 집무실에서 같이 있자니 워낙에 많은 사람들이 들어왔다 나갔다 하여 아이를 제대로 돌볼 수 없을 것 같았다. 되도록 아이가 안전히 있을 곳을 찾다 여기까지 왔다.

메시는 안타깝게도 연말 정산으로 바쁘고, 유리안은 타국에 나가 있는 중이며, 제일 멍청하나 믿음이 가는 소올은 일주일간 휴가인 상태에 마지막 희망인 락샤는 어디로 갔는지 코빼기도 보이지 않았다. 결국 카이저는 가장 내키지 않는 이에게 와야 했다.

"그렇게 싫은 표정 지을 거면 맡기지를 마."

부녀가 똑같이 얼굴에 다 드러나게 싫은 표정을 지으니 황제가 뚱한 표정으로 툴툴거렸다. 그러면서 그의 금안에 비치는 작은 병아리 같은 파이의 모습에 슬그머니 입꼬리가 올라갔다. 파이가 생후 반년이 좀 지났을 무렵에 딱 한 번 보고 처음이니 그사이 몰라볼 정도로 많이 자란 모습이었다.

핑크색 도트가 들어간 하얀 원피스를 입은 파이는 그 위에 샛노란 모자 달린 케이프를 두르고 그 속에 동그란 아기용 책가방을 메고 있었다. 아무래도 그 안에 든 것이 제법 묵직한지 자꾸만 뒤로 몸이 젖혀지는 것 같았다. 원피스 안에 입은 호박색 호박바지가 흔들리는 다리 사이로 언뜻언뜻 비쳤다. 앙증맞은 하얀색 양말에 코가 둥근 에나

멜 검정 구두를 신은 파이는 정말 앙증맞았다.

"그래서, 맡길 거야? 말 거야?"

황제가 능글맞게 웃으며 한 손으로 턱을 괴며 말했다. 순간 굉장히 그가 얄미워 보였으나 카이저는 울며 겨자 먹는 심정으로 파이의 작은 몸을 들어 올려 그에게 내밀었다. 황제는 그가 순순히 파이를 보내자 놀라 반사적으로 몸을 일으켜 손을 뻗었다. 파이가 눈 깜짝할 새에 그의 품에 안겨졌다. 파이의 말간 얼굴이 순식간에 일그러졌다. 카이저는 당장이라도 울음을 터트릴 것 같은 파이의 얼굴을 차마 보지 못하고 황급히 집무실을 나가며 말했다.

"폐하가 괴롭히면 물어도 돼! 파이야! 아빠가 금방 올게!"

그가 쏜살같이 사라지자마자 파이는 기다렸다는 듯 빽 하고 울음을 터트렸다.

"아아빠아!!"

황제의 품에 안겨 거칠게 버둥거리며 파이가 엉엉 울었다. 아이가 서럽게 울기 시작하자 황제의 얼굴에 난감한 표정이 지어졌다. 파이는 양손을 허우적거리며 그의 결 좋은 은발을 마구잡이로 뜯듯 잡아당겼다.

"아얏!"

황제가 체통도 잊고 크게 비명을 내뱉었다. 그럼에도 파이는 멈추지 않고 그의 가지런히 정리된 머리카락을 사자 갈기처럼 헝클어트렸다. 황제의 집무실에 황제의 비명과 아가의 처절한 울음소리가 뒤죽박죽 섞여 가득 찼다.

그렇게 한바탕 울음을 토해 낸 파이는 잔뜩 붉어진 눈가를 제 손으로 비볐다. 파이는 황제의 품에 안겨 집무실을 나와 신선한 공기가 느껴지는 야외에 나왔다.

황궁의 아름다운 야외 정원에 자리한 테이블에 딸린 하얀 의자에 얌전히 앉아 찔끔찔끔 나는 눈물을 닦으며 끙끙거렸다. 대제국의 황제가 친히 제 손으로 그 의자에 파이를 앉혀 주었는데도 당사자인 아이는 어쩐지 아무 감흥이 없었다. 그저 아빠가 자신을 이 나쁜 거랑 두고 갔다는 배신감만 느낄 뿐이었다.

그 앞에 마주 앉은 황제는 붙잡혔던 제 가여운 머리카락을 매만지며 한숨같이 말을 내뱉었다.

"정말 손힘 하나는 아벨 경을 빼다 박았구나."

"우……."

그의 말이 끝나기 무섭게 파이가 왈칵 얼굴을 찡그리며 울상을 지었다. 그에 황제가 질겁하며 입을 꾹 다물었다. 파이는 그가 입을 꾹 다물자마자 찡그렸던 인상을 폈다. 마치 그 모양새가 말하지 말라고 협박하는 것 같아 황제는 어쩐지 자존심이 상한 느낌이었다.

그러거나 말거나 파이는 그새 황궁의 가장 아름다운 야외 정원 테라스에서 보이는 생기 넘치는 자연에 정신이 팔려 있었다. 제 주변에 배회하듯 날아왔다 저만치 가 버리는 작은 바람의 종달새들과 납작한 열대어들, 깡충깡충 뛰어다니는 고동색 토끼들의 모습에 파이는 슬그머니 몸을 일으켜 의자를 밟고 서서 황제를 등지고 정원을 구경했다.

방금 전까지만 해도 엉엉 울던 아이가 순식간에 울상을 지우고 호기심 가득한 표정으로 정원을 구경하는 모습에 황제가 안심하고 한 팔을 테이블 위에 얹어 턱을 괴었다. 파이의 시선은 제 주변을 배회하는 작은 종달새들에게 쏠려 있었다. 황제 입장에서는 허공을 맴도는 아이의 시선에 의아한 듯 고개를 갸웃 기울였으나 이내 가볍게 웃음을 내뱉었다.

첫 만남부터 예사롭지 않은 아가였다. 진실의 은빛가지의 특성이라 할 수 있는 내면을 훔쳐볼 수 있는 저주스러운 능력을 가졌던 황제는 어떠한 타인과도 접촉을 꺼려했다. 잠깐, 아주 찰나라도 접촉하게 되면 그 속을 머리끝부터 발끝까지 모조리 훔쳐보다 못해 동화까지 되는 저주와도 같은 능력. 조상이 저지른 죄악의 값으로 대대로 물려지는 능력이었다. 이 능력은 오직 사랑하는 여인에게만 통하지 않았다.

그런데 올해, 처음으로 예외라는 것이 생겼다. 진정 사랑하는 여인 외에 그 저주받은 능력이 통하지 않은 이가 생긴 것이다. 바로 눈앞의 정원 구경에 정신이 팔린 고작 2살짜리 여자아이. 황제는 파이의 반짝이는 금발을 빤히 쳐다봤다.

"역시 너, 황후 되지 않을래?"

나이 차이야 극복하면 되지 않겠어? 하고 덧붙였지만 파이의 귓가에 닿지 않고 허공에서 흩어져 사라졌다. 분명 파이의 아비인 카이저가 그의 말을 들었다면 단숨에 그의 멱살을 부여잡고 흔들며 불같이 화를 냈을 것이다.

황제가 위대한 자신의 주군이라 할지라도. 그에게 현재 가장 소중한 것은 저 조그마한 소녀일 테니까. 그리 생각하자 어쩐지 제 자신이 처량해진 느낌이 든 황제가 삐쭉 입을 내밀었다.

그때였다. 파이가 의자에서 통통 뛰며 몸의 무게를 의자 등받이에 쏟아 그 무게에 의자가 넘어가려 했다.

그에 파이가 눈을 동그랗게 뜨고 어어 하고 있는 사이 황제가 다급히 다가가 빠른 손놀림으로 아이의 작은 몸을 들었다. 파이는 순식간에 황제의 품에 안겼고 의자 홀로 뒤로 넘어져 꽤나 날카로운 소음을 내뱉었다. 그 상황에 놀랐는지 파이가 짧게 비명 소리를 냈다. 황제는 제 품에 폭 안기는 아이의 작은 숨소리를 느끼며 가벼운 한숨을 내쉬었다.

"하여튼, 한시도 눈을 떼면 안 되는구나."

이 말괄량이야, 하고 덧붙이는 황제의 말에 파이가 부 하고 볼을 부풀렸다. 그러고는 양손으로 그의 어깨를 팡팡 쳤다. 황제는 파이를 안은 상태에서 엎어진 의자를 세우고 조금 소란스러운 소리에 다급하게 달려온 와르르 남작과 시녀장을 향해 한 손을 팔랑팔랑 흔들었다. 별일 없다, 그리 손짓하는 황제에 둘은 고개를 숙이고 조신하게 뒤로 물러났다.

그때였다. 파이의 작은 배에서 꼬르륵 소리가 났다. 파이의 얼굴은 잘 익은 사과처럼 붉어졌다. 파이는 작은 고사리손으로 얼굴을 가리고 폭 숙였다. 황제가 참지 못하고 웃음을 터트렸다. 황제는 꽤나 길게 파이를 안은 상태에서 웃음을 토해 내더니 테이블 위에 놓인 황금 종을 들어 유려한 곡선을 그리며 흔들었다.

찰랑찰랑 청명한 종소리가 나는 것에 파이는 폭 숙였던 고개를 살짝 들어 그것을 빤히 보다 데굴데굴 눈동자를 굴려 황제를 올려다보았다. 황제가 보기 좋게 입술 양 끝을 끌어 올려 호선을 그리며 웃었다.

황제가 웃자 그가 두른 금의 마나가 만개하듯 반짝거렸다. 파이는 그것을 빤히 보더니 그를 따라 수줍게 웃었다. 그를 따라 가늘게 눈꼬리를 접고 웃는 여아의 미소가 굉장히 사랑스럽다고 황제는 생각했다.

황제의 종소리를 듣고 시녀장이 조신하게 다가와 고개를 숙였다. 황제는 그녀를 향해 간단한 간식거리를 가져다 달라고 명했다. 그에 눈치 빠른 그의 시녀장이 수긍하듯 고개를 끄덕이고 뒤로 조신하게 빠져나갔다.

파이는 낯선 여인의 등장에 저도 모르게 황제의 앞섶을 꼬옥 붙잡고 눈동자만 데굴데굴 굴려 그녀를 보다 슬쩍 눈길을 돌렸다. 황제는 유쾌한 듯 웃으며 파이를 안은 상태로 제 자리에 앉았다.

그가 자리에 앉은 지 얼마 안 있어 시녀장이 3단 트레이를 끌고 와 하얀 테이블 위에 조심스럽게 아름다운 문양이 그려진 접시 몇 개와 찻잔 두개를 내려놓았다. 아름다운 무늬가 그려진 하얀 접시들에 탐스럽고 커다란 딸기 등 제철 과일과 새하얀 눈 같은 생크림이 잔뜩 얹어져 있었다.

아직 어린 파이를 위해 탄수화물과 설탕이 많이 들어간 디저트를 최대한 피해 준비한 것이었다. 파이는 생전 처음 보는 새하얀 생크림에 휘둥그레졌다.

생일상에 있던 케이크는 자기의 몫이 아니었기에 파이는 가까이에서 생크림을 보는 것이 처음이었다. 파이가 저도 모르게 군침을 삼키며 그것들을 바라보자 황제가 얄밉게 웃으며 말했다.

"맛있겠지?"

"웅!"

파이가 기다렸다는 듯 고개를 끄덕이며 답했다. 황제가 여우처럼 교활하게 웃었다.

"줄까?"

"웅!"

줘! 줘! 하고 눈을 반짝이면서 그를 올려다보는 시선에 황제는 어쩐지 쾌감을 느꼈다. 황제는 더욱 진하게 웃으며 입을 열었다.

"내가 저걸 주면, 넌 내게 뭘 줄 건데?"

세상에 공짜는 없단다, 아가야. 하고 교활하게 말을 내뱉는 모양새에 어느새 뒤로 물러난 시녀장이 조그맣게 한숨을 내쉬었다. 그 한숨의 의미를 알아챈 황제는 머쓱해져 그녀에게 물러가라 눈짓으로 명했다. 시녀장은 뒤돌아 나가며 고개를 절레절레 흔들었으나 황제는 바로 파이에게 눈을 돌렸다.

"어…… 어…… 파이눙……."

그의 말에 파이는 멍청히 눈을 깜박이더니 황제의 말뜻을 이해하고 이내 울상을 지었다. 황제가 자신에게 무언가를 요구했다. 하지만 파이는 지금 아무것도 가진 것이 없었다. 하지만 파이는 눈앞에 있는 것이 먹고 싶었다. 코끝에 나는 달콤한 향이 파이의 마음을 흔들었다. 그때 불현듯 제 가방 안에 있는 별사탕이 떠올랐다.

"어, 어! 이써!"

"응? 뭐가 있는데?"

파이는 금세 얼굴을 펴며 팔을 꼬물꼬물 움직여 이제까지 메고 있던 가방을 벗어 가슴에 폭 안았다. 파이는 품에 안은 가방을 매만지며 황제를 올려다보았다.

"이거, 이거 대따 대따 조응 거야."

"그래, 그게 뭔데?"

"바타탕."

파이는 그리 말하며 제 가방을 고사리손으로 열어서 그 안에 얌전히 들어 있는 유리병을 끙끙거리면서 꺼냈다. 황제는 제 손보다도 훨씬 큰 유리병을 꺼내는 파이에 눈을 깜박이더니 꺼내는 것을 도왔다. 황제의 손이 더해지고야 유리병을 꺼낼 수 있었다.

"이거야."

"……아, 별사탕?"

"응."

"에게, 고작 이것이냐?"

"반딱반딱해!"

황제의 말을 알아듣진 못했지만 의미는 알아차린 듯 파이가 흥분했다. 그러고는 테이블 위에 놓인 유리병을 양손으로 흔들었다. 투명한 유리병에 3분의 2 정도 담긴 별사탕이 차랑차랑 소리를 내며 반짝였다. 색이 고운 것이 파이의 말대로 반짝거리는 것 같기도 해서 황제가 수긍해 주었다.

"하긴 그렇긴 하다만."

"이거 하나 듀께!"

"에게? 하나만?"

"그티만, 그티만 이거 대따대따 조흔 거야! 아빠항데도 안 저써."

황제가 눈에 띄게 실망한 기색을 비치자 파이가 제 양손을 꼬물꼬물거리며 말했다. 그러고는 새파란 눈을 깜박이며 애처로운 표정을 지었다. 방금 전까지만 해도 울어서 그런가 여전히 물기가 남은 그렁그렁한 파란 눈으로 그를 쳐다보자니 어쩐지 마음이 약해지는 느낌이었다. 그는 크게 움찔하며 굳더니 파이의 뒷말을 되물었다.

"카이저한테도 안 줬다고?"

"웅."

"……그래?"

파이는 별사탕이 가득 담긴 유리병의 코르크 마개를 용케 빼내어 그 안에 손을 넣어 유독 샛노란 별사탕 하나를 집어 그에게 들어 올리며 말했다.

"긍까, 이거 하나랑 저거랑 바꿔."

영악한 아이는 황제를 상대로 흥정하기 시작했다. 황제는 처음에 기가 찬 듯 아이를 쳐다보더니 이내 가볍게 웃음을 내뱉으며 파이가 내민 별사탕을 집게손으로 집었다.

그래 좋아. 카이저에게도 주지 않은 별사탕을 내게 준다 이거지?

이 정도면 수지가 맞지, 하고 속으로 음흉하게 씩 웃었다. 파이는 황제가 웃자 따라 해맑게 웃었다. 그럼 먹어도 돼? 하고 엉덩이를 들썩였다.

황제는 제 무릎에 느껴지는 들썩이는 파이의 엉덩이에 가볍게 웃음을 내뱉으며 테이블에 놓인 생크림이 잔뜩 얹어진 커다란 딸기를 포크로 콕 찍어 파이의 앞에 내밀었다. 파이는 눈을 반짝이며 방긋이 웃었다.

황제가 소중히 빈 접시 위에 올려둔 파이의 샛노란 별사탕이 햇빛을 받아 반짝였다.

그날부터였다. 파이가 생크림의 맛에 눈을 뜬 것이. 은발이 그 자식이 도대체 애한테 뭘 먹였는지 파이는 생크림이 가득 얹어진 딸기를 한사코 달라고, 달라고 졸랐다. 하얀 거, 막 이케 이케 단 거! 빨간 새콤한 거에 찍어서 줘! 하고 말이다. 처음엔 무슨 말인지 이해하는 데 제법 시간이 오래 걸렸다.

파이의 몇 번이고 반복되는 단어들을 듣고 유출해 낸 생크림 딸기 케이크를 가져와 한 조각 내어 주니 생크림 위의 딸기만 홀랑 집어 먹는 것이 아닌가. 그러고는 다시 생크림 케이크 위에 얹어졌던 딸기가 있던 위치를 가리키며 이거 달라는 딸을 보며 카이저는 가볍게 웃음을 터트렸다.

사실 이때까진 괜찮았다. 이제 2살이 되었으니 생크림 정도는 괜찮겠지. 그는 가벼운 마음으로 수긍하며 수도에 잠시 머무는 일주일 동안에 생크림이 잔뜩 묻은 딸기를 종종 내주었고, 그 결과, 이렇게 되었다.

파이가 밥을 먹지 않게 된 것이다.

"이건 카이저도 잘못이 있어요."

따끔한 아사벨의 말에 카이저는 애처로운 표정으로 그녀를 올려다보았다. 아사벨은 당장이라도 눈물을 쏟아 낼 것 같은 카이저의 붉은 눈을 보더니 흠칫 몸을 가볍게 떨다 큼큼 목기침을 하며 말했다.

"아무리 애가 달라고 했다지만, 밥을 먹지 않은 상태에서도 주면 어쩌나요! 덕분에, 보세요! 파이가 밥을 먹지 않잖아요."

카이저는 한숨을 내쉬며, 집사와 고용인들에게 딸기를 주라고 말한 것을 후회했다. 아가의 포로가 되어 버린 그들에게 '적당히'를 바란 것이 잘못이었다.

"죄송합니다."

아사벨이 가벼운 한숨을 내쉬며 여전히 울음을 토해 내는 파이를 살짝 내려 보고 고개를 획 돌려 버렸다. 그러고는 사푼사푼 아이를 지나쳐 걸어갔다. 파이는 아사벨이 지나쳐 가 버리자 몸을 크게 떨더니 이내 더 크게 울기 시작했다. 꺽꺽 숨이 넘어갈 정도로 우는데도 아사벨은 눈 하나 깜짝 안 하고 식탁으로 가서 앉았다. 카이저가 눈을 깜박였다. 파람과 제논과 아벨은 그 중간에 껴서 이러지도 저러지도 못하고 안절부절못했다. 집사 흰조차 슬쩍 아사벨 눈치를 보는데도 그녀는 고개를 치켜들고 멍청히 서 있는 저택의 남자들에게 말했다.

"뭐해요? 카이저, 파람? 여보, 그리고 아벨 님. 식사 안 하고."

명백한 무시였다. 아사벨의 무시에 파이가 울다 말고 고개를 들어 눈물진 눈동자를 멍청히 깜박였다. 아사벨은 저를 쳐다보는 파이를 보며 빙긋 웃었다.

"파이는 밥 먹기 싫다고 하니 빼고 먹어요."

우리끼리. 하고 덧붙여 말하며 고개를 휙 돌렸다. 그녀가 그리 말하자 파이가 다시 울려고 얼굴을 크게 일그러트렸고 곁에 있는 파람이 당황해 파이에게 손을 뻗으려고 했다. 그러자 고개를 돌려 버린 아사벨이 제법 단호한 목소리로 다시 입을 열었다.

"파람! 어서 와서 앉아요. 다른 분들도 어서요."

그녀의 말에 꼼짝 못하는 저택의 남자들이 슬쩍슬쩍 눈치를 보며 식탁으로 다가갔다. 그들의 시선은 파이에게 꽂혀 있음에도 몸은 식탁으로 향했고, 그들이 점차 멀어지자 파이는 시뻘게진 얼굴로 다시 크게 울음을 토해 냈다. 식당 안이 다시 아이의 울음소리로 가득 차자 슬금슬금 식탁으로 향하던 이들이 멈칫했다. 그럼에도 아사벨이 매서운 목소리로 말했다.

"무시해요!"

그녀는 훈육 중임을 명심하라는 듯 힘 있게 말했고 아사벨의 카리스마에 순식간에 눌려 버린 남자들이 천천히 제 자리로 가서 앉았다. 카이저는 마지못해 앉으며 아사벨에게 소곤소곤 말을 걸었다.

"저, 정말 이래도 됩니까?"

"무시하세요."

아사벨은 카이저의 물음에도 도도하게 답하며 고개를 가볍게 끄덕였다. 모두가 그녀의 말대로 슬쩍슬쩍 눈길을 돌렸다. 파이는 저에게 쏟아지던 눈길도 사라짐을 느끼자 빽빽 울던 울음을 멈췄다. 그리고 그렁그렁 눈물이 맺힌 얼굴로 식탁에 앉은 가족들을 쳐다봤다. 모두가 어색하게 아이의 시선을 피했다. 파이가 왈칵 얼굴을 찡그렸다.

너무해!

억울한 마음이 한가득이었으나, 어쩔 방도가 없었다. 마지막 카드인 떼쓰기, 울음이 전혀 통하지 않음을 느낀 파이는 초조함을 느꼈다. 어떻게, 어떻게 그래 하고 비련의 여주인공이 된 것마냥 파이는 절망을 느꼈다.

파이는 주저앉은 상태로 끅끅 잔울음을 토해 냈다. 제 무릎을 덮는 치맛단을 양손 가득 움켜쥐었다. 계속해서 울자니 너무 힘들고, 아무리 울어도 원하는 바를 이루지 못할 것 같다는 생각이 들었다.

우는 것도 힘들다. 더 이상은 안 돼. 못해.

파이는 이제는 눈물이 나오지 않는 빡빡한 눈을 깜박이며 생각했다. 패배를 인정한 파이는 제 원피스 소매로 눈가를 훔치며 주저앉은 몸을 일으켜 세웠다. 어쩐지 기운이 푹 빠지는 느낌이었다. 뭐지, 이 허무한 기분은? 파이는 생소한 기분을 느끼며 훌쩍거렸다.

훌쩍훌쩍 울면서 양팔을 번갈아 들어 소매로 눈가를 닦으며 아사벨에게 아장아장 걸어갔다. 파이의 훌쩍거림이 가까워짐에도 아사벨은 눈 하나 깜짝하지 않고 식사를 위해 식기를 움직이고 있었다. 파이는 그녀에게 다가가 시큰해지는 코를 훌쩍거리면서 손을 뻗었다. 파이가 고사리손으로 그녀의 치맛단을 가볍게 잡아당겼다. 그제야 아사벨이 힐끗 파이를 내려다봤다.

"무슨 일이니, 파이?"

아무렇지 않은 듯 아사벨이 묻자 파이가 흠칫 몸을 떨더니 그녀의 치맛단을 잡아당기던 손을 다시 회수해 양손을 꼬물거렸다. 차마 입을 열기가 어려워졌다. 파이가 아무 말 없이 고개를 푹 숙이자 아사벨이 가벼운 한숨을 내쉬었다. 파이의 작은 어깨가 크게 움찔 떨었다.

"왜 말이 없니?"

여전히 상냥한 아사벨의 어조에 파이가 슬쩍 고개를 들어 그녀를 올려다보았다. 잔뜩 울어서 물기 진 얼굴이며 붉어진 눈매와 벌게진 흰자, 그렁그렁한 푸른 눈동자가 소심하게 그녀를 향했다.

아사벨은 어쩐지 웃음이 터져 나올 것 같았지만 꾹 참았다. 여기서 웃어 버리면 이제까지의 훈육이 물거품이 된다. 그녀는 마음을 다시 다잡으며 파이를 힐끗 내려다보았다. 파이는 소심하게 그녀를 힐끗힐끗 보더니 이내 우물우물 입을 열었다.

"어…… 어…… 파이도 머거여."

"뭐라고? 너무 작아서 안 들리는구나."

아사벨은 우물쭈물 말하는 파이에 안 들리는 척 고개를 절레절레 흔들며 고개를 돌려 버렸다. 그러자 파이가 다급하게 양손을 뻗어 그녀의 치맛단을 잡아당기며 큰 소리로 말했다.

"파이도, 파이도! 머거여! 밥 머거여!"

파이의 말에 아사벨이 모른 척 돌렸던 고개를 다시 아이에게로 돌리고서는 눈을 휘둥그레 뜨며 되물었다.

"정말?"

"웅! 밥 머거여. 머글게여."

파이는 혹시라도 아사벨이 다시 자신을 외면할지도 모른다는 생각에 얼른 고개를 크게 흔들며 답했다. 다급하고 절박한 느낌이었다. 지금 아사벨을 붙잡지 않는다면 파이는 정말로 쫄쫄 굶을지도 모른다는 위기감을 느꼈다.

아이는 그 어떤 것보다도 식탐이 굉장히 강했기 때문에 조금이라고 굶고 싶지 않았다. 파이가 절실한 표정으로 아사벨의 치맛단을 잡아당기고 그녀를 향해 고개를 들어 발을 동동 구르니 아사벨이 그제야 빙긋 웃었다.

"정말 밥 먹는 거예요?"

"웅! 파이 밥 머글 거예여."

이제 투정 안 부려! 하고 결의에 찬 눈빛으로 크게 끄덕이는 모습에 아사벨이 그제야 터져 나오는 웃음을 참지 않으며 식기를 테이블 위에 조심스럽게 내려놓고 아이의 둥근 정수리를 쓰다듬었다.

파이가 그제야 안심한 표정을 지으며 희미하게 웃었다. 아사벨은 파이를 향해 몸을 돌려 그 작은 몸을 들어 올렸다. 파이의 질긴 옹고집이 드디어 아사벨에게 백기를 들었다. 그녀의 훌륭한 훈육에 저택의 모든 가족이 안도와 기쁨의 미소를 지었다.

파이의 고집이 처음으로 꺾인 그날 저녁, 야심한 시각. 파이는 새근새근 잠을 자고 있었다. 파이의 작은 두 손은 언제나, 버릇처럼 아사벨의 옷깃을 꼬옥 쥐고 있었으며 그 작은 몸은 푸근한 그녀의 품에 깊이 파고들고 있었다. 조용하고 평온한 밤의 어둠이 부드럽게 깔린 파이의 방에 아름다운 빛이 호선을 그리며 떨어졌다.

여왕이었다.

여왕은 핑크빛으로 물결치는 제 머리카락을 뽐내며 날갯짓해 허공에서 아래로 천천히 떨어졌다. 그녀의 등장에 눈만 감고 있었던 리파가 한쪽 눈만 슬쩍 떠서 여왕을 보았다.

[오랜만이네.]

항상 낮부터 찾아와 하루 종일 파이 곁에서 떠나지 않던 여왕이 최근 봄의 축제를 준비하느라 바빠 통 모습을 볼 수 없었던지라, 리파가 반가운 기색을 띠며 말을 걸었다. 그의 인사에 그녀가 조금은 피곤한 얼굴로 고개를 가볍게 끄덕였다. 페어리들의 대축제이자, 자연의 모든 살아 있는 것들의 즐거운 연례행사는 매년 여왕의 지휘 아래 진행되었다.

[말도 마, 매년 골치 아파 죽겠다니까.]

여왕이 도톰하게 살이 오른 파이의 **뺨** 가까이 팔랑팔랑 날갯짓해 다가가며 말했다. 그녀는 가느다랗고 어여쁜 팔을 뻗어 손으로 부드 럽게 그 **뺨**을 매만졌다. 말랑말랑한 아가의 피부 결에 여왕의 얼굴에 짙게 묻어 있던 피곤이 눈 녹듯 사라지는 것 같았다.

[어쩌겠어, 봄을 상징하는 페어리의 여왕이니 어쩔 수 없지.]

네가 고생하는 수밖에. 그가 제법 유쾌한 어조로, 조금은 얄밉게 말 했다. 리파의 말에 여왕이 볼을 부풀리며 투정 부렸다.

[내가 뭐 여왕이 되고 싶어서 됐니?! 태어나자마자 여왕인 걸 어떡 해! 만약 내게 선택권이 있다면 절대로, 절대로 하지 않았을 거야.]

여왕의 기사 정도는 할지 모르지만. 여왕은 8장의 날개를 가졌으며 인간계에서도 자유자재로 움직일 수 있는 바로 아래 지위의 기사들을 떠올렸다. 일반 페어리들에겐 여왕 다음으로 가장 존경받는 이들이 다.

그럼 뭐해.

천성이 게으르고 나태하며 자유분방해 여왕인 자신의 말의 반도 따 르지 않는걸. 여왕이 입술을 삐쭉 내밀며 웅얼거렸다. 지금도 여왕이 친히 페어리들의 축제인 '라라'를 준비하는 동안에도 괘씸한 페어리 기사들은 코빼기도 비치지 않았다고 하면 말 다 한 거지. 아마도 지금 인간계 어딘가, 페어리계 어딘가에서 농땡이를 치고 있을 것이 분명 하다.

[정말이지, 쓸모없다니까.]

여왕이 신경질적으로 왈칵 얼굴을 구기며 파이의 **뺨**을 검지로 콕콕 찔렀다. 무의식적으로 파이의 **뺨**을 괴롭힌 그녀는 아가가 잠결에 투 정 부리는 소리에 금세 '어머!' 하고 짧은 신음을 내뱉으며 냉큼 손을 거두었다. 그러나 파이의 잠은 서서히 깨고 말았다.

"아우…… 녀왕아……."

[안녕! 파이?]

파이가 졸음기 가득한 목소리로 여왕아, 하고 부르자 그녀가 잽싸게 그 뺨에 제 몸을 철썩 붙이고 얼굴을 비비며 인사했다. 보들보들한 아가의 피부에 맞대는 그 느낌은 정말이지 마음의 안정을 주는 어떠한 마성적인 매력이 있다. 이게 치유지! 그녀가 참지 못하고 쪽하고 그 뺨에 키스하자 파이가 가볍게 까르르 웃으며 제 작은 몸을 바르작거렸다. 그리고 아사벨의 옷깃을 꼭 잡고 있던 손 하나를 들어 눈가를 비비며 말했다.

"녀왕아, 지그믄 바미야."

파이가 코 하는 시간이야. 파이가 잠투정을 하듯 말하자 여왕이 미안한 기색으로 배시시 웃었다.

[응, 우리 파이 잠자는 시간이구나. 미안해. 널 깨웠구나?]

괜찮아, 여왕은 상냥하니까. 파이 잠 깨워도 화 안 낼게. 음, 여왕은 소중한, 음, 소중한…… 소중한 뭐지……. 파이가 기억이 나지 않는 단어를 떠올리려는지 미간을 가볍게 찌푸렸다. 여왕은 잠결에 횡설수설하는 파이의 생각을 읽고 푸웃 하고 웃음을 터트렸다.

[친구? 친구를 말하는 거니?]

그녀의 말에 조용히 지켜보던 리파도 크릉크릉거리며 웃었다. 여왕의 말과 리파의 웃음소리에 파이가 마저 남은 손으로도 눈가를 비비고 상체를 들썩였다. 여왕이 파이의 몸짓에 가볍게 그 뺨에서 벗어나 허공으로 날아올랐다. 파이가 짧은 팔을 침대에 얹고 힘을 주며 상체를 일으켰다.

여전히 졸음기 가득한 얼굴이었지만 다소 잠이 깬 모습에 여왕이 잠결에 헝클어진 파이의 앞 머리카락을 가볍게 쓸어 주었다. 여왕이 양팔로 톡톡 건드려 다듬자 신기하게도 잠결에 엉망이 되었던 파이의 금발이 금세 정리가 되어 말짱하게 변해 버렸다. 파이는 제 위에 팔랑팔랑 춤을 추는 여왕의 아름다운 빛 가루를 머금은 날개들을 보며 멍하니 눈을 깜박였다.

여왕의 날개는 예쁘다.

그리고, 그리고…….

파이의 별사탕도 예뻐! 멍한 파이의 파란 눈이 반짝 빛을 발했다. 멍청히 앉아 있던 아이가 돌연 몸을 돌려 엉금엉금 네 발로 침대를 가로질러 기어갔다. 보들보들한 연핑크색 아가 잠옷이 그에 따라 바스락거리며 그 몸을 타고 부드럽게 주름져 떨어졌다. 천 기저귀를 아직도 차고 있는 파이의 빵빵한 엉덩이는 마치 오리 궁둥이처럼 씰룩거렸다.

[어디 가니, 파이?]

신경 써서 머리카락을 정리해 줬더니 갑자기 획하고 몸을 돌려 버리곤 어디론가 향하는 파이를 보며 여왕이 고개를 갸웃 기울였다.

"밧타탕 가지러."

여왕의 반짝이는 날개를 보니까 막 보고 싶어졌어! 파이는 기어코 침대 끝에 도달했다. 작은 파이의 몸은 작년보다 거뜬히, 능숙하게 높은 침대에서 내려왔다. 파이는 침대에서 조금 멀어진 파스텔 톤의 핑크색 서랍에 금세 도달했다. 그 서랍 위에는 영롱한 빛을 잔잔하게 발하는 별사탕이 가득 담긴 유리병이 올려져 있었다.

"내 거!"

파이가 팔을 들어 검지로 그것을 가리키며 말했다. 그러고는 제 키보다 조금 더 높은 서랍에 온몸을 기대어 까치발을 들었다. 그리고 한 손을 뻗어 유리병을 톡톡 건드렸다. 남은 빈손으로는 몸을 지탱하기 위해 서랍의 앞부분을 꼭 잡았다. 손에 닿을 듯 말 듯 하자 파이의 표정이 울상이 될 것같이 찡그려지기 시작했다.

침대에 나른하게 엎어져 있던 리파가 낮은 한숨을 토해 내며 제 몸을 일으켰다. 그러고는 침대에서 크게 도약해서 껑충껑충 두 번, 세 번 뛰더니 단숨에 파이가 있는 서랍 위에 착지했다. 유리병 가까이에 착지한 리파가 제 머리통으로 그것을 톡톡 밀어냈다.

파이의 손에 닿을 때까지 반복하자 손끝이 유리병에 닿았다. 파이가 있는 힘껏 까치발을 들어서 유리병에 겨우 닿은 손가락에 힘을 줘 끌어내자 아슬아슬하게 끝에 걸쳐 있던 유리병이 비틀거리면서 아래로 추락했다.

그 바람에 손이 미끄러진 파이는 엉덩방아를 찧었고 유리병은 서서히 제 몸체를 기울며 아가의 작은 머리로, 얼굴 가까이로 떨어졌다. 자칫 잘못했다간 얼굴로 유리병을 받을 것 같은 몹시도 위험한 상황에 여왕이 허공에 한 손을 가볍게 휘저었다.

그러자 신기하게도 파이 주변의 기묘한 기운과 마나가 서로 부딪치며 반짝반짝 춤을 추더니 머리 위로 떨어지는 유리병을 두둥실 떠올렸다.

유리병이 떨어지려 하자 본능적으로 눈을 꼭 감았던 파이는 아무 일도 일어나지 않자 눈을 떴다가 둥실 떠 있는 유리병을 보았다. 우와, 우와 하며 탄성을 지르고 있자 여왕이 어깨를 으쓱이며 손을 다시 가볍게 흔들었다.

허공에 떠 있던 유리병이 천천히 다가와 파이가 손으로 그것을 받았다. 그런데 유리병이 깃털처럼 가벼워진 것이 아닌가! 파이가 놀라 눈을 휘둥그레 떴다.

"녀왕아! 녀왕아! 이거 안 무겁다!"

아까 막 무거웠는데. 안 무거워! 파이가 놀라워하며 기뻐하자 여왕이 빙그르 춤추듯 날아가 아가의 둥근 어깨에 사뿐히 앉으며 으쓱거렸다.

[여왕이 힘 좀 썼단다. 대단하지?]

"우왕!"

파이가 사파이어 같은 영롱한 빛을 발하는 푸른 눈을 반짝이며 크게 고개를 끄덕였다. 서랍 위에 서 있던 리파가 펄쩍 점프를 해서 아래로 떨어져 날렵하게 파이의 곁에 도달했다. 그는 파이의 허리쯤 되는 부분에 제 머리통을 비볐다. 파이는 리파에게 고개를 돌려 자랑하듯 커다란 유리병을 흔들며 말했다. 유리병이 차랑차랑 청명한 소리를 냈다.

"니파야, 니파야, 이거 바. 파이 별사탕 드러써."

대단하지! 근데 이거 막 무거웠는데, 여왕이 막 막 이케 해 줬다! 파이가 자랑하듯 말하자 여왕의 오똑한 코가 마치 피노키오의 코처럼 높이 솟는 것 같았다. 잔뜩 의기양양한 여왕의 모습에 리파가 가볍게 가릉가릉 소리를 내며 웃었다. 눈꼬리를 가늘게 접고 웃는 모양새가 어째 불의 주인과 비슷한 느낌이었지만, 여왕은 그다지 기분이 나쁘지 않은 듯했다. 야심한 시각, 그 밤이 그렇게 지나갔다.

여왕을 만난 야심한 그 밤이 지나고, 한 번, 두 번, 세 번째 밤이었다. 파이는 문득 제 뺨을 간질이는 무언가에 인상을 찌푸리며 웅얼거렸다. 파이가 잠투정을 하며 버둥거리는데도, 끈질기게 제 뺨을 간질이는 것에 무거운 눈꺼풀을 서서히 들어 올렸다.

몽롱한 시야에 파이가 저도 모르게 미간을 찌푸렸다. 그러자 뺨을 간질이는 것이 제 미간을 톡톡 건드렸다. 마치 인상 펴라는 듯. 파이는 뭐지 하는 느낌으로 느릿느릿 눈을 깜박였다. 흐릿한 시야에 보이는 것은 굉장히 이상한 모양새를 가졌다.

하늘색을 온몸에 휘감은 그것은 네 발 달린 짐승이었다.

그것의 몸체는 파이의 몸보다 두 배는 커 보였고, 얼굴은 조막만 한 것이 주둥이라고 해야 하나 코라고 해야 하나 싶은 것은 굉장히 길었다. 양다리에는 두툼한 털이 나 있었는데 겉은 하늘색이 분명한데 안은 흰색이었다. 질펀한 엉덩이 끝에 달린 꼬리는 끝으로 갈수록 얇아져서 마치 두툼한 생쥐의 꼬리 같았다.

그래, 그것은 정확히 개미핥기를 닮은 동물이었다. 하지만 파이는 개미핥기는커녕 동물이라곤 자연계 주인들과 그 아이들을 본 것이 전부여서, 그것의 모습이 너무나도 신기하고 생소해 보였다.

저게 뭘까?

파이가 휘둥그레 눈동자만 데굴데굴 굴려 그를 쳐다봤다. 제 몸집의 두 배는 되는 개미핥기가 조그마한 검은색 눈동자를 담은 눈을 가늘게 접으며 웃었다. 괴상한 모습이나 웃는 얼굴은 굉장히 귀엽다 느낀 파이가 바르작거리면서 작은 상체를 일으켰다. 등까지 자란 파이의 머리카락이 어지럽게 헝클어져 있었다. 앞머리는 발랑 까져 위로 올라가 뻗쳐 있었다.

"너, 머야?"

파이가 동그랗게 뜬 눈을 깜박이며 물었다. 커다란 개미핥기는 파이의 물음에 답하지 않았다. 그의 좁쌀만 한 작는 눈동자에 금빛이 일렁이다 사라졌다. 그는 갑자기 침대에서 펄쩍 뛰어 바깥으로 나가 버렸다. 파이가 얼른 엉금엉금 기어가 침대 바깥에 서 있는 그를 보았다.

그는 마치 꿈속에나 등장하는 신기한 것처럼, 처음 보는 것이었다. 파이는 마치 꿈을 꾸는 것 같았다. 아니, 이건 꿈이야. 그래! 꿈이구나! 파이가 금세 수긍하며 고개를 끄덕였다. 개미핥기는 이마에까지 닿을 것 같은 긴 혀를 쑥 내밀어 콧등을 핥았다.

와! 너 신기하다!

파이가 신이 나서 얼른 침대에서 내려와 아장아장 걸어 그에게 다가갔다. 개미핥기는 파이가 다가오길 기다려 주었다. 파이가 그의 앞발을 양팔로 껴안으며 물었다.

"너 머야! 응? 머야?"

파이가 잔뜩 신이 난 어조로 묻는데도 그는 아무 말이 없었다. 그러나 파이는 섭섭하지 않았다. 그때였다. 갑자기 껴안고 있던 그의 앞발이, 그 몸이 안개처럼 흩어져 사라졌다. 파이는 자신이 껴안고 있던 것이 사라지자 앞으로 엎어졌다.

"아코!"

다행히 털 카펫이 있어 크게 다치진 않았으나 많이 놀랐다. 작은 손을 들어 부딪쳤던 코와 얼굴 가까이를 매만졌다. 아우 놀래라! 파이는 놀란 작은 심장을 진정시키며 숨을 가볍게 내쉬었다. 근데 그 신기한 건 어디 갔지? 금세 사라져 버린 그를 찾아 고개를 이리저리 흔들었다.

그때였다. 말로 표현할 수 없는 짐승의 울음소리가 들렸다. 파이가 소리가 나는 쪽으로 고개를 돌리자 그가 있었다. 개미핥기는 안개처럼 사라지더니 어느새 파이의 방문 앞에 서 있었다. 파이가 뚱한 표정을 지으며 새침하게 고개를 휙 돌렸다.

너 때문에 파이 아야 했어! 파이가 새침하게 고개를 휙 돌리는데도 개미핥기는 개의치 않고 길쭉한 코에 비해 작은 머리통으로 문을 통통 두들겼다. 파이는 눈을 가늘게 접고 눈동자만 굴려 흘깃 그를 쳐다봤다. 그런데 그가 다시 안개처럼 흩어져 사라져 버렸다. 파이가 깜짝 놀라 주저앉았던 몸을 벌떡 일으키며 아장아장 걸어가 문가로 갔다.

또 없어졌다!

어디 갔지? 의아한 기색으로 고개를 요리조리 흔들었으나 이 방에 그는 더 이상 없었다. 다시 나타날 줄 알았는데 시간이 지나도 나타나지 않았다. 파이가 힝 하고 울음 섞인 신음을 뱉었다.

그때였다. 문에 몸을 기대고 있던 파이가 앞으로 서서히 기울어졌다. 문이 열린 것이다. 파이가 놀라서 엉거주춤하다 뒤로 넘어져 엉덩방아를 찧었다. 고작 2살짜리 아이가 열 수 있을 법한 가벼운 문이 아닌데도, 스륵 열린 문에 파이가 눈을 동그랗게 떴다.

열렸다!

평소와 달리 야심한 시간, 모두가 쿨쿨 잠이 드는 시간, 파이만 홀로 깨 있을 것이 분명한 조용한 저택. 파이는 꿈이 굉장히 재미있게 펼쳐진다고 생각했다. 방 밖으로 나갈 때는 늘 누군가와 함께해야만 했던 파이는 꿈속에서나마 홀로 제 방을 나서기로 했다. 양손을 앙큼하게 꽈악 쥐고 고개를 크게 끄덕이며 파이는 생각했다.

저택 탐험이다!

파이는 핑크색 보들보들한 잠옷을 입은 채 맨발로 방을 나섰다.

〈2권에서 계속〉

1판 1쇄 찍음 2014년 7월 30일
1판 1쇄 펴냄 2014년 8월 5일

지은이 오은정
펴낸이 정 필
펴낸곳 도서출판 **뿔미디어**

출판등록 2002년 9월 11일 (제1081-1-132호)
주소 ˙경기도 부천시 원미구 상동로 117번길 49(상동) 503호 (우)420-861
전화 032)651-6513 팩스 032)651-6094
E-mail bbulmedia@hanmail.net
홈페이지 http://bbulmedia.com

ISBN 979-11-315-3020-7 04810
ISBN 979-11-315-3019-1 04810 (SET)